TERRA MATER

PIERRE BORDAGE

Les portes d'Occident	
Les aigles d'Orient	
Atlantis	*J'ai lu* 4829/**6**
Les guerriers du silence	*J'ai lu* 4754/**9**
Terra Mater	*J'ai lu* 4963/**9**
La citadelle Hyponéros	*J'ai lu* 5088/**9** *(janv. 99)*

PIERRE BORDAGE

TERRA MATER

ÉDITIONS J'AI LU

Collection créée et dirigée
par Jacques Sadoul

—

PROLOGUE

L'incréé pensait avoir accompli le plus difficile : ses féaux, disséminés dans l'univers, amputent l'humanité de sa mémoire, de son pouvoir. Le gardien immortel des annales inddiques s'est envolé vers un autre monde après quinze mille ans d'une vigilance jamais prise en défaut.

Tout est prêt pour son avènement, mais voici que se présente un homme sur le sentier de la nef de lumière. Un homme qui a retrouvé la porte secrète et qui, s'il persiste dans son entreprise, pourrait fort bien ramener les siens à leur source, à leur souveraineté. Cela fait des milliers et des milliers d'années que l'incréé combat l'hégémonie humaine, qu'il détourne la parole des prophètes et des visionnaires, qu'il sème la mort et la désolation, qu'il sépare, qu'il divise, qu'il fragmente... Depuis le commencement, depuis que les premières étincelles ont jeté leurs insupportables lueurs, depuis que la chaleur convulsive a enfanté les ondes, puis les formes, depuis que les créateurs ont décidé d'expérimenter leur œuvre, l'incréé a sans cesse reculé, vaincu par le chœur des ondes vibrantes, par la densité de la matière, par l'expansion infinie de l'univers. Et, au moment où il a enfin inversé la tendance, où il est sur le point de toucher les dividendes de son patient travail de déstructuration, surgit cet importun sur les traces de sa divinité.

L'homme entrevoit, dans le lointain, une construction resplendissante, un temple à sept colonnes et aux murs ornés de vitraux à l'incomparable éclat. La nef des origines, l'arche qui contient les annales inddiques... Là se trouvent les lois immuables de la création, la clé de la renaissance humaine. Il presse l'allure car les attaques de l'informe se font de plus en plus virulentes, et le froid qui le transperce est d'une effroyable intensité.

Si l'incréé n'a pas la capacité de lutter avec les humains-source, tel l'immortel gardien des annales, il s'y entend pour exploiter les failles des humains séparés. Il s'engouffre avec voracité dans l'esprit du visiteur, déterre les souvenirs enfouis, exacerbe les carences affectives, stimule les doutes, ravive les peurs. Subitement, la cohérence de l'homme se fractionne, s'effiloche, se désagrège, et toutes les composantes de son individualité, isolées, cernées par le vide, entrent en conflit. Des torrents de haine et d'épouvante le submergent, l'emportent. Les contours de la nef s'évanouissent. Les bords d'une spirale infiniment noire et froide le happent et le précipitent dans un insondable gouffre de douleur et de désespoir.

Il se réveille sur la banquise d'un monde nocturne et désert. Anéanti par son échec, protégé par ses seuls vêtements, une tunique légère et un pantalon bouffant que lui ont offerts les pèlerins, il marche pendant des jours et des jours sur l'étendue glacée, affamé, transi de froid, accompagné du seul bruit de ses sandales qui crissent sur la neige, suçant des morceaux de glace pour étancher sa soif. Aucune étoile ne luit sur la voûte céleste. Le sentiment d'avoir trahi les hommes l'accable. Les paroles de l'immortel gardien de la nef résonnent dans la désolation de son âme : *Tu seras seul... En cas d'échec, ce sera la fin de l'humanité, l'avènement d'une ère nouvelle... L'ère de l'informe, l'ère de l'Hyponéros...*

Il se sent si las, si faible.

Pourtant, il doit trouver en lui la force de redécouvrir l'entrée du sentier secret. Il ne pourra jamais se pardonner tant qu'il n'aura pas réussi à vaincre l'informe. Il entrevoit des volutes de fumée ocre dans le lointain.

Aphykit s'autorise à pleurer lorsque, l'un après l'autre, les pèlerins ont invoqué la puissance de l'antra et se sont évanouis dans les couloirs infinis de l'éther. Le village ressemble déjà à une ville morte, à une ruine. Les seules taches de vie sont les fleurs étincelantes du buisson du fou.

« Ne pleure pas, maman, dit Yelle. J'ai toujours su qu'ils partiraient. Ils ont eu le mérite de commencer le travail, d'autres se chargeront peut-être de l'achever... »

Surpris, Aphykit et Tixu se tournent vers Yelle.

C'est une petite fille secrète, âgée de sept ans, qui s'agenouille souvent devant le buisson du fou et ne prononce que de rares paroles, le plus souvent incompréhensibles. Elle a les longs cheveux ondulés et dorés de sa mère et les yeux gris-bleu de son père. Son regard semble voir au-delà de l'espace et du temps. D'elle émane une force étrange, presque effrayante. Bien qu'enfantine, sa voix est un sabre affûté, tranchant.

« Quels autres ? demande Tixu.

– Ceux qui entendront l'appel... Le blouf gagne du terrain... »

Son père fronce les sourcils.

« Le blouf ?

– Le mal qui mange. Hier soir, très, très loin d'ici, dix millions d'étoiles ont disparu. Quand il reviendra, Shari aura besoin de soldats pour arrêter le blouf.

– Shari est peut-être mort, Yelle, soupire Aphykit. Cela fait plus de sept ans que nous n'avons pas de nouvelles de lui.

– Shari est vivant ! affirme la petite fille d'un air buté. Il reviendra.

– Comment peux-tu en être sûre ?

– Les fleurs du buisson me l'ont dit. Il faudra aider les nouveaux pèlerins à venir sur Terra Mater. Le blouf mange maintenant l'âme des hommes et ils ont de plus en plus de mal à entendre le chant de la source... »

Yelle jette sa couverture. Pieds nus, vêtue de sa seule chemise de nuit, elle traverse en courant la place enneigée du village et s'agenouille devant le buisson. Là, de toutes ses forces, elle lance un appel silencieux à travers l'espace et le temps...

CHAPITRE PREMIER

En l'année 16 de l'Ang'empire, le 7 du mois de méhonius, je devins le plus jeune (déjà !) cardinal de l'Eglise du Kreuz. J'étais encore animé d'un zèle fervent, j'étais l'une de ces âmes polies par les années d'enseignement, pures comme du cristal, tranchantes comme le diamant, et je brûlais d'envie de convertir les païens, les ennemis de la Foi, au Verbe Vrai. Le spectacle des hérétiques agonisant lentement sur les croix-de-feu m'arrachait des larmes d'extase... Cela se passait bien avant l'apparition des premiers Scaythes effaceurs...

Le 10 de méhonius, je fus nommé représentant de Sa Sainteté le muffi Barrofill le Vingt-quatrième sur la planète Ut-Gen, si tristement célèbre pour le cataclysme nucléaire qui, quatre mille années standard plus tôt, anéantit les deux tiers de sa population et transforma plus de la moitié de sa surface en désert. Bien que parfaitement conscient des dangers d'Ut-Gen (peste nucléaire, destruction des cellules, vieillissement prématuré, bêtazoomorphie, forme aiguë de schizophrénie...) je fus transporté de joie à l'annonce de mon affectation. Que m'importaient les mines alarmistes de mes pairs puisque mon armure était trempée dans l'amour divin du Kreuz !

Le 38 de méhonius, je me glissai dans l'un des déremats du palais de Vénicia et, vingt-sept minutes standard plus tard, je repris conscience dans une pièce du temple kreuzien d'Anjor, la capitale locale, où je fus accueilli par une poignée de missionnaires, quelques serviteurs et un Scaythe inquisiteur. L'interlice impériale, assistée des mercenaires de Pritiv, avait neutralisé les forces de l'ordre locales et déposé le gouvernement planétaire, un ramassis de corrompus composé des six consuls de l'Utigène, de ministres et de hauts fonctionnaires.

Pour les jeunes générations qui ne connaîtraient pas Ut-Gen, qu'elles sachent qu'elle est la seule planète habitée (et pourtant, si peu accueillante...) du système solaire d'Harès, une étoile qui a atteint depuis vingt millions d'années le stade de géante rouge. Colonisée en l'an 714 de l'ancien calendrier standard, Ut-Gen subit un lent mais inexorable refroidissement consécu-

tif à l'affaiblissement de l'activité d'Harès. Pendant des siècles, les minerais d'uranium et de plutonium ont constitué la principale – l'unique – ressource de cette planète glaciale. L'industrie nucléaire, importée des mondes Skoj, y connut un essor prodigieux entre l'an 950 et l'an 3500. Ut-Gen devint le centre interstellaire du nucléaire : on y fabriquait à profusion des armes à fission, des moteurs de vaisseau, plus de mille centrales produisaient de l'énergie qu'on acheminait sur d'autres mondes par des atomoducs, des conduits supraconducteurs tirés d'un système à l'autre par des sondes spatiales.

La fission de l'atome fit la fortune d'Ut-Gen, elle fit également son malheur : en 3519, un terrible tremblement de terre détruisit la plupart des centrales et entraîna la formation de nuages radioactifs qui provoquèrent la mort de plus de dix-sept milliards d'êtres humains et la séparation de la planète en deux zones, la zone saine et la zone contaminée. Les Utigéniens savent que leur terre nourricière est malade, infestée, et que son étoile déclinante n'a plus la force de la réchauffer, mais ils ne trouvent pas le courage de la quitter. C'est avec un admirable stoïcisme qu'ils endurent la lente glaciation, le clair-obscur persistant, les caprices du climat et la raréfaction de l'oxygène... En fils reconnaissants, ils veilleront jusqu'à la dernière extrémité leur mère mourante. Cependant, chez eux, le stoïcisme tend à se transformer en fatalisme. Or, souvenons-nous du sermon du Kreuz sur la Grande Dune d'Osgor : « Ô âmes résignées, ne comprenez-vous pas que votre fatalisme fait de vous la proie désignée des faux prophètes, des fausses croyances ? Âmes qui avez renoncé à votre liberté, âmes qui vous laissez capturer par les rets de l'illusion... »

Sur Ut-Gen, j'eus l'illustration concrète de la divine prophétie du Kreuz. (Au passage, mon expérience personnelle m'autorise à rappeler ce grand principe aux novices de nos écoles de propagande sacrée : la notion de « fatum », *chère à certains hétérodoxes, conduit aux pires aberrations...) Ici, le chiendent proliférait et étouffait les graines de la Vraie Foi plantée par les missionnaires. Les sacrifices d'enfants, les fornications collectives, les rites barbares et païens se multipliaient.*

Que dire de la population locale, de ces ouailles que le muffi m'accorda la grâce de me confier ? Les hommes utigéniens sont massifs, courtauds, comme si la pesanteur, beaucoup plus intense que sur les mondes du Centre, les écrasait, les comprimait, les déformait. Les faciès sont le plus souvent grossiers, bestiaux (un début de bêtazoomorphie généralisée ?) : les sour-

cils sont fournis, les yeux globuleux et jaunes, les appendices nasaux gros et larges, les lèvres épaisses, les mentons prognathes... Les femmes sont quant à elles élancées, fines de taille et délicates de traits. Pour autant que mon jugement revête un quelconque intérêt, je les trouve aussi belles que leurs maris sont laids. Une explication possible (qui fait sourire les scientifiques mais qui a le mérite ou l'excuse de la poésie) à ce saisissant contraste : le métabolisme féminin, régi par le monde de la nuit (l'homme est d'essence solaire, la femme d'essence lunaire), s'adapte mieux à la dégradation des conditions climatiques d'Ut-Gen. Je ne parle pas ici des transfuges de la zone contaminée, surnommés les quarantains. Ceux-là ressemblaient davantage aux monstres de notre bestiaire apocalyptique qu'à des êtres humains. Ils devaient leur survie à la protection de l'ancienne Confédération de Naflin et de ses séides, les chevaliers absourates. On m'a reproché à maintes reprises d'avoir ordonné le gazage et le comblement des puits et des galeries du Terrarium Nord, le quartier souterrain des quarantains, mais le Conseil supérieur de l'éthique kreuzienne, que j'avais au préalable saisi, m'avait assuré de tout son soutien.

Le 17 de jorus syracusain, je fis condamner mon premier hérétique au supplice de la croix-de-feu à combustion lente. C'était un officiant de la religion de l'H-prime, un adorateur d'Harès, le dieu-soleil au corps de femme. Je me souviendrai jusqu'à ma mort (fasse Kreuz qu'elle intervienne le plus tardivement possible, ma tâche n'est pas achevée sur ces bas mondes...) de son expression de haine lorsque les premières langues de feu pulsé de la croix lui léchèrent la peau. C'était, contrairement à la majorité de ses complanétaires, un homme magnifique, très fortement sexué, impudique dans sa nudité animale, et, dans les rangs de l'assistance, les nombreuses femmes qu'il avait fécondées (elles avaient d'abord protesté de leur innocence, mais le Scaythe inquisiteur n'avait eu aucun mal à les confondre) ne purent contenir leurs larmes.

En ce temps-là, mon sacerdoce emplissait toutes mes pensées. Je n'avais nul besoin de recourir aux effaceurs pour renier ma jeunesse, pour oublier mes origines marquinatines... Le fils de Jezzica Bogh, la lingère de la Ronde Maison aux neuf tours, n'avait jamais existé... Le compagnon de jeu de List Wortling, le fils du seigneur Abasky, n'avait jamais existé... L'adolescent révolté qui avait pleuré pendant deux jours et deux nuits sur dame Armina Wortling n'avait jamais existé...

J'étais loin de Syracusa, loin des intrigues de Vénicia. Comment aurais-je pu me douter de ce qui se tramait dans les couloirs du palais épiscopal ?

Mémoires mentaux du cardinal Fracist Bogh,
qui devint muffi de l'Eglise du Kreuz
sous le nom de Barrofill le Vingt-cinquième.

Jek contempla le mirador à pensées, une tour étroite et haute qui dominait les toits plats et étagés d'Anjor, la capitale d'Ut-Gen. Là-haut, à l'intérieur de la bulle de vigie éclairée, se profilait la silhouette immobile du Scaythe inquisiteur, drapé dans son acaba grise. Plus haut encore, sur la voûte céleste assombrie, se découpait le cercle rougeâtre d'Harès, le soleil déclinant.

Ces deux halos superposés, l'un artificiel et l'autre naturel, symbolisaient le double malheur qui s'était abattu sur Ut-Gen. Il n'avait pas suffi qu'Harès, le dieu-soleil au corps de femme, répande quarante siècles plus tôt la peste nucléaire sur les deux tiers de la planète et décime plus de quinze milliards de ses habitants, il avait encore fallu que les légions du grand Ang'empire, Kreuziens, Scaythes, mercenaires de Pritiv et interliciers, débarquent en masse, neutralisent les forces de l'ordre locales, renversent les six consuls de l'Utigène, et depuis plus de dix années fassent régner la terreur sous la conduite du plus fanatique d'entre eux, le cardinal Fracist Bogh.

Jek se remit en marche. Bien qu'il ne fût âgé que de huit ans, il était parfaitement conscient du danger qu'il y avait à rester trop longtemps au pied d'un mirador à pensées. Il risquait d'éveiller les soupçons du Scaythe inquisiteur, et une perquisition mentale pouvait l'amener tout droit devant un tribunal sacré ou dans un centre de reprogrammation mentale. S'il voulait un jour mettre son grand projet à exécution, il devait éviter d'attirer l'attention sur lui.

Il remonta la rue principale d'Anjor, une avenue

étroite et sinueuse qui s'étirait sur plus de cent quarante kilomètres. Les lampadaires mobiles, allumés en permanence, semaient de larges flaques jaunes sur les trottoirs. L'indéchiffrable obscurité cédait le pas aux ténèbres profondes. Les écharpes de brume s'entrelaçaient autour des bornes lumineuses qui signalaient l'emplacement des stations souterraines du R.T.A., le Réseau de transport anjorien.

Jek décida de parcourir à pied les sept kilomètres qui le séparaient de son domicile. Il préférait encore arriver en retard au dîner et subir les remontrances de ses parents plutôt que d'emprunter les tubes archibondés du R.T.A., ces gros vers blancs qui s'enfonçaient en rugissant dans les entrailles lubrifiées et nauséabondes de la cité.

Il gagna d'abord le marché permanent de Rakamel. Il longea les étals tenus par les employés des fermes communautaires des plaines, reconnaissables à leurs blouses et à leurs bonnets de laine écrue. Depuis le cataclysme, les légumes, les céréales et les fruits étaient cultivés sous de gigantesques serres étanches et perdaient chaque année de leur saveur et de leurs couleurs. Les quartiers de viandes suspendus à leurs crochets étaient eux-mêmes d'une insipide teinte grisâtre. Lorsqu'il était de bonne humeur, événement de plus en plus rare, p'a At-Skin prenait Jek sur ses genoux et évoquait le bon vieux temps d'Ut-Gen. Le bon vieux temps où les fruits juteux, sucrés, éclataient de couleurs vives, où les animaux couraient en semi-liberté sur les hauts plateaux, où les Anjoriens allaient se baigner dans la mer chaude de Zougas... Le bon vieux temps où vivre sur Ut-Gen n'était pas nécessairement considéré comme une corvée... Jek se demandait où p'a At-Skin puisait son inspiration : il n'était âgé que de soixante-cinq ans et la catastrophe avait eu lieu quelque quatre mille années plus tôt. Il fallait être doué d'une imagination sans bornes pour oser transformer la grande banquise de Zougas en mer chaude. Jek ne protestait pas car il comprenait que son père éprouvait de temps à autre le besoin pressant de ressusciter par la parole son monde agonisant.

Laissant derrière lui les étals sinistrés et les marchands aux mines lugubres, Jek déboucha sur l'immense esplanade des Saints-Supplices. Sur le parvis du temple kreuzien, dont les flèches effilées, élégantes, brisaient la rigueur géométrique des constructions locales, se dressait une forêt de croix-de-feu. Le cardinal Fracist Bogh avait fait installer des projecteurs de sol qui éclairaient, de jour comme de nuit, les corps nus et écartelés des condamnés. A l'intérieur des parois transparentes, il n'existait ni homme ni femme, ni jeune ni vieux, mais seulement des chairs boursouflées, des peaux qui partaient en lambeaux, des bouches déformées par un affreux rictus, des yeux exorbités qui adressaient une supplique muette aux passants, des monstres difformes et grimaçants qui mettaient parfois plus de sept jours à mourir...

Jek baissa la tête et se mordit les lèvres pour contenir les larmes qui lui embuaient les yeux. Même s'il les connaissait depuis toujours, il n'était pas parvenu à s'habituer à ces abominables mouroirs. Tel n'était pas le cas des badauds qui déambulaient d'une croix à l'autre et qui, d'une voix tantôt indifférente, tantôt amusée, commentaient les ravages opérés par le feu pulsé sur les suppliciés.

« P'a Kurt-Mill, regarde celui-là, on dirait un scarabée corné ! s'exclamait une petite fille à peine moins âgée que Jek.

– Et elle, elle ressemble à l'horrible poupée que t'avait offerte grand-m'an ! ricanait une femme.

– M'an Kurt-Mill, ne commence pas à dénigrer les cadeaux de ma mère ! grondait une voix masculine.

– Ils sont affreux... Ils me font peur !

– Tu ne risques rien, petite idiote. Ils ne peuvent pas sortir de leur croix... »

Jek serra les poings, les enfonça dans les poches crevées de son pantalon bouffant et traversa la place en courant.

Il arriva chez lui deux heures plus tard, essoufflé,

couvert de sueur. Les croissants maladifs des deux satellites d'Ut-Gen avaient supplanté Harès dans le ciel. La maison familiale, une construction à demi enterrée (la crainte irrationnelle d'une nouvelle tornade radioactive), était située en plein cœur du quartier résidentiel d'Oth-Anjor (littéralement : le vieil Anjor). P'a At-Skin n'était pas peu fier de l'étroite bande de gazon artificiel qui entourait la bâtisse et qu'il appelait, avec une façon bien à lui de gonfler les joues et le ventre, le « jardin ». Un luxe inouï dans une ville surpeuplée comme Anjor, où la plupart des familles ne disposaient que d'une pièce pour manger, se disputer, procréer et dormir.

Ses parents avaient déjà pris place autour de la table lorsqu'il entra dans la pièce de plain-pied qui faisait office de cuisine, de salle à manger, de salon et de chambre d'enfant – sa chambre donc, puisqu'il était fils unique.

M'an At-Skin lui lança un regard noir et p'a At-Skin fronça les sourcils. Ils n'avaient jamais été très drôles – sauf quand p'a At-Skin revenait de ses réunions semestrielles les yeux brillants et l'haleine chargée –, mais depuis qu'ils s'étaient convertis au kreuzianisme, ils étaient devenus franchement lugubres. Son père s'était tassé, voûté, comme s'il s'était enroulé autour de son ventre proéminent, et le beau visage de sa mère s'était durci, parcheminé. Ils portaient désormais des colancors sous les vêtements traditionnels utigéniens, veste et pantalon noué à la taille pour les hommes, longue tunique et pantalon serré pour les femmes. Le cache-tête aux liserés froncés soulignait la grossièreté des traits de p'a At-Skin et accentuait sa ressemblance avec une gargouille monstrueuse des anciens temples de l'H-prime, la religion du dieu-soleil à corps de femme. Et les trois mèches réglementaires censées donner de la grâce à l'ensemble achevaient de le rendre ridicule.

Depuis quelque temps, ils s'étaient mis en tête d'enseigner les premiers rudiments du kreuzianisme à leur fils, mais ils se heurtaient à un véritable mur. Doté d'un caractère bien trempé pour son âge, Jek refusait obstinément de se rendre aux offices du temple et d'écouter la parole divine du Kreuz. Le pire était que ses parents n'avaient pas été convertis à la religion officielle du grand Ang'empire par la force, comme beaucoup d'Anjoriens, mais qu'ils avaient reçu la révélation de la grâce divine en pleine nuit et d'une manière tout à fait spontanée. Du moins, c'est ce qu'ils prétendaient... Jek devinait confusément qu'il y avait quelque tricherie là-dessous.

Pétrifié à côté de la porte, il avait l'impression de faire face à deux morts-vivants. Les seuls éléments animés de la pièce étaient les volutes de fumée qui s'élevaient des assiettes et du récipient de porcelaine synthétique trônant au centre de la table.

« D'où viens-tu, Jek ? » demanda m'an At-Skin.

Un ton doucereux qui ne présageait rien de bon.

« Je me suis promené en ville, répondit Jek.

– Toujours la même réponse ! grommela p'a At-Skin.

– Toujours la même question... », soupira Jek.

Le repas se déroula dans un silence mortuaire, mais, aux coups d'œil furtifs et fréquents que s'échangeaient ses parents, Jek se douta qu'ils fomentaient un mauvais coup.

P'a At-Skin suspendit sa mastication et s'essuya les lèvres.

« Jek...

– Jek... renchérit m'an At-Skin.

– Jek, mon fils, tu deviens de plus en plus insolent !

– De plus en plus insupportable... »

Jek se prit à regretter de n'avoir pas suivi les conseils du vieil Artrarak. La résolution farouche qu'il lisait sur le visage de son père et de sa mère, éclairés de biais par les appliques murales, l'emplissait soudain d'une peur atroce.

« Jek, mon fils, nous avons pris une décision à ton sujet, reprit p'a At-Skin.

– Il est temps de mettre un peu d'ordre dans cette tête rebelle, ajouta m'an At-Skin.

– C'est pourquoi, dès demain matin, tu partiras pour l'école de propagande sacrée d'Oul-Bahi...

– Une très bonne école, où tu seras très bien traité... »

Le sang de Jek se glaça. Il faillit aussitôt régurgiter l'amère soupe aux pois – la soupe aux pois, la torture culinaire préférée de m'an At-Skin – qu'il s'était pourtant efforcé d'avaler jusqu'à la dernière cuillère.

Jek se piquait les joues avec une aiguille qu'il avait dérobée dans le trousseau de sa mère. Sa longue marche dans les rues d'Anjor l'avait épuisé, et le sommeil, tel un oiseau de nuit, déployait ses ailes en lui. Ses muscles s'engourdissaient, se faisaient de plus en plus lourds. Les voix étouffées de ses parents traversaient le plancher. Surtout, ne pas dormir...

Il s'était évertué à ne manifester aucune émotion en leur présence, mais, dès qu'il s'était glissé dans les draps de son lit escamotable, les larmes brûlantes et salées avaient roulé sur ses joues et sur ses lèvres. Ainsi, ils voulaient se séparer de lui, l'expédier à Oul-Bahi, une lointaine ville de province, l'enfermer dans une école de propagande sacrée où il serait nuit et jour sous la coupe des missionnaires kreuziens. Jek jugeait parfois – souvent – ses parents avec la sévérité excessive des enfants, mais, à sa manière, il les aimait. Il gardait en lui les souvenirs des temps heureux, il entendait encore les rires tonitruants de p'a At-Skin, il voyait encore les yeux pétillants de m'an At-Skin, il tremblait aux éclats de leurs disputes, il riait aux embrassades gauches qui signaient leurs réconciliations. Les temps où vibraient les murs, les plafonds, les meubles et les appliques. Les temps où la vie osait s'exprimer, où la maison familiale était un îlot de chaleur et de fureur dans la grisaille perpétuelle et froide d'Ut-Gen.

Il se réveilla en sursaut, couvert de sueur. En un réflexe convulsif, il enfonça la pointe de l'aiguille dans sa joue. La douleur, vive, aiguë, lui arracha un cri. Il s'immobilisa, tous sens aux aguets. La maison était plongée dans un silence profond, seulement égratigné par les grondements sourds des tubes souterrains du R.T.A. et les bourdonnements lointains des navettes aériennes marchandes. Il lâcha l'aiguille, repoussa les draps, se leva et retira son pyjama. La détestable manie qu'avait m'an At-Skin de ranger ses vêtements du jour sur le plan de travail de la cuisine l'obligea à traverser la pièce à tâtons. Comme on était en automne, p'a At-Skin n'avait pas encore installé les sphères atomiques de chauffage. (Ut-Gen ne connaissait plus que trois saisons : grand hiver, hiver et automne.) Toutefois, les irrépressibles frissons qui couraient sur la peau nue de Jek n'étaient pas seulement dus au carrelage glacé et à la fraîcheur nocturne.

Cela faisait plus d'un an qu'il caressait son grand projet, depuis, en fait, qu'il avait rencontré Artrarak, le vieux quarantain du Terrarium Nord. Cependant, et il s'en rendait compte maintenant, il n'avait jamais eu l'intention de le mettre à exécution. C'était plutôt un rêve de gosse, une porte ouverte sur l'imaginaire, une manière de s'évader du quotidien, une façon comme une autre de tromper son ennui.

Il heurta une chaise. Elle glissa sur ses quatre pieds dans un horrible grincement. Il eut l'impression que son cœur s'échappait de sa poitrine. Il se figea sur place, tendit l'oreille mais ne décela aucun bruit, aucun mouvement, aucune vibration sous ses pieds nus. Il quittait ses parents pour toujours – toujours, un concept effrayant pour un enfant de huit ans – et eux dormaient du sommeil lourd de ceux qu'aucun remords ne vient tourmenter. Des sentiments contradictoires l'agitaient. Il avait une envie folle qu'ils se réveillent, qu'ils se lèvent, qu'ils accourent, qu'ils le serrent à l'étouffer dans leurs bras, qu'ils lui murmurent des mots rassurants, des mots tendres, et, en même temps, il espérait qu'ils n'en feraient rien, qu'ils ne le retiendraient pas, qu'ils le laisseraient partir pour le long voyage dont il ne reviendrait pas.

Il mit la main sur ses vêtements soigneusement pliés – l'ordre, une des marottes de m'an At-Skin – et s'habilla à la hâte. Il lui fut plus difficile de retrouver ses chaussures, des bottes fourrées, car il prenait parfois à sa mère l'absurde fantaisie de les ranger au beau milieu des produits d'entretien, sous l'évier et les conduits d'énergie magnétique. Il réussit à les dénicher au prix de savantes contorsions, les enfila et, toujours à tâtons, se dirigea vers la porte. Le rayon d'un lampadaire mobile se glissait par un interstice du volet antiradiation et se réfléchissait sur l'écran-bulle de l'holovision. Ut-Gen, planète mineure de l'Empire, ne captait plus les émissions trans-stellaires et ne disposait pas des structures nécessaires à la réalisation de productions médiatiques autonomes, mais p'a At-Skin avait décidé de garder la sphère réceptrice. Ça fait une belle décoration, affirmait-il en lissant l'une de ses trois mèches. C'était surtout un signe ostentatoire de la richesse de la famille At-Skin : très rares étaient les Utigéniens qui avaient les moyens de s'offrir un écran-bulle.

La main sur la poignée de la porte, Jek se retourna et embrassa du regard la pièce inondée d'encre nocturne. La puissante vague de solitude et de tristesse qui le submergea abandonna une écume d'amertume dans sa gorge. Pendant une poignée de secondes, il fut tenté de renoncer à son projet insensé et de retourner s'enfouir dans la tiédeur rassurante des draps. Puis il songea à ce qu'ils voulaient faire de lui, il imagina la ville sinistre d'Oul-Bahi, les infranchissables murailles de l'école de propagande sacrée, les faces sévères des missionnaires kreuziens, et sa décision s'en trouva raffermie. Qu'est-ce que son départ changerait pour p'a et m'an At-Skin ? La seule différence, c'est qu'il s'en allait avant qu'ils n'aient eu le temps de le chasser.

Il refoula à grand-peine une nouvelle montée de larmes, tourna précautionneusement la poignée et entrebâilla la porte. P'a At-Skin avait eu la bonne idée d'ajouter les empreintes cellulaires de Jek à l'identificateur de passage, et le système d'alarme ne se déclencha pas. Lorsqu'il se retrouva sur le trottoir, il eut l'impression de plonger dans un océan de frayeur.

Les lampadaires n'étaient plus que des halos diffus, des yeux ronds et myopes qui ne parvenaient pas à transpercer l'épais manteau de brume recouvrant la ville. Par chance, la ruelle était déserte. Jek releva le col et resserra les pans de sa veste, puis trottina en direction de la première borne du R.T.A.

Quelques minutes plus tard, la plate-forme gravitationnelle le déposa sur le quai de la station souterraine. Les tubes automatiques se faisaient rares à cette heure de la nuit. La lassitude ou l'indifférence se lisaient sur les visages des usagers qui se pressaient par grappes de trois ou quatre autour des sièges autosuspendus. Malgré leur fatigue, ils refusaient de s'asseoir, comme s'ils avaient peur de s'endormir sur place et de rater le prochain tube.

Jek aperçut les combinaisons noires d'interliciers à l'autre bout du quai. Si ceux-là se rendaient compte qu'un garçon de huit ans se promenait seul au cœur de la nuit anjorienne, ils ne se priveraient pas du plaisir de l'interpeller et de le conduire dans un poste d'interlice, où ils effectueraient une analyse cellulaire avant de le ramener à son point de départ. Un moment, Jek fut pris du secret espoir qu'ils se retournent et se saisissent de lui. Cela ne faisait que trois minutes qu'il volait de ses propres ailes et il ne se sentait pas très à l'aise dans son indépendance toute neuve, bien trop grande pour lui. Puis il se moqua vertement de lui-même : Jek At-Skin, l'aventurier qui s'apprêtait à découvrir le vaste univers, n'était même pas fichu de s'éloigner de trois cents pas de la maison ! Jek At-Skin, qui aspirait à rencontrer les trois êtres de légende qu'évoquait le vieil Artrarak, hésitait à quitter ces deux êtres ordinaires qui avaient pour noms p'a et m'an At-Skin ! D'accord il était le fruit de la graine de son père et de l'œuf de sa mère, d'accord il avait passé six mois dans le ventre de m'an et trois autres dans la couveuse familiale qui avait vu naître p'a At-Skin et, avant lui, grand-p'a At-Skin, d'accord cette espèce de réaction en chaîne héréditaire, amoureuse et chimique avait tissé des liens invisibles entre eux et lui... Devait-il pour autant reculer devant l'inconnu ? Troquer la perspective d'une existence exaltante contre l'assurance d'une vie morne à l'ombre des hauts murs d'une école de propagande sacrée ?

Jek repéra un couple enlacé à quelques pas de lui, s'en approcha discrètement et se tint à côté de la femme. Ni trop jeunes ni trop âgés, ils feraient des parents de fortune tout à fait acceptables, aussi vraisemblables, en tout cas, que les auteurs de ses jours.

Il leur emboîta le pas lorsque le tube, un engin blanc et souple d'une cinquantaine de mètres de long, s'immobilisa sur le bord du quai dans un insupportable crissement. Les trappes coulissantes s'ouvrirent dans un sifflement prolongé. Le compartiment, éclaboussé de lumière sale, n'était qu'aux trois quarts plein. Les nouveaux parents de Jek eurent la bonne idée de s'asseoir sur une banquette vide, de se serrer l'un contre l'autre et d'offrir ainsi une petite place à leur fils inconnu. Ils ne lui prêtèrent aucune attention, trop occupés qu'ils étaient à s'embrasser, à se nourrir l'un de l'autre. C'était quelque chose d'assez étonnant, d'à la fois répugnant et fascinant, que de voir ces lèvres luisantes se tordre et s'entre-dévorer comme des vers affamés et furieux.

Tandis que défilaient les stations, Jek ne se lassa pas de les observer du coin de l'œil. Ils n'étaient pas convertis au kreuzianisme, du moins pas encore : d'une part, ils ne portaient pas de colancor, d'autre part, des kreuziens, régis par le sévère Code des tolérances conjugales, ne se seraient jamais livrés à une telle exhibition en public. Il craignit que leur comportement provocant ne sorte les interliciers, les ombres noires et menaçantes assises quelques banquettes plus loin, de leur indifférence. Déjà, les regards désapprobateurs des autres voyageurs fusaient dans leur direction. Jek supplia intérieurement ses parents intérimaires de suspendre leurs activités, au moins tant qu'il serait auprès d'eux, et, curieusement, la femme exauça sa prière : elle rejeta la tête en arrière comme si les baisers enflammés de son compagnon avaient fini par la consumer. Elle était belle dans la défaite, avec ses grands yeux perdus dans le vague, ses cheveux ondulants et ses lèvres rouges et gonflées.

Jek se demanda si p'a et m'an At-Skin pratiquaient encore ce genre de jeu dans leur chambre du sous-sol, mais il s'aperçut vite que c'était là une pensée incongrue, absurde. Au fur et à mesure que le tube automatique s'éloignait du centre historique d'Anjor, l'image de son père et de sa mère devenait floue, imprécise, impalpable. Il fut effaré de constater à quelle vitesse il les oubliait. Il lui sembla soudain qu'il les avait quittés depuis des années, depuis des siècles. Les galeries ténébreuses du R.T.A. buvaient avidement ses souvenirs.

Carrefour Traph-Anjor. Il lui fallait maintenant changer de tube pour se rendre au Terrarium Nord, le quartier des quarantains. Il enveloppa d'un ultime regard le couple dont les bouches volaient l'une vers l'autre pour un nouvel affrontement. Cet homme et cette femme, des révoltés dans leur genre, ne sauraient jamais qu'ils avaient eu, l'espace de quelques minutes, un fils rebelle, silencieux et attentif de huit ans. Le tube ralentit et s'immobilisa sur le bord de l'interminable quai du carrefour.

Jek se jeta dans le flot de voyageurs. Des griffes acérées lui pincèrent les entrailles lorsqu'il passa devant les interliciers, mais aucune voix ne le cloua sur place, aucune main ne se referma sur son bras. S'efforçant de marcher d'une allure dégagée, il sortit du tube et se dirigea vers la plate-forme de correspondance. Il s'était si souvent rendu chez le vieil Artrarak qu'il aurait pu accomplir le trajet les yeux fermés. Désormais, il ne pouvait plus revenir en arrière et la seule question qu'il se posait était de savoir si le quarantain accepterait de le recevoir à cette heure de la nuit.

Le Terrarium, les quartiers souterrains qui abritaient les populations transfuges de la zone contaminée, s'étendait sur des centaines d'hectares au nord d'Anjor. C'était une ville dans la ville, avec sa propre administration, ses propres commerces et sa propre police. Un ghetto que ne fréquentaient jamais les « surfaceurs », les Anjoriens de surface.

Avant d'y mettre les pieds, Jek avait entendu toutes sortes d'histoires sur le compte des quarantains : p'a At-Skin, par exemple, prétendait que les grands vents radioactifs avaient provoqué chez eux des maladies bizarres et des métamorphoses monstrueuses. Il disait aussi qu'on n'aurait jamais dû les laisser entrer dans la zone protégée, qu'ils fabriquaient des gosses à tire-larigot et que, si l'on ne faisait rien pour les empêcher de procréer, ils finiraient par être dix fois plus nombreux que les Utigéniens sains. Et p'a At-Skin de vitupérer contre l'incompétence du gouvernement antique qui, mille cinq cents ans plus tôt, avait eu la faiblesse de recevoir une délégation venue de la zone contaminée, d'accepter ses revendications et de neutraliser la barrière magnétique isolante dressée entre les deux régions. Deux siècles plus tard, les célèbres tyrans du P.U.S.U. (le Parti des ultra-sains d'Ut-Gen) avaient redressé la situation avec l'énergie et l'extrémisme qui les caractérisaient : ils avaient rassemblé les quarantains dans des vaisseaux programmés pour exploser en vol. Ils avaient cru débarrasser Anjor de la vermine infectée, mais quelques individus avaient échappé aux rafles et à l'extermination en se réfugiant dans les égouts de la capitale anjorienne. Ainsi était né le Terrarium Nord.

Une frayeur immense avait saisi Jek lorsqu'il avait franchi pour la première fois la porte monumentale du ghetto, lorsqu'il avait vu les aiguilles de béton entrelacées et menaçantes qui ceinturaient les gigantesques excavations. Il s'était attendu à voir surgir des monstres hideux des innombrables orbites noires qui béaient sur les parois lisses des puits de descente, et seules les moqueries de ses amis l'avaient dissuadé de rebrousser chemin. Puis il avait constaté que les quarantains étaient des humains presque comme les autres, il s'était accoutumé à leurs visages torturés, à leurs corps difformes et aux curieux borborygmes qui ponctuaient leurs propos, il avait découvert et apprécié leur chaleur, leur humour, leur joie de vivre. Leurs ancêtres avaient peut-être été victimes de la colère du dieu-soleil de l'H-prime, mais eux ne souffraient pas de la morosité qui gangrenait les Anjoriens de surface. Les missionnaires kreuziens n'osaient pas s'aventurer dans le Terrarium Nord. Cela ne signifiait pas pour autant que l'Eglise se désintéressât du sort des quarantains : à plusieurs reprises, p'a At-Skin avait laissé entendre que le cardinal Fracist Bogh et ses conseillers préparaient une solution radicale, définitive, au problème épineux posé par le ghetto.

Jek dévala l'escalier d'accès au puits A 102, plongé dans une obscurité opaque, et déboucha sur le ponton supérieur. Les claquements de ses bottes sur le plancher métallique se répercutèrent d'une paroi à l'autre. Il s'approcha de la console lumineuse encastrée dans l'un des pylônes suspendus et appuya sur le bouton de commande de la plate-forme gravitationnelle. Les rafales d'un vent cinglant plaquèrent des mèches de sa chevelure sur son front et ses tempes. Il dut s'arc-bouter contre la balustrade du ponton pour ne pas perdre l'équilibre et se faire précipiter quelques centaines de mètres en contrebas. Au-dessus de lui, les étoiles et les croissants pâles des satellites se noyaient dans l'épais plafond de brume.

Quelques minutes plus tard, la plate-forme émergea des ténèbres et vint lentement s'abouter au ponton. Jek composa les chiffres 2, 5, 4 sur le clavier de la console, puis s'installa précautionneusement au milieu de la surface plane et circulaire d'une vingtaine de mètres de diamètre. Elle n'était pas équipée de garde-corps comme les plates-formes du R.T.A., mais d'un champ de gravité artificielle. En plein jour, Jek évitait soigneusement de s'approcher de son bord et plus encore de se pencher pour regarder au fond du puits. Même lorsqu'elle était bondée, il se débrouillait toujours pour se frayer un chemin jusqu'à son centre. Là, immobile, tétanisé, il attendait avec impatience le moment où il ne serait plus suspendu dans le vide, où il pourrait enfin fouler la terre ferme des tunnels.

La plate-forme oscilla légèrement sur elle-même puis entama sa descente en émettant un faible bourdonnement. D'habitude, Jek n'était pas seul et elle s'arrêtait aux niveaux intermédiaires saisis sur la console par les autres passagers. Cette fois-ci, comme le mémodisque de programmation lui donnait un peu de champ libre, elle prit rapidement de la vitesse. Bien que maintenu par le champ de gravité artificielle, Jek eut la brusque sensation de décoller du plancher, une impression d'autant plus saisissante que l'obscurité l'empêchait de se repérer aux parois convexes du puits, qu'il ne pouvait se fier qu'aux sifflements menaçants de l'air. Il crut qu'il allait s'écraser au fond du gouffre et son cœur affolé lui martela la cage thoracique et les tympans.

La plate-forme réduisit progressivement son allure et les organes éparpillés de Jek réintégrèrent leur emplacement initial. Elle s'aligna sagement contre le bord extérieur d'un étroit ponton de réception, auquel elle finit par s'abouter dans un claquement bref. Le champ de gravité artificielle se désactiva. Etourdi, suffocant, Jek se leva et, bien que ses jambes flageolantes eussent quelque difficulté à le porter, il fila sans demander son reste. Il ne jeta pas son habituel coup d'œil vers le sommet du puits, vers cette bouche qui paraissait si grande là-haut et si minuscule en bas, il ne chercha pas davantage à vérifier qu'il était bien arrivé au niveau – 254, il franchit le ponton en quelques bonds et s'enfonça directement dans le tunnel d'accès aux terriers.

Talonné par les ténèbres, il courut jusqu'au premier embranchement, une placette voûtée d'où partaient une douzaine d'autres galeries. Il ne voyait pratiquement rien mais il suivait la carte intérieure qui, au fil de ses visites, s'était imprimée dans son esprit. Les rampes enchâssées dans les voûtes des tunnels étaient éteintes. Des rayons ténus s'infiltraient par les interstices arrondis des sas des terriers encore éclairés. Jek s'était toujours demandé comment les quarantains faisaient la différence entre le jour et la nuit. Sa balade nocturne dans le labyrinthe du Terrarium lui en apportait la réponse : ils mettaient tout simplement fin au jour artificiel en éteignant les rampes des tunnels.

Au sixième embranchement, il s'engagea dans une galerie étroite et sinueuse dont l'odeur caractéristique, différente de l'âcre puanteur de renfermé et de moisissure qui régnait sur le ghetto, lui indiqua qu'il touchait au but. Il déboucha bientôt sur la vaste grotte des plantations de plumeng, une racine aromatique qui entrait dans la composition de la plupart des pommades, onguents et épices des quarantains.

Un flot de lumière crue s'échappait du sas entrouvert du terrier du vieil Artrarak, inondait un carré de terreau noir, caressait les feuilles brunes et largement nervurées des plumengs, puis escaladait les reliefs d'une paroi rugueuse avant de se jeter dans les insondables profondeurs de la grotte. Un léger clapotis troublait le silence. Jek reprit son souffle et essuya d'un revers de manche les gouttelettes de sueur qui perlaient sur son front.

« Tu t'es décidé ! » fit soudain une voix grave et mélodieuse.

Jek sursauta. Le vieil Artrarak émergea d'un repli d'obscurité et s'avança vers lui, un sourire vissé au coin des lèvres. Chez le quarantain, la nature semblait avoir pris un malin plaisir à compliquer les choses. Il ne lui suffisait pas d'avoir un nom imprononçable, il fallait en plus que sa vilaine bobine fût ajustée en dépit du bon sens : on cherchait les yeux sous le front et on les découvrait placés de chaque côté du nez en forme de museau, tellement renfoncés dans leurs orbites qu'on se demandait d'abord, jusqu'à ce qu'on distingue les lueurs vives des prunelles, si on n'avait pas affaire là à une paire de narines supplémentaires. La bouche, d'une incroyable mobilité, s'étirait jusqu'aux oreilles, elles-mêmes implantées directement sur les tempes. Quelques poils blancs savamment disposés ne réussissaient pas à camoufler le crâne nu, crevassé, cabossé. Quant aux membres, ils étaient si longs et si maigres qu'ils conféraient à leur propriétaire la curieuse allure d'une araignée perpétuellement suspendue à son fil. De même, il était difficile d'accoler le nom de vêtements aux bouts de tissu élimés et sales, grossièrement cousus les uns aux autres, qui enveloppaient l'ensemble.

Comme bon nombre de quarantains, Artrarak souffrait de bêtazoomorphie. Ses lointains ascendants avaient été irradiés par les grands vents radioactifs, et la maladie, infectant les gènes, s'était transmise de génération en génération. Toutefois, les malformations d'Artrarak s'évanouissaient comme par enchantement dès qu'il prenait la parole. Chez lui, la beauté se nichait dans la voix, une voix basse, chaude, envoûtante. Elle coulait de sa gorge comme la plus précieuse et la plus parfumée des eaux de source, comme une rivière apaisante, enchantée, au sein de laquelle Jek se plongeait avec délectation. Les petits Anjoriens de surface qui venaient lui rendre visite n'avaient aucune idée de son âge mais ils l'avaient spontanément surnommé le « vieil Artrarak ». Les quarantains, eux, le considéraient comme un marginal, comme un radoteur qui finissait par s'empêtrer dans les légendes qu'il racontait.

La lumière crue du terrier sculptait les traits tourmentés d'Artrarak. Ses doigts osseux se refermèrent comme des serres sur l'épaule de Jek.

« Tu t'es enfui de chez toi, n'est-ce pas ? »

Jek réprima un frisson et acquiesça d'un mouvement de menton.

« Eh bien, ça me rassure ! Il y en a au moins un qui a cru à mes histoires !

– Mes parents voulaient m'envoyer dès demain matin dans une école de propagande sacrée... bredouilla Jek, au bord des larmes.

– Oh, oh, un cas d'urgence ! Viens dans mon terrier : nous serons mieux pour parler... »

Une pensée vénéneuse traversa le cerveau de Jek. Pouvait-on vraiment faire confiance au vieil Artrarak ? Et si ses belles histoires n'étaient que les fruits d'un cerveau affabulateur, pervers, détraqué ? P'a At-Skin disait souvent que les quarantains souffraient de crises aiguës de schizophrénie, des moments pendant lesquels ils croyaient voir et entendre des choses qui n'existaient pas. Peut-être que Naïa Phykit, la belle Syracusaine, Sri Lumpa l'Orangien et le mahdi Shari des Hymlyas, les trois personnages de légende qui combattaient les armées du grand Ang'empire, n'existaient pas eux non plus... Tout à coup, Jek trouva peu vraisemblable qu'on puisse échapper à un lézard géant de la planète Deux-Saisons, narguer l'inquisition mentale et voyager sur ses pensées...

Artrarak l'entraîna à l'intérieur du terrier et lui fit signe de s'asseoir sur un tabouret de pierre taillée. Le mobilier du quarantain se réduisait à sa plus simple expression : deux autres tabourets, une table de terre séchée, quelques étagères creusées directement dans les parois rocheuses et un matelas de feuilles de plumeng posé à même le sol. La grosse bulle-lumière à reconnaissance vocale qui flottait sous le plafond bas était sa seule concession au modernisme. Quelle que fût la saison, grand hiver, hiver ou automne, et même s'il ne disposait d'aucune sphère atomique de chauffage, le terrier offrait une température agréable et constante.

« Je suppose que tu as faim et soif », dit Artrarak.

Sans même attendre la réponse de son petit hôte, il disparut dans une seconde pièce en enfilade. Une fatigue intense s'abattit soudain sur les épaules de Jek. Ses muscles endoloris réclamèrent avec insistance leur dû de sommeil. Ses parents l'avaient tellement accoutumé à se coucher tôt qu'il se sentait complètement patraque, qu'il avait l'impression tenace d'évoluer à côté de son corps. Les formes et les sons glissaient sur lui comme des songes.

« Voilà de quoi reprendre des forces ! Tu en auras besoin, car tu devras partir avant le lever du jour. Dès que tes parents auront alerté les interliciers, ils lanceront une sonde olfactive sur tes traces... »

Artrarak posa un plateau devant Jek qui, machinalement, saisit une tasse. Le breuvage, brûlant, amer, lui soutira des larmes.

« Je pourrai peut-être brouiller la piste de la sonde, mais je n'en suis pas certain, poursuivit le quarantain. Tu ne seras en sécurité que lorsque tu auras atteint la zone irradiée... »

Jek leva des yeux horrifiés au-dessus de la tasse.

« La zone contaminée ?

– C'est le seul endroit où les interliciers ne mettront jamais les pieds. Pas plus que les kreuziens, les Scaythes ou les mercenaires de Pritiv ! Mais ne t'inquiète pas : tu n'y resteras pas assez longtemps pour être contaminé. Trente siècles, c'est long, et nos amis les atomes de fission ont perdu de leur redoutable pouvoir...

– Mais on ne peut pas passer... La barrière magnétique à haute densité... »

Artrarak libéra un rire à la fois musical et chuintant.

« Chaque jour, des centaines de quarantains passent tranquillement de la zone contaminée au Terrarium et vice versa ! Aucune barrière magnétique n'est en mesure d'empêcher les rats de creuser... Tu seras le premier Anjorien de surface à emprunter les voies souterraines. Un grand honneur... C'est surtout le seul moyen de quitter discrètement Ut-Gen : les déremats et les vaisseaux réguliers sont contrôlés par les Scaythes surveillants. Ils liraient dans tes pensées aussi facilement que dans un livre ouvert. Une fois dans la zone interdite, tu gagneras la cité de Glatin-Bat. Là-bas, tu demanderas le vaisseau du viduc Papironda. C'est un pillard et un égorgeur, mais, si tu lui dis que tu viens de ma part, il ne fera aucune difficulté pour te déposer sur Franzia, une planète de l'amas de Néorop... »

Si d'habitude les mots d'Artrarak enflammaient Jek, ils étaient cette nuit de nature à le glacer. Cela tenait peut-être au fait que le vieux quarantain avait toujours évoqué le but du voyage et non les moyens qui permettaient d'atteindre ce but. Jek mesurait subitement toutes les difficultés qui l'attendaient. C'était un peu comme lorsqu'il imaginait un dessin magnifique dans sa tête et que chaque coup de crayon l'éloignait un peu plus du modèle parfait qu'il avait spontanément conçu.

Un gouffre insondable séparait le rêve de la réalité. Il lui fallait non seulement se rendre dans la zone contaminée, mais encore contacter un pillard, un égorgeur, l'un de ces pirates sans scrupule qui hantaient l'espace et dont p'a At-Skin parlait quelquefois avec de l'effroi dans les yeux.

« Sur Franzia, il existe des réseaux secrets qui font passer les pèlerins sur Terra Mater, la terre des origines, poursuivit Artrarak. Là, Naïa Phykit, Sri Lumpa et le mahdi Shari des Hymlyas t'apprendront le son du silence, le son qui permet d'échapper à l'inquisition mentale et de voyager sur les pensées. Tu deviendras un guerrier du silence, petit Jek, l'un de ceux qui participeront à l'avènement du monde nouveau... Un guerrier du silence... »

Il avait prononcé ces derniers mots avec une douceur et un respect infinis.

« Ce n'est rien qu'une légende ! Des menteries ! cria Jek en repoussant rageusement sa tasse.

– Qu'est-ce que ça change ? répliqua calmement Artrarak. A ton avis, qu'est-ce qui est préférable ? Croire aux légendes ou se résigner à une existence sans espoir ? Moi, je préfère la beauté des menteries à la laideur de certaines vérités...

– Alors, pourquoi est-ce que tu restes ici ? »

Les yeux du vieux quarantain devinrent des puits incandescents.

« Tu ne peux pas imaginer à quel point j'aimerais être à ta place, petit surfaceur ! murmura-t-il tristement. Mais je ne peux pas partir. Il y a plus de vingt ans de cela, j'étais l'un des correspondants locaux de la chevalerie absourate...

– De la quoi ?

– Tu n'as jamais entendu parler de la Confédération de Naflin ? Des chevaliers absourates ? C'est vrai que c'était avant ta naissance, avant l'Ang'empire... Lorsque les Anjoriens de surface creusèrent le sous-sol de leur ville pour installer le R.T.A., ils découvrirent avec horreur le Terrarium, ils découvrirent que des quarantains avaient vécu pendant des siècles sous leurs pieds.

Ils décidèrent immédiatement de poursuivre la politique d'extermination entreprise par les tyrans du P.U.S.U... Mais entre-temps, Ut-Gen avait demandé son intégration à la Confédération de Naflin, une sorte de gouvernement supraplanétaire qui veillait à l'équilibre des pouvoirs. Je n'ai pas le temps de tout t'expliquer. Sache simplement que la chevalerie absourate était un ordre secret et que... »

Il s'interrompit soudain comme si quelque chose venait de le frapper. Il huma longuement l'air et un masque d'inquiétude tomba sur son visage difforme.

« Ces maudits kreuziens !... Ils ont avancé leur date ! Quelqu'un nous a manipulés ! »

Il renversa son tabouret, contourna la table et se rua hors du terrier. Jek, interloqué, le vit couper directement par les carrés de terreau noir, piétiner sauvagement les fanes des plumengs. Son ombre étirée fusa sur la paroi éclairée de la grotte. Il disparut dans la galerie étranglée qui donnait sur l'embranchement.

En attendant le retour du vieux quarantain, Jek ne trouva rien de mieux à faire que de grignoter les gâteaux secs disposés sur le plateau. Une manière comme une autre de résister à l'appel envoûtant du sommeil. Puis il se posa des questions sur le comportement singulier d'Artrarak et une inquiétude sournoise le gagna. Nerveux, incapable de rester en place, il se leva, sortit à son tour du terrier et s'aventura dans la grotte tout en veillant à rester dans les limites du halo de lumière. C'est alors qu'une odeur piquante s'insinua dans ses narines. Il lui associa instantanément l'image du parc cynégétique où son père et son oncle, t'on Or-Lil, l'avaient emmené l'année passée. De temps en temps, p'a At-Skin aimait bien, selon sa propre expression, taquiner le fauve. Un loisir réservé aux catégories sociales supérieures dont il se réclamait. Le fauve en question était importé, numéroté, réservé, anesthésié, et n'offrait qu'une résistance de principe à son chasseur d'un jour, mais il gardait ses apparences de fauve, avec des griffes et des dents impressionnantes, aussi longues que des poignards.

Un bruit de cavalcade le tira de ses rêveries. Il discerna la silhouette arachnéenne d'Artrarak qui revenait sur ses pas, qui accourait vers lui, essoufflé, livide, tellement penché vers l'avant que ses mains touchaient pratiquement le sol.

« Ne reste pas là, petit Jek ! Les kreuziens sont en train de nous gazer ! »

C'était ça, l'odeur ! Des relents de gaz s'échappaient des cartouches utilisées par les chasseurs amateurs du parc cynégétique. *Le gaz foudroyant, il n'y a rien de plus efficace pour coucher la bête !* disait p'a At-Skin en épaulant son lance-cartouches. Cela valait probablement pour les quelques millions de quarantains du Terrarium Nord et un petit Anjorien de surface du nom de Jek At-Skin.

Il resta planté sur le terreau, épouvanté, pétrifié. Sa seule réaction fut de clore les paupières. Tout ça n'était qu'un cauchemar, il allait certainement se réveiller dans sa chambre, il en rirait lorsqu'il raconterait cette histoire à ses amis d'Oth-Anjor. Il s'aperçut à peine que le vieil Artrarak le saisissait par le bras et le tirait vers le sas entrouvert du terrier.

CHAPITRE II

KERVALEUR : nom commun, masculin. Désigne un individu dans le cerveau duquel on a implanté un programme mental autonome pour l'entraîner à commettre des actions indépendantes de sa volonté. Par extension : traître, félon. Historique du mot : Marti de Kervaleur, descendant d'une noble famille syracusaine et membre du mouvement clandestin Mashama, aurait été manipulé par les effaceurs du sénéchal Harkot lors de la période dite de la « Terreur des Experts ». Le désespoir l'aurait ultérieurement poussé à se suicider. De nombreux historiens de l'ère sharienne mettent son existence en doute et pensent qu'il s'agit d'un personnage fictif inventé par les premiers guerriers du silence. Cependant, des archéologues de Terra Mater ont exhumé un squelette que des biologistes ont authentifié comme étant celui de Marti de Kervaleur.

Dictionnaire universel des mots
et expressions pittoresques,
Académie des langues vivantes

D'un œil distrait, Marti de Kervaleur observait le ballet des loges courtisanes, de grandes sphères blanches capitonnées et ouvertes sur le devant qui affluaient dans l'immense salle des réceptions officielles du palais Arghetti-Ang. Elles surgissaient des bouches enluminées des quatre couloirs d'accès et flottaient pendant quelques secondes, dans le plus grand désordre, deux mètres au-dessus du parquet d'optalium blanc et doré.

Les maîtres du protocole en habit d'apparat – colancor et cape pourpres à liséré d'optalium argenté, gants gris, tricorne noir serti de pierres de lune – entraient alors en action. Debout derrière un pupitre, ils pianotaient sur la console encastrée dans le bois précieux, et le mémodisque central se chargeait de placer les loges en fonction de la qualité et du mérite de leurs occupants. Elles s'envolaient silencieusement vers le plafond criblé d'étoiles holographiques, dessinaient des paraboles plus ou moins longues selon les distances qu'elles avaient à parcourir, se faufilaient entre les loges déjà installées et finissaient par s'immobiliser à l'emplacement choisi par le programmateur. Elles formaient à présent une sorte de gigantesque amphithéâtre en suspension dont les travées achevaient progressivement de se remplir.

Les rangs les plus bas, les plus proches de la scène centrale, se teintaient uniformément de pourpre et de mauve : ils étaient réservés aux loges ecclésiastiques, dont les occupants, les cardinaux de l'Eglise du Kreuz, vêtus de leur traditionnel surplis mauve et de leur colancor pourpre, s'adressaient mutuellement d'incessants signes codés de mains, de doigts et de bouches que seuls de très rares initiés étaient en mesure de déchiffrer.

Les rangs intermédiaires étaient occupés par les familles les plus prestigieuses de Syracusa : Vangouw, Phlel, Blaurenaar, Ariostea, Phart, Kervaleur, Van-Boer... les familles qui avaient, des siècles plus tôt, renversé le Comité planétaire de sinistre mémoire et rétabli l'hégémonie de la noblesse... Les pairs de Marti de Kervaleur... Des courtisans pétris de grâce et d'ennui qui passaient une moitié de leur vie à tenter de comprendre les règles de l'étiquette et l'autre moitié à tenter de les observer. Des hommes et des femmes désœuvrés, futiles, vains, flagorneurs, procéduriers, désargentés, que l'avènement de l'Ang'empire avait d'ores et déjà rejetés dans les oubliettes de l'histoire. Un monde en décomposition...

Dans la pénombre des loges frappées des sceaux ancestraux se devinaient les faces poudrées, blêmes, sinistres, que les couronnes-eau lumineuses et les deux ou trois mèches réglementaires ne parvenaient pas à égayer. Marti de Kervaleur détestait la compagnie des grands courtisans (et cela valait également pour ses propres parents) : chez eux, le contrôle des émotions, la fameuse auto-psykè-défense, s'était transformé en une neutralité qui tenait de la négation pure et simple de la vie.

C'était parmi les loges des rangs supérieurs que l'on remarquait les toilettes les plus chatoyantes, les tissus les plus somptueux, les bijoux les plus ostentatoires, les couleurs les plus tranchées, les maquillages les plus vifs. Pour la plupart, les délégués des guildes professionnelles, les représentants de l'armée, de la médecine, des sciences, des transports, de l'industrie, des arts, des spectacles, de l'éducation, du commerce, de l'artisanat, de l'agriculture, n'appartenaient pas à la grande noblesse de sang. Ils s'étaient élevés au-dessus de leur condition par le travail, par l'intelligence ou par la malhonnêteté. Ils présumaient probablement que l'exhibition de leur fortune suffisait à compenser la médiocrité de leur naissance, ils ne réussissaient qu'à ressembler à des saliers huppés en train d'effectuer leur parade nuptiale.

Le spectacle, pourtant fastueux, ne parvenait pas à tromper l'ennui de Marti de Kervaleur. Cela faisait maintenant trois ans que son père, le très estimable Burphi de Kervaleur, le contraignait à assister aux cérémonies du 22 de fracius. La première introduction officielle de Marti à la cour vénicienne avait eu quelque chose d'un émerveillement, mais, une fois consumé le plaisir de la découverte, les fêtes commémoratives du couronnement de l'empereur Menati s'étaient rapidement transformées en corvée. Les discours interminables que l'on y prononçait et les spectacles conventionnels que l'on y jouait étaient des nourritures bien fades pour l'esprit exalté d'un jeune homme de vingt ans.

Marti de Kervaleur jeta un bref coup d'œil sur sa gauche : assis sur la confortable banquette de la loge familiale, ses parents conversaient à voix basse. Les doigts longs et fins de sa mère, gantés de blanc, enserraient les montants torsadés du garde-corps. De quoi pouvaient-ils bien parler ? De menus détails de l'étiquette, probablement... De la position de leur loge par rapport aux autres grandes familles, peut-être... Des dernières frasques de l'impératrice, l'imprévisible et cruelle dame Sibrit... De l'efficacité des protecteurs de pensées... Des nouveaux programmes mentaux du sénéchal Harkot... Caquetages courtisans...

S'ils avaient appris à quelles secrètes et coupables activités se livrait leur fils unique, nul doute que leur contrôle A.P.D., ce paravent mental dont ils étaient si fiers, aurait immédiatement volé en éclats.

Une bulle d'inquiétude emprisonna soudain les entrailles de Marti de Kervaleur. Etreint par le besoin pressant d'être rassuré, il jeta un bref regard en direction de l'acaba blanche et immobile de son protecteur de pensées, assis, en compagnie des quatre protecteurs de ses parents, sur la banquette arrière de la loge. Quelles que fussent les circonstances, Marti ne se séparait jamais de son protecteur : il lui permettait de cultiver et de préserver son jardin secret, envahi d'herbes folles, luxuriantes, vénéneuses, d'où s'exhalait le parfum enivrant de la rébellion. Ses parents lui avaient pourtant donné les précepteurs les plus réputés, les maîtres d'éducation en vogue dont les nobles familles s'arrachaient les services à prix d'or. Ils avaient voulu le fabriquer à leur image, le polir, en faire un parfait courtisan, l'un de ces êtres cauteleux, fourbes, qui passaient l'essentiel de leur existence à courir de réceptions en spectacles, de cérémonies en soirées, de réunions officielles en intrigues officieuses...

Marti de Kervaleur et ses amis du mouvement clandestin Mashama (« origine », en vieille langue syracusaine), tous de jeunes nobles comme lui, se faisaient une tout autre idée de l'avenir. Ils refusaient catégoriquement d'être assimilés à de simples oiseaux écervelés et pépiants de basse-cour. A l'ombre de leurs protecteurs de pensées et dans les replis des secondes nuits, les insoumis du Mashama œuvraient pour la réhabilitation des valeurs anciennes, des vertus guerrières syracusaines des temps de conquête.

Les dernières loges s'envolèrent vers les rares emplacements encore libres. Elles se pressaient maintenant sur une trentaine de niveaux. Les rangs supérieurs se perdaient parmi les étoiles 4-D du plafond, les caméras d'holovision et les nuées de bulles-lumière flottantes. Les personnalités les plus influentes de l'Ang'empire étaient désormais rassemblées dans la salle des réceptions officielles du palais impérial Arghetti-Ang : les cardinaux permanents du palais épiscopal, les cardinaux gouverneurs des deux cents planètes majeures, les nobles familles gardiennes de l'étiquette et de la tradition, les officiers supérieurs de l'interlice (d'anciens mercenaires de Pritiv pour la plupart), les conseillers impériaux, les délégués des guildes professionnelles, les plus grands artistes de ce temps, cantateurs, peintres, musiciens, sculpteurs, danseurs, holoastes... Tous étaient accompagnés, selon les fonctions et les moyens, d'un, deux, trois, voire quatre protecteurs de pensées, entassés sur les banquettes arrière des loges.

Les maîtres du protocole se reculèrent de chaque côté de la scène centrale, une estrade surélevée et ornée de motifs holographiques changeants. Les bulles-lumière s'éteignirent l'une après l'autre. Les caméras de l'holovision, commandées depuis les cabines médiatiques, émirent leur caractéristique grésillement.

L'immense pièce fut peu à peu plongée dans un clair-obscur diffus, égratigné par les jets courbes et scintillants des fontaines de sol. Puis les faisceaux puissants de projecteurs mobiles balayèrent la scène centrale.

Une porte coulissa sur le mur du fond et livra passage au sénéchal Harkot, enfoui dans une acaba bleu roi à l'ample capuchon souligné d'un liséré noir. Instantanément, un silence mortuaire ensevelit la salle des réceptions. Le sénéchal s'avança jusqu'au bord de l'estrade et s'immobilisa face aux loges. Le tissu de l'acaba recouvrait entièrement sa tête, comme chaque fois qu'il paraissait en public, événement de plus en plus rare. Ses yeux noirs brillaient dans l'ombre du capuchon. Marti de Kervaleur n'avait jamais eu l'honneur de contempler le visage du sénéchal Harkot, mais c'était un privilège qu'il abandonnait volontiers à d'autres : il avait un jour entrevu le faciès de son protecteur de pensées dont le capuchon avait glissé sur les épaules, et il avait été horrifié par l'apparence monstrueuse du Scaythe, par sa peau rugueuse et verdâtre, par son crâne glabre et crevassé, par ses yeux globuleux et dépourvus d'iris. Il ne comprenait pas comment les Syracusains en étaient arrivés à confier les clés de leur destinée à ces caricatures d'êtres humains. Le mouvement Mashama n'aurait de trêve tant qu'il n'aurait pas chassé tous les Scaythes d'Hyponéros du territoire syracusain et des satellites.

Du sénéchal Harkot, on ne savait pas grand-chose. C'était un être discret, secret même. On ne l'apercevait qu'à l'occasion des cérémonies officielles, enveloppé dans sa sempiternelle acaba bleu roi, immobile, impénétrable, énigmatique. On murmurait que le programme de développement des effaceurs, des Scaythes qui déprogrammaient et reconditionnaient les cerveaux à volonté, lui prenait tout son temps. On prétendait qu'il avait lui-même exécuté le seigneur Ranti Ang, qu'il avait été le héros de la légendaire bataille de Houhatte, au cours de laquelle avait été consommée la défaite de l'Ordre absourate, pilier de l'ancienne Confédération de Naflin... On racontait également qu'il avait comploté avec le muffi Barrofill le Vingt-quatrième pour destituer le connétable Pamynx et favoriser le rapprochement entre Menati et sa belle-sœur, dame Sibrit... Difficile de démêler le vrai du faux dans les innombrables rumeurs qui circulaient à son sujet. Certains courtisans affirmaient, à pensées et mots couverts, qu'Harkot n'était lui-même qu'un vulgaire pantin dont les maîtres d'Hyponéros manipulaient les fils. Ce à quoi d'autres rétorquaient que personne n'avait encore réussi à prouver l'existence d'un monde nommé Hyponéros... Toujours est-il qu'il occupait la fonction la plus prestigieuse du palais Arghetti-Ang, un poste clé que briguaient les grandes familles, excédées que les affaires de l'empire fussent confiées à un paritole, un étranger, pire, à un non-humain. On devait notamment au sénéchal Harkot les miradors à pensées, de hautes tours au sommet desquelles veillaient en permanence des Scaythes vigiles, chargés de détecter les éventuels rassemblements d'hérétiques ou d'opposants (espèces en voie de disparition). Vénicia elle-même, la capitale syracusaine promue au rang de capitale universelle, ne comptait pas moins de quarante-deux de ces disgracieuses constructions. Quarante-deux fautes de goût, quarante-deux ruptures de rythme dans la symphonie architecturale de la cité.

Le muffi Barrofill le Vingt-quatrième s'avança à son tour sur l'estrade ruisselante de lumière. Il se dirigea, de son allure dandinante, dans le coin opposé à celui où Harkot s'était installé. Il semblait éprouver les pires difficultés à supporter le poids de la tiare pontificale, une haute coiffure conique tendue de brocart et incrustée d'énormes gemmes. Il marchait à pas lents, hésitants, courbé sur lui-même, disparaissant sous les plis savants de son ample chasuble blanche. Un entrelacs de rides profondes (on chuchotait çà et là qu'il avait subi vingt et une opérations de remodelage facial et quinze greffes d'embryons adéniques humains...) sillonnait sa face ratatinée, émaciée, chafouine. On soutenait qu'il vivait retranché dans la plus haute tour du palais épiscopal de Vénicia, entouré d'une vingtaine de protecteurs de pensées et plus de deux cents gardes du corps. Il ne sortait de sa forteresse, escorté d'une véritable armée, que pour rendre les visites hebdomadaires d'usage à l'empereur et au sénéchal. La méfiance de ce vieillard retors ressemblait à s'y méprendre à de la paranoïa. Il avait peur de tout, de tous, et en particulier de ses cardinaux. Il n'avait pas tout à fait tort : le trône pontifical de l'Eglise du Kreuz était l'un des sièges les plus convoités de l'Ang'empire. Le Pasteur Infaillible régnait sur une pieuvre aux cent millions de tentacules : cardinaux, exarques, vicaires, officiants du culte, inquisiteurs, théologiens, reclus, missionnaires, aspirants, novices, enfants des écoles de propagande sacrée... Le kreuzianisme avait été promulgué religion officielle (c'est-à-dire obligatoire) de l'Ang'empire et les fidèles se comptaient à présent par centaines de milliards. Revers de la médaille, les couloirs du palais épiscopal étaient devenus les champs permanents de terribles guerres de succession. Barrofill le Vingt-quatrième gouvernait du haut de son donjon fortifié, relié au reste de l'univers par les écrans-bulles des canaux holo et les messacodeurs de son réseau d'agents extérieurs, et son activité principale consistait à prendre des mesures de rétorsion contre les cardinaux ou les exarques dont il éventait les complots. Sous son long règne, les croix-de-feu s'étaient multipliées de manière spectaculaire. A un point tel que les corps suppliciés des hérétiques étaient devenus les ornements les plus courants des trottoirs urbains.

Marti de Kervaleur avait été éduqué selon les stricts canons kreuziens, bien entendu, mais s'il continuait de fréquenter assidûment le temple lors des offices bihebdomadaires, c'était uniquement pour ne pas éveiller les soupçons. Avec ses amis du Mashama, il se livrait à d'occultes pratiques païennes, barbares et cruelles qui le galvanisaient autant qu'elles l'effrayaient. Ils prônaient le retour à l'animalité, à l'instinct de survie, ils en appelaient à la loi sacrée du sang, ils ressuscitaient les valeurs guerrières, héroïques, des fiers Syracusains du temps passé. Et ces célébrations éveillaient en eux des sensations autrement exaltantes que les discours moralistes et pompeux des lugubres officiants du culte kreuzien.

Le couple impérial fit enfin son apparition sur la scène centrale. Lui, Menati Imperator, paré d'une interminable soura et d'un colancor indigo sertis de diamants, coiffé d'une toque assortie et frappée d'un cercle blanc et d'une couronne dorée à trois branches, symboles de l'Ang'empire. Fond de teint blafard, lèvres fardées de nacrelle bleu nuit, de celle qu'on appelait couramment la « caresse du baiser nocturne ». Son visage carré, encadré de deux mèches torsadées et noires, marquait une tendance certaine à s'empâter avec le temps. Ses yeux sombres luisaient sous les barres des sourcils épilés. Elle, dame Sibrit, la première dame de l'Empire, vêtue d'un colancor argentin et d'une cape de tissu-vie à émulsions changeantes. L'unique mèche grise et droite qui s'échappait de sa couronne-eau lumineuse lui longeait la tempe, la joue et le menton.

La beauté de l'impératrice émerveillait toujours autant Marti de Kervaleur, même si les deux rides qui s'élevaient des commissures de ses lèvres se creusaient d'amertume, même si ses joues avaient à jamais perdu leurs innocentes rondeurs, même si ses traits délicats se durcissaient au fur et à mesure que s'écoulaient les années. Il éprouvait pour dame Sibrit un désir aussi violent qu'insensé. Elle nourrissait ses fantasmes de jeune homme solitaire et il aurait donné sa vie pour plonger corps et âme dans les lacs d'eau claire de ses yeux bleus.

On la décrivait comme une femme fantasque, cruelle, à demi folle. Des dames de compagnie bien informées (pléonasme...) juraient qu'elle acceptait de recevoir les hommages de son auguste époux à la seule condition qu'il lui promît de sacrifier tel courtisan ou telle courtisane. Ragots ? Affabulations ?... Voire... Des fils ou filles de grandes familles avaient disparu dans des circonstances mystérieuses et les limiers-robots à reconnaissance cellulaire lancés sur leurs traces avaient été retrouvés, déconnectés, dans les couloirs du palais impérial où les avaient entraînés leurs recherches. Et les grands courtisans d'éprouver le délicieux frisson de la peur, chacun de présumer qu'il serait le prochain à être immolé sur l'autel des amours impériales... D'origine provinciale, dame Sibrit détestait les Véniciens, qu'elle jugeait sots, prétentieux, ridicules (elle n'en était que plus chère aux yeux de Marti de Kervaleur). En retour, les gens de cour lui vouaient une haine farouche qu'ils dissimulaient de leur mieux sous le paravent de leur contrôle A.P.D. Les femmes se montraient les plus féroces : elles ne pardonnaient pas à la petite provinciale d'avoir à ce point monopolisé les attentions de l'empereur qu'il ne leur accordait plus aucun regard, pas même un regard de mépris. Elles se vengeaient en répandant les bruits les plus insensés sur le compte de leur souveraine. Un jour, elles l'apercevaient en train de se vautrer, nue, dans une baignoire remplie du sang frais de jeunes paritoles... Le lendemain, elles la surprenaient dans les bras de cinq ou six hommes de la garde impériale... Le jour suivant, elles identifiaient formellement sa silhouette au beau milieu d'officiants de cultes hérétiques et orgiaques (à moins qu'elles n'y participent elles-mêmes, Marti ne voyait pas où ces vipères auraient pu glaner ce genre d'informations).

Bien qu'ils ne reposent sur aucun fondement concret, ces bruits finissaient par éclabousser l'empereur en personne. Quiconque savait décoder le langage courtisan à triple ou quadruple sens pouvait y détecter les reproches voilés adressés à Menati Imperator : on blâmait sa faiblesse, on fustigeait l'influence pernicieuse de son épouse, on déplorait que le maître absolu de l'univers cédât au moindre caprice de la gourgandine provinciale. C'était elle qui faisait et défaisait les alliances entre les grandes familles, elle qui orchestrait les ascensions et les chutes, les grâces et les disgrâces. On allait jusqu'à plaindre l'empereur, obligé de composer avec ces trois monstres qu'étaient le sénéchal Harkot, le muffi Barrofill le Vingt-quatrième et dame Sibrit. On avait connu le cadet des Ang fier, ombrageux, courageux, on avait appris à aimer son arrogance, sa brutalité, sa rudesse, et on se retrouvait devant une chiffe molle, une marionnette, une ombre. D'ailleurs, il se voûtait, se tassait, s'alourdissait, perdait son noble maintien, comme si, pour devenir empereur, il avait dû faire le sacrifice de sa prestance de seigneur.

Un autre sujet préoccupait les grands courtisans, en particulier les gardiens de l'arbre généalogique Ang, des barbons à demi gâteux dont la seule tâche consistait à ajouter quelques noms sur le registre officiel du palais : dame Sibrit n'avait pour l'instant donné aucun héritier à Menati Imperator. Passait encore qu'elle rechignât à porter des enfants, car nulle femme de qualité n'était tenue d'accepter cette répugnante déformation de la chair, mais on comprenait mal son refus obstiné du prélèvement de ses ovules. Les douairières affirmaient à qui voulait bien les entendre (et ceux-là étaient nombreux...) que l'impératrice, âgée de trente-neuf ans, était parfaitement apte à féconder : ne prenait-elle pas régulièrement de ces solutés chimiques qui dissolvent le sang impur des menstrues ? Les douairières avaient même demandé audience à Menati pour lui faire part de leur inquiétude et rappeler l'impératrice à ses devoirs. Il les avait écoutées d'une oreille distraite et leur avait répondu, d'un ton ferme et définitif, que dame Sibrit n'aurait des enfants que si elle en exprimait un jour le désir. La cour attendait donc, avec une résignation exaspérée, le bon vouloir de la provinciale.

Menati Imperator s'immobilisa au centre de la scène tandis que dame Sibrit se tenait légèrement en retrait. Contrairement aux invités, confortablement installés dans les loges, le couple impérial, le sénéchal et le muffi resteraient debout tant que dureraient les discours officiels, des odes pompeuses à la gloire de l'Ang'empire. Les maîtres du protocole ouvrirent le canal super-fluide qui reliait le micro suspendu à quelques centimètres des lèvres de l'empereur aux récepteurs tympanaux distribués aux invités. Un subtil grésillement s'éleva dans l'oreille gauche de Marti de Kervaleur. Quelque part dans les loges qui l'environnaient étaient disséminés plusieurs de ses amis du Mashama, qui, comme lui, n'étaient pas parvenus à se soustraire à la redoutable corvée. Fort heureusement, au coucher de Soleil Saphyr et à l'avènement de la seconde nuit, les attendaient des agapes autrement réjouissantes, autrement enivrantes. Ils fêteraient le seizième anniversaire du couronnement de Menati Imperator à leur manière : en offrant aux dieux farouches de l'antique panthéon syracusain le sang clair d'une jeune vierge achetée sur un marché aux esclaves.

« Bienvenue à vous tous... »

De la hauteur à laquelle stationnait la loge familiale, Marti avait l'impression que l'empereur de l'univers n'était qu'une reproduction holographique miniaturisée. Le jeune courtisan décela des fêlures, de la lassitude dans la voix pourtant grave et ferme qui s'élevait de son récepteur tympanal.

« Voici maintenant seize années standard que l'Ang'empire a pris le relais de la Confédération de Naflin et que règne la *pax imperatoria* sur les trois cent soixante-dix-sept planètes et satellites des cent quarante-deux systèmes stellaires de l'univers recensé... Voici seize années que le Verbe Vrai, le Verbe du Kreuz... »

S'ensuivit le long et traditionnel panégyrique du muffi Barrofill le Vingt-quatrième, à l'issue duquel Burphi de Kervaleur se pencha vers son fils et lui chuchota à l'oreille :

« Les jours de ce vieux sacripant sont comptés...

– Qu'est-ce qui vous fait dire cela, père ? s'étonna

Marti. L'empereur ne vient-il pas de chanter ses louanges ? »

Un sourire légèrement condescendant effleura les lèvres teintées de nacrelle rose de son père.

« Vous avez encore beaucoup de choses à apprendre sur les subtilités du langage courtisan, Marti... »

C'est précisément ce dont nous ne voulons plus, père, pensa le jeune Kervaleur... Votre langage courtisan, vos manières, vos vêtements, votre fard, votre légèreté, votre hypocrisie... Nous sommes des êtres de chair, des descendants de la bête, des charognards, des prédateurs assoiffés de sang et de conquêtes... Nous n'avons pas peur de nous vautrer dans nos bas instincts, dans nos excréments, et, comme nos glorieux ancêtres, nous n'hésiterons pas à répandre la mort et le feu de la destruction...

« Eh bien, Marti ? » s'enquit Burphi de Kervaleur, interloqué par les étincelles farouches, presque haineuses, qui dansaient dans les yeux noirs de son fils et qui brillaient étrangement dans la semi-obscurité de la loge.

Marti s'efforça de pallier la défaillance de son contrôle A.P.D. en se recomposant un visage impassible.

« Vous avez probablement raison, père : certaines subtilités du langage courtisan m'échappent... »

Soleil Saphyr s'abîmait à l'horizon dans un somptueux déploiement de teintes bleues et mauves. Les contours de l'immense parc du palais Arghetti-Ang s'évanouissaient dans les replis de la nuit naissante. Les rayons diffus des bulles-lumière se réfléchissaient sur les gemmes blanches des allées droites, sur les trottoirs desquelles étaient sagement alignées les loges courtisanes. Des lueurs vives et fugaces brillaient dans les frondaisons des pins-lampes, des arbres photogènes que les maîtres paysagers avaient importés des Nasses Giganthropes.

Bien qu'érigé sur l'une des sept collines de Caracalla, le palais impérial dominait tout le quartier de

Romantigua, le cœur historique de Vénicia. Du perron le plus élevé on apercevait les larges allées bordées de spuniers enluminés, la fontaine d'optalium rose de la place centrale et son bestiaire légendaire, les ponts de turcomarbre qui enjambaient avec élégance les méandres paresseux du fleuve Tiber Augustus, les galiotes marchandes ou touristiques qui glissaient silencieusement sur le miroir assombri de l'eau... Un panorama magnifique, malheureusement sali par la présence des miradors à pensées. Les disgracieuses tours grises, surmontées de leur bulle de vigie éclairée, ressemblaient à des herbes folles qui auraient proliféré à la suite d'une pluie nucléophotogène.

Le 22 de fracius avait été décrété jour universel de fête, et les Véniciens, goûtant la fraîcheur exquise du second crépuscule, se pressaient autour des multiples spectacles qui se jouaient sur la place centrale.

Pour Marti de Kervaleur, l'heure n'était pas encore venue de prendre part aux réjouissances. Il lui fallait d'abord accomplir l'immuable rite de la salutation au couple impérial, qui venait de faire son apparition sur le perron, flanqué du muffi et du sénéchal. Coincés dans les innombrables tentacules de la pieuvre courtisane, la famille Kervaleur et ses protecteurs de pensées progressaient avec une lenteur exaspérante. Courtisans, cardinaux, délégués, artistes affluaient des portes grandes ouvertes du palais, des allées du parc ou des recoins du perron. Ils érigeaient une muraille compacte, bruissante, colorée, devant les souverains. Ils se bousculaient comme des mouches autour d'une charogne pour recueillir l'aumône d'un sourire, d'une parole, d'une promesse de Menati Imperator. Le contrôle mental figeait les sourires sur les lèvres fardées, les yeux soulignés de kohol lançaient des éclairs virulents, des éclats de haine, des lueurs de mépris. Des courants contradictoires divisaient la foule. Jalouses de leurs prérogatives, les grandes familles tentaient de briser la vague pourpre et mauve des cardinaux qui submergeait le muffi Barrofill le Vingt-quatrième et qui venait échouer sur la soura indigo de l'empereur. Les semelles de soie battaient nerveusement le carrelage de marbre bleu, les manteaux, les souras et les capes s'entremêlaient, d'inesthétiques gouttes de sueur traçaient leurs sombres sillons sur les faces poudrées. Çà et là, on exhalait des soupirs, des gémissements, on se lançait des piques, de petites phrases à triple ou quadruple sens qui s'épanouissaient comme autant de fleurs sonores empoisonnées. Et lorsqu'on atteignait le but, on se campait sur ses jambes et on s'arrangeait pour accaparer le plus longtemps possible l'attention des souverains, comme si la durée de l'entretien avait valeur de reconnaissance officielle. On se fendait de sa plus belle révérence, on complimentait Menati Imperator de la qualité de son discours, on s'extasiait sur la beauté de dame Sibrit, on minaudait, on grimaçait, on s'étourdissait de mots, on sollicitait une faveur, un poste de prestige, une fonction honorifique...

Accoutumé au tumulte courtisan, tenant fermement son épouse et son fils par le bras, Burphi de Kervaleur naviguait au milieu de cette mer démontée avec le calme souverain d'un capitaine de vaisseau affrontant une tempête stellaire.

Marti jetait des coups d'œil anxieux à l'horloge cristalline qui surplombait le linteau sculpté de la porte monumentale. Il se demanda si ses amis du Mashama auraient la patience de l'attendre. Une brusque envie l'étreignit de dégainer sa dague et de la planter jusqu'à la garde dans le ventre ou le dos de ces emplumés de basse-cour.

Il eut soudain l'impression que quelque chose d'ondulant et de froid s'insinuait dans son cerveau. Il secoua la tête à deux ou trois reprises pour chasser cette étrange et désagréable sensation. Mais l'onde glacée perdura, sembla même se déployer à l'intérieur de sa tête. Cela ressemblait à un corps étranger qui aurait lentement pris possession de lui. Affolé, il se retourna et chercha des yeux son protecteur de pensées : il localisa des capuchons d'acabas blanches, noyées dans la multitude quelques mètres plus loin, mais rien ne lui prouvait que son protecteur se trouvait parmi eux. Il se sentit subitement impuissant, vulnérable, environné de multiples dangers. Les inquisiteurs, disséminés dans la foule, pouvaient désormais explorer en toute impunité son esprit sans défense. Des rigoles d'une sueur glacée furetèrent sous son colancor. Il battit le rappel de toutes les ressources de son contrôle mental pour ne pas prendre ses jambes à son cou et s'enfuir comme un voleur dans la seconde nuit.

Le tentacule ondoyant et froid s'estompa aussi inopinément qu'il était apparu. Soulagé, Marti se dit qu'il avait seulement été victime d'un léger malaise. Il se moqua vertement de lui-même : un fier et sanguinaire Syracusain des temps de conquête ne cédait pas à la panique à la moindre contrariété.

Une légère pression des doigts de son père sur son avant-bras le tira de son hébétude. Il s'aperçut alors qu'il était arrivé devant Menati Imperator et son épouse, dame Sibrit. Confus, il exécuta une rapide révérence, un pas croisé de retrait doublé d'une profonde inclinaison du torse. Lorsqu'il se redressa, il remarqua les lueurs vivaces qui se promenaient dans les yeux bleus de dame Sibrit. Il dut s'arc-bouter sur ses jambes pour ne pas être emporté par les poussées désordonnées de la multitude.

Il ne prêta qu'une attention distraite aux paroles que s'échangèrent l'empereur et ses parents. Il crut comprendre que Menati Imperator félicitait son père sur la manière dont il menait ses recherches – sans doute faisait-il allusion à l'encyclopédie historique holographique dont Burphi de Kervaleur avait entrepris la réalisation – et l'assurait d'une augmentation substantielle de la prébende impériale.

Fasciné, envoûté, Marti ne parvenait pas à détacher son regard de dame Sibrit. Elle, de son côté, le fixait avec une étrange ardeur. Ses merveilleux yeux bleus semblaient lui adresser une supplique muette. Il hésita entre deux attitudes : ou baisser piteusement la tête et s'abîmer dans la contemplation du carrelage de turcomarbre, ou accepter sans ciller la caresse brûlante, troublante, de ces somptueux iris. Il opta pour la seconde solution : ce n'était pas tous les jours que se présentait l'occasion d'admirer de près l'impératrice de l'univers, la femme de ses désirs secrets. Il se rassasia du front haut et bombé de dame Sibrit, de l'arc arrondi de ses sourcils épilés, de l'arête droite et mince de son nez, des courbes pleines et délicates de ses lèvres, des lignes élancées de son cou. Entre les pans lâches de la cape, il distingua les soulèvements réguliers de sa poitrine sous le colancor qui la comprimait.

Elle le dévisagea un long moment avec une attention soutenue. Son visage hiératique se tendait d'un imperceptible voile de douleur. Sa beauté avait quelque chose de tragique. Elle n'esquissa aucun sourire, pas même un sourire de convention A.P.D., lorsqu'elle se tourna vers les parents de Marti et les salua d'un bref mouvement de tête. Elle pivota brusquement sur elle-même et se lança dans un long aparté avec Alakaït de Phlel, sa fidèle dame de compagnie. Une manière ostensible, d'autant plus blessante que publique, de déprécier ses interlocuteurs. Et les autres courtisans, à l'attention desquels ce cruel désaveu n'a pas échappé, de se réjouir intérieurement de la disgrâce des Kervaleur, l'une des dix plus illustres maisons syracusaines...

Pétrifié, Marti se demanda s'il n'avait pas offensé dame Sibrit en choisissant d'affronter son regard. Pourtant, il en aurait juré, elle n'avait pas eu l'intention de lui nuire, elle avait seulement voulu l'avertir de quelque chose, lui délivrer un message. Mais dans quel but ? Quel motif l'impératrice de l'univers aurait-elle de s'intéresser à lui ?

« Il nous serait agréable que vous preniez congé de la famille Kervaleur, ma dame », lança Menati Imperator d'une voix sèche.

Dame Sibrit feignit d'abord de ne pas avoir entendu l'ordre de son auguste époux. Interdits, mortifiés, les parents de Marti attendirent le bon vouloir de la provinciale, résistant de leur mieux à la pression de la multitude pépiante qui les encerclait et que canalisaient à grand-peine quelques gardes dépassés. A première vue, ce débordement aurait pu paraître dangereux pour le couple impérial, mais sur les balcons, dans les allées du parc, derrière chaque colonne du perron, veillaient des tireurs d'élite et des inquisiteurs spéciaux qui se jouaient de la protection mentale. La moindre intention criminelle serait immédiatement détectée et sanctionnée par la mort immédiate ou par une longue et atroce agonie sur une croix-de-feu.

Dame Sibrit consentit enfin à obtempérer à l'injonction de Menati Imperator. Elle se retourna avec vivacité, toisa les Kervaleur, et quelques mots s'échappèrent de ses lèvres serrées :

« Mes rêves... Ils ne me trompent jamais... Que la seconde nuit vous porte conseil... »

Sur ces paroles sibyllines, elle donna le signal de la fin de l'entretien en inclinant de nouveau la tête.

Un incoercible courant projeta alors les Kervaleur vers l'acaba bleue d'Harkot. On ne se bousculait pas devant le sénéchal. Quelques délégués épars des guildes professionnelles, quelques Scaythes assistants vêtus d'acabas pourpres ou vert tilleul, quelques cardinaux aux mines et aux allures de conspirateurs...

D'habitude, les Kervaleur passaient leur chemin, ils n'avaient rien à dire au sénéchal, cette créature non humaine venue d'un monde que personne n'était parvenu à localiser sur les cartes holographiques des constellations. En l'occurrence, Burphi de Kervaleur et son épouse ressentaient le besoin pressant de s'en faire un allié : pour un motif qu'ils ne s'expliquaient pas (médisances, jalousies, manœuvres...) ils étaient tombés en disgrâce dans l'esprit de dame Sibrit. Ils tentaient désespérément de trouver un sens caché aux paroles de l'impératrice mais, s'ils ne disposaient pas pour l'instant de la clé appropriée, ils avaient immédiatement pris conscience qu'ils ne pouvaient plus se suffire du seul appui de Menati Imperator. Ce que femme veut...

Les Kervaleur fendirent les rangs épars des délégués et des cardinaux et s'inclinèrent cérémonieusement devant le sénéchal. Un mouvement sec de l'ample capuchon bleu roi répondit à leur révérence. Marti espéra que cette entrevue serait brève : d'une part il lui tardait de rejoindre ses amis dans le repaire secret du Mashama, d'autre part il ne se sentait guère à son aise en présence du sénéchal. Les pouvoirs télépathiques du Scaythe, qu'il connaissait seulement de réputation, l'impressionnaient, l'effrayaient. Il lança un rapide coup d'œil derrière lui et reprit une larme de courage lorsqu'il entrevit les silhouettes familières et rassurantes des cinq protecteurs familiaux.

« Eh bien, sire de Kervaleur, que me vaut l'honneur de votre visite ? » demanda Harkot.

A l'instar de tous les Scaythes, sa voix était métallique, impersonnelle. Toutefois, une oreille avertie décelait de subtiles traces d'ironie dans ce timbre grave et vibrant.

« Le seul plaisir de vous saluer, Excellence », répondit Burphi de Kervaleur.

Il déployait tous les ressorts de son contrôle mental pour restaurer un prestige sérieusement écorné par la palinodie de dame Sibrit, mais son sourire figé ainsi que celui de son épouse avaient toutes les apparences de grimaces.

« Un plaisir bien rare par les temps qui courent... lâcha le sénéchal.

– Vous êtes bien placé pour savoir que le temps nous glisse entre les doigts, Excellence, répliqua Burphi de Kervaleur. Vous n'ignorez probablement pas que je viens d'entreprendre la réalisation d'une encyclopédie historique holographique, un travail qui mobilise toute mon énergie. »

Harkot observa un instant de silence. Il n'avait nul besoin de recourir à la lecture psychique pour deviner ce qu'était venu chercher son interlocuteur : un appui en même temps que la prorogation, voire l'augmentation de la prébende impériale. Les grandes familles se donnaient des airs supérieurs mais leurs caisses étaient désespérément vides et elles en étaient réduites à mendier des subventions pour continuer d'assurer leur train de vie. L'encyclopédie historique de Burphi de Kervaleur n'était qu'un prétexte. Un mauvais prétexte.

Cependant, des trois personnages statufiés devant lui, ce n'étaient pas les parents qui intéressaient le sénéchal.

« Soyez assuré que votre projet nous tient à cœur, sire de Kervaleur. Il fallait que quelqu'un reconstituât l'histoire du grand Ang'empire et nul ne me paraît mieux indiqué que vous pour accomplir cette noble tâche.

– Je vous remercie de votre confiance, Excellence... »

Tandis que ses parents exécutaient une seconde révérence qu'il jugea dégradante – ce n'était pas aux grands courtisans de s'incliner devant un Scaythe d'Hyponéros –, Marti sentit une seconde fois un courant glacé se faufiler à l'intérieur de son crâne. Pendant quelques secondes il eut la très nette impression qu'une pensée étrangère fouillait dans les recoins de son cerveau. Son protecteur était pourtant censé établir un rempart infranchissable autour de son esprit. *A toute heure du jour et de la nuit, je protégerai les pensées de mon seigneur...* Il craignit subitement que les compagnons de la Protection n'aient été affranchis de leur code d'honneur, un code conçu par les smellas de l'ancienne Confédération de Naflin. Que savait-on des Scaythes ? La notion d'honneur représentait-elle vraiment quelque chose pour eux ?

Une soudaine nausée monta en Marti, abandonna un goût de fiel dans sa gorge. Ses jambes se mirent à trembler, à flageoler, un étau aux mâchoires puissantes lui comprima la poitrine, les formes, les couleurs et les sons tourbillonnèrent, s'effilochèrent, se diluèrent dans l'indigo de la voûte céleste criblée d'étoiles. Il dut puiser dans ses ultimes réserves d'énergie et de volonté pour ne pas perdre connaissance. C'était comme si son corps ou son esprit cherchaient à se débarrasser d'un invisible intrus. Il crut entendre un rire sardonique qui jaillissait de l'acaba bleue du sénéchal. Il était peut-être en train de devenir fou.

C'est à peine s'il s'aperçut que ses parents l'entraînaient vers le bord du perron. Là, face au parc, il se pencha sur le garde-corps de turcomarbre et prit une longue inspiration. Il perçut la voix de sa mère comme au travers d'un mur d'eau.

« Désirez-vous être ausculté par l'un des médecins du palais, Marti ? Vous donnez l'impression de souffrir d'une fièvre héhak...

– Ce n'est pas la saison des virus héhak, mère... bredouilla Marti en se redressant. Un malaise... un simple malaise... Je me sens déjà beaucoup mieux. »

Elle lui effleura l'épaule. Ce geste l'exaspéra, comme tout ce qui venait de ses parents.

« Rentrez et reposez-vous. Vous êtes surmené...

– Un sage conseil, mère », s'empressa-t-il d'approuver.

Pour une fois, il n'aurait pas à inventer une histoire abracadabrante pour justifier sa disparition.

Il embrassa d'un dernier regard les colonnes et la façade éclairées du palais impérial, le perron supérieur où grouillaient les courtisans, les délégués, les cardinaux, les nuées de serviteurs en colancor et livrée noirs... Une ruche surexcitée, vibrante, où les acabas immobiles des Scaythes protecteurs ou assistants constituaient les seuls points de repère fixes. La seconde nuit ensevelissait le parc dans les replis de son noir linceul. Les bulles flottantes et les frondaisons des pins-lampes, bercées par les caresses du vent coriolis, dessinaient d'incessantes arabesques de lumière au-dessus des allées assombries. Les deux premiers des cinq satellites nocturnes décochaient leurs flèches rouge orangé à l'horizon. Au loin se profilaient les larges avenues et la place enluminées de Romantigua, les rives brillantes et ondulantes du Tiber Augustus, les bulles de vigie des miradors à pensées.

Une puissante vague de mélancolie submergea soudain le jeune Kervaleur. Il ne se ressentait plus du malaise qui l'avait terrassé devant le sénéchal, mais le spectacle de Vénicia s'éveillant à la seconde nuit l'emplissait d'une tristesse poignante, comme si c'était la dernière fois qu'il le contemplait. Il éprouvait un sentiment de nostalgie, de déchirement, de séparation, et ce douloureux saignement de l'âme n'était certainement pas provoqué par l'action d'un quelconque virus. Il se détourna avec brusquerie pour échapper aux regards inquisiteurs de ses parents, secoua les épaules et la nuque pour chasser l'oiseau de mauvais augure qui plantait ses serres dans sa chair et se jeta rageusement dans la foule des courtisans.

Suivi de son protecteur de pensées, il longea le garde-corps du perron, croisa quelques connaissances qui le saluèrent d'une brève crispation des lèvres, emprunta un long corridor gravitationnel qui le déposa directement à l'intérieur du dôme transparent où stationnaient les personnairs volants et autres engins de transport.

Le personnair de Marti survolait les quartiers excentrés de Vénicia, noyés dans une encre dense et noire. Les villas et les immeubles étaient des masses informes assiégées par les ténèbres, le Tiber Augustus une faille sinueuse et insondable. Les lampadaires mobiles et les taxiboules se faisaient maintenant rares.

Marti avait saisi les données d'un corridor aérien à grande vitesse et le personnair fendait l'obscurité en émettant un miaulement aigu. Au mépris de toute règle de sécurité, il n'avait pas enfoncé la manette de pilotage automatique. La sensation de vitesse était d'autant plus grisante qu'il manipulait lui-même les commandes. L'air sifflait sur la baie concave de la cabine. Derrière lui, assis sur la banquette des passagers, veillait son protecteur, enseveli dans son acaba blanche et figée.

Marti se sentait enfin libre. La lame de sa dague (une bonne dague d'acier qu'il avait dérobée dans le musée de la maison Kervaleur), glissée sous son colancor, lui brûlait le ventre. Il lui tardait de l'enfoncer dans une chair vivante, palpitante. Des pulsions sauvages l'animaient, réveillaient en lui cet instinct primitif que n'était pas parvenue à éradiquer l'éducation courtisane.

Il aperçut les arêtes supérieures d'un antique arc de triomphe, l'arc de Bella Syracusa, enfoui sous une végétation luxuriante. Le mouvement clandestin du Mashama l'avait élu à la fois comme symbole et comme siège permanent. Il était situé à l'écart de l'agglomération et cela faisait plus de deux siècles qu'il n'était plus entretenu. Il avait pourtant été érigé à la gloire de Syracusa, le légendaire navigateur interstellaire qui avait découvert la planète et fondé la cité de Vénicia. Les seigneurs Ang s'étaient montrés plus négligents et ingrats que les membres du Comité planétaire : ces derniers avaient certes fait régner la terreur et décimé de nombreuses familles nobles, mais ils avaient préservé l'arc et n'avaient jamais omis d'honorer la mémoire de Bella Aloïzius Syracusa.

Les doigts de Marti composèrent rapidement le code confidentiel sur les touches de la console de l'ondephone. Quelques secondes plus tard, une voix nasillarde retentit par le haut-parleur enchâssé dans le tableau de bord.

« Identification... »

Marti se pencha sur le micro de l'ondophone.

« M. K., nom de code : Atamâ...

– Nous t'attendions, belle âme (*atamâ :* « grande âme » en vieux syracusain), reprit la voix qui masquait mal son excitation. Tu es le dernier. Les démons du Waraddhâ sont impatients de recevoir leur offrande... »

Marti amorça une lente descente au-dessus de l'arc. Des vantaux métalliques se déployèrent sur le toit plat de la construction, où se découpa un large rectangle de lumière vive. Ce système d'ouverture automatique avait été conçu et réalisé par Emmar Saint-Gal, fils du directeur de la Compagnie Intergalactique de Longs Transferts et promu technicien en chef du mouvement Mashama.

Le personnair déploya son socle d'atterrissage, franchit l'ouverture au ralenti et se posa en douceur sur une aire de béton, au milieu d'autres appareils de toutes tailles et de toutes formes, dont certains étaient frappés de sceaux ancestraux. Des bulles-lumière flottantes éclairaient une large salle aux murs couverts d'une lèpre moussue.

Tandis que les vantaux se refermaient et occultaient le pan de ciel étoilé, Marti et son protecteur de pensées s'extirpèrent du personnair par la trappe latérale coulissante. Accompagnés dans leurs déplacements par une bulle-lumière sensitive, ils se dirigèrent vers le tube de descente et prirent pied sur la plate-forme métallique et circulaire. Elle oscilla pendant quelques secondes sur elle-même avant de s'abîmer en chuintant dans le tube aux parois lisses et brillantes qu'Emmar Saint-Gal avait fait creuser directement dans l'un des montants de l'arche. Il leur fallut environ deux minutes pour atteindre l'ancienne crypte où le Mashama avait installé ses quartiers.

La plate-forme atterrit directement sur le sol dallé de la pièce voûtée, hérissée de colonnes de soutènement sur lesquelles jouaient les lumières incertaines d'appliques murales.

Ils étaient tous là, les fiers guerriers des nouveaux temps de conquête : une cinquantaine de jeunes gens des deux sexes aux mines à la fois graves et enfiévrées de conjurés. Les rayons diffus des appliques sculptaient les traits juvéniles de Jurius de Phart le mentor, d'Emmar Saint-Gal le technicien, d'Annyt Passit-Païr l'égérie, de Romul de Blaurenaar l'intellectuel, d'Halricq VanBoer le poète, d'Iphyt de Vangouw la révoltée... Ils accueillirent Marti à coups d'exclamations bruyantes, de gestes théâtraux, de caresses appuyées et de baisers sonores qui incarnaient leur rejet total du contrôle A.P.D. et de l'hypocrisie courtisane. Le protecteur du jeune Kervaleur rejoignit l'armée fantomatique de ses pairs rassemblée dans un recoin ténébreux de la crypte.

On avait lié deux filles vêtues de haillons à une colonne de soutènement. Les larmes qui coulaient sur leurs joues, entre les rideaux ajourés de leurs cheveux, accrochaient de brefs éclats de lumière.

« Pourquoi deux ? demanda Marti.

– Notre manière de célébrer le seizième anniversaire

du couronnement de Menati Ang, répondit Jurius de Phart dont les yeux noirs étaient des braises incandescentes. Nous avons assez perdu de temps. Commençons...

– Un petit moment, intervint Emmar Saint-Gal. Je voudrais d'abord vous montrer quelque chose... »

Si le faciès tourmenté de Jurius de Phart était tout en angles et en lames, les traits poupins d'Emmar Saint-Gal se noyaient dans les courbes et les rondeurs. Et ce n'étaient pas ses trois mèches bleutées – trois mèches, une véritable provocation ! – qui réussissaient à donner un semblant de grâce à l'ensemble. D'ailleurs, lorsque venait l'heure du rite de l'accouplement animal et collectif, les filles ne se disputaient guère ses faveurs. On le tolérait parce qu'il était le seul à pouvoir résoudre les problèmes d'ordre technique, mais on n'appréciait guère de frotter sa peau tendre et sa sueur sur ses bourrelets adipeux. Toutefois, il se trouvait toujours une âme charitable pour se dévouer à la cause commune lorsque se faisait impérativement ressentir le besoin de ses compétences. Après tout, ce n'était qu'un mauvais moment à passer : il suffisait à la dévote de s'allonger, d'écarter les jambes, de clore les paupières et de penser à autre chose. En général, il ne fallait que trois minutes pour amener le jeune Saint-Gal au point de rupture.

Un sourire à la fois crispé et triomphant se dessina sur la bouche lippue d'Emmar. Il sortit une torchelase d'une poche de sa cape, l'alluma et en dirigea le rayon sur l'alcôve d'un mur plongé dans l'ombre. L'ancien tombeau recelait une forme oblongue et noire, un coffre lisse que Marti prit d'abord pour une cuve d'azote liquide. Puis il distingua un clavier et un tableau de bord à l'intérieur d'un renflement de verre latéral.

« Le tout dernier modèle de déremat ! déclara Saint-Gal. Un véritable petit bijou de technologie ! »

Cinq bonnes minutes furent nécessaires aux vaillants guerriers du Mashama pour reprendre leurs esprits. Un décret impérial interdisait formellement l'usage des déremats privés : le voyage par transfert de cellules était désormais réservé aux seules applications officielles et professionnelles, et encore fallait-il au préalable se soumettre à l'inquisition mentale et à l'identification cellulaire. Les transferts pirates étaient punis de l'emprisonnement à vie sur la planète-bagne d'Örg.

« Notre passeport pour la liberté, poursuivit Emmar. Je l'ai modifié de manière qu'il soit en permanence relié aux coordonnées fluctuantes de la Libre Cité de l'Espace...

– Tu as perdu la tête ! le coupa sèchement Jurius de Phart. Les dérémats sont répertoriés. Les inspobots risquent de débouler ici d'un moment à l'autre. A cause de toi, immonde tas de graisse, nous courons désormais un grave danger ! »

Bien que l'insulte fût admise et même encouragée au sein du Mashama, le visage bouffi d'Emmar se couvrit de cendres. Il détestait qu'on évoquât sa disgrâce physiologique devant les filles : elles saisissaient le moindre prétexte pour le brocarder et le fuyaient comme la peste nucléaire lors de l'accouplement collectif. Mais il s'évertua à garder son sang-froid. L'heure de la revanche avait sonné et ce n'était pas le moment de compromettre le plan de l'émissaire du sénéchal par un accès de susceptibilité mal placée. Bientôt, on le nommerait à un poste digne de ses immenses possibilités et ces petites mijaurées regretteraient amèrement de l'avoir accablé de leur mépris.

« Vous me prenez vraiment pour le dernier des paritoles ! répliqua-t-il d'un ton qu'il s'efforça de rendre enjoué. Cette bécane de la C.I.L.T. avait été mise au rebut pour un défaut de fabrication. En théorie, elle a terminé son existence dans un four de recyclage. Je l'ai récupérée et réparée après la désactivation de son émetteur ondulatoire d'identification. Il n'y a donc aucun risque... »

Emmar fixa ses compagnons du Mashama d'un air provocant. Il évita cependant de croiser le regard de Marti de Kervaleur.

« Pourquoi avoir relié ce dérémat aux coordonnées fluctuantes de la Libre Cité de l'Espace ? demanda

Annyt Passit-Païr. Qu'avons-nous à voir avec ces paritoles classés à l'Index ?

– L'espace est le seul endroit où se réfugier en cas de coup dur...

– On dit que ces enragés massacrent tous ceux qui se rematérialisent dans l'enceinte de la cité, insista Annyt. Quel intérêt y aurait-il à aller se faire tuer là-bas ? »

Emmar Saint-Gal dévisagea longuement son interlocutrice. Elle s'était toujours refusée à lui, et pourtant, de toutes les filles du Mashama, c'était elle qu'il préférait, elle qu'il voulait extraire de cette fange et garder pour lui seul, elle dont il couvrirait le corps de baisers tout au long des secondes nuits. Sa beauté l'émouvait, l'ensorcelait, et il enrageait intérieurement de voir d'autres mains que les siennes (les mains aristocratiques de Marti de Kervaleur principalement) escalader les tendres collines de ses seins.

« Les citoyens spatiaux ne massacrent que les visiteurs qui se rematérialisent habillés ou armés, argumenta Emmar. Ils épargnent les transférés qui se présentent aussi nus qu'au jour de leur naissance. Ceux-là sont d'abord mis en observation. Puis, à la suite d'une période de probation, ils peuvent solliciter et obtenir le titre de libre citoyen...

– Qui t'a mis au courant de tout cela ? » demanda Marti.

Il ne parvenait pas à capturer le regard fuyant du jeune Saint-Gal et ce petit jeu commençait à l'horripiler.

« Des voyageurs de la C.I.L.T...

– Assez parlé de la Libre Cité de l'Espace ! grommela Jurius de Phart. Merci à toi, Emmar. Nous discuterons de la meilleure manière d'utiliser ce deremat lors d'une prochaine réunion. Pour l'instant, nous avons plus intéressant à faire... »

Et donc, ils firent plus intéressant : ils se déshabillèrent et dansèrent, aussi nus qu'au jour de leur naissance, autour de la colonne où étaient attachées les deux vierges destinées au sacrifice. Ils poussaient des hurlements suraigus. Les uns brandissaient leur dague, les autres leur poignard, d'autres encore des rapières ou des sabres. Les armes blanches symbolisaient la pureté de la guerre, le combat rapproché, les sangs versés et mélangés, la barbarie des origines, les griffes des prédateurs, l'esprit de conquête. Ils dédaignaient les ondemorts ou les brûlentrailles, ces armes anonymes qui semaient la mort à distance et qui répandaient une répugnante odeur de viande grillée.

Les yeux exorbités des deux prisonnières voltigeaient comme des papillons affolés sur ces corps nus qui exécutaient une farandole endiablée, assourdissante, autour d'elles. Le richissime Romul de Blaurenaar se chargeait des contacts avec les réseaux de trafiquants de marchand hommes, et Iphyt de Vangouw, élevée au rang d'experte médicale, s'occupait de vérifier la virginité des filles qu'on leur livrait. Ils s'acquittaient fort bien de leur tâche : les terribles démons du Waraddhâ, les esprits guerriers et assoiffés des antiques légendes syracusaines, n'avaient encore jamais manqué du sang pur et chaud des offrandes.

Marti rugissait avec sa diligence coutumière, bondissait comme un fauve, brandissait bien haut sa dague, mais le cœur n'y était pas. Il ne réussissait pas à se défaire du sombre pressentiment qui le couvrait de son aile ténébreuse et froide. Sans qu'il sache pourquoi, son regard revenait sans cesse se poser sur le dos d'Emmar Saint-Gal dont les grosses fesses et les cuisses trémulaient et ondulaient mollement à chacune des foulées.

De même, Marti participa au rituel du sacrifice, arracha quelques lambeaux des haillons de l'une des victimes, enfonça sa dague jusqu'à la garde dans l'abdomen cuivré et offert, recueillit le sang tiède dans le creux de ses mains, le lapa jusqu'à la dernière goutte, mais jamais il ne sentit monter en lui cette jouissance brute, cette extase presque douloureuse qui le transportait dans les champs célestes où vivaient les dieux oubliés. Les cris d'agonie des suppliciées étaient des pics acérés qui lui crevaient les tympans. Une lassitude teintée de vagues remords l'imprégnait et l'odeur doucereuse du sang déclenchait en lui un début de nausée.

La voix puissante d'Halricq VanBoer, déclamant un extrait de la *Syracuside,* le poème épique des origines, ne réussit pas à l'arracher à son hébétude. Cette mise en scène lui paraissait puérile, indécente, absurde.

Il s'abstint de prendre part au dépeçage final des victimes, exercice pour lequel Iphyt de Vangouw, la plus féroce de tous, montrait des dispositions naturelles remarquables. Auréolée de sa longue chevelure rousse, couverte de sang de la tête aux pieds, la bouche déformée par un rictus hideux, elle tranchait les membres et taillait dans le tronc à coups de sabre puissants et précis. Ses seins volumineux tressautaient aux chocs sourds de la lame.

Ils éparpillèrent les restes des cadavres sur le sol dallé de la crypte. Puis garçons et filles se mêlèrent et composèrent des bouquets mouvants de membres luisants et empourprés. Ils se roulaient dans le sang et dans les viscères avec une fureur d'autant plus frénétique qu'ils avaient la possibilité de se récurer de la tête aux pieds avant de rentrer chez eux : Emmar Saint-Gal avait fait installer une gigantesque baignoire à ondes lavantes dans une salle annexe de la crypte.

Annyt Passit-Païr vint solliciter Marti, mais, s'il mettait d'habitude un point d'honneur à combler la fille qui jetait son dévolu sur lui (et c'était le plus souvent Annyt), il resta cette nuit-là insensible à ses caresses et à ses baisers. Les frissons qui couraient sur sa peau nue, hérissée, n'avaient rien à voir avec la fièvre des sens. Annyt comprit que ni ses mains, ni ses lèvres, ni ses dents ne réussiraient à réveiller l'ardeur amoureuse du jeune Kervaleur. Visiblement contrariée, elle s'éloigna de lui, refoula ses larmes et alla se jeter sous le ventre du premier venu. L'interdit sentimental était l'une des règles fondamentales du Mashama : les fiers guerriers des temps de conquête refusaient de se laisser piéger par les émotions. Priorité était accordée à la jouissance physique brute. Annyt Passit-Païr le regrettait amèrement. Elle éprouvait pour Marti un penchant qui ressemblait fâcheusement à de l'amour, et si elle continuait de jouer les figurantes lors de ces longues nuits de débauche, c'était uniquement dans l'espoir d'attirer son attention. Elle ne ressentait de plaisir qu'avec lui. Elle rêvait d'un amour pur et tranchant comme le diamant et elle avait l'impression de s'enfoncer inexorablement dans la boue nauséabonde de ses bas instincts.

Adossé à un mur, glacé jusqu'aux os, Marti observa pendant quelques minutes les mouvements confus des corps enlacés et gémissants dans le clair-obscur de la crypte. Son regard heurta la tête exsangue d'une des victimes et il fut submergé par une vague de honte et de dégoût. Puis il se releva et ses pas le portèrent machinalement près du déremat d'Emmar Saint-Gal.

Des éclairs lumineux fusaient sur le tableau de bord. Une étrange impulsion poussait Marti vers cette machine oblongue et noire. Une intuition persistante lui soufflait qu'elle n'avait pas été placée dans cette alcôve par hasard, qu'elle avait quelque chose à voir avec sa destinée. Il haussa les épaules : il avait beau être un membre du mouvement révolutionnaire du Mashama, il n'avait jamais envisagé de quitter le chaud cocon de Syracusa.

« Belle bécane, n'est-ce pas ? »

La voix essoufflée d'Emmar Saint-Gal le tira de ses rêveries. Comme cela se produisait la plupart du temps, le technicien en chef avait été exclu du jeu de l'accouplement collectif. Les lueurs obliques des appliques révélaient l'aspect grumeleux de sa peau, d'une blancheur maladive. Le sang et la sueur se mélangeaient sur ses pectoraux affaissés.

Marti acquiesça d'un mouvement de tête.

Des bruits de pas et de voix se répercutèrent soudain sur les parois de la crypte. Le jeune Kervaleur se retourna et distingua le capuchon d'une acaba rouge, des masques blancs et rigides de mercenaires de Pritiv et des casques noirs d'interliciers au pied du tube de descente. Il dut contracter violemment ses muscles internes pour ne pas répandre le contenu de sa vessie sur lui. Quelques vaillants guerriers du Mashama poussèrent des cris d'effroi. Les rails de lance-disques luisaient sous les manches retroussées des mercenaires de Pritiv, qui empoignèrent Iphyt de Vangouw et son amant d'un soir par les cheveux, les relevèrent en force et les plaquèrent contre un mur.

« Quelqu'un nous a trahis ! gémit Marti, pétrifié. Nous sommes perdus !

– Peut-être pas ! Le déremat... », souffla Emmar Saint-Gal.

Le hublot latéral de la machine s'ouvrit de lui-même, comme si quelqu'un l'avait commandé à distance. De fait, Emmar avait discrètement appuyé sur un minuscule pressoir dissimulé dans le chaton de sa chevalière.

« D'abord à toi ! murmura-t-il. Rentre par les pieds, allonge-toi et enclenche la manette de transfert... la manette verte... »

Fébrile, Marti s'introduisit dans le déremat. Il agissait dans un état second, comme dans un songe. Il avait l'atroce impression de s'installer dans un cercueil, d'être la troisième victime expiatoire de la seconde nuit... Des saillies métalliques lui éraflèrent les jambes. Il posa la nuque sur le coussin-air. Emmar referma et verrouilla le hublot d'un geste précis. Un sourire sardonique flottait sur la bouille lunaire du technicien en chef... A quoi joues-tu, Emmar ? C'est toi qui les as prévenus, n'est-ce pas ? Tu étais le seul à pouvoir leur ouvrir les vantaux métalliques... Pourquoi ?... Pourquoi ?

Entre ses cils emperlés de larmes, Marti eut encore le temps d'entrevoir ses compagnons alignés contre les parois de la crypte et tremblants comme des feuilles. Nus, livides, couverts du sang de l'innocence, tenus en joue par une dizaine de mercenaires de Pritiv. Il discerna également une vague tache rouge et violet... Un cardinal kreuzien... Un fanatique qui ne se priverait pas du plaisir de traduire les glorieux membres du Mashama devant un tribunal ecclésiastique et d'obtenir leur condamnation au supplice de la croix-de-feu à combustion lente... Pour leur défense, ils ne pourraient se prévaloir que de ce seul fait héroïque : le meurtre de pauvres filles achetées à d'ignobles marchands de chair humaine.

La mort dans l'âme, Marti enfonça la manette verte. Une lame chauffée à blanc lui transperça le crâne, puis son corps se pulvérisa dans l'espace et le temps.

C'était son premier transfert cellulaire.

CHAPITRE III

Séduire est le lot de l'humain,
aimer le fait du quarantain.

Proverbe quarantain

(La quarantaine était une longue période d'observation à laquelle les Anjoriens soumettaient les transfuges de la zone contaminée. De là découle probablement le mot « quarantain », et non, comme l'ont soutenu certains confrères, des quarante premiers jours de la catastrophe nucléaire d'Ut-Gen. *Notes d'Anatul Hujiak, historien et érudit néoropéen.*)

Les larmes trop longtemps contenues brouillaient maintenant la visière étanche du masque de Jek. Il avançait à tâtons dans l'étroit boyau étayé par des chevrons vermoulus, éclairé par des bulles-lumière à l'agonie. Devant et derrière lui, des formes grises, incertaines, formaient un cortège étiré dont les extrémités se perdaient dans les ténèbres. De temps à autre, des hurlements de désespoir ou des gémissements étouffés s'élevaient dans le silence sépulcral des entrailles d'Ut-Gen.

Le gazage et le comblement du Terrarium Nord avaient été si soudains que bien peu de quarantains étaient parvenus à gagner la galerie d'évacuation. A peine quelques centaines sur les millions d'individus que recensait le ghetto... Les agents de surface infiltrés dans l'entourage du cardinal Fracist Bogh s'étaient laissé manœuvrer comme des enfants. Des traîtres avaient coupé les circuits magnétiques des sirènes d'alerte et seules les familles des niveaux inférieurs avaient pu être prévenues.

Le vieil Artrarak avait placé d'autorité son propre masque à oxygène sur le visage de Jek et avait puisé dans ses dernières forces pour le traîner jusqu'à la bouche arrondie de la galerie, pratiquée dans l'une des parois de la grotte aux plumengs. Là, pâle, essoufflé, le quarantain avait longuement fixé son petit protégé et avait murmuré :

« N'oublie pas : la ville de Glatin-Bat... le vaisseau du viduc Papironda... l'amas de Néorop... Franzia...

Terra Mater... Vis, Jek, et deviens un guerrier du silence... Pour moi, il est trop tard... Va vite : les kreuziens déversent du béton liquide dans... dans le Terrarium... »

Epouvanté, tétanisé, Jek avait vu une pâleur mortelle se déposer sur le visage ingrat d'Artrarak, tordu de douleur sur le sol. Les convulsions de ses interminables membres s'étaient peu à peu espacées et le petit Anjorien de surface avait alors pris conscience que son vieil ami du Terrarium venait de lui faire le don suprême de la vie. Bouleversé, Jek n'avait pas eu le temps de libérer ses larmes. Il avait été happé par le flot furieux des quarantains paniqués, hommes, femmes, enfants, qui se ruaient dans l'étroite galerie d'évacuation. Certains d'entre eux, dépourvus de masque, asphyxiés par les émanations de gaz, étaient tombés quelques mètres plus loin, comme couchés par une invisible faux. Ils avaient formé un monticule de corps agonisants que les survivants avaient escaladé sans aucun ménagement. Les premières vagues de béton liquide, une substance noire, visqueuse et odorante, avaient léché le sol de la grotte et piégé les fuyards les plus lents, des vieillards, des enfants que leurs mères avaient tenté de soustraire aux tentacules de cette pieuvre sournoise. En vain : le béton, employé d'habitude pour boucher les cratères de volcans en éruption ou les failles provoquées par les tremblements de terre, se solidifiait en une poignée de secondes et ne relâchait plus ses proies. Des femmes avaient choisi de se laisser mourir au côté de leur enfant condamné, avaient arraché leur masque et l'avaient lancé en direction de silhouettes titubantes. La confusion était telle que des hommes s'étaient battus pour récupérer les précieux appareils munis d'une réserve autonome d'oxygène de trois heures universelles. De lugubres cris de désespoir et des appels au secours s'étaient répercutés sur les parois rocheuses de la grotte.

Jouant des coudes, se faufilant adroitement entre les survivants, Jek s'était juché sur le monticule de cadavres qui obstruait l'entrée de la galerie. Là, il s'était retourné et avait lancé un ultime regard en direction du corps inerte d'Artrarak, allongé au milieu des fanes des plumengs que submergeaient progressivement les implacables langues de béton. Les mâchoires du garçon s'étaient endolories à force de serrer l'embout du tube d'alimentation de son masque, trop grand pour lui. Bousculé par un homme affolé, c'est sur le dos qu'il avait dévalé l'autre versant de la sinistre colline.

Quelques minutes plus tard, tandis qu'il courait avec d'autres rescapés dans le tunnel étranglé, il avait entendu un grondement sourd et prolongé : le système d'éboulement automatique s'était déclenché et avait condamné l'entrée de la galerie d'évacuation pour empêcher le béton liquide de s'y répandre.

Jek avait alors voulu retirer son masque, dont les sangles mal ajustées lui irritaient les joues et le cou, mais une femme s'était approchée de lui et l'en avait dissuadé. Elle lui avait adressé la parole sans desserrer les dents de son propre embout, si bien qu'il n'avait compris que quelques mots de ce qu'elle lui avait dit : « Pas maintenant... dangereux... Encore... gaz... »

La tête baissée, Jek calquait ses pas sur ceux du quarantain qui le précédait. Comme l'autre marchait vite, le petit Anjorien devait de temps en temps accélérer l'allure pour recoller au train. Les bulles-lumière se faisaient de plus en plus rares et les rescapés traversaient maintenant d'interminables zones de ténèbres. Dans la panique, aucun d'eux n'avait songé à se munir d'une lampelase.

Jek n'avait aucune idée de la longueur de la galerie d'évacuation... Combien de temps faudrait-il marcher dans ce funèbre souterrain ? Combien de temps faudrait-il respirer l'air trop pur du masque protecteur ? Son cerveau suroxygéné flottait dans une douce euphorie que sabraient de temps à autre de douloureux éclairs de lucidité. Il repensait alors à ses parents, qui dormaient probablement du lourd sommeil des justes dans la maison à demi enterrée d'Oth-Anjor. Quelle serait leur réaction lorsqu'ils découvriraient la chambre-salon vide et le lit défait de leur fils unique ? Pousseraient-ils des cris de désespoir et se grifferaient-ils les joues comme les femmes quarantaines à la vue de leur enfant piégé par le béton ? Le chasseraient-ils de leur esprit comme on chasse un mauvais rêve ?... Sa disparition représenterait sûrement un soulagement pour eux. Il doutait fort que des kreuziens aussi fervents que p'a et m'an At-Skin aient encore la capacité d'éprouver des sentiments humains. C'était désormais sans lui que p'a irait traquer le fauve endormi au parc cynégétique et que le temps, inlassable sculpteur, continuerait de creuser le beau visage de m'an. N'était-ce pas ce qu'ils avaient voulu en prévoyant de l'expédier dans une lointaine école de propagande sacrée ?

Pourtant, dans cet obscur et froid boyau de la planète Ut-Gen, au milieu de cette morne procession de créatures difformes, abandonnées des hommes et des dieux, Jek ressentait le besoin lancinant d'étreindre ses parents, de leur murmurer des mots tendres, de se repaître de leur tiédeur, de leur odeur. Il n'aurait jamais cru que les coups de gueule de p'a lui manqueraient à ce point. Jamais la poitrine et les bras de m'an ne lui avaient paru aussi accueillants, aussi apaisants. Plus il s'éloignait d'eux et plus il leur trouvait des excuses, plus il les parait de vertus insoupçonnées, magiques. Il les réinventait et ils devenaient à leur tour des personnages de légende, des astres chauds et brillants en comparaison desquels pâlissaient les étoiles incertaines de Naïa Phykit, la belle Syracusaine, de Sri Lumpa l'Orangien et du mahdi Shari des Hymlyas. Et des rivières de larmes dévalaient les joues rebondies du petit Anjorien, abandonnant une écume salée sur ses lèvres, troublant la visière étanche de son masque. De temps à autre, la femme qui le suivait allongeait le bras et lui donnait de petites tapes sur l'épaule pour le contraindre à presser le pas.

Alors, comme si le contact furtif de cette main déformée le poussait vers d'autres rives, il pensait à Artrarak, le vieux quarantain qui n'avait pas hésité à se sacrifier pour lui. Il revoyait ses traits tourmentés, ses yeux luisants et renfoncés, son long nez, sa bouche dont les commissures s'étiraient pratiquement jusqu'aux oreilles plantées maladroitement sur les tempes. Il entendait sa voix mélodieuse et grave... *Vis, petit Jek, deviens un guerrier du silence...* C'étaient cette voix et les merveilles qu'elle contenait qui avaient poussé Jek At-Skin à se lancer dans l'aventure. Dès lors, il repoussait de toutes ses forces l'éventualité de rebrousser chemin et de regagner, par un moyen ou un autre, la maison familiale d'Anjor. Il n'avait pas le droit de renoncer, de trahir la mémoire de son ami du Terrarium Nord. Le sacrifice d'Artrarak ne devait pas rester vain.

Les rescapés marchèrent pendant un temps qu'aurait été incapable d'évaluer le petit Anjorien, perdu dans ses pensées contradictoires, tantôt secoué de lourds sanglots, tantôt galvanisé par le souvenir d'Artrarak. Les spectres gris et mouvants des quarantains se diluaient dans l'encre épaisse et noire inondant la galerie.

Au petit jour (sur Ut-Gen, la notion de jour restait une vue de l'esprit), les sept cent vingt puits du Terrarium Nord, préalablement gazés, furent entièrement comblés par le béton liquide. Les dernières écharpes de brume et les volutes de fumée noire, langoureusement entrelacées, recouvraient les environs d'une poix épaisse, toxique, irrespirable. Les conducteurs des bétonneuses, d'énormes engins posés comme des mouches géantes sur les bords des cavités, commandèrent alors le retrait des tuyaux souples de transvasement.

Des dizaines d'hectares furent ainsi transformés en une gigantesque esplanade hérissée de buissons d'aiguilles de béton que des rouleaux-chenilleurs s'acharnèrent à réduire en poussière.

Muni d'une paire de jumelles autofocales, le cardinal Fracist Bogh supervisait les opérations du haut d'un mirador à pensées. Il avait veillé toute la nuit et des cernes profonds soulignaient ses yeux sombres, luisants comme des braises. A ses côtés, en plus du Scaythe vigile permanent et de ses deux propres protecteurs de pensées, avaient pris place Horax, le grand inquisiteur, drapé dans une acaba noire, Rig Voe-Rill, le commandant en chef de l'interlice planétaire, sanglé dans un uniforme bleu roi, ainsi que Jaweo Mutewa, un jeune vicaire à la peau noire originaire de Platonia. L'exiguïté de la bulle de vigie les contraignait à se serrer les uns contre les autres. De temps à autre, le vicaire essuyait d'un revers de manche la buée opaque qui se condensait sur les baies concaves et transparentes.

D'en haut, les bétonneuses et les rouleaux-chenilleurs donnaient la vague impression d'un grouillement d'insectes jaunes et noirs à l'entrée d'une ruche. Les combilumines des ouvriers dessinaient de furtifs jeux de lumière dans les vestiges de la nuit. Au pied du mirador, un imposant bataillon d'interliciers en uniforme gris entourait un groupe de conseillers et de personnalités d'Ut-Gen, anciens ministres de l'Utigène ralliés à l'Ang'empire, capitaines d'industrie, invités personnels du cardinal Fracist Bogh... Dix navettes aériennes de surveillance, des personnairs munis de sondes ultrasoniques, survolaient les toits plats des immeubles de la bordure du ghetto.

Les charges placées par les artificiers dans les montants de la porte monumentale du ghetto explosèrent dans un fracas de tonnerre. L'orgueilleuse construction, édifiée quinze siècles plus tôt par les transfuges de la zone contaminée, s'effondra sur elle-même comme un château de cartes. Un épais nuage de poussière ocre ensevelit les décombres.

Bientôt, sur l'emplacement du Terrarium Nord s'élèveraient un temple à cent tourelles et à vingt nefs ainsi qu'un palais gouvernemental digne de ce nom, des bâtiments administratifs et la plus grande école de propagande sacrée de la planète (et peut-être même de l'Ang'empire).

Le cardinal Fracist Bogh reposa ses jumelles sur le siège du Scaythe vigile et se frotta les yeux, rougis par la fatigue.

« Une bonne chose de faite, murmura-t-il d'un ton las. Il y avait trop longtemps que ces monstres narguaient l'autorité de l'Eglise et de l'Ang'empire...

– Certes, certes, Eminence... », approuva Jaweo Mutewa.

La voix aigrelette du vicaire, vêtu d'une chasuble et d'un colancor noirs, s'enfonçait dans les tympans de ses interlocuteurs comme une lame ébréchée, rouillée. A l'instar de tous les membres du vicariat, il avait dû procéder à l'ablation solennelle de ses organes génitaux, exposés en permanence à l'intérieur d'une bulle-air dans le Caveau des Châtrés, une salle souterraine du palais épiscopal de Vénicia. Il faisait partie des eunuques de la Grande Bergerie, cette légion d'extrémistes qui ne s'aventuraient pratiquement jamais hors de l'enceinte du palais épiscopal de Vénicia, mais qu'on craignait comme la peste nucléaire.

Quelque temps après avoir pris ses fonctions au palais de l'Utigène, Fracist Bogh avait eu la mauvaise surprise de recevoir la visite de Jaweo Mutewa, membre du haut vicariat et porteur d'un messacode personnel du muffi Barrofill le Vingt-quatrième : le Pasteur Infaillible recommandait chaudement le frère Jaweo auprès du gouverneur d'Ut-Gen. Le cardinal, parfaitement conscient que la hiérarchie ecclésiastique lui imposait un eunuque de la Grande Bergerie dans le seul but de surveiller et de rapporter ses moindres faits et gestes, n'avait pas eu d'autre choix que de s'incliner et de nommer le frère Jaweo au poste de secrétaire particulier.

« Certes, disais-je... mais peut-être aurait-on pu tenter de convertir ces gens au kreuzianisme, poursuivit Jaweo Mutewa. Nous aurions ainsi recensé quelques millions d'âmes supplémentaires... »

Fracist Bogh se retourna aussi vivement que le lui autorisait l'exiguïté de la bulle de vigie et fixa son secrétaire d'un air farouche.

« Avez-vous donc perdu la raison, frère Jaweo ? Persistez-vous à considérer les quarantains comme des êtres humains ? Il y a de cela trente siècles, le feu de la colère divine s'est abattu sur eux et ils n'ont pas tenu compte de l'avertissement. Ils ont continué d'adorer des dieux païens, ils ont vécu sous terre comme des chatrats, ils se sont métamorphosés en animaux...

– Peut-on décemment reprocher à une population d'avoir été victime de bêtazoomorphie nucléaire généralisée, Eminence ? » répliqua Jaweo Mutewa. Sa face émaciée, dont le cache-tête noir accentuait la sévérité, se couvrait à présent de plaques grisâtres, signe chez lui de grand énervement. « Et s'ils se sont réfugiés dans le ventre d'Ut-Gen, c'est que les différents gouvernements planétaires ne leur ont pas permis de vivre à la surface...

– Il suffit, frère Jaweo ! coupa sèchement le cardinal. Le Conseil supérieur de l'éthique kreuzienne m'a assuré de son total soutien. Nous n'avions aucun contrôle sur la population du Terrarium Nord, et le comblement des puits de descente était la meilleure, pour ne pas dire la seule solution. Vous pouvez toujours saisir un tribunal d'exception ou prendre la tête d'un mouvement hérétique si le cœur vous en dit. Mais dans un cas comme dans l'autre, ne comptez pas sur mon appui... »

Un sourire crispé se dessina sur les lèvres brunes du vicaire. Le cardinal Fracist Bogh avait beau se rengorger, se dresser sur ses ergots de salier huppé, se draper dans sa dignité, il était loin de maîtriser tous les rouages de la mécanique kreuzienne. Cependant, et bien qu'il fût également desservi par ses origines marquinatines – donc paritoles –, c'était un prélat jeune et prometteur dont le vicariat se devait d'examiner la candidature avec attention. Jaweo Mutewa avait suffisamment pratiqué le cardinal pour se forger une opinion significative à son sujet. La manière dont le gouverneur d'Ut-Gen avait manœuvré les agents quarantains tout au long de l'opération Terrarium-Nord démontrait une habileté politique certaine. Ce n'était qu'un exemple : Fracist Bogh s'était toujours sorti à son avantage des pièges précis et discrets que, sur les conseils de ses correspondants du palais épiscopal, son secrétaire particulier lui avait tendus.

« Eh bien, que décidez-vous, frère Jaweo ? » gronda le cardinal, agacé par le mutisme narquois de son interlocuteur.

Il rencontrait également des difficultés grandissantes à supporter la promiscuité étouffante dans laquelle les confinait la bulle de vigie. Le commandant de l'interlice et les Scaythes, immobiles, imperméables, attendaient patiemment la fin de la querelle opposant les deux hommes d'Eglise.

« Me reste-t-il encore des décisions à prendre, Eminence ? » rétorqua le vicaire sans se départir de son calme.

Pourtant, en son for intérieur, Jaweo Mutewa venait d'arrêter un choix capital. Puisqu'il n'était qu'un châtré, un homme de l'ombre, un ecclésiastique anonyme qui ne pourrait jamais postuler à de hautes fonctions, il apporterait un appui sans réserve au cardinal Fracist Bogh. Il miserait tout sur le jeune gouverneur d'Ut-Gen, quitte à être sanctionné par un bannissement perpétuel en cas d'échec. En revanche, s'il savait convaincre ses pairs de la valeur de son candidat, il occuperait bientôt un poste clé dans la hiérarchie de l'Eglise, il réaliserait ses propres ambitions dans l'ombre du nouveau souverain pontife. Il vivrait certes par procuration et son nom ne s'inscrirait pas en lettres de feu sur les tablettes holographiques kreuziennes, mais la puissance occulte dont il jouirait l'aiderait peut-être à trouver la paix intérieure, à enterrer définitivement le souvenir nostalgique de Platonia et de son climat tropical. A combattre, également, les regrets qui venaient l'assaillir lorsqu'il contemplait, dans l'intimité de sa cellule, la cicatrice de son bas-ventre. A oublier qu'il devait s'accroupir pour uriner, une position particulièrement humiliante pour un natif de Platonia, où les hommes exhibaient volontiers leurs attributs virils et se soulageaient, fiers et droits, contre les arbres ou contre les murs. L'image de ses organes génitaux, prisonniers pour l'éternité de la bulle-air du Caveau des Châtrés, lui effleurait parfois l'esprit. Il ressentait alors une brûlure douloureuse entre les cuisses et les larmes lui coulaient silencieusement sur les joues.

« Un Anjorien de surface, un enfant, se trouvait parmi les quarantains, Votre Eminence », déclara soudain le Scaythe vigile.

Sa voix métallique faisait vibrer les bords du profond capuchon de son acaba grise. D'un geste péremptoire de la main, le cardinal lui ordonna de poursuivre.

« Il faisait partie d'une bande du quartier d'Oth-Anjor. Ils venaient rendre de fréquentes visites à un quarantain du nom d'Artrarak, un ancien correspondant de la chevalerie absourate.

– Et c'est maintenant que vous me le dites ! glapit Fracist Bogh.

– A travers ces enfants, nous espérions recueillir de plus amples renseignements sur les guerriers du silence, Votre Eminence, intervint Horax, le Scaythe inquisiteur. En tant qu'ancien membre de la chevalerie absourate, Artrarak semblait en savoir beaucoup sur le sujet, mais il ne sortait jamais du Terrarium et la densité de la terre nous empêchait de perquisitionner dans son cerveau.

– Initiative doublement stupide, monsieur l'inquisiteur ! lâcha le cardinal avec une moue de mépris. Et surprenante pour quelqu'un de votre qualité : d'une part, jamais personne n'a réussi à prouver l'existence de ces fameux guerriers du silence, d'autre part, vous n'ignoriez pas que nous étions sur le point de procéder au gazage et au comblement des puits du Terrarium. Que fabriquait cet enfant en pleine nuit dans le ghetto ?

– Il s'était enfui de chez lui, répondit le Scaythe vigile. Le quarantain lui avait fourré en tête de partir à la recherche de Naïa Phykit, de Sri Lumpa et...

– Autant se mettre en quête d'une sorcière nucléaire ! Ne me dites pas, monsieur l'inquisiteur, que vous croyez encore à ces affabulations ! En faisant preuve d'un peu de discernement, vous auriez pu épargner la vie de cet enfant... Quel est son nom ? »

Les yeux uniformément jaunes d'Horax jetaient des éclats électriques dans l'ombre de son large capuchon noir.

« Jek At-Skin, fils de Marek et Julieth At-Skin.

– Prenez note, frère Jaweo, et faites prévenir la famille... »

Deux heures locales plus tard, escorté de ses protecteurs de pensées et d'une cohorte de l'interlice, le cardinal Fracist Bogh descendit du personnair de l'Eglise et traversa la place des Saints-Supplices. Les flèches effilées et dorées du temple kreuzien se jetaient dans la grisaille sale du matin. Les lueurs incertaines des lampadaires mobiles se réfléchissaient sur les trottoirs humides, sur les toits étagés et luisants. Harès, le soleil déclinant, n'avait pas encore daigné faire son apparition maladive à l'horizon. Les cris perçants des marchands de Rakamel et les grondements sourds des tubes souterrains du R.T.A. sortaient peu à peu la capitale utigénienne de son engourdissement.

Tandis que les interliciers établissaient un double cordon de sécurité autour de la place, Fracist Bogh s'immobilisa devant l'une des croix-de-feu dressées sur le parvis du temple et contempla le corps d'un homme écartelé par les puissants flots d'air pulsé. Un rituel que le gouverneur d'Ut-Gen accomplissait chaque fois qu'il se rendait au temple pour célébrer l'office de prime matine. La vision des suppliciés lui procurait des sensations violentes, contrastées, qui allaient de la béatitude au dégoût, de l'exaltation à la douleur, de la fascination à la répulsion... Jusqu'alors, il avait eu beau les fixer jusqu'au vertige, le spectacle de ces peaux boursouflées et de ces visages fous de souffrance n'avait encore jamais mis un terme, même provisoire, à ses tourments. Comme si le Kreuz l'avait condamné à être tiraillé entre extase et remords jusqu'à la fin des temps. Ils évoquaient seulement un autre corps martyrisé, un corps de femme qui hantait ses rêves agités et qu'il n'était pas parvenu à chasser des arcanes de son subconscient. Malgré ses fermes résolutions, malgré les innombrables pénitences expiatoires qu'il s'infligeait, il n'avait pas oublié dame Armina Wortling, la veuve du seigneur Abasky, la mère de List, son compagnon de jeu de l'enfance. Il se souvenait, avec une exactitude effarante, des trois jours qu'il avait passés au pied de la croix-de-feu sur la place Jatchaï-Wortling de Duptinat, la capitale marquinatine. Il se souvenait de la lente métamorphose de cette femme magnifique en une masse informe de chair rouge et purulente. Il se souvenait de ses yeux exorbités qui imploraient la pitié, de son ventre d'où suintait une humeur visqueuse et sombre, de ses longs cheveux noirs qui tombaient par poignées entières et qui révélaient un crâne fendillé comme une peau de reptile... Il se souvenait de sa propre peine, de ses propres larmes, de ses propres cris... Les seize années qu'il avait consacrées à l'Eglise du Kreuz n'avaient pas effacé l'image de la femme de ses désirs cachés. Bien qu'il refusât de se l'avouer, il se rendait compte qu'il recherchait désespérément le corps de dame Armina au travers des hérétiques, apostats, schismatiques, déviants et autres païens qu'il faisait brûler à petit feu sur la place des Saints-Supplices et sur les places des autres cités d'Ut-Gen.

Fracist Bogh ne gouvernait qu'une planète mineure, un monde situé aux confins de l'Ang'empire, contaminé sur les deux tiers de sa surface et condamné à court terme. On ne l'invitait pas aux fêtes du couronnement, ni même aux conclaves semestriels, mais cela ne l'avait pas empêché de se tailler une solide réputation au sein de l'Eglise. Inflexible, intransigeant, incorruptible, tels étaient les mots qui revenaient le plus souvent à son sujet. Jaweo Mutewa lui avait même certifié que le muffi Barrofill le Vingt-quatrième l'avait cité en exemple à plusieurs reprises dans ses allocutions préconclaviques. On comptabilisait les croix-de-feu du jeune Marquinatin et on lui prédisait une carrière brillante, un avenir radieux. C'était, affirmait-on, de ce genre de général dont l'armée du Kreuz avait besoin...

Le visage hâve du cardinal se refléta furtivement sur l'écriteau noir du socle de la croix-de-feu. Ses traits tendus se confondirent avec les lettres pyrogravées de la sentence :

La croix-de-feu à combustion lente sera le châtiment réservé à ceux qui enfreindront la Loi divine et les Saints Commandements de l'Eglise du Kreuz. Raph Pit-Horn, soumis à la Sainte Inquisition mentale, a été reconnu coupable de pratiques païennes et dégradantes. Par décision du cardinal Fracist Bogh, représentant suprême de Sa Sainteté le muffi Barrofill le Vingt-quatrième sur la planète Ut-Gen.

C'étaient pratiquement les mêmes mots, les mêmes phrases qui s'étaient inscrits seize années plus tôt sur l'écran-bulle de la croix d'Armina Wortling... Un début de nausée saisit Fracist Bogh, brusquement à l'étroit dans son colancor. Il rabattit l'ample col de sa chasuble violette sur son visage, puis, après avoir jeté un dernier regard à l'homme écartelé sur sa croix, il se dirigea rapidement vers la porte principale du temple. Ses protecteurs de pensées et les interliciers, rompant le cordon de sécurité, lui emboîtèrent le pas. Le personnair frappé du sceau de l'Eglise s'envola dans un sifflement prolongé et disparut derrière les tourelles effilées. Les passants se risquèrent enfin à s'aventurer hors des ruelles adjacentes et à traverser la place des Saints-Supplices.

Un cercle de lumière grise se découpait à l'extrémité de la galerie d'évacuation. Les réserves d'oxygène étant épuisées depuis bien longtemps, les quarantains avaient retiré et abandonné leurs masques. Jek s'était empressé de les imiter, pas fâché de pouvoir enfin se débarrasser de son encombrant fardeau. De vagues émanations de gaz flânaient encore dans le souterrain, mais tout danger semblait définitivement écarté.

La femme qui le suivait avait poussé une exclamation de surprise lorsqu'elle avait découvert le visage lisse, les cheveux bouclés, soyeux et les grands yeux noisette de Jek.

« Un petit surfaceur ! »

Des cris de colère avaient alors fusé de l'arrière. En ces heures sombres, les rescapés du ghetto ne se sentaient pas d'humeur à trier le bon grain de l'ivraie et ils enfermaient tous les Anjoriens de surface dans le même sac : c'étaient les surfaceurs qui étaient responsables de la mort des millions de résidents du Terrarium Nord, les surfaceurs qui avaient obligé les transfuges de la zone contaminée à vivre sous terre pendant des siècles, les surfaceurs qui avaient tenté d'exterminer les quarantains de l'Antiquité en les expédiant dans les vaisseaux de la mort... Qu'ils fussent des temps passés ou présents, qu'ils prissent pour nom tyrans du P.U.S.U., consuls de l'Utigène ou gouverneurs de l'Ang'empire, les surfaceurs auraient été jusqu'au bout les bourreaux des quarantains. Jusqu'au bout, les humains sains auraient été horrifiés de se contempler dans ce miroir déformant que leur tendaient leurs semblables contaminés.

La peur avait planté ses serres dans le ventre de Jek. Seul surfaceur parmi des quarantains ivres de colère et de désespoir, il constituait la proie toute désignée de leur vengeance. Ici, dans cette galerie creusée quelques centaines de mètres sous terre, il n'y avait plus de lois, plus d'interliciers, plus de maison chaude et confortable où se réfugier. Ici, personne n'accourrait à son secours, personne ne se souviendrait qu'il avait été l'ami du vieil Artrarak.

Les vociférations s'étaient tues et ils avaient repris leur marche monotone et silencieuse. Jek ne s'était pas senti rassuré pour autant : il suffisait d'un souffle de haine pour que les braises qui couvaient sous la détresse des rescapés se transforment en un brasier dévorant. Leurs regards s'étaient fichés comme des flèches empoisonnées entre ses omoplates. Puis la fatigue et la frayeur s'étaient conjuguées pour le vider de ses forces et c'est en somnambule qu'il avait parcouru les derniers kilomètres de la galerie.

Même grise et sale, la clarté du jour éblouit les rescapés quand ils débouchèrent sur un vaste plateau désertique de la zone contaminée. Leur soudaine apparition effraya une nuée de corbonucles, de grands oiseaux au plumage noir et au bec phosphorescent. Les rayons rougeâtres d'Harès se diluaient dans l'épais manteau de brume et de nuages qui recouvrait le ciel.

Exténué, Jek se laissa choir sur l'herbe rêche et jaune du plateau. Aussi loin que portait son regard, il ne distinguait qu'une étendue sombre, désolée, dépourvue de végétation. Il n'y décelait aucun signe de présence humaine, aucune construction, aucun indice d'un quelconque système de transport. Seulement de paresseux bancs de brume qu'écharpaient de subites et rageuses rafales de vent. Il se dit qu'il leur faudrait des jours et des jours pour traverser ce désert, et une vague de découragement le submergea.

Au fur et à mesure qu'ils se répandaient hors de la bouche de la galerie d'évacuation, découpée sur le pan d'une paroi rocheuse abrupte, les quarantains se serraient les uns contre les autres, hommes, femmes et enfants, comme un troupeau apeuré et frileux. Pour la plupart, c'était la première fois qu'ils posaient le pied sur la zone contaminée et ce retour aux sources précipité déclenchait en eux des sentiments contradictoires. La joie de fouler la terre légendaire des origines se mêlait à la tristesse de l'exil. Ils laissaient derrière eux des parents, des amis, ensevelis à jamais dans des tonnes de béton liquide, ils abandonnaient les terriers familiers, les galeries transversales de desserte, les puits de descente... Les trars, les responsables du ghetto, avaient commencé à les préparer à l'éventualité d'un exode général, mais ils n'avaient pas prévu d'être arrachés aussi brutalement à l'univers familier et rassurant du Terrarium Nord, et l'avenir leur paraissait incertain, hostile.

Jek constata que les quarantains l'évitaient, l'isolaient, lui montraient qu'il n'était qu'un intrus sur le territoire de leurs ancêtres. En se retournant, il aperçut dans le lointain le scintillement ondoyant d'une interminable muraille lumineuse dont la base épousait étroitement la ligne tourmentée de l'horizon. Deux ans plus tôt, p'a At-Skin avait emmené son fils voir la barrière magnétique isolante, érigée à une trentaine de kilomètres des faubourgs nord d'Anjor. P'a lui avait raconté qu'elle s'élevait jusqu'aux confins de la stratosphère d'Ut-Gen pour interdire les échanges aériens entre les deux zones. Elle se doublait d'une ligne fortifiée hérissée de barbelés électrifiés et de miradors où veillaient des robots armés d'ondemorts et de canons à rayons momifiants. Le gouvernement antique qui l'avait conçue n'avait pas prévu que les survivants de la zone contaminée la contourneraient en utilisant la voie souterraine. *Nulle barrière magnétique n'est en mesure d'empêcher les rats de creuser*, disait souvent le vieil Artrarak. Neutralisée pendant trois siècles, elle avait été modernisée et réactivée par les tyrans du P.U.S.U. Elle était chargée d'une intensité magnétique telle qu'au moindre contact avec l'une de ses émulsions crépitantes, un métal à très haute densité se volatilisait instantanément en une gerbe de microparticules enflammées.

Jek avait entendu tant d'histoires sur la zone contaminée qu'il s'attendait à tout moment à voir surgir des monstres cornés à l'haleine de soufre, aux sabots rougeoyants et aux dents longues comme des sabres. Certains Anjoriens de surface prétendaient que les sorcières nucléaires et les fils des atomes de fission tenaient un sabbat permanent de ce côté-ci de la barrière isolante. Pour l'instant, le seul ballet infernal auquel assistait Jek était celui, incessant, aérien, qu'exécutaient les corbonucles aux becs lumineux.

Il n'avait pas la moindre idée de la direction qu'il devait prendre pour gagner la ville de Glatin-Bat. Il jeta un regard de biais sur la foule des quarantains massés devant la bouche de la galerie. Il se trouverait bien dans le lot une âme charitable qui accepterait de le renseigner. Il se releva et s'approcha à pas prudents des premiers rangs.

« Est-ce que quelqu'un sait comment on fait pour se rendre à Glatin-Bat ? »

Sa voix haut perchée se désagrégea dans le silence. Il fut subitement l'objet de centaines de regards menaçants, haineux. La lumière incertaine de l'aube soulignait les faces grotesques, les fronts bas, les arcades saillantes, les oreilles cabossées, les cheveux rêches, les lèvres minces, les mentons prognathes... Les souffles de vent jouaient dans les pans lâches des hardes grossièrement ravaudées. Jek s'aperçut que certains d'entre eux, hommes ou femmes, n'avaient pas eu le temps de s'habiller. Il comprit alors pourquoi les transfuges de la zone contaminée apportaient autant de soin à soustraire leur corps aux regards des Anjoriens de surface. D'innombrables bosses cartilagineuses saillaient sous leur peau aussi rugueuse que celle des animaux domestiques des fermes communautaires. Des mamelles des femmes, ne subsistaient que deux longs renflements encadrés de poils noirs et criblés de quatre ou six tétines rosâtres. Les hommes étaient pourvus d'énormes testicules et d'un étroit appendice de chair luisante, rouge vif, qui leur retombait mollement entre les cuisses.

Comme tout Utigénien sain, Jek fut choqué par la vision de ces grossières caricatures de corps humains, mais il s'efforça de dissimuler tant bien que mal le dégoût qui s'emparait de lui.

« Pourquoi es-tu si pâle, surfaceur ? lança soudain un homme d'un ton rogue.

– Ne comprenez-vous pas que nous lui faisons horreur ? gémit une femme au bord des larmes. Pour les surfaceurs, nous sommes encore moins que des animaux !

– Ils n'ont pas hésité à gazer des femmes et des enfants ! A déverser des tonnes de béton liquide sur nos terriers ! renchérit un homme.

– Ils ont fait ça en pleine nuit, comme des voleurs, comme des lâches ! »

Une boule oppressante se forma dans la gorge de Jek, glacé d'effroi. Il affrontait maintenant un monstre dont la colère réveillée agitait les mille têtes, les mille jambes, les mille bras. Et l'épouvante l'empêchait d'articuler le moindre son, de leur dire qu'ils se trompaient, d'affirmer haut et fort qu'il n'était pas un surfaceur comme les autres, qu'il avait été l'ami et le confident d'Artrarak, le vieux hibou de la grotte aux plumengs... Comme dans un cauchemar, il les vit s'ébranler et s'avancer vers lui, hommes, femmes, enfants. Ils brandissaient des poings rageurs, montraient les dents, crachaient des insultes, et leurs yeux furibonds, étincelants, crucifiaient la grisaille du matin.

Instinctivement, Jek se recula de quelques pas. Son talon heurta une saillie rocheuse. Il perdit l'équilibre et s'effondra lourdement sur le dos. Il tenta de se relever mais une dizaine de quarantains s'abattirent sur lui comme une bande de singes hurleurs, lui saisirent les avant-bras, les jambes, et le plaquèrent sans ménagement sur l'herbe anémiée du plateau. Quelqu'un l'empoigna par les cheveux, des mains griffues le dépouillèrent de ses vêtements, lui arrachèrent des lambeaux de peau. Ils le rouèrent de coups de poing, de coups de pied, et il crut deviner que certains le mordaient jusqu'au sang. Il sentait à la fois la fraîcheur piquante des gouttes de rosée s'écrasant sous ses omoplates, sous ses fesses, et la tiédeur des rigoles de sang qui s'écoulaient de ses plaies. Il avait l'impression d'être tombé dans un buisson d'épines, il étouffait, il cherchait désespérément de l'air, mais il avait beau se tortiller comme un ver, le poids des quarantains agglutinés sur lui le maintenait inexorablement cloué au sol. Des odeurs âpres, fétides, lui agressaient les narines. Le contact avec leurs peaux rugueuses et leurs bosses cartilagineuses le remplissait de dégoût. Des flots de bile lui dégoulinèrent sur les joues et le menton.

Les premiers instants de révolte passés, il cessa de regimber et se fit à l'idée qu'il allait mourir comme un misérable sur ce plateau désolé. Sa belle aventure n'aurait duré que l'espace de quelques heures. Un vieux quarantain à la bouche d'or avait suscité ce rêve un peu fou, d'autres quarantains se chargeaient d'y mettre un terme. *Le destin adore jouer des farces aux humains,* déclarait p'a At-Skin, philosophe à ses heures. P'a... m'an... Il ne les reverrait jamais... Ils ne sauraient jamais ce qu'était devenu leur fils unique. Les corbonucles aux becs lumineux ne laisseraient de lui qu'une ruine squelettique et anonyme.

Une voix puissante domina soudain le tumulte.

« Les rats du désert ! Ils arrivent ! »

La fureur des quarantains se calma aussi subitement qu'elle s'était déclenchée. Ils relâchèrent le petit surfaceur, se relevèrent et, sans plus se soucier de lui, scrutèrent la morne étendue dont les contours s'évanouissaient dans les lourds bancs de brume.

Etonné d'être encore en vie, nu, grelottant, meurtri, Jek se redressa machinalement sur un coude. Il aperçut, entre ses cils empoissés de sang et de larmes, une vingtaine de taches blanches qui grossissaient rapidement à l'horizon.

Le trar de la flotte se pencha par-dessus le bastingage et désigna le petit surfaceur, resté seul à terre.

« Et celui-là, qu'est-ce qu'on en fait ? »

Jek n'avait eu aucun mal à deviner pourquoi on surnommait le trar et ses hommes les « rats du désert » : leur nez allongé et poilu évoquait irrésistiblement le museau des petits rongeurs. Les extrémités de leurs longues incisives reposaient sur leur lèvre inférieure, voire, pour quelques-uns, sur leur menton. Leurs yeux ronds et noirs étaient sans cesse en mouvement, comme s'ils surveillaient des dizaines d'adversaires à la fois. Vêtus d'uniformes de cuir noir et coiffés de turbans colorés, ils portaient à la ceinture des armes aux crosses nacrées et aux canons courts qui ressemblaient aux fusils à gaz du parc cynégétique d'Anjor.

Quelques minutes plus tôt, les vingt aérotomiques, des glisseurs à motricité nucléaire, avaient déployé leurs ancres stabilisatrices et, dans un formidable rugissement, s'étaient immobilisés à une centaine de mètres de l'entrée de la galerie. Dès que s'étaient calmées les fortes turbulences générées par les pales de leurs énormes hélices, les socles de passerelles flottantes avaient atterri lourdement sur le sol.

La répartition et l'embarquement des quarantains s'étaient déroulés sans accroc notable. Les rats du désert avaient le monopole des liaisons régulières entre le Terrarium de la zone préservée et les différentes agglomérations de la zone contaminée. Le trar du clan avait été surpris de découvrir des centaines de ressortissants du ghetto là où d'habitude il n'embarquait – à prix d'or ! – qu'une trentaine d'affairistes ou de commerçants. Lorsque les rescapés l'avaient informé des événements tragiques de la nuit, il avait frappé le socle de la passerelle d'un coup de pied rageur : il éprouvait certes de la compassion pour ces millions de malheureux gazés ou enterrés vivants, mais surtout il enrageait de perdre une source de revenus confortable et régulière.

Les carènes lisses des grands appareils flottaient

deux bons mètres au-dessus du sol. Jek apercevait le fil affûté des étraves incurvées et luisantes. Tous rigoureusement identiques, les aérotomiques ne possédaient pas de mât central comme les antiques navires de la mer de Zougas, mais de multiples antennes articulées, munies en leur extrémité d'un ou plusieurs projecteurs. Ce que le petit Anjorien avait d'abord pris pour une voile carrée se révélait être un gigantesque assemblage d'alvéoles blancs et grésillants, des cellules nucléosensibles de la grosseur d'un poing.

Jek avait récupéré ses vêtements épars, ses bottes, avait hâtivement essuyé le sang qui coulait de ses plaies et s'était rhabillé. Des courants d'air froid se faufilaient par les multiples accrocs de sa veste et de son pantalon. Chaque mouvement lui soutirait des grimaces de douleur. Echaudé, il n'avait pas osé suivre les quarantains lorsqu'ils s'étaient engagés sur les passerelles. Il se rendait maintenant compte que cela avait été une erreur : personne n'aurait prêté attention à lui dans la confusion de l'embarquement. Les aérotomiques ne manquaient probablement pas de cachettes. Avec un peu d'audace, il aurait pu atteindre la ville la plus proche et, de là, chercher un moyen de gagner Glatin-Bat. Désormais, son sort reposait entièrement sur le bon vouloir du capitaine de la flotte, un individu atteint de bêtazoomorphie aiguë et qui, étant donné son aspect physique, ne devait pas porter les humains sains dans son cœur.

Le trar lustra un à un les longs poils rêches qui lui servaient de moustache. Il se distinguait de ses hommes par le masque stylisé enchâssé dans le plastron de son uniforme ainsi que par le long sabre antique qui lui battait les bottes. Les rescapés, rassemblés sur les ponts, baissaient la tête et évitaient soigneusement de tourner leur regard en direction du petit surfaceur, minuscule, insignifiant face aux proues imposantes des glisseurs. Ils étaient désormais pressés de partir, pressés d'oublier qu'ils s'en étaient pris à un enfant de huit ans. La vitesse à laquelle ils s'étaient métamorphosés en bourreaux, eux qui se proclamaient volontiers victimes, leur laissait un goût de cendres dans la gorge.

« C'est vous qui l'avez mis dans cet état ? demanda le trar sans se retourner.

– C'est un surfaceur ! répondit une voix féminine, rompant un silence qui commençait à devenir oppressant. Ce sont les siens qui ont gazé le Terrarium...

– Ça ne pouvait pas être lui en tout cas, puisqu'il était avec vous ! » fit observer le trar.

Bien que voilée, sa voix forte dominait le ronronnement sourd des moteurs.

« Nos réserves d'énergie diminuent. Nous devons repartir immédiatement si nous voulons capter les vents nucléaires du désert profond. Pour la dernière fois, que faisons-nous de lui ?

– Qu'il crève ici ! cracha la voix féminine, hargneuse. Un surfaceur contre des millions de quarantains, ce n'est vraiment pas cher payé !

– Votre voyage non plus ne sera pas cher payé ! » soupira le trar.

Il avança le buste par-dessus le bastingage arrondi de la proue et fixa ardemment le petit Anjorien. Un sourire sardonique se dessina sur ses lèvres aiguisées. Les rafales de vent soulevaient les pans lâches de son turban.

« Eh, toi, le surfaceur ! Donne-moi une seule bonne raison de ne pas te laisser moisir dans ce trou ! »

Jek avait mal au cou à force de lever la tête. Quelques secondes lui furent nécessaires pour se rendre compte que c'était à lui que s'adressait le capitaine de la flotte.

« Eh bien ? Ils t'ont aussi coupé la langue ?

– Je... J'étais l'ami d'Artrarak, bredouilla Jek. La grotte aux plumengs... Puits A-102, niveau – 254... »

Il était obligé de hurler pour couvrir le grondement des moteurs, le grésillement des cellules nucléosensibles, et il ne parvenait pas à ordonner les mots qui s'échappaient de sa bouche.

Le trar interrogea du regard les rescapés embarqués

à bord de son aérotomique, puis dévisagea de nouveau Jek.

« Personne ne connaît d'Artrarak, ici !... Désolé, surfaceur ! Je ne peux pas aller contre la volonté de mes passagers, car leurs morts réclament le sang de la vengeance. C'est la loi de la zone contaminée. Je puis cependant t'accorder une faveur : te trancher la tête pour t'éviter la fin atroce de ceux qui servent de cible aux becs et aux serres des corbonucles... »

Le sang de Jek se glaça. Il chercha fébrilement des arguments susceptibles de fléchir son interlocuteur.

« Non ! Non ! Je dois aller à Glatin-Bat... Glatin-Bat ! »

Ce n'était pas vraiment un argument, tout au plus l'expression désespérée de son désir. La face tourmentée du trar demeura impassible.

« En ce cas, il ne te reste plus que deux mille kilomètres de désert à parcourir ! Attention aux tornades nucléaires, aux hyènes tachetées et... bonne chance ! »

Le chef de la flotte du désert se retourna vers la poupe de l'aérotomique et aboya ses ordres. Il y eut une série de chuintements, de crissements et de claquements. Pétrifié, Jek vit les passerelles s'enrouler sur elles-mêmes, les volets s'ouvrir de chaque côté des étraves et les ancres stabilisatrices réintégrer leurs gaines. Un réflexe instinctif l'entraîna à se jeter sur le côté lorsque le glisseur de tête, le glisseur du trar, s'ébranla dans un vrombissement assourdissant. Les turbulences des hélices l'envoyèrent rouler sur le sol. Ses bras, ses jambes et son dos s'écorchèrent aux arêtes de pierre affleurant la terre sèche.

Lorsqu'il se releva, à demi étourdi, les aérotomiques avaient achevé leur manœuvre de retournement et s'élançaient vers le cœur du désert. Les moteurs, montant progressivement en régime, produisaient un invraisemblable raffut. Des hommes d'équipage, accoudés aux bastingages des poupes, agitaient les bras en riant.

Le cœur de Jek se serra. La barrière isolante lui coupait définitivement la route d'Anjor, pourtant distante d'une poignée de kilomètres. Il était désormais seul dans le grand désert nucléaire. Seul en compagnie des corbonucles qui tournoyaient au-dessus de lui en poussant des croassements rauques.

Tout à coup, un nom retentit dans l'esprit du petit Anjorien. Ce nom, c'était peut-être l'argument qui lui avait manqué quelques minutes plus tôt. Les aérotomiques n'avaient pas encore atteint leur vitesse de croisière. Pour l'instant, ils faisaient davantage penser à d'antiques navires à voile encalminés sur une mer d'huile qu'à de fringants coursiers de la zone contaminée.

Sans même s'en rendre compte, Jek se retrouva à courir à perdre haleine dans le sillage agité et bruyant des grands aéroglisseurs. Les hommes d'équipage, rigolards, frappèrent le bord supérieur de la coque du plat de la main. Certains d'entre eux dégainèrent leurs armes et feignirent de le coucher en joue. Les taches vives de leurs turbans se diluaient dans les effluves de chaleur.

Des aiguilles chauffées à blanc transperçaient la gorge et les poumons de Jek. Il fut traversé par l'envie de renoncer, de s'allonger sur l'herbe du plateau et d'attendre que la mort vienne le délivrer de ses tourments. Mais il repoussa la tentation avec la force du désespoir, serra les dents et accéléra l'allure. Il se rapprocha suffisamment du glisseur de queue pour être repris par les turbulences de ses hélices. Il perçut les éclats de voix et les rires des hommes d'équipage. Alors il releva la tête, choisit un visage parmi ceux qui le surplombaient et le narguaient, le fixa avec intensité et injecta tout ce qui lui restait d'énergie dans son cri :

« Le viduc Papironda ! »

Son miaulement aigrelet fut absorbé par le grondement des moteurs. Ses jambes flageolantes n'eurent plus la force de le porter. Epuisé par sa course et par les mauvais traitements que lui avaient infligés les rescapés du ghetto, il perdit l'équilibre et s'effondra sur le sol. Il y demeura prostré un long moment, en sueur, essayant de reprendre son souffle.

Lorsqu'il rouvrit les yeux, les taches blanches des aérotomiques s'évanouissaient dans les brumes lointaines. Il crut un instant qu'ils faisaient demi-tour et un espoir insensé l'étreignit. Puis il se rendit compte qu'il avait été seulement leurré par son formidable désir de vivre. Les corbonucles se posèrent l'un après l'autre autour de lui.

CHAPITRE IV

Bien peu furent les humains à se rendre compte que les Scaythes d'Hyponéros tendaient un gigantesque filet au-dessus de leurs têtes.

Qui étaient-ils ? Que voulaient-ils ?... Nul ne le savait.

Lorsque Pamynx s'en fut retourné sur Hyponéros, ce monde mystérieux qu'aucun astronome n'est parvenu à localiser sur les cartes célestes, lui succéda le sénéchal Harkot.

Avec lui débuta la période dite de la « Terreur des Experts » ou encore du « Grand Effacement ».

Les miradors à pensées se dressèrent au-dessus des toits des cités et les croix-de-feu se multiplièrent. Et parvenaient jusqu'à nous les plaintes des suppliciés, les cris déchirants des mères dont on torturait les enfants...

Mais il y eut pire.

Pendant que Menati Imperator et ses conseillers s'étourdissaient dans des fêtes somptueuses, il y eut l'abomination.

Où étaient-ils passés, nos fiers et arrogants Syracusains de conquête ?

En quel enfer s'étaient égarés les dieux humains ?

Extrait d'un texte mental apocryphe, capté lors de son errance par Messaodyne Jhû-Piet, poète syracusain de la première période post-Ang'empire. Certains érudits présument qu'il s'agit de pensées égarées de Naïa Phykit, elle-même d'origine syracusaine.

Un silence profond ensevelissait l'étroit passage, creusé sous les fondations de l'ancien palais seigneurial. Le rayon mouvant de la lampelase léchait les dalles disjointes. De temps à autre, des éclats phosphorescents brillaient furtivement dans le faisceau de lumière blanche et Harkot entrevoyait des formes sombres qui se glissaient par les multiples orifices tapissant les parois.

Plus le sénéchal s'enfonçait dans les entrailles du sol et plus étaient nombreux les chatrats, des rongeurs au pelage gris, aux grands yeux ronds et aux oreilles pointues. Cela faisait environ quinze années universelles qu'Harkot n'avait pas remis les pieds dans cet endroit. Précisément depuis qu'il y avait enfermé Pamynx, l'ancien connétable des seigneurs Arghetti et Ranti Ang.

Harkot était le seul être dans l'univers – en dehors, bien entendu, des maîtres germes de l'Hyponériarcat – à savoir que Pamynx n'avait jamais quitté le sol de Syracusa. La version officielle voulait qu'après avoir accompli son œuvre, l'ancien connétable s'en fût retourné sur Hyponéros pour y goûter un repos bien mérité. Menati Imperator et les siens avaient rapidement enterré le souvenir de celui qui avait su si bien préparer l'avènement de l'empire et de la famille Ang. Le sénéchal lui-même avait eu bien autre chose à faire que de s'intéresser au sort de son complanétaire. Il aurait peut-être fini par oublier jusqu'à son existence s'il n'avait reçu, deux heures plus tôt, une forte impulsion des maîtres germes l'enjoignant de reprendre contact avec le captif.

Harkot, germe atypique et indiscipliné, avait d'abord farouchement résisté à l'impulsion. A force de pénétrer dans les subtils mécanismes mentaux des humains, il lui arrivait de plus en plus fréquemment d'adopter leur mode de fonctionnement et de discuter, voire d'outrepasser les ordres de l'Hyponériarcat. Il ne lui avait pas fallu longtemps pour comprendre ce qui faisait à la fois la force et la fragilité des humains : une manière de faire tourner le grand univers autour du petit univers qui avait pour nom l'ego. Cependant, si d'habitude les maîtres germes ne lui tenaient pas rigueur de ses incartades et le laissaient agir à sa convenance (ils y trouvaient probablement leur compte), ils avaient en l'occurrence démontré une telle détermination, une telle fermeté, une telle virulence qu'il n'avait pas eu d'autre choix que de s'incliner.

En tant qu'antenne majeure de la sixième étape du Plan et Scaythe des échelons supérieurs, Harkot était habilité à prendre des initiatives, mais il lui était très fortement déconseillé d'aller à l'encontre des intérêts fondamentaux de l'Hyponériarcat. Il avait beau se targuer de posséder une conscience individuelle, un ego, il n'en était pas pour autant associé au chœur fondamental de la création. Ses pensées n'avaient aucune influence sur le maintien et l'expansion de l'univers. Même s'ils en avaient égaré le mode d'emploi, cela restait le privilège des humains. Un privilège exorbitant que les Scaythes d'Hyponéros se proposaient justement d'abolir. Harkot était un produit de la cuve matricielle et, s'ils le jugeaient nécessaire, les maîtres germes pouvaient à tout moment le dissoudre et le remplacer par un germe typique. Ils gagneraient en sécurité ce qu'ils perdraient en richesse d'informations...

Et d'ailleurs, ils ne s'étaient pas privés de lui donner un petit acompte de ce qui l'attendait s'il s'entêtait à refuser leur impulsion. L'enveloppe épithéliale et les organes vitaux d'Harkot avaient été pris de brusques tiraillements. Un courant glacé avait fureté sous son crâne, puis il avait été happé par une puissante spirale et précipité dans un gouffre insondable où il avait totalement perdu la notion d'espace et de temps. Son corps – ce corps contrefait qu'il haïssait tant – avait été dissous dans un gaz acide, brûlant, dont la consistance lui avait rappelé le liquide nourricier des cuves matricielles. Son esprit, son germe, s'était alors échappé de son enveloppe et s'était volatilisé dans l'un des deux conglomérats de l'Hyponériarcat...

Il avait repris connaissance dans le conversoir de ses appartements du palais Arghetti-Ang. Trois bonnes minutes lui avaient été nécessaires pour renouer avec le fil de son existence, pour recouvrer sa mémoire cérébrale. Il s'était rendu compte que cette impulsion de dissolution n'avait été qu'une suggestion mentale, une illusion télépathique... Un simple avertissement... Il en avait d'abord été soulagé, car en tant que germe égocentrique il tenait à cette perception individuelle, subjective, de lui-même. Puis de nouvelles perspectives s'étaient ouvertes à lui : s'il voulait conserver la vie (c'était bien ça, la vie, ce sentiment délicieusement superflu d'exister par soi-même), il devrait désormais apprendre à calculer, à tricher. Il ne cernait pas les intentions réelles des maîtres germes, mais il s'efforcerait dorénavant de leur donner satisfaction. Aiguillonné par la peur de la dissolution comme les humains étaient aiguillonnés par la peur de la mort.

C'est dans ces nouvelles dispositions qu'il se rendait auprès de Pamynx, enfermé depuis plus de quinze ans dans une cellule souterraine de Vénicia. Il avait revêtu une acaba blanche de la Protection et parcouru à pied les dix kilomètres qui séparaient le nouveau palais impérial de l'ancien palais seigneurial, érigé sur les hauteurs du quartier de Romantigua. Ni les patrouilles nocturnes de l'interlice ni les rares passants ne lui avaient prêté attention. Quant au cordon de gardes pourpres qui ceinturait l'antique construction, transformée en lieu de résidence pour les invités de marque, il n'avait pas eu à le franchir : il avait emprunté un souterrain qui partait directement d'une ruelle voisine et dont l'entrée était dissimulée par un décor en trompe-l'œil. Un seul autre être vivant dans l'univers connaissait l'existence de ce passage, hérissé à intervalles réguliers de sas blindés et codés : Pamynx.

Au fur et à mesure qu'il se rapprochait de la lourde porte de fer de la cellule, une certaine excitation gagnait Harkot. Il était curieux de savoir dans quel état il retrouverait le prisonnier après ces longues années de captivité dans ce réduit insalubre. Certes, à la différence des humains, les Scaythes ne possédaient pas de système sanguin, se passaient donc fort bien d'oxygène, d'eau et de nourriture, et certains germes avaient même survécu plus de mille années universelles sur des planètes totalement privées de ressources (donnée informative historique implantée lors du séjour dans la cuve matricielle). Mais quel serait l'impact de l'enfermement et du silence sur un germe qui, comme Pamynx, avait toujours vécu dans le bruit et la fureur des humains ?

Le faisceau de la lampelase heurta un éboulis de terre et de pierres. En cet endroit, la voûte s'était effondrée et les coulées de boue, en se solidifiant, avaient formé des stalactites. Quelques chatrats se dispersèrent en poussant des miaulements aigus. Leurs queues ébouriffées disparurent dans les interstices des parois.

Curieux destin que celui de ces animaux, se dit Harkot. Une existence entièrement consacrée à reproduire les automatismes de l'instinct. Ni heureux ni malheureux. Prolifèrent dans les endroits délaissés par les humains. Dans l'ombre des humains. Humbles vassaux des humains...

Une pellicule verdâtre recouvrait la porte métallique de la cellule. Le sens olfactif des Scaythes n'était en général pas très développé – l'odeur, un signe de reconnaissance dérisoire pour un germe –, mais la puanteur des moisissures qui imprégnait l'air confiné du souterrain stimulait fortement certains implants nerveux de l'encéphale d'Harkot.

Il lui fallut cinq minutes pour dégager l'antique boîtier d'ouverture de la porte, enseveli sous une épaisse couche de terre. Puis ses doigts – de son enveloppe corporelle, c'étaient encore les doigts qu'il détestait le plus : ces protubérances de chair crevassée et verdâtre n'étaient que les cousines lointaines des gracieux appendices ongulés des humains –, ses doigts donc coururent sur les touches rondes et dures de la console. Il n'avait aucun effort à fournir pour se souvenir de la combinaison du code. Il lui suffisait de puiser l'information dans le compartiment approprié de sa mémoire cérébrale.

Le loquet mécanique de la serrure s'extirpa de son pêne dans un claquement sec. Puis la porte pivota sur ses gonds en émettant un insupportable grincement. Harkot se glissa par l'entrebâillement et pénétra dans la cellule, une pièce basse, exiguë, excavée directement dans la terre et le roc. Sous le règne du Comité planétaire, elle avait constitué le point de départ d'un inextricable réseau souterrain où avaient été enfermées, torturées et assassinées de nombreuses familles de la noblesse syracusaine. Un labyrinthe de l'horreur dont le premier seigneur Ang, Mikeli, avait ordonné le comblement définitif à l'issue des guerres artibaniques. Des spécialistes de l'histoire antique affirmaient que, si on leur donnait l'autorisation d'effectuer des fouilles dans les fondations du palais seigneurial, ils en exhumeraient probablement le squelette d'Artibanus Saint-Noil, le grand libérateur syracusain mystérieusement disparu dans les heures qui avaient suivi la victoire de ses armées. Une thèse à laquelle s'opposaient farouchement les historiographes officiels de la cour impériale...

Le faisceau mouvant de la lampelase capta d'abord un amoncellement de squelettes, affola les rares chatrats que le brusque vacarme n'avait pas décidés à déguerpir, lécha le sol inégal, les murs obliques, le plafond sommairement étayé par des chevrons métalliques et rouillés.

« *Je vous attendais, monsieur l'expert...* »

L'être qui venait de contacter mentalement Harkot ne pouvait être que Pamynx. Il y avait bien longtemps – plus de quinze années universelles – que le sénéchal n'avait pas été affublé de son ancien titre d'expert. Pourtant, la lumière crue de la lampelase ne révélait aucune silhouette, aucune acaba, aucun corps... Rien d'autre qu'un sol jonché d'ossements, de pierres et de déjections de chatrats.

Harkot crut d'abord que l'Hyponériarcat avait séparé Pamynx de son enveloppe corporelle. Mais ses données de base l'informèrent qu'un germe dissocié de son enveloppe était systématiquement dissous dans l'un des deux conglomérats avant d'être éventuellement replongé dans une cuve matricielle et de recevoir un nouveau conditionnement, une nouvelle identité.

Quelque chose bougea devant Harkot. Il distingua une forme brune qui émergeait lentement de la paroi du fond. Il comprit pourquoi il ne l'avait pas remarquée d'emblée : recroquevillée dans une cavité du mur, elle avait été peu à peu ensevelie sous les effritements de terre provoqués par les incessants mouvements de la croûte planétaire.

Le connétable Pamynx se dressa de toute sa hauteur dans le faisceau de la lampelase. Il était nu, si tant est que le concept de nudité revête un sens quelconque pour les Scaythes. D'un ample mouvement du bras, il épousseta son écorce épithéliale, recouverte d'une épaisse couche de terre. Ses yeux globuleux et jaunes recouvrèrent peu à peu leur intensité lumineuse originelle.

Harkot eut la désagréable sensation de se contempler dans un miroir. Il présuma que les courtisans ressentaient le même dégoût lorsqu'ils le regardaient. Les maîtres germes avaient raison : il ne ferait jamais partie du chœur de la création. Il se demanda si l'Hyponériarcat n'avait pas volontairement doté d'apparences hideuses les dix mille Scaythes de la conquête matricielle : on ne s'identifie pas à ceux qui vous méprisent.

« Désolé de me présenter devant vous sans mon acaba, monsieur l'expert. Les chatrats l'ont entièrement rongée... Souhaitez-vous utiliser la communication mentale ou la communication orale ?

– La communication mentale me conviendra parfaitement, répondit Harkot, abaissant instantanément les vibrations de ses ondes télépathiques, très fines, au niveau de celles, plus grossières, de son interlocuteur... *A moins que vous ne souhaitiez vous-même entendre le son de votre voix.*

– Non. Je me suis habitué au silence qui règne sur cet endroit. Il me rappelle le silence de la cuve matricielle... »

Ils cessèrent d'émettre pendant quelques minutes. Ils ignoraient les raisons pour lesquelles les maîtres germes avaient programmé leur rencontre dans cette cellule et cette absence d'information les déroutait. Les Scaythes n'étaient ordinairement régis que par de stricts rapports hiérarchiques. Il n'existait aucune relation personnelle, affective, subjective, entre les Scaythes des échelons supérieurs, conditionnés pour commander, et les autres, protecteurs, assistants, surveillants, effaceurs, planifiés pour obéir. Or Pamynx et Harkot n'avaient ni l'un ni l'autre d'ordre à donner et/ou à recevoir.

« Plus personne ne m'appelle "monsieur l'expert", hasarda Harkot.

– L'impulsion des maîtres germes qui m'a annoncé votre visite m'a également appris que vous aviez été nommé sénéchal de l'Ang'empire. Si j'étais humain, je me montrerais très fier de mon élève.

– Et vous ne l'êtes pas ?

– Non. J'ai étudié le mécanisme de la fierté, ainsi que la plupart des autres mécanismes mentaux humains, mais c'est une notion qui me reste étrangère. En revanche, je perçois en vous des impulsions cérébrales qui ressemblent fort à des émotions. La condition humaine vous fascine, monsieur le sénéchal... »

Harkot fut d'abord surpris de la facilité avec laquelle

Pamynx l'avait percé à jour. Puis il se souvint qu'il avait dû abaisser la vibration de ses ondes cérébrales pour soutenir la conversation avec l'ancien connétable. Ce faisant, il avait ouvert une brèche dans ses défenses et son interlocuteur en avait instantanément profité pour s'y engouffrer.

« *Je ne vous reproche pas cette attirance,* poursuivit Pamynx. *Elle était nécessaire à la conquête matricielle. La preuve : vous êtes devenu l'antenne majeure de la sixième étape du Plan. Les maîtres germes avaient probablement besoin d'informations complémentaires sur le mécanisme émotionnel des humains.*

– Selon vous, l'Hyponériarcat m'aurait volontairement conçu atypique...

– L'irrationnel, l'illogisme, l'impulsivité, tels sont les principaux traits de caractère des humains. Un mot suffit à résumer l'aberration de leur comportement : l'affect. Qu'importe leur monde de résidence, qu'importe leur position sociale, qu'importe leur fonction ? Tous, tous ils éprouvent le besoin primal, fondamental, d'être reconnus, d'être aimés. Pour un germe logique, à la recherche de l'efficacité absolue, l'affect est une notion absurde, inconcevable.

– Restons en ce cas dans le domaine logique, monsieur le connétable. Comment une entité comme l'Hyponériarcat, totalement hermétique au concept de sentiment, aurait-elle pu implanter un désir d'affect dans la mémoire de l'un de ses germes ?

– Mes données informatives restent très incomplètes à ce sujet. Je suis simplement autorisé à vous dire que les maîtres germes ont prévu une zone de carence dans vos circuits cérébraux. Un manque qui vous a conduit à vous identifier à votre environnement et que vous avez cherché à combler par un désir de reconnaissance individuelle. Vous représentez désormais une banque de données très importante pour l'Hyponériarcat... »

Rassurés par l'immobilité des deux Scaythes, quelques chatrats s'aventurèrent hors de leur cachette et commencèrent à tourner autour de l'acaba d'Harkot. Ils évitaient toutefois de traverser la flaque lumineuse abandonnée par la lampelase sur le sol et sur le bas du mur.

« *Vous êtes déçu, n'est-ce pas, monsieur le sénéchal ?* reprit Pamynx. *Vous présumiez que votre évolution était le fruit de vos seuls mérites. Vous vous êtes engouffré dans votre propre manque avec la même voracité que les humains. Mais, à la différence de vos modèles, votre vide est un vide artificiel, un leurre, un artefact, et il ne vous apportera aucune réponse, il ne vous conduira nulle part, sauf peut-être à la souffrance...* »

Harkot frappa du pied un chatrat particulièrement intrépide qui mordillait le bas de son acaba. Il prit conscience qu'il était, comme ce rongeur, un être immolé à la cause commune, un individu que l'on avait poussé à prendre tous les risques, que l'on avait exposé aux coups, à la douleur. La brutalité châtiait la hardiesse du chatrat, la souffrance morale sanctionnait la différence d'Harkot. Il se rendit également compte que ce n'était pas le germe Pamynx qui s'adressait à lui, mais l'Hyponériarcat à travers lui. Il se demanda à quoi rimait cette mise en scène. Les maîtres germes auraient très bien pu communiquer avec lui par l'entremise des impulsions.

Les rongeurs, avertis du danger, s'égaillèrent en poussant des miaulements d'effroi.

« *Votre sensation de souffrance est aussi illusoire que votre vide, monsieur le sénéchal.*

– Comment pouvez-vous affirmer cela ? Vous ne savez pas de quoi vous parlez...

– Peut-être, mais il suffit de vous implanter un nouveau programme neurologique pour combler ce manque artificiel et reconstituer la cohérence de votre germe. Mes données de base contiennent ce programme.

– Et si je refuse ?

– Vous serez dissous dans l'un des deux conglomérats et nous reconditionnerons votre germe dans une autre enveloppe. Puis nous préparerons les humains à recevoir votre successeur... Une étape supplémentaire... Une éventuelle perte de temps qui a été prise en compte dans les probabilités...

– Dans quel but tout cela ? Pourquoi ne pas simplement tuer les humains par les ondes de mort ?

– Je ne dispose pas des éléments d'information pour répondre convenablement à cette question. Je n'étais que l'antenne majeure de la cinquième étape, chargée de mettre en place le système de la protection mentale et de favoriser l'avènement d'un pouvoir centralisé. Ma tâche : un seul gouvernement, une seule religion pour les mondes du bord de la Voie lactée... Et l'ordre absourate constituait ma cible prioritaire : il était à la fois le symbole et le garant d'un système de gouvernement pluriel très difficile à contrôler. Votre rôle à vous, antenne majeure de la sixième étape, consistait à mettre en place les miradors à pensées, à développer le projet des Scaythes effaceurs et à éradiquer toute trace de science inddique de la surface des mondes recensés.

– C'est exactement ce que je me suis appliqué à...

– En partie... en partie seulement. Vous ne savez toujours pas où se terrent nos vrais adversaires : Aphykit Alexu, Tixu Oty d'Orange et leurs guerriers du silence.

– Détrompez-vous, monsieur le connétable : j'ai retrouvé leur piste. Il se trouve simplement que je n'ai pas encore transmis cette information aux maîtres germes.

– Dites plutôt que vous l'avez volontairement dissimulée. Vos ondes sont suffisamment subtiles pour échapper aux impulsions de perquisition. Aviez-vous des raisons de garder cette information par-devers vous ?

– Le secret... l'efficacité... la rentabilité...

– Un comportement irrationnel, humain, monsieur le sénéchal. Les maîtres germes ont un besoin vital de ce renseignement pour compléter leurs données... »

Le coup de pied qui lui avait endolori le museau ne dissuada pas le chatrat intrépide de revenir à la charge. Harkot sentit ses puissantes incisives se refermer sur le tissu épais de son acaba, mais cette fois-ci, le sénéchal laissa le rongeur se suspendre par les griffes à son vêtement.

« *Par quel biais avez-vous recoupé la piste des guer-*

riers du silence ? insista Pamynx. *Leurs rudiments de science inddique les protègent des inquisitions mentales. N'avez-vous pas été abusé par les innombrables légendes qui circulent à leur sujet ?*

– J'ai beau être un sujet atypique, je sais encore faire la différence entre un mythe et la réalité, monsieur le connétable... Je me suis appuyé sur une étrange faculté de dame Sibrit.

– Qu'est-ce que l'impératrice vient faire dans cette histoire ?

– J'ai constaté que ses rêves, ces pures expressions de l'inconscient, ouvraient parfois des portes sur le futur, comme si elle effectuait un saut dans l'espace-temps... Elle avait ainsi prévu la mort de Tist d'Argolon, la mort de Ranti Ang et de ses deux enfants mâles...

– D'après mes données cérébrales, ces types de pouvoirs sont des réminiscences de l'état originel des humains... des comètes furtives qui se promènent dans leur espace intérieur... des bribes éparses de la science inddique...

– J'ai également remarqué qu'elle rêvait de temps en temps d'un homme et d'une femme qui n'étaient autres que Naïa Phykit et Sri Lumpa. La fille Alexu et Tixu Oty l'Orangien, si vous préférez... Comment pouvait-elle reproduire de manière aussi précise l'image d'individus qu'elle n'avait jamais vus ? J'ai présumé qu'ils étaient réunis par d'imperceptibles liens (ces réminiscences de l'état originel humain, peut-être) et que, tôt ou tard, l'impératrice finirait par me ramener sur leur piste. J'ai donc fait installer une pièce secrète près des appartements de dame Sibrit et, nuit après nuit, j'ai surveillé ses rêves...

– Il est vrai que vous étiez le seul à pouvoir forcer le barrage mental dressé par ses protecteurs sans qu'ils s'en rendent compte.

– Tous mes élèves en sont à présent capables... Mais nous préférons garder cette information secrète et laisser croire aux humains qu'ils jouissent encore de la protection mentale.

– "Nous "... Attention ! vous êtes en train de sacrifier votre belle individualité, monsieur le sénéchal... »

L'humour de Pamynx – de l'Hyponériarcat – prit Harkot au dépourvu. L'humour n'était pas une caractéristique scaythe.

« *N'oubliez pas que nos données évoluent en même temps que les vôtres,* ajouta Pamynx. *Vous êtes le germe qui a implanté l'humour dans la mémoire centrale de l'Hyponériarcat... Mais vous évoquiez des songes de dame Sibrit...*

– Au fur et à mesure que s'écoulaient les années, ses rêves se rapportaient de plus en plus souvent à la fille Alexu et à Tixu Oty. J'ai su qu'ils vivaient sur une planète déserte, qu'ils avaient donné naissance à une fille prénommée Yelle et qu'ils avaient initié des disciples, peu nombreux, une petite centaine, à la pratique de la science inddique. Les légendes parlent également d'un certain mahdi Shari des Hymlyas, mais je n'ai jamais rencontré ce dernier dans les voyages nocturnes de l'impératrice. J'ignore donc si ce personnage recouvre une quelconque réalité... »

Le chatrat, accroché par les dents et les griffes à l'acaba, donnait de puissants et violents coups de tête et Harkot était obligé de se pencher en arrière pour résister à la traction du rongeur.

« *Toutefois, les rêves ne précisaient pas de quelle planète il s'agissait. C'était un monde naturellement habitable pour les humains... comme il en existe des milliers sur les bords de la Voie lactée. Il n'était pas question d'expédier des inquisiteurs et des mercenaires de Pritiv en mission de reconnaissance : les guerriers du silence possèdent leurs propres surveillants, des guetteurs qui se relaient sans cesse et qui détectent la moindre vibration mentale à des milliers de kilomètres...*

– Nous ne pourrons donc jamais les approcher...

– Un peu de patience, monsieur le connétable... Voyant que mes recherches ne progressaient pas, j'ai pris le risque d'entrer dans les rêves de dame Sibrit. Au début, je n'ai obtenu aucun résultat : même inconsciente, elle

se méfiait de moi. J'ai alors compris que je devais lui apparaître sous la forme d'un personnage familier, de l'un des personnages qui ont bercé son enfance, par exemple. En fouillant dans ses archives inconscientes, j'ai découvert qu'elle restait très marquée par les contes animaliers de Ma-Jahi, sa province d'origine. Elle vouait une affection très particulière à Wal-Hua, un oursigre des plateaux à la fourrure d'optalium rose, aux yeux d'émeraude et aux griffes de diamant. A partir de cet instant, je lui ai suggéré que j'étais ce Wal-Hua et j'ai pu me promener en toute liberté dans ses rêves... Les rêves humains sont étranges, monsieur le connétable : au premier abord, il paraît impossible de trouver une cohérence à cette succession syncopée d'images, il semble que ni la raison ni la logique n'aient leur place dans cet univers gouverné par l'arbitraire, par l'absurde...

– Et pourtant, les rêves humains ont un impact sur l'équilibre de l'univers, intervint Pamynx. *C'est le pouvoir extravagant que leur confère leur statut.*

– Je vous épargnerai les détails, monsieur, mais sachez qu'à force d'insister, je suis parvenu à m'insérer dans le continuum des rêves de l'impératrice. Wal-Hua est devenu le personnage central des nuits de dame Sibrit. Chaque fois qu'apparaissaient la fille Alexu et Tixu Oty, je lui ai posé des questions, je l'ai contrainte à préciser les choses. Cela m'a pris douze années universelles, douze années à veiller toutes les nuits dans le réduit aménagé près de ses appartements – hormis, bien sûr, les périodes plus ou moins longues où les affaires de l'Ang'empire m'appelaient sur d'autres mondes – mais je suis arrivé à mes fins : je sais maintenant où se cachent les guerriers du silence... »

Harkot cessa d'émettre et observa pendant quelques secondes le chatrat pendu à son acaba, agité de violents soubresauts. Ses congénères, plus craintifs, demeuraient à distance respectable des deux Scaythes.

« *Savoir est une chose, agir en est une autre, monsieur le sénéchal. Vous auriez dû faire part de vos découvertes aux maîtres germes.*

– Je n'ai eu nul besoin de recourir aux conseils de l'Hyponériarcat pour prendre mes dispositions, monsieur le connétable. J'avais tous les éléments : la cible et les moyens d'atteindre cette cible... La fille Alexu et Tixu Oty l'Orangien seront bientôt neutralisés. Définitivement.

– Votre requête auprès de la Gardienne de la Porte est-elle liée à votre objectif ?

– Avant de vous répondre, je souhaite être éclairé sur les mobiles réels de notre entrevue...

– Dites plutôt que vous voulez être fixé sur le sort réservé à votre individualité, à votre "je", à votre ego... Est-ce auprès des humains que vous avez ainsi appris à manier le chantage ? »

L'acaba d'Harkot se déchira dans un crissement feutré. Le chatrat retomba sur le dos, un large pan d'étoffe blanche coincé entre les pattes. Il n'eut pas le temps de se relever, encore moins d'aller mettre son précieux butin à l'abri : ses congénères se ruèrent sur lui, toutes griffes dehors, et le lui arrachèrent sans pitié, morceau après morceau. Il tenta de se défendre mais ils étaient trop nombreux et, poussant des miaulements suraigus, agressifs, ils le criblèrent de coups de griffes et d'incisives. Des corolles pourpres s'épanouirent sur sa fourrure grise. Il cessa de se débattre et se laissa dépouiller de son bien. L'instinct de survie reprenait le dessus. Harkot en fut inexplicablement déçu.

« *La déception... une autre caractéristique humaine,* reprit Pamynx. *Votre temps s'achève, monsieur le sénéchal. Les dix mille germes de la conquête matricielle, répartis sur les trois cent soixante dix-sept planètes investies par les races humaines, tendent un filet aux mailles de plus en plus resserrées. Le moment est venu de déployer l'antenne majeure de la septième étape du Plan...*

– Comme vous avez déjà pu vous en apercevoir, j'ai établi des défenses infranchissables autour de certaines de mes données cérébrales, riposta Harkot. *Elles requièrent expressément ma volonté pour être accessibles. Si*

vous me dissolvez dans l'un des deux conglomérats, vous perdrez définitivement la trace de la fille Alexu et...

– Qui vous parle de dissolution ?

– En ce cas, que signifie l'expression "votre temps s'achève" ? »

S'ensuivit un long temps de silence pendant lequel Harkot perçut nettement les multiples frémissements de l'Hyponériarcat dans l'encéphale de son complanétaire.

« *Votre temps en tant que germe unique,* répondit enfin Pamynx.

– Précisez...

– Vous êtes désormais le noyau fondateur d'un troisième conglomérat... »

Harkot jeta un bref coup d'œil sur le chatrat blessé dont l'abdomen ensanglanté se soulevait de manière convulsive, précipitée.

« *Ma mémoire cérébrale ne contient pas les implants de formation d'un conglomérat...*

– Je détiens ces données, affirma Pamynx. *Ne vous ai-je pas entretenu, il y a quelques minutes, d'un programme destiné à combler votre vide, votre manque ?*

– Comment envisagez-vous de me les implanter ?

– En opérant la première fusion du troisième conglomérat, monsieur le sénéchal... En amalgamant mon germe au vôtre... Vous ne perdrez rien de cette perception subjective à laquelle vous semblez tant tenir. Elle sera seulement enrichie de l'apport de mes données.

– Vous et moi... l'antenne majeure de la septième étape du Plan...

– Beaucoup plus que cela. Nous pourrons lancer des impulsions de dissolution chaque fois que le besoin s'en fera ressentir, reconditionner des germes dans de nouvelles enveloppes. Ma mémoire renferme la composition chimique du liquide nourricier des cuves matricielles. Ce sous-sol m'apparaît tout indiqué pour l'installation de nouvelles cuves... Nous y serons tranquilles pour transformer les protecteurs en effaceurs, par exemple... Quand je dis "nous", je ne cherche pas à rogner votre précieuse individualité... »

Harkot ne put s'empêcher d'éprouver une certaine jubilation (la jubilation, une excroissance perverse de l'égocentrisme). Non seulement l'Hyponériarcat ne faisait plus planer la menace de la dissolution au-dessus de sa tête, mais encore il reconnaissait ses mérites et lui donnait les moyens – les moyens considérables d'un conglomérat – de poursuivre ses recherches individuelles dans le domaine émotionnel et cérébral. Les maîtres germes reconnaissaient implicitement le bien-fondé de sa démarche. Ils choisissaient de s'engouffrer dans la voie périlleuse qu'il avait défrichée plutôt que de le contraindre à réintégrer les allées rectilignes qu'ils avaient balisées. En tant que conglomérat, il aurait désormais accès aux données intégrales de la mémoire collective d'Hyponéros. Le Plan de conquête matricielle lui serait dévoilé dans son entier. Dorénavant, aucune décision ne se prendrait sans son aval.

Il n'y avait cette fois aucune compassion – la compassion, un sentiment qui induisait automatiquement la souffrance – dans le regard qu'il lança au chatrat allongé, les pattes en l'air, sur le sol de terre battue. Le rongeur blessé offrait à présent le spectacle insupportable de la défaite, du sacrifice absurde à l'intérêt collectif. Sans lui, ses congénères moins courageux n'auraient jamais eu l'opportunité de se faire les dents et les griffes sur le tissu rêche, et pourtant ils ne se préoccupaient pas de lui, il se vidait de son sang dans l'indifférence générale.

Harkot se pencha, ramassa une grosse pierre et l'abattit de toutes ses forces sur le crâne du chatrat. Des éclats de cervelle et d'os éclaboussèrent l'ample manche de son acaba.

« *Vous avez eu moins de patience que moi, monsieur le sénéchal. Je n'ai pas tué un seul de ces rongeurs en quinze années de captivité. Dans les premiers temps, je me suis distrait à les observer puisque je n'avais rien d'autre à faire. Il m'a fallu environ deux heures pour comprendre les mécanismes principaux de leur instinct, trois heures supplémentaires pour imiter le cri et les atti-*

tudes des mâles dominants, une demi-heure pour prendre leur place... Un simple amusement... Je me suis désintéressé d'eux lorsque les femelles sont venues me solliciter. Je pouvais difficilement leur expliquer que j'étais dépourvu d'organe de reproduction. Je les ai donc laissés ronger mon acaba, puis je me suis installé dans cette niche où mon encéphale s'est déprogrammé de lui-même. J'ai alors perdu toute notion du temps. Jusqu'à ce que je reçoive cette impulsion de l'Hyponériarcat qui m'annonçait votre visite...

– Par quel moyen opérerons-nous l'amalgame de nos germes ? s'enquit Harkot.

– Par la jonction de nos bouches... Elles ne servent pas seulement de caisses de résonance vocale... Etes-vous prêt ? »

Harkot se redressa. A cet instant, une pensée empoisonnée lui traversa l'esprit : les maîtres germes n'étaient-ils pas en train de lui jouer un tour à leur façon ? Les données implantées par Pamynx n'effaceraient-elles pas sa vision égocentrique de l'univers, sa perception subjective de lui-même ? N'avait-on pas feint d'accepter ses conditions et de l'élever au rang d'entité souveraine pour piller ses données secrètes et mieux le reconditionner ?

« *Voyez où la méfiance a conduit les races humaines, monsieur le sénéchal : au bord du gouffre... Dix mille germes d'Hyponéros auront suffi à anéantir des centaines de milliards d'êtres humains...*

– Dans quel but ?... Dans quel but ? »

Les ondes télépathiques d'Harkot, brutales, excitaient l'ensemble des implants nerveux de son encéphale. Il fallait une réponse impérative à cette question. Il balaya ses soupçons et se rapprocha de Pamynx. L'ancien connétable se pencha sur lui et posa précautionneusement les bords saillants et craquelés de sa bouche (on pouvait difficilement appeler ça des lèvres) sur sa propre cavité buccale.

Harkot trouva parfaitement grotesque cette caricature de baiser. Il avait parfois surpris des hommes et des femmes à s'embrasser à pleine bouche, mais, si cette fusion des lèvres souples et luisantes avait quelque chose de fascinant chez les humains, l'étreinte entre deux Scaythes d'Hyponéros tenait de l'aberration, de l'absurdité.

Harkot sentit un brusque afflux de chaleur au niveau du crâne. Il crut que ses circuits nerveux n'accepteraient pas cette brutale montée d'énergie. Puis il recouvra progressivement son calme intérieur et se rendit compte qu'il avait désormais accès à de nouvelles et fantastiques informations. A la mémoire intégrale de l'Hyponéros... Dès lors, les humains lui furent révélés sous leur vrai jour et il se promit de tout mettre en œuvre pour les anéantir jusqu'au dernier.

Les données de la cuve ne précisaient pas pour quels motifs l'entité – une non-force, une négation absolue davantage qu'entité – d'une puissance inouïe, terrifiante, qui avait créé l'Hyponéros, s'acharnait ainsi contre les races humaines. Harkot devinait que d'autres combats, plus fondamentaux, se déroulaient dans des sphères où il n'avait pas accès. Il n'en avait cure : son manque était comblé et il lui suffisait d'être l'arme ultime qui pousserait définitivement les hommes dans le gouffre du néant. Les maîtres germes de l'Hyponériarcat n'avaient rien laissé au hasard : ils l'avaient conditionné de manière que les humains exercent sur lui une fascination quasi hypnotique, puis, lorsqu'ils l'avaient estimé suffisamment identifié à ses modèles, ils avaient comblé son vide artificiel par des données chargées d'une haine féroce, implacable.

L'enveloppe corporelle de Pamynx, définitivement dépouillée de son germe vital, s'affaissa comme un sac vide sur la terre battue. Les chatrats, surexcités par la perspective de dépecer un cadavre, se ruèrent sur la dépouille de l'ancien connétable. En pure perte : elle se transforma en une fine pellicule de poussière ocre avant qu'ils n'aient eu le temps de donner le premier coup de dents.

Rose Rubis, l'astre du premier jour, parait la voûte céleste de somptueuses rosaces vermeilles lorsque le sénéchal Harkot, noyau du troisième conglomérat d'Hyponéros, déboucha dans la ruelle étroite du quartier de Romantigua. Bien que son acaba s'ornât d'une large déchirure et de débris de cervelle, les interliciers n'osèrent pas l'interpeller.

CHAPITRE V

Ces événements se déroulèrent bien avant que la sorcière nucléaire et ses fils les atomes de fission ne s'en retournent dans le sein d'Harès, bien avant que le désert nucléaire de notre mère Ut-Gen ne redevienne une vallée riante... Je ne sais pas combien de bouches ont raconté cette histoire avant moi... En ce temps-là, il advint qu'un petit surfaceur partagea le sort des quarantains rescapés du Terrar. Pourquoi se trouvait-il là ? Nul ne le sait, sauf peut-être le mahdi Shari des Hymlyas, lui qui voit dans les cœurs... Il s'enfuit par la galerie d'évacuation mais, de l'autre côté de la grande barrière isolante, des milliers de corbonucles aux becs lumineux l'assaillirent. Il fut sauvé et recueilli par les rats du désert, commandés par le terrible trar Godovan. Ainsi furent nos ancêtres de la zone contaminée : ils n'hésitèrent pas à secourir un surfaceur, l'un de ceux qui avaient ordonné le gazage et le comblement des puits du Terrar. En vérité je vous le dis, un bienfait n'est jamais perdu... Au cours de la nuit, les terribles hyènes tachetées du cœur de la zone irradiée attaquèrent la flotte atomique des rats du désert... Trois jours et trois nuits dura la bataille, mais tant les hyènes étaient nombreuses qu'elles finirent par vaincre la résistance héroïque des hommes du trar Godovan. Au moment où elles se jetaient sur eux pour les dévorer, le petit surfaceur se présenta devant elles et entonna un chant du silence. Et les hyènes, ensorcelées, se couchèrent à ses pieds. Le petit surfaceur leur donna le baiser du pardon, puis elles s'éloignèrent en pleurant. Et leurs larmes s'enfoncèrent dans le sol et donnèrent naissance au grand fleuve Miséricorde, ce même fleuve qui s'écoule, paisible, derrière moi... Depuis ce jour, les hyènes tachetées ont disparu et nul ne les a jamais revues. On prétend qu'elles se sont métamorphosées en anges de lumière et pour ma part je crois que c'est vrai... Quant au petit surfaceur, la question s'est posée de savoir s'il s'agissait d'un guerrier du silence... Moi, je poserai la question suivante : n'était-il pas tout simplement le 4 mahdi Shari des Hymlyas ?

Légende orale rapportée par Lonnez, trar-sorcier de l'ancien désert nucléaire d'Ut-Gen.

Les corbonucles se montraient de plus en plus entreprenants, de plus en plus agressifs. La nuée criarde de plumes noires, de becs luminescents et de serres acérées harcelait le petit d'homme abandonné par les siens. D'habitude, les charognards ailés suivaient la route des aérotomiques et disputaient les quelques sacs de déchets jetés par-dessus bord aux grandes hyènes tachetées du cœur du désert. Mais aujourd'hui s'offrait à leur convoitise une proie vivante, un enfant humain dont la seule défense consistait à agiter les mains et à pousser des gémissements de détresse. Ils n'avaient pas à redouter les rayons mortels qui jaillissaient parfois des grands glisseurs et qui semaient la mort dans leurs rangs.

Les jambes de Jek pesaient des tonnes. Ses épaules endolories, engourdies, refusaient de lui obéir. Les ailes, les becs et les serres se rapprochaient dangereusement de sa tête, l'effleuraient parfois. Jusqu'alors, il était parvenu à maintenir les corbonucles à distance en effectuant de larges moulinets avec ses bras, mais la fatigue et le découragement se conjuguaient maintenant pour le vider de ses dernières forces, pour l'amener au point de rupture.

Il ne savait pas combien de kilomètres il avait parcourus depuis que les points blancs des aérotomiques avaient disparu à l'horizon. Il avait perdu toute notion de distance et de temps. L'étoupe de brume, qui avait absorbé le disque rougeoyant d'Harès, noyait les environs dans une uniformité grisâtre.

Le petit Anjorien s'était lancé sur les traces des glisseurs en espérant trouver plus loin des reliefs, des grottes, d'éventuels abris, mais le plateau ne proposait aucune autre perspective que sa platitude infinie et figée. De temps à autre, Jek se retournait et tentait d'évaluer sa position par rapport à la barrière magnétique isolante. Mais plus il s'en éloignait et plus il avait l'impression de s'en rapprocher. Une simple illusion d'optique, aurait dit p'a At-Skin en se drapant dans l'importance que confère le savoir. L'image que Jek gardait de ses parents était-elle également une illusion d'optique ? Comme la barrière magnétique, elle grandissait au fur et à mesure que s'amenuisait l'espoir de les revoir.

Une douleur fulgurante lui irradia soudain le dos. Il avait suffi qu'il s'abîme dans ses pensées pendant une poignée de secondes pour qu'un corbonucle se pose sur son épaule et lui arrache un morceau de chair d'un coup de bec puissant et précis. Un flot tiède et poisseux se répandit sous sa chemise et sa veste. Une épée chauffée à blanc le traversa de part en part. Il se mit à claquer des dents, à trembler de tous ses membres. Il lui sembla tout à coup se mouvoir à l'intérieur d'une masse liquide visqueuse et froide.

Des silhouettes, des paysages défilèrent en accéléré sur l'écran de sa mémoire : ses amis du quartier d'Oth-Anjor, les rues et les places de la capitale utigénienne, les puits de descente et les galeries du Terrarium Nord, la face grotesque du vieil Artrarak, les fauves prostrés du parc cynégétique, t'on Or-Lil et son grand fusil à gaz, les miradors à pensées, le visage cireux et anonyme d'un missionnaire kreuzien, un petit quarantain englué dans le béton liquide, la chambre-salon de la maison familiale... P'a, m'an... Très grands, aussi grands et lumineux que la barrière magnétique... Curieusement, ils ont retiré leur colancor et ils apparaissent dans toute leur beauté... Le crâne dégarni, émouvant, de p'a, la longue chevelure ondulée de m'an... Un torrent de tendresse coule de leurs yeux... Ils écartent les bras, ils sourient, ils murmurent des phrases incompréhensibles...

Les charognards, surexcités par la vue et l'odeur du sang, se ruent sur leur proie pour la curée. Ils s'agglutinent comme des mouches, se battent avec une férocité inouïe pour occuper les meilleures places. Des serres crissent sur les os crâniens de Jek, des becs de lumière picorent ses bras, ses jambes, ses fesses, son tronc. Le sol se dérobe sous le petit Anjorien, déséquilibré par le poids de ses prédateurs. Il s'affale de tout son long sur l'herbe rase du plateau. Il n'a ni le réflexe ni le courage de se protéger la nuque de ses mains. Une pluie de piqûres, de brûlures, lui grêle le corps. Il perçoit les chocs sourds des becs qui s'abattent sur lui, qui perforent sa chair, qui le décortiquent. Il oscille entre souffrance et inconscience, entre horreur et soulagement. Parfois, les embouts cornés ou les serres dérapent sur un os, sur un nerf. L'onde de douleur qui le transperce alors le rejette sur le rivage de la folie. Il croit entrevoir une bouche de lumière bleue qui le hèle. Les sirènes de l'au-delà fredonnent un chant envoûtant, une supplique doucereuse. Un reste d'instinct de survie le pousse à se rebeller, à refuser l'inéluctable. Huit ans, c'est bien trop jeune pour mourir. Le destin, ce fameux destin qui adore jouer des farces aux humains, s'est montré particulièrement pervers, cruel : il ne lui a pas laissé le temps de croquer la vie à pleines dents... Il ne verra jamais Terra Mater, le berceau des humanités, il ne sera jamais un guerrier du silence, il a failli, il a trahi la mémoire d'Artrarak, le vieux quarantain du Terrarium Nord...

Les cous des corbonucles se faufilent entre ses jambes recroquevillées, sous ses aisselles. Ils lacèrent méthodiquement le fouillis de ses vêtements. Ils visent maintenant le foie, le cœur, les morceaux de prédilection. Un bourdon grave, monocorde, sous-tend le murmure ensorcelant qui s'échappe de la bouche de lumière bleue.

Subitement inquiets, comme avertis d'un invisible danger, les corbonucles suspendent leur dépeçage et relèvent la tête. Les uns restent perchés sur leur proie, le bec dégoulinant de sang, les autres prennent leur envol, poussent des croassements apeurés et se posent quelques mètres plus loin. Le grondement que colportent les rafales de vent retentit comme un signal d'alarme, et le courage n'est pas le point fort des charognards ailés. En général, il suffit à une seule hyène tachetée de glapir et de montrer les crocs pour disperser une bande de plus de mille corbonucles.

Immobiles, aux aguets, ils scrutent attentivement les énigmatiques bancs de brume d'où peut à tout instant surgir le danger. La peur s'avère plus forte que la rapacité. Le grondement s'amplifie, déchire le lourd silence tombé sur le désert. Une tache blanche se découpe sur le fond de grisaille. Les corbonucles sont désormais prévenus que des ondes incendiaires peuvent jaillir à tout moment et les frapper de leur haleine brûlante, synonyme de mort instantanée. Les plus prudents préfèrent renoncer et s'envolent à tire-d'aile en direction de la barrière magnétique. Les autres hésitent, enveloppent leur proie inanimée d'un regard lourd de regrets, donnent des coups de bec nerveux, maladroits, tentent machinalement de prélever un dernier morceau de chair... La forme étincelante grossit démesurément dans leur champ de vision. Une première salve d'ondes sifflantes déclenche un début de panique dans les rangs des retardataires qui s'ébrouent et s'égaillent dans un bruissement d'ailes. Une dizaine d'entre eux, fauchés en vol, tombent comme des pierres et se fracassent durement sur le sol, tout près du petit d'homme qui agonise sur l'herbe du désert.

Jek ouvrit doucement les yeux.

Il était allongé sur une planche recouverte d'un tissu. Il voulut se redresser mais les bandelettes qui lui comprimaient le cou, le torse, les hanches et les jambes lui interdirent tout mouvement. Il sentit de subtils courants d'air sur les rares parties dénudées de son corps. Des pointes vives de douleur lui picoraient la peau, comme si les corbonucles continuaient de le déchirer sous les pansements.

Etait-il mort ? Il ne se souvenait pas d'avoir perdu connaissance. Les croassements, les froissements des plumes noires et les claquements des becs luminescents avaient peu à peu décru, la douleur s'était volatilisée comme par enchantement, et Jek, aérien, serein, s'était dirigé vers la bouche de lumière bleue. En avait-il franchi le seuil ? Probablement... Tout paraissait si étrange en cet endroit. Il se retrouvait à l'intérieur d'un immense cône de verre. De l'autre côté des parois inclinées et transparentes brillaient d'immenses étoiles de toutes les couleurs. Plus loin encore, sur un fond de ciel noir, se découpaient des halos de clarté diffuse.

Du coin de l'œil, Jek décela des mouvements confus derrière les cloisons de verre. Il s'attendit à voir surgir des anges, des démons, des elfides ou encore d'autres entités célestes dont p'a At-Skin aurait oublié de lui parler, mais les faces caricaturales que sculptèrent les lumières colorées n'avaient qu'un lointain rapport avec l'idée qu'il se faisait des habitants des mondes de l'au-delà. Il eut la brusque impression d'être cerné par une meute de rats géants. Il perçut un ronronnement sourd dont les vibrations faisaient trembler la planche de sa couchette. Il s'efforça de maintenir ouvertes ses paupières, de plus en plus lourdes, mais il sombra rapidement dans un sommeil peuplé de cauchemars.

Les rats du désert descendaient à tour de rôle dans la salle d'isolation pour contempler le petit surfaceur endormi. Pour la plupart, c'était la première fois qu'ils avaient le loisir d'observer un humain sain pendant plus de cinq secondes. Ils l'avaient récupéré dans un sale état quelques heures plus tôt. Ces saletés de corbonucles avaient bien failli le transformer en charpie. Le sorcier de bord avait même d'abord cru qu'il ne réussirait pas à le sauver. Il ne s'était pas contenté d'appliquer ses plantes, ses minéraux et ses onguents sur les plaies, aussi profondes que des cratères. Il avait également improvisé un rituel atomique, une cérémonie au cours de laquelle il s'enfermait dans la nef radioactive de bord, dansait avec les atomes et invoquait la puissance de la grande sorcière nucléaire, la messagère d'Harès. L'astre pourpre s'était montré clément : le petit surfaceur, définitivement tiré d'affaire, dormait paisiblement. Les rats du désert, le nez collé sur la paroi du cône isolant, ne se lassaient pas d'admirer le visage délicat et les cheveux soyeux de leur passager. Il arrivait que des humains sains transitent par l'astroport de Glatin-Bat mais ils restaient confinés dans les salles d'embarquement et les populations bêtazoomorphes n'avaient guère le loisir de s'extasier devant la régularité et la finesse de leurs traits.

Les cellules nucléosensibles avaient capté les ultimes vents du crépuscule et l'aérotomique fonçait de toute la puissance de ses moteurs au-dessus du désert profond. Dohon-le-Fil, le quartier-maître du glisseur, voulait impérativement quitter le territoire des hyènes tachetées avant la tombée de la nuit : il leur faudrait bientôt s'arrêter afin de permettre aux cellules nucléosensibles de se refroidir et il jugeait très insuffisant le nombre de ses hommes pour contenir les attaques des féroces prédateurs géants. Les hyènes tachetées n'insistaient pas lorsque la flotte restait groupée, mais elles n'hésitaient pas à assiéger les appareils isolés, immobilisés par une panne ou placés devant l'impérieuse nécessité d'établir un campement de nuit.

Solidement accrochés au bastingage de la proue, Dohon-le-Fil et le sorcier de bord voyaient avec inquiétude l'encre nocturne se déverser sur le désert. Les pans dénoués de leur turban claquaient comme des oriflammes. De brefs éclats de lumière scintillaient de temps à autre dans le lointain.

« Ces saloperies de hyènes ! gronda le quartier-maître. Elles nous suivent ! Pire : elles nous précèdent... »

Il était obligé de hurler pour couvrir le rugissement des moteurs, le grésillement des cellules et le ululement de l'air déplacé par les hélices latérales.

« Inutile d'espérer les semer ! cria le sorcier. Si nous

ne jetons pas l'ancre dans moins d'une heure, les cellules risquent de nous claquer entre les doigts ! »

Des étincelles de colère dansèrent dans les petits yeux renfoncés du quartier-maître.

« Godovan est devenu dingue ! D'abord il refuse d'embarquer ce petit surfaceur, et ensuite il nous ordonne de nous dérouter pour venir le repêcher...

– On ne traite pas de dingue le trar de son clan ! coupa sèchement le sorcier. Le petit surfaceur s'est mis à courir derrière l'aérotomique de queue, les hommes l'ont entendu crier le nom du viduc Papironda et ont aussitôt prévenu Godovan.

– En ce cas, pourquoi a-t-il attendu plus de deux heures avant de prendre sa décision ?

– Des problèmes de liaison, peut-être...

– Le résultat, c'est que nous sommes dans la merde jusqu'au cou, viduc Papironda ou pas... La vie d'un seul surfaceur vaut-elle le sacrifice d'un équipage complet ?

– Godovan a ses raisons et ton équipage n'est pas encore sacrifié, Dohon-le-Fil ! »

La voix du sorcier était devenue dure, coupante. Les poils gris qui lui couvraient le nez, les joues et le menton étaient tellement drus et raides que les déplacements d'air ne les faisaient pas bouger d'un millimètre. Cet inextricable buisson d'épines résultait de ses nombreux séjours dans les nefs radioactives et lui valait le surnom affectueux de « Baisemort », un sobriquet qui s'appliquait autant à la nature piquante de ses baisers qu'à sa fonction de guérisseur. D'une main, il lâcha le bastingage et tapota la crosse de l'ondemort passé dans sa ceinture.

« Les hyènes ne nous ont pas encore mangés. Nous avons de quoi les tenir en respect...

– Une heure, deux heures, quatre heures peut-être... Mais les hommes sont crevés, Baisemort. Tôt ou tard, leur vigilance risque de se relâcher. On aurait dû garder quelques quarantains à bord. Ils n'auraient pas été de trop pour... »

Un crissement aigu l'interrompit. Ils relevèrent la

tête dans un même mouvement et jetèrent un coup d'œil inquiet sur la grand-voile cellulaire : certains capteurs nucléosensibles, ouverts comme des pétales de fleur, commençaient à se revêtir d'une teinte rouge orangé qui ne présageait rien de bon. Les vents étaient tombés avec l'avènement de la nuit et les cellules, privées d'énergie, surchauffées, risquaient à tout moment d'exploser en une pluie de particules enflammées.

« Nous n'avons plus le choix », dit Baisemort.

Dohon-le-Fil haussa les épaules. A cet instant, s'il l'avait eu en face de lui, le quartier-maître aurait volontiers planté son poignard à courte lame dans le cœur de Godovan, le trar des rats du désert. Il refoula la colère qui lui embrasait les entrailles et, sans relâcher le bastingage, se dirigea vers la cabine de pilotage, une sphère transparente dressée au-dessus de la proue.

Deux minutes plus tard, les ancres stabilisatrices s'extirpèrent de leurs gaines et se déployèrent sous la carène. Une longue vibration secoua l'aérotomique qui finit par s'immobiliser dans un vacarme assourdissant. Les pales des hélices continuèrent de brasser l'air durant quelques minutes, puis un silence épais, hostile, retomba lentement sur le désert.

Les hyènes attaquèrent après que la nuit eut emprisonné le désert dans les replis de son noir linceul. Aucun des hommes d'équipage, pourtant disposés à intervalles réguliers tout autour du pont, ne les vit approcher. Rusées, patientes, elles accompagnaient les mouvements tournants des projecteurs qui balayaient les environs sans répit. Elles progressaient dans les recoins de ténèbres, la tête baissée, les paupières mi-closes, pour éviter que leurs yeux jaunes ne captent un éclat de lumière et ne trahissent leur présence.

Tendus comme des arcs, les hommes n'avaient pratiquement pas touché aux repas froids que Baisemort, dispensé de garde, s'était chargé de distribuer. La peur leur nouait les tripes. Même lorsque la flotte était au complet, la perspective de passer une nuit entière sur le territoire des hyènes tachetées leur flanquait une frousse carabinée. Des légendes toutes plus effrayantes les unes que les autres couraient sur le compte des grandes prédatrices du désert nucléaire. Les populations de la zone contaminée les assimilaient à des démons à forme animale, à des esprits du mal engendrés par les trente Furies célestes. Certains juraient les avoir vues cracher les flammes de l'enfer, d'autres affirmaient que leurs excréments luisaient comme des braises incandescentes, d'autres enfin que leur urine avait la consistance de la lave en fusion...

Les index des hommes jouaient nerveusement sur les détentes des ondemorts. Le moindre frôlement, le moindre soupir, le moindre souffle prenait une résonance effrayante dans l'oppressant silence nocturne.

Une forme sombre surgit soudain dans le faisceau d'un projecteur, à quelques mètres à peine de la poupe du glisseur.

« Bordel, elles sont là ! » hurla un homme.

Les ondemorts vomirent des lignes étincelantes qui manquèrent leur cible et enflammèrent des touffes d'herbe sèche. La hyène s'arracha du sol dans un bond fantastique et s'engouffra sous la carène. Ses griffes et ses crocs crissèrent sur une ancre métallique.

« Au lieu de chier dans vos frocs, appliquez-vous à viser ! » glapit Dohon-le-Fil, debout sur le pont en compagnie de Baisemort.

L'air furibond, le quartier-maître se tourna vers le sorcier.

« Qu'est-ce que tu fous là ? Tu serais plus utile dans la nef radioactive. C'est le moment ou jamais d'inviter les atomes à danser et d'invoquer l'aide de la sorcière nucléaire ! »

Baisemort écarta les bras en signe d'impuissance. Un sourire navré s'esquissa sous la broussaille de ses poils.

« Un seul rituel par jour, c'est la règle des sorciers...

– Ce maudit surfaceur nous aura tout pris, gronda Dohon-le-Fil. Il nous a même volé l'affection de notre mère céleste !

– Une mère céleste ne fait pas de distinction entre ses enfants... »

La hyène qui avait forcé le passage n'était qu'un éclaireur, un individu chargé de jauger la puissance de feu de l'aérotomique. Le reste de la meute savait désormais à quoi s'en tenir. Les humains ne disposaient apparemment pas de ces petites billes de métal qui projetaient de sournois éclats meurtriers en touchant le sol. Les lignes brillantes et droites, assez faciles à esquiver, étaient les seules ripostes à la provocation de l'éclaireur.

Les hyènes changèrent alors de tactique. Retardant le plus possible le moment où les projecteurs les capturaient dans leurs faisceaux, elles jaillirent de l'obscurité et se lancèrent à l'assaut du glisseur par vagues successives de quatre ou cinq. Bien que mesurant plus d'un mètre cinquante au garrot et pesant plus de quatre cents kilos, elles faisaient preuve d'une vivacité et d'une agilité remarquables. Elles sautaient, louvoyaient, effectuaient de brusques volte-face, se faufilaient entre les rayons scintillants des ondemorts, puis, comme prévenues par un mystérieux signal, les unes s'en retournaient s'abriter dans le sein des ténèbres pendant que les autres tentaient de rejoindre l'éclaireur isolé sous le fuselage du glisseur.

Les rats du désert appuyaient sans discontinuer sur la détente de leurs armes. Une âcre odeur de viande brûlée et de sang se répandit dans la nuit. Mais les cadavres éventrés ou décapités qui jonchèrent bientôt l'herbe rase du plateau désertique ne dissuadèrent pas les prédatrices de revenir à la charge, toujours par groupes de quatre ou cinq. Elles savaient que la résistance des défenseurs finirait par s'émousser, que tôt ou tard se présenterait l'opportunité de prendre appui sur le rebord supérieur de la coque et de franchir, dans un ultime effort, l'obstacle représenté par les trois barres horizontales du bastingage. Une dizaine d'entre elles étaient parvenues à traverser sans dommage le barrage de feu et à s'abriter sous la carène. Immobiles, dressées sur leurs pattes, les babines retroussées, elles attendaient patiemment que les humains, accaparés par les incessantes manœuvres de diversion de leurs congénères, aient oublié leur présence.

Une mâchoire puissante émergea tout à coup au-dessus de l'arête de la coque, se glissa sous la barre inférieure du bastingage et happa le bras d'un homme qui lâcha son ondemort en poussant un hurlement de douleur et d'effroi.

L'aérotomique ne dut qu'aux réflexes conjugués de Dohon-le-Fil et de Baisemort de rester inviolé. Le quartier-maître lâcha une rafale d'ondes en direction de la hyène tandis que le sorcier se précipitait vers l'homme d'équipage pour lui porter secours. La hyène, touchée au défaut de l'épaule, desserra les mâchoires et laissa échapper le poignet de sa proie, déchiqueté jusqu'à l'os. Baisemort tira le blessé vers le milieu du pont, se pencha sur lui, l'ausculta brièvement et, sans perdre une seconde, sortit un tube de la poche intérieure de son uniforme.

« Prends sa place ! hurla-t-il à Dohon-le-Fil. Si je n'enraye pas rapidement l'hémorragie, il n'a aucune chance de s'en tirer... »

Le quartier-maître n'avait pas attendu le conseil de Baisemort pour colmater la brèche. Tapi près du bastingage, il scruta la nuit et repéra plusieurs silhouettes tachetées, tellement proches de l'aérotomique que la lumière des projecteurs ne faisait qu'effleurer les crêtes hérissées de leurs échines. Elles avaient instantanément mis à profit les quelques secondes de flottement qui avaient suivi l'attaque audacieuse de leur congénère pour passer à l'offensive.

Dohon-le-Fil saisit l'ondemort de son équipier mutilé, en posa le canon à côté de sa propre arme sur la barre inférieure du bastingage et pressa simultanément les deux détentes. Une pluie de rayons étincelants s'abattit sur les hyènes qui se dispersèrent en poussant des ricanements sinistres.

D'un revers de manche, le quartier-maître écrasa les épaisses gouttes de sueur qui lui perlaient sur le front. Il leur faudrait tenir jusqu'à l'aube, jusqu'au moment où les vents radioactifs, ranimés par l'apparition d'Harès, rechargeraient en énergie les cellules nucléo-sensibles. Une vingtaine d'hommes contre une meute enragée de plusieurs centaines de hyènes... Un combat inégal, perdu d'avance... Dohon-le-Fil secoua la nuque, autant pour chasser le découragement qui le gagnait que pour se débarrasser des lambeaux de fatigue qui s'accrochaient à lui. Il embrassa du regard le large pont de l'aérotomique, enveloppé d'une épaisse fumée blanche. Les canons des armes crachaient inlassablement leurs ondes à haute densité. Le quartier-maître remarqua que ses hommes, allongés ou accroupis, reculaient, cédaient inexorablement du terrain. La tactique de harcèlement des hyènes commençait à porter ses fruits. Une nouvelle pensée de haine à l'encontre de Godovan traversa Dohon-le-Fil, puis il se campa sur ses jambes, cala résolument les crosses des deux onde-morts contre son ventre et s'apprêta à vendre chèrement sa peau.

Les coups sourds et répétés qui ébranlaient la coque réveillèrent Jek. Une quinzaine de secondes lui furent nécessaires pour se souvenir que les corbonucles l'avaient expédié dans les mondes de l'au-delà, des mondes peuplés d'entités célestes qui ressemblaient étrangement à des rats. Puis il se rendit compte que le cône de verre à l'intérieur duquel il était allongé était plongé dans une obscurité insondable et il craignit que les saints kreuziens du Jugement dernier, ce jugement dernier qui terrorisait tant p'a et m'an, ne l'aient condamné à errer dans le vide infernal pour l'éternité. Des rires démoniaques transpercèrent les parois de verre comme pour confirmer cette abominable sentence. Jek en déduisit que les rats étaient des créatures monstrueuses chargées de le harceler jusqu'à la fin des temps. Glacé jusqu'aux os, il regretta amèrement de ne pas avoir accompagné ses parents aux offices du temple kreuzien. P'a At-Skin avait eu raison, comme toujours.

Il entendit soudain des crépitements, des grattements, des crissements, des hurlements... Il eut l'impression que des cohortes de démons se livraient une bataille acharnée tout autour de lui. Un réflexe instinctif l'entraîna d'abord à refermer les yeux, puis, sa curiosité reprenant le dessus, il entrouvrit timidement les paupières et explora du regard les ténèbres environnantes. Il s'accoutuma progressivement à l'obscurité, discerna, au-delà du cône, les formes figées de banquettes d'escaliers, de cloisons, de caissons et de cordes enroulées. Il s'aperçut que ce qu'il avait pris pour des astres lors de son premier réveil n'étaient rien d'autre que des projecteurs désormais éteints et des hublots occultés par des volets métalliques. Le vide infernal des kreuziens présentait de curieuses similitudes avec l'intérieur de l'antique bateau à voile que p'a l'avait emmené visiter au musée de la mer de Zougas.

Les ricanements effrayants s'achevaient parfois en râles prolongés ou en cris de fureur. Le petit Anjorien eut l'impression qu'on courait dans tous les sens au-dessus de sa tête. Aux bruits de pas précipités qui faisaient vibrer les parois de verre du cône succédaient des craquements, des frottements, des grincements, un peu comme ceux que produisent les chatrats dans les greniers des vieilles maisons.

Tout à coup, le voile de brume qui ensevelissait l'esprit de Jek se déchira et tous les éléments de l'improbable puzzle se remirent en place. Il n'avait pas franchi le seuil de la porte de lumière bleue, il n'errait pas dans le vide infernal promis aux incroyants, il n'avait pas quitté les mondes de l'en-bas et les rats n'étaient pas des diables tourmenteurs, mais des hommes du clan des rats du désert qui avaient fait demi-tour pour venir le rechercher. Il se trouvait tout simplement à l'intérieur d'un aérotomique. Outre son aspect rassurant, cette nouvelle perspective avait l'avantage de fournir une explication plausible aux bandelettes qui lui enserraient le corps : on ne soigne pas un être qu'on est chargé de persécuter jusqu'à la fin des temps... Jek estima que le fait d'avoir prononcé le nom du viduc Papironda avait un lien avec le revirement d'attitude des rats du désert. Artrarak, en vieux sage, ne lui avait pas soufflé ce nom par hasard : il résonnait comme une clé qui ouvrait toutes les portes. Restait maintenant à savoir contre qui se battaient ses sauveteurs. A en juger par les vociférations, les grognements, les chocs et l'incessant crépitement des armes, le combat faisait rage là-haut.

Jek demeura un moment écartelé entre sa curiosité et sa peur. Il n'avait connu aucun répit depuis qu'il s'était enfui de la maison familiale d'Anjor, mais ni le gazage et le comblement des puits du Terrarium Nord, ni la longue marche dans la galerie d'évacuation, ni l'agressivité des quarantains rescapés, ni la rapacité des corbonucles n'étaient venus à bout de lui. Quelqu'un, peut-être le fantôme du vieil Artrarak, peut-être même Naïa Phykit ou encore Sri Lumpa, semblait veiller sur lui et écarter l'un après l'autre les obstacles qui se dressaient sur sa route. Cette constatation souffla sa frayeur comme les vents des hauteurs balayaient les miasmes de la cité d'Anjor.

Convaincu d'être protégé par une armure d'invincibilité, par un enchantement qui maintenait la mort à distance, il dénoua fébrilement les bandelettes qui l'entravaient. Il dut en arracher certaines, collées au sang coagulé et à une substance visqueuse étalée sur les plaies. Il serra les dents pour lutter contre la sensation de vertige. Ses blessures, harpies brutalement réveillées, l'élancèrent et déclenchèrent en lui un début de nausée. La coque de l'aérotomique roulait maintenant d'un côté sur l'autre, comme prise dans une violente tempête. De longs gémissements ajoutaient leur note lugubre au vacarme extérieur, qui s'amplifiait de seconde en seconde.

La fraîcheur de la nuit saisit Jek, entièrement nu. Certaines de ses blessures se remirent à saigner. Il se leva et se dirigea à tâtons vers l'une des parois de verre. A chacun de ses mouvements, il avait l'impression que des lames aiguisées s'enfonçaient dans ses lésions, incisaient profondément ses chairs. Plusieurs minutes lui furent nécessaires pour découvrir le sas du cône, une trappe verticale montée sur deux gonds, dépourvue de poignée et entourée d'un joint étanche souple. La franchir s'avéra une entreprise malaisée, car il lui fallait en même temps relever le lourd battant de verre et se faufiler pratiquement accroupi dans l'étroite ouverture. Il y parvint après trois tentatives infructueuses, lorsqu'il eut l'idée d'engager l'épaule pour entrebâiller la trappe, d'avancer en s'arc-boutant sur ses jambes fléchies, puis de plonger droit devant lui avant que le vantail ne retombe et ne le happe comme une bouche vorace. Sa roulade sur le plancher lui soutira des grimaces et des larmes. Il crut d'abord qu'il s'était brisé les vertèbres. La douleur, omniprésente, virulente, le paralysait, le clouait sur le métal lisse et froid.

Un escalier donnait sur un large carré de ciel étoilé, traversé de temps à autre par des ombres fugitives, des éclats phosphorescents et des lignes étincelantes. D'amples secousses agitaient l'aérotomique. Perçu de l'extérieur du cône, le tumulte prenait une résonance nettement plus inquiétante. Aux éclats de voix et aux râles des rats du désert se mêlaient des rugissements féroces, inhumains. L'odeur suffocante qui envahissait la cale lui rappela la puanteur qui rôdait dans les allées du parc cynégétique d'Anjor.

Jek devina que la bataille opposait les rats du désert à une horde de bêtes sauvages, et, comme ces fauves-là n'étaient ni réservés ni anesthésiés, contrairement à ceux qui se prélassaient devant les lance-cartouches des riches Anjoriens, il fut traversé par une envie pressante de retourner se réfugier à l'intérieur du cône de verre. Mais il combattit aussitôt sa veulerie, qu'il jugea incompatible avec son tout nouveau statut de créature invincible. Frissonnant, il se releva et, bien que la fraîcheur nocturne ne fût pas la seule responsable du tremblement de ses membres, il croisa les bras sur sa poitrine pour récupérer un peu de sa chaleur corporelle. Puis il gravit avec circonspection les premières marches de l'escalier métallique.

Six rats du désert, la gorge broyée, jonchaient le plancher du pont supérieur. Contrairement à d'autres prédateurs, les hyènes, disciplinées, ne se disputaient pas les cadavres mais se répartissaient les tâches : l'une se chargeait d'égorger les proies blessées tandis que les autres venaient prêter main-forte aux assaillantes qui continuaient de harceler les défenseurs rassemblés au centre du pont. Ce n'est qu'à l'issue du combat que la femelle dominante, la matriarche de la horde, procéderait à un partage équitable. Une trentaine d'entre elles avaient sauté par-dessus le bastingage et avaient investi le pont supérieur. A coups de dents et de griffes, elles avaient d'abord déchiqueté les câbles d'énergie magnétique des projecteurs. Elles n'ignoraient pas que les hommes, contrairement à elles, avaient besoin de la lumière artificielle pour voir dans l'obscurité. De somptueuses gerbes d'étincelles avaient embrasé la nuit, puis l'aérotomique avait été plongé dans des ténèbres opaques, fuligineuses.

Les membres de l'équipage, regroupés autour de Dohon-le-Fil et de Baisemort, tentaient de regagner la percée carrée qui s'ouvrait sur la cale. Les ondes maintenaient encore les hyènes à distance, mais les armes chauffaient tellement qu'elles leur brûlaient les mains. De plus, les réserves d'énergie diminuaient rapidement. Le quartier-maître avait aboyé l'ordre de repli général vers le cône isolant. Il ne savait pas si les parois de verre plombé seraient en mesure de résister à la poussée des hyènes, ni même si les prédatrices leur laisseraient le temps de se glisser par l'étroit sas d'ouverture, mais il n'entrevoyait aucune autre solution.

« Saloperies de bestioles ! siffla Dohon-le-Fil. Elles sont en train de nous couper le chemin de la cale ! »

Elles avaient en effet compris que les hommes tentaient de se réfugier dans le ventre de l'aérotomique et elles effectuaient d'amples mouvements tournants pour venir se masser devant la percée carrée. Là, elles sautaient sur place ou se jetaient sur le côté pour esquiver les rayons brillants des ondemorts et se lançaient à l'attaque dès que se présentait un court moment de répit. Leurs énormes mâchoires claquaient à quelques centimètres des jambes de leurs proies. Elles faisaient preuve d'une telle vélocité, d'une telle promptitude qu'il était pratiquement impossible de les coucher en joue. Leurs yeux jaunes et luisants, seuls points de repère fiables dans la nuit, fusaient comme des étoiles filantes aux trajectoires folles. Le plus souvent, les rayons s'écrasaient sur le plancher métallique ou se perdaient dans les ténèbres.

« Il en vient d'autres ! » gémit une voix.

Elles affluaient de toutes parts. Certaines de l'issue de la bataille, elles ne cherchaient plus à se dissimuler. Il y avait de l'allégresse dans leurs bonds et leurs hurlements. Le désert nucléaire n'offrait que peu d'occasions de se réjouir. Le gibier s'y faisait de plus en plus rare et elles en étaient parfois réduites à manger les individus blessés de la horde, ou même, lorsque la faim devenait trop forte, à dévorer leurs petits.

Subitement, les hyènes qui bloquaient le chemin de la cale perçurent une présence derrière elles. Elles crurent d'abord que d'autres humains, cachés dans le ventre de l'appareil, les prenaient à revers et elles se bousculèrent mutuellement pour s'écarter de la ligne de tir. Passée cette première réaction de panique, elles se retournèrent, libérèrent des grondements assourdis et, fléchies sur leurs pattes arrière, s'apprêtèrent à affronter ces nouveaux adversaires.

Lorsqu'il émergea de la percée, Jek aperçut des taches jaunes et menaçantes à moins de deux mètres de lui. Il se rendit compte que ces éclats flamboyants appartenaient à de gigantesques formes tapies dans les ténèbres. Au second plan, il distingua des ombres agitées, grondantes, des rayons scintillants qui dessinaient de furtifs jeux de lumière sur le pont et qui trouaient les paresseuses volutes de fumée blanche. La brise nocturne colportait des odeurs fortes d'air surchauffé, de viande carbonisée et de sang.

A cet instant, la frayeur déserta définitivement le petit Anjorien. C'est sans la moindre appréhension qu'il gravit les marches supérieures de l'escalier, qu'il posa le pied sur le pont et qu'il s'avança vers les hyènes. Il contempla leurs oreilles pointues, leurs museaux allongés, leurs longs crocs acérés, leur large poitrail, leurs pattes puissantes, leurs fourrures brunes parsemées de taches claires. Elles continuèrent de grogner en sourdine mais elles n'attaquèrent pas. Elles bâillèrent, étirèrent leur grand corps, allongèrent les pattes antérieures et courbèrent la nuque comme pour s'incliner devant le petit d'homme qui venait de faire son apparition sur le pont.

« Qu'est-ce qu'elles mijotent encore ? » murmura Dohon-le-Fil.

L'une après l'autre, les hyènes se détournaient du groupe des rats du désert et convergeaient vers la percée de la cale. Le quartier-maître crut d'abord qu'elles échafaudaient une nouvelle stratégie, qu'elles se regroupaient dans un même endroit pour lancer une contre-attaque massive, définitive, mais il se rendit rapidement compte que leur comportement avait quelque chose d'anormal. Elles semblaient avoir abandonné toute agressivité, elles marchaient d'un pas paisible, la tête baissée, signe chez elles de soumission, elles se rassemblaient devant l'ouverture carrée où elles s'allongeaient flanc contre flanc, pattes contre pattes, queue contre queue. Leur soudain renoncement déconcerta Dohon-le-Fil : les hyènes tachetées, capables de soutenir un siège de plusieurs jours, n'avaient pas pour habitude de tourner le dos à des adversaires armés, encore moins d'abandonner la partie. Les hommes d'équipage, exténués, aussi éberlués que leur chef, oublièrent de presser la détente de leurs armes. Ils se contentèrent d'accompagner du regard les silhouettes furtives et grises, parfois aussi hautes qu'eux, qui passaient à proximité et qui se fondaient dans la nuit comme des ombres. Un silence sépulcral ensevelit l'aérotomique.

Le quartier-maître fut le premier à reprendre ses

esprits. Quelles que fussent les raisons de leur singulière attitude, les hyènes constituaient dorénavant des cibles fixes, faciles à viser. Une opportunité qu'il ne fallait surtout pas manquer.

« Qu'est-ce que vous attendez ? Qu'elles vous bouffent les couilles ? »

La voix grave du quartier-maître sortit les hommes de leur léthargie. Ils levèrent les canons de leurs ondemorts et les braquèrent en direction des formes pétrifiées.

« Feu ! cria Dohon-le-Fil.

– Non ! » hurla Baisemort.

Le sorcier saisit le canon de l'arme du quartier-maître et le pointa brutalement vers le bas. L'onde frappa le plancher métallique sur lequel elle abandonna une étroite cavité aux bords crénelés et fumants. Les hommes, interloqués, suspendirent leur geste.

« Qu'est-ce qui te prend ? » glapit Dohon-le-Fil, fou de rage.

Le bras tendu et puissant de Baisemort l'empêchait de relever son ondemort.

« Je tue le premier qui remue le petit doigt ! » fit le sorcier d'une voix tranchante.

Les yeux exorbités de Baisemort lançaient des éclairs. Les piquants hérissés de sa barbe semblaient eux-mêmes chargés d'énergie électrique, maléfique. Lorsqu'un sorcier de bord était dans cet état, un état proche de la transe atomique, les rats du désert ne s'avisaient pas de transgresser ses ordres. Cela valait également pour les quartiers-maîtres et le trar Godovan. Dohon-le-Fil jugea donc préférable de ne pas insister. Toutefois, si d'aventure Baisemort se trompait, il se promit fermement de lui plonger son poignard dans la gorge. Ce serait son dernier acte d'homme vivant et libre.

L'haleine tiède des hyènes effleurait la peau nue de Jek. Couchées devant lui, elles occupaient un bon tiers de la surface du pont. Aucune trace de férocité ne subsistait dans leurs yeux jaunes grands ouverts. Seuls les gémissements plaintifs qui fleurissaient dans le sillage de leur souffle précipité troublaient la paix nocturne.

Jek s'avança d'un pas. Elles ne bougèrent pas. Bien que couchées, elles paraissaient encore immenses, beaucoup plus grandes en tout cas que les fauves importés du parc cynégétique d'Anjor. Elles ressemblaient à des chienlions, la crinière en moins et les taches en sus. Leurs griffes mesuraient plus de trente centimètres de long et il leur aurait suffi d'un seul coup de patte pour le décapiter. Il allongea lentement le bras. La hyène la plus proche tendit le cou. Il craignit que la terrible mâchoire ne lui broie la main, mais le museau vint se nicher délicatement sous sa paume. Il s'accroupit pour lui caresser le front, le poitrail, la cuisse, le flanc. Ses doigts perçurent nettement les battements impétueux de son cœur, escaladèrent des boursouflures de chair, stigmates des combats qu'elle avait dû livrer, les côtes saillantes, les cratères creusés par les parasites, les mamelles gonflées de lait, les tétines à la fois souples et dures... La peau de la hyène lui racontait la lutte pour la survie, la faim, la chasse, la reproduction... Un raccourci saisissant de l'existence des prédatrices du désert nucléaire. Elles avaient assiégé l'aérotomique parce que la nécessité les y avait poussées, parce que les petits, restés en arrière sous la surveillance des plus âgées, criaient famine, parce que le gibier avait été décimé par les vents nucléaires et les humains de la zone contaminée. Des larmes montèrent aux yeux de Jek. Il entoura de ses bras le cou de la hyène et se blottit contre elle. De la pointe de la langue elle lui lécha délicatement les épaules et le cou. Jamais il n'avait éprouvé un tel sentiment de chaleur, de sécurité, de tendresse.

Un cri aigu, prolongé, déchira le silence. La hyène secoua la tête et se détacha des bras de Jek avec une douceur infinie. Puis elle se releva, enjamba ses sœurs de horde et se dirigea en trottinant vers l'un des cadavres des hommes d'équipage. De ses pattes antérieures et du museau, elle le poussa sous la barre inférieure du bastingage et le fit basculer dans le vide. Plusieurs de ses congénères procédèrent de la même façon avec les cinq cadavres restants. Jek n'essaya pas de les en dissuader. Il lui paraissait juste qu'elles recueillent les fruits de leur chasse, une chasse qui aurait été plus productive si elles n'avaient pas décidé d'épargner les survivants.

L'une après l'autre, elles prirent leur élan, bondirent par-dessus le bastingage et s'évanouirent dans les ténèbres. Jek se rapprocha du bastingage. Il distingua alors des dizaines de silhouettes sombres qui s'éloignaient à vive allure vers le cœur du désert. Deux yeux jaunes perforaient l'obscurité et le fixaient avec insistance. Il comprit qu'ils appartenaient à la femelle dominante, à la matriarche du clan. Elle l'enveloppa d'un long regard, à la fois affectueux et triste, puis, après avoir poussé un hurlement déchirant, elle s'élança sur les traces de la horde.

Malgré leur fatigue, les rats du désert ne dormirent pas. Ils réparèrent les câbles d'énergie magnétique, mais, comme si la nuit noire était désormais devenue la plus sûre de leurs alliés, ils ne rallumèrent pas les projecteurs. Ils restèrent sur le pont, accoudés au bastingage, le regard perdu dans les étoiles, mastiquant machinalement leurs rations de viande et de céréales séchées.

Baisemort entraîna le petit surfaceur dans le compartiment des couchettes de la nef, situé dans la cale arrière de l'aérotomique. Le sorcier installa Jek sur une couchette et étala son onguent jaune et odorant sur ses plaies rouvertes. Il jugea inutile de les recouvrir de pansements. Il dénicha dans une caisse métallique un vieil uniforme de cuir noir dont il taillada les bras et les jambes à l'aide d'un couteau. Il fabriqua une ceinture de fortune avec les chutes et s'efforça de confectionner un accoutrement cohérent avec l'ensemble. Lorsqu'il en eut revêtu Jek, il déchira un pan de son propre turban et le noua autour de sa tête.

Baisemort se recula pour admirer son œuvre.

« Te voilà devenu un vrai rat du désert, petit surfaceur ! »

Jek crut deviner qu'il souriait sous sa barbe. Il ne trouvait pas d'autre mot pour décrire le hallier qui mangeait la face de son interlocuteur, dont les yeux et le front étaient les seules parties du visage qu'il pouvait regarder sans avoir l'impression de se crever les yeux.

« Est-ce que tu veux dormir un peu ? » demanda Baisemort.

Jek acquiesça d'un mouvement de tête. Son corps, fourbu, lourd, implorait le repos. Il ferma les yeux. Le murmure enchanteur du sommeil le happa instantanément. Il se rendit vaguement compte que le sorcier étalait une épaisse couverture de laine sur son dos. En revanche, il ne l'entendit pas sortir et refermer la porte. Il plongea dans le cœur d'une spirale descendante au fond de laquelle brillaient deux immenses yeux jaunes et tristes.

Une sensation de brûlure réveilla Jek. La lumière du jour qui entrait à flots par un hublot lui agressait les paupières. Il eut l'impression d'avoir dormi pendant des années. Un ronronnement régulier faisait vibrer les minces cloisons de la cabine. Il étira voluptueusement ses membres encore engourdis. Son estomac se manifesta par des grondements indignés. Il se souvint alors qu'il n'avait rien mangé depuis qu'il avait quitté le terrier du vieil Artrarak.

Il se leva, sortit de la cabine, emprunta un large couloir au fond duquel trônait un étrange globe noir et gravit agilement l'échelle qui donnait sur un orifice de la largeur d'un homme.

Les vents du matin avaient rechargé les cellules en énergie et l'aérotomique volait deux mètres au-dessus de l'océan grisâtre et figé du désert. Les déplacements d'air étaient si puissants que Jek éprouva de sérieuses difficultés à conserver son équilibre. Il dut d'abord poser la main sur son turban qui menaçait de s'envoler, puis franchir à quatre pattes les quelques mètres qui le séparaient du bastingage. Là, il s'accrocha aux barres, se redressa et observa la demi-sphère transparente sur la paroi de laquelle se découpaient la roue directionnelle et la silhouette du pilote.

Lorsqu'ils aperçurent le petit surfaceur, les rats du désert, y compris le pilote, y compris le quartier-maître Dohon-le-Fil, désertèrent leurs postes respectifs, affluèrent de tous les recoins du pont et se pressèrent autour de lui. Ils se tinrent d'abord à distance, comme si une invisible barrière leur interdisait de se rapprocher davantage. Leurs faces zoomorphes, effleurées par les pans flottants de leurs turbans bariolés, étaient empreintes de gravité, de respect. En dépit de leur difformité, Jek les trouva bien plus beaux et nobles que les Anjoriens de surface, engoncés dans leurs colancors et bouffis de suffisance.

Après un long moment d'hésitation, les rats du désert se décidèrent à le toucher, à lui caresser le visage et le cou. Jek n'éprouva aucun dégoût au contact de leurs paumes et de leurs doigts rugueux. Il prit conscience qu'ils ne lui témoignaient pas seulement de la reconnaissance, mais qu'ils ressentaient également le besoin pressant de renouer avec leur lointain passé, avec leurs origines. Bien qu'ils n'aient toujours connu que la zone contaminée et la triste condition de créatures bêtazoomorphes, le fait de flatter la peau soyeuse d'un humain sain réveillait des souvenirs enfouis dans les tréfonds de leur âme. Ils se laissaient bercer par un fleuve de nostalgie qui coulait de l'abîme des âges, gonflé, génération après génération, par la parole des anciens et les berceuses des mères.

Jek vit des larmes silencieuses s'écouler de leurs profondes orbites. Il avait faim, il avait soif, mais il n'osa pas bouger, de peur de rompre l'enchantement de l'instant. Ils l'avaient délivré des charognards ailés et il n'aurait peut-être pas d'autre occasion de leur exprimer sa gratitude.

« Foutez-lui la paix ! »

Le coup de gueule de Baisemort les dispersa comme une volée de corbonucles. Le sorcier s'avança vers le petit Anjorien et lui tendit une gamelle en fer ainsi qu'une gourde de peau.

« Faut les excuser... Ils ne voient pas souvent de surfaceur... Encore moins de surfaceur qui parle aux hyènes tachetées... Alors comme ça, tu connais le viduc Papironda ? »

Jek arracha le couvercle de la gamelle et enfourna dans sa bouche l'une des galettes séchées et salées qu'elle contenait.

« Tu as raison, reprit Baisemort. Tu parleras mieux le ventre plein... De toute façon, peu importe que tu le connaisses ou non, la seule chose qui compte, c'est que la messagère d'Harès te conduise au port qui t'est destiné... Seuls les princes du soleil ont le pouvoir de parler aux hyènes... Les princes ou les fous, et je ne crois pas que tu sois un fou... »

CHAPITRE VI

La loi d'Ethique H.M. *: promulguée en l'an 7034 de l'ancien calendrier standard, la loi d'Ethique* H.M. *visa à réduire le rôle des machines (ou plus exactement de l'intelligence artificielle) dans la vie des humanités. Elle fut votée lors d'une assemblée extraordinaire de tous les responsables des planètes recensées. L'intelligence artificielle connut un essor sans précédent à la fin des années 5000, au milieu de l'ère dite du Phagitaire. Elle connut son apogée au* LXVIIIe *siècle, époque où elle régissait la plupart des mondes. Puis apparurent les premiers prophètes du mouvement de Souveraineté humaine, qui partirent en guerre contre son hégémonie. Deux siècles plus tard, lorsque fut votée la loi d'Ethique* H.M.*, on assista à la plus grande destruction de machines que la civilisation ait jamais connue. Certains gouvernements s'en débarrassèrent en les expédiant dans l'espace. A l'époque, les humains étaient loin d'imaginer les funestes conséquences de leurs actes.*

« L'histoire du grand Ang'empire »,
Encyclopédie unimentale

Les gémissements du vent dans les tuyaux des grandes orgues de corail composaient une symphonie obsédante, envoûtante. Ces notes graves et prolongées, si elles agaçaient prodigieusement le visiteur occasionnel, retentissaient comme la plus douce des musiques pour les habitants de Koralion, la capitale de l'unique continent de la planète Ephren.

En équilibre sur les parois rugueuses, Oniki jeta un dernier coup d'œil sur l'étroit tuyau qu'elle venait de nettoyer. Les bretelles de son sac de toile, bourré de lichens célestes, lui meurtrissaient les épaules. Son travail étant fini, elle s'abandonna un long moment aux caresses suaves du vent de hautain. Comme la plupart de ses sœurs du Thutâ, elle se déshabillait entièrement avant de grimper dans les grandes orgues de corail. Il lui arrivait souvent de s'écorcher aux aspérités des tuyaux, mais pour rien au monde elle ne se serait résolue à enfiler la traditionnelle combinaison des nettoyeuses du ciel, un vêtement épais, lourd, dans lequel elle avait l'impression d'étouffer. Elle se plaisait à penser que le sang et la sueur étaient le prix à payer pour ces quelques heures quotidiennes d'ivresse.

Elle entama sa descente. Xati Mu, l'étoile bleue, diffusait une lumière féerique dans le tuyau mineur, l'un des seize dont Oniki avait la charge. Posées sur des pylônes naturels d'une hauteur de huit cents mètres, vestiges des temps lointains où la planète était entièrement recouverte d'eau, les grandes orgues de corail formaient un bouclier protecteur de plus de deux cents mètres d'épaisseur tout autour d'Ephren. Les polypes roses, premiers occupants de la planète, s'étaient fossilisés lorsque l'enveloppe océanique s'était asséchée. Du sol, on avait l'impression de se trouver sous une forêt inextricable, suspendue et figée. Fort heureusement, il y avait les tuyaux, ces conduits naturels par lesquels arrivaient les lumières de Xati Mu, la géante bleue, et de Tau Xir, la naine rouge, des astres dont la chaleur intense, filtrée par les grandes orgues, avait permis le développement de la vie végétale et animale.

Oniki sentit une présence quelques mètres sous elle. Une présence silencieuse, sournoise, hideuse, qu'elle ne connaissait que trop bien. Elle resserra ses prises sur les aspérités des parois, suspendit sa respiration et s'immobilisa, jambes et bras écartés. Malgré les sifflements du vent, elle perçut très nettement le chuintement caractéristique des écailles glissant sur les coraux. Elle refoula énergiquement son envie de pencher la tête et de regarder en contrebas. Elle n'avait nul besoin de l'apercevoir pour deviner qu'un grand serpent de corail se dirigeait vers elle. Un spasme lui contracta les muscles du ventre. Les rencontres avec les monstres des grandes orgues étaient les seuls moments où elle regrettait de ne pas avoir revêtu sa combinaison. Elle se sentait soudain terriblement vulnérable et une sensation glaçante l'étreignait d'être une victime offerte en pâture au reptile géant. Une frayeur irraisonnée : ce n'était pas une étoffe, si rêche et épaisse fût-elle, qui aurait pu dissuader un serpent de corail de se jeter sur sa proie et de l'engloutir en quelques coups de gueule.

Un début de tremblement saisit les membres d'Oniki, suspendue par les mains et les pieds aux saillies de la paroi, alourdie par le sac de déchets. Des crampes lui tétanisaient les muscles, brûlés par l'afflux massif d'acide lactique. D'épaisses gouttes de sueur lui dégringolèrent dans les yeux. Elle entendait toujours le frôlement insidieux des écailles sur le corail. Le temps commença à lui paraître très long. Elle maudit la règle 7 du Thutâ qui interdisait le port d'armes aux nettoyeuses du ciel. Les matrions craignaient que l'usage des ondemorts, des lancegaz ou autres brûlentrailles n'endommage irrémédiablement le fragile écosystème des grandes orgues. Le rôle du Thutâ consistait à veiller sur la propreté des tuyaux, non à détruire le bouclier corallien, indispensable filtre des rayons ultraviolets de Xati Mu.

Oniki crut que le serpent allait s'enrouler dans le tuyau et lui couper définitivement le chemin du retour. Ce n'était pourtant pas l'habitude des grands reptiles qui, en général, évitaient de rester trop longtemps dans les passages découverts et se réfugiaient dans le cœur sombre du corail, où ils étaient les seuls à pouvoir se faufiler. Des échardes cuisantes crucifiaient les cuisses tétanisées de la jeune femme. Comme toutes ses compagnes du Thutâ, elle s'était entraînée à rester immobile pendant des heures, à se maintenir en l'air par la seule force de ses doigts avec un poids de cent kilos sur les épaules, mais aujourd'hui elle se sentait épuisée, privée d'énergie. Bien qu'elle refusât de se l'avouer, elle savait que cette fatigue anormale ne résultait pas des efforts qu'elle venait de déployer dans les tuyaux, mais des trois nuits de veille consécutives qu'elle avait passées dans sa minuscule cellule du cloître du Thutâ. Sa folie risquait de lui coûter bien davantage que le déshonneur et le bannissement perpétuel sur Pzalion, l'île sombre et froide où ne retentissait jamais la symphonie venteuse des grandes orgues.

Elle revit le visage de l'homme qu'elle avait recueilli dans le jardin du cloître et caché dans l'intimité de sa cellule. Elle avait violé la règle 2 du Thutâ, une règle qui interdisait formellement aux nettoyeuses du ciel de nouer des contacts avec des hommes. Censées se consacrer entièrement à la tâche qui leur était dévolue, les thutâles vivaient en recluses et prononçaient, à l'issue de leur formation, des vœux solennels de chasteté devant le cénacle des matrions. Oniki n'avait pas eu de relation sexuelle avec ce visiteur tombé du ciel – même si elle s'était résolue à céder au désir violent, tenace, qui la tourmentait, elle n'aurait pas su de quelle façon s'y prendre –, mais sa présence la troublait à un point tel qu'elle ne parvenait plus à trouver le sommeil. En trois jours, il n'avait pas changé une seule fois de position : il restait assis sur le lit, adossé à la cloison, les jambes croisées, les yeux mi-clos, absent, énigmatique, impénétrable. Il ne touchait pas aux aliments qu'elle ramenait discrètement du réfectoire et déposait à ses pieds. Elle avait d'abord cru qu'il était blessé, comme l'un de ces oiseaux-fleurs dont les ailes translucides se déchiraient parfois aux épines des rosaliers, mais elle n'avait décelé aucune tache de sang sur ses vêtements, aucune ecchymose, aucune bosse révélatrice d'une fracture. Une tristesse infinie imprégnait ses traits hâves. C'était un homme jeune, à peine sorti de l'adolescence, un étranger au physique de prince en comparaison duquel les Ephréniens étaient lourdauds, grossiers, et pourtant il semblait âgé de plus de dix mille ans. Il ne répondait jamais aux questions qu'elle lui posait, comme s'il n'entendait pas sa voix, comme s'il n'avait même pas pris conscience de son existence. Elle dépliait deux couvertures sur le carrelage de la cellule, une couche de fortune sur laquelle elle s'allongeait pour tenter de se reposer. Effrayée par sa propre audace, elle ne trouvait pas le sommeil. Ses paupières s'entrouvraient, ses yeux revenaient sans cesse se poser sur son mystérieux hôte et ses pensées s'entrechoquaient, dansaient une sarabande effrénée sous son crâne. Quels vents célestes et capricieux l'avaient déposé dans le jardin du cloître ? Qu'avait-il vu qui l'ait rendu si triste, qui l'ait ainsi coupé du monde ? Avait-il définitivement sombré dans le gouffre de la folie ? Elle avait envisagé plusieurs hypothèses mais, outre qu'elles manquaient par trop de cohérence, son intuition lui soufflait qu'elles restaient bien en deçà de la vérité. Elle pressentait qu'il avait été broyé par un destin dont elle était loin d'appréhender l'importance. Elle s'évertuait donc à respecter cet état méditatif – végétatif aurait peut-être été un terme plus approprié – dont il ne semblait jamais devoir sortir. Lorsque retentissait la sirène de son quart de nettoyage, elle attendait que ses sœurs se soient rassemblées dans la cour des arcades pour s'aventurer à son tour dans le couloir. Par chance, les thutâles des tuyaux mineurs se chargeaient elles-mêmes de l'entretien de leur cellule. Elle n'omettait cependant pas de fermer la lourde porte de bois à double tour.

Les doigts d'Oniki glissaient inexorablement sur les excroissances de corail. Les tremblements de ses bras et de ses jambes s'étaient accentués au point qu'elle heurtait durement les parois des genoux et des coudes. De ses cheveux noirs, relevés en chignon et maintenus par une pince de corail, s'écoulaient des rigoles tièdes qui rampaient sur ses épaules et s'insinuaient entre ses seins ou dans le creux de sa colonne vertébrale. Le sac de déchets pesait maintenant des tonnes. Elle s'attendait à tout moment à ce que la gueule du reptile géant se referme sur elle. Il lui aurait fallu se calmer, prendre de longues inspirations, oxygéner ses muscles endoloris, modifier les points d'appui de ses doigts, mais, gangrenée par sa peur, elle perdait tout contrôle sur son corps. Le Thutâ avait déjà payé un lourd tribut aux serpents de corail. Le nom d'Oniki Kay, deuxième fille de dame Jophi Kay et de sire Arten Wahrt, viendrait s'ajouter à la longue liste des disparues. Cependant, ce n'était pas la sinistre perspective de finir sa vie dans le ventre d'un reptile qui l'affligeait le plus, mais la pensée qu'elle ne reverrait plus le prince ténébreux prostré dans sa cellule du cloître.

Une saillie coralline s'effrita sous son pied. Un cri de détresse s'échappa de ses lèvres. Déséquilibrée par le sac de déchets, aveuglée par sa sueur, elle n'eut pas le temps de se rabattre sur une nouvelle brise et sa jambe pendit dans le vide. Etonnée par la passivité du serpent de corail, elle jeta un rapide regard sous son aisselle. Elle se rendit compte qu'il avait disparu. Absorbée dans ses pensées, elle avait oublié de prêter une oreille attentive aux déplacements du grand reptile. La voie était libre. Soulagée, elle recouvra instantanément ses réflexes de thutâle. Elle répartit le poids de son corps et du sac sur les trois prises restantes, releva calmement sa jambe libre et, du pied, explora les reliefs de la paroi.

Elle dévala sans encombre les cent derniers mètres qui la séparaient de la plate-forme individuelle de liaison, une surface plane et circulaire d'une largeur de deux mètres mue par un P.T.S.F., un générateur utilisant la technologie des superfluides.

« Eh bien, tu pourras te vanter de nous avoir fait peur ! » s'exclama Alaki, la responsable du quart.

La plate-forme volante d'Oniki, revêtue de la robe droite et blanche des thutâles, s'immobilisa près du quai du pylône principal. Les sœurs de quart, groupées près de la bouche de l'ascenseur, l'attendaient depuis plus de trente minutes et elles avaient commencé à envisager le pire. Oniki coupa le contact, sauta sur le quai, jeta le sac de déchets dans la benne suspendue et rejoignit ses compagnes, toutes habillées des mêmes robes empesées et blanches. Utilisées ou non, les combinaisons de travail restaient soigneusement pliées dans les vestiaires, une salle excavée dans le cœur du pylône et située dans le prolongement du quai.

« Un serpent, s'excusa Oniki avec un petit sourire contrit. Il m'a bloqué le passage... »

Alaki fronça les sourcils.

« Si longtemps ? Ce n'est pas dans leur habitude... »

Oniki haussa les épaules. La sueur collait le tissu de sa robe sur ses épaules, sa poitrine et son dos. Elle avait la désagréable sensation de mariner dans un bain poisseux et tiède.

« Il faudra en parler aux matrions, reprit Alaki. Les serpents sont peut-être en train de modifier leur comportement. Allons-y maintenant. Nous sommes déjà très en retard... »

Elles s'engouffrèrent dans l'ascenseur dont la cage, comme le vestiaire, avait été directement creusée dans le corail du pylône, beaucoup plus dense que celui des grandes orgues. Le trajet prenait environ dix minutes, dix minutes pendant lesquelles les thutâles demeuraient muettes, les yeux dans le vague, comme si elles répugnaient à briser le silence des hauteurs, à trahir les secrets que leur avaient confiés la lumière et le vent, leurs seuls compagnons de quart.

La traversée du pont de pierre jeté entre la base du pylône et le port de Koralion constituait peut-être le meilleur moment de la journée. D'une part, elle offrait aux recluses l'opportunité de contempler la ville, d'admirer les élégantes constructions blanches à colonnades qui se pressaient sur la colline surplombant la baie, de s'extasier devant le spectacle des bulles-lumière qui flottaient au-dessus des larges avenues, d'observer les passants qui flânaient sur les trottoirs... Elle leur permettait d'autre part de contempler les résultats de leur œuvre : c'était grâce à elles que chantaient les grandes orgues, que soufflaient les vents de hautain, que s'évacuaient les gaz carboniques, que jaillissait la lumière ruisselante des étoiles Xati Mu et Tau Xir. Grâce à elles que la vie suivait son cours sur la planète Ephren... Les vagues ourlées d'écume de l'océan noir Gijen, autre vestige de la strate aquatique qui avait autrefois recouvert la planète, les colonnes de lumière qui tombaient des grandes orgues, qui apportaient clarté et chaleur, qui paraient l'étroit espace aérien de somptueuses teintes bleues ou rouges, les visages rieurs et les cheveux ondulants des badauds, les frondaisons des grands arbres, les fleurs, les fruits, tout cela justifiait leur renoncement à la vie de femme, leurs incessantes parties de cache-cache avec les serpents géants des hauteurs et leur claustration dans le bâtiment du Thutâ. Elles prenaient conscience qu'elles ne se sacrifiaient pas en vain, que sans elles, indispensables gardiennes du bouclier de corail, agiles prêtresses de la lumière et du vent, Koralion, la capitale peuplée de trois millions d'âmes, et les quelque deux cents cités mineures du continent se transformeraient inexorablement en villes mortes.

Les premiers colons, guidés par l'explorateur Manul Ephren, avaient d'abord employé des automates pour le récurage des tuyaux, mais les robots, si perfectionnés fussent-ils, s'étaient rapidement avérés moins performants que les humains, que les femmes en particulier, d'une légèreté, d'une sensibilité et d'une adresse incomparables. Autant de qualités qui avaient entraîné la création du corps de nettoyage du Thutâ et la promulgation de la loi filiaque, obligeant chaque famille ephrénienne à confier sa deuxième fille au cénacle des matrions.

Les vents du large, chargés d'embruns, fouettaient le visage et la chevelure dénouée d'Oniki. Ses pieds nus foulaient énergiquement les pavés humides du pont. Elle n'avait qu'une hâte : regagner sa cellule du cloître et s'enfermer avec le prince ténébreux qu'elle avait découvert allongé, évanoui, dans le jardin. Sans s'en apercevoir, elle avait pris de l'avance sur le groupe éparpillé de ses sœurs. La responsable de quart accéléra le pas, la rattrapa et l'agrippa par le bras.

« Tu marches bien vite... »

Oniki se retourna et soutint sans ciller le regard soupçonneux d'Alaki.

« Je suis fatiguée et je souhaite me reposer », répondit-elle d'une voix sèche.

Cette explication ne satisfaisait visiblement pas Alaki, une thutâle expérimentée qui s'occupait d'un tuyau majeur du tamis central des grandes orgues.

« Je ne te reconnais plus, Oniki, murmura rapidement la responsable de quart. Il y a encore quelques jours, tu étais la sœur la plus gaie de ce quart et il aurait presque fallu t'arracher de ce pont tant le panorama de Koralion te ravissait. Aujourd'hui, lorsque je t'observe, je ne vois plus que le fantôme d'Oniki, je vois une ombre, une jeune fille aux yeux tristes qui semble porter toute la misère de l'univers sur les épaules... »

Les mèches grises d'Alaki, balayées par les bourrasques, tiraient un rideau ajouré et mouvant sur son visage parsemé de rides. Si les serpents de corail l'épargnaient, elle irait bientôt rejoindre les rangs des matrions, les anciennes nettoyeuses chargées de l'enseignement et de l'administration du Thutâ. Les rires et les éclats de voix des autres sœurs ponctuaient de leurs notes allègres la symphonie des grandes orgues.

« Eh bien, Oniki, que t'arrive-t-il ? »

Oniki pencha la tête vers l'avant et fixa obstinément ses pieds pour dissimuler les larmes qui jaillissaient de ses yeux.

« Tu ne veux pas me répondre ? A ton aise... Sache cependant que les nettoyeuses dépressives sont les proies favorites des serpents de corail. La nature élimine en priorité les éléments faibles. Les serpents te paraissent peut-être monstrueux, mais, à leur manière, ils sont justes. Ils n'attaquent jamais les thutâles bien dans leur peau et dans leur tête... Tu as des problèmes avec ton cycle menstruel ? »

Oniki secoua lentement la tête.

« Peut-être devrais-tu cesser momentanément de prendre les herbes thutâliques... Peut-être as-tu besoin de te vider de ton sang de femme, de prendre une longue période de repos... Peut-être devrais-tu demander à être affectée dans le corps du service communautaire...

– Non ! »

La responsable de quart, comme frappée par le cri de détresse d'Oniki, se recula instinctivement d'un pas.

« Je te comprends, reprit doucement Alaki après un moment de silence. Tu n'es pas faite pour t'occuper des besognes ménagères et rester confinée dans le Thutâ... Tu ressens l'appel des hauteurs, tu aimes les caresses du vent de hautain, de la lumière et de la chaleur célestes sur ton corps... A moi aussi, l'ivresse des grandes orgues va me manquer... »

Adossée au parapet du pont, elle avait levé son visage vers le bouclier de corail. Il ne lui restait plus que deux mois avant d'être intronisée chez les matrions et elle ressentait déjà la nostalgie des cimes coralliennes. Elle serait bientôt un papillon à qui l'on aurait arraché les ailes, une rampante clouée au sol, une fleur qui se fanerait en quelques mois dans le clair-obscur permanent du cloître. Elle observa distraitement les aquasphères de pêche qui bondissaient de crête en crête à la manière des grandes araignées d'eau. Les gigantesques pylônes de soutènement, d'une couleur rouille tirant sur le brun, distants les uns des autres d'environ une lieue, étaient les troncs élancés d'une forêt majestueuse qui s'étendait à l'infini. C'était une autre corporation, le Pulôn, qui s'employait à surveiller leur usure, à les consolider au besoin par l'adjonction massive de mousse synthétique. L'effondrement d'un seul de ces « pieds des orgues » aurait eu des répercutions catastrophiques sur l'équilibre écologique d'Ephren.

« Mesure ta chance et ressaisis-toi avant qu'il ne soit trop tard, reprit Alaki. Les regrets viendront bien assez tôt... »

Oniki acquiesça d'un bref mouvement de menton puis, pressée d'échapper au regard inquisiteur de la responsable de quart, alla se fondre dans le groupe pépiant de ses sœurs.

Le cœur battant, Oniki se glissa dans la cellule. Comme elle en avait pris l'habitude ces trois derniers jours, elle avait au préalable attendu que ses sœurs de quart aient entièrement déserté le couloir. Elle ne tenait pas à ce qu'une indésirable s'introduisît inopinément chez elle au moment où elle ouvrait la porte.

Elle tira le verrou et jeta un coup d'œil sur le lit. Son sang se figea. La cellule était vide. Elle eut beau fouiller du regard les murs et le carrelage blancs, se mettre à quatre pattes et regarder sous le petit lit de fer, ouvrir le placard de ses robes, se ruer dans la salle d'eau, écarter le rideau de la douche, elle dut se rendre à l'évidence : son beau prince avait disparu. Un léger creux sur le matelas, les fronces désordonnées de la couverture ainsi qu'une vague odeur de transpiration étaient les seules traces de son passage.

Oniki s'adossa à un mur puis se laissa choir sur le sol. Les yeux dans le vague, incapable de remettre de l'ordre dans ses idées, elle dériva sur une mer de sentiments tourmentés. Elle oscilla un long moment entre déception, abattement et frayeur. Elle présuma que les matrions avaient découvert son hôte clandestin à la faveur d'une inspection surprise des cellules. Elle n'avait pas omis de fermer la porte à double tour et de glisser les clés dans la poche intérieure de sa robe avant de se rendre au rassemblement de quart. La pièce ne disposait pas d'autre ouverture que la minuscule lucarne de la salle d'eau, par laquelle, même pour quelqu'un de très mince, il était impossible de se glisser. Si son énigmatique invité avait pu sortir, c'était qu'on était venu lui ouvrir. Elle se demanda pour la millième fois ce qui l'avait prise de transporter cet inconnu inanimé dans sa cellule au lieu de signaler sa présence aux matrions. Une impulsion irrésistible, folle, qui l'avait entraînée dans une spirale infernale de mensonge et de peur...

Comme tous les jours après le dîner, Oniki se promène dans le jardin intérieur du cloître. Elle aime être seule en ce moment magique où Xati Mu passe le relais à Tau Xir, où les rayons entremêlés des deux étoiles s'engouffrent dans les tuyaux des grandes orgues et ourlent les reliefs d'une subtile lumière mauve. L'une après l'autre, ses sœurs de quart se sont retirées dans leur cellule. Des senteurs capiteuses flânent dans l'air que berce une douce brise. Au détour d'une allée, Oniki remarque une forme bizarre sous les branches basses d'un rosalier jaune. Intriguée, elle s'en approche et distingue un homme allongé. Il semble dormir, la tête posée sur un bras replié. Elle jette des regards furtifs alentour, puis elle se penche sur l'intrus. Son visage brun, auréolé d'une chevelure noire et bouclée, mélange de force et de fragilité, de virilité et de grâce enfantine, l'émeut, la bouleverse. Il est vêtu d'une longue tunique, taillée d'une pièce dans une matière qui ressemble à de la soie sauvage, d'un pantalon bouffant noir et de sandales de cuir. Au premier abord, il paraît plongé dans un sommeil paisible, mais, en l'examinant attentivement, Oniki discerne le masque de peur, d'épouvante même, qui s'incruste en filigrane sur ses traits hâves et crispés. Ils expriment la même terreur que le visage livide de quelqu'un qui revient du pays de la mort, qu'une sœur, par exemple, qui a échappé de justesse au grand serpent de corail. Elle se demande par quel miracle il a pu pénétrer dans l'enceinte du cloître, dont le système d'alarme à identification cellulaire se met à hurler sitôt qu'un rôdeur s'aventure du côté de la grille magnétique. Perturbée, Oniki se relève. Cet inconnu éveille d'étranges sensations dans son corps, quelque chose qu'elle ne peut pas définir mais qui ressemble à un appel profond de sa nature de femme.

A une vingtaine de mètres de là, deux matrions se promènent sous les arcades, devisant à voix basse. Oniki pourrait les héler, mais elle a déjà arrêté sa décision et ses lèvres restent obstinément closes. Bien qu'elle soit parfaitement consciente de la folie qu'elle s'apprête à commettre, elle refuse de se rendre aux arguments de sa raison. Elle attend que les silhouettes des deux matrions aient disparu à l'angle du jardin, s'accroupit, saisit le dormeur par un bras et une jambe et le hisse sur ses épaules. Il ne pèse pas plus lourd qu'un sac de lichens coralliens. Depuis l'âge de ses sept ans, âge auquel les deuxièmes filles des familles ephréniennes rejoignent le centre de formation du Thutâ, c'est la première fois qu'elle touche la peau d'un homme. Ce contact prolongé ravive le souvenir de l'odeur et de la tiédeur des bras de sire Arten Wahrt, ce père aimé et aimant qui n'a pas su retenir ses larmes lorsque est venue l'heure de la séparation d'avec son « petit oiseau-fleur ». Chargée de son précieux fardeau, Oniki s'engouffre sous les arcades dont elle longe le mur intérieur. Son cœur affolé tambourine dans sa poitrine, l'empêche de détecter d'éventuels bruits de pas. Elle gagne sans encombre le couloir des cellules. Là, un cliquetis caractéristique la fait sursauter. Il lui faut encore parcourir le couloir sur une bonne partie de sa longueur et une porte s'entrebâille quelque part devant elle. Le souffle régulier de l'homme lui effleure la base du cou. Paniquée, pétrifiée, elle cherche désespérément une cachette mais les murs lisses n'offrent aucun abri de fortune. Un bras sort de la cellule, une main hésitante se pose sur la poignée ronde, la porte se referme lentement. Soulagée, Oniki décide de jouer son va-tout. Elle ne prend plus aucune précaution, elle franchit les derniers mètres en courant et ses pieds nus claquent sur les dalles de pierre. Elle réussit à se barricader dans sa cellule avant que quelques sœurs, alertées par ce brusque vacarme, ne sortent dans le couloir et ne viennent aux nouvelles. Adossée à la porte, essoufflée, Oniki les entend s'interpeller, se demander à grand renfort de rires laquelle d'entre elles a le feu au derrière pour détaler de la sorte...

Des coups sourds tirèrent brutalement Oniki de ses rêveries. Elle eut l'impression que son cœur s'échappait de sa cage thoracique.

« Sœur Oniki ! Sœur Oniki ! Vous êtes convoquée dans la salle d'audience des matrions ! »

Glacée d'effroi, elle demeura prostrée contre la cloison, les yeux rivés sur le carrelage comme si elle contemplait les fragments de son rêve brisé. Elle ne grimperait plus jamais dans les grandes orgues, elle serait jugée et condamnée par le cénacle des matrions, elle serait promenée comme une criminelle dans les rues de Koralion, elle serait bannie pour toujours sur l'île de Pzalion, elle passerait le reste de son existence en compagnie des criminels, des malades mentaux, des prostituées et de ses sœurs pécheresses... Des larmes lui roulèrent sur les joues lorsqu'elle pensa à l'immense chagrin qu'elle causerait à son père.

« Dépêchez-vous, sœur Oniki ! »

La mort dans l'âme, elle s'essuya les joues d'un revers de manche, se releva, se dirigea vers la porte et fit coulisser le verrou. Deux permades, des permanentes administratives identifiables à leurs robes grises et au voile amidonné dont elles se recouvraient les cheveux, s'engouffrèrent dans la pièce et détaillèrent Oniki d'un air à la fois étonné et outré.

« Comment ? Vous ne vous êtes encore ni changée ni lavée ! grommela l'une.

– Vous savez pourtant qu'une fois votre quart achevé, vous devez vous tenir toujours prête aux convocations des matrions », renchérit l'autre.

Et leurs mains de voler vers le vêtement d'Oniki, qui se recule de deux pas.

« Je suis encore capable de me changer seule ! »

Les bras des deux permades, intimidées par les lueurs farouches qui dansaient dans les yeux de la nettoyeuse, se figèrent en vol.

« A votre aise, mais faites vite ! »

Oniki se déshabilla, ouvrit le placard et déplia une robe propre. Les regards lourds des permades lui brûlèrent la poitrine et le ventre. L'administration et l'entretien des bâtiments étaient le lot des thutâles jugées inaptes au nettoyage des tuyaux. L'admiration qu'elles vouaient à leurs sœurs des cimes coralliennes, en particulier à leurs corps athlétiques et hâlés, se transformait souvent en envie, parfois en haine. Les permades, limaces blanches et grasses, éprouvaient les pires difficultés à se mouvoir, ne pensaient qu'à se gaver et se vengeaient de leur disgrâce en jouant les délatrices zélées auprès des matrions.

A peine Oniki eut-elle enfilé la robe que ses deux accompagnatrices la saisirent par le bras et la tirèrent sans ménagement dans le couloir.

Deux étranges personnages se tenaient dans la salle d'audience des matrions. L'un était assis au centre du cénacle, sur le fauteuil normalement réservé à la doyenne. Une sorte de collant pourpre lui enserrait la tête, coiffée d'un ridicule chapeau carré, et soulignait l'aspect anguleux, sévère, de son visage. Une ample cape mauve, fermée au col par une broche en forme de croix, enveloppait son corps. Oniki ne distinguait pas les traits du deuxième invité, enfouis dans un profond capuchon noir. Elle percevait seulement l'énergie maléfique, terrifiante, qui se dégageait de lui. La présence de ces deux hommes dans l'enceinte du cloître l'intrigua. Avaient-ils un rapport avec son bel inconnu ?

« Approchez, sœur Oniki... »

D'un pas mal assuré, la nettoyeuse s'avança vers les matrions, installées dans les travées qui surplombaient le fauteuil de la doyenne. Elle remarqua qu'elles avaient revêtu leurs tenues officielles, des robes roses ornées d'étoiles de corail. Elle vit également que leurs fronts étaient soucieux, qu'elles jetaient de fréquents et anxieux coups d'œil en direction de l'homme vêtu de pourpre et de violet. Qui était-il donc pour que les matrions, elles si jalouses de leurs prérogatives, consentent à lui offrir le fauteuil de la doyenne ? Un honneur qu'elles avaient refusé pendant des siècles aux représentants successifs de la direction collégiale d'Ephren.

« Nous vous avons convoquée, sœur Oniki, pour que vous nous entreteniez de votre mésaventure avec le grand serpent de corail lors de votre quart de nettoyage », déclara une matrion.

Il fallut une bonne minute à Oniki pour s'imprégner des paroles de son interlocutrice. Elle s'était tellement attendue à être clouée au banc de l'infamie – et les réflexions à double sens des permades l'avaient confortée dans cette idée – qu'elle n'osait croire qu'on l'avait mandée pour un motif aussi anodin.

« Le serpent vous a coupé la langue, sœur Oniki ? reprit la matrion d'un ton agacé. Eh bien, parlez ! Le cardinal d'Esgouve, ici présent, souhaite se faire une opinion de votre travail... »

L'homme agrippa les accoudoirs du fauteuil, se pencha vers l'avant et examina la jeune femme dont les longs cheveux dénoués se répandaient en ruisseaux noirs et brillants sur les épaules et le haut de la robe.

« Votre protégée me paraît bien timide pour une demi-déesse ! murmura-t-il d'une voix trempée dans le fiel.

– Nous n'avons jamais considéré les sœurs comme des demi-déesses, Votre Grâce, intervint la matrion.

– Peut-être, mais le peuple ephrénien leur voue un culte assimilable à une religion ! De plus, dans le Code des devoirs religieux et civiques, le Kreuz proscrit formellement le célibat et la vocation religieuse des femmes.

– Les Ephréniens leur témoignent seulement une reconnaissance et une affection sincères, Votre Grâce. Si elles s'arrêtaient de grimper, ne serait-ce que quelques jours, dans les grandes orgues, les lichens envahiraient le corail, l'oxygène ne se renouvellerait pas et...

– Nous ne parlons pas des mêmes choses, coupa sèchement le cardinal. Notre sainte Eglise ne remet pas en cause la qualité de leur travail, mais l'adulation malsaine dont elles sont l'objet. Et le Saint-Siège de Vénicia m'a chargé de déterminer si cette vénération est compatible avec le Verbe Vrai, avec la révélation du Kreuz... Parlez-nous donc de ce serpent, mademoiselle... »

Oniki releva la tête et fixa le prélat, dont les yeux clairs, presque blancs, glissaient sur elle comme des ombres. Son intuition lui souffla que le plus dangereux de ces deux représentants de l'Eglise kreuzienne n'était pas le cardinal, malgré l'arrogance qu'il s'ingéniait à déployer, mais le spectre statufié derrière le fauteuil, enseveli dans les innombrables plis de son vêtement noir. Elle présuma qu'il s'agissait d'un Scaythe d'Hyponéros, l'un de ces êtres aux terrifiants pouvoirs télépathiques dont elle avait vaguement entendu parler, comme la majorité de ses sœurs du Thutâ.

« D'habitude, les serpents de corail fuient la lumière et ne font que traverser les tuyaux, dit-elle d'une voix qu'elle s'efforça d'affermir. Mais celui-ci s'est immobilisé sous moi et a attendu un long moment avant de déguerpir. Je suis restée bloquée environ une demiheure...

– Et vous ne pouviez pas bouger ? demanda le cardinal.

– Au moindre mouvement, il se serait jeté sur moi.

– Vous ne l'avez donc pas vu...

– Nous ne nous servons pas de la vue pour détecter les mouvements des serpents de corail, mais nous sommes entraînées à écouter, à ressentir leur présence... »

La silhouette noire se pencha sur le cardinal et lui murmura quelques mots à l'oreille.

« Vous menez une existence bien dangereuse, mademoiselle... A votre avis, pourquoi vous oblige-t-on à prononcer des vœux de chasteté ? »

Une bulle d'inquiétude gonfla dans les entrailles d'Oniki.

« Parce que notre tâche mobilise toute notre énergie...

– Une réponse trop banale pour être honnête, mademoiselle. La chasteté est un sacrifice que l'on exige généralement des prêtres.

– Votre Grâce, la chasteté des sœurs du Thutâ relève uniquement de l'intérêt professionnel ! protesta une matrion. Dans les grandes orgues, l'efficacité dépend de la vigilance. Des mères de famille pourraient-elles affronter les serpents de corail ? Leurs enfants, leur mari ne les dissuaderaient-ils pas de se consacrer exclusivement à leur tâche ?

– Voilà pourquoi nous préconisons de remplacer les thutâles par des machines, ma dame. Les machines n'ont pas de famille et ne suscitent aucun culte.

– Nos ancêtres ont utilisé des automates, Votre Grâce. Mais ils se sont rapidement aperçus que le nettoyage des tuyaux s'accommodait mieux de l'intervention humaine.

– Un argument irrecevable, ma dame ! Vos ancêtres ont été contraints d'abandonner l'usage des machines à la suite de la loi d'Ethique H.M... Comme, d'ailleurs, toutes les humanités de l'univers recensé. Ce n'était pas l'efficacité des robots que l'on remettait en cause, mais on craignait l'hégémonie de l'intelligence artificielle. Xaphox, notre inquisiteur, a compulsé les archives d'Ephren et constaté que le Thutâ a été créé en l'an 7034 de l'ancien calendrier standard. L'année, précisément, où a été promulguée la loi universelle d'Ethique H.M. Aujourd'hui, les humanités maîtrisent parfaitement l'intelligence artificielle et n'ont donc plus à redouter ses effets. »

Les matrions se consultèrent du regard. Elles comprenaient à présent que l'Eglise kreuzienne saisirait le moindre prétexte pour dissoudre le Thutâ. Cela faisait cinq ans que le nouvel Ang'empire avait annexé Ephren. Les armées impériales n'avaient éprouvé aucune difficulté à vaincre la fantomatique armée locale. Située aux confins de l'espace colonisé, protégée par son bouclier de corail, Ephren n'avait connu aucune invasion, aucune guerre, aucune révolution depuis l'installation des premiers colons de Manul Ephren. Aussi les gouvernements collégiaux qui s'étaient succédé tout au long des siècles n'avaient pas jugé nécessaire de mettre sur pied et d'entretenir une armée de métier. De plus, l'écologie de la planète était totalement incompatible avec l'utilisation de canons à longue portée ou de boucliers magnétiques, dont les vibrations auraient provoqué d'irréparables lésions dans les grandes orgues.

« Votre Grâce, devons-nous déduire de vos paroles que vous envisagez de démanteler le Thutâ ? »

Le cardinal se retourna vivement et posa son regard délavé sur l'intervenante, une vieille matrion du nom de Muremi.

« Pas immédiatement, ma dame. Il nous faut d'abord concevoir et fabriquer des automates qui s'adaptent aux exigences particulières du bouclier de corail. Nous devrons prévoir ensuite une période de transition, pendant laquelle vos sœurs accompagneront les automates et surveilleront leur travail. Comme vous le voyez, nous restons encore très dépendants de vos compétences. Mais je suppose qu'après sa mésaventure avec le serpent de corail, cette demoiselle meurt d'envie de se reposer et j'aimerais lui poser une dernière question avant de la renvoyer dans ses appartements. Une rumeur prétend que vous travaillez en l'état animal de nudité dans les tuyaux des grandes orgues. Est-ce la vérité ? »

Aux regards suppliants que lui lancèrent les matrions, Oniki comprit qu'elle devait outrepasser la règle 11 du Thutâ, prohibant le mensonge et la dissimulation (règle qu'elle avait d'ailleurs largement violée depuis trois jours). La nudité ne posait aucun problème moral aux nettoyeuses du ciel, elle représentait seulement un surcroît de liberté et d'ivresse, elle permettait au corps de se nourrir de lumière et de vent. Il y avait certes de la sensualité dans la relation intime qu'entretenaient les thutâles avec les éléments, mais ce plaisir innocent faisait partie intégrante du travail de nettoyage des grandes orgues et jusqu'alors cet état de fait n'avait jamais offusqué personne.

« Nous mettons des combinaisons, murmura Oniki. Si nous ne les portions pas, nous nous blesserions sans cesse aux aspérités des tuyaux... »

Elle vit un immense soulagement se déposer sur les traits tendus des matrions. Le cardinal hocha la tête d'un air à la fois sceptique et satisfait.

« Vos paroles nous rassurent, mademoiselle. Je gage que si nous décidions d'effectuer une inspection dans les grandes orgues, nous ne surprendrions aucune de vos sœurs en état de péché. N'oubliez jamais que la nudité tire l'humain vers la bête, le plonge dans ces bas instincts que nous nous acharnons à combattre... Notre entrevue est terminée, mademoiselle. Vous pouvez vous retirer. »

Oniki s'inclina et sortit de la salle d'audience. Dans le vestibule, elle dut se contenir pour ne pas sauter et hurler de joie. Elle avait cru qu'elle ne ressortirait de cette pièce que pour être enfermée dans la cellule des proscrites. Jamais elle ne s'était sentie aussi vivante, aussi libre. Le ramage menaçant du cardinal d'Esgouve, cet oiseau de mauvais augure au plumage rouge et violet, ne parvenait pas à ternir son allégresse.

Les deux permades, qui l'attendaient dans le corridor, se précipitèrent sur elle et l'agonirent de questions. Elle prit un malin plaisir à presser le pas et à ne pas leur répondre. Ses accompagnatrices, essoufflées, suantes, n'apprécièrent guère cette petite revanche et abandonnèrent la poursuite à la première intersection. Ce n'est que lorsque Oniki arriva devant la porte de sa cellule qu'une question lui effleura l'esprit : si personne n'était venu ouvrir à son bel inconnu, comment avait-il fait pour sortir de sa prison ?

Le cardinal d'Esgouve et le Scaythe inquisiteur Xaphox, escortés de deux protecteurs de pensées, d'une vingtaine d'interliciers, de cinq missionnaires et d'un vicaire, regagnèrent le temple kreuzien (une demeure particulière que l'on avait réquisitionnée et transformée tant bien que mal en lieu de culte) par les ruelles étroites de Koralion. Trois kilomètres séparaient le bâtiment du Thutâ, construit à l'écart de l'agglomération, de la colline de quartz noir qui dominait le port. Le cardinal d'Esgouve, adepte de la marche à pied, n'utilisait le personnair de l'Eglise que pour aller inspecter les missions des cités mineures.

« Qu'avez-vous donc grappillé d'intéressant dans l'esprit de cette fille, monsieur l'inquisiteur ? » demanda le cardinal.

Le Scaythe marqua un temps de silence avant de répondre. Les rayons de Tau Xir tombaient en larges colonnes des grandes orgues et teintaient de pourpre les passants, les arbres, les murs et les trottoirs. Le vent de hautain jouait son inlassable et ensorcelante symphonie dans les tuyaux. Le cardinal d'Esgouve n'était pas encore parvenu à se défaire de la pénible impression que la masse sombre du bouclier de corail, cette étrange et basse voûte céleste qui ressemblait à une chevelure désordonnée, risquait à tout moment de s'effondrer sur Koralion et de les ensevelir sous des tonnes de polypes fossilisés. Les responsables du Pulôn lui avaient pourtant assuré que les pylônes de soutènement, y compris ceux que sapaient les vagues de l'océan Gijen, étaient constitués de manière à résister pendant des millions d'années.

« Elle vous a menti sur la question de la nudité... »

La voix métallique, impersonnelle de Xaphox fit sursauter le cardinal. Il ne s'habituait pas davantage à ce timbre vibrant qu'à la sensation d'étouffement, d'écrasement, que lui procuraient les grandes orgues.

« Vous ne m'apprenez rien, monsieur l'inquisiteur ! répliqua-t-il d'un ton sec. J'ai simplement voulu lancer un avertissement aux matrions... Je veux savoir pourquoi vous m'avez prié, lors de l'entretien, de retenir cette fille pendant quelques minutes supplémentaires.

– Elle était sous le coup de la terreur lorsqu'elle est entrée dans la salle d'audience. Elle n'avait donc pas la conscience tranquille. J'ai vu l'image d'un homme dans son esprit. Un homme aux caractéristiques physiques différentes des Ephréniens...

– Toutes les jeunes filles, même les thutâles, rêvent du prince charmant. Cette constante de la nature féminine donne raison à l'Eglise de les maintenir à l'écart des affaires religieuses.

– Certes, Votre Eminence, mais tel n'est pas le cas de cette fille. Elle a recueilli et dissimulé cet homme dans sa cellule du cloître. Elle était persuadée que les matrions avaient éventé son secret et elle s'attendait à subir le châtiment de celles qui rompent leurs vœux de chasteté : l'opprobre public et le bannissement perpétuel sur l'île de Pzalion. »

Le cardinal s'immobilisa et fixa le Scaythe inquisiteur, dont les traits disgracieux et les yeux globuleux émergeaient de l'ombre du profond capuchon.

« Où diable aurait-elle recueilli cet homme ? Le bâtiment du Thutâ est tellement bien protégé qu'il est impossible de s'en approcher sans déclencher l'alarme... A moins de voyager par déremat et d'être directement rematérialisé dans l'enceinte du cloître... Et encore, le système d'identification cellulaire détecterait immédiatement la présence d'un intrus. N'avez-vous pas été victime d'une illusion télépathique, monsieur l'inquisiteur ?

– Je ne crois pas, Votre Eminence. » Le Scaythe étendit le bras et désigna un immeuble proche. « Les souvenirs de cette fille étaient aussi palpables, aussi réels que ces murs, et elle se posait la même question que nous : comment cet homme avait-il pu forcer la clôture magnétique et échapper à l'identification cellulaire ?

– Et vous, avez-vous des éléments de réponse ? »

Xaphox observa un nouveau temps de pause. Les protecteurs, les interliciers, les missionnaires et le vicaire se tenaient respectueusement à l'écart. Les rares badauds rasaient les murs et filaient sans demander leur reste. Les croix-de-feu dressées sur les trottoirs de l'artère principale de Koralion les dissuadaient de s'attarder dans les parages.

« J'ai beau faire le tour de toutes les probabilités, Votre Eminence, j'en reviens toujours à la même hypothèse, reprit le Scaythe. Et cette hypothèse se résume à ces quelques mots : guerrier du silence...

– Ah non ! Non, pas vous, monsieur l'inquisiteur ! se récria le cardinal, oubliant les principes fondamentaux du contrôle A.P.D. Ne me dites pas que vous ajoutez foi à ce ramassis d'inepties ! »

Les missionnaires et le vicaire, surpris par ce brusque éclat de voix, tournèrent la tête en direction du prélat.

« Que prétendent les légendes, Votre Eminence ? argumenta calmement Xaphox. Les guerriers du silence voyagent sur leurs pensées et échappent à toute forme d'inquisition, aussi bien mentale que cellulaire...

– Voyager sur les pensées ! s'esclaffa le cardinal. Une hypothèse farfelue dont, il y a douze années de cela, l'Académie impériale des sciences et techniques a démontré la totale absurdité... Le mental perturbé de cette fille vous a induit en erreur, monsieur l'inquisiteur. Les recluses ont cette particularité d'avoir une imagination féconde, de créer des univers illusoires... aussi réels que ces murs ! Je vous savais plus clairvoyant...

– Peut-être avez-vous raison, Votre Eminence... »

Xaphox comprit qu'il ne servirait à rien d'insister. L'attitude du prélat n'était après tout que la conséquence logique de la politique du sénéchal Harkot. Il contacta mentalement le Scaythe surveillant de faction sur le mirador à pensées – à Koralion, paisible capitale d'une planète insignifiante, on avait jugé amplement suffisant de transformer la plus haute des tourelles du temple kreuzien en mirador à pensées – et lui demanda de concentrer toute son attention sur une jeune thutâle du nom d'Oniki Kay. Le Scaythe surveillant, germe issu des échelons inférieurs, accéda sans le moindre état d'âme à la requête de son supérieur hiérarchique. Il ne restait plus à Xaphox qu'à ordonner à quelques mercenaires de Pritiv de se poster discrètement aux alentours du cloître.

L'eau tiède ruisselait sur le corps d'Oniki. Il lui arrivait fréquemment de rester plus de quinze minutes sous la douche, tant ses muscles, raidis par les longues escalades dans les tuyaux, appréciaient la tendresse émolliente de l'eau. Elle s'y abandonnait avec d'autant plus de volupté qu'elle avait cru être à jamais privée de ces délicieux instants de plaisir. Comme ceux qui avaient frôlé la mort de près, elle goûtait chaque seconde de son bonheur recouvré. Seul le souvenir vivace de son bel inconnu soulevait en elle des vagues de nostalgie qui se retiraient de son esprit en laissant une grève jonchée de regrets. Il était sorti de sa vie aussi mystérieusement qu'il y était entré, comme un voleur magnifique qui se serait introduit chez elle dans le seul but de lui dérober quelques moments d'intimité, quelques heures de sommeil.

Elle perçut soudain une présence de l'autre côté du rideau opaque. Elle ressentit la même oppression que lorsqu'un grand serpent de corail se déplaçait à quelques mètres d'elle. Inquiète, elle demeura quelques secondes sans bouger. L'eau crépitait sur sa tête, ses épaules et ses seins. Au bout d'un moment, la curiosité prit le pas sur la peur. Elle referma le robinet, enroula un drap d'éponge autour de sa poitrine et écarta le rideau.

La surprise la cloua sur place.

Il était revenu. Il se tenait dans l'embrasure de la porte de la salle d'eau. Vêtu de sa tunique fendue sur les côtés, de son pantalon bouffant et de ses sandales. Les joues mangées par une barbe de plusieurs jours. Des braises vives luisaient dans ses grands yeux noirs.

« Bonjour... »

C'était la première fois qu'il lui adressait la parole. Sa voix était chaude et grave. Des gouttes s'échappaient de la chevelure détrempée d'Oniki, s'écrasaient sur ses épaules.

« Vous avez pris de grands risques pour me venir en aide, poursuivit-il en esquissant un sourire. Sans vous, je ne serais peut-être plus en vie. Je tenais à vous témoigner ma gratitude...

– Comment êtes-vous sorti ? Comment êtes-vous entré ? » balbutia Oniki.

Elle rencontrait les pires difficultés à redonner un semblant de cohérence à ses pensées. Il libéra un petit rire musical qui la fit frissonner de la tête aux pieds.

« Je vous enseignerai mon petit secret... si vous le désirez. »

Elle enjamba le rebord du bac, fendit l'épais nuage de vapeur et, le cœur battant, s'avança vers lui. Elle savait déjà qu'elle allait se donner à cet insaisissable seigneur, à cet homme dont elle ne connaissait même pas le nom. Elle se rendait compte qu'elle avait attendu ce moment toute sa vie. Les mots étaient dérisoires, inutiles. Elle desserra les pans du drap de bain, qui glissa délicatement sur ses hanches, sur ses jambes et se figea à ses pieds. Elle ferma les yeux, renversa la tête en arrière et ressentit une profonde jouissance à offrir son corps au regard ardent du prince de ses nuits d'insomnie.

Il s'approcha d'elle, la saisit par les jambes et les épaules, la souleva et la déposa sur le petit lit en fer. Il s'allongea à ses côtés, se redressa sur un coude et se pencha sur elle.

« Je suis ton premier homme ? »

Elle acquiesça d'un mouvement de tête.

« Nous sommes quittes, tu es ma première femme... Quel est ton nom ?

– Oniki... »

La voix de la jeune femme n'était plus qu'un souffle, à la fois craintif et brûlant.

« Je ne puis te dire mon nom, belle Oniki. Non par manque de respect envers toi, mais parce que cela risquerait de t'attirer des... »

La bouche d'Oniki vola vers la bouche de son prince et la captura avec agilité avant qu'il n'ait eu le temps d'achever sa phrase. Leurs lèvres, leurs dents et leurs langues s'apprivoisèrent, s'épousèrent, déclenchèrent en elle des sensations autrement vertigineuses que les caresses de la lumière et du vent. Ses ongles impatients lacérèrent la tunique de soie sauvage, l'arrachèrent du torse et des bras de son partenaire. Leurs peaux et leurs sueurs se happèrent, se défièrent. Elle s'épanouit comme une fleur sous les caresses suaves des mains et des lèvres de son prince. Elle le griffa, le mordit, et le goût doucereux de son sang se répandit dans sa gorge. Elle n'était plus Oniki la thutâle, la recluse, mais une femme qui s'ouvrait au plaisir, qui tendait le bassin pour mieux accueillir le visiteur de passage, l'amant à la fois mystérieux et familier de ses désirs de toujours. Il entra avec beaucoup de douceur en elle, comme s'il hésitait à froisser les pétales de sa féminité. L'épée de chair qui la transperça était d'une dureté de pierre, d'une délicatesse de soie et d'une fragilité de cristal. Elle ressentit la subtile vibration de son hymen qui se brisait, de cet ultime lambeau de l'enfance qui s'effilochait. Puis il pesa de tout son poids sur elle. Ecrasée, le souffle coupé, elle eut l'impression d'être fendue en deux par l'implacable épée, et jamais blessure ne lui parut aussi délicieuse. Elle noua les jambes sur le dos de son seigneur, les bras autour de son cou, et l'invita à plonger en elle jusqu'à la garde, jusqu'à ce que leurs os s'entrechoquent. Son corps flexible ployait comme un lichen céleste, ondulait comme un serpent de corail, vibrait comme un tuyau des grandes orgues visité par le vent. Un plaisir indicible, provenant du fond de ses entrailles, monta en elle comme une marée tumultueuse. Sa tête se balança d'un côté sur l'autre et de longs gémissements s'épanouirent dans les sillons de son souffle. Elle fut soudain ballottée par une vague d'une puissance inouïe. L'épée de son prince se tendit, se cabra puis se brisa en elle. Elle se sentit ensemencée, inondée, perdit tout contrôle sur elle-même et bascula dans un gouffre où plus rien d'autre n'existait que la pulsion fondamentale de la vie. Lorsqu'elle revint à elle, elle rencontra les yeux attentifs et le sourire tendre de celui qui l'avait si pleinement rendue femme. Elle lui rendit son sourire et se redressa pour l'embrasser. Mais cette fois-ci, elle ne parvint pas à emprisonner sa bouche.

Il s'était brusquement détourné, tendu, comme une bête aux abois. Il fixait la porte de la cellule.

« On vient ! » chuchota-t-il.

Il se releva et se posta à côté du lit. Oniki, brusquement dégrisée, s'assit en tailleur et prêta l'oreille. Elle perçut d'infimes frôlements dans le couloir. Sa respiration se suspendit.

« Je dois partir, belle Oniki. Je reviendrai. Quoi qu'il arrive, garde toujours l'espoir. Garde toujours l'espoir... »

Il enfila rapidement son pantalon, sa tunique en lambeaux, et laça ses sandales. Le regard affolé d'Oniki se posa sur le verrou. Elle avait oublié de le tirer.

« Garde l'espoir... »

La porte s'ouvrit dans un fracas de tonnerre. Deux hommes s'introduisirent dans la cellule. Des masques blancs et rigides dissimulaient leurs visages. Des triangles entrecroisés et argentés ornaient le plastron de leurs uniformes gris. Sous leur manche retroussée brillaient les rails d'un lance-disques greffé dans la peau de leur avant-bras.

« Bouge pas ! » hurla une voix filtrée par la fente buccale du masque.

Saisie, Oniki ne songea même pas à se voiler le corps avec un pan de drap. L'un des deux hommes masqués s'engouffra dans la salle d'eau tandis que l'autre maintenait la jeune thutâle en joue.

Une exclamation de dépit fit vibrer la cloison de séparation.

« Bon Dieu ! Il s'est volatilisé !

– Comment ça, volatilisé ? protesta l'homme embusqué au pied du lit.

– Disparu ! Le Scaythe avait raison : ce gars-là est un sorcier ! Dis aux femmes qu'elles peuvent entrer. Il n'y a plus aucun risque... »

Deux matrions pénétrèrent à leur tour dans la cellule. Leurs regards sévères, glacés, plongèrent immédiatement entre les jambes écartées d'Oniki. Elles virent la petite tache de sang sur le drap, les cuisses souillées de leur jeune sœur, ses lèvres gonflées, les multiples rougeurs, griffures et morsures sur ses seins, son ventre et ses épaules. Une matrion s'approcha lentement du lit et gifla Oniki, dont les cils s'emperlèrent de larmes.

Tout le cloître est réveillé. Une agitation inhabituelle règne sur le jardin des arcades où grouillent matrions, permades et nettoyeuses, essaim bruissant, surexcité. La rumeur de la folie d'Oniki s'est répandue comme une traînée de poudre.

La fautive, qu'on a affublée de la robe rouge d'infamie, est offerte à la vindicte de ses sœurs. Quatre permades particulièrement mauvaises, quatre limaces dont la haine suinte par tous les pores de la peau grasse, la promènent dans les allées bordées de rosaliers. Pour une sœur qui reste interdite, choquée, désemparée, dix autres font pleuvoir insultes et crachats sur Oniki. Les matrions se sont retirées pour délibérer dans la salle d'audience. L'issue des débats ne fait aucun doute, mais elles se doivent de respecter les formes.

Le traitement auquel les thutâles soumettent Oniki n'est qu'un petit avant-goût de ce qui l'attend dans les rues de Koralion. Elle sera exposée dans une cage grillagée pendant toute une journée de Xati Mu sur les places et les trottoirs de la capitale ephrénienne. De longues heures durant, elle devra affronter la colère et le mépris de toute une population.

Oniki ne regrette rien. Son prince a échappé aux hommes masqués de blanc, c'est tout ce qui lui importe. Elle se raccroche de toutes ses forces au souvenir de sa peau, de ses bras puissants, de ses mains ensorcelantes, de ses yeux noirs, de sa bouche au goût de miel. Une odeur d'amour l'enveloppe qui veille sur elle comme une ombre. De temps à autre, elle jette un regard triste sur les grandes orgues, la carapace naturelle de la planète Ephren. Elle ne grimpera plus dans les tuyaux, elle n'entendra plus le chant du vent de hautain, elle ne verra plus les pinceaux de lumière effleurer les entrelacs des polypes fossilisés, les boules de lichens accrochées aux parois... Ce monde, son monde, s'écroule.

Elle distingue le visage hiératique d'Alaki au milieu des masques grimaçants qui l'entourent. Elle croit deviner un sourire de tendresse sur les lèvres de la responsable de quart.

Soudain, les vantaux de la porte principale du cloître, qui donne directement sur les arcades du jardin intérieur, s'ouvrent et livrent passage aux thutâles du troisième quart. Elles entrent d'habitude par une porte dérobée, comme toutes les nettoyeuses, mais il règne une telle confusion sur le cloître que la permade préposée aux ouvertures s'est probablement trompée de levier. Les sœurs, surexcitées, courent dans tous les sens, se pressent autour des arrivantes et, à grand renfort de gestes et de grimaces, tentent de leur expliquer la situation.

Les vantaux se referment lentement. Oniki distingue les lointaines lumières de la ville, les veines sombres des rues, le gouffre noir de l'océan Gijen. Une brutale impulsion la traverse. Elle bouscule les quatre permades qui l'escortent, les envoie rouler sur les fesses, fend les groupes épars des nettoyeuses et court en direction de la porte principale. Alertées par les glapissements des permades empêtrées dans les plis de leurs robes, plusieurs sœurs tentent de barrer le chemin à la fugitive. Mais Oniki ne ralentit pas l'allure. Elle percute les gêneuses de plein fouet et les renverse comme des enquilles sur les cailloux blessants de l'allée, sur l'herbe des pelouses, dans les buissons épineux des rosaliers.

Les larges vantaux sont sur le point d'opérer leur jonction. Oniki accélère l'allure, se jette dans l'étroit espace libre. Son épaule heurte durement une arête de bois mais, bien que déséquilibrée, elle parvient à passer avant d'être broyée par les lourds battants mécaniques.

Elle court sans s'arrêter jusqu'au pont de pierre qui relie le continent au grand pylône. Quelques passants lui décochent des regards soupçonneux. Les rayons bleu pâle de Xati Mu relèvent peu à peu les lueurs mourantes de Tau Xir.

Oniki franchit le pont et se rue dans l'ascenseur du cœur du pylône. Essoufflée, en sueur, fébrile, elle appuie sur le poussoir de montée. Elle se débarrasse de sa robe dans l'ascenseur, avant même qu'il ne se soit immobilisé à hauteur du quai des plates-formes de liaison.

Elle ne prend pas le temps d'admirer le fantastique panorama qui se déploie au pied du pylône, les collines ventrues et noires, les taches blanches des constructions, les points scintillants des bulles-lumière, les rivières sombres des rues, l'arrondi de la baie, les colonnes de lumière bleues et rouges qui frappent l'océan Gijen... Elle saute sur une plate-forme, enfonce du pied la manette du générateur P.T.S.F. La petite surface métallique s'ébranle et vole sous le moutonnement rouille des grandes orgues. Oniki la dirige vers le tamis central. Il lui faut connaître, au moins une fois dans sa vie, la griserie de l'escalade dans un tuyau majeur.

Elle choisit le plus grand, un cylindre de plus de vingt mètres de diamètre qu'on appelle Opus Dei (seuls les tuyaux du tamis central ont été jugés dignes de recevoir un nom). Le nettoyage d'Opus Dei requiert les attentions conjuguées de trois thutâles expérimentées. Les lichens venus du ciel, attirés par la gravité d'Ephren, forment parfois de véritables buissons et contraignent les nettoyeuses à accomplir une dizaine d'aller et retour pour vider leurs sacs, pleins à craquer, dans la benne suspendue.

Oniki se penche sur le tableau de bord enchâssé dans le métal, coupe le moteur et presse le bouton d'ancrage. La plate-forme s'immobilise au cœur de l'imposant fleuve de lumière qui s'écoule d'Opus Dei, puis s'élève au ralenti pour permettre à son occupante d'agripper les premières aspérités de corail.

Oniki se hisse à la force des bras dans la gigantesque bouche du tuyau. Elle lève la tête. Elle est immédiatement saisie, presque écrasée, par la perspective fuyante de ce tunnel majestueux et rectiligne qui s'envole vers le ciel. Le troisième quart vient tout juste de s'achever et pourtant elle repère les premières formations de lichens, des filaments blanchâtres accrochés aux parois concaves et giflés par le vent de hautain. Il se passe environ une heure entre deux quarts de nettoyage, une heure que mettent à profit les déchets célestes pour envahir les grandes orgues. Le travail de récurage ne souffre aucun retard, aucune exception, aucune relâche. Les thutâles ne prennent pas de vacances et s'arrangent pour ne jamais tomber malades.

Oniki entame son escalade. Il lui faut un certain temps d'adaptation car, dans les tuyaux mineurs qu'elle a l'habitude de gravir, les parois sont suffisamment resserrées pour lui permettre de grimper en crabe, les bras et les jambes en croix. Parfois même, ils ne sont pas plus larges que ses épaules et les seuls points d'appui de ses genoux suffisent à la maintenir en équilibre. Mais Opus Dei la contraint à progresser à la verticale, à choisir soigneusement ses prises. Le moindre effritement des saillies peut s'avérer fatal. Le vent de hautain, irascible, ne lui facilite guère la tâche. Il souffle par violentes bourrasques et libère à pleine puissance son ululement grave, caverneux, déchirant de nostalgie.

Deux heures sont nécessaires à Oniki pour atteindre le sommet du tuyau majeur. Elle entend sous elle les cris des thutâles du quatrième quart. Elle n'a nul besoin de regarder en contrebas pour deviner qu'elles se sont lancées à sa poursuite.

Xati Mu brille de tous ses feux au-dessus d'Ephren,

pare la voûte céleste de stries et de rosaces turquoise, lapis-lazuli, indigo, mauves. Les derniers mètres du tuyau se révèlent les plus difficiles à franchir. L'intense lumière bleue aveugle Oniki, les lichens se font épais, résistants, visqueux, la température s'élève de manière brutale et les doigts empoissés de la jeune femme glissent sur les aspérités brûlantes.

Elle agrippe le bord supérieur du tuyau et, dans un ultime effort, se juche sur le toit du bouclier. Là, elle reste un long moment recroquevillée sur elle-même, reprend son souffle. Elle viole la règle 17 du Thutâ qui interdit formellement aux nettoyeuses de se promener au sommet des grandes orgues. Les matrions estiment que le poids et les mouvements saccadés d'une seule d'entre elles suffiraient à provoquer des lésions en chaîne dans l'entrelacs de corail. Oniki s'en moque : elle n'en est plus à une violation près. Tutoyer le ciel l'emplit d'une extase comparable à celle qu'elle a éprouvée lorsqu'elle a rompu sous les assauts de son prince.

Elle perçoit tout à coup une présence sournoise, rampante, dans son dos. C'est maintenant que se joue sa vie, et pourtant aucune angoisse ne vient l'étreindre. Elle fait quelque chose qu'elle ne devrait jamais faire en de telles circonstances : elle se lève et se retourne pour braver le serpent.

Le grand reptile n'est pas seul.

Ils sont une dizaine qui se faufilent entre les vagues figées de l'océan de corail, qui convergent vers elle. Certains mesurent plus de vingt mètres de long. Leurs yeux ronds lancent des éclats verts et scintillants, leurs longs corps annelés dessinent des arabesques furtives et brillantes.

Oniki écarte les bras, secoue la tête et exécute quelques mouvements de défi.

Les serpents n'attaquent pas. Ils se rapprochent, se disposent en cercle autour d'elle, se figent et la regardent danser. Car c'est à une véritable danse que se livre maintenant Oniki. Nue, cheveux au vent, ornée de ses seules perles de sueur, elle danse pour son bel inconnu, elle danse son bonheur de femme, elle danse l'amour.

Lorsque les thutâles du quatrième quart se hissèrent à leur tour sur le toit du bouclier, elles eurent l'immense surprise d'y découvrir leur jeune sœur en transe, auréolée de lumière bleue, entourée d'une dizaine de grands serpents de corail qui, dressés sur leur queue, ondulaient au rythme langoureux du vent de hautain.

CHAPITRE VII

Si ta maison a brûlé,
Si tu ne sais pas où aller,
Si ta femme t'a trahi,
Si on t'a tout pris,
Va voir le viduc,
Va voir le viduc.
Si ton pays est envahi,
Si les tiens sont partis,
Si les prêtres t'ont banni,
Si les démons t'ont saisi,
Va voir le viduc,
Va voir le viduc.
Si le jeu t'a ruiné,
Si les phices[1] *t'ont spolié,*
Si ton corps est blessé,
Si même la vie t'a lâché,
Va voir le viduc,
Va voir le viduc.

Le viduc Papironda
Peut sûrement quelque chose pour toi...

Chanson populaire des mondes Skoj, traditionnellement attribuée au grand badour Pat Kouton.

1. Phice : usurier des mondes Skoj.

Glatin-Bat.

Difficile pour Jek d'accoler le nom de ville à ce gigantesque enchevêtrement de baraquements et de tentes. Les rats du désert du quartier-maître Dohon-le-Fil escortaient le petit Anjorien comme s'il s'agissait du fils d'Harès en personne. Ils parcouraient une ruelle étroite, populeuse, bruyante, fendaient les grappes de badauds suspendus aux boniments des marchands ambulants, écartaient sans ménagement les curieux et les mendiants, enjambaient les fils tendus des maisons de toile, contournaient les latrines, les étals, les amoncellements de ballots, de bottes de plumeng, de caisses de bois...

Ils avaient garé l'aérotomique sur une aire de stationnement où étaient déjà alignés les dix-neuf autres glisseurs du clan. Baisemort avait convoqué les hommes d'équipage sur le pont et leur avait donné des instructions précises avant de les lâcher dans les rues de la cité.

« Ne parlez à personne de ce qui s'est passé avec les hyènes. Je tuerai les crétins qui ne sauront pas tenir leur langue ! »

Bien que le sorcier n'ait pas jugé bon de leur fournir d'explications complémentaires, les hommes, qui avaient escompté tirer quelque gloriole de leur aventure – de nombreux gobelets de chen, l'alcool de plumeng, et les faveurs des femmes –, avaient dû jurer de garder le silence. Baisemort n'ignorait pas que leurs langues se délieraient lorsque le chen leur aurait embrumé le cerveau, mais il avait gagné l'essentiel, à savoir du temps. Il voulait absolument mettre le petit surfaceur à l'abri avant que les clans ne s'emparent de son histoire et n'en fassent un prince du soleil, un fils d'Harès. Cela faisait plus de quatre siècles qu'un être humain ou assimilé n'avait pas pactisé avec les hyènes tachetées, et une telle rumeur, si elle se répandait, ne manquerait pas de provoquer une hystérie collective dont personne ne pouvait mesurer les conséquences. Or le sorcier des rats du désert se faisait un devoir d'aider le petit surfaceur à poursuivre son chemin, à accomplir sa destinée. Telle était la teneur du message que lui avait délivré la sorcière nucléaire lors de sa dernière danse avec les atomes dans la nef radioactive de bord.

La multiplicité et la disparité des engins de transport stationnés sur l'aire portuaire de Glatin-Bat avaient sidéré Jek : certains ressemblaient à de gros scarabées posés sur d'énormes chenilles, d'autres à des tortues à voiles, d'autres encore à des vers géants et articulés... Ils ne se différenciaient pas seulement par la taille et la forme, mais également par le mode de propulsion : les plus nombreux, reconnaissables à leurs cellules nucléosensibles, utilisaient l'énergie nucléaire, mais d'autres étaient mus par d'antiques moteurs à explosion, par des systèmes photovoltaïques ou la seule force mécanique du vent.

« Là-bas, le vaisseau du viduc Papironda », murmura Baisemort.

Jek écarta les pans lâches de son turban et leva la tête. Il aperçut, au-dessus des crêtes inégales des grandes tentes et des toits de tôle des baraquements, une gigantesque masse grise qui occultait le disque rougeoyant d'Harès.

« Ne reste pas trop longtemps à découvert, souffla le sorcier. Si les citadins se rendent compte que nous convoyons un humain sain, ils vont nous tomber dessus comme des mouches sur une charogne ! »

Joignant le geste à la parole, Baisemort noua les deux pans du turban de manière à ne laisser qu'une mince fente à hauteur des yeux de Jek.

Le petit Anjorien ne se ressentait plus des blessures que lui avaient infligées les corbonucles. Les onguents et les rituels de Baisemort avaient accompli des miracles. Ne subsistaient de ses plaies que de légères cicatrices qui lui tiraillaient la peau. Il avait mis à profit les trois jours de voyage pour se reposer et reconstituer ses forces.

Il avait l'impression de se promener dans les allées d'un parc zoologique où l'on aurait affublé les animaux de hardes bariolées. Autant il s'était accoutumé aux physiques ingrats des rats du désert, autant l'effaraient les bizarreries physiologiques qu'il découvrait dans les rues de Glatin-Bat. Il entrevoyait des crânes difformes, des faces entièrement recouvertes de fourrure, des nez en forme de trompe, des bouches qui s'étiraient en becs, des yeux qui poussaient au milieu des fronts, de longs bras souples qui traînaient par terre, des jambes qui allaient par trois ou quatre, des doubles bosses dorsales... Jek pouvait spontanément donner un nom d'animal à chacun : celui-ci, avec les deux canines qui s'évadaient de sa bouche, était un chienlion, celui-là, avec ses longues oreilles tombantes, un oursigre... Il lui semblait être environné d'oiseaux, de reptiles, de pachydermes, de rongeurs, de chigalins, de camélidés, de fauves, d'animaux domestiques. Certains déambulaient entièrement nus ou vêtus d'un minuscule carré de tissu. Jek identifiait les femmes à leurs mamelles, à leurs tétines, à leur démarche ondulante, à leurs ornements, et les hommes à leurs testicules, à la largeur de leurs épaules, aux armes passées dans leurs ceintures, à leur allure rustaude. En comparaison des habitants de Glatin-Bat, principale agglomération de la zone contaminée, les rats du désert paraissaient presque beaux.

« On arrive ! » dit Dohon-le-Fil.

Ils débouchèrent sur une place circulaire bordée de tavernes. Une telle multitude se pressait sous les auvents que de nombreux consommateurs n'avaient pas pu trouver de place devant les comptoirs ou autour des tables métalliques et qu'en désespoir de cause ils s'étaient assis à même le trottoir, gobelet de chen en main. Les éclats de voix, les vociférations et les rires composaient une cacophonie criarde, tapageuse. Une puanteur d'urine rance saturait l'atmosphère figée, aussi lourde que du plomb. Jek vit des hommes ou des femmes, vautrés sur les tabourets ou sur les tables, se soulager directement sous eux.

« Pressons ! » gronda Dohon-le-Fil.

Ses hommes ralentissaient l'allure, jetaient des regards envieux sur les tonneaux de chen alignés sur des étagères au-dessus des comptoirs.

« Vous pourrez boire tout votre saoul lorsque je vous aurai donné quartier libre, pas avant ! » maugréa Dohon-le-Fil.

Les hommes ne mouraient pas seulement d'envie de s'étourdir dans le chen, lequel aidait à oublier la triste condition de bêtazoomorphe, mais également de se blottir dans les bras des femmes, qu'elles en eussent un, deux ou trois, qu'elles fussent de leur clan ou d'un autre, qu'elles fussent leurs épouses légitimes, des maîtresses occasionnelles ou des créatures vénales avides de les soulager de leur bourse. Continence et abstinence étaient deux règles immuables dans le cœur du désert, et les courtes escales à Glatin-Bat constituaient autant d'occasions de dépenser les soldes et de rattraper le temps perdu.

La résidence du trar Godovan était l'un des bâtiments les plus importants de Glatin-Bat. L'un des plus étonnants également, car, outre le fait que ses hauts murs étaient faits de torchis et de colombages apparents, il disposait d'un jardin intérieur. Un véritable luxe dans cette agglomération où les espaces avaient tendance à se restreindre avec le temps. La zone contaminée n'offrait que de maigres ressources et de nombreux clans nomades abandonnaient leurs vastes territoires pour venir s'agglutiner à la population sédentaire de Glatin-Bat. Le conseil des trars de la cité avait tenté tout ce qui était en son pouvoir pour dissuader les émigrants de recourir au droit d'asile permanent, inscrit dans la constitution fédératrice des clans. Il avait même levé des milices d'ordre public, chargées de débusquer et de chasser les indésirables *manu militari,* mais celles-ci s'étaient avérées nettement insuffisantes pour endiguer l'afflux massif des errants. Autrefois sûres, les rues de Glatin-Bat étaient devenues le théâtre permanent de règlements de comptes entre commerçants, clans et trafiquants.

Le portail massif de la résidence du trar Godovan donnait sur une impasse contiguë à la place des tavernes. Dès qu'ils reconnurent Dohon-le-Fil, le sorcier Baisemort et leurs hommes, les gardes de faction entrouvrirent les lourds battants de bois. Des exclamations de surprise et de joie saluèrent le retour de ceux que l'on avait crus perdus, emportés par une tornade nucléaire ou dévorés par les hyènes tachetées.

Le quartier-maître coupa court aux effusions.

« Où est le trar ?

– Dans ses appartements... Il a demandé qu'on ne le dérange pas... »

Dohon-le-Fil se tourna vers ses hommes, regroupés dans l'ombre du porche.

« Vous avez quartier libre jusqu'à demain matin... »

Ils n'eurent pas besoin de se le faire dire deux fois. Ils rengainèrent leurs ondemorts, rompirent les rangs et se dispersèrent en semant de grands éclats de rire.

« Tu aurais dû les consigner, dit Baisemort.

– Je ne te donne pas de conseils lorsque tu danses avec les atomes, rétorqua Dohon-le-Fil.

– Ces imbéciles vont s'empresser de raconter l'histoire des hyènes. La résidence sera prise d'assaut dans une heure, deux si nous avons de la chance. » Il désigna Jek d'un mouvement de menton. « Et ils ne le laisseront pas repartir...

– Quelle importance ? Il sera aussi bien ici qu'ailleurs !

– Tu parles comme les fous, quartier-maître... »

Les petits yeux de Dohon-le-Fil s'injectèrent de sang. Machinalement, il glissa la main dans l'échancrure de sa combinaison et agrippa le manche de son court poignard. Les gardes avaient refermé le portail et glissaient la barre de fer dans ses énormes traverses. Quelques hommes déambulaient dans le jardin – ce que Baisemort avait pompeusement baptisé jardin n'était en fait qu'une cour pavée et jonchée de déchets organiques, solides ou liquides. Il y régnait la même odeur fétide, en plus concentré peut-être, que sur la place des tavernes. L'air farouche du quartier-maître n'impressionna pas le sorcier.

« Seuls les fous sortent les armes devant les serviteurs d'Harès... », lâcha-t-il d'un ton glacial.

Dohon-le-Fil laissa retomber le poignard dans sa poche. C'était une entreprise relativement raisonnable que de provoquer un, voire deux hommes ordinaires, mais il fallait avoir une sacrée dose d'inconscience pour défier un sorcier.

« Allons voir le trar, grommela-t-il entre ses lèvres pincées.

– Il a demandé à ne pas être dérangé », rappela Baisemort.

Le quartier-maître haussa les épaules. Traversant la cour à grandes enjambées, ne tenant aucun compte des avertissements que lui lancèrent les gardes, il se dirigea vers l'ouverture arrondie de la bâtisse principale, située en face du porche d'entrée.

Baisemort agrippa le bras de Jek.

« Empêchons-le de faire une bêtise... »

Ils s'élancèrent à la poursuite de Dohon-le-Fil, s'engouffrèrent sur ses traces dans un corridor, gravirent quatre à quatre les marches usées d'un escalier tournant, entendirent des éclats de voix avant d'arriver sur le palier du premier étage.

Les battants de la porte claquaient encore contre les murs lorsqu'ils pénétrèrent dans la chambre du trar Godovan. Jek aperçut d'abord deux formes allongées sur ce qui ressemblait à un lit et qui n'était qu'un matelas grossier de bottes de fanes de plumeng, recouvert d'un tissu imprimé et jonché de coussins. En dépit de la pénombre, il vit que ces formes étaient des silhouettes humaines, des femmes plus précisément. Recroquevillées sur elles-mêmes, terrorisées, elles se protégeaient le visage du bras et poussaient des glapissements suraigus.

Le trar Godovan se reculait lentement vers le mur du fond. Il ne portait aucun vêtement et son corps bosselé, d'une étonnante blancheur, crevait le clair-obscur de la chambre. Ses yeux ne quittaient pas Dohon-le-Fil, qui avait dégainé son poignard et s'avançait vers lui.

« Je me suis promis de te faire la peau, Godovan ! rugit le quartier-maître. Cinq de mes hommes ont fini dans l'estomac des hyènes pendant que tu te prélassais avec tes putes... »

Le quartier-maître lança une première attaque. Son bras décrivit une trajectoire fulgurante, du bas vers le haut, mais, d'une rotation du torse, le trar esquiva la lame. Godovan ne s'était pas dirigé vers le mur du fond par hasard. Il laissait croire à son adversaire qu'il s'était fourvoyé dans une impasse, mais il se rapprochait discrètement de son sabre, posé contre une traverse du colombage. Dohon-le-Fil, aveuglé par sa colère, ne s'était aperçu de rien. Il frappa une seconde fois, de la gauche vers la droite. La pointe de sa lame se ficha profondément dans le torchis. Le temps qu'il l'en retire, et le trar s'était jeté sur le côté, s'était emparé de son sabre et l'avait extirpé de son fourreau. Flairant le danger, le quartier-maître arracha son poignard, sauta en arrière, mais, emporté par son élan, il perdit l'équilibre et s'affala de tout son long sur le plancher. Un avantage que Godovan mit instantanément à profit. Il bondit comme un fauve sur son adversaire. Le sabre s'abattit en sifflant sur le crâne de Dohon-le-Fil.

Baisemort saisit la nuque de Jek et lui plaqua le visage contre le cuir épais de sa combinaison.

« Ne regarde pas ! »

Godovan ne se contenta pas de fendre le crâne du quartier-maître jusqu'à la naissance du nez. Il s'appliqua ensuite à lui trancher le cou et, après que sa tête eut roulé sur le sol, il l'envoya s'écraser contre un mur d'un formidable coup de pied. Une fontaine de sang jaillit du corps décapité dans un affreux borborygme.

« Ce n'est pas aujourd'hui que cet idiot prendra ma place ! » fut la seule oraison funèbre du quartier-maître Dohon-le-Fil.

Le trar s'approcha du lit, essuya la lame empourprée sur un coussin, glissa calmement le sabre dans son fourreau, l'appuya contre la même traverse puis, comme s'il ne s'était rien passé, retourna s'allonger sur le matelas de plumeng. Les femmes, livides, ne parvenaient pas à détacher leur regard de la tête exsangue du quartier-maître dont les yeux écarquillés, horrifiés, se tendaient d'un voile vitreux et dont le cerveau se répandait lentement hors de la boîte crânienne. L'odeur doucereuse du sang se mêlait aux relents nauséabonds qui flânaient dans la pièce.

Godovan parut tout à coup prendre conscience de la présence de Baisemort et de Jek.

« Te voilà, surfaceur. Tu n'es pas grand, mais tu es coriace : il faut avoir une bonne dose de ténacité pour échapper aux corbonucles, aux hyènes, aux tornades nucléaires et aux traitements de Baisemort ! Demain, nous irons voir ton ami le viduc Papironda...

– Pas demain, maintenant... »

Le trar se redressa, repoussa brutalement une femme qui le gênait et dévisagea ardemment le sorcier.

« Depuis quand un sorcier donne-t-il des ordres au trar du clan ? Peut-être est-ce toi qui as poussé le quartier-maître à se mutiner...

– Dohon-le-Fil a reçu le châtiment que méritent les imbéciles, répondit Baisemort. Il s'agit simplement de mettre le surfaceur à l'abri avant que les clans ne prennent cette résidence d'assaut... »

Une grimace – un sourire ? – se dessina sur les lèvres acérées du trar. Il lustra un à un les longs poils rêches qui lui faisaient office de moustache (n'entraient pas dans cette catégorie les poils courts et souples qui lui poussaient directement sur le nez).

« Tu te fous de moi, Baisemort. Ce n'est pas parce

que ce gosse prétend connaître le viduc Papironda que...

– Qui te parle du viduc Papironda ? coupa le sorcier. Nous avons été attaqués par une horde de hyènes dans le désert.

– Et alors ? Ce n'est pas la première fois... »

Le trar allongea ses bras et enlaça les deux femmes dont les têtes échevelées vinrent se nicher au creux de ses épaules. En dehors de leur appendice nasal très développé, caractéristique qui trahissait leur appartenance au clan des rats du désert, elles ressemblaient davantage à des humaines saines qu'à des créatures atteintes de bêtazoomorphie. Le fin duvet qui leur recouvrait le corps n'occultait pas leur peau soyeuse et blanche. Leurs seins généreux et fermes rappelèrent à Jek la poitrine de m'an At-Skin et il fut traversé d'une violente envie d'aller y enfouir son visage.

« Les hyènes étaient tellement nombreuses et hargneuses qu'elles nous ont débordés, poursuivit le sorcier. Nous ne leur aurions pas échappé si... »

Et il narra brièvement l'intervention du petit surfaceur, la manière dont elles s'étaient couchées lorsqu'il était apparu sur le pont, l'étreinte de Jek avec l'une d'entre elles et la retraite silencieuse de la horde alors qu'elle s'était rendue maîtresse de l'aérotomique.

« Dans une heure, les hommes de Dohon-le-Fil seront abrutis de chen. Ils oublieront leur promesse et raconteront cette histoire à qui voudra bien les entendre. Cela fait tellement longtemps que les clans attendent l'avènement du prince du soleil que...

– Et si ce gosse était vraiment le prince du soleil ? » l'interrompit Godovan.

Le regard dont le trar et les deux femmes enveloppaient Jek exprimait à la fois de l'admiration, de la crainte et du respect.

Baisemort secoua lentement la tête.

« Son destin ne s'arrête pas à Glatin-Bat.

– Ton opinion n'est pas loi, sorcier !

– Mon opinion ne compte pas, répliqua Baisemort.

J'exécute les ordres de notre mère la sorcière nucléaire... »

Un argument décisif. Les rats du désert ne s'avisaient pas de s'opposer à la volonté souveraine de la messagère d'Harès et le trar Godovan n'échappait pas à la règle. Ils vivaient dans la crainte superstitieuse des colères de leur mère céleste, du feu destructeur que crachait sa bouche infernale et des terribles tempêtes que déclenchaient ses fils, les atomes de fission.

« Tu sais choisir les mots, sorcier, soupira Godovan.

– La messagère d'Harès sait choisir ses serviteurs... »

Le trar se leva et s'adressa aux deux femmes.

« Occupez-vous du surfaceur pendant que je me prépare. Lavez-le, procurez-lui des vêtements décents et donnez-lui à manger. Nous partons dans un quart d'heure. »

Puis il récupéra son sabre et, suivi de Baisemort, se dirigea vers la porte. Il traversa la mare de sang dans laquelle baignait le cadavre de Dohon-le-Fil. Ses pieds abandonnèrent des flaques pourpres sur le parquet.

« Près de cinq cents mètres de long sur cent mètres de haut... », précisa Baisemort qui avait surpris le regard ébahi de Jek.

Posé sur vingt pieds en forme d'arc, le vaisseau du viduc Papironda occupait la totalité de la surface de l'astroport de Glatin-Bat, comme si l'aire plane d'atterrissage et de décollage n'avait été conçue que pour lui.

Debout contre la baie vitrée de la salle d'attente, Jek ne savait plus où donner du regard. Le sorcier était venu se poster à ses côtés tandis que Godovan et les gardes s'étaient laissés choir sur les fauteuils à demi éventrés réservés aux passagers.

« Il utilise deux modes de propulsion, reprit Baisemort. Ses trente moteurs d'extraction, de conception classique, lui permettent de s'arracher des atmosphères. Puis, lorsqu'il approche les dix mille kilomètres à la seconde, son programmateur, un ancêtre du déremat de l'ère moderne, crée un effet de dédoublement. Pendant quelques secondes, le vaisseau se retrouve dans deux endroits de l'espace en même temps, parfois même à plus d'une année-lumière de distance. Il suffit ensuite au pilote d'opérer son choix. Le vaisseau progresse ainsi par une succession de bonds quantiques. On appelle cela l'effet Shlaar...

– Tu en sais des choses, Baisemort ! s'exclama Jek, admiratif.

– Le rayon d'action maximal du programmateur Shlaar est de trois années-lumière, poursuivit le sorcier, comme s'il parlait pour lui-même. Le *Papiduc* – c'est le nom du vaisseau – vient des mondes Skoj et ne dessert qu'une infime partie des mondes, les planètes les plus proches d'Ut-Gen et celles situées près de la ceinture d'astéroïdes de l'amas de Néorop. Sans oublier sa nouvelle escale, la Libre Cité de l'Espace, une station rebelle que les raskattas de l'Ang'empire ont installée entre le système d'Harès et Néorop... Tu vois les tuyères sous le fuselage ? »

Jek distingua les extrémités évasées de tuyaux qui saillaient de la carène rongée par une lèpre brunâtre.

« L'estampille des technologies de l'Antiquité... Le programmateur quantique est venu se greffer plus tard... Personne, pas même le viduc, ne connaît l'âge exact de ce vaisseau : quatre mille, cinq mille, peut-être six mille ans. Il a probablement transporté des pionniers, des Afrisiens, des humains originaires des confins de l'univers connu. Beaucoup sont nés, ont grandi, ont vieilli et se sont éteints pendant le voyage. Et ce sont leurs enfants ou leurs petits-enfants qui ont colonisé les planètes des Marches. Ce monceau de ferraille brûlée est un témoignage unique de l'histoire des humanités, Jek... »

« Monceau de ferraille » était probablement l'expression qui décrivait le mieux le vaisseau du viduc Papironda, un monstre noir et métallique dont les différents composants auraient proliféré de manière totalement anarchique. Tout le long du fuselage pullulaient des excroissances, des renflements, des ramifications, des meurtrières, des chemins de réparation, des antennes, des paraboles, des mâts, des échelles, des linéaments de sas, des rangées de hublots... Trois immenses gueules ogivales vomissaient des passerelles roulantes de plus de trente mètres de haut, au pied desquelles stationnaient des motrices à chenilles et des débardeurs mécaniques.

Jek se sentait tout petit devant cette cathédrale de l'espace, dont l'aspect baroque, excentrique, et le degré d'usure apparente de ses matériaux soulevaient de sérieux doutes sur sa capacité à affronter le vide interstellaire. Il eut une pensée émue pour ses parents. Que faisaient-ils en cet instant ? Continuaient-ils de le pleurer ? Avaient-ils repris le cours de leur existence comme s'ils n'avaient jamais eu de fils ? Se rendaient-ils au temple kreuzien ? P'a arpentait-il les allées du parc cynégétique d'Anjor, le fusil à gaz sur l'épaule, les joues et le ventre gonflés d'importance ? M'an était-elle en train de nettoyer et de ranger la maison ? Les deux femmes du trar avaient fait preuve d'une sollicitude touchante lorsqu'elles s'étaient occupées de lui. Par jeu, l'une d'elles lui avait même présenté le sein. Il s'était empressé de happer et de mordiller le téton jusqu'à ce que la douleur la contraigne à le lui retirer de la bouche. Elles l'avaient ensuite habillé de sous-vêtements, d'un pantalon et d'une veste de toile à sa taille qu'elles avaient dénichés dans un réduit des appartements de Godovan. Le contact avec l'adorable petit bout de chair de la femme du trar avait en partie étanché la soif de tendresse de Jek, mais le gigantisme de ce monstre de fer venu du fond des âges l'emplissait à nouveau d'un sentiment de solitude infinie.

Les doigts de Baisemort fourragèrent dans le buisson de poils épineux qui lui dévorait les deux tiers du visage. Aux crépitations sèches que provoquait ce frottement, Jek crut que sa barbe allait s'enflammer.

« La solitude est le lot des princes et des guerriers, murmura le sorcier. Les autres, tous les autres, ont besoin de se contempler dans les yeux de leurs semblables. Ne regarde jamais autour de toi, Jek, mais en toi. »

A cet instant, un employé du bâtiment administratif de l'astroport se dirigea vers eux.

« Le viduc vous attend...

– Pas trop tôt, grommela Godovan en se levant.

– Seulement le trar, le sorcier et le surfaceur, précisa l'employé, un être filiforme dont la bêtazoomorphie se traduisait par une ressemblance prononcée avec certaines familles de primates. Les gardes devront attendre ici. »

Une rumeur enfla subitement du côté de la voie d'accès à l'astroport, et rapidement un véritable déluge sonore submergea la salle d'attente.

« Qu'est-ce que c'est que ce bordel ? bredouilla l'employé.

– Plus tard les questions ! fit Baisemort. Conduis-nous au viduc. »

Il n'avait fallu au sorcier qu'une demi-seconde pour appréhender la situation. Les clameurs transperçaient les murs et les baies vitrées. Une marée galopante, furieuse, déferlait maintenant sur le bâtiment administratif. La salle d'attente s'était tout à coup peuplée de statues. Aucun des auxiliaires de l'astroport, pétrifiés derrière les comptoirs, ne songeait à déclencher le système de fermeture des grilles magnétiques.

Baisemort enfonça le canon de son ondemort dans les reins de l'employé, crucifié par la peur.

« Conduis-nous au viduc !

– Tu n'as pas l'impression d'en faire un peu trop, sorcier ? » demanda Godovan.

Au regard noir que lui décocha Baisemort, le trar comprit qu'il avait eu tort de poser cette question. Le sorcier avait dansé avec les atomes, parlé avec la sorcière nucléaire, et de ce fait rien ne réussirait à infléchir sa détermination. Le contrarier revenait à contrecarrer la volonté de la toute-puissante messagère d'Harès.

« Suivez-moi », souffla l'employé.

Hagard, tremblant de tous ses membres, il se dirigea

vers la première des trois portes codées qui se dressaient dans le couloir reliant le bâtiment à l'aire plane de décollage. Le temps que ses doigts fébriles, maladroits, composent le code d'accès sur la console insérée dans la cloison, et des silhouettes gesticulantes, hurlantes, s'étaient déjà introduites dans le bâtiment.

« Tu avais prévu un sursis d'une heure, sorcier, fit observer Godovan. Une erreur d'appréciation qui risque de nous coûter la vie.

– Ils ont dû forcer le portail de la résidence et interroger les femmes. J'espère qu'ils ne les ont pas... Si ce crétin de Dohon avait consigné ses hommes, nous n'en serions pas là.

– Donne-leur le surfaceur, puisque c'est lui qu'ils veulent !

– Il faudra d'abord me tuer, trar Godovan. Moi vivant, personne ne touchera un cheveu de sa tête. »

Les battants de la première porte se décidèrent enfin à coulisser. Ils s'engouffrèrent dans un large couloir inondé de lumière. L'employé ne chercha pas à enclencher le système de fermeture de la première porte, dont le vitrage à double épaisseur n'était pas conçu pour résister aux poussées désordonnées d'une multitude mais seulement pour permettre aux auxiliaires d'effectuer une fouille de routine sur les passagers qui se rendaient à la porte d'embarquement. Il leur fallait d'urgence franchir le deuxième sas, un vantail blindé derrière lequel ils seraient en sécurité. L'employé avait compris que la horde qui prenait le bâtiment d'assaut en voulait aux trois individus qui lui filaient le train, et Baisemort n'avait plus besoin de lui ficher le canon de son arme dans les reins pour l'aiguillonner.

Ils parcoururent au pas de course les quelque deux cents mètres qui les séparaient du sas blindé. L'employé arracha le clavier de sa niche et ses doigts volèrent sur les touches rondes. Godovan jetait de fréquents coups d'œil par-dessus son épaule.

« Ils arrivent ! Qu'est-ce que tu attends pour ouvrir cette satanée porte ?

– Je fais ce que je peux, le code est complexe... »

gémit l'employé dont le front se couvrait d'épaisses gouttes de sueur.

La meute se ruait à son tour dans le couloir, sur les parois duquel se répercutaient les cris et les claquements des chaussures ou des pieds nus. Baisemort se retourna, leva son ondemort et fixa froidement les hommes et les femmes qui accouraient dans leur direction. De pauvres hères dépenaillés, ravagés par le chen. Il ne pouvait leur en vouloir. Tant misérable était leur existence qu'ils étaient prêts à se jeter sur n'importe qui pour en faire un prince du soleil, un être qui les conduirait vers des mondes meilleurs, qui les guiderait jusqu'à la source des métamorphoses, qui leur rendrait leur dignité d'êtres humains... La bêtazoomorphie ne leur donnait pas seulement des apparences monstrueuses, elle les plongeait également dans un insondable gouffre de désespoir et de douleur.

« Le prince du soleil ! Le prince du soleil ! »

Ils prononçaient ces mots avec de l'extase dans les yeux et dans la voix. Ils ne brandissaient aucune arme, n'étaient pas animés d'intentions belliqueuses – du moins pas pour l'instant – mais Baisemort était parfaitement conscient que, même en déployant son autorité de sorcier, il ne parviendrait pas à les empêcher de lui arracher le petit surfaceur. Ils venaient réclamer leur droit à l'espoir et ce genre de revendication ne se satisfaisait d'aucun compromis. Autant essayer d'endiguer un torrent furieux avec le seul barrage de ses mains.

« Ça y est presque, couina l'employé.

– Encore combien de temps ? demanda Baisemort.

– Environ dix secondes... »

Un laps de temps largement suffisant pour que les poursuivants opèrent leur jonction. Le sorcier des rats du désert n'aimait pas ce que son devoir lui commandait de faire, mais la messagère d'Harès, maîtresse tyrannique, exigeait parfois de terribles sacrifices. La mort dans l'âme, il appuya sur la détente et imprima un mouvement latéral au canon de son ondemort. Les rafales d'ondes scintillantes criblèrent l'espace restreint du couloir et fauchèrent une dizaine de silhouettes qui rebondirent sur les parois avant de rouler sur le carrelage. Les suivants immédiats, emportés par leur élan, trébuchèrent sur ces obstacles inattendus, basculèrent à la renverse et entraînèrent dans leur chute ceux qui les talonnaient. Les cris de douleur et les grognements de dépit se substituèrent aux acclamations, aux exhortations.

« Tu deviens fou, sorcier ! » gronda le trar.

Baisemort avait visé la tête de la foule et les individus qui avaient échappé à la mort ou à la bousculade n'osaient maintenant plus avancer. Les épaules tombantes, les bras ballants, ils lançaient des regards incrédules sur les cadavres, sur les corps enchevêtrés et gesticulants, sur le sorcier qui se dressait à quelques mètres d'eux, sur le canon fumant de l'ondemort, sur le petit surfaceur au visage d'ange... Non seulement le sorcier tentait de soustraire l'enfant qui parlait aux hyènes, le prince du soleil, à leur vénération, à leur adoration, mais il n'avait pas hésité à ouvrir le feu sur eux, ses frères de malheur. Ils devaient s'arc-bouter sur leurs jambes pour contenir les poussées de leurs comparses attroupés dans la salle d'attente ou agglutinés dans l'entrée du couloir. Les vociférations, prémices d'une colère dévastatrice, redoublèrent d'intensité.

Le système d'ouverture du sas se débloqua dans un claquement sec. Le vantail circulaire métallique coulissa silencieusement. Godovan, Jek et l'employé se faufilèrent sans perdre une seconde par l'étroite ouverture. De l'autre côté, ils tombèrent sur un groupe d'hommes d'équipage du viduc Papironda, reconnaissables à leur uniforme bleu nuit.

« Qu'est-ce qui se passe ? s'enquit l'un d'eux.

– Refermez ce sas si vous tenez à votre peau ! » cria le trar.

Baisemort, qui continuait de tenir la foule en respect, attendit que le vantail se soit pratiquement refermé pour se glisser à son tour dans la deuxième section du couloir.

San Frisco, l'un des seconds du viduc Papironda, guidait le trar, le sorcier et le petit Anjorien dans l'obscur labyrinthe des coursives. Ils avaient déjà subi quatre fouilles – deux à résonance vibratoire, une à rayonnement radiologique et une corporelle – depuis qu'ils avaient posé le pied sur la passerelle d'embarquement. Godovan et Baisemort avaient dû remettre leurs armes au responsable de la sécurité. Ils avaient traversé d'immenses salles bourrées de conteneurs et de véhicules d'exploration, d'autres plus petites où s'entassaient des passagers qui trompaient leur ennui en jouant aux cartes. Cela faisait plus d'un mois standard que le vaisseau stationnait sur l'astroport d'Ut-Gen, le temps nécessaire pour recharger en vivres, en marchandises, en carburant et en matières premières. Les passagers, des émigrants qui venaient pour la plupart des mondes Skoj, préféraient rester à bord plutôt que de se promener dans les rues de Glatin-Bat et de braver la curiosité maladive des bêtazoomorphes.

Les yeux de Jek revenaient sans cesse se poser sur les épaules et la nuque de San Frisco. Le second du viduc Papironda était un humain sain, comme tous les membres de l'équipage, et cependant ses cheveux mi-longs, lisses et noirs, les deux minces fentes de ses yeux bridés, son nez aquilin, ses lèvres d'un brun foncé tirant sur le noir, son teint cuivré et son allure souple, aérienne, silencieuse, lui conféraient l'inquiétante allure d'un oiseau de proie. Il n'avait pas dit un mot depuis qu'il avait pris les trois visiteurs en charge, et ce naturel taciturne, renfrogné, renforçait l'impression de mystère qui se dégageait de lui. De temps à autre, il se retournait et enveloppait Jek d'un regard impénétrable.

Ils empruntèrent une coursive abondamment éclairée par une rampe d'appliques enchâssée dans la cloison métallique, fermée en son extrémité par une porte de bois sculpté. San Frisco l'ouvrit et s'effaça pour laisser passer les trois visiteurs. Ils se retrouvèrent dans un vestibule au plafond criblé de mouchards holographiques dont les grésillements égratignaient le profond silence. Une seconde porte entrebâillée donnait sur une pièce en enfilade.

« Fais-les entrer ! » tonna une voix grave au bout de quelques secondes.

Précédés de San Frisco, ils pénétrèrent dans une cabine spacieuse, ornée de tentures-eau et de tapis précieux d'Orange. Derrière le bureau ventru qui trônait au milieu de la pièce, avait pris place un homme au crâne glabre, au visage émacié mangé par deux immenses yeux gris clair. Ses doigts jouaient machinalement avec un petit écran-bulle holographique éteint.

« Vous encore, trar Godovan. J'ose espérer que vous me dérangez pour un motif recevable. Vous n'ignorez pas que nous décollons dans trois jours et que, par conséquent, notre temps est compté... »

Le viduc Papironda ne correspondait pas à l'idée que Jek s'était faite d'un pillard, d'un égorgeur de l'espace. Il avait imaginé un géant hirsute, barbu, aux sourcils épais, à l'œil noir, aux dents de carnassier, un individu à demi sauvage vêtu de peaux de bêtes et buvant le sang de ses victimes dans des coupes de métal, et il se retrouvait devant un homme sanglé dans une élégante veste de soie noire, aux mains blanches et fines, aux manières aristocratiques, au langage châtié. Seule la sécheresse coupante qui sous-tendait sa voix posée trahissait l'aspect dur, implacable, du personnage.

« Il n'y avait rien à tirer des rescapés du Terrarium Nord que vous avez convoyés jusqu'à Glatin-Bat, trar Godovan, reprit le viduc. Je ne pouvais même pas les vendre aux concessions minières de Néorop : les compagnies refusent les bêtazoomorphes.

– Qu'en avez-vous fait ? demanda Godovan d'un ton obséquieux.

– Je les ai confiés aux bons soins du conseil des trars de Glatin-Bat. Or, comme vous le savez, la cité a atteint un seuil démographique critique...

– Ce qui signifie ? » intervint Baisemort.

Un sourire sardonique effleura les lèvres affûtées du viduc.

« Vous m'avez très bien compris, sorcier. Personne

ne voulait des quarantains du ghetto : ni les surfaceurs d'Anjor ni les clans de la zone contaminée...

– Les quarantains étaient nos frères et il y avait peut-être une solution, insista le sorcier, la barbe hérissée de colère. La Libre Cité de l'Espace, par exemple...

– Erreur, sorcier : les libres citoyens de l'espace n'acceptent aucun mutant, qu'il soit hybride de race humaine et non humaine ou, comme vous, atteint de bêtazoomorphie nucléaire. De plus, il aurait fallu que les clans, dont le vôtre, se cotisent pour acquitter le prix de leur voyage et je ne vous apprendrai rien en vous disant que vos complanétaires sont actuellement confrontés à des difficultés économiques insurmontables... Mais vous n'avez probablement pas demandé à me voir pour évoquer le sort des rescapés du Terrarium d'Anjor... » Il désigna les fauteuils autosuspendus placés en demi-cercle devant le bureau. « Asseyez-vous, je vous en prie... »

Godovan se carra dans un fauteuil.

« En effet, viduc... La destruction du Terrarium Nord prive notre clan de sa source principale de revenus. Nous avions le monopole des liaisons entre le ghetto et les principales villes du grand désert nucléaire...

– Ce sont les dangers du monopole, trar Godovan ! »

L'image du visage agonisant du vieil Artrarak traversa l'esprit de Jek. Le cynisme du viduc contrastait de manière tellement brutale avec l'humanisme du quarantain que le petit Anjorien ne parvenait pas à établir un lien, même ténu, entre les deux hommes et qu'il avait l'impression tenace d'évoluer dans un mauvais rêve.

« La flotte de notre clan est composée de vingt aérotomiques d'une contenance de vingt tonnes, poursuivit Godovan.

– Et alors ?

– Une capacité nettement supérieure aux cent chenilleurs du clan des lycaons...

– Si j'ai bien compris le sens de votre démarche, trar Godovan, vous me demandez de vous confier l'approvisionnement des minerais radioactifs des monts de Suraï.

– Les aérotomiques présentent également l'avantage d'être plus rapides, argumenta Godovan.

– Une vieille amitié me lie à Grar Serbett, le trar des lycaons. Un homme lent, certes, mais efficace et sûr. Au nom de quoi devrais-je dénoncer une collaboration qui me donne entière satisfaction ? »

Godovan se tourna vers Jek, assis à califourchon sur l'accoudoir d'un fauteuil.

« Au nom, peut-être, de ce jeune Anjorien... »

Une lueur d'étonnement s'alluma dans les yeux gris du viduc.

« Il se trouvait dans le ghetto lorsque les surfaceurs ont procédé au comblement des puits, précisa le trar. Il est parvenu à s'enfuir avec les rescapés. Il prétend vous connaître. Nous avons dû prendre de gros risques pour vous l'amener : il nous a coûté la vie de cinq hommes d'équipage et d'un quartier-maître. Le prix à payer pour vous montrer notre détermination à vous servir... »

Le viduc lâcha l'écran-bulle holo, posa les coudes sur le bureau, se pencha vers l'avant et examina Jek avec attention.

« Je rends grâce à votre désir de m'être agréable, trar Godovan, mais je crains que vous ne vous soyez donné tout ce mal pour rien. Je n'ai jamais vu cet enfant. Je ne connais d'ailleurs aucun Anjorien, surfaceur ou quarantain... »

Un vent glacial se leva dans l'esprit du petit Anjorien. Comme il l'avait deviné, le viduc Papironda ne connaissait pas Artrarak. De là découlait que la voix du vieux quarantain n'avait colporté que des menteries et que l'aventurier Jek At-Skin s'était lancé sur les traces de personnages qui n'avaient jamais existé.

Baisemort, qui n'aimait pas la tournure que prenait l'entretien, jugea opportun d'intervenir.

« Peu importe que vous le connaissiez ou non, viduc ! J'ai dansé avec les atomes et notre mère la sorcière nucléaire m'a prié de vous le confier.

– Vos croyances ne sont pas les miennes, sorcier, répliqua le viduc. Et votre mère n'est pas la mienne. Mais si vous voulez vraiment que ce gamin embarque sur mon vaisseau, il vous reste toujours la possibilité de payer son voyage. Il vous en coûtera vingt mille unités standard.

– Vous savez bien que je ne dispose pas de cette somme. »

Le viduc haussa les épaules.

« En ce cas... Quant à votre proposition, trar Godovan, je vous promets d'y réfléchir et de vous donner ma réponse lors de mon prochain passage. San Frisco, raccompagne ces messieurs ! »

Des émulsions lumineuses dansèrent subitement à l'intérieur de l'écran-bulle et un visage miniaturisé 3-D s'éleva du socle de projection. Une voix nasillarde grésilla par les haut-parleurs encastrés dans le bois du bureau.

« Des milliers de bêtas envahissent l'astroport, viduc ! Ils ont découpé les deux sas blindés du couloir aux rayons désintégrants. Ils se dirigent vers les passerelles d'embarquement. Ils sont fous furieux. Mes hommes ont de plus en plus de mal à les contenir. »

Papironda appuya sur le bouton de l'émetteur.

« Que veulent-ils ?

– Je n'en sais foutrement rien, mais j'ai comme l'impression qu'ils ont l'intention de prendre d'assaut le vaisseau...

– Ordonnez le repli général de tous les hommes et le retrait immédiat des passerelles ! Et n'hésitez pas à tirer pour les maintenir à distance !

– C'est qu'il y a des femmes et des enfants dans le tas...

– Je me contrefous de vos états d'âme ! Je veux que toutes les issues du vaisseau soient bouclées dans deux minutes. Je vous étranglerai de mes propres mains si vous laissez entrer un seul bêta. Exécution. »

Jek décela nettement la pâleur qui tombait sur les traits du visage réduit. La communication s'interrompit et l'écran-bulle recouvra sa limpidité cristalline. Le viduc leva des yeux furieux sur Baisemort.

« Cette émeute a un rapport avec vous, sorcier, n'est-ce pas ? »

Baisemort soutint le regard incandescent de son interlocuteur.

« Pas avec moi, viduc. Avec le petit surfaceur. Les bêtas le prennent pour un fils d'Harès, pour un prince du soleil... »

Le viduc l'invita à poursuivre d'un geste péremptoire du bras et, pour la deuxième fois en moins d'une heure, le sorcier dut raconter l'épisode des hyènes. San Frisco se rapprocha de lui comme si cette histoire le passionnait et qu'il voulait n'en perdre aucune miette. Toutefois, aucune expression ne vint altérer ses traits lorsque Baisemort en eut terminé avec son récit.

« Eh bien, sorcier, la solution me paraît tout indiquée, dit le viduc après un moment de silence. Il vous suffit de remettre ce gosse à vos complanétaires pour que les choses rentrent dans l'ordre.

– Prenez garde, viduc ! Son destin ne vous appartient pas, déclara Baisemort.

– Encore une fois, mes croyances sont différentes des vôtres. A l'intérieur de ce vaisseau, il n'existe qu'une religion : la mienne ! San Frisco, cours annoncer aux bêtas que nous leur remettrons leur prince dès qu'ils auront dégagé l'astroport ! »

Le second resta immobile. La lumière des appliques soulignait ses arcades sourcilières saillantes, la courbe prononcée de son nez, enflammait ses cheveux noirs et lisses.

« Eh bien, qu'est-ce que tu attends ?

– Ma tête m'ordonne de vous obéir, viduc, mais mon cœur me dit que la vérité sort de la bouche du sorcier. »

C'était la première fois que Jek entendait le son de la voix de San Frisco. Il parlait le nafle interplanétaire, que p'a At-Skin appelait également syracusain ou impériang, avec un accent à la fois rocailleux et chantant.

« Et que dira ton cœur lorsque j'y aurai planté une bonne lame d'acier ?

– Il s'envolera vers les mondes de lumière et le vôtre cessera de chanter... »

Si le second avait une allure de guerrier, sa façon de s'exprimer était plutôt celle d'un poète ou d'un sage, et les mots glissaient de ses lèvres avec la force tranquille de l'évidence.

« C'est une véritable conspiration ! gronda le viduc. Ton insubordination te coûtera cher, San Frisco. Le vaisseau court un grave danger à cause de ce satané gosse.

– L'enfant n'est pas responsable de la situation, dit calmement le second, mais ceux qui veulent l'enfermer dans la prison de leur faiblesse.

– Tu choisis mal ton moment pour philosopher ! »

Le viduc ouvrit un tiroir de son bureau, en extirpa un brûlentrailles à canon court qu'il braqua sur San Frisco. Godovan s'écarta du second et se recula prudemment de trois pas.

« Si tu n'as pas tourné les talons d'ici à cinq secondes, ton cœur s'envolera vers l'enfer et j'irai moi-même faire l'annonce aux bêtas.

– Mon cœur me supplie de déguerpir, mais ma tête aimerait savoir comment l'enfant d'Anjor a été informé de votre existence... »

Le viduc parut frappé de stupeur par la remarque de son second. A aucun moment il ne s'était interrogé sur la manière dont ce garçon de sept ou huit ans avait eu connaissance de son nom. Il baissa le canon de son arme et fixa Jek.

« Un oubli facile à réparer... »

Baisemort avait trouvé un allié inattendu en la personne de San Frisco, un allié dont il admirait autant le sang-froid que l'habileté manœuvrière. D'un regard appuyé, il encouragea Jek, terrorisé par l'attitude menaçante du viduc, à s'exprimer.

« Le puits A 102... la grotte aux plumengs... déglutit le petit Anjorien.

– Qu'est-ce que c'est que ce charabia ? » glapit le viduc.

Jek ne parvenait pas à détacher son regard de la

bouche étroite et sombre du brûlentrailles. Il avait l'impression que la moindre parole de travers serait immédiatement sanctionnée par une rafale d'ondes incendiaires, et il devait faire un terrible effort de volonté pour ne pas prendre ses jambes à son cou et s'enfuir dans le dédale des coursives.

« Le vieux... le vieil Artrarak... C'est lui qui m'a dit que...

– Quel nom viens-tu de prononcer ?

– Artrarak... »

Baisemort perçut l'infime détente des traits du viduc, les lueurs furtives de chaleur et de bienveillance qui dansaient dans ses yeux gris. Il sut alors qu'il avait gagné la partie. Il crut entrevoir un sourire sur les lèvres brunes de San Frisco.

« Que dit ta tête à propos du chargement, San Frisco ? demanda le viduc d'une voix brusquement radoucie.

– Elle pense qu'il manque encore quelques tonnes de minerai radioactif mais mon cœur m'exhorte à décoller sans tarder.

– Tous les hommes et les passagers sont à bord ?

– Ma tête est pressée d'aller vérifier... »

Le second se dirigea à grandes enjambées vers la porte de la cabine et disparut dans la coursive.

« Il semble que tu sois parvenu à tes fins, sorcier, dit le viduc.

– Je ne suis que l'humble serviteur de la messagère d'Harès...

– Evidemment... » Le viduc se tourna vers Godovan. « Votre proposition me séduit, trar Godovan. Peut-être qu'avec vos aérotomiques nous aurions eu le temps de faire le plein. Vous n'ignorez pas, cependant, qu'un marché se conquiert de haute lutte. Voyez donc si vous pouvez faire entendre raison à Grar Serbett et à ses lycaons. Nous fixerons les modalités du contrat dans dix-sept mois, lors de mon prochain passage.

– Vous n'aurez pas à regretter votre décision », déclara le trar en s'inclinant.

Quelques minutes plus tard, San Frisco fit sa réapparition dans la cabine.

« Les têtes et les cœurs sont parés au décollage, viduc ! Aucun bêta n'est monté à bord.

– Il ne te reste plus qu'à raccompagner nos deux hôtes du clan des rats... A moins, bien sûr, que ton foutu cœur ne te suggère de les garder avec nous ! »

Un déluge de feu jaillit des tuyères et se répandit sur l'aire plane de décollage. Les bêtazoomorphes qui, malgré les nombreuses annonces diffusées par les haut-parleurs de l'astroport, n'avaient pas eu la sagesse de se replier dans le bâtiment administratif furent réduits en cendres en une fraction de seconde.

Les autres, massés dans la salle d'attente ou dans les couloirs d'accès, virent le grand vaisseau s'arracher de l'attraction d'Ut-Gen. Le grondement assourdissant de ses moteurs d'extraction leur déchirait à la fois l'âme et les tympans. Le géant de l'espace emportait le fils du soleil, l'enfant qui avait parlé aux hyènes. C'était leur fol espoir qui s'envolait, la porte des mondes meilleurs qui se refermait, la source des métamorphoses qui s'asséchait. Harès les abandonnait pour la seconde fois.

Ils suivirent des yeux l'ascension du vaisseau jusqu'à ce que l'absorbe la grisaille du ciel, jusqu'à ce que s'évanouissent les panaches de fumée blanche rejetés par ses tuyères. Puis ils se répandirent dans les rues de Glatin-Bat et se ruèrent dans les tavernes pour tenter d'oublier leur malheur dans le chen. Il se trouva parmi eux quelques irréductibles qui s'en prirent aux rats du désert, se ruèrent dans la cour intérieure de la résidence du trar et se vengèrent sur les gardes, les femmes et les enfants.

Ce n'est que beaucoup plus tard, lorsque l'astroport fut rendu à sa tranquillité coutumière, que les auxiliaires vinrent délivrer Godovan et Baisemort de l'observatoire souterrain où les avaient enfermés les hommes du viduc Papironda. Il était ordinairement réservé aux techniciens de l'astroport qui surveillaient les manœuvres d'atterrissage, et on pouvait y accéder par l'escalier intérieur d'un pied du vaisseau.

Le sorcier contempla longuement le disque rougeoyant d'Harès, en partie occulté par un impénétrable voile de grisaille. Son regard erra sur les nombreux cadavres calcinés, recroquevillés, difformes, qui jonchaient l'aire plane de décollage.

« Allons voir si la résidence n'a pas trop souffert de la visite de ces pauvres bougres, murmura-t-il.

– Je rends grâce à ton entêtement, sorcier ! dit Godovan. Grâce à toi, nous aurons bientôt du travail. Il s'agit maintenant de convaincre Grar Serbett et ses lycaons de nous céder leur concession...

– La sorcière nucléaire prend soin de tous ses enfants... »

CHAPITRE VIII

Les premiers Scaythes effaceurs firent leur apparition sous le règne du sénéchal Harkot, en l'an 16 du grand Ang'empire. Travaillant en étroite collaboration avec les inquisiteurs, ils étaient chargés d'effacer certaines données du cerveau des humains et de remplacer ces informations initiales par des implants cérébraux sélectionnés. Leur tâche fut d'abord d'essence religieuse : bon nombre d'hérétiques, de déviants, de schismatiques, de païens ou de criminels échappèrent au supplice de la croix-de-feu en acceptant de recevoir des implants de kreuzianisme. Cependant, les effaceurs furent rapidement utilisés à des fins qui n'avaient plus aucun rapport avec la religion : on les employa pour implanter des germes d'amour dans les cerveaux de femmes ou d'hommes que l'on voulait conquérir, des programmes spécifiques d'espionnage ou d'élimination de rivaux... Ainsi s'effaça le souvenir de l'être aimé dans l'esprit de la femme ou l'homme qui avait été surpris à tromper son conjoint, s'effaça le souvenir de la dette dans l'esprit du créancier, s'effaça le souvenir de ses compétences dans l'esprit du responsable que l'on voulait évincer... Ainsi telle femme qui avait jusqu'alors tenu cet homme dans le plus cruel des mépris se prenait brusquement à lui vouer un amour proche de l'adoration, tel homme tuait son plus cher ami sans comprendre les raisons de son acte, tel homme d'Eglise se déshabillait et se promenait entièrement nu en public... Les effaceurs servirent à assouvir les vengeances, à compromettre les concurrents, à éliminer les gêneurs. Il suffisait de mettre face à face, l'espace de quelques secondes, un effaceur déguisé en protecteur et la victime désignée. Le résultat de tout cela, c'est que les humanités perdirent peu à peu l'essence de leur existence : la mémoire.

« L'histoire du grand Ang'empire »,
Encyclopédie unimentale

« Veuillez me suivre, Votre Eminence. »

Fracist Bogh et ses protecteurs de pensées s'enfoncèrent sur les talons de leur guide dans l'obscur labyrinthe du palais épiscopal de Vénicia. L'humidité glaciale qui rôdait dans les couloirs fit frissonner le cardinal. Il regrettait de s'être rendu aux arguments de son secrétaire particulier, le frère Jaweo Mutewa, qui l'avait persuadé d'accepter l'entrevue secrète que lui proposaient les hauts responsables du vicariat. Il craignait d'avoir mis le doigt dans un engrenage qui finirait par le happer, par le broyer. Les innombrables complots qui se tramaient dans les recoins du palais l'emplissaient d'un sentiment persistant de malaise. A la différence de la plupart de ses pairs, il ne se sentait pas l'âme d'un conspirateur. En outre, cette balade nocturne dans les entrailles du gigantesque bâtiment le privait du plaisir de déambuler dans les rues de Romantigua, le quartier historique de la capitale de l'Ang'empire, de goûter l'ineffable douceur de la seconde nuit et la suavité des baisers du vent coriolis.

Les interminables sessions du conclave extraordinaire auquel avaient été conviés les quelque cinq mille cardinaux de l'Eglise du Kreuz, y compris les gouverneurs des planètes mineures, ne laissaient que peu de place aux loisirs. Ils restaient enfermés dans l'immense amphithéâtre des conclaves de l'aube du premier jour jusqu'au crépuscule du second, prenaient de légères collations sur place et ne quittaient leur siège que pour aller satisfaire leurs besoins naturels. A la réception du messacode de convocation, Fracist Bogh avait ressenti une joie immense à la perspective de revoir Syracusa et il s'était juré de mettre son séjour à profit pour explorer la cité impériale dans ses moindres recoins, désir qu'il n'avait pas eu le temps de satisfaire lors des sept années passées au sein de l'E.S.P.S., l'Ecole supérieure de propagande sacrée.

« C'est encore loin ? » demanda-t-il d'un ton rogue au vicaire, qui le précédait.

Son guide, araignée noire et morose, ne daigna ni se retourner ni répondre. Les couloirs, aux parois et voûtes irrégulières, devenaient de plus en plus étroits, de plus en plus sales, de plus en plus humides. Ils rappelaient à Fracist Bogh le climat oppressant d'Ut-Gen et c'était précisément le genre de pensées qu'il n'avait pas envie de ressasser depuis qu'il s'était rematérialisé sur Syracusa. Il espérait – sans trop y croire, son jeune âge se retournant contre lui – que les administrateurs du palais le relèveraient bientôt de ses fonctions de gouverneur d'Ut-Gen et l'appelleraient à d'autres tâches, sur d'autres mondes. Et pourquoi pas sur Marquinat, sa planète d'origine ? Marquinat où il avait assisté au calvaire de dame Armina Wortling, Marquinat qui symbolisait la blessure de son âme, Marquinat où il pourrait enfin affronter et exorciser les fantômes qui le hantaient.

Il percevait le frôlement des acabas de ses protecteurs sur les dalles usées. La lumière crue des ampoules plafonnières, distantes les unes des autres d'une trentaine de mètres, révélait les multiples niches murales et les bouches ogivales de galeries transversales. Comme toutes les constructions qui dataient des années quatre mille cinq cents de l'ancien calendrier standard, le palais épiscopal était truffé de passages parallèles, et très peu nombreux étaient ceux qui connaissaient toutes les ramifications du labyrinthe.

Le vicaire s'arrêta devant une porte latérale métallique dotée d'une serrure à code. Il extirpa une clé de son surplis noir, composa une série de dix chiffres sur les touches enchâssées dans la tige et glissa le panneton dans le pêne. La porte pivota sur ses gonds dans un grincement sinistre.

« Vos protecteurs vous attendront ici, Votre Eminence, dit le vicaire d'une voix fluette mais ferme.

– Je n'ai pas pour habitude de m'en séparer, rétorqua vivement Fracist Bogh.

– N'ayez pas d'inquiétude, Votre Eminence. Ici, la protection mentale est inutile. Aucun Scaythe n'est autorisé à pénétrer dans le caveau. Cette règle vaut pour les inquisiteurs et les effaceurs... »

Le cardinal avait le choix entre rebrousser chemin et obtempérer. Bien qu'il ne pût se défaire de la désagréable sensation d'avoir été manipulé, il opta pour la deuxième solution. Il était désormais trop tard pour reculer, il lui fallait à tout prix rassasier sa curiosité, émoustillée par l'atmosphère mystérieuse qui entourait cette entrevue.

« J'ose espérer, frère, que vous ne cherchez pas à me tromper ! »

Un sourire lugubre se dessina sur la face cireuse du vicaire.

« N'oubliez pas que nous sommes en un lieu saint, Votre Eminence... Le plus sacré, peut-être, de toute la kreuzianité. Je vous attendrai ici avec vos protecteurs. Entrez, Votre Eminence. »

Les murs de la pièce voûtée dans laquelle s'introduisit Fracist Bogh étaient criblés de minuscules niches ogivales. Y étaient exposées des bulles-air transparentes à l'intérieur desquelles flottaient d'étranges formes brunes, soulignées par les lumières diffuses des appliques et des plafonniers. L'odeur suffocante évoquait au gouverneur d'Ut-Gen les liquides d'embaumement ou les produits désinfectants de la vétuste maison de soins publique d'Anjor.

Il embrassa du regard le caveau, une vaste salle hérissée de piliers ventrus, et, ne voyant personne, s'immobilisa pour observer de plus près une bulle-air. Trente secondes lui furent nécessaires pour s'apercevoir qu'elle renfermait des bouts de chair noircis par les émulsions conservatrices, un pénis au prépuce en lambeaux et un scrotum plissé, plus précisément. Et les autres bulles, toutes les autres, contenaient des reliques similaires, qui ne se différenciaient les unes des autres que par la taille, la carnation et le degré de décomposition. Il comprit alors qu'il se trouvait dans le Caveau des Châtrés, la salle où les vicaires entreposaient leurs reliques personnelles, leurs organes sexuels. Un vertige nauséeux le saisit. Il détourna la tête pour libérer le flot de bile qui lui submergeait la gorge.

« Vous verrez, Votre Eminence, on s'y habitue ! »

Fracist Bogh sortit un mouchoir de la poche ventrale de sa chasuble, s'essuya rapidement les lèvres et releva la tête. Une quinzaine de vicaires, surgis de nulle part, vêtus des traditionnels colancors et surplis noirs, se dressaient face à lui. Des lueurs vives fusaient des fentes oculaires des masques blancs et rigides, semblables à ceux des mercenaires de Pritiv, qui occultaient leurs visages.

« Veuillez nous pardonner de nous présenter devant vous affublés de ces masques, Votre Eminence, fit une voix nasillarde, mais vous comprendrez aisément nos raisons lorsque nous vous aurons exposé les motifs de cet entretien.

– Veuillez également nous excuser de vous avoir donné rendez-vous dans le Caveau des Châtrés, ajouta une deuxième voix, aigrelette. Nous sommes conscients du désagrément que vous procure la proximité de nos offrandes personnelles, mais c'est le seul endroit du palais dont nous sommes absolument sûrs... »

La bouche envahie d'un goût persistant de fiel, Fracist Bogh se redressa et s'efforça de surmonter son malaise.

« Les hommes entiers qui ont eu le privilège d'entrer dans ce caveau se comptent sur les doigts d'une main... »

Le cardinal tenta machinalement d'identifier la voix de son interlocuteur, mais l'épaisseur et la rigidité des masques la déformaient de telle manière qu'il prit rapidement conscience de l'inutilité de son entreprise.

« Et que me vaut cet honneur ?

– Que pensez-vous de notre très sainte Eglise, Eminence ? »

La question prit Fracist Bogh au dépourvu.

« Nous ne vous demandons pas de nous resservir les formules toutes faites, Eminence, mais d'exprimer le fond de votre pensée. Aucune de vos déclarations, quelle qu'elle soit, ne sortira de cette pièce.

– Je ne demande qu'à vous croire, dit le cardinal. Mais quelles preuves puis-je avoir de votre bonne foi ? Vous êtes dissimulés et j'avance à découvert ! J'avoue n'avoir que peu de talent pour l'intrigue ! »

Sa voix s'envola vers la voûte et se répercuta sur les murs. Il rencontrait des difficultés grandissantes à refréner son impatience et il avait élevé le ton sans s'en apercevoir. Ces spectres noir et blanc, cette mise en scène sinistre et l'atmosphère délétère de cette salle mal aérée commençaient à l'exaspérer.

« Vous venez de fournir un élément de réponse, Eminence : l'intrigue. Comme vous, nous sommes excédés par les complots qui sapent les fondements de notre sainte Eglise. Et c'est précisément votre manque de goût pour l'intrigue qui nous intéresse.

– Je serais curieux de savoir de quel mot vous qualifieriez cet entretien ! »

Les vicaires marquèrent un temps de silence. Il était de notoriété publique que les eunuques de la Grande Bergerie venaient régulièrement se prosterner devant leurs « offrandes personnelles ». Fracist Bogh se demanda quelle impulsion les y poussait. Eprouvaient-ils le besoin morbide de se repaître de leur souffrance comme lui-même ressentait la nécessité impérieuse de se recueillir devant les corps suppliciés des hérétiques ?

« Votre réflexion est frappée au coin du bon sens, Eminence, mais une guerre ne se gagne pas avec des états d'âme. Il est parfois nécessaire d'utiliser les armes de l'adversaire pour les retourner contre lui.

– Guerre ? Armes ? Des termes qui prennent une étrange résonance dans un lieu saint...

– Nous parlons bien d'une guerre sainte, Eminence.

personnelles ! Or, que je sache, Barrofill le Vingt-quatrième est toujours en vie... »

Les vicaires se consultèrent brièvement du regard. La réaction du cardinal Bogh les confortait dans l'idée qu'ils avaient opéré le bon choix. La carence de loyauté, l'un des trois critères majeurs de leur instruction, avait éliminé bon nombre de prélats dans la course à la succession de Barrofill le Vingt-quatrième.

« En tant que garants de la conformité de l'enseignement, nous avons le pouvoir de vous relever de vos vœux, Eminence.

– Et que comptez-vous faire du muffi Barrofill ?

– Son sort sera réglé en lieu et temps voulus...

– Ai-je bien compris le sens de vos paroles, frères ? Etes-vous en train de me dire que vous ourdissez un attentat contre la personne du Pasteur suprême de l'Eglise ? Contre votre propre père spirituel ?

– Il y a bien longtemps que nous ne nous considérons plus comme ses enfants, Eminence ! Et vous parlez d'attentat là où nous employons le terme de justice divine. Barrofill doit maintenant répondre de ses actes devant le Kreuz, dont nous ne sommes ici-bas que les humbles serviteurs. »

De tumultueux courants de chaleur traversaient le corps de Fracist Bogh. Il n'appréciait guère les manœuvres, les cabales, et il se retrouvait au cœur d'une machination qui visait à éliminer le muffi de l'Eglise. Il maudissait le frère Jaweo Mutewa de l'avoir attiré dans ce guet-apens. Il présumait qu'il ne sortirait pas vivant de cette pièce s'il ne se conformait pas aux exigences de ses interlocuteurs. Les informations qu'ils lui avaient livrées étaient susceptibles de conduire tout le vicariat devant la sainte Inquisition. Il se dirigea à pas nerveux vers le centre du caveau. Il lui fallait impérativement bouger, évacuer en partie cette tension qui lui nouait les muscles, les entrailles, la gorge. Il se sentait comme un fauve en cage, un fauve que les eunuques de la Grande Bergerie voulaient dompter, dresser, castrer.

« Tout est prêt, Eminence. Il ne nous manquait qu'un élément pour concrétiser notre projet : vous !

– Pourquoi moi ? Je n'ai que trente-deux ans et très peu d'expérience derrière moi. De plus, je suis marquinatin. Or, les quatre cent vingt-sept muffis qui se sont succédé à la tête de l'Eglise étaient tous d'origine syracusaine.

– Nous sommes conscients de ce double handicap, mais aucun obstacle ne nous empêchera d'accomplir ce qui doit être accompli.

– Que faites-vous du mode d'élection ? En admettant que le muffi condescende à... nous quitter, les cinq mille cardinaux se réuniront en conclave et se livreront une impitoyable guerre de succession... »

En prononçant ces paroles, Fracist Bogh se rendait compte que la proposition des vicaires, pour laquelle il avait d'abord eu un sentiment de rejet, commençait à s'enraciner en lui.

« Ils entreront en campagne, poursuivit-il, fomenteront des alliances, et recueillera leurs suffrages celui qui leur promettra les fonctions les plus prisées, les postes les plus honorifiques, les prébendes les plus lucratives... Qui suis-je pour leur promettre quoi que ce soit ?

– Vous oubliez une chose, Eminence. Le vicariat est le garant des institutions et le dépouillement du scrutin muffial est effectué par ses soins. Les cardinaux saisissent le nom de code de l'élu de leur choix sur la console de leur pupitre, lequel nom vient s'afficher sur nos écrans de contrôle. C'est notre mémodisque qui comptabilise les voix... A un mémodisque, on peut faire dire ce que l'on veut... »

Fracist Bogh s'arrêta de marcher et fixa les vicaires, ombres noir et blanc statufiées à quelques mètres de lui. En arrière-plan, les bulles-air, effleurées par les délicats pinceaux de lumière, composaient un fond visuel irréel.

« Insinuez-vous que vous seriez prêts à truquer le scrutin ? Meurtre, falsification... Pour des frères épris de pureté, avouez que l'affaire se présente sous de mauvais auspices !

– Encore une fois, la guerre ne se gagne pas avec des états d'âme, Eminence. Nous devons combattre la corruption par la corruption. Nous ne nous estimons pas le droit de transmettre le formidable héritage de l'Eglise à des individus dépravés, à des prévaricateurs.

– Et qui vous prouve que je n'entre pas dans cette catégorie ?

– Les résultats de la très longue et minutieuse enquête que nos frères ont menée un peu partout dans l'univers recensé... »

Un voile se déchira tout à coup dans l'esprit de Fracist Bogh. Il comprenait maintenant pourquoi la hiérarchie épiscopale lui avait imposé la présence du frère Jaweo Mutewa sur Ut-Gen, il comprenait l'attitude agressive, provocante, de son secrétaire particulier, probablement chargé d'éprouver les fondements de sa foi, de déterminer ses forces et ses faiblesses, de sonder ses aptitudes au ministère suprême.

« Il ressort de cette enquête que, malgré vos origines paritoles et votre jeune âge, vous êtes le prétendant le plus recevable à la succession du muffi Barrofill le Vingt-quatrième. Nous apprécions votre piété, votre constant souci d'être en conformité avec le Verbe originel du Kreuz, votre intransigeance vis-à-vis des hérétiques, votre efficacité dans la conduite des affaires de la planète Ut-Gen... Nous avons particulièrement aimé la manière dont vous avez réglé le problème du Terrarium Nord. Toutes proportions gardées, l'actuel muffi et de nombreux cardinaux sont nos bêtazoomorphes, des mutants diaboliques, des monstres souterrains dont il faut nous débarrasser avant qu'ils n'aient eu le temps de gangrener toute l'Eglise... »

Les mots des vicaires démantelaient la muraille de défiance de Fracist Bogh, se fichaient désormais comme des flèches enflammées dans son esprit. Il prenait conscience que, même s'il avait toujours refusé de se l'avouer, il s'était préparé de tout temps à cette perspective. Tous ses instructeurs, aussi bien les missionnaires de la petite école de propagande sacrée de Duptinat que les exarques ou les théologiens de l'E.S.P.S. de Vénicia, lui avaient prédit un avenir glorieux. Bien que les motivations des eunuques de la Grande Bergerie ne fussent pas aussi limpides et désintéressées qu'ils le prétendaient, ils ne faisaient que hâter un avènement inscrit dans sa destinée, dans les annales du temps.

« Vous m'avez répondu sur deux points, dit le gouverneur d'Ut-Gen. Le futur proche du muffi Barrofill le Vingt-quatrième et le résultat du vote des cardinaux. Il en reste un troisième à éclaircir : l'opinion de Menati Imperator et du sénéchal Harkot. Le gouvernement de l'Eglise exige une collaboration étroite avec le pouvoir temporel. N'est-ce pas le muffi qui, sur les conseils du sénéchal Harkot, a poussé Menati Ang sur le trône impérial au détriment de son frère Ranti ? L'empereur n'est-il pas lié à Barrofill par un sentiment de reconnaissance ?

– Nous pouvons vous assurer que notre projet a trouvé un soutien précieux en haut lieu.

– Qui ?

– Il est encore trop tôt pour vous en faire part, Eminence.

– Difficile de s'engager dans une entreprise aussi périlleuse sans en connaître tous les tenants et aboutissants... »

Le cardinal se rapprocha d'un mur et son regard se porta machinalement sur les organes qui flottaient à l'intérieur d'une bulle-air. Il constata qu'il n'éprouvait plus aucune aversion pour ces lambeaux de chair dont la lumière révélait les multiples boursouflures de putréfaction. Les vicaires avaient eu raison : on s'habitue à tout. Ne s'était-il pas déjà habitué à cette idée, inconcevable quelques instants plus tôt, de devenir le muffi de l'Eglise du Kreuz ? N'était-ce pas lui, le Marquinatin, le paritole, le fils d'une modeste lingère de la Ronde Maison aux neuf tours de Duptinat, qu'ils conviaient à régner sur un corps de plusieurs dizaines de millions de membres et de plusieurs centaines de milliards de sujets ?

« Nous vous avons apporté la preuve de notre confiance, Eminence, reprit la voix nasillarde. Et nous voulons croire que cette confiance est réciproque.

– Inutile de prolonger davantage cette conversation, cardinal Fracist Bogh, dit la voix aigrelette. Vous en savez suffisamment pour arrêter votre décision. Dans le cas où elle s'avérerait positive, nous vous recontacterons au moment opportun. Quoi qu'il en soit, nous ne vous ferons pas l'injure de vous demander de garder le secret absolu sur cet entretien.

– Ne puis-je disposer d'un délai de réflexion ?

– Nous attendons une réponse immédiate. Un simple signe de tête suffira... »

En son for intérieur, le gouverneur d'Ut-Gen avait déjà fixé son choix. Mais un reste de méfiance, la peur inconsciente d'être le jouet de forces obscures qui le dépassaient et l'aspect irréel de cette conversation le retinrent de donner son assentiment. Il était peut-être sur le point de commettre la plus grande erreur de sa vie... Le vicariat était peut-être soudoyé par le muffi pour sonder la loyauté de ses cardinaux... Pourquoi les eunuques de la Grande Bergerie refusaient-ils de lui dévoiler tous les rouages de leur complot ?

Il se rendit compte qu'il ne trouverait de réponses à ces questions que lorsqu'il aurait sauté le pas. D'un côté, il y avait la descente aux enfers, la traduction devant un tribunal d'exception, une mort ignominieuse sur une croix-de-feu, de l'autre, un chemin de lumière et de gloire, et les deux faces de l'épreuve de vérité à laquelle on le soumettait étaient aussi effrayantes l'une que l'autre.

Presque malgré lui, comme dans un rêve, le cardinal hocha lentement la tête. Ce faisant, il eut l'impression de se jeter dans un gouffre sans fond.

« Parfait, Eminence. Notre entretien est terminé. Le frère Jaweo Mutewa nous servira de contact. »

La profonde révérence des vicaires s'apparenta davantage à la salutation protocolaire réservée au souverain pontife qu'à une simple courbette routinière.

Songeur, Fracist Bogh sortit du caveau et rejoignit ses protecteurs de pensées et son guide qui l'attendaient dans le couloir.

Après que la porte métallique se fut refermée, les vicaires retirèrent leur masque. Le frère Jaweo Mutewa écarta les pans de sa chasuble noire et désigna la crosse nacrée de l'ondemort passé dans sa ceinture.

« Cela m'aurait ennuyé d'être obligé de le tuer ! »

Un sourire triomphal dévoilait ses larges dents, dont la blancheur immaculée tranchait sur sa peau bistre.

« Vous semblez décidément très attaché à lui, frère Jaweo ! dit le frère Astaphan, le porte-parole du haut vicariat auprès du muffi. Mais s'il avait refusé, vous n'auriez pas eu le choix.

– Croyez-vous qu'il se tiendra à sa décision ? demanda le frère Mourk El-Salin, le responsable en chef de l'administration épiscopale.

– J'en réponds, assura le frère Jaweo. Je l'ai côtoyé assez longtemps pour savoir que c'est un homme de parole.

– Retournons vaquer à nos occupations respectives, proposa le frère Palion Sudri, le gestionnaire de la planification et de la synchronisation des mutations et mouvements hiérarchiques. On ne doit remarquer notre absence à aucun prix. Prochaine réunion : à la troisième heure du premier jour. »

Ils s'éparpillèrent silencieusement dans le caveau. Aucun d'eux ne manqua d'aller se recueillir devant son offrande personnelle – pleurer, pour certains – avant de s'engouffrer dans des passages souterrains qu'ils étaient les seuls à connaître.

Fracist Bogh ne parvenait pas à trouver le sommeil. Malgré la climatisation, il transpirait d'abondance dans son colancor de nuit. Il se tournait et retournait dans l'inconfortable petit lit de sa cellule du palais épiscopal. A la différence de bon nombre de ses pairs, qui préféraient retenir des suites dans les hôtels les plus luxueux de Vénicia, il se contentait de la pièce exiguë que lui avaient réservée les administrateurs. Comme il ne disposait ni d'antichambre ni de corridor, ses protecteurs de pensées étaient condamnés à passer la nuit dans la salle des ondes lavantes.

Les images défilaient à un rythme syncopé sur l'écran de son esprit. Les masques blancs et rigides des vicaires, les bulles-air et leur répugnant contenu se superposaient au visage chafouin et ridé du muffi Barrofill, à l'amphithéâtre teinté de pourpre des conclaves, à l'acaba bleue du sénéchal Harkot, à la soura indigo de Menati Imperator, à la face bistre du frère Jaweo Mutewa, au corps des hérétiques, aux yeux de dame Armina Wortling... Entre rêve et réalité, les frontières s'estompaient... Plus le temps passait et plus l'entrevue avec les vicaires lui paraissait improbable, extravagante. Il ne se souvenait plus de la réponse qu'il leur avait donnée, il ne se souvenait plus d'avoir parcouru le chemin du retour. Il avait cherché le frère Jaweo Mutewa, qui logeait à l'étage inférieur, pour tenter de déceler des signes de connivence sur son visage, dans ses yeux ou dans son attitude, mais son secrétaire particulier était demeuré introuvable. Il semblait au cardinal qu'il allait se réveiller en sursaut et contempler les fragments épars de son rêve brisé. Ô Kreuz, pourquoi me tourmenter de la sorte, pourquoi m'empêcher de glisser dans l'oubli salvateur du sommeil ?

Il perçut de vagues coups sourds et répétés provenant du couloir.

« Votre Eminence ! Votre Eminence ! »

On frappait à sa porte. Il lui fallut une bonne minute pour rassembler ses idées. Envahi d'un sombre pressentiment, il se releva et traversa la pièce à pas lourds.

Le visage rond d'un jeune assistant, identifiable à son colancor et à son surplis vert amande, s'immisça dans l'entrebâillement de la porte.

« Veuillez me pardonner de vous déranger en pleine nuit, Votre Eminence. On vous demande en haut lieu.

– Qui ? »

L'assistant marqua un temps d'hésitation avant de répondre.

« Sa Sainteté le muffi... Il s'agit d'un rendez-vous informel, Eminence, et nous sommes priés d'observer la plus grande discrétion. »

Le sang de Fracist Bogh se figea. Il pensa d'abord que le Pasteur Infaillible avait éventé le complot des vicaires, hypothèse qui avait le mérite de ménager son orgueil (les vicaires l'avaient bel et bien considéré comme le candidat le plus digne de monter sur le trône du muffi). Puis une petite voix ironique s'éleva en lui et lui murmura qu'il tenait enfin sa réponse : le rendez-vous dans le caveau n'avait été qu'une mise en scène orchestrée par Barrofill le Vingt-quatrième et destinée à éprouver sa loyauté. Il avait recouvré toute sa lucidité et il se remémorait, avec une acuité douloureuse, chacun de ses gestes, chacune de ses paroles, l'imperceptible mouvement de tête qui avait scellé son alliance avec les eunuques de la Grande Bergerie...

« Donnez-moi le temps de me préparer, dit-il à l'assistant.

– Passez seulement votre surplis. Votre colancor de nuit fera parfaitement l'affaire. »

Escortés par les deux protecteurs de pensées du gouverneur d'Ut-Gen, ils parcoururent d'abord d'interminables couloirs déserts et noyés de ténèbres. Des idées noires, aussi noires que la seconde nuit, harcelaient Fracist Bogh. Il se sentait comme un condamné amené vers le lieu de son exécution. Il revoyait les étapes qui avaient jalonné son existence. Sa courte existence... Il contemple le visage usé de sa mère, il court avec le jeune seigneur List Wortling dans les allées du jardin de la Ronde Maison aux neuf tours, il pleure toutes les larmes de son corps devant le corps martyrisé de dame Armina, il reçoit sa première chasuble de novice, il s'enferme dans la bibliothèque de l'école de propagande sacrée et lit des passages du Livre du Jung-Kreuz jusqu'à ce que ses yeux se ferment et que son front se pose sur la table, il découvre la ville de Vénicia, il pénètre dans la cour d'honneur du bâtiment de l'E.S.P.S., il reçoit le titre et les insignes de cardinal des mains du muffi Barrofill le Vingt-quatrième, il supervise les travaux de comblement du Terrarium Nord d'Anjor... Un parcours sans faute, dont ses instructeurs tiraient une fierté légitime mais qui risquait fort de s'achever dans le déshonneur, dans l'infamie. On l'avait pourtant mis en garde contre la tentation de la vanité, contre ce manque d'humilité qui caractérisait souvent les puissants : *On s'identifie très facilement au pouvoir, le petit soi, plus difficilement à la notion de service, le soi intermédiaire, et très rarement au Kreuz, le grand Soi...* Combien de fois avait-il médité cette maxime tirée du célèbre recueil de l'Ermite des Monts ? Son orgueil, son fol orgueil l'avait trahi. Il avait suffi de bien peu de choses, quelque flatterie, quelque laurier adroitement tressé, pour qu'il prête une oreille attentive aux propositions du vicariat, pour qu'il se glisse dans la peau et les vêtements du muffi de l'Eglise. Une fatuité dérisoire, risible, pour quelqu'un qui avait toujours dénoncé l'ambition et l'arrivisme de ses pairs.

« Derrière ce pilier, Eminence, on vient ! » souffla l'assistant.

Ils venaient de déboucher sous les arcades de la septième cour intérieure, un patio pavé de dalles de marbre rose et réservé à l'usage exclusif du muffi et de ses serviteurs personnels. Ils se figèrent derrière une large colonne. Fracist Bogh n'entendit d'abord que le babil nostalgique de la fontaine musicale de la cour intérieure. Puis il perçut des bruits de pas qui se rapprochaient d'eux. Des ombres grises et furtives émergèrent de l'obscurité. Le cardinal crut reconnaître des acabas blanches de protecteurs et d'autres, pourpres, d'inquisiteurs. Ils passèrent à quelques mètres de la colonne avant de s'évanouir dans les ténèbres.

« Allons-y, Eminence, chuchota l'assistant.

– Un instant... Pourquoi tant de mystère ?

– Il ne m'appartient pas de répondre, Eminence. Je ne fais qu'obéir aux ordres... »

L'assistant jetait des regards inquiets autour de lui

comme s'il s'attendait à voir surgir des démons des replis de la nuit.

« Vous pouvez peut-être m'éclairer sur un point, insista Fracist Bogh. Je me vante de posséder une ouïe fine et pourtant je n'ai perçu les bruits de pas que trente secondes après vous... »

L'assistant marqua un temps d'hésitation avant de répondre.

« Un programme d'effacement, Eminence...

– Précisez.

– On a effacé certaines de mes données initiales et, à la place, on a implanté un programme d'affinement de la réception auditive...

– Qui, "on" ? Un Scaythe effaceur ?

– Le muffi vous attend, Eminence !

– Dernière chose : ces données initiales que l'on vous aurait...

– Je n'ai plus aucun souvenir de mon enfance, Eminence... », dit l'assistant, laconique.

Et, pour couper court à la conversation, il traversa le patio d'un pas décidé et se dirigea vers l'entrée de la tour des Muffis dont l'ombre opaque occultait trois des cinq satellites nocturnes de Syracusa.

Les appartements du muffi Barrofill le Vingt-quatrième étaient aussi fréquentés que la place centrale de Vénicia. Avant de pénétrer dans le saint des saints, Fracist Bogh et l'assistant avaient subi un nombre incalculable de contrôles, de fouilles, d'interrogatoires. La garde châtrée, composée de vicaires dévolus à la surveillance rapprochée du souverain pontife, s'était montrée particulièrement pointilleuse, soupçonneuse, désagréable, comme si elle avait déjà été informée du parjure du gouverneur d'Ut-Gen et qu'elle avait reçu la consigne de s'acharner sur lui. Ils avaient entraîné Fracist Bogh dans une petite pièce, l'avaient contraint à retirer son surplis et son colancor, à écarter les jambes, et lui avaient inspecté le corps sous toutes ses coutures. Ils lui avaient enfoncé une microsonde à résonance magnétique dans l'anus – « une gaine tout indiquée pour dissimuler une arme », avaient-ils ricané – et l'avaient laissé un long moment dans cette humiliante position. Il avait dû endurer leurs rires sarcastiques, leurs attouchements odieux, insistants.

Fort heureusement, ils l'avaient autorisé à garder ses protecteurs de pensées. Leur présence n'était pas superflue étant donné la quantité d'inquisiteurs en acaba pourpre qui se pressaient dans les couloirs, dans les antichambres, dans les conversoirs et dans les salles d'attente.

« Nous en avons terminé avec les formalités, Eminence », soupira l'assistant.

Il désigna un fauteuil-air au cardinal.

« Asseyez-vous ici, Eminence, et attendez qu'on vienne vous chercher. Cela ne devrait pas être long. Que la fin de la seconde nuit vous soit propice. »

Il attendit que Fracist Bogh veuille bien lui donner congé et, pourquoi pas ? lui glisser quelques unités standard dans la main, mais le cardinal se contenta de le fixer d'un air grave.

« Vous souvenez-vous encore de vos parents ? »

Un voile terne glissa sur le visage de l'assistant, dont les fronces du cache-tête accentuaient l'aspect poupin.

« Non, Eminence, lâcha-t-il dans un souffle.

– Et cela ne vous manque pas ? »

L'assistant baissa la tête et s'esquiva avant que son interlocuteur n'ait eu le temps de le retenir. Fracist Bogh s'assit sur le fauteuil-air et contempla, d'un œil distrait, l'agitation forcenée qui régnait dans la salle d'attente. Les serviteurs personnels du muffi, tout de blanc vêtus – des novices dont certains étaient âgés de moins de quinze ans –, couraient dans tous les sens, plateaux, manteaux, capes, surplis ou couvre-chef en main, s'affairaient autour des visiteurs qui stationnaient par groupes de trois ou quatre devant la porte d'optalium rose du salon de réception, saisissaient les pourboires qu'on leur tendait pour les glisser prestement dans les poches de leur chasuble. Un peu partout, sous les ors rutilants des lustres, contre les somptueuses cloisons de tissu-vie, près des fontaines parfumées, sur les banquettes de bois de raïental, sur les poufs autosuspendus, se tenaient des protecteurs qui attendaient leur maître, des hommes armés et masqués, des vicaires aux joues couperosées en grande discussion avec d'illustres docteurs en théologie... Fracist Bogh reconnut çà et là des représentants des grandes familles syracusaines, des officiers supérieurs de l'interlice, des douairières du palais impérial aux faces poudrées, aux clignements de cils étudiés et aux poses outrancières... Voilà ce qu'était la vie quotidienne d'un muffi de l'Eglise du Kreuz : une ronde incessante de réceptions, de sollicitations, d'arbitrages, de requêtes, de bénédictions, de grâces, de révérences, de grimaces... Un palais pris d'assaut nuit et jour par des importuns, des parasites, des quémandeurs, des flagorneurs... Où Barrofill le Vingt-quatrième trouvait-il le temps de dormir, de se recueillir ? De se consacrer à l'essence même de sa tâche, qui était de favoriser l'avènement d'un âge d'or sur les mondes recensés ?

Cette ambiance de volière caquetante lassa rapidement Fracist Bogh, qui se plongea dans la contemplation des motifs changeants d'un immense tapis d'Orange. Il avait fait preuve d'une incroyable naïveté en croyant, l'espace de quelques heures, que ce monde serait un jour le sien. Il ne maîtrisait pas les subtilités du contrôle A.P.D., des langages à triple ou quadruple sens en usage à la cour impériale de Vénicia, des alliances qui se nouaient et se dénouaient au gré des susceptibilités particulières ou collectives. Seul un courtisan dans l'âme, un Syracusain donc, était apte à nager dans des eaux aussi troubles. Cette constatation faisait ressortir toute l'absurdité de la proposition des vicaires et, par voie de conséquence, sa propre stupidité.

« Sa Sainteté vous attend, Eminence. »

Fracist Bogh releva la tête. L'individu qui venait de l'interpeller n'était pas un ecclésiastique mais un laïc. Un homme jeune, à peine sorti de l'adolescence, dont la cape fermée au col ne parvenait pas à dissimuler l'embonpoint. Trois mèches torsadées encadraient sa face ronde. Ces ornements pileux avaient le don particulier d'horripiler le gouverneur d'Ut-Gen.

« Je suis Emmar Saint-Gal, le tout nouveau responsable de la maintenance technique du palais. J'en ai terminé avec le muffi et il m'a prié de venir vous chercher. »

Fracist Bogh se leva et, suivi de ses protecteurs, lui emboîta le pas.

« Il y a tout à changer dans ce palais, poursuivit Emmar Saint-Gal, qui avait la parole aussi généreuse que les formes. Le système de surveillance holo est obsolète, les plates-formes sont vétustes, les automatismes des volets d'ouverture sont hors d'usage... Les déremats nécessitent également quelques améliorations techniques... Je suis un spécialiste des déremats, savez-vous ? Vous ai-je dit que Phisar Saint-Gal, mon père, dirige la C.I.L.T., la Compagnie intergalactique de longs transferts ?... La compagnie de transferts cellulaires la plus importante de l'univers connu... Je vais bientôt me marier, Eminence... Elle s'appelle Annyt... Ses parents m'ont donné leur accord... Bientôt, elle m'aimera et...

– Elle ne vous aime donc pas ? » l'interrompit le cardinal, étourdi par ce verbiage.

Il avait enfin rencontré un Syracusain qui ne maîtrisait pas mieux que lui les finesses du contrôle A.P.D. Ils fendirent une grappe de novices aussi pépiants qu'une nichée de saliers huppés.

« Disons que je lui ai rendu un fier service et qu'un implant d'amour bienvenu d'un effaceur... Mais nous voilà arrivés, Eminence. Vos protecteurs vous attendront ici. Au plaisir de vous revoir. Moi, je cours me reposer... Le muffi présente cet inconvénient majeur de n'être disponible qu'à des heures impossibles... »

Avec une vivacité surprenante pour quelqu'un de sa corpulence, Emmar Saint-Gal se faufila entre les groupes épars et disparut par une issue dérobée.

Fracist Bogh poussa un battant de la porte d'optalium rose et s'introduisit dans le salon des réceptions officielles. Un silence profond, hostile, ensevelissait la pièce, une pièce minuscule en regard des salles d'attente, des antichambres et des conversoirs communs. Une vague odeur d'encens paressait dans l'air confiné. Des rayons obliques et diffus, provenant des bulles flottantes à reconnaissance vocale, éclairaient des tentures-eau dans lesquelles se devinaient des formes brillantes et fugaces, des poissons photogènes probablement.

« Refermez la porte et avancez, monsieur le cardinal. »

Le gouverneur d'Ut-Gen s'exécuta. Les bulles flottantes, mues par la voix chevrotante du muffi, vinrent surplomber un fauteuil-air vide devant le bureau.

« Installez-vous. »

Fracist Bogh se posa sur le bord du fauteuil et fixa son auguste interlocuteur, en retrait dans la pénombre. Plus le temps passait et plus s'accentuait la ressemblance de Barrofill le Vingt-quatrième avec un dragon komodien du bestiaire kreuzien : mêmes petits yeux renfoncés et luisants, même mine renfrognée, même entrelacs de rides profondes, mêmes lèvres étirées, affûtées. La poudre blanche qui lui recouvrait le visage commençait à se déliter sous les effets conjugués de la fatigue et de la transpiration. Fracist Bogh soutint sans faiblir le regard perçant, acéré, du muffi. Il lui avait déjà offert le spectacle pitoyable de sa naïveté, de sa stupidité, il s'interdisait formellement de lui jeter sa peur en pâture. Pourtant, il était persuadé que des inquisiteurs se tenaient discrètement derrière les tentures-eau et fouillaient sans la moindre vergogne dans son esprit privé de protection.

« Allons droit au fait, cardinal Bogh, dit le muffi. Ni vous ni nous n'avons de temps à perdre en banalités. Il y a quelques mois de cela, nous avons prié nos frères du vicariat de mener une enquête discrète mais approfondie sur les cardinaux de l'Eglise... »

Le vent de glace que souleva cette entrée en matière souffla impitoyablement la fragile flamme d'espoir qui avait continué de briller dans l'esprit de Fracist Bogh. Une partie incurablement optimiste de lui-même l'avait incité à croire qu'il se tirerait sans dommage de ce mauvais pas.

« De cette enquête très longue, très minutieuse (les mêmes mots que les vicaires...), il ressort que plus des deux tiers de vos pairs ont pris part, au moins une fois, à l'élaboration d'un attentat dirigé contre notre personne. Il ressort donc que plus de trois mille cinq cents cardinaux de l'Eglise se sont déclarés comme candidats impatients à notre succession... Ce chiffre paraît vous étonner, monsieur le cardinal...

– J'avoue être troublé, Votre Sainteté...

– Savez-vous que nos services de sécurité ont déjoué plus de vingt complots en un peu moins d'un mois ? Nos féaux de la pourpre ont l'imagination particulièrement fertile dès lors qu'il s'agit de se frayer un passage jusqu'au trône du Kreuz. Ils fabriquent des poisons de toutes sortes, inventent des armes d'une incroyable variété, dépensent des fortunes pour s'attacher les services d'assassins professionnels ou pour dévoyer nos gens... Cependant, bien qu'ils fassent preuve d'une inventivité et d'une constance véritablement dignes d'éloges, ils ne sont pas parvenus à mettre un terme prématuré à notre ministère. Ils ont tendance à oublier – les méfaits de l'âge, peut-être... – que nul ne peut se substituer au Kreuz, que Lui seul dispose de la vie de Ses fidèles serviteurs. Lui seul et un service de sécurité efficace, bien entendu... »

Fracist Bogh se demandait où voulait en venir son auguste interlocuteur. Des clés se cachaient probablement sous les propos en apparence badins du muffi, mais le langage à double ou triple sens requérait une gymnastique particulière de l'esprit à laquelle le gouverneur d'Ut-Gen était insuffisamment accoutumé.

« Le pouvoir, cardinal Bogh... Que ne ferait-on pas pour le pouvoir ! Ils ont beau être des cardinaux de l'Eglise, des hommes en principe tournés vers le divin, ils se métamorphosent en fauves enragés dès qu'ils flairent l'odeur du pouvoir. Je puis vous en parler en connaissance de cause : il y a quarante-huit ans de cela, j'étais moi-même un cardinal, un prétendant, un candidat comme les autres à la succession de Béphis le Deuxième... J'étais moi-même un fauve prêt à mordre, prêt à tuer... »

Fracist Bogh devina que le vieillard las qui se voûtait, se tassait, s'amenuisait de l'autre côté du bureau éprouvait de temps à autre le besoin pressant de se soulager d'une partie de son immense fardeau. Combien d'inavouables secrets se cachaient derrière ces traits déliquescents, déformés par la méfiance, le contrôle A.P.D. et la sénescence ?

« Il n'est pas de pouvoir, même religieux, sans quelque tache de sang sur les mains. Sachez-le, cardinal Bogh, le Kreuz soumet à de terribles épreuves le mortel qui prétend devenir Son premier serviteur... Les états d'âme ne sont guère compatibles avec le gouvernement de l'Eglise (toujours les expressions des eunuques de la Grande Bergerie...). Mais revenons aux résultats de l'enquête diligentée par le vicariat... »

Le vif du sujet, enfin ! pensa Fracist Bogh. Le long préambule du muffi s'apparentait au jeu cruel du chatrat avec la proie prisonnière de ses griffes.

« Le rapport du frère Jaweo Mutewa, un élément lui aussi promis à un avenir brillant, nous a particulièrement intéressé. Il nous est apparu que l'Eglise exploitait bien mal vos qualités, cardinal Bogh. En vertu de votre âge, les responsables des mutations se sont empressés de vous nommer gouverneur d'Ut-Gen, une planète mineure qui, m'a-t-on dit, n'offre que peu d'agréments. Nous trouvons maladroit, pour ne pas dire misérable, d'expédier nos éléments les plus brillants sur des mondes malades, condamnés, infestés. Il nous semble infiniment plus judicieux de confier le gouvernement de ces mondes mineurs aux éléments perturbateurs, aux intrigants, et de regrouper nos forces vives et saines au palais de Vénicia... »

Fracist Bogh se demanda quelle fourberie se dissimulait sous le miel de ces paroles. Il ne voyait pas les inquisiteurs mais il sentait leur présence derrière les tentures-eau, il sentait les subtils courants glacés qui lui traversaient le crâne. Ils ne rencontraient aucune difficulté pour pénétrer dans son esprit dépourvu de protection. Ils étaient certainement informés de son entrevue dans le Caveau des Châtrés et reliés en permanence au muffi par un microsystème de communication. Quelle nouvelle perfidie germait dans le cerveau retors de Barrofill le Vingt-quatrième ?

« Vous n'êtes pas syracusain – à la perfection nul n'est tenu –, cardinal Bogh, et cependant je décèle en vous des aptitudes certaines à la gestion d'un grand corps comme celui de l'Eglise. Je décèle en vous le feu du passionné et la glace du décisionnaire, de l'arbitre. Une association très rare par les temps qui courent. La plupart des cardinaux sont des cyniques, des corrompus, des débauchés, et les quelques-uns qui n'appartiennent pas à ces catégories sont aussi sots que vertueux... Toutes ces raisons nous ont poussé, cardinal Bogh, à vous nommer au poste de secrétaire général de l'Eglise, poste dont je viens de relever l'ancien titulaire, le cardinal Frajius Molanaliphül, un homme valeureux, méritant, certes, mais usé par les ans et le poids de sa charge... »

Le gouverneur d'Ut-Gen fit appel aux maigres ressources de son contrôle A.P.D. pour contenir sa surprise.

« De grâce, cardinal Bogh, laissez votre visage en son état naturel ! L'auto-psykè-défense est une mauvaise plaisanterie pour courtisans attardés. Votre nomination sera annoncée publiquement au début de la première séance conclavique de la seconde journée, c'est-à-dire dans... »

Il consulta du regard la pendule holographique posée sur son bureau.

« Dans environ sept heures... Il nous faut à présent prendre congé de vous. Il nous reste quelques fâcheux à recevoir. Nous vous prions de bien vouloir accepter nos excuses quant aux fouilles auxquelles vous a soumis notre garde châtrée, mais elle avait reçu des consignes très strictes en ce sens. Les murs de nos appartements ont tellement d'yeux et d'oreilles que nous ne voulions surtout pas donner l'impression de vous accorder une quelconque faveur. Il ne s'agissait pas que vous fussiez assassiné avant d'avoir eu le temps de prendre vos nouvelles fonctions. Vous êtes dorénavant le deuxième personnage de l'Eglise du Kreuz, cardinal Bogh, ce qui revient à dire que vous constituez la cible favorite, la deuxième par ordre d'importance, de vos pairs... Et vous ne disposerez que de très peu de temps pour apprendre à dompter les fauves... »

Fracist Bogh crut déceler des lueurs d'amusement dans les yeux mi-clos du muffi.

« Allez vous reposer, cardinal Bogh. Nous vous dispensons de la première séance conclavique. Nos assistants viendront vous chercher dans votre cellule du palais épiscopal en temps voulu... »

Le Pasteur Infaillible se pencha légèrement vers l'avant et tendit le bras en direction du gouverneur d'Ut-Gen. A son doigt brillait l'anneau muffial, un énorme corindon de Julius serti dans une monture d'optalium blanc.

« Pourquoi moi, Votre Sainteté ? demanda Fracist Bogh après avoir déposé un baiser furtif sur l'anneau.

– Vous ne vous sentez pas à la hauteur de votre nouvelle tâche, monsieur le cardinal ? Il est des questions qu'il vaut mieux ne pas poser. Allez, et que la fin de la seconde nuit vous soit propice. »

Le gouverneur d'Ut-Gen s'inclina et sortit du bureau. Il fut soulagé de récupérer ses protecteurs dans la salle d'attente. Tous les visages qu'il croisa sur le chemin du retour, les faces naturellement blafardes des châtrés et artificiellement blêmes des courtisans, lui semblèrent hostiles.

La première aube, l'aube de Rose Rubis, parait la voûte céleste de stries et de corolles sanguines lorsqu'il traversa la septième cour d'honneur. Il s'assit sur la margelle du bassin de la fontaine et se laissa bercer par le chant nostalgique des jets d'eau. Il restait convaincu que le muffi avait été informé, d'une manière ou d'une autre, de son entrevue secrète avec les vicaires. A la question de savoir qui du muffi Barrofill le Vingt-quatrième ou des eunuques de la Grande

Bergerie s'était montré le plus habile, le plus manipulateur, il ne trouva pas de réponse. En revanche, il se promit de tout mettre en œuvre pour démonter et comprendre les rouages secrets de l'Eglise.

N'était-ce pas, après tout, le jeu dangereux auquel venait de le convier l'auguste vieillard ?

CHAPITRE IX

La Libre Cité de l'Espace : la rumeur veut qu'elle ait été fondée en l'an 2 de l'Ang'empire, mais elle date probablement d'une époque plus lointaine, du temps où elle n'était qu'une station stellaire d'observation. De même, la légende prétend que les trois raskattas qui la conçurent étaient d'anciens chevaliers absourates ayant échappé au massacre de Houhatte. L'hypothèse la plus vraisemblable est que ces mêmes raskattas y avaient élu domicile pour organiser leurs trafics en toute impunité. A l'avènement de l'Ang'empire, elle devint un symbole de liberté et connut un essor prodigieux entre l'an 4 et l'an 16, époque durant laquelle elle passa de quelques milliers d'habitants à plus de trois millions. Gouvernée par un groupe d'administrateurs appelés « citadimes », elle était protégée par un bouclier magnétique et surveillée par des automates à haute sensibilité qui détectaient et neutralisaient la moindre vibration suspecte. Elle pouvait modifier ses coordonnées spatiales en utilisant la puissance conjuguée des moteurs des innombrables vaisseaux antiques qui la composaient. Aucun historien n'est parvenu à percer le mystère de sa brusque disparition (an 16). Certains hagiographes de Sri Lumpa y voient une manifestation de sa colère divine.

« L'histoire du grand Ang'empire »,
Encyclopédie unimentale

« Encore combien de temps avant le passage du vaisseau ? demanda Marti de Kervaleur.

– Ah, l'impatience de la jeunesse ! soupira Robin de Phart. Ce genre de vaisseau est un peu comme les bateaux à voile de la préhistoire : on sait quand ils partent, on ne sait pas quand ils arrivent. Vous n'êtes pas bien dans notre chère Cité de l'Espace ? »

Marti n'eut pas besoin de répondre au vieux Syracusain : ses yeux battus, sa barbe clairsemée, son allure négligée, son costume froissé, tout en lui exprimait l'ennui, la morosité, la mélancolie.

Les deux Syracusains se retrouvaient tous les jours dans le même restaurant du quartier skoj. Là, devant une tasse de kawé, un épais liquide noir et bouillant, ils tuaient les heures en évoquant les charmes de leur planète. Pour le jeune Kervaleur, la présence d'un complanétaire dans cet univers clos, étouffant, dangereux qu'était la Libre Cité de l'Espace avait représenté une bouffée d'air frais.

Deux mois standard plus tôt, Marti s'était rematérialisé nu et couvert de sang dans le sas de réception des transferts cellulaires. Il n'avait pas eu le temps de se remettre de l'effet corrigé Gloson, le mal traditionnel des transferts par déremat, que les sangles de saisie d'un robot s'étaient enroulées autour de ses membres et l'avaient réduit à l'immobilité. Puis des pinces automatiques à prélèvement cellulaire et des sondes à résonance magnétique s'étaient abattues sur lui comme des vautours sur une charogne. Le robot lui avait injecté un somnifère. Il s'était endormi, avait repris conscience, affublé d'une longue tunique rayée, dans une sorte de gigantesque dortoir où l'on regroupait les « tempos », catégorie qui comprenait les visiteurs occasionnels, les hommes d'affaires extérieurs et les précaires dont les dossiers de candidature à l'admission définitive étaient en cours d'établissement.

Les citadimes, les permanents administratifs de la cité, avaient longuement interrogé Marti sur les raisons de sa présence dans leurs murs de métal. A quelques détails près – il s'était bien gardé de parler du rituel de sacrifice et d'accouplement collectif pratiqué par les farouches guerriers du Mashama –, il leur avait dit la vérité : il faisait partie d'un mouvement révolutionnaire sur Syracusa, lequel mouvement avait été trahi par l'un des siens et démantelé par les forces de l'ordre public. Il avait eu le temps de se glisser dans un déremat au moment où les interliciers avaient surgi dans leur repaire clandestin.

« Un déremat ? s'était étonné un citadime. Je croyais que tous les déremats étaient contrôlés par l'interlice et l'Eglise kreuzienne.

– Nous comptions dans nos rangs le fils du président de la C.I.L.T. Il avait récupéré un déremat défectueux avant son passage dans un four de recyclage et l'avait réparé...

– Dangereux de se rematérialiser dans l'enceinte de la cité... Si tu avais fait le moindre geste équivoque, les robots t'auraient instantanément injecté un arsenicron et éjecté dans l'espace. Pourquoi avais-tu du sang sur le corps ? Tu ne présentais pourtant aucune trace de blessure...

– Euh... nous nous sommes battus avec les interliciers... Un blessé s'est effondré sur moi...

– Une blessée. L'analyse sanguine est formelle : ce sang appartient à une femme.

– Peut-être... Tout s'est passé tellement vite...

– Demandes-tu le statut de libre citadin de l'espace ?

– Je ne sais pas... »

Les citadimes s'étaient retirés pour délibérer. Une heure plus tard, l'un d'eux, un homme d'une cinquantaine d'années, était revenu énoncer le verdict : Marti était classé dans les « tempos » jusqu'au passage du vaisseau du viduc Papironda.

« Comment comptes-tu subvenir à tes besoins ? »

Marti avait haussé les épaules.

« Tu n'es plus sur Syracusa ! Ici, l'air, le gîte et le couvert se paient. Quelles sont tes compétences ? »

Le jeune Kervaleur avait jugé qu'il aurait été déplacé de lui retracer l'existence dorée d'un fils de grande famille syracusaine.

« Euh... je n'ai pas vraiment de spécialité...

– En ce cas, tu seras affecté au service de nettoyage et de retraitement des déchets. Cela paiera ton air, ton gîte et ton couvert. Mais si tu veux embarquer à bord du vaisseau de Papironda, il va falloir te débrouiller pour gagner de l'argent. Beaucoup d'argent.

– Comment ?

– Tu verras, pour un beau gosse comme toi, syracusain qui plus est, les occasions ne manqueront pas... »

A partir de ce jour avait commencé une nouvelle et difficile existence pour Marti. La cité, un gigantesque assemblage en étoile de vaisseaux antiques, restaurés, reliés entre eux par des ponts étanches de transbordement – les rues principales –, se divisait en seize quartiers. A la population initiale, composée de raskattas, d'individus classés à l'Index, opposants politiques à l'Empire ou criminels de droit commun, étaient venus s'ajouter des émigrants, de pauvres hères des planètes environnantes que le mirage de la cité avait attirés comme des lucioles de l'espace. La démographie galopante contraignait les citadimes à chercher sans cesse de nouvelles solutions pour augmenter les capacité d'accueil. Ils avaient déjà rajouté trente vaisseaux à l'assemblage de départ, mais, outre qu'il leur était de plus en plus difficile de dénicher des appareils en bon état – l'avènement des déremats, sept cents ans plus tôt, avait entraîné la destruction ou la mise au rebut de milliers de navettes trans-stellaires –, la cité avait désormais atteint un seuil critique de développement. Les quartiers (les branches de l'étoile) étaient devenus des villes dans la ville, avec leur propre gouvernement, leurs propres lois, leurs propres milices, et les citadimes rencontraient des difficultés grandissantes à fédérer l'ensemble. Les trafics de toutes natures et les guerres entre bandes prenaient désormais des proportions inquiétantes. Il n'avait fallu qu'une quinzaine d'années standard pour transformer en cauchemar le rêve libertaire de quelques raskattas humanistes.

En plus du central d'oxygène et de l'office d'assainissement, les citadimes contrôlaient le système de défense, constitué d'un bouclier magnétique extérieur et d'une armée de robots T.H.S. (très haute sensibilité) qui détectaient et neutralisaient la plus infime présence suspecte, humaine mais également matérielle, comme les microbombes lumineuses à retardement ou les missiles autoguidés à fission qu'expédiaient régulièrement les forces impériales basées sur les mondes environnants. En tant que membre du service de nettoyage, Marti avait reçu une combinaison rouge, un masque respiratoire d'appoint et un passe ondulatoire, une petite carte magnétique qu'il portait en permanence autour du cou.

Les éboueurs, surnommés les « Ecarlates », étaient pratiquement les seuls citadins à pouvoir fréquenter les seize quartiers sans jouer leur vie à pile ou face. Sans eux, les kilomètres de tubes métalliques des vaisseaux raccordés se seraient rapidement engorgés et transformés en irrespirables dépotoirs. C'était incroyable ce qu'une ville spatiale de quelque trois cent mille âmes pouvait engendrer comme quantité de déchets. L'exiguïté des appartements-cabines, des ruelles-coursives et des compartiments communs se conjuguait à l'indiscipline et à l'inconscience générales pour produire des dépôts sauvages d'ordures que les puissantes souffleries projetaient sur les grilles d'aération, sur les producteurs de gravité artificielle et sur les turbines d'ancrage.

Pour quelqu'un comme Marti de Kervaleur, habitué depuis toujours au luxe et à l'oisiveté, le travail d'éboueur, un travail physique, âpre, ingrat, s'apparenta à un séjour en enfer. Il apprit à se faufiler dans les tubes tournants, étroits, afin de pulvériser, à l'aide d'une poire à rayons omicron, les résidus organiques de ses nouveaux concitoyens. A descendre dans les soutes, les pieds alourdis de semelles métalliques, le visage recouvert de son masque d'appoint, pour dégager les bouches d'évacuation obstruées par les débris synthétiques. A grimper dans les caissons supérieurs des coques pour atomiser les scories métalliques abandonnées par les sondes réparatrices. Les premiers jours, il avait bien cru mourir d'épuisement. Les courbatures et les crampes avaient envahi ses muscles, aussi durs que du bois. Les multiples écorchures de son visage, de son cou et de ses mains s'étaient infectées, avaient donné naissance à de grosses pustules aussi répugnantes à contempler que douloureuses à percer. Lorsqu'il regagnait le dortoir des tempos à l'issue de ses dix heures de service, il se laissait tomber tout habillé sur son lit suspendu. Il n'avait même pas la force d'aller se rafraîchir sous la douche commune ou de se traîner jusqu'au réfectoire. Il restait là, recroquevillé sur lui-même, prostré, exténué, et les larmes coulaient silencieusement le long de ses joues hâves. Les fiers guerriers du Mashama avaient rêvé de conquêtes glorieuses, du cliquetis des armes blanches, du sang noble et clair des corps à corps, et les seuls adversaires que le jeune Kervaleur était convié à défier étaient les excréments d'une sinistre cité de l'espace. Il se demandait ce qu'étaient devenus les autres, Jurius de Phart, Iphyt de Vangouw, Romul de Blaurenaar, Halricq Van-Boer... Annyt Passit-Païr... La belle Annyt dont il regrettait amèrement d'avoir piétiné les sentiments... Moisissaient-ils dans les geôles d'Örg, la planète-bagne ? Brûlaient-ils à petit feu sur une croix à combustion lente ? Et Emmar Saint-Gal... Quels bénéfices cet immonde tas de graisse avait-il retiré de sa traîtrise ?... Le sommeil cueillait Marti au sommet de la vague d'amertume et le déposait sur les rives agitées des cauchemars.

Il s'était progressivement adapté aux dures vicissitudes de sa nouvelle condition. Des douze heures de sommeil des premiers temps, il était passé à dix, puis à huit, un gain de temps qu'il avait mis à profit pour visiter les différents quartiers de la cité. Chacun d'entre eux regroupait environ cent vaisseaux aboutés ou raccordés par des ponts transversaux. Etant donné que rien ne ressemble davantage à un métal gris passé qu'un autre métal gris passé, à un intérieur de vaisseau qu'un autre intérieur de vaisseau, les quartiers se différenciaient principalement par leur atmosphère et leur odeur. Là où dominaient les Skoj régnait une joyeuse anarchie, une ambiance de ruche vibrionnante, flânaient des odeurs capiteuses d'épices et d'encens, résonnaient les éclats de voix des camelots et les rires des femmes qui discutaient sur le pas des portes des cabines. Les six quartiers tenus par les ex-ressortissants de Makleuh, divisés en bandes qu'on appelait myriades, étaient à la fois plus silencieux, plus propres et plus dangereux. Les rares passants rasaient les cloisons de peur d'être mêlés à un règlement de comptes entre bandes. C'était le royaume de la mort secrète : elle frappait sournoisement, sans prévenir, à l'arme blanche, dans l'ombre des soutes ou des coursives désertes, et l'odeur prédominante était celle, entêtante, écœurante du sang. Restaient les quartiers à majorité néoropéenne, les plus disparates, les plus difficiles à définir. Cette hétérogénéité s'expliquait par le fait que l'amas de Néorop regroupait plusieurs planètes aux climats et civilisations bien distincts. Les types raciaux, les modes vestimentaires et les mœurs les plus diverses étaient condamnés à se côtoyer dans les espaces restreints de la cité spatiale. Une promiscuité interplanétaire qui engendrait des tensions, de brusques flambées de haine, des querelles, des rixes, des explosions de violence que les citadimes avaient depuis longtemps renoncé à réprimer (un moyen comme un autre de résoudre l'épineux problème de la surpopulation).

De temps à autre, lorsque de virulentes rages de nostalgie lui meurtrissaient l'âme, Marti se réfugiait dans une ancienne cabine de pilotage désaffectée – l'équivalent d'un square – et contemplait la voûte céleste au travers de la baie vitrée et du halo bleuté du bouclier magnétique. Il n'avait jamais appris à lire les cartes célestes et il était incapable de localiser le système double de Rose Rubis et de Soleil Saphyr, mais le spectacle de la voûte étoilée suffisait à l'apaiser, à le consoler.

Il avait compris ce qu'avaient voulu dire les citadimes lorsqu'ils avaient sous-entendu qu'il lui serait facile de gagner de l'argent. Où qu'il se rende, on l'interpellait, on l'abordait, homme ou femme, jeune ou vieux, on lui proposait des sommes non négligeables pour disposer de son corps pendant une heure ou plus. Il avait refusé dans les premiers temps, d'une part choqué qu'on s'adressât à lui comme à un vulgaire prostitué, d'autre part rebuté par l'apparence physique de ses solliciteurs. Puis il avait pris conscience que, s'il ne rassemblait pas l'argent nécessaire à son voyage avant le passage du vaisseau, il serait condamné à rester confiné pendant des mois, des années peut-être, à l'intérieur de ce bagne de fer. Des années à se faufiler comme un chatrat dans les tubes métalliques, à désintégrer les substances non identifiées qui flottaient dans l'atmosphère nauséabonde des caissons et des soutes.

Il avait donc accepté l'offre d'une Néoropéenne entre deux âges, vêtue d'un ensemble relativement élégant en regard de la mode des hardes crasseuses en vogue dans les coursives et les ponts étanches. Elle l'avait entraîné dans sa cabine, avait refermé la porte à double tour, s'était déshabillée à la hâte, s'était allongée sur une couchette et l'avait prié de lui faire l'amour. Il s'était acquitté au mieux de sa tâche, s'efforçant d'oublier l'âpre odeur de savon désinfectant qui imprégnait le corps de sa cliente, la mollesse de sa peau et la saveur acide de ses baisers. Sensible à sa conscience professionnelle, elle avait rajouté cinq unités standard aux quinze initialement promises. Ils étaient convenus de se revoir une fois par semaine.

Marti s'était peu à peu constitué un réseau de clientes régulières – il avait catégoriquement refusé de céder aux hommes, bien qu'ils lui aient parfois proposé le double de ce que lui donnaient les femmes. Quelle que fût leur origine, skoj, néoropéenne, makleuhsienne, elles appréciaient la finesse de ses traits, la soie de sa peau et la délicatesse de ses manières. Le plus souvent mariées, elles déployaient des trésors d'imagination pour éloigner leur conjoint si ce dernier avait le mauvais goût de traîner dans la cabine aux heures ouvrables. Le statut d'éboueur du jeune Kervaleur, symbolisé par la combinaison écarlate et le passe, lui permettait de naviguer d'un quartier à l'autre sans que les milices ou les bandes s'avisent de le molester, de le rançonner, de le torturer ou de l'égorger. Son service à peine achevé, il prenait une douche, se restaurait et filait à son rendez-vous du jour.

En quelques semaines, il était parvenu à amasser plus de deux mille unités standard. Il y avait également gagné un surcroît de fatigue, qui parfois le conduisait au point de rupture, au bord de la nausée, mais le gonflement régulier de son pécule l'exhortait à tenir le coup, à satisfaire sa clientèle d'infidèles malgré le profond dégoût qui le gagnait.

Cette double activité professionnelle avait perduré jusqu'au jour où il avait rencontré le sieur Robin de Phart. Au sortir d'un rendez-vous d'affaires particulièrement éprouvant (une Makleuhsienne nymphomane), pris d'une soudaine fringale, il était entré dans la salle enfumée d'un restaurant skoj situé à quelques pas du central d'oxygène, près de ce qu'il était convenu d'appeler une place publique. Il s'était assis à une table et avait commandé un repas. Un vieil homme aux cheveux gris et au visage parcheminé s'était alors approché de lui. Marti avait présumé qu'en dépit de l'étrange noblesse de ses traits, il faisait partie des innombrables consommateurs d'amour vénal qui hantaient la cité.

Le vieil homme s'était planté devant la table et l'avait longuement observé.

« Qu'est-ce que vous me voulez ? avait lancé le jeune

Kervaleur, agressif, désireux de se débarrasser au plus vite de l'importun.

– Vous êtes d'origine syracusaine, n'est-ce pas ? »

Contrairement à la plupart des citadins, le vieil homme parlait un impériang totalement dépourvu d'accent et, fait rarissime, plaçait les inflexions toniques sur les bonnes syllabes. Le serveur, un Skoj au visage grêlé, l'avait écarté sans ménagement du bras pour poser un récipient de porcelaine synthétique sur la table.

« Peut-être, et alors ?

– Permettez-moi de me présenter : Robin de Phart, ethnosociologue... »

Marti leva la tête et examina son interlocuteur entre les volutes entrelacées de fumée qui s'élevaient du plat.

« Phart ? Vous êtes de la famille vénicienne de Phart ?

– Non seulement votre question induit la réponse, mon jeune ami, mais elle m'indique que vous avez vous-même quelque chose à voir avec le petit monde courtisan. Me permettez-vous de prendre place à votre table ? »

A partir de ce jour, les deux Syracusains s'étaient régulièrement rencontrés au restaurant skoj. Loin du monde natal, les complanétaires font de merveilleux confidents, et Marti avait ressenti le besoin pressant de s'alléger de quelques-uns de ses souvenirs, de dévider le fil de son histoire, n'occultant que les sacrifices rituels et les copulations collectives du Mashama.

« Combien vous ont rapporté vos prouesses amoureuses ?

– Environ deux mille unités standard.

– Et c'est avec ça que vous comptez payer votre voyage ? Le viduc Papironda vous en demandera plus de cinquante mille ! Son vaisseau devrait faire escale dans deux mois. Calculez le nombre de femmes qu'il vous faudra... honorer d'ici là, si tant est qu'elles s'acquittent de leur dette, et vous comprendrez vite à quel défi physiologique vous serez confronté ! Vous avez beau être jeune et vigoureux, je vous imagine mal satisfaire plus de deux mille clientes en un laps de temps aussi court... »

Atterré par les paroles de Robin de Phart, Marti avait fait appel au fantôme de son contrôle A.P.D. pour contenir les larmes qui lui montaient aux yeux.

« Je m'en voudrais de laisser un complanétaire dans la peine, avait repris Robin de Phart avec un large sourire. La somme dont je dispose suffira probablement à régler le montant de deux traversées spatiales. Vous pouvez donc cesser toute relation avec votre clientèle... pour peu, bien entendu, que vous acceptiez de voyager en ma compagnie jusqu'à l'amas planétaire de Néorop... »

Marti s'était demandé si la proposition – très tentante – de Robin de Phart ne s'assortissait pas de clauses sous-jacentes inavouables.

« En tout bien tout honneur, cela va de soi, avait ajouté le vieux Syracusain avec des lueurs de malice dans les yeux. Il y a bien longtemps que j'ai renoncé aux plaisirs de la chair. La solitude me pèse et, si j'achète quelque chose de vous, ce sont les instants d'enchantement que me procure votre conversation. En revanche, je ne peux payer aux citadimes le forfait pour votre air et votre gîte. Vous serez donc condamné à jouer les nettoyeurs jusqu'au passage du vaisseau... Qu'en pensez-vous ? »

Bouleversé, Marti s'en était voulu d'avoir mis en doute la sincérité des intentions de Robin de Phart. Il avait balbutié des remerciements, puis il s'était rendu compte que, s'étant surtout attaché à parler de lui-même, il ne savait pratiquement rien de son interlocuteur.

« Et vous, qu'êtes-vous venu faire dans un endroit pareil ?

– Je suis classé à l'index des grands hérétiques. J'ai été condamné à la croix-de-feu à combustion lente en l'an 1 de l'Ang'empire. Cela fait donc quinze ans que je joue à cache-cache avec les interliciers et les Scaythes inquisiteurs de l'Eglise kreuzienne. Etant donné que la Cité de l'Espace est le dernier îlot de liberté dans l'univers, il est assez logique que je m'y sois réfugié. Un vaisseau de contrebande m'a déposé ici il y a treize mois de cela. J'ai sollicité et obtenu le statut de libre citadin, grâce auquel j'ai eu le droit de louer une cabine individuelle, oh ! pas une suite luxueuse : un réduit, un placard amélioré.

– Pour quel motif vous a-t-on condamné ?

– Propos hérétiques et blasphématoires... que je n'ai bien sûr jamais tenus. En réalité, les kreuziens m'ont intenté un procès par contumace parce que j'étais un ami de Sri Alexu, l'un des derniers maîtres de la science inddique.

– Sri Alexu ? Jamais entendu parler...

– Et des guerriers du silence ?... D'une certaine Naïa Phykit ? »

C'était la première fois qu'on le prononçait devant lui et pourtant ce nom éveilla un vif intérêt dans l'esprit de Marti. Il résonnait en lui comme un appel familier et lointain, comme une promesse de rencontre, comme une croisée des destins. Il fut saisi d'une sorte de vertige mental, d'une exaltation qui provenait du plus profond de ses fibres.

« Non, bien sûr, vous ne la connaissez pas, poursuivit Robin de Phart. Les parents et les maîtres d'éducation se sont empressés de se conformer aux instructions du sénéchal Harkot... Sri Alexu avait une fille, Aphykit, ou Naïa Phykit, selon l'expression populaire. Elle se trouvait dans le monastère absourate lors de la bataille de Houhatte. Son père l'avait envoyée à la rencontre du mahdi Seqoram, le grand maître de la chevalerie absourate, l'un des deux autres initiés de l'Indda. Les Scaythes inquisiteurs ont fouillé la planète Selp Dik dans ses moindres recoins mais ils n'ont jamais retrouvé sa trace.

– Peut-être est-elle morte... »

A peine eut-il prononcé ces mots que Marti eut la certitude du contraire. Non seulement elle était vivante mais il lui fallait partir à sa recherche. Une force mystérieuse l'y poussait, comme un vent surgi d'une zone inconnue, inexplicable, de lui-même.

« J'ai acquis la certitude qu'elle a survécu à l'incendie du monastère absourate et qu'elle a trouvé un moyen de gagner un autre monde, déclara Robin de Phart.

– Quel monde ?

– N'y voyez aucune offense, mais je préfère momentanément garder cette information pour moi-même. »

Le vieux Syracusain s'était levé. Avant de se dissoudre dans le flot humain qui ondulait dans le clair-obscur des coursives, il s'était retourné et avait longuement fixé son complanétaire. Il était vêtu d'une ample veste blanche et d'un pantalon bouffant noir, à la mode skoj, et ses cheveux ondulés formaient une auréole grise autour de sa tête. Marti s'était demandé si le sieur de Phart, descendant de l'une des plus illustres familles véniciennes, avait réussi à s'accoutumer à l'absence de colancor, cette seconde peau dont les Syracusains ne pouvaient plus se passer.

« Vous aurez la réponse à votre question si vous décidez d'aller jusqu'au bout du voyage, mon jeune ami... De votre voyage... »

Marti progressait lentement dans le tube d'aération. Des robots de sécurité, encastrés dans les parois métalliques, agitaient de temps à autre leurs sangles de saisie, mais il suffisait au jeune Kervaleur de tendre son passe ondulatoire pour qu'elles réintègrent aussitôt leurs gaines. A la fin de son service, une irrésistible impulsion l'avait entraîné à visiter le central d'oxygène, gigantesque bloc auquel étaient reliées toutes les canalisations des vaisseaux. Il avait attendu que ses collègues Ecarlates, des émigrants de toutes origines, de pauvres bougres condamnés à trimer toute leur vie pour payer leur oxygène et leur nourriture, se soient engagés dans le corridor du vestiaire pour leur fausser compagnie et emprunter la succession de coursives et de ponts qui menait au central. La généreuse proposition de Robin de Phart lui avait permis de rompre unilatéralement toute relation commerciale avec ses clientes. Il disposait donc de tout son temps.

Une fois parvenu au pied de la muraille métallique du central, il n'avait marqué aucune hésitation. Il avait descellé la grille d'une bouche d'aération et s'était glissé dans le tube. Il avait pris soin de remettre la grille en place, d'effacer toute trace de son passage. Bien qu'il n'y eût jamais mis les pieds, il connaissait le plan du central dans ses moindres détails, comme s'il était gravé dans son cerveau. Il avait l'impression que quelqu'un d'autre agissait à sa place, un Marti inconnu, déterminé, implacable. Il lui semblait remplir une mission de préparation, de reconnaissance. Reconnaissance de quoi, il ne le savait pas encore, il savait seulement qu'il devait ramper jusqu'à l'extrémité de ce tube, puis en remonter un second jusqu'au cœur du grand générateur.

Les citadimes, même les plus anciens, ignoraient l'existence de ce passage. Seuls auraient pu s'en souvenir les techniciens fondateurs de la Cité de l'Espace mais ces derniers avaient mystérieusement disparu depuis une dizaine d'années standard. Le central, l'organe vital de la cité, faisait l'objet d'une surveillance permanente. Des rayons à identification cellulaire en balayaient les coursives d'accès, des automates équipés d'ondemorts en gardaient chaque porte codée, chaque soute intermédiaire, chaque sas blindé. Mais dans le tube anodin qu'il avait emprunté, Marti ne rencontrait aucune autre adversité que les sangles de saisie qui cessaient de danser dès qu'elles détectaient les ondes de son passe. Les techniciens avaient probablement prévu ce dégagement pour permettre aux réparateurs d'intervenir, en cas d'urgence, dans les plus brefs délais. Comme l'urgence ne s'était jamais présentée et qu'ils n'avaient jamais eu besoin de consulter les plans, les citadimes avaient oublié jusqu'à son existence.

Chaque mouvement de Marti soulevait une irrespirable poussière. Le rayon de sa torchelase captait des formes étranges, des filaments gluants qui ressemblaient à des algues et qui flottaient au gré des imperceptibles souffles d'air. Sur les parois s'était déposée une sorte d'humus, un épais mélange de matières organiques en décomposition. A certains endroits, les filaments étaient tellement denses qu'il était obligé de les arracher pour se frayer un passage. Une sueur acide lui perlait sur le front, lui dégringolait dans les yeux. L'air, surchargé de particules toxiques, lui irritait la gorge et les poumons. Il regrettait de ne pas avoir emporté son masque d'appoint. Il se promit d'y penser la prochaine fois... La prochaine fois ? Il y aurait donc une autre exploration de ce genre ? Dans quel but ? Qui décidait et agissait à sa place ? Qu'est-ce qui l'empêchait de revenir sur ses pas malgré la folle envie qui l'en saisissait ?

Plus il s'enfonçait dans le tube et plus s'amplifiait le grondement du générateur. Il se retrouva bientôt dans une soute intermédiaire, obscure, sur les parois de laquelle se découpaient une dizaine d'autres bouches rondes. Un robot surgit soudain de l'obscurité et se dirigea vers lui. Un modèle T.H.S. mobile, un tronc de métal argenté équipé de deux chenillettes crantées qui crissaient sur le plancher. Un volet coulissa sur la partie centrale du tronc. De la cavité jaillit le canon court d'un ondemort.

Marti ne perdit pas son sang-froid. Son cerveau, lucide, résolu, lui transmettait des instructions claires, précises. Il baissa sa lampe, leva lentement son passe à hauteur de l'ondemort. Le T.H.S. resta un long moment immobile, comme déconnecté, puis un œil blanc s'alluma au-dessus du volet, crucifia les ténèbres. Les secondes s'égrenèrent, interminables. Marti, pétrifié, suspendu à l'analyse ondulatoire du robot, retenait son souffle. Il était conscient que la réussite de sa mission – quelle mission ? – dépendait entièrement de la réaction du surveillant mécanique.

L'œil s'éteignit enfin, l'ondemort réintégra sa niche,

le volet se referma dans un claquement sec. Les chenilles s'ébranlèrent, entamèrent un mouvement tournant, grincèrent affreusement sur le plancher métallique, et l'obscurité avala peu à peu le T.H.S., gardien mystifié de la soute.

Marti essuya d'un revers de manche la sueur qui lui ruisselait sur le front. Il mijotait dans son épaisse combinaison et ses bottes. Un terrible sentiment de solitude le suffoqua. L'autre, celui qui avait investi son esprit, celui qui décidait et agissait à sa place, l'amputait de son humanité. L'autre – il le pressentait – n'était pas un être de chair et de sang mais un démon venu des non-univers pour semer la mort et la désolation sur les mondes recensés. Et pourtant, Marti n'avait ni les moyens ni l'envie de se rebeller. Il ne lui restait pas d'autre choix que d'accepter d'être un agent du malheur.

Le rayon de la torchelase balaya la paroi. La troisième bouche était celle de la veine étroite et abrupte qui menait au cœur du générateur. Trente minutes furent nécessaires à Marti pour la parcourir. Les parois lisses, glissantes, dépourvues de prises, ne lui facilitèrent pas l'ascension. Ici, plus d'humus, plus de filaments, rien d'autre qu'une pellicule de poussière fine qui voletait au moindre déplacement d'air. Le T.H.S. de la soute, s'il s'était laissé abuser par le passe ondulatoire, remplissait parfaitement son rôle d'assainisseur : il détruisait impitoyablement les déchets solides qui atterrissaient dans sa zone de surveillance.

Le rugissement du central transperçait les tympans du jeune Kervaleur. L'extrémité du siphon était fermée par une grille vissée à la cloison. Ce fut un jeu d'enfant que de la démonter. Marti n'eut même pas besoin d'utiliser le minuscule tournevis dont était équipé chaque Ecarlate. Il lui suffit de tirer d'un coup sec et les vis, rongées par la rouille, se brisèrent comme de vulgaires brindilles.

Il pénétra dans la salle du central, une immense pièce dont le rayon de la torchelase ne parvint pas à révéler le plafond. Le bruit se faisait maintenant assourdissant. Une multitude de conduits partaient du corps du générateur, un bloc cylindrique, compact, gris mat, d'une trentaine de mètres de diamètre et d'une centaine de mètres de haut. Le central cumulait les rôles de pompe cardiaque et de poumon. Les gaz carboniques, aspirés par des hottes sensitives disposées tout au long des coursives et dans les cabines, se déversaient dans des cuves moléculaires. Entraient alors en jeu les synthétiseurs, des appareils filtrants qui se chargeaient de séparer les molécules d'oxygène et de carbone. Les filtres emprisonnaient les déchets carboniques et l'oxygène retraité était projeté dans les tubes d'alimentation. C'étaient les citadimes qui se chargeaient du remplacement des filtres, des tamis photosynthétiques fabriqués sur les mondes Skoj et dont le vaisseau du viduc Papironda assurait l'approvisionnement régulier.

Marti fit le tour du générateur, promenant le rayon de sa torchelase sur la gigantesque masse grise engoncée dans son entrelacs de tubes recouverts d'une épaisse poussière noire. L'insupportable vacarme lui imposa de coincer le manche de sa lampe entre ses dents et de se boucher les oreilles avec les doigts. D'énormes canalisations se dressèrent devant lui, le contraignirent à se faufiler entre leur ventre obèse et le plancher, des goulets tellement étranglés qu'il rencontrait les pires difficultés à s'en dégager, qu'il abandonnait des lambeaux de tissu et de peau sur le métal surchauffé.

Il repéra soudain une petite excavation quelques mètres au-dessus de lui. De la même manière que cela s'était passé devant le T.H.S., son cerveau lui intima des ordres clairs, concis, impérieux. Se servant des tubes échelonnés comme des barreaux d'une échelle, il commença à grimper le long du générateur. Les vibrations générées par le grondement des turbines provoquèrent un incoercible tremblement de ses membres. Il eut de plus en plus de mal à maîtriser ses mouvements. Ses tympans saturés l'élançaient douloureusement. A plusieurs reprises, la torchelase faillit lui échapper des mains.

Il se hissa à hauteur de l'excavation, un renfoncement pratiqué dans l'épaisse enveloppe métallique du central. Il se jucha à califourchon sur un tube coudé. D'une main il agrippa un bord de la cavité, de l'autre il en éclaira l'intérieur. Il découvrit les touches rondes et poussiéreuses d'un clavier de mémodisque.

Un flot d'informations techniques jaillit soudain d'un recoin de son cerveau. Le rôle de ce clavier, relié au mémodisque de la cité, consistait à refermer les valves des canalisations qui nécessitaient des travaux urgents de nettoyage ou de réparation. Il avait été placé en hauteur de manière à échapper à l'attention des agents impériaux infiltrés (on en avait démasqué quelques-uns qu'on avait renvoyés à l'expéditeur en petits morceaux). Les citadimes répugnaient à condamner les tubes, même provisoirement, parce qu'ils n'aimaient pas descendre dans la salle du générateur et se livrer à une gymnastique éreintante pour accéder au clavier. Ils ne s'en servaient donc jamais. En cas de besoin, ils se contentaient d'envoyer des microsondes dissolvantes ou colmatantes dont ils suivaient les évolutions sur des écrans de contrôle. Les sondes présentaient l'avantage sur les hommes de pouvoir travailler dans n'importe quelles conditions.

Marti fixa les touches poussiéreuses jusqu'au vertige. Des chiffres défilèrent dans sa tête.

Un code d'accès.

Un code qui commandait la fermeture générale des valves des tubes de circulation d'oxygène. Lors de son prochain passage, il lui suffirait de saisir cette succession de chiffres sur le clavier pour interdire au précieux gaz de se diffuser dans les vaisseaux. Les citadins ne verraient pas la différence dans les premiers temps. Au bout de quelques heures, ils ressentiraient une fatigue inhabituelle, une lourdeur dans les membres, une forte migraine. Les plus résistants se traîneraient jusqu'à leur cabine pour s'étendre sur leur couchette, les autres s'allongeraient directement sur le plancher des coursives et des ponts. Le code aurait également détruit les données du mémodisque général, et les citadimes n'établiraient pas la relation entre l'asphyxie de la cité et cet insignifiant clavier de la salle du générateur. Les hottes continueraient d'aspirer les gaz carboniques, qui satureraient les cuves et les filtres. Les joints et les valves ne résisteraient pas longtemps à la brutale montée de la pression atmosphérique. Le cœur du générateur se disloquerait, des lézardes se formeraient le long des tubes, des cloisons et des carènes. Le vide, la hantise des populations spatiales, s'engouffrerait avidement dans les ponts, dans les coursives, dans les cabines. Une formidable secousse désarticulerait les vaisseaux raccordés en étoile, les gaz furieux prendraient d'assaut les turbines, les réservoirs d'énergie magnétique. Une effroyable déflagration embraserait l'espace.

L'avenir des trois cent mille humains de la cité reposait sur un simple mouvement des doigts de Marti de Kervaleur.

La prochaine fois, ordonna l'autre, le démon. Une heure avant d'embarquer sur le vaisseau du viduc Papironda...

« La Libre Cité de l'Espace... » murmura San Frisco.

Contrairement à Jek, qui avait le cœur au bord des lèvres, le second ne semblait pas avoir été incommodé par l'émergence du *Papiduc* de son bond Shlaar.

D'une démarche hésitante, le petit Anjorien se rapprocha de la baie et contempla la multitude de formes scintillantes reliées les unes aux autres par des tubulures grises. De loin, l'ensemble faisait penser à un monumental jeu de construction.

« Nous n'y resterons que deux jours standard, reprit San Frisco. Le temps de décharger les marchandises. C'est largement suffisant : mon cœur et ma tête étouffent rapidement à l'intérieur de cette boîte en fer.

– Le *Papiduc* est aussi une boîte en fer ! » fit observer Jek.

San Frisco lança un regard de biais au petit Anjorien.

« Il y a une différence fondamentale, prince des hyènes : le *Papiduc* est un monde en mouvement...

– Peut-être, mais ma tête et mon cœur étouffent dans ce monde en mouvement ! Et je suis bien content d'aller faire un tour dans la boîte en fer... »

Un halètement rauque secoua le second, ce qui chez lui équivalait à un fou rire.

« Le grand prince des hyènes souffre du mal de l'espace... L'ignorant considère le ciel comme un ennemi, le sage s'en fait un ami... »

Les discussions avec San Frisco avaient constitué les seules véritables récréations de Jek tout au long des trois mois standard qu'avait duré le voyage. Bien que le second eût la fâcheuse manie de parler par énigmes ou par sentences, il tenait un peu le rôle de p'a At-Skin pour le petit Anjorien (un p'a plus svelte, plus ténébreux et moins fanfaron). Une sympathie visiblement réciproque, puisque San Frisco n'avait jamais manqué de venir le rejoindre dans sa cabine lorsque s'achevaient ses quarts de permanence.

Jek avait mis à profit ses longues plages de temps libre pour explorer le *Papiduc* de fond en comble : les salles des machines, la cabine de pilotage, les soutes bourrées de caisses, de conteneurs, de véhicules, les compartiments où s'entassaient les émigrants des mondes Skoj, les uns désireux de demander leur admission à la Libre Cité de l'Espace, les autres de chercher fortune sur les planètes de l'amas de Néorop. Il avait parcouru des kilomètres de coursives, s'était faufilé dans les caissons d'étanchéité, s'était fourvoyé dans des passages qui ne menaient nulle part, avait visité des cabines ensevelies sous les archives, les pièces détachées et les moisissures... La tendresse maladroite de m'an At-Skin lui manquait à tel point qu'il descendait parfois dans les compartiments des émigrants, se rencognait contre une cloison et épiait, pendant des heures, les femmes skoj. Celles-ci n'avaient aucun sens de la pudeur – certaines régions reculées des mondes Skoj n'avaient pas encore reçu la révélation du Verbe Vrai du Kreuz et des obligations vestimentaires qui en découlaient – et il leur arrivait de déambuler entièrement nues dans les coursives. Du coin de l'œil, il leur dérobait quelques précieuses minutes d'intimité, il chapardait le grain de leur peau blanche, les filets noirs et brillants de leur chevelure, les ondoiements de leur poitrine, les plis de leur ventre...

Un autre rituel avait rythmé la monotonie du voyage : le repas quotidien auquel le conviait le viduc Papironda. Le maître du *Papiduc,* que ses hommes redoutaient comme la peste nucléaire, se métamorphosait en hôte prévenant et disert dès qu'il se retrouvait en tête à tête avec son petit invité. Des microdômes géodésiques lumineux ornaient la table, scellée au plancher de la salle à manger et recouverte d'une nappe immaculée. Jek, qui prenait ses autres repas en compagnie des hommes d'équipage au restaurant commun, ne chipotait pas sur les mets savoureux préparés et servis par le cuisinier personnel du viduc. Son estomac devenait subitement un gouffre impossible à combler et son hôte le regardait se goinfrer d'un air à la fois étonné et amusé.

Leurs conversations avaient presque toujours tourné autour du même sujet : Artrarak. Le viduc avait longuement évoqué les circonstances de sa rencontre avec le vieux quarantain.

« Je venais tout juste d'acheter le vaisseau. J'étais en rade sur Franzia, une planète de l'amas de Néorop. Afin de constituer mon équipage, j'avais loué un bureau à Néa-Marsile, la capitale du continent occidental de Franzia. A cette époque – cela se passait il y a plus de cinquante ans –, les mondes néoropéens étaient en guerre. L'espace se couvrait des corolles lumineuses des explosions. La plupart des voies stellaires étaient coupées.

– Pourquoi ils étaient en guerre ?

– Est-ce qu'on sait vraiment pourquoi éclatent les guerres ? Un mélange de haine ancestrale, de mégalomanie gouvernementale et de mobiles économiques, je suppose... Les émissaires de la Confédération de Naflin avaient tenté de ramener les belligérants à la raison, mais sans succès. Un matin, un quarantain s'est engouffré dans mon bureau. Il avait de longs bras et une drôle de bouille. Il m'a demandé si mon vaisseau était disponible. Je lui ai répondu que ça dépendait du marché qu'il me proposait. Il m'a dit qu'il en avait besoin pour une livraison d'armes.

– Artrarak vendait des armes ?

– Il ne les vendait pas. Il n'a jamais eu le sens du commerce. C'était un agent de la chevalerie absourate. Il avait reçu l'ordre d'équiper les rebelles de Spain, menacés d'écrasement par les forces coalisées de Franzia, Nouhenneland et Alemane. L'ordre absourate ne voulait pas que Spain tombe aux mains des alliés.

– Pourquoi ?

– De la stratégie militaire. Trop compliqué à expliquer... "Qu'est-ce que je gagne dans cette histoire ? ai-je demandé à Artrarak. – Pas d'argent, en tout cas, a-t-il répondu, mais une possibilité ultérieure de monopole commercial entre Néorop et Ut-Gen... – Ut-Gen, ce minable caillou radioactif ? C'est précisément sa radioactivité qui lui donne toute sa valeur, a-t-il argumenté. A l'issue de la guerre, le marché des minerais irradiés connaîtra un formidable essor." Il a fini par me convaincre. Il a réussi ce tour de force de disposer de mon vaisseau et de mon équipage sans débourser une seule unité ! Trois jours plus tard, nous nous sommes posés sur un petit satellite mort où les agents absourates avaient dissimulé les armes, des filets ex-ex (expansifs-explosifs) de défense... Les combinaisons, les masques, le terrain accidenté, la très faible gravité, tout cela ne facilitait guère le travail et le chargement nous a pris plus d'une semaine... »

Le viduc avait ensuite raconté le long et périlleux voyage jusqu'à Spain, les incessantes parties de cache-

cache avec les vaisseaux de guerre des coalisés, le franchissement du blocus stratosphérique...

« Artrarak nous avait entraînés en enfer ! Dix-sept des vingt-neuf moteurs du vaisseau avaient été touchés par les rayons supraconducteurs des batteries orbitales. Nous avons atterri en catastrophe sur Spain, un monde aussi noir et puant que le cul d'un phice des mondes Skoj ! Le pire est que ces crétins de Spainish nous ont pris pour des ennemis. Pendant trois jours standard, ils ont fait pleuvoir un vrai déluge de feu sur le *Papiduc*. J'ai été touché par une bombe à propagation lumineuse. Tiens, regarde... »

Il avait dégrafé sa veste et désigné les longues cicatrices qui lui barraient la poitrine et le ventre.

« Je n'étais pas beau à voir. J'avais perdu la moitié de mes tripes et de mes poumons. Tu n'imagines pas les dégâts que provoque une bombe à propagation lumineuse... »

Jek n'avait pas cherché à imaginer.

« Tout le monde, et moi le premier, croyait que j'étais en partance pour les mondes de l'au-delà. Tout le monde, sauf Artrarak. Tandis que la bataille faisait rage dehors, il m'a installé dans une soute, m'a allongé sur un matelas et m'a soigné pendant plus de dix jours. Dix jours ! Des heures et des heures à m'enduire le corps avec un onguent de sa composition. Le plus incroyable était qu'il le fabriquait sur place. Il versait des poudres dans un réservoir de liquide de refroidissement, mélangeait le tout et en obtenait une sorte de pâte gluante qu'il étalait sur mes plaies. Et tu sais comment il retirait le pus ? »

Jek n'était pas certain d'avoir envie de savoir.

« En l'aspirant et en le recrachant ! »

Un haut-le-cœur avait saisi le petit Anjorien, et le dessert, un gâteau crémeux des mondes Skoj, avait pris un atroce goût de fiel.

« Artrarak le bêtazoomorphe m'a fait revenir de chez les morts, Jek... Mes plaies se sont cicatrisées et j'ai pu remonter dans ma cabine. Il me manquait juste – et il me manque toujours – un bout de poumon et quelques centimètres de boyaux. Mon équipage n'en revenait pas. Deux semaines plus tard, les Spainish ont reçu un message de l'Ordre absourate et se sont enfin rendu compte de leur méprise. Nous leur avons livré les filets ex-ex et, pour se faire pardonner, ils ont mis une armée de techniciens et de réparateurs à notre disposition. Nous sommes repartis un mois plus tard, escortés par leur chasse aérienne. Cette fois, nous n'avons pas rencontré de difficultés pour forcer le blocus stratosphérique : les filets ex-ex avaient détruit la plupart des batteries orbitales. Artrarak a tenu sa promesse. Je l'ai déposé à Glatin-Bat, la capitale de la zone contaminée d'Ut-Gen. Là, il m'a mis en rapport avec les trars des clans errants, avec lesquels j'ai signé des contrats d'exclusivité commerciale... Je ne l'ai jamais revu. J'ai appris qu'il avait rempli diverses missions pour le compte de la chevalerie absourate, puis qu'il avait décroché une dizaine d'années avant l'avènement de l'Ang'empire. En revanche, j'ignorais qu'il était venu s'établir dans ce trou à rats qu'est... qu'était le Terrarium Nord...

– Il m'a aussi sauvé la vie ! s'était exclamé Jek, au bord des larmes. Il m'a donné son masque quand les kreuziens ont gazé le ghetto.

– Artrarak est mort comme il a vécu, Jek : en seigneur. Tu as eu beaucoup de chance de l'avoir rencontré. La seule chose que je ne comprends pas, c'est pourquoi il t'a exhorté à te rendre sur Terra Mater. Avec un vaisseau comme le mien, il faut plus de vingt ans pour faire le voyage.

– Artrarak m'a dit qu'il y avait des réseaux clandestins de passeurs sur Néorop.

– Ont-ils des déremats ? Des relais cellulaires ? »

Jek avait esquissé une moue significative.

« Il serait plus raisonnable que tu restes avec moi, avait ajouté le viduc. L'univers est plein de dangers pour un enfant de huit ans. Je n'ai pas de fils, pas d'héritier...

– Non ! Je veux devenir un guerrier du silence !

– Artrarak n'a probablement jamais admis la défaite de l'Ordre absourate. La mainmise des Syracusains et de leurs valets, les Scaythes d'Hyponéros, sur les mondes recensés ne laisse que très peu de place à l'espoir. Il n'a pas eu d'autre choix que de se raccrocher à des rêves, à des chimères. Naïa Phykit, Sri Lumpa et leurs soi-disant guerriers du silence sont des créations de l'inconscient collectif... des légendes si tu préfères. Moi, je t'offre un avenir peut-être moins glorieux, mais concret et, par bien des côtés, enviable... »

Les paroles du viduc avaient semé la confusion dans l'esprit de Jek. Sa résolution, cette belle résolution qu'avait consacrée la soumission des hyènes, avait peu à peu décliné. Au cœur du vide interstellaire, là où les pieds reposaient sur un misérable plancher métallique, là où l'on ne pouvait lever les yeux sur aucun nuage, aucun soleil, aucune clarté, là où les grondements sourds des moteurs étaient les seuls chants d'oiseaux, là où l'air puait le carburant et le liquide de refroidissement, là où l'on se cognait sans arrêt aux cloisons, aux portes, aux canalisations, aux hommes, les moindres états d'âme prenaient des proportions effrayantes, les doutes devenaient des failles insondables, les souvenirs s'effilochaient comme des bancs de brume écharpés par le vent. Jek en était arrivé à remettre en cause l'existence de p'a et de m'an, ces deux personnages dont il avait de plus en plus de mal à reconstituer les traits.

Jek et San Frisco étaient maintenant seuls dans une salle annexe de la cabine de pilotage. Le regard du petit Anjorien se porta au-delà de la Cité de l'Espace et se perdit dans le vide interstellaire.

« Où se trouve l'étoile de Terra Mater ?

– On ne peut la contempler d'ici, prince des hyènes, répondit San Frisco. Tu vois l'essaim de points lumineux, là, juste en dessous de la cité ?... L'amas de Néorop...

– C'est là d'où tu viens ? »

Le second hocha la tête. Ses cheveux noirs et lisses accrochèrent des éclats de lumière.

« De Jer Salem, un satellite de Franzia.

– Tu n'as pas envie de retourner y vivre ? »

San Frisco enveloppa Jek d'un regard grave et pénétrant.

« J'étais un prince autrefois, comme toi, mais les miens m'ont banni.

– Pourquoi ?

– Ni mon cœur ni ma tête n'étaient en accord avec leur interprétation des textes sacrés... » Il observa un long moment de silence puis ajouta : « Mais le jour approche de l'épreuve de vérité. Un jour attendu par mon peuple, le peuple élu, depuis plus de huit mille ans. Nous saurons alors quelles têtes et quels cœurs auront eu raison. Nous saurons si les abyns, les prêtres gardiens de la tradition, ne se sont pas trompés.

– C'est quoi, cette épreuve de vérité ?

– Celle à laquelle les Jersalémines se préparent depuis la nuit des temps. Celle qui les conduira dans la nouvelle Jer Salem, l'Ancien et Nouveau Monde, la planète de l'Eternité... Je t'en parlerai plus tard, prince des hyènes. Pour l'instant, je dois m'occuper des manœuvres de raccordement à la cité... Autre chose : le viduc m'a chargé de te dire que tu es consigné à bord du vaisseau pendant toute la durée de l'escale.

– Pourquoi ? Pourquoi ?

– Tu es dans son cœur. Et il est plus difficile de sortir de son cœur que d'une boîte en fer. Si tu veux poursuivre ton voyage, il faudra que tu fasses preuve d'une grande détermination... Comme devant la horde de hyènes... »

Robin de Phart observait le gigantesque vaisseau par l'un des hublots de la salle d'embarquement. La carène noire, luisante, criblée d'innombrables tuyères, couvrait tout l'espace. Une trentaine de ponts transbordeurs saillaient de ses flancs et allaient se jeter dans les soutes de stockage de la cité. Les débardeurs finissaient de décharger les vivres, les filtres photosynthétiques et les autres produits de première nécessité. Robin de Phart se demanda où les citadins trouvaient l'argent pour payer ces montagnes de marchandises. Il supposait que le viduc Papironda, un homme réputé pour son intransigeance, sa férocité même, n'effectuait pas les ravitaillements par pure philanthropie.

Il se retourna et jeta un regard anxieux sur le sas de la salle d'attente, où régnait une véritable cohue. Marti n'avait toujours pas donné signe de vie et l'embarquement était prévu dans moins d'une demi-heure sidérale.

Le vieux Syracusain n'avait désormais plus le temps de partir à la recherche de son complanétaire. Ce dernier, excédé par le travail d'Ecarlate, s'était pourtant montré enthousiaste à la perspective de quitter la Cité. L'accostage du vaisseau avait paru lui insuffler une nouvelle énergie et il s'était dépouillé de la morosité, sa compagne favorite, comme d'un vêtement trop longtemps porté. Que s'était-il passé dans la tête du jeune Kervaleur ? Avait-il, au dernier moment, décidé de renoncer au voyage, de remplir un dossier d'admission définitive et de reconstituer son réseau de clientes ? Ou bien lui était-il arrivé quelque chose ?

Robin de Phart avait dû débourser cent vingt mille unités standard, soit la quasi-totalité de ses réserves pécuniaires, pour acquitter le montant de leur voyage. Il doutait fort qu'on lui en rembourserait la moitié s'il était seul à embarquer, mais ce n'était pas cette perte financière qui le désolait le plus (elle avait plutôt tendance à le soulager, car l'argent, s'il facilitait les transactions, induisait une méfiance de tous les instants, une prudence qui confinait à la paranoïa). Même s'ils ne se connaissaient que depuis quelques mois, Marti occupait une place prépondérante dans sa vie. Il avait commencé à éprouver pour son jeune compagnon un sentiment qui s'apparentait fort à de la tendresse paternelle, du moins le présumait-il car n'ayant jamais eu le loisir de fonder un foyer, il ne s'y entendait guère en paternité. Ses travaux d'ethnosociologie lui avaient pris tout son temps. Il avait prévu de réaliser une encyclopédie holographique des différentes lois et coutumes qui régissaient les peuples disséminés dans les étoiles. Il avait projeté d'étudier l'influence des conditions atmosphériques, de la gravité et de l'intensité des rayons solaires sur l'organisation sociale et religieuse des multiples ethnies humaines. Dessein ambitieux que son classement à l'index kreuzien avait réduit à néant.

En proie à l'inquiétude, il rivait maintenant son regard au sas de la salle d'attente, guettait l'apparition de la silhouette familière de son complanétaire. Les minutes s'égrenaient à une vitesse effarante. Le temps s'était réglé sur les battements accélérés de son cœur.

Le hululement d'une première sirène d'appel transperça le brouhaha. Les passagers, visiteurs, commerçants, citadins nostalgiques de leurs mondes d'origine, convergèrent vers les bouches de deux ponts d'embarquement. Les contrôleurs du vaisseau, en uniforme bleu nuit, procédaient à une première fouille corporelle, humiliante, brutale, sur les voyageurs avant de les autoriser à s'engouffrer dans le pont. Une brève échauffourée éclata entre les hommes d'équipage et un Makleuhsien qui n'appréciait visiblement pas la propension qu'avaient leurs mains à s'attarder sous les vêtements de sa femme. Il se calma et bredouilla de plates excuses lorsque le canon froid d'un ondemort vint lui caresser la nuque. Et pour lui faire définitivement passer le goût de l'insolence, les contrôleurs s'ingénièrent à explorer le corps de sa femme dans ses moindres recoins.

La salle d'attente se vida lentement de ses occupants. Le hurlement de la deuxième sirène d'appel déchira le silence qui, lentement, retombait sur les lieux. Les rampes plafonnières s'éteignirent l'une après l'autre. Robin de Phart, figé par la détresse, ne se décidait pas à bouger, et cela bien que les probabilités de voir apparaître Marti fussent maintenant quasi nulles. La pensée l'effleura de rester dans la Libre Cité avec son jeune complanétaire, mais il se rendit vite compte que c'était un projet absurde, irréalisable : sans argent, sans ressources, il ne survivrait pas plus d'une semaine dans ce monde où l'espace et l'air étaient si précieux.

« Monsieur ! cria un contrôleur. On rentre les ponts dans cinq minutes !

– Je viens... », murmura Robin de Phart, la mort dans l'âme.

D'aussi loin qu'il s'en souvenait, c'était la première fois de sa vie qu'il avait envie de pleurer. La tête et les épaules basses, il se dirigea d'un pas lourd vers un pont d'embarquement. Comme s'ils compatissaient à la douleur muette de ce vieillard voûté, les douaniers du *Papiduc* ne jugèrent pas utile de l'importuner. Ils s'abstinrent même de lui demander son titre de transport.

Quelques minutes plus tard, alors qu'ils enfonçaient les manettes de sécurité des ponts, un bruit soudain de cavalcade attira leur attention. Un homme vêtu d'une combinaison d'Ecarlate déboucha comme un fou furieux dans la salle d'attente. Il était recouvert de poussière noire de la tête aux pieds et des zébrures sanguinolentes sillonnaient son visage.

« Attendez ! »

Il courut à toute allure vers la bouche d'un pont.

« Où tu vas comme ça ? dit un contrôleur en s'interposant.

– Je dois embarquer...

– Montre-moi ton titre de transport. »

Courbé, les mains sur les genoux, Marti s'efforça de reprendre son souffle et de rassembler ses idées.

« C'est... Robin de Phart... qui... qui...

– Je ne connais pas de Robin de Phart.

– Un vieil homme... aux cheveux gris... Il porte une veste blanche, un pantalon noir...

– Le vieux qui vient d'embarquer ? D'accord, je vais vérifier. Mais gare à toi si tu t'es foutu de nous ! »

La Libre Cité de l'Espace n'était plus qu'un minuscule point gris dans le lointain. Marti et Robin de Phart, installés dans leur cabine – pour cent vingt mille unités, ils avaient eu droit à une cabine double avec hublot –, contemplaient distraitement le velours sombre de la voûte céleste. Le vieux Syracusain, tout à la joie des retrouvailles avec Marti, n'avait pas encore songé à lui demander des explications sur son retard, sur l'état de sa combinaison et sur les égratignures de son visage. Il leur faudrait trois mois pour gagner leur destination, Franzia, une planète de l'amas de Néorop. Trois mois pendant lesquels ils n'auraient rien d'autre à faire que parler. Robin de Phart avait ouvert sa précieuse malle de voyage, que les hommes d'équipage avaient transbordée quelques heures avant l'embarquement. Il avait soigneusement inspecté ses vidéholos, ses films à émulsions, ses antiques livres-papier et son matériel d'enregistrement holographique. Puis, après s'être allongé une heure sur sa couchette, il était venu rejoindre Marti qui, lui, n'avait pas décollé le nez du hublot.

Une intense lueur illumina l'espace.

« On dirait que ça vient de la Cité... », murmura Robin de Phart, livide.

Le point gris se volatilisa en une gerbe d'étincelles dorées.

« Ça ressemble à un feu d'artifice », commenta Marti d'une voix morne.

Le vieux Syracusain lui lança un regard outragé.

« Un feu d'artifice ? La cité vient d'exploser ! Vous savez ce que cela signifie... »

Oui, trois cent mille morts...

L'autre, le démon, s'est tapi dans une zone inaccessible du cerveau de Marti, hanté par d'étranges et vagues souvenirs... Ses doigts courent sur un minuscule clavier... Il perd l'équilibre... Il tombe, rebondit sur des canalisations, s'écorche le visage sur une excroissance métallique, s'évanouit... Il se relève, titube, rampe dans un tube, débouche sur une coursive... Il court à perdre haleine, aiguillonné par la peur... Un simple mauvais rêve... Des bribes d'une autre existence...

Un rugissement assourdissant fit vibrer les cloisons et le plancher de la cabine. Le *Papiduc* exécutait son premier bond Shlaar.

« Les pauvres gens... », souffla le jeune Kervaleur, sincère.

CHAPITRE X

Peut-on tuer un Scaythe d'Hyponéros ?

Cette question, les humains furent nombreux à se la poser. En revanche, ils ne furent qu'une poignée à s'y essayer. Il y eut par exemple le grand courtisan Julius de Crekk, qui tenta d'assassiner le sénéchal Harkot à l'aide d'une simple dague métallique. Ou encore le Platonien Pahol Berumbë qui convoqua une dizaine de Scaythes protecteurs dans sa demeure de Bralia où les attendaient plus de cent hommes armés jusqu'aux dents. En la matière, l'initiative la plus originale est à porter au crédit de Tiri Al Naserb, un Rabanou : il réussit à précipiter un inquisiteur, dont on se demande ce qu'il était advenu de sa clairvoyance, dans une cuve d'acide chloryléthinique. Probablement convient-il d'ajouter à ces quelques exemples célèbres un certain nombre de tentatives anonymes. Les Scaythes ont longtemps constitué un mystère indéchiffrable : on ne savait rien de leur mode de reproduction, de leur métabolisme, de la composition chimique de leur chair et de leurs organes, de leur mode d'alimentation, de leurs mœurs... Il est nécessaire, si l'on veut procéder à l'étude approfondie d'une espèce, d'en disséquer un spécimen. Or, s'ils mouraient (les hypothèses à ce sujet se contredisent), les Scaythes ne laissaient aucune trace de leur passage sur les mondes recensés. Peut-être se comportaient-ils comme les lézards géants des fleuves, ces animaux mythiques de la planète Deux-Saisons ? (Sri Lumpa : « seigneur Lézard » en langue sadumba.) Peut-être se cachaient-ils dans un endroit connu d'eux seuls pour s'éteindre en paix ?

Extrait du journal intime de Messaodyne Jhû-Piet, poète syracusain de la première période post-Ang'empire.

« Eh, mon garçon ! ça ne vous dirait pas de vous joindre à notre petite expédition ? Il nous manque quelqu'un... »

Le jeune homme releva la tête. Un chasseur au visage congestionné s'avançait vers sa table, titubant, brandissant un flacon rempli de vin franzien. Des filets carmin striaient ses yeux globuleux et brillants.

« Il me semble vous avoir fait une proposition, insista le chasseur. J'attends une réponse...

– Quelle expédition ? » demanda le jeune homme.

Un sourire gourmand se dessina sur les lèvres luisantes du chasseur. Il voulut ingurgiter une nouvelle rasade d'alcool mais une oscillation de forte amplitude lui fit perdre l'équilibre et des rigoles ambrées ruisselèrent sur son menton, s'écoulèrent le long de son cou, s'infiltrèrent sous ses vêtements, de luxueux vêtements de bourgeois des mondes du Centre qui empestaient l'urine. Il se cramponna au rebord de la table pour ne pas basculer vers l'arrière.

« Pas n'importe quelle expédition, mon garçon ! Le rêve de tout authentique chasseur ! Tu permets que je m'assoie ? »

Une question de pure forme : s'il ne s'asseyait pas dans les trois secondes qui suivaient, il s'affalerait comme une chiffe molle sur le parquet de ce cabanon rustique pompeusement baptisé Bar Naïmerod. Ses compagnons d'expédition, accoudés au comptoir – une planche brute posée sur deux tréteaux –, ne valaient guère mieux. Leurs jambes flageolantes avaient de plus en plus de mal à les porter. Leurs voix traînantes, grasseyantes, débitaient un nombre incalculable d'insanités à la minute, et la serveuse, une jeune Franzienne rousse habillée d'une robe gris perle dangereusement courte et décolletée, se contorsionnait dans tous les sens pour esquiver leurs mains moites. Les forêts tropicales de Franzia étaient réputées pour leur faune abondante, variée, et la chasse, principale activité touristique de la planète, attirait des quantités croissantes de nobles et de bourgeois des mondes du Centre en quête de sensations fortes. Les circuits comprenaient, outre l'indispensable guide autochtone, les bivouacs en pleine forêt (frissons garantis), les longues marches sur des pistes qu'il fallait essarter à la machette (le parfum de l'aventure) et le M.C.G. (le minimum cynégétique garanti), une assurance contractuelle qui certifiait à chaque client de rentrer les bras chargés de trophées. A cela pouvaient s'ajouter des prestations complémentaires telles que la fourniture d'une indigène sélectionnée – jeune (prépubère), exempte de maladie vénérienne (attestation d'un médecin de la C.S.S., Convention santé stellaire), chargée de préparer des repas typiques (le goût de l'authentique) et d'assouvir les fantasmes de son Nemrod occasionnel –, ou encore la possibilité de massacrer quelques échantillons mâles ou femelles des tribus aborigènes. En dépit d'un tarif prohibitif, la mode des têtes embaumées de sylvages (sauvages des sylves) connaissait une vogue grandissante et rejetait au second plan les trophées ordinaires, les sempiternelles peaux d'oursigre blanc, pumaon de feu ou autre Iyphète à crête bleue.

« Vous allez exterminer une tribu entière d'aborigènes ? » demanda le jeune homme d'un ton neutre.

Il leva son verre et but à son tour. L'âpre vin franzien lui incendia la gorge. Le sort des sylvages l'indifférait, comme tout le reste. Cela faisait près de cinq ans qu'il s'était enfui de Terra Mater. Après avoir erré de monde en monde, il avait fini par se fixer sur Franzia. Non pas qu'il ait trouvé quelque attrait particulier à cette planète de l'amas de Néorop, mais il n'avait guère eu le choix : l'antra de vie, la vibration du silence, l'avait subitement quitté et, avec lui, la possibilité de voyager sur ses pensées.

« Non, mille fois non ! éructa le chasseur. Des têtes de sylvages, mâles, femelles, enfants, j'en ai tellement que je ne sais plus où les mettre ! J'ai même fait embaumer des corps et reconstitué un village aborigène dans ma maison de campagne d'Issigor... Ça amuse mes amis, mais moi... »

Il pencha le buste au-dessus de la table et dévisagea son interlocuteur avec toute l'attention dont il était encore capable.

« Cette fois-ci, nous ne resterons pas sur Franzia, mais nous irons sur son satellite, Jer Salem... Nous partons dans quinze jours par... par... »

Il se retourna et jeta un coup d'œil par-dessus son épaule, mouvement présomptueux qui faillit le renverser de sa chaise. Derrière le comptoir, la serveuse rousse avait de plus en plus de mal à se dépêtrer des mains des autres chasseurs. Sur les cloisons de bois brut étaient clouées des têtes de félins et de lyphètes à crête bleue, aux orbites oculaires éclairées par des ampoules rondes et blanches.

« Par une navette spéciale... Attention, c'est un secret que je te confie là... Nous ne sommes que dix dans le coup...

– Il n'y a pas de gibier sur Jer Salem, dit le jeune homme. Seulement des montagnes, des déserts de glace et quelques oursigres blancs... »

Le chasseur avala une nouvelle lampée d'alcool. Ses joues molles, comprimées par le liséré froncé de son colancor, se couvrirent d'une teinte violacée.

« Ç'a été vrai pendant huit mille ans standard... Mais dans un mois vont passer les... les xaxas...

– Les xaxas ? s'étonna le jeune homme. Les oiseaux mythiques des Jersalémines ?

– Les xaxas ne sont pas des oiseaux mais des... des animaux fabuleux qui migrent d'une galaxie à l'autre...

– Oui, s'ils existent ! »

Un rictus hideux déforma la bouche lippue du chasseur.

« Et pourquoi n'existeraient-ils pas ?
– Il s'agit sûrement d'une légende. D'une simple allégorie religieuse. »

Le chasseur prit le risque insensé de se retourner et de désigner l'un de ses compagnons à demi vautré sur la planche du comptoir.

« Tu vois cet homme ? Celui avec la veste noire et la toque rouge ? Il s'appelle Song-Nu Jien... C'est l'un des plus grands érudits des mondes du Centre. Il vient d'être nommé historiographe officiel de la cour impériale. Il prendra ses fonctions sur Syracusa à la fin de l'expédition...

– Et alors ?

– Il a passé plus de la moitié de sa vie à étudier les mythes de Jer Salem... La fameuse religion du Globe... C'est lui qui a monté cette opération... Il nous a promis que nous pourrions tirer des xaxas... Le rêve... Etre là au moment où passe un gibier extraordinaire, un gibier qui, tous les huit mille ans, traverse l'immensité stellaire et vient se poser sur un minable caillou glacé du nom de Jer Salem... Nous serons dix... Seulement dix, dans tout l'univers recensé, à bénéficier de ce privilège... Plus toi si tu le veux...

– Quel serait mon travail ?

– Aider à porter le matériel... Song-Nu Jien nous a recommandé d'emmener des armes lourdes, des canons à propagation lumineuse... Les xaxas ont, paraît-il, la peau dure. Ils ont besoin d'un vrai blindage pour supporter sans dommage l'incroyable pression du vide, les échauffements et les frottements des stratosphères. Chacun de nous aura son porteur attitré... Des Germinans d'Alemane, des brutes qui ont le cerveau aussi minuscule qu'ils ont les épaules larges. L'un d'eux a reçu un coup de couteau mal placé hier soir, dans une ruelle de Néa-Marsile, et nous n'avons plus le temps de faire venir un remplaçant... »

Le jeune homme souleva son verre de quelques centimètres et s'abîma dans la contemplation des minuscules vagues qui agitaient le liquide ambré. Le bras de la serveuse rousse excédée se détendit comme un ressort. La gifle claqua sur la joue d'un chasseur trop entreprenant. Contrairement à ce qu'elle avait escompté, son geste eut pour seul résultat d'attiser l'ardeur de l'impudent. Il se glissa sous la grande planche transversale, lui enlaça la taille et entreprit de lui retrousser sa robe.

Le jeune homme jeta un coup d'œil distrait sur les deux silhouettes qui s'agitaient derrière le comptoir. La situation risquait de s'envenimer rapidement pour la serveuse, seule face à ces grands bourgeois échauffés par l'alcool. Elle poussait des glapissements aigus mais, le cabanon étant situé à l'orée de la grande forêt tropicale, à deux bons kilomètres des premiers faubourgs de Néa-Marsile, il aurait fallu un invraisemblable concours de circonstances pour que quelqu'un perçoive ses appels au secours. Le jeune homme était le seul à pouvoir lui venir en aide, mais par malheur pour elle, il se désintéressait de son sort. Elle ne valait guère mieux que ces butors avinés. Elle était, comme eux, une quantité négligeable, une créature de chair et de sang condamnée à tomber en poussière. Ses gesticulations forcenées et ses vociférations avaient quelque chose de dérisoire. Ils étaient maintenant trois à s'acharner sur sa robe. Les six autres riaient à gorge déployée. Le jeune homme n'avait pas envie de rire, mais de pleurer. Il lui arrivait encore de s'apitoyer sur lui-même.

« Alors ? insista le chasseur.

– Pourquoi moi ?

– Vous avez l'air costaud... Peut-être pas autant qu'un Germinan d'Alemane, mais cinquante kilos de bagages ne devraient pas vous faire peur... Et puis vous m'êtes sympathique... »

La proposition ne tombait pas si mal. Cela faisait plus de deux ans que le jeune homme se morfondait sur Franzia et, puisque la vie s'obstinait à vouloir de lui, le moment était venu peut-être d'aller traîner son ennui ailleurs. Quelques jours de promiscuité avec ces rustres ne seraient pas pires que les interminables heures de solitude dans la forêt franzienne. Ils n'apaiseraient certes pas les tourments de son âme, mais ils auraient au moins le mérite de lui changer les idées. Les hurlements de la serveuse lui vrillaient les tympans.

« Combien est-ce que vous payez ?

– Il y en a qui paieraient pour avoir l'honneur de nous accompagner ! grommela le chasseur.

– J'ai besoin d'argent », dit le jeune homme.

Il rendait divers services rémunérés aux compagnies cynégétiques, mais les primes qu'elles lui versaient suffisaient à peine à subvenir à ses besoins.

« Cent unités standard par jour, le salaire d'un porteur...

– Même si les xaxas ne sont pas au rendez-vous ? »

Le chasseur se lança dans l'entreprise périlleuse de vider son flacon et de hausser les épaules en même temps. Le goulot lui heurta violemment la base du nez et des gouttes d'alcool s'engouffrèrent dans ses narines. Tant vive fut la sensation de brûlure que ses yeux larmoyèrent.

« Evidemment... Ça n'a rien à voir... »

La robe malmenée se déchira brusquement de haut en bas, dévoilant la chair blanche, grasse, et les sous-vêtements de soie de la serveuse. Surpris, les trois hommes qui l'importunaient perdirent l'équilibre, s'empêtrèrent dans les plis de leurs capes et se renversèrent comme des quilles. Elle mit à profit ce bref instant de confusion pour se ruer vers la porte de la réserve et fila sans demander son reste. Par les vitres sales de la fenêtre, le jeune homme la vit traverser la cour à toutes jambes et se diriger vers la forêt. Le couvert absorba la flamme dansante de sa chevelure et la blancheur laiteuse de sa peau... Curieux comme les êtres humains s'accrochaient à leur misérable existence.

« D'accord...

– Magnifique ! s'exclama le chasseur en tendant un bras tremblant. Je suis Geof Runocq, d'Issigor. »

Une vague de dégoût submergea le jeune homme lorsqu'il serra la main poisseuse de son interlocuteur. L'image de la main caressante et parfumée de Naïa

Phykit lui traversa l'esprit. Elle lui avait effleuré le front et les lèvres après l'avoir connecté à l'antra. Elle l'avait enveloppé d'un regard à la fois grave et radieux. Il était resté immobile un long moment face à elle, immergé dans ses somptueux yeux pers, fasciné par sa beauté, bouleversé par la vibration et la chaleur du son de vie. Il avait eu l'impression que ses limites corporelles se déployaient, s'effaçaient, qu'il devenait la Terre, le Soleil, l'univers tout entier. L'espace de quelques secondes, il avait été associé au chœur vibrant de la création, il était devenu un guerrier du silence.

Il se rendit compte que le chasseur ne lâcherait pas sa main tant qu'il n'aurait pas décliné son identité.

« Mikl Manura, du Sixième Anneau de Sbarao.

– Enchanté, Mikl Manura de Sbarao ! Viens, je vais te présenter aux autres... »

Les autres n'étaient guère présentables, mais cela n'empêcha pas Geof Runocq, chancelant, d'ânonner d'incompréhensibles noms devant les corps affalés sur la planche du comptoir ou effondrés sur le parquet. Les scènes d'ivrognerie étaient courantes dans les débits de boissons installés au bord de la forêt. Le vin franzien, un mélange détonant de suc fermenté de feuilles et d'alcool de riz jaune, faisait partie intégrante de la panoplie du chasseur chevronné (une expression de la virilité) et le touriste qui se serait avisé de transgresser le rituel immuable de la soûlerie du premier jour aurait été d'emblée classé dans la catégorie des béjaunes.

Geof Runocq s'arc-bouta contre le comptoir. Le flacon pendait au bout de son bras inerte. Des ronflements sonores s'élevaient des bouches entrouvertes de ses compagnons d'expédition. Ils portaient tous des colancors sous leurs capes de tissu-vie ou leurs manteaux de soie. Les mèches torsadées qui s'évadaient de leurs couronnes-eau lumineuses ou des fronces de leurs cache-tête baignaient dans des flaques de vomi et de vin.

« Rendez-vous... ici... demain matin... Avant de partir pour... pour Jer Salem, nous souhaitons tenter une petite expérience à Néa-Marsile... Une expérience unique... Tu sais laquelle ? »

Mikl Manura ne savait pas et il commençait à en avoir par-dessus la tête de subir le verbiage haché de son interlocuteur. Il avait été engagé pour porter des pièces de canon, pas pour endurer les confidences ineptes et l'haleine fétide d'un tueur d'opérette.

« Ça fait longtemps... longtemps... que nous nous posons la question... Une question de chasseur... »

Geof Runocq faisait des efforts surhumains pour maintenir ouvertes sa bouche et ses paupières.

« Cette question, c'est... Peut-on tuer un Scaythe d'Hyponéros ?... »

Ses jambes se dérobèrent sous lui. Sa main se lança à la recherche aventureuse d'une prise, happa un verre qui traînait par là, faucha trois flacons épars, heurta le front d'un dormeur, mais ne le retint pas de s'affaisser comme une chiffe molle sur le parquet.

« Peut-on tuer un Scaythe d'Hyponéros ? répéta-t-il d'une voix ensommeillée. Demain matin... nous aurons la réponse... Rendez-vous ici à trois heures locales... »

Mikl contempla durant quelques minutes l'ample et régulier mouvement de la poitrine de son nouvel employeur couché sur le sol, puis retourna s'asseoir à sa table. Il se demanda quelle était la part de forfanterie dans les paroles de Geof Runocq. Sans doute ne s'agissait-il que d'une rodomontade de bourgeois embrasé par l'alcool franzien, mais il n'en restait pas moins vrai qu'il avait posé une bonne question.

Peut-on tuer un Scaythe d'Hyponéros ?

Sur Terra Mater, le mahdi Shari n'avait jamais évoqué cette possibilité. Il avait parlé de chaîne vibratoire, de source lumineuse, de souveraineté créatrice, de divinité humaine, mais à aucun moment il n'avait été question d'affronter les Scaythes par les armes.

Mikl fouilla dans ses souvenirs d'enfance. En l'an 2 de l'Ang'empire, la guerre avait fait rage sur les Anneaux de Sbarao : la mort du seigneur Dons Asmussa, le martyre public de sa femme, dame Moniaj, et de ses enfants avaient soulevé les populations locales. La répression des troupes impériales, commandées par un cardinal kreuzien et deux Scaythes inquisiteurs, avait été implacable. Mikl n'avait que sept ans lorsqu'il avait assisté à l'agonie de ses parents sur des croix-de-feu à combustion lente. Il avait ensuite été recueilli par des rebelles des monts Piai et avait lui-même participé à plusieurs escarmouches contre l'armée d'occupation. Son rôle était de récupérer les armes sur les cadavres, amis ou ennemis. Il avait donc, par obligation militaire, dépouillé une quantité considérable de corps, décapités par les disques métalliques des mercenaires de Pritiv, déchiquetés par les bombes lumineuses, noircis par les rayons momifiants des désintégrateurs, fendus par les hachelases... Or, aucun Scaythe, aucun inquisiteur en acaba rouge, aucun protecteur en acaba blanche, aucun assistant en acaba noire n'avait fait partie des blessés ou des tués. Comme si les mutilations et la mort ne concernaient pas les natifs d'Hyponéros. Restait à savoir si la raison en était qu'on ne les prenait jamais pour cible ou bien que les armes humaines conventionnelles n'avaient aucun effet sur eux.

Mikl se prit à espérer que Geof Runocq et ses amis avaient l'intention réelle de mettre leur projet à exécution. Après tout, ces types-là, blasés, imbus d'eux-mêmes, bravaches, inconscients, avaient certainement besoin de se lancer ce genre de défi pour avoir l'impression d'exister.

Le visage de la serveuse rousse s'immisça timidement dans l'entrebâillement de la porte de la réserve. Après avoir constaté que ses clients étaient hors d'état de nuire, elle entra, s'accroupit, ramassa sa robe en lambeaux, l'examina et lâcha une bordée de jurons en vieux franzien. C'est alors qu'elle remarqua la présence de Mikl. Des étincelles de colère dansèrent dans ses yeux clairs.

« Espèce de petit salaud ! cracha-t-elle en impériang. Tu aurais laissé ces porcs me violer !

– N'insulte pas mes nouveaux patrons, répliqua froidement Mikl. Etant donné leur état, je doute fort qu'ils aient eu la capacité de te faire le moindre mal.

– Ce n'est pas une raison ! » Elle désigna les rigoles pourpres qui sillonnaient ses épaules et son ventre d'albâtre. « Je me suis écorchée aux branches et aux épines de cette putain de forêt... Ma robe est foutue... J'ai gagné ma journée... Ces gros pleins de fric se croient tout permis ! Et toi, fous le camp ! Je t'ai assez vu pour aujourd'hui ! »

Mikl se leva et se dirigea tranquillement vers la porte qui donnait sur la forêt. Avant de sortir, il se retourna et toisa la serveuse qui épongeait le sang de ses égratignures avec sa robe.

« Lorsqu'on vend son âme aux touristes, il ne faut pas s'étonner qu'ils se conduisent comme en territoire conquis. »

Elle lui lança un regard haineux.

« Va au diable, merdeux ! »

Un sourire pâle effleura les lèvres de Mikl. Le diable, il l'avait déjà rencontré. Il lui avait même vendu son âme six ans plus tôt.

La cour de l'usine désaffectée était déserte.

Mikl contemplait la voûte céleste. C'était l'aube, le moment magique où les étoiles nocturnes du cœur de l'amas de Néorop jetaient leurs derniers feux. Regroupées en boule autour de la plus grande d'entre elles, la géante rouge Bêtaphipsi, elles formaient un gigantesque luminaire aux multiples et somptueuses nuances qui s'éteignait peu à peu à l'ouest. A cause de leur relative proximité et de leur brillance, les nuits franziennes avaient une allure de crépuscule perpétuel et, les premiers temps, Mikl avait rencontré d'insurmontables difficultés à trouver le sommeil. Il avait alors passé de longues heures à observer les mouvements des astres, leur lent resserrement en spirale, puis en boule, les vitraux subtils et changeants que générait la fusion des halos. Il avait également appris à repérer la grande ceinture d'astéroïdes, une bande étroite, courbe, plus ou moins scintillante selon les saisons.

A l'est affleuraient les rayons dorés des quatre étoiles diurnes de Franzia et points des planètes Alemane, Spain et Nouhenneland. Les quatre soleils s'étaient progressivement détachés de l'amas quelques millions d'années plus tôt. Ils s'appelaient, dans leur ordre successif d'apparition, Epzilon, Omicron, Upzilon et Omegon, mais les Franziens, peuple à la fois poète et paresseux, les surnommaient plus familièrement les quatre Farfadets de l'espace (Farfadet 1, Farfadet 2, Farfadet 3 et Farfadet 4).

« Ils ne devraient plus tarder... », chuchota Geof Runocq.

Le groupe des chasseurs, armés d'ondemorts, de brûlentrailles et de poires à rayons cryogénisants, s'était embusqué dans une salle du premier étage du bâtiment principal. De là, par les fenêtres dépourvues de vitres, ils avaient une vue d'ensemble de la vaste cour intérieure que les rayons obliques des Farfadets saupoudraient d'or clair. Leurs regards étaient rivés sur le portail d'entrée qu'ils avaient refermé derrière eux après avoir détruit la serrure à code.

Lorsque, deux heures plus tôt, Mikl était entré dans le cabanon du Bar Naïmerod, il les avait retrouvés dans la même position qu'il les avait quittés. La serveuse, elle, avait disparu. Il s'était demandé si Geof Runocq aurait une quelconque souvenance de ses propos de la veille, puis il s'était dit qu'il ne risquerait pas grand-chose à les ranimer. Un accès de mauvaise humeur, tout au plus... A sa grande surprise, ils lui avaient été reconnaissants de son initiative, même si leurs yeux chassieux et leurs mines de papier mâché trahissaient l'extrême délabrement de leur état. Ils avaient récupéré leurs armes légères, rangées dans une remise du cabanon, et avaient immédiatement pris le chemin de Néa-Marsile.

Ils n'avaient pas eu le temps de se changer. De lourds effluves de vin franzien fermenté, d'urine et de sueur s'exhalaient de leurs vêtements. Dans les faubourgs de l'agglomération, Song-Nu Jien, l'historien, chargé de rabattre le gibier (et quel gibier ! un Scaythe protecteur de pensées), avait commandé un taxiboule par un holophone public et les autres s'étaient dirigés vers cette usine désaffectée, un site de retraitement des minerais utigéniens fermé par les autorités locales en raison d'un taux de radioactivité trop élevé. Un endroit idéal pour tendre un piège.

« Vous êtes sûr que Song-Nu Jien va venir avec un protecteur ? demanda Mikl.

– Je ne t'ai pas dit qu'il avait obtenu un poste d'historiographe officiel à la cour impériale de Vénicia ? » grommela Geof Runocq, pris en tenaille par une migraine tenace et une nausée latente.

Le vert pré du cache-tête de son colancor contrastait fortement avec le jaune maladif de ses joues flasques. Dans cette immense salle vide, le moindre chuchotement se transformait en un insupportable vacarme, et les autres chasseurs, qui aspiraient au silence absolu, lancèrent des regards courroucés en direction des deux bavards.

« Quel rapport ? dit Mikl.

– Les protecteurs de pensées ne sont pas assez nombreux pour satisfaire la demande, soupira Geof Runocq. Moi, par exemple, je suis sur une liste d'attente depuis plus de cinq ans. Un titre officiel comme celui de Song-Nu Jien permet de bénéficier de la priorité courtisane. Quel que soit l'endroit, il lui suffit d'aller se présenter devant les autorités compétentes pour qu'on lui octroie d'office un protecteur. Voire deux s'il le souhaite...

– Un jeu dangereux. Si vous tuez ce protecteur, les inquisiteurs kreuziens n'auront aucun mal à remonter la piste de votre ami et, par conséquent, la vôtre...

– Personne ne saura que Song-Nu Jien aura... égaré un protecteur de pensées sur Franzia. Ils ne sont pas recensés, ils n'ont même pas de nom. On les affecte selon leur disponibilité mais leurs déplacements ne sont consignés nulle part. Ce sont des fantômes : ils ne laissent pas de trace... Et maintenant, s'il te plaît, boucle-la ! »

Mikl jugea quelque peu simplistes les arguments de Geof Runocq. Son raisonnement était celui d'un humain déconnecté, d'un être identifié à ses perceptions, à ses sens. Pour l'Issigorien, tout ce qui n'était pas étiqueté, écrit, conservé sur un mémodisque, délimité dans l'espace et le temps – ce qui ne laissait pas de trace, selon sa propre expression – n'existait pas. Or ces restrictions spatio-temporelles ne s'appliquaient pas aux Scaythes d'Hyponéros, reliés en permanence aux conglomérats des maîtres germes par ce que le mahdi Shari des Hymlyas appelait les « impulsions matricielles ». L'Hyponériarcat cumulait les rôles de géniteur, de banque de données et de centre de liaison. Ce qui signifiait qu'au cas, loin d'être évident, où les armes des chasseurs auraient la capacité de tuer le protecteur, l'Hyponériarcat recevrait l'information au moment même où les implants de son germe s'échapperaient de son enveloppe.

Mikl s'abstint de faire part de ses réflexions à Geof Runocq et à ses amis. Il obtempérait d'autant plus volontiers à l'ordre qui lui avait été intimé de garder le silence qu'il ne voulait surtout pas les inquiéter et les dissuader d'aller jusqu'au bout de leur folle entreprise. Malgré leurs airs de matamores, ils ne semblaient guère rassurés. Leurs doigts jouaient nerveusement sur les crosses nacrées de leurs armes et, en dépit de la fraîcheur de l'aube, leurs fronts se couvraient de perles de sueur. Leur courage s'étiolait au fur et à mesure que se rapprochait l'heure fatidique de l'exécution. Dans leur hâte, ils avaient oublié de se munir de quelques flacons de vin franzien, cet infâme tord-boyaux qui accomplissait le prodige de métamorphoser en aventuriers intrépides les bourgeois ventripotents et timorés.

Farfadet 1 et Farfadet 2 émergeaient au-dessus des lignes brisées des toits, habillaient la cour intérieure de tentures chaudes, éclatantes. L'amas des étoiles nocturnes avait disparu et le ciel se parait de ce vernis gris-bleu qu'il conserverait jusqu'au crépuscule.

« Qu'est-ce qu'il fout ? gronda Geof Runocq.

– Il a sûrement eu un problème... On devrait peut-être lever le camp... », fit un chasseur, un ressortissant de Marquinat dont Mikl avait oublié le nom.

La peur galopait plus vite que les fauves des forêts franziennes. Dorénavant, ils se saisiraient du moindre prétexte pour battre en retraite. Mikl maudit leur couardise. Elle risquait de faire avorter une expérience unique, une expérience peut-être susceptible de modifier radicalement le cours des choses. Il avait impérativement besoin d'en connaître le dénouement pour arrêter une décision définitive. S'il se vérifiait que l'on pouvait combattre les Scaythes d'Hyponéros par les armes, il fonderait un mouvement interplanétaire chargé d'éliminer la totalité des porteurs d'acaba des mondes recensés. Il avait passé toute la nuit à concevoir son grand projet. Il lui faudrait contacter les réseaux clandestins de passeurs, les convaincre de mettre leurs déremats pirates à sa disposition, recruter et former des exécutants sur chacune des trois cent soixante-dix-sept planètes de l'Ang'empire, superviser ou coordonner les opérations depuis un site relié par mémodisque à tous les terminaux des correspondants locaux... Ce programme ambitieux comportait certes de nombreuses inconnues, entre autres la réaction des passeurs des réseaux – des individus que n'étouffaient pas les scrupules –, mais aucun obstacle ne paraissait insurmontable à Mikl, galvanisé par les nouvelles et fantastiques perspectives qu'offrait la mise à mort d'un Scaythe. Il n'était plus un guerrier du silence, il avait profité d'une absence de son maître, le mahdi Shari, pour s'enfuir comme un voleur de Terra Mater, il avait déçu ses parents de lumière, Naïa Phykit et Sri Lumpa, il avait vécu d'expédients sur les divers mondes qui avaient jalonné son errance, il avait égaré la vibration de l'antra, il avait perdu l'espoir... Le jour était peut-être venu de se relever, de recouvrer sa dignité, de renouer avec l'héroïsme du combat. A la condition que ces poltrons de chasseurs, les agents secrets de sa renaissance, ne flanchent pas au moment crucial. Ils réservaient probablement leur bravoure aux grandes occasions telles que le viol collectif d'une serveuse de bar ou le massacre méthodique des inoffensifs sauvages des sylves.

« Il ne viendra plus maintenant », dit Geof Runocq.

Mikl fixait obstinément les vantaux du grand portail métallique, sur lequel se fichaient les rayons éblouissants des deux Farfadets. Ouvre-toi ! Ouvre-toi ! Il ne supporterait pas que s'éteigne le feu dévorant qui l'embrasait, ce même feu qui l'avait poussé à prendre tous les risques sur le Sixième Anneau de Sbarao, puis, après la sanglante répression des troupes impériales, à s'introduire dans une agence de voyages de la C.I.L.T., à abattre l'employé avec un ondemort récupéré sur un cadavre et à se glisser dans un déremat. Les coordonnées du dernier voyage n'avaient pas été effacées. Il avait appuyé sur le bouton lumineux de transfert et s'était rematérialisé sur un satellite artificiel du nom d'Eden, un complexe de remise en forme réservé aux vieillards fortunés. On y pratiquait les greffes adéniques à base d'embryon humain, les remodelages esthétiques et toutes les techniques plus ou moins autorisées qui, d'une manière ou d'une autre, retardaient les effets du vieillissement. Par chance, Mikl avait repris connaissance dans la chambre d'hôtel de la précédente utilisatrice du déremat, une Sbaraïque âgée de cent soixante ans. Elle l'avait caché, nourri, choyé, et Mikl, pour la remercier, l'avait étranglée avec le cordon d'un rideau avant de dérober les nombreuses plaques de mille unités standard qu'elle avait eu l'imprudence de laisser traîner sur le lit. Du haut de ses dix ans, Mikl avait tenté de convaincre l'employé de l'agence C.I.L.T. d'Eden de lui vendre un aller simple pour la Libre Cité de l'Espace. L'employé avait estimé plus intéressant de l'assommer, de le soulager de ses précieuses plaques et, pour se débarrasser de lui – il répugnait à tuer, en bon kreuzien –, de le programmer à destination de Terra Mater, un monde oublié où personne n'allait et dont personne ne revenait. Ce relais imprévu aurait pu et dû représenter, pour Mikl, la chance de sa vie. Il ne s'était pas encore remis de l'effet corrigé Gloson que des êtres magnifiques, lumineux, étaient apparus autour de lui, surgis de nulle part... Sri Lumpa, Naïa Phykit, Shari, alors âgé de seize ans, et quelques disciples... A partir de cet instant, l'existence avait été un enchantement de tous les instants. Naïa Phykit était devenue la mère dont il n'avait jamais osé rêver. Après son initiation, il avait appris à maîtriser le son de vie, à voyager sur ses pensées, à joindre sa voix au chœur vibrant de la création... Les guerriers du silence avaient préparé le passage de la kaliyug à la satyug de l'Indda, de l'âge de la séparation à l'âge de l'union. Une transition périlleuse puisque d'autres formes de vie déniaient à l'homme le statut de créateur et œuvraient à l'anéantissement de tout le genre humain. A l'âge de vingt ans, Shari, celui que Naïa Phykit et Sri Lumpa avaient désigné comme le dernier maillon de la lignée des mahdis, était parti subir son ultime et mystérieuse épreuve... Pourquoi Mikl n'avait-il pas eu la patience d'attendre son retour ? Pourquoi avait-il été saisi d'une impétueuse envie de quitter ses condisciples et ses parents de lumière ? De vagabonder sur les mondes recensés, ivre de la puissance que lui conférait l'antra ? Il se souvenait seulement qu'il avait ressenti un odieux sentiment de jalousie lorsque était née Yelle, la fille de Naïa Phykit et de Sri Lumpa. Sa mère idéale l'avait abandonné. Comme, quelques années avant elle, sa mère biologique. Il n'avait sans doute pas supporté qu'on le trahisse une deuxième fois.

Les chasseurs avaient déserté leur poste de guet. Ils convergeaient maintenant vers la porte de la salle, s'engouffraient dans la cage de l'escalier extérieur.

« Attendez ! » cria Mikl.

Un battant du portail s'ouvrait lentement.

La silhouette épaisse de Song-Nu Jien, vêtu de sa longue veste noire et coiffé de sa toque rouge, s'immisça dans la cour. A quelques mètres suivait un protecteur, enfoui dans les plis et l'ample capuchon de son acaba blanche. Un silence oppressant tomba sur la salle. Les chasseurs, pétrifiés, regardèrent Song-Nu Jien s'avancer à pas comptés jusqu'au centre de la cour, puis, comme convenu, se mettre à courir en direction du bâtiment.

Distancé, le Scaythe s'immobilisa.

Une cible fixe, idéale pour des bourgeois dont les réflexes et l'adresse n'étaient pas les points forts (leur qualité principale, aux yeux des guides autochtones, c'étaient les sommes qu'ils consentaient pour avoir l'impression d'être adroits et pétris de réflexes).

« Qu'est-ce que vous attendez, nom de Dieu ? » hurla Song-Nu Jien au pied de l'escalier extérieur.

Revigorés par le coup de gueule de leur compagnon d'expédition, les chasseurs reprirent une larme de courage (après tout, ils étaient dix contre un), déverrouillèrent les crans de sécurité de leurs armes, dévalèrent l'escalier, remirent son ondemort à l'historiographe impérial et se déployèrent devant le protecteur, statufié au milieu de la cour. Quelque chose de maléfique se dégageait du capuchon de l'acaba. Même immobile et apparemment sans défense, le Scaythe paraissait infiniment plus dangereux que n'importe quel pumaon, oursigre ou lyphète des forêts franziennes. La lumière radieuse du jour semblait décliner sur un rayon de deux mètres autour de lui.

La respiration de Mikl, posté dans la salle, se suspendit.

Disposés en ligne (c'était d'ailleurs leur conception ordinaire de l'art cynégétique : un gibier piégé face à un peloton d'exécution), les chasseurs épaulèrent leurs armes.

« Feu ! » cria Song-Nu Jien.

Les bouches des ondemorts, brûlentrailles et poires désintégrantes vomirent simultanément leurs rayons. Comme elle se dressait à moins de vingt pas, qu'elle présentait une surface de tir confortable et qu'elle avait le bon goût de ne pas prendre ses jambes à son cou, les exécuteurs des hautes œuvres ne rencontrèrent aucune difficulté à toucher leur cible, même si quelques salves s'en allèrent piteusement frapper les murs métalliques sur lesquels elles abandonnèrent des cavités aux bords noirs et crénelés. Des volutes de fumée grise s'élevèrent de l'acaba blanche, criblée de larges points d'impact.

Un fauve, un sylvage se seraient effondrés pour beaucoup moins que ça, mais le protecteur resta debout, imperturbable, comme si ce déluge de feu n'avait eu aucun effet sur lui. Une extrême nervosité gagna les chasseurs, ainsi que Mikl, glacé d'effroi par l'effarante résistance du Scaythe.

« La tête ! La tête, nom de Dieu ! » rugit Song-Nu Jien.

Ils s'appliquèrent donc à viser le capuchon mais les tremblements de leurs membres, conjugués à la chaleur brûlante qu'irradiaient les crosses de leurs armes, ne contribuaient guère à affiner la précision de leur tir. Des ondes s'écrasèrent sur le portail, d'autres se perdirent dans les airs, d'autres encore frappèrent le protecteur au niveau des jambes, du bassin, du torse, d'autres enfin s'engouffrèrent dans l'ouverture de son capuchon. Cette fois-ci, l'impact le fit reculer, chanceler, et Mikl, qu'une flambée d'espoir réchauffa, s'attendit à le voir s'écrouler sur le béton de la cour.

L'acaba partait maintenant en lambeaux, dévoilait de larges pans d'écorce épithéliale brune et craquelée. Le protecteur se rétablit sur ses jambes et se dressa de nouveau face à ces dix humains qui ambitionnaient d'être ses bourreaux.

« Feu ! » s'égosilla Song-Nu Jien.

La salve déchiqueta le capuchon de l'acaba et découvrit la tête difforme du Scaythe. Ils s'aperçurent alors qu'il ne présentait aucune trace de blessure, aucune lésion apparente, aucune brûlure. Ses yeux globuleux, uniformément jaunes, jetaient des éclats électriques. Le seul élément de sa personne qui avait pâti de la grêle ondulatoire, c'était le tissu rugueux (et probablement de médiocre qualité) de son vêtement.

« Feu ! »

Fous de rage et de terreur, ils achevèrent de pulvériser l'acaba et de dénuder le corps du protecteur – pouvait-on vraiment appeler cela un corps ? Il évoquait plutôt les statues de boue séchée, grossières et asexuées, dont les sylvages ornaient les places de leurs villages. Mikl comprit que son rêve, son ultime rêve héroïque, s'était brisé. Le mahdi Shari avait eu raison : le chant de la création, l'infime et omniprésente vibration des champs inddiques, était la seule arme efficace à opposer aux Scaythes d'Hyponéros. Et cette arme extraordinaire, lui, Mikl Manura, l'avait perdue. Un étau aux mâchoires acérées lui comprima le bas-ventre.

Geof Runocq et ses compagnons ne se rendirent pas compte que s'opéraient d'imperceptibles transformations dans les zones profondes de leur cerveau. Ils croyaient avoir rabattu un simple protecteur, un gibier facile, un spectre qui ne laissait pas de trace, et ils avaient affaire à un effaceur, une créature qui pouvait modifier à volonté leur conformation cérébrale. La peur retirait maintenant toute dignité aux dix grands bourgeois des mondes du Centre, y compris à l'honorable Song-Nu Jien, nouvel historiographe impérial. Non contents de vomir, d'uriner ou de déféquer dans leurs colancors, ils furent également pris d'une irrépressible envie de s'exterminer les uns les autres.

Un rictus de démence tordit la bouche de Geof Runocq, qui tourna son arme contre son voisin le plus proche et lui perfora la poitrine sans autre forme de procès. Des relents de viande brûlée se répandirent dans l'atmosphère déjà saturée par les odeurs de carbone. Mikl, épouvanté, eut de plus en plus de mal à distinguer les gibiers des chasseurs, car ils se faisaient tour à tour gibier et chasseur, couraient dans tous les sens, bondissaient comme des lyphètes pour esquiver les rayons étincelants qui jaillissaient des gueules de canons. Aucun d'eux ne songea à s'enfuir par le portail ouvert. Il leur fallait tuer ou être tué selon les règles de l'art cynégétique, selon les lois immuables de l'hallali. Ils devenaient enfin de véritables Nemrod, résolus, habiles, impitoyables. Six cadavres jonchèrent bientôt le sol. Les quatre survivants, dont Geof Runocq et Song-Nu Jien, ne se préoccupaient plus du protecteur, forme brune, figée, occultée par les écharpes de fumée qui s'enroulaient autour d'elle.

Lorsque Geof Runocq eut abattu son dernier gibier, le grand érudit Song-Nu Jien, il ne lui accorda pas le moindre regard, pas plus d'ailleurs qu'aux cadavres de ses huit autres compagnons d'expédition. Il leva son ondemort, posa l'extrémité du canon entre ses yeux et, sans l'ombre d'une hésitation, pressa la détente. L'onde lui perfora le crâne et lui désagrégea le cerveau.

Les yeux jaunes du Scaythe transpercèrent l'écran opaque de fumée. Des tentacules ondoyants et froids furetèrent sous le crâne de Mikl.

Un ressort se cassa dans l'esprit du jeune Sbaraïque.

Une heure plus tard, après que le protecteur se fut éclipsé, enveloppé dans une cape récupérée sur un cadavre, Mikl sortit à son tour de la cour intérieure de l'usine désaffectée, remonta la rue, traversa les faubourgs industrieux de Néa-Marsile et se dirigea vers l'orée de la forêt tropicale. Il fit une halte au Bar Naïmerod, où il commanda un verre de vin franzien. La serveuse, une rousse vêtue d'une robe bleue courte et décolletée, le lui servit sans dire un mot. Il l'avala d'un trait, extirpa une pièce d'une unité de sa poche et la lança sur la planche du comptoir. Au moment où il se retirait, la serveuse recouvra tout à coup l'usage de la parole :

« Et ces gros porcs ? Où sont-ils passés ? J'ai vu qu'ils avaient repris leurs armes... »

Il la regarda d'un air étonné. Il ne voyait pas de quels gros porcs ni de quelles armes elle voulait parler. Elle semblait le connaître mais il ne se souvenait pas d'elle. Il s'était arrêté dans ce cabanon parce qu'il avait soif et que c'était le seul débit de boissons du coin.

Le grondement de la grande cascade couvre les trilles des oiseaux-lyres. Giflées par les courants d'air, des gouttes d'eau froide cinglent le visage de Mikl, assis au bord de la faille vers laquelle l'ont machinalement porté ses pas. Il fixe jusqu'au vertige les crêtes noires et découpées des rochers qui affleurent l'eau bouillonnante cent mètres en contrebas. Des visages, des silhouettes, des paysages défilent dans son esprit, mais il ne parvient pas à donner de la cohérence à l'ensemble. Il sait seulement qu'il doit se lancer dans le vide. Une voix le lui ordonne. Ce n'est pas sa voix et pourtant elle provient des profondeurs de son âme.

Il se retourne et observe les feuillages bruissants. Il n'y a personne autour de lui. Il est seul avec lui-même. Seul avec sa détresse. Seul avec son chagrin. De grosses larmes coulent sur ses joues, mêlent leur tiédeur à la fraîcheur des gouttes de la cascade.

Il se lève. Une certitude le suffoque : il a raté sa vie, il a renié son humanité, il ne laissera aucune trace de son passage sur les mondes de l'en-bas.

Il se jette dans le vide. Juste avant de s'écraser sur les rochers, il est traversé par l'image d'une femme aux longs cheveux d'or et aux merveilleux yeux pers. Peut-être que s'il avait eu une mère comme elle, il aurait trouvé en lui la force de ne pas mourir.

CHAPITRE XI

Et ceux qui sont arrivés par l'espace repartiront par l'espace. Issus du Globe, ils retourneront au Globe. Ils verront la nouvelle Jer Salem, la cité de lumière, ils redeviendront les enfants de l'Eternité et ils ensemenceront l'univers. Car en vérité, la fin est le commencement, et le commencement est la fin. Les temps adviendront où les créatures de l'homme s'acharneront à détruire l'homme. Alors les xaxas, les messagers des dieux, les migrateurs célestes, surgiront des lointaines galaxies. Ils couvriront le ciel de l'amas et se poseront sur les glaciers. Et s'ouvriront leurs ventres, et en sortiront les chrysalides géantes qui se métamorphoseront en gigantesques papillons de feu.

S'achèvera pour le peuple élu le temps de l'exil.

Commencera le grand voyage vers la nouvelle et ancienne Jer Salem. Chaque Jersalémine, chaque élu, chaque enfant, chaque femme, chaque homme entrera dans le ventre d'un xaxas. Et les migrateurs célestes les nourriront de leur chaleur et de leur air, comme, des milliers d'années plus tôt la grande arche de fer nourrit les ancêtres de l'Exode. Et les migrateurs célestes les emporteront dans les cieux, affronteront l'immensité du vide et les déposeront au bout de quarante jours sur le sol béni de la nouvelle Jer Salem. Les élus seront reçus par les anges de lumière, par les anciens et nouveaux prophètes, par les dieux. Ils créeront un Eden d'où seront bannis le malheur et le péché. Ainsi sera définitivement expiée la très grande faute de leurs ancêtres, les Phraélites qui défièrent les dieux et s'exterminèrent par les pensées.

Ô âmes élues, ô vous qui êtes l'ancien et le nouveau monde, ô vous qui êtes le passé et l'avenir, préparez ces jours merveilleux. Apprenez à entrer dans le ventre du xaxas, jeûnez quarante jours par an, usez de l'air avec parcimonie. Ô vous âmes élues, ô filles et fils du Créateur Unique, ô enfants du Globe, conservez la pureté de votre race, ne vous mêlez pas aux gocks[1]*, vos faux frères humains. Ils sont maudits pour l'éternité et infectés sont leurs gènes, sale est la semence des hommes, putride est*

1. Gock (féminin : gocki) : désigne un étranger, un non-élu, dans l'antique langue de Jer Salem. Dans la bouche des Jersalémines, le mot « gock » prend une connotation péjorative, voire méprisante.

le ventre des femmes. Le Globe les a reniés jusqu'à la fin des temps. Sachez, ô filles de Jer Salem, que celle qui sera couverte par un gock sera dénudée et enterrée vive dans le glacier. Sachez, ô fils de Jer Salem, que celui qui ensemencera une gocki aura le membre tranché et sera offert en pâture aux oursigres des neiges. Sachez que les xaxas nourriront les purs et tueront les impurs. Ô abyns, ô vous les gardiens de la Parole, veillez sur le peuple élu, sur le peuple divin, comme les chiens des bergers veillent farouchement sur les troupeaux. Soyez impitoyables avec les pécheurs et généreux avec les justes. Ô princes de Jer Salem, ô vous les garants des lois et des coutumes, payez de votre personne, montrez l'exemple, soyez plus sévères envers vous-mêmes qu'envers vos ouailles.

Chérissez la mémoire d'Elian, l'abyn qui guida nos ancêtres phraélites jusqu'à la Jer Salem de glace et de neige. Pour châtier les humains, les dieux courroucés lancèrent douze fléaux sur le Globe des origines. Il y eut successivement la colère des eaux, la colère de la terre, la colère des cieux, la colère des volcans, la colère du feu, la colère des vents, la colère des neiges, la colère des insectes, la colère des fauves, la colère de l'atome, la colère des barbares et la colère des prêtres. L'abyn Elian se retira dans le désert de Gob et pria pendant quarante jours. Les dieux entendirent sa supplique et déposèrent à ses pieds une grande arche de fer. Elian passa quarante ans à rassembler les membres éparpillés du peuple élu de Phraël et, lorsque fut pleine l'arche de fer de ses quatre cent mille passagers, ils affrontèrent l'immensité de l'espace. Le voyage dura cent quarante années. Nombreux furent ceux qui désespérèrent, qui se révoltèrent, qui renièrent la Parole du Globe. Et ceux-là périrent par le carbone ou se jetèrent dans le vide.

Il advint que l'arche se posa sur ce monde de glace et de neige. L'abyn Elian déposa le Globe sacré dans le cœur du glacier et baptisa ce monde Jer Salem.

Il advint également que surgirent les xaxas des lointaines galaxies, qu'ils se posèrent autour de l'arche et que se déployèrent les papillons de feu. L'abyn Elian et quelques ancêtres prirent place dans le ventre des migrateurs célestes et s'envolèrent vers la Jer Salem de lumière.

Lorsque les créatures de l'homme envahiront les mondes humains et défieront les dieux, lorsque sonnera l'heure du juste châtiment pour les gocks impurs, les temps seront venus, ô filles et fils du peuple élu, de rejoindre l'abyn Elian...

Nouvelle Bible de Jer Salem,
versets du Livre des Xaxas

« Ce n'était pas la peine de faire tant de mystère au sujet de Naïa Phykit ! » lança Marti en s'engouffrant dans la cabine.

Allongé sur sa couchette, Robin de Phart referma la Bible de Jer Salem, un antique livre-papier qu'il avait emprunté à un dénommé San Frisco, un homme d'équipage d'origine jersalémine, et leva les yeux sur son complanétaire. Le vieux Syracusain avait d'ailleurs été surpris (et ravi, ô combien !) que San Frisco accédât à sa requête et lui remît le précieux ouvrage. Le peuple élu se refusait catégoriquement à confier ses textes sacrés aux mains des gocks, mais les principes de l'homme d'équipage, un proscrit, un prince banni, avaient probablement perdu de leur rigidité au contact des autres peuples des mondes recensés.

« Que voulez-vous dire, Marti ?

– Que vous n'êtes pas le seul à vouloir rejoindre la fille de votre ancien ami. Je viens de faire la connaissance d'un petit Utigénien qui cherche à se rendre sur Terra Mater. Car c'est là qu'elle s'est réfugiée, n'est-ce pas ? »

Robin de Phart se leva et vint se coller contre le hublot. Le vaisseau était en phase de propulsion Shlaar, et les lueurs des lointaines étoiles fusaient d'un point à l'autre de l'espace comme des bulles-lumière soufflées par des rafales de vent.

« Je ne comprends pas pourquoi vous avez refusé de me confesser votre prétendu secret ! Avez-vous si peu de confiance en moi ? »

Robin de Phart appréciait de plus en plus la compagnie de Marti, ce fils que le hasard semblait avoir envoyé pour réchauffer l'hiver de sa vie, mais quelque chose d'indéfinissable l'empêchait de se laisser emporter par le flot de tendresse qui coulait en lui. Et il n'était pas encore parvenu à déterminer si cette résistance était due à la sécheresse persistante de son propre cœur ou à la personnalité dérangeante du jeune Kervaleur. Un sombre pressentiment l'avait étreint les jours qui avaient suivi l'anéantissement de la Libre Cité de l'Espace. Son intuition lui avait chuchoté que l'explosion subite des vaisseaux et des ponts étanches de la ville rebelle avait un lien avec le retard de Marti au moment de l'embarquement, avec la poussière noire qui maculait son uniforme d'Ecarlate (pourquoi donc ne s'était-il pas changé ?), avec sa monstrueuse réaction d'indifférence devant la catastrophe. Le vieux Syracusain, que ces noires pensées avaient empêché de dormir pendant plus de deux semaines, avait tenté d'interroger discrètement son complanétaire, mais il n'avait récolté que réponses évasives, haussements d'épaules ou airs agacés. Il ne mettait pas en doute la sincérité de son compagnon de route mais son équilibre psychologique : les lueurs de démence qui traversaient de temps à autre les yeux noirs de Marti indiquaient qu'il était en proie à des pulsions incontrôlables.

Non, Robin de Phart n'avait pas confiance en son jeune concitoyen, et il en souffrait.

« J'aurais fini par vous le dire, murmura-t-il d'un ton las. Je voulais d'abord apprendre à vous connaître...

– Jek – c'est le nom du petit Utigénien – s'est montré moins soupçonneux que vous ! Je crois plutôt que vous m'avez caché cette information pour m'obliger à rester près de vous. Je ne me suis pas enfui de chez mes parents pour continuer d'être traité en enfant, sieur de Phart ! »

Les mots de Marti se fichaient comme des flèches empoisonnées dans la poitrine du vieux Syracusain, dont les doigts se crispaient sur la couverture de cuir usé de la Bible de Jer Salem. Le ronronnement sourd des moteurs du *Papiduc* incisait le velours sombre du vide interstellaire. Le mal de l'espace, provoqué par l'effet Shlaar, gangrenait peu à peu Robin de Phart, et il restait encore quinze jours de voyage jusqu'à Franzia.

« Que comptez-vous faire ? »

Marti s'assit sur sa banquette et joua distraitement avec les boutons de la veste skoj qu'il avait achetée (dix des trente dernières unités standard de Robin, Marti ayant oublié de prendre avec lui les deux mille unités que lui avaient values ses prestations sexuelles...) dans une des boutiques du bord.

« Rejoindre Naïa Phykit et Sri Lumpa sur Terra Mater, répondit-il. C'est également votre intention, non ?... Et devenir un guerrier du silence.

– Comment comptez-vous effectuer le voyage ?

– Jek m'a parlé de réseaux clandestins de passeurs sur Franzia.

– Avec quel argent paierez-vous ? Les transferts pirates coûtent de véritables fortunes. Sans compter que les réseaux clandestins ne disposent que de vieilles machines, aux rayons d'action de moins de dix années-lumière...

– Qu'en savez-vous ? »

Robin de Phart retourna s'asseoir sur sa couchette et ouvrit la Bible de Jer Salem. Ses yeux errèrent machinalement sur le texte imprimé.

« Au cours de mes quinze années d'errance, il m'est souvent arrivé de recourir à leurs services. Ce sont des raskattas, des individus sans scrupule, des trafiquants de la pire espèce.

– Nous nous débrouillerons pour les convaincre de nous transférer gracieusement !

– Autant essayer de convaincre un kreuzien d'aimer son prochain ! »

Marti dévisagea froidement Robin de Phart.

« Je m'aperçois que l'âge rend amer et pessimiste, lâcha-t-il entre ses lèvres pincées.

– On peut également appeler ça de la sagesse, rétorqua le vieux Syracusain.

– Je déduis de vos paroles que nous ne pourrons pas compter sur votre appui...

– J'ai beau m'approcher à grands pas de la mort, je n'en prends pas pour autant des dispositions suicidaires !

– Mais alors, comment espérez-vous gagner Terra Mater ? »

Robin de Phart s'abîma dans la lecture d'un passage du Livre des Xaxas. La couverture de sa couchette était jonchée de vidéholos et de livres-lumière.

« Je ne sais pas encore... Je fais confiance au destin...

– Le destin joue parfois de drôles de tours aux humains.

– Je ne vous connaissais pas ce talent de philosophe !

– La phrase n'est pas de moi mais de Jek, le petit Anjorien. Enfin, de son père... De son p'a, comme il le dit lui-même... »

Robin de Phart brandit la Bible de Jer Salem.

« La solution se trouve peut-être dans ce livre. J'ai la nette impression que San Frisco ne me l'a pas prêté par hasard.

– Le second ? Je n'aime pas ce type... Toujours fourré avec Jek, qu'il surnomme le "prince des hyènes". Il n'a pas seulement une drôle de façon de parler. Son regard me flanque la trouille... »

Un sourire narquois s'esquissa sur les lèvres du vieux Syracusain.

« Où donc avez-vous égaré les préceptes de l'éducation courtisane, Marti ? Le langage de San Frisco est imprégné de poésie, le vôtre marque une tendance certaine à se vulgariser. »

Une ombre glissa sur le visage du jeune Kervaleur.

« Je suis mort au monde courtisan, mort à mes parents, mort à mes amis... De quelle solution parliez-vous ?

– Les xaxas de la religion du Globe... Les migrateurs célestes qu'attendent les Jersalémines depuis huit mille ans. J'ai discuté avec San Frisco : il est persuadé que les xaxas atterriront sur Jer Salem dans trois semaines standard.

– Et alors ?

– Certains versets de la Bible prétendent que l'on peut s'installer à l'intérieur de ces animaux fabuleux. Ecoutez ce passage : *Chaque Jersalémine entrera dans le ventre du xaxas. Et le migrateur céleste le nourrira de sa chaleur et de son air... l'emportera dans les cieux, affrontera l'immensité du vide et le déposera au bout de quarante jours sur le sol béni de la nouvelle Jer Salem...* Reste à savoir ce que la Bible entend par "la nouvelle Jer Salem"... *Issus du Globe, ils retourneront au Globe...* L'ancien Globe, c'est sans conteste Terra Mater, la terre des origines, d'où sont partis les Phraélites il y a de cela plus de quatre-vingts siècles. Mais quel est le Globe de destination ? Le nouveau monde ? San Frisco soutient qu'il y a une grande part de symbolisme dans les textes sacrés. C'est ce qui lui a valu les foudres des abyns et son bannissement de Jer Salem...

– Le gâtisme vous guette, sieur de Phart ! coupa sèchement Marti. Vous tenez entre les mains un recueil religieux, un ramassis de croyances vieilles de huit mille ans ! Comment pouvez-vous accorder du crédit à ces foutaises ?

– Autant que vous en accordez au mythe des guerriers du silence, mon jeune ami ! Certaines gens réagissent exactement comme vous venez de le faire lorsqu'on évoque les noms de Naïa Phykit et Sri Lumpa... De toute manière, Jer Salem n'est qu'à deux jours de vaisseau de Franzia et cela ne nous coûte pas grand-chose d'aller...

– Parlez pour vous ! »

Marti se leva d'un bond et se dirigea à grands pas vers la porte de la cabine. Les semelles de ses chaussures de soie (trois unités standard la paire...) claquèrent sur le plancher métallique. Il posa la main sur la poignée et se retourna. Ses yeux lançaient des éclats flamboyants.

« Jek et moi, nous n'avons pas l'intention d'aller perdre notre temps sur Jer Salem ! Nous solliciterons les réseaux de passeurs de Néa-Marsile, que cela vous plaise ou non ! Le virus de l'ethnosociologie vous rongera jusqu'à la fin de vos jours, sieur de Phart. Vous prétendez agir dans l'intérêt général, mais votre interprétation des versets de la Bible, outre qu'elle est délirante, ne sert que vos propres intérêts. Si nous décidions de vous accompagner, vous feriez d'une pierre deux coups : vous satisferiez votre passion de l'étude et vous conserveriez près de vous ceux que vous destinez à égayer vos vieux jours. Une maxime syracusaine prétend que la solitude est l'ennemie mortelle du vieillard et, si j'en juge par vos tentatives pathétiques de vous entourer d'amis, je m'aperçois que c'est vrai. Quant à San Frisco, c'est un Jersalémine, un homme dont on ne peut prévoir les réactions. Qui vous dit qu'il ne cherche pas à vous piéger ? Peut-être vous ouvrira-t-il la gorge dès que vous aurez posé le pied sur Franzia ! »

Marti, Marti ! pensa Robin de Phart. Tu ne sais donc pas reconnaître les princes des scélérats ? Tu n'as donc rien appris à la cour impériale de Vénicia ?

« Grands dieux ! Et dans quel but ?

– Il vous croit riche... Les gens qui déboursent cent vingt mille unités pour une traversée spatiale ne sont pas légion. Vous et votre prétendue sagesse, vous avez payé le triple des autres passagers ! »

Il avait prononcé ces mots comme une sentence. Il s'engagea dans la coursive et claqua violemment la porte sur son passage. Robin de Phart reposa la Bible de Jer Salem sur la tablette de nuit, s'allongea sur la couchette et se laissa dériver sur une mer de pensées moroses. Avec la brutalité et l'impudence de la jeunesse, Marti avait profondément enfoncé le fer dans ses plaies : Robin avait toujours été seul, depuis son enfance de fils unique sur Syracusa jusqu'à son errance infinie sur les mondes recensés. Seul par choix, parce que, fort du contrat que lui avait proposé une compagnie de production holo, il avait opté pour un métier d'ethnosociologue qui exigeait d'incessants déplacements. Seul par obligation, parce que l'Eglise du Kreuz l'avait classé à l'index des grands hérétiques et qu'il était devenu un pestiféré, un clandestin, un exilé, un chatrat des étoiles. Seul enfin parce que la friche avait recouvert son cœur et qu'il n'avait jamais pu ou su exploiter son gisement d'amour. Il avait accumulé des connaissances, observé, étudié, décortiqué de multiples peuples des mondes recensés, mais il avait oublié de vivre et il s'abîmait lentement dans le vide absurde dont il s'était lui-même entouré. Son savoir, ce savoir dont il s'était montré si fier, ne servirait à personne. Contrairement aux livres-lumière et aux vidéholos, ces précieux témoins que se transmettaient les générations, il se refermerait définitivement avec la mort. Il était parfaitement conscient que son désir de rencontrer Naïa Phykit – la dernière fois qu'il l'avait vue, elle était âgée de trois ans et Sri Alexu parlait d'elle comme de la première merveille de l'univers – était à la fois son ultime voyage et une tentative désespérée d'abandonner un infime sillage dans la longue histoire des humanités.

Il se secoua, refoula énergiquement le désespoir qui le rongeait. Il lui fallait trouver un moyen de dissuader Marti et le petit Utigénien de mettre à exécution leur projet insensé. Les passeurs des réseaux clandestins se livraient au trafic de chair humaine, approvisionnaient en marchandhommes (enfants et adolescents, principalement) les nobles, bourgeois et prélats des mondes du Centre. Un nom vint immédiatement à l'esprit de Robin : San Frisco. Avec l'aide du second, qui bien que Jersalémine semblât éprouver de la sympathie pour les gocks, il pourrait peut-être empêcher son jeune et fougueux complanétaire de commettre l'irréparable.

Le *Papiduc* avait émergé de son bond Shlaar devant la grande ceinture d'astéroïdes des mondes néoropéens. La carène du grand vaisseau avait chassé des poussières célestes et des débris enflammés avaient crissé sur le hublot de la cabine de Jek. Mais, s'ils avaient fait sursauter le petit Anjorien, ils n'avaient pas eu l'air de provoquer la moindre rayure sur la vitre à quadruple épaisseur.

Les boucliers thermiques se déployaient dans un sifflement aigu et prolongé. La planète Franzia, première des sept étapes du périple néoropéen du *Papiduc*, grossissait rapidement dans le champ de vision de Jek. De puissants tourbillons d'énergie se formaient à la surface de la stratosphère, dont le halo supérieur se parait de splendides teintes vertes et cuivrées. En retrait, les disques étincelants de deux soleils enflammaient la plaine céleste. Plus loin encore se devinait l'essaim des étoiles de Néorop, bruissant de lumière.

L'atterrissage sur Franzia n'était plus qu'une question de minutes. Les rugissements des moteurs d'inversion traversaient les cloisons et le plancher. Les boucliers externes, portés à incandescence par l'échauffement atmosphérique, jetaient des éclats rougeoyants.

Jek se rendit pour la trentième fois près de la porte et en tourna la poignée. Pas davantage que lors de ses précédentes tentatives elle ne consentit à s'ouvrir. Il n'avait rien remarqué, rien entendu, mais, quelques heures plus tôt, au moment où il avait voulu gagner le restaurant des hommes d'équipage, il s'était rendu compte qu'on l'avait enfermé dans sa cabine. Il avait eu beau tambouriner, appeler, tempêter, personne ne s'était manifesté. Il s'était alors remémoré les paroles de San Frisco : « Il est plus difficile de sortir du cœur du viduc que d'une boîte en fer. »

Le maître du *Papiduc* n'avait visiblement pas l'intention de le laisser repartir. Avait-il surpris les conversations entre Jek et Marti ? Avait-il eu vent de leur projet de contacter les passeurs clandestins de Néa-Marsile ? En dépit du luxe de précautions dont s'étaient entourés le petit Anjorien et le jeune Syracusain, cette éventualité était à prendre en considération : de nombreux mouchards audio étaient disséminés dans les cloisons et plafonds des coursives et des cabines, et le viduc avait des yeux et des oreilles partout. Jek en était arrivé à douter de la sincérité de San Frisco. Le second n'avait-il pas feint de le prendre en amitié pour mieux recueillir ses confidences et les rapporter à son maître ? Ne s'était-il pas livré, tout au long de ces six mois de voyage, à un odieux simulacre d'affection ? Qu'il était difficile à un enfant de huit ans (huit ans et demi, peut-être neuf... avec les incessants décalages planétaires, Jek ne savait plus très bien où il en était de son temps de vie, autrefois rythmé par les anniversaires, les fêtes et les saisons utigéniennes...) de composer avec les arrière-pensées et les intérêts des adultes !

La veille, lors du repas rituel dans la salle à manger de sa cabine, le viduc avait paru d'humeur sombre. Il n'avait pratiquement pas ouvert la bouche, ni pour parler ni pour manger. Il avait posé son menton sur ses mains croisées et, de longues minutes durant, avait enveloppé Jek d'un regard intense, douloureux. Sur le coup, le petit Anjorien n'y avait guère prêté attention, trop absorbé qu'il était à dévorer tout ce qui lui tombait sous la dent. Il avait présumé que ce mutisme maussade se rapportait à la disparition de la Libre Cité de l'Espace (un important débouché commercial en moins...) mais, à présent, devant cette porte obstinément close, il prenait conscience de la véritable signification de ce regard.

Le viduc avait presque convaincu Jek de renoncer à ses rêves, d'opter pour l'existence mouvementée des trafiquants de l'espace, et l'intrusion de Marti de Kervaleur avait tout remis en cause. Pendant six mois, l'intime conviction du petit Anjorien avait reposé sur la seule parole d'Artrarak et, au fur et à mesure que s'étaient égrenés les jours, elle s'était étiolée avec le souvenir du vieux quarantain. Au cœur de l'immensité stellaire, il s'était peu à peu identifié aux limites du vaisseau, de ce cocon métallique qui, à défaut de chaleur, avait le mérite de lui procurer un sentiment de sécurité. Le *Papiduc* était devenu sa maison de l'espace, son terrain de jeu, un endroit clos, rassurant, où il avait pris ses habitudes, où il s'était créé des repères. Le piège subtil du viduc avait parfaitement fonctionné : hormis la cérémonie du repas quotidien, il n'avait imposé aucune règle à Jek, il l'avait laissé explorer le vaisseau en toute liberté, se familiariser avec les hommes d'équipage et les rituels de la navigation stellaire... Peu à peu, sans même s'en rendre compte, Jek s'était fait à l'idée que ce monde en valait bien un autre, que le viduc valait bien les fantômes de p'a et m'an At-Skin, que les incessants voyages entre les mondes Skoj et l'amas de Néorop valaient bien les longues marches dans les rues d'Anjor, que le statut de pirate de l'espace valait bien celui de guerrier du silence, que les femmes des mondes Skoj, nues et belles dans la pénombre des coursives, valaient bien la légendaire Naïa Phykit... Le tableau aurait été presque parfait si San Frisco, son autre père de fortune, ne lui avait pas fait comprendre qu'il comptait déserter à la prochaine escale.

« Les temps sont venus où ma tête et mon cœur étouffent à l'intérieur de ce monde en mouvement... Un autre voyage m'attend, prince des hyènes... Il ne tient qu'à toi de m'accompagner... »

Malgré les supplications de Jek, San Frisco avait refusé d'en dire davantage.

« Le viduc ne te laissera jamais partir ! avait lancé, à bout d'arguments, le petit Anjorien.

– Un gock ne peut s'opposer à la volonté des dieux du Globe... Ma tête craint que le périple du prince des hyènes ne s'achève dans le vaisseau et mon cœur n'a pas envie de chanter... »

Le second aurait probablement eu raison sur ce point si Jek n'avait pas rencontré Marti de Kervaleur. Cela faisait plusieurs jours qu'il avait remarqué la présence du jeune Syracusain au restaurant commun, où il venait prendre ses repas, flanqué d'un vieillard au visage parcheminé et aux cheveux argentés. Il avait d'abord hésité à l'importuner car la finesse extraordinaire de ses traits et la noblesse de son maintien avaient quelque chose d'intimidant. Il l'avait épié à la dérobée, s'efforçant d'imiter discrètement ses gestes racés, en particulier la façon qu'il avait de manier ses couverts, de porter la nourriture à sa bouche et de s'essuyer les lèvres avec le coin d'une serviette jetable.

Il avait profité d'un jour où le jeune Syracusain était

seul pour l'aborder. Comme il était en panne de sujet de conversation, il s'était assis en face de lui et l'avait provoqué du regard.

« Que me voulez-vous ? » avait demandé le Syracusain sans lever les yeux de son assiette.

Jek, surpris par ce vouvoiement emphatique, n'avait rien trouvé de mieux à bredouiller qu'un piteux :

« Rien... Rien...

– Allons, cela fait plusieurs jours que vous m'observez en cachette et que vous essayez de copier mes attitudes... assez mal, d'ailleurs... »

La facilité avec laquelle son interlocuteur l'avait percé à jour avait mortifié Jek, emporté par une vague de honte.

« Eh bien, que me voulez-vous ? »

En dépit de cette entrée en matière réfrigérante, le Syracusain et l'Utigénien avaient fini par lier connaissance. Jek avait cherché à se mettre en valeur en racontant le comblement et le gazage du ghetto quarantain, l'histoire des hyènes (en un coup de parole magique, les prédatrices géantes du désert nucléaire étaient passées de quelques centaines à des centaines de milliers...) et l'émeute des bêtazoomorphes de Glatin-Bat. (« Des millions de mutants se sont entre-tués pour que je devienne leur prince, leur prophète ! ») Marti de Kervaleur l'avait d'abord écouté patiemment, les yeux traversés de lueurs railleuses et les lèvres effleurées d'un sourire narquois, mais lorsque Jek, voulant à tout prix susciter l'intérêt de son interlocuteur, avait ouvert le chapitre de Naïa Phykit et de Sri Lumpa (« Un jour, je serai un guerrier du silence et je voyagerai sur mes pensées... »), toute trace d'ironie avait déserté le visage du Syracusain. Il avait tout à coup paru captivé, avait posé d'innombrables questions auxquelles Jek, enfin pris au sérieux, avait répondu de son mieux, puis il avait déclaré qu'il souhaitait également contacter Naïa Phykit et devenir un guerrier du silence.

« En vous en parlant, mon cher Jek, je me rends compte que cette rencontre a constitué depuis toujours le but ultime de ma vie...

– Et tu viens d'où ? »

Dans l'enthousiasme, le tutoiement avait jailli spontanément. Jek avait d'ailleurs toujours pensé que le vouvoiement était réservé aux grandes personnes à l'allure sévère, aux missionnaires kreuziens en particulier. Marti avait donc à son tour relaté les événements qui l'avaient conduit à l'intérieur du *Papiduc* (exception faite, bien entendu, des cérémonies rituelles du Mashama). S'il avait décrit avec force détails la dure condition d'Ecarlate, l'âpreté du travail de nettoyage dans les tubes d'aération, il avait brièvement évoqué sa deuxième activité, les visites secrètes et rémunérées à certaines femmes de la Libre Cité de l'Espace, une occupation dont la finalité avait échappé à Jek.

Ils s'étaient revus à plusieurs reprises, avaient échafaudé un projet commun : à deux, ils auraient plus de chance de réussir, ils s'uniraient pour surmonter les obstacles, pour affronter les passeurs des réseaux clandestins.

« Mon nom fera pencher la balance, avait affirmé Marti. Ils n'oseront pas refuser un service au descendant d'une des dix plus illustres familles syracusaines... »

La fière assurance du Syracusain avait réconforté Jek. Le destin s'était débrouillé pour le remettre sur le chemin de son rêve. Il était sorti de sa léthargie et le *Papiduc* lui était apparu sous son vrai jour. Il ne s'était pas évadé de la maison familiale d'Anjor et de l'école de propagande sacrée des kreuziens pour se claquemurer jusqu'à la fin de son existence dans une prison spatiale, dans une boîte en fer bruyante, fétide, étouffante. La voix mourante d'Artrarak avait de nouveau résonné clairement en lui : *Vis, Jek, et deviens un guerrier du silence...*

Il s'était bien gardé de faire part de sa résolution au viduc. Il avait eu le redoutable privilège d'assister à quelques-unes de ses colères, dirigées contre des hommes d'équipage coupables de négligence, et il ne tenait pas à être pris dans la tourmente. Jusqu'au bout, il avait cru que le maître du *Papiduc* ne se douterait de rien, mais la porte condamnée de sa cabine lui montrait qu'il s'était lourdement trompé. Le viduc le considérait comme sa chose, comme son bien, et la cage qu'il lui avait destinée était sans nul doute cadenassée et férocement gardée. « Il est plus difficile de sortir de son cœur que d'une boîte en fer... » Saisi d'un violent accès de rage, Jek frappa du pied le panneau inférieur de la porte métallique. Puis le découragement le gagna et, la tête basse, il retourna se poster devant le hublot, dont la vitre à quadruple épaisseur interdisait toute tentative d'évasion.

Entre ses cils emperlés de larmes, il aperçut la tache verte de la forêt tropicale franzienne, bordée d'un côté par le liséré ocre d'un désert, de l'autre par la frange bleue d'un océan au-dessus duquel paressaient des nuages blancs et dentelés. Le sol se rapprochait à une vitesse hallucinante, comme si le lourd vaisseau, emporté par son élan, n'avait plus la capacité de réduire son allure. Les hurlements des moteurs d'inversion retentissaient comme autant de sonnettes d'alarme et les traînées rouge orangé qui zébraient les parties visibles du fuselage donnaient l'impression qu'il était sur le point de s'embraser, de se disloquer.

Le hublot offrait un champ de vision très limité, mais Jek, en se haussant sur la pointe des pieds, distingua, au beau milieu de l'immensité verte, une figure géométrique composée de points et de rubans gris.

Les formes, les contours, les volumes se précisèrent. Les points étaient des constructions et les rubans des routes. Apparemment, la cité de Néa-Marsile n'était pas très étendue, beaucoup moins en tout cas qu'Anjor, la capitale d'Ut-Gen. C'était la première fois que Jek découvrait une ville des airs (la Libre Cité de l'Espace ne comptait pas, car elle n'était pas posée sur une planète et les vaisseaux suspendus n'étaient pas de vraies constructions) et il avait du mal à en évaluer les dimensions. Vues d'en haut, les rues ressemblaient aux nervures d'une feuille et les immeubles à des carapaces d'insectes gris, anguleux et figés.

Une formidable secousse ébranla le vaisseau et

souleva Jek du plancher. Il perdit l'équilibre, roula sur lui-même et heurta de plein fouet les montants métalliques transversaux de la couchette. Ce n'est que lorsqu'il se fut relevé, à demi étourdi, les côtes endolories, qu'il avisa les consignes de sécurité affichées sur un écran inséré dans le plafond. *Veuillez rester allongé sur votre couchette et boucler vos sangles antitrépidations...* Il n'en tint aucun compte et retourna se placer devant le hublot. Le rugissement des réacteurs d'inversion se tut et fit place au gémissement plaintif des moteurs auxiliaires d'atterrissage.

Le *Papiduc* planait maintenant dans les airs comme un gigantesque rapace. Il survolait l'astroport de Néa-Marsile inondé de lumière dorée, la tour de contrôle, une aiguille de verre au sommet hérissé de paraboles, les bâtiments administratifs criblés de baies vitrées, les immenses hangars recouverts de tôle ondulée, les aires planes sur lesquelles s'affairaient une multitude de minuscules silhouettes jaunes. Entre les effluves de chaleur, Jek distingua, alignées devant des entrepôts, les formes noires et allongées d'autres vaisseaux, beaucoup moins volumineux que le *Papiduc*. Contrairement à l'aire plane de Glatin-Bat, qui avait été conçue d'un seul tenant (et dont les bâtisseurs avaient probablement pris en compte les mensurations hors normes du vaisseau du viduc Papironda), l'astroport de Néa-Marsile se composait d'une vingtaine de sections d'à peine cinquante mètres de long, séparées les unes des autres par des bandes de gazon et des allées de dalles blanches. Avec ses cinq cents mètres de la poupe à la proue, le *Papiduc* réquisitionnait donc plusieurs pistes, dix au minimum. Son ombre, aile ténébreuse étirée par les quatre soleils dispersés, submergeait progressivement les bâtiments administratifs.

Les silhouettes jaunes et les véhicules d'entretien, des chenilleurs de couleur rouge, refluèrent vers les hangars. Lorsqu'ils eurent entièrement dégagé la zone d'atterrissage, le grand vaisseau se posa sur ses vingt pieds arqués avec une légèreté et une douceur étonnantes pour un appareil de son gabarit. Le gémissement des moteurs auxiliaires décrut progressivement et un silence paisible retomba sur l'astroport. Les sas de la carène coulissèrent et vomirent de hautes passerelles dont les socles souples vinrent épouser le béton fendillé des aires planes.

Jek entrevit des mouvements confus autour du vaisseau : des chenilleurs de refroidissement, reconnaissables à leur réservoir sphérique qui les faisait étrangement ressembler à des animaux à bosse, convergeaient vers les carters inférieurs des moteurs. Des ouvriers protégés par des combinaisons et des masques d'optalium avaient déroulé des lances d'arrosage et en braquaient les extrémités sur les endroits du fuselage qui avaient le plus souffert du réchauffement atmosphérique. La chaleur intense qui se dégageait des matériaux risquait de faire éclater la surface déjà écaillée des pistes, et la première tâche des employés consistait à asperger la coque d'une neige refroidissante, un mélange de carbone et d'azote à très basse température.

Une heure plus tard, lorsque la température fut redescendue de plusieurs dizaines de degrés, des hommes vêtus d'uniformes noirs, des interliciers impériaux, surgirent des bâtiments administratifs et vinrent s'aligner au pied des passerelles. Jek les vit installer des instruments, des boîtes blanches posées sur des trépieds, qui ressuscitèrent dans son esprit le souvenir de l'identificateur cellulaire bricolé par p'a At-Skin au-dessus de la porte de la maison familiale d'Anjor. Si, comme c'était probable, ces appareils étaient bien des identificateurs cellulaires, ils étaient reliés à un mémodisque central (« Le nôtre, on lui a juste donné à manger nos cellules familiales ! » disait p'a en éclatant de rire) sur lequel étaient archivées les données adéniques de tous les raskattas de l'Ang'empire, hérétiques, opposants politiques ou criminels de droit commun.

Jek prit peur pour son ami Marti. Ils ne se connaissaient que depuis quelques semaines, mais il plaisait au petit Anjorien de penser qu'il était devenu l'ami intime d'un fils de grande famille syracusaine, d'un courtisan qui avait eu l'honneur d'approcher Menati Imperator et son épouse, la belle dame Sibrit. Si le mémodisque central de l'interlice contenait les coordonnées cellulaires du jeune Syracusain, il n'aurait aucune chance de passer au travers du contrôle, ils se saisiraient de lui, le réexpédieraient dare-dare sur Syracusa où il serait traduit devant l'Inquisition mentale et condamné au supplice de la croix-de-feu à combustion lente. Puisque Jek devait se résigner à remettre à plus tard son projet – quelque part au fond de lui, il était bien obligé d'admettre que ce contretemps l'arrangeait, le soulageait –, il ne lui restait plus qu'à vivre l'aventure par procuration, par l'entremise de Marti de Kervaleur.

Les émigrants des mondes Skoj débarquèrent les premiers. Eux se trouvaient confrontés à d'autres difficultés. S'ils n'avaient pas grand-chose à craindre du contrôle cellulaire de l'interlice, ils avaient tout à redouter des douaniers et fonctionnaires franziens. La planète Franzia était loin d'atteindre le seuil critique de démographie (elle recensait deux milliards d'habitants auxquels s'additionnaient les trois cents millions de visiteurs temporaires, serviteurs de l'Ang'empire, touristes ou hommes d'affaires), mais les conditions d'obtention du visa permanent se durcissaient chaque année. Et ces pauvres hères, qui avaient placé toutes leurs économies dans ce voyage de l'espoir (les mondes Skoj étaient, quant à eux, surpeuplés et pollués), tremblaient maintenant d'être impitoyablement refoulés. Ceux qui débarquaient à Néa-Marsile – les autres, ceux qui continuaient, étaient consignés à bord pendant toute la durée de l'escale, à savoir cinq jours – n'avaient pas les moyens de s'offrir un éventuel voyage vers d'autres destinations, Alemane, Spain, Nouhenneland, et les autorités franziennes, supervisées par un cardinal-gouverneur kreuzien, pouvaient fort bien les entasser dans des camps de concentration, où ils seraient astreints à effectuer les travaux les plus sales, les plus dégradants et les plus dangereux.

Jek avait apprécié la compagnie des Skoj. Outre la

beauté des femmes, il avait aimé la chaleur de leur accueil, leur sens du partage, leur gaieté, leurs chants, leurs rires, leurs disputes. Maintenant qu'il les regardait s'avancer timidement vers le bâtiment douanier, les femmes serrant contre leur poitrine leurs nourrissons (des enfants nés au cours du voyage, des enfants de l'espace), les hommes droits et fiers portant sur leur tête d'énormes ballots, les enfants gambadant, sautillant, heureux de fouler un sol véritable, de respirer un air véritable, de sentir sur leur peau les caresses d'une brise véritable et les rayons de soleils véritables, il espérait que leur rêve ne se transformerait pas en cauchemar, que le paradis promis ne se changerait pas en enfer.

Il tenta de repérer la silhouette de Marti au milieu de l'interminable flot humain qui s'écoulait de la blessure béante du vaisseau. Mais il ne parvenait pas à distinguer les traits des passagers et, de plus, le Syracusain pouvait fort bien avoir emprunté l'une des deux autres passerelles.

Trois heures durant, le fleuve humain ne se tarit pas, comme si le réservoir du *Papiduc* était inépuisable. C'était par milliers que les émigrants skoj se pressaient autour du bâtiment douanier, et cet exode massif n'était pas fait pour encourager la bienveillance des autorités franziennes à leur égard. Jek, fatigué, tenta une dernière fois d'ouvrir la porte de sa cabine, puis, en désespoir de cause, retourna s'allonger sur sa couchette. Le visage blême d'Artrarak, étendu parmi les fanes des plumengs, prisonnier à jamais des langues de béton liquide, s'imprima sur l'écran de sa mémoire. Le vieux quarantain n'avait pas prévu que le viduc Papironda, l'homme qu'il avait sauvé de la mort en aspirant et en recrachant le pus de ses blessures, claustrerait son envoyé, le petit surfaceur d'Anjor en qui il avait placé tous ses espoirs, jusqu'à la nuit des temps. *Le destin adore jouer des farces aux humains,* murmurait le spectre moqueur de p'a At-Skin...

Un cliquetis réveilla Jek, couvert de sueur.
Il ouvrit les yeux. Une colonne de lumière rouille tombait du hublot, découpait une flaque aux bords indécis sur le plancher de la cabine, plongée dans un clair-obscur diffus. Il entendit des phrases hachées et confuses crachées par les haut-parleurs de l'astroport, les ronronnements discrets de chenilleurs, des éclats de rires et de voix et la rumeur sourde qui provenait du cœur de la cité.
Il s'aperçut soudain que la porte de sa cabine était entrouverte. Des rais de lumière artificielle, crue, jaillissaient de la coursive éclairée et projetaient des éclats jaunes sur les cloisons. Pendant quelques minutes, il se demanda ce qu'il devait faire. Le viduc Papironda avait-il changé d'avis au dernier moment ? C'était peu probable : il n'était pas homme à revenir sur ses décisions.
Le petit Anjorien eut soudain très peur de franchir le seuil de cette porte qu'il avait tant souhaité voir s'entrebâiller. Quelqu'un avait ouvert sa cage, cette boîte en fer aux limites de laquelle il avait fini par s'accoutumer. Comme un oiseau dont la trop longue captivité aurait atrophié les ailes, il n'osait pas croire qu'on l'avait rendu à la liberté.
Puis il se dit que la chance qui s'offrait à lui ne se représenterait peut-être plus. Que lui importait l'identité de celui qui avait déverrouillé la serrure à code ! Même si le monde extérieur lui paraissait hostile, il lui fallait l'affronter, comme il avait affronté les hyènes du désert nucléaire d'Ut-Gen. Une envie pressante l'étreignit de savoir ce qu'il était advenu de Marti, ce grand frère que le destin lui avait donné.
Il repoussa la couverture, se leva et se dirigea à pas prudents vers la porte. Il s'immobilisa contre la cloison et tenta de détecter d'éventuels bruits de pas ou de voix dans la coursive, mais seul un subtil clapotis troublait le silence sépulcral qui régnait sur le vaisseau. Une senteur doucereuse, entêtante, flânait dans l'air confiné. Le cœur battant, il s'aventura dans la coursive. Il faillit trébucher sur les corps allongés et inertes de

deux hommes d'équipage. Un horrible sourire s'épanouissait à la base de leur cou. Quelqu'un, sans doute le même individu qui lui avait ouvert la porte, leur avait tranché la gorge. Ils baignaient dans une mare de sang qui s'étalait sur toute la largeur de la coursive. Malgré sa répulsion, Jek n'avait pas d'autre choix que de la traverser. Le chuintement de ses semelles sur le sang visqueux le fit frissonner de la tête aux pieds.

Comme il avait exploré le *Papiduc* dans ses moindres secrets, il lui fut facile de se repérer et de se diriger vers les soutes inférieures de débarquement. Plutôt que d'emprunter l'itinéraire habituel de coursives et de plates-formes, il opta pour les toboggans de secours, des tunnels aux parois incurvées, lisses et glissantes, dont il avait fait son terrain de jeu favori pendant le voyage. Il ne lui fallut pas plus de cinq minutes pour atterrir, les quatre fers en l'air, sur le plancher rugueux d'une soute de débarquement. Par chance, elle était déserte. Etait-ce vraiment de la chance ? Son mystérieux libérateur avait bien choisi son moment : les hommes d'équipage avaient l'habitude de se rassembler dans la salle du restaurant commun pour y fêter les atterrissages, ces victoires sans cesse renouvelées sur le vide interstellaire. Aucun équipage ne s'avisait de transgresser cette tradition.

Jek s'approcha du sas rond, inondé de lumière rouge. La passerelle n'avait pas encore été remontée et le tapis automatique de descente continuait de glisser sur ses roulements mécaniques en émettant un grincement sinistre. Les premières caresses de la brise tiède lui léchèrent le visage et il crut qu'il allait défaillir de plaisir. Il aperçut, trente mètres en contrebas, des ouvriers en combinaison jaune qui étalaient des couches de béton liquide sur les fissures de l'aire plane. Deux soleils s'abîmaient derrière les toits des bâtiments et le ciel se couvrait de traînées mordorées.

Jek hésita un instant. Il craignait la réaction des employés de l'astroport. Ils risquaient de héler les interliciers lorsqu'ils verraient un enfant de huit ou neuf ans sortir seul du *Papiduc* et traverser l'espace dégagé de l'aire plane jusqu'au bâtiment administratif. Il raffermit sa détermination. Il ne s'était pas posé ce genre de question devant les hyènes tachetées. Il traversa le palier extérieur de la passerelle d'un pas résolu et posa les semelles de ses chaussures sur les ventouses du tapis de descente.

Personne ne lui prêta attention lorsqu'il sauta sur le sol (un sol, enfin autre chose qu'un plancher métallique reposant sur le néant). Ni les ouvriers, ni les rares interliciers qui rôdaient aux alentours du bâtiment principal, ni les douaniers postés derrière de longs comptoirs de fouille, équipés de sondes à résonance magnétique et de mouchards à rayonnement. Ils ne semblèrent même pas s'apercevoir de sa présence lorsqu'il franchit les premiers postes. Leurs regards, des regards pourtant soupçonneux, le transpercèrent comme s'il n'était qu'une image holographique, un être d'air et de lumière. De même, les émigrants skoj, parqués comme des animaux dans des enclos délimités par des barrières, ne le reconnurent pas. Les nourrissons pleuraient dans les bras des femmes à qui on avait interdit, par annonce, de donner le sein en public (et même en privé, selon le code kreuzien des Tolérances familiales, qui soutenait que l'allaitement maternel développait la sensualité, la perversité chez les enfants et, par voie de conséquence, chez les adultes). Les hommes plaidaient désespérément leur cause devant les douaniers sur les faces hâlées desquels fleurissaient des sourires vénéneux. Le traitement auquel les fonctionnaires franziens soumettaient les émigrants révolta le petit Anjorien.

Il se présenta devant les préposés du deuxième barrage, vêtus d'uniformes vert kaki et coiffés de bicornes noirs, armés de brûlentrailles aux canons courts. Aucun d'eux ne l'interpella. Il se faufila tranquillement entre les comptoirs, les cabines individuelles de fouille, les chariots de bagages, et déboucha sur la salle de transit de l'astroport, d'une largeur de deux kilomètres. Çà et là, des odeurs de friture flânaient entre les zones alvéolaires des compagnies marchandes, les boutiques de souvenirs et les bars ambulants. Il chercha des yeux Marti, ou même son vieux compagnon, mais il était pratiquement impossible de repérer qui que ce fût dans une telle cohue. Bousculé, tiré à hue et à dia par les tumultueuses vagues humaines, Jek se dirigea à tout hasard vers ce qui lui semblait être la sortie, d'énormes vantaux de verre ouverts sur une place noire de monde, d'où s'envolaient des personnairs, des taxiboules ou des ovalibus de transport en commun.

Au moment où il s'apprêtait à en franchir le seuil, une voix le cloua sur place :

« Eh toi, le gamin, où est-ce que tu vas ? »

Saisi, il se retourna. Il se décontracta lorsqu'il reconnut la haute silhouette de Marti de Kervaleur. Le jeune Syracusain s'extirpa de la foule et s'avança vers lui, tout sourires.

« Je t'attendais ! Tu en as mis du temps...

– On m'avait enfermé dans ma cabine, bredouilla Jek, mal remis de sa frayeur.

– Je sais. Robin m'en a prévenu et m'a prié de revenir t'attendre à l'astroport à la tombée du crépuscule. Comme tu peux le constater, prince des hyènes, c'est ce que j'ai fait...

– Robin ?

– Le sieur de Phart. Le Syracusain avec lequel je voyage... ou, devrais-je dire, avec lequel je voyageais... Nos routes se sont provisoirement séparées il y a deux heures de cela. Le second, San Frisco, l'a invité sur Jer Salem, et Robin de Phart, en bon ethnosociologue, s'est montré incapable de résister à l'attrait de la découverte. Il m'a dit qu'il nous rejoindrait sur Terra Mater.

– Il savait que j'étais enfermé ?

– Il savait également que tu serais délivré. J'ignore qui l'a informé mais il ne s'est pas trompé. Le principal est que tu aies pu t'évader. Personne ne t'a fouillé ? Tu n'as pas été contraint de te soumettre à l'identification cellulaire ? »

Jek secoua lentement la tête.

« Et toi ?

– L'interlice ne semble pas encore posséder mes coordonnées cellulaires, répondit Marti. Ni, curieusement, celles de Robin de Phart, pourtant classé à l'index kreuzien depuis plus de quinze ans. J'avoue que j'ai eu peur lorsque je me suis présenté dans le faisceau des ondes d'identification. Les douaniers franziens ne nous ont créé aucune difficulté. Ils sont trop affairés à juguler l'émigration skoj.

– San Frisco a déserté... », murmura tristement Jek après un instant de silence.

Il ressentait la fuite du second comme une trahison.

« Ne te soucie pas de lui, dit Marti. C'est un Jersalémine et aucun gock ne peut deviner ce qui se passe dans la tête de ces gens-là ! J'ai mis à profit ton incarcération provisoire pour obtenir quelques renseignements sur les passeurs des réseaux clandestins. J'ai rendez-vous avec un rabatteur, un shelam comme ils les surnomment ici... Allons-y ! »

Marti se dirigea vers les vantaux de verre mais Jek ne bougea pas.

« Qu'est-ce qui te prend, prince des hyènes ?

– J'ai faim ! »

Marti fouilla dans les poches de sa veste, en extirpa quelques pièces jaunes, s'approcha d'un bar ambulant et acheta des beignets de pain et de viande ainsi que des bouteilles aux couleurs acidulées.

« Cette fois, il ne me reste vraiment rien », soupira le Syracusain.

Munis de ce précieux butin, ils sortirent sur la place bondée et parvinrent à se frayer un chemin jusqu'à un square bordé d'arbres à feuilles translucides et baignées de lumière rouge. Là, ils s'installèrent sur un banc de pierre et se restaurèrent. Ils ne tardèrent pas à être encerclés par une nuée pépiante d'oiseaux-lyres aux plumages chamarrés.

« Le rabatteur ne devrait pas tarder », dit Marti en jetant une boulette de pain aux oiseaux-lyres.

Les gracieux volatiles se disputèrent cette maigre pitance avec une férocité inouïe. Des duvets colorés, arrachés à coups de becs ou d'ergots, tournoyèrent dans les airs. Jek aurait bien voulu leur céder une partie de son repas, mais il était tellement affamé qu'il ne se sentait pas d'humeur partageuse. Il aurait facilement dévoré le double de la portion, pourtant copieuse, que lui avait donnée Marti. Respirer l'air tiède et parfumé d'une planète, goûter les effleurements des soleils couchants sur la peau, se prélasser sous un arbre, écouter les trilles mélodieux des oiseaux, contempler les nuages empourprés, admirer les constructions environnantes, de pourtant peu gracieux bâtiments aux peintures écaillées et aux fenêtres rectangulaires, observer les passants, tout cela le remplissait d'extase. Il était envahi d'une délicieuse sensation de renaissance. Il prenait tout à coup conscience que son long voyage dans le vide informe, dans l'incréé, n'avait été qu'une parenthèse dans sa vie, une éclipse assimilable à une petite mort. Tout lui plaisait sur Franzia, les autochtones aux peaux mates, gorgées de soleil, les touristes reconnaissables à leurs vêtements excentriques et à leur teint blafard, les cris joyeux des marchands ambulants, les étals de fruits et de légumes dont les couleurs vives contrastaient avec le souvenir qu'il gardait de la grisaille du marché de Rakamel et de la tristesse des employés des fermes communautaires d'Ut-Gen... Çà et là apparaissaient des signes de changement, des indices qui annonçaient l'inexorable déclin de la liberté et de l'insouciance franziennes. Des missionnaires kreuziens en colancor et surplis safran et des Scaythes protecteurs ou inquisiteurs déambulaient sur la place et dans les allées du square. Au-dessus de la ligne brisée des toits se profilaient les tourelles effilées d'un gigantesque temple. Au loin, entre les branches basses des arbres, on distinguait la forme caractéristique d'une croix-de-feu, dressée sur le trottoir d'une large avenue. Jek remarqua également que de nombreux badauds, indigènes ou touristes, hommes ou femmes, avaient adopté la mode du colancor et des mèches tressées. Les mailles du filet de l'Eglise du Kreuz se resserraient au-dessus de la planète Franzia.

Jek établit tout à coup la relation entre les kreuziens et les guerriers du silence. Les uns emprisonnaient la vie, la lumière et l'air, préparaient l'avènement du vide, de l'incréé, les autres luttaient pour le déploiement des couleurs, des sons, des formes. Les uns étaient les messagers du néant, des semeurs d'obscurité, des prophètes de l'effacement, les autres étaient les dépositaires de la chaleur, les chantres de la création. Il lui sembla percevoir un murmure attirant au plus profond de lui, un son subtil qui vibrait dans la nef de son temple intérieur, un chant qui n'offensait pas le silence, mais qui était l'expression du silence. Bouleversé, ému jusqu'aux larmes, il eut l'impression de parcourir une route aérienne et brillante qui le menait à l'essence de son être. Il n'était plus Jek At-Skin, le petit Anjorien, le fils unique de Marek et Julieth At-Skin, mais un Jek de lumière, un pont jeté entre le passé et le futur, une arche qui renfermait l'univers entier, une âme reliée à l'éternité. Ni jeune ni vieux, ni petit ni grand, ni sage ni ignorant, mais tout cela à la fois... Il pensa, avec un frisson rétrospectif, qu'il n'aurait jamais connu ce moment de grâce s'il avait choisi de rester dans la boîte en fer du viduc Papironda. Il voua une reconnaissance éperdue à l'inconnu qui avait égorgé les deux gardes et ouvert la porte de sa cabine. Celui-là, l'envoyé de la providence, n'avait pas hésité à défier l'autorité du viduc et à plonger les mains dans le sang pour lui permettre d'accomplir sa destinée. Il eut également envie d'embrasser Marti, ce grand frère que le hasard avait placé au moment opportun sur sa route.

C'est d'ailleurs ce qu'il fit. Il s'essuya les lèvres d'un revers de manche et déposa un baiser furtif sur la joue du Syracusain. Au regard sévère que celui-ci lui décocha, Jek comprit que le contrôle mental du fils d'une grande famille syracusaine s'accommodait mal avec les débordements affectifs.

La réaction de Marti ne l'empêcha pas de finir tranquillement son repas, gavé de bonheur, savourant chaque bouchée de son beignet huileux comme s'il s'agissait de la nourriture la plus exquise de l'univers, se délectant de chaque gorgée de l'amère boisson franzienne comme s'il dégustait un élixir divin, inhalant chaque bouffée de l'air franzien, un air pourtant imprégné de l'odeur des carburants des personnairs et taxiboules, comme si c'était l'air le plus pur qu'il lui avait été donné de respirer.

Jek et Marti suivaient le shelam dans la ruelle sinueuse, populeuse, éclairée par une nuée de bulles-lumière flottantes. Le rabatteur du réseau, un homme au crâne rasé, luisant, marchait à une allure soutenue et, de temps à autre, le petit Anjorien était obligé de courir pour ne pas se laisser distancer.

Le shelam les avait abordés à la tombée de la nuit. Il n'était vêtu que d'un pantalon court et d'un gilet sans manches qui ne dissimulait pas grand-chose de ses muscles saillants, parsemés de tatouages et de cicatrices. Son regard fuyant accentuait son air fourbe et le long couteau passé dans sa ceinture tendait le tissu le long de sa cuisse.

« Transfert, messieurs ? » avait-il chuchoté en passant devant le banc de pierre.

La nuée d'oiseaux-lyres s'était dispersée et Marti avait hoché la tête.

« Suivez-moi... »

D'emblée, Jek avait eu peur de cet homme. Il était resté figé sur le banc, mais Marti lui avait saisi le poignet et l'avait contraint à se lever. Ils avaient d'abord remonté une large avenue bordée de quais aériens où se pressaient les usagers des transports en commun, hérissée de croix-de-feu à l'intérieur desquelles des hommes et des femmes suppliciés attendaient avec impatience le passage de la mort. Jek avait remarqué que le shelam crachait discrètement chaque fois qu'il passait devant un de ces affreux mouroirs.

Selon Marti, il y avait toutes sortes de shelams à Néa-Marsile : hormis les rabatteurs des réseaux clandestins de transfert cellulaire, on trouvait également des traqueurs de touristes qui travaillaient pour le compte des sociétés cynégétiques, des correspondants des compagnies marchandes qui se chargeaient de prospecter les passagers pour les navettes interstellaires, des revendeurs des cercles de trafiquants qui proposaient du tabac rouge des mondes skoj, du vin franzien additionné de plantes hallucinogènes ou des marchandhommes sélectionnées. Un début de nausée était monté en Marti lorsqu'il avait abordé ce dernier point : les glorieux membres du Mashama s'étaient approvisionnés par l'intermédiaire de ce genre de réseaux, et les visions des jeunes filles sacrifiées, ensanglantées, dépecées, le harcelaient sans répit.

Le métier de shelam semblait être l'un des plus répandus sur Franzia. Depuis qu'ils s'étaient engagés dans la ruelle, nombreux étaient ceux qui venaient solliciter Marti :

« M'sieur, m'sieur, billet pour un monde de l'amas ? Tabac rouge ? Vin ? Spectacle spécial ? Femme ? Fillette ? Garçon ? Esclave ? »

De vraies sangsues. Le rabatteur du réseau était obligé de les invectiver en vieux franzien, de les secouer parfois, pour qu'ils se résolvent à lâcher son client.

Le shelam, Marti et Jek s'enfoncèrent dans le cœur de la vieille ville, caractérisée par des venelles étriquées, des boutiques de toutes sortes et des maisons aux tourelles ventrues étayées par des piliers de bois. Les premières étoiles du noyau central de l'amas de Néorop faisaient leur apparition au-dessus des toits d'écorce peinte. Jek ne pouvait se défaire de la sensation d'être suivi. Il jetait régulièrement des coups d'œil par-dessus son épaule et croyait voir des ombres furtives se glisser entre les piliers des tourelles et les groupes de badauds. Il mourait d'envie de rebrousser chemin, mais un sursaut d'orgueil d'une part, la volonté farouche de ne plus dévier de son but d'autre part, lui interdirent de se laisser déborder par sa frayeur.

Ils croisèrent des patrouilles d'interliciers, des missionnaires kreuziens, des Scaythes inquisiteurs, ils aperçurent même les masques blancs et rigides de mercenaires de Pritiv, mais ces rencontres n'occasionnèrent aucun autre dommage que de légers pincements d'entrailles et des sueurs froides. Le shelam bifurqua vers une traboule déserte, malodorante et sombre. Jek perçut les vibrations basses d'une musique assourdissante et rythmée. Elle provenait d'une fenêtre entrouverte, se diffusait dans le passage étriqué, battait comme un cœur qui ébranlait les ténèbres. Il n'avait jamais entendu de musique de ce genre sur Ut-Gen, où, avant l'intrusion des kreuziens, les populations locales dansaient au son d'instruments à vent et à cordes traditionnels (violines, flûtes à rouet, jaduja à deux cordes, orgues d'Anjor) ou assistaient, recueillis, aux récitals nostalgiques des chanteurs de l'Utigénire. Autrefois, lorsque p'a At-Skin captait encore les canaux A.S.F. sur son vieux récepteur, il s'abîmait dans l'écoute extatique de l'harmonie aplymphonique syracusaine, cette suite de sons incohérents et prolongés qui, prétendait-il, élevait l'âme. Jek et m'an At-Skin, alliés de circonstance, ne craignaient pas de braver son courroux en affirmant bien haut et bien fort que cette musique ne réussissait qu'à leur casser les oreilles.

« Par là ! » dit le shelam.

Ils s'engouffrèrent dans un couloir éclairé par des bulles-lumière moribondes, à l'extrémité duquel se dressait une porte métallique blindée. Le rabatteur sortit un clavier de la poche de son pantalon et ses doigts coururent sur les minuscules touches holographiques. Une sensation tenace envahit Marti d'avoir déjà vécu cette scène. Un claquement bref retentit et la porte coulissa silencieusement sur ses gonds. Ils gravirent un escalier tournant, accédèrent à un palier où les attendaient deux hommes aux mines sinistres et, comme le shelam, aux crânes rasés. Ils fouillèrent rapidement Jek et Marti. La peau du Syracusain frémit au contact de leurs mains moites. Ces effleurements odieux réveillèrent en lui le souvenir des caresses enfiévrées d'Annyt

Passit-Païr dans le caveau de l'arc de Bella Syracusa. Puis l'image d'Emmar Saint-Gal se substitua à celle de la jeune femme et il devina quelles motivations avaient poussé le gros technicien à se débarrasser de lui.

Les deux cerbères introduisirent le shelam et ses deux clients dans une petite pièce ronde, meublée d'un bureau de bois et de quelques fauteuils à suspension-air, et refermèrent la porte. La lumière tamisée que diffusaient deux appliques jouait sur les motifs argentés et spiraux d'un tapis d'Orange, révélait les innombrables accrocs des tentures murales, les crevasses des poutres apparentes et les écailles du plafond.

« Le gibier se fait de plus en plus jeune ! » croassa une voix éraillée.

Jek observa la silhouette qui venait de se redresser derrière le bureau. Il crut d'abord avoir affaire à une fillette : de longs cheveux noirs et ondulés encadraient la tête, minuscule, et s'écoulaient sur les épaules étriquées. Puis il distingua les fines ridules sur le front, sur les tempes, aux commissures des lèvres, les seins qui tendaient la robe de soie écrue, les lignes de kohol noir qui saupoudraient les longs cils, et il s'aperçut que le passeur clandestin était un modèle réduit de femme. Elle n'était pas vraiment laide, pas vraiment vieille, mais ratatinée, desséchée, comme rongée de l'intérieur. Elle sortit une cigarette de tabac rouge d'une boîte noire et l'alluma avec une longue allumette de cèdre qu'elle frotta sur le bois du bureau. Ses ongles laqués de blanc, d'une longueur impressionnante, ressemblaient à des griffes. Un épais nuage de fumée ocre s'échappa de sa bouche, de ses narines, et la pièce fut instantanément plongée dans un irrespirable brouillard. Jek fut sidéré de voir un tel volume de fumée sortir d'un si petit corps.

« Ils n'ont pas d'argent, Lema-Ta, mais j'ai pensé que je devais quand même te les amener, dit le shelam.

– Ils sont mignons, ces agneaux, murmura la femme avec un petit sourire en coin. Je parie que le plus grand est syracusain...

– De Vénicia ! intervint Marti en s'avançant vers le bureau. Vous connaissez Syracusa ? »

La femme libéra un rire rauque qui se transforma rapidement en une toux caverneuse.

« Je suis moi-même vénicienne, mon joli !

– De quelle famille ?

– Mars... Les miens n'ont pas supporté que je me livre à certaines... expériences.

– La microstasie ? »

Elle tira plusieurs bouffées de sa cigarette et le dévisagea en silence.

« Etant donné mon apparence physique, ce n'était pas très difficile à deviner. Cela fait plus de trente années standard que je n'ai pas absorbé de solution microstasique, mais je n'en ai pas pour autant recouvré ma taille d'origine. Est-ce qu'on en trouve toujours sur Syracusa ?

– L'Eglise du Kreuz a classé les microstases à l'index, au même titre que les accélérateurs cérébraux.

– Dommage ! C'était la seule façon de contacter les dieux et les démons des mondes occultes... »

Jek s'assit sur un fauteuil. Il ne saisissait pas grand-chose de cette conversation, il comprenait seulement que Marti et cette étrange femme venaient du même monde et cela suffisait à le rassurer.

« Avez-vous gardé des... pouvoirs de vos voyages microstasiques ? »

Elle rit pour la deuxième fois.

« Mon joli, comment crois-tu qu'un petit bout de femme puisse contrôler un réseau de passeurs franziens ? Je bénéficie encore du soutien de quelques fidèles alliés des autres mondes... Mais inutile de ressusciter le passé, il est mort. Parlons affaires. Où veux-tu te rendre ?

– Sur Terra Mater. Est-ce possible ?

– Rien n'est impossible à Iema-Ta ! déclara le shelam. Le réseau dispose de relais jusqu'aux confins de l'univers... »

Les yeux noirs de la femme se posèrent sur Jek, qui

eut l'impression d'être perforé par deux pics de glace. Une énergie terrifiante se dégageait de ce visage rabougri, de ces iris sombres, de ces lèvres craquelées, de ces petites mains aux veines saillantes.

« Avec quel argent comptes-tu me payer ? Deux transferts, ça va chercher dans les trois cent mille unités standard...

– Votre shelam vous l'a dit : nous n'avons pas d'argent. Mais je peux vous signer une reconnaissance de dette...

– Un bout de papier ? Une empreinte cellulaire ? Tout ça n'a pas plus de valeur qu'une merde de chatrat !

– Je suis un Kervaleur, ma dame ! protesta Marti. J'engage mon nom, la réputation de ma famille.

– Ne me prends pas pour une idiote, mon joli ! Tu es un exilé, comme moi, peut-être même un raskatta. Le sens de l'honneur des grandes familles syracusaines ne va pas jusqu'à régler les dettes des proscrits... »

Inquiet, Jek commença à se recroqueviller sur son fauteuil.

« Mais, comme tu m'es sympathique, reprit la femme, je veux bien te proposer un arrangement : le petit paiera ton transfert.

– Que voulez-vous dire ? »

Un funeste pressentiment envahit Jek.

« La demande pédophile est de plus en plus importante. Certains clients sont prêts à payer trois cent mille unités pour un garçon de moins de dix ans. Je rends grâce à l'Eglise kreuzienne : plus elle pose d'interdits et plus mes affaires prospèrent. Avant, les amateurs de chair fraîche venaient eux-mêmes faire leur marché, mais maintenant, avec la mainmise des kreuziens sur les déremats et l'évolution technique de la surveillance cellulaire, ils préfèrent recourir à des services efficaces, discrets et, bien entendu, hors de prix... Ce garçon m'intéresse, Kervaleur. Le prix que j'en tirerai couvrira les frais de ton transfert. Mais rassure-toi, il ne souffrira pas : nous lui injecterons un produit anesthésiant avant son départ... Quant à savoir le sort que lui réservera le client...

– Les microstases vous ont également réduit le cerveau, dame de Mars ! » cracha Marti.

Il le pensait sincèrement mais l'autre, le démon, choisit ce moment pour se manifester. Une voix s'éleva à l'intérieur du jeune Kervaleur, lui enjoignit d'accepter la proposition de Iema-Ta. L'autre était pressé de gagner Terra Mater, une tâche urgente l'attendait là-bas, le sort du petit Utigénien l'indifférait... Puisque Jek est le prix à payer du transfert clandestin, vends-le ! Pourquoi hésiter ? Tu as déjà tué les trois cent mille humains de la Libre Cité de l'Espace...

Trois cent mille humains, mon Dieu... Un premier réflexe entraîna Marti à se rebeller, mais une douleur fulgurante lui déchira le cerveau. Ses jambes se dérobèrent sous lui. Il se laissa choir de tout son poids sur un fauteuil dont la suspension-air exhala un gémissement étouffé.

Jek, épouvanté, voit le visage de son grand frère de hasard se métamorphoser en un masque grimaçant et hideux. Un doute affreux s'insinue dans l'esprit du petit Anjorien. La fumée estompe les formes, le bureau, les fauteuils, les poutres, les traits de la femme et du shelam, l'entrevue tourne au cauchemar.

« Tu as trop forcé sur le vin franzien, mon joli ? » ricane Iema-Ta.

L'autre a maintenant pris possession de Marti, l'a amputé de son humanité, a occulté sa mémoire, a tranché les liens affectifs qui l'unissent à Jek.

« Qu'est-ce qui me prouve que vous tiendrez parole, ma dame ? »

Des intonations métalliques, impersonnelles, sous-tendent la voix du Syracusain.

« Rien, répond Iema-Ta. Mais nous pouvons sceller notre pacte, mon joli : il y a très longtemps que je n'ai pas tenu un complanétaire dans mes bras. Les autres, les Franziens, les touristes, sont des rustres à la peau aussi dure que l'écorce des arbres... Ta façon de me donner du "ma dame" m'excite ! »

Pourquoi pas ? se dit l'autre. Chez les humains, les actes de chair créent de la gratitude, et par extension des obligations morales. S'il sait lui donner du plaisir, elle sera disposée à le transférer sur Terra Mater.

Au moment où il ouvre la bouche pour entériner le marché, un hurlement crucifie le silence, un bruit de cavalcade retentit dans le couloir.

CHAPITRE XII

Lorsque vous accusez l'autre de votre malheur,
vous œuvrez pour l'increé,
Lorsque vous refusez de reconnaître le criminel en vous,
vous œuvrez pour l'increé,
Lorsque vous endossez le rôle rassurant de victime,
vous œuvrez pour l'increé,
Lorsque vous interférez dans le destin de l'autre,
vous œuvrez pour l'increé,
Lorsque vous soumettez l'autre à votre dogme,
vous œuvrez pour l'increé,
Lorsque vous vous soumettez au dogme de l'autre,
vous œuvrez pour l'increé,
Lorsque vous vous condamnez à écouter le chant de l'autre,
vous œuvrez pour l'increé,
Lorsque vous ne déployez pas votre unicité,
vous œuvrez pour l'increé...

Chaque fois que vous reniez votre royauté,
vous œuvrez pour l'increé...

Mahdi Shari des Hymlyas,
Fragments du traité dit du « Buisson du Fou »

Le regard d'Oniki, assise sur un rocher, vogue sur l'océan Gijen. Le vent du large, l'air venu des lointains tuyaux des grandes orgues, lui plaque les cheveux sur les joues et les lèvres. Les yeux ronds et scintillants des mouettes noires, seuls éclats de lumière dans cet univers de ténèbres, tracent des arabesques furtives au-dessus d'elle. Des crêtes blafardes soulignent les collines ondulantes des vagues, se volatilisent sur les piliers de soutènement du bouclier de corail.

La terre, l'air, l'eau, tout paraît noir sur l'île de Pzalion. Y compris l'âme d'Oniki. La vie s'est retirée de cette bande rocheuse désolée, cernée par les eaux, et s'est réfugiée dans son ventre qui s'arrondit de jour en jour, dans ses seins qui ne cessent de s'alourdir. Son prince inconnu lui a laissé un souvenir vivant. Sa semence a été plus puissante que les herbes thutâliques, censées enrayer l'ovulation des sœurs. A moins que l'extase d'Oniki, cette extase dont le souvenir hante ses insomnies, ne l'ait brutalement reliée à sa nature de femme. Quoi qu'il en soit, un petit être grandit en elle, qui commence à se heurter aux cloisons de sa demeure de chair, à tambouriner avec impétuosité.

Le ventre d'Oniki est d'ailleurs devenu le principal sujet de conversation sur l'île. Les proscrits de Pzalion vivent plus ou moins en couples, ils ont des relations sexuelles régulières (et même intensives, car c'est un de leurs rares loisirs), mais, avant d'être bannis, ils ont été stérilisés, hommes et femmes.

Lorsque les matrions ont condamné Oniki au bannissement perpétuel, elles ont omis d'analyser ses urines, une procédure pourtant classique dans un cas de violation de la règle de chasteté. Ou elles avaient la tête ailleurs, ou elles avaient une confiance aveugle dans les herbes du Thutâ, ou elles étaient peut-être tout simplement pressées : elles ont décidé d'exposer la fautive sur la place centrale de Koralion sans respecter le délai de pénitence. Mais le cardinal d'Esgouve, gouverneur d'Ephren, leur a interdit de livrer Oniki à l'opprobre public, comme le veut l'usage. Si l'intervention du prélat lui a permis d'échapper à l'ire de ses complanétaires, aux regards outragés, aux insultes, aux crachats, elle n'a pu lui éviter l'exil. Aux premiers rayons de Xati Mu, on l'a dépouillée de sa robe d'infamie, on l'a revêtue d'une robe grise de proscrite, on l'a escortée jusqu'au port et on l'a enfermée dans la cale d'une aquasphère de liaison. On ne lui a pas laissé le temps d'embrasser ses parents, dont elle a pourtant aperçu les silhouettes voûtées sur le quai, auréolées de lumière bleu pâle. Les larmes lui ont brouillé les yeux et elle n'est pas parvenue à croiser le regard de son père.

L'aquasphère s'est élancée sur les eaux, s'est éloignée des colonnes de clarté tombant des tuyaux, s'est enfoncée dans une obscurité de plus en plus opaque. Les rayons rasants des projecteurs de la petite embarcation ont alors pris le relais des majestueuses cascades bleutées de Xati Mu.

Après sept jours d'un voyage monotone, lugubre, Oniki a été débarquée sur la grève de sable noir de l'île. Les hommes d'équipage ont déchargé quelques caisses de vivres, de médicaments et trois bulles-lumière en état de marche, puis, sans proférer un mot (parler aux proscrits porte-malheur), ont regagné le large.

Les nouveaux compagnons d'Oniki, rassemblés sur la grève, l'ont accueillie en silence. Sa robe grise les a immédiatement renseignés sur la nature de sa condamnation. Ils n'ont toutefois esquissé aucun geste agressif à son encontre. Une vieille femme, une ancienne thutâle du nom de Soji, l'a prise sous son aile protectrice. Par chance, une grotte vient de se libérer : son occupant est mort quelques jours plus tôt, étranglé par une arête de poisson. Le village est perché tout en haut de l'unique montagne de Pzalion. On y accède par un sentier sinueux, humide et glissant. Les proscrits ont élu domicile dans des grottes plus ou moins aménagées, reliées les unes aux autres par des galeries communicantes. Des pierres grossièrement taillées servent de tables, de chaises, des algues séchées, tramées, sont utilisées comme matelas, comme couvertures, comme cloisons, comme rideaux et même, lorsque l'usure et la puanteur gagnent les robes, les pantalons, les chemises ou les combinaisons, comme vêtements. Sur Pzalion, on se nourrit exclusivement des produits de l'océan Gijen : poissons, crustacés, mollusques, algues fraîches. Les pêcheurs, hommes ou femmes, emploient des filets fabriqués avec les fibres des lichens corallins qui tombent du bouclier de corail. On les fixe sur les rochers des criques et on les relève à marée basse. Les quatre mille proscrits de l'île se répartissent les tâches et partagent tout : si la pêche est mauvaise, personne ne mange à sa faim mais tout le monde mange un peu, si la pêche s'avère fructueuse, chacun peut se rassasier. Ceux qui ne pêchent pas se consacrent au nettoyage des grottes, à la vidange des fosses excrémentielles, travaux fastidieux car on ne dispose que des trois ou quatre bulles-lumière que livre irrégulièrement l'aquasphère de liaison, et on ne distingue pas grand-chose dans le cœur de la montagne. A la marée montante (l'ample respiration de l'océan Gijen rythme la vie de l'île), on se rassemble sur un plateau entouré de falaises et on fredonne les vieilles comptines ephréniennes, les chants des pionniers. Certains imitent la vibration du vent dans les tuyaux des grandes orgues et des larmes silencieuses coulent sur les joues des hommes et des femmes. Des fous se proclament conteurs et se lancent dans d'interminables histoires qui sèment des rires dans l'assistance.

La première fois qu'elle s'est trouvée face à ces trognes inquiétantes, Oniki a cru qu'ils allaient se jeter sur elle et la violenter. A Koralion, des histoires abominables courent sur le compte des criminels, des psychopathes, des putains, des trafiquants et des malades mentaux qui composent le petit monde des proscrits. Mais curieusement, ils sont exempts de toute violence, comme si leur stérilisation les avait également amputés de leur agressivité. La beauté d'Oniki éblouit les hommes, bien sûr, mais ils témoignent à son égard d'un respect et une douceur infinis, ils la vénèrent comme une déesse descendue des cieux pour les éclairer de sa grâce.

C'est Soji, la vieille thutâle, qui la première a deviné qu'Oniki était grosse. Elle l'a publiquement annoncé lors d'une veillée et, depuis, les proscrits, hommes et femmes, se mettent en quatre pour agrémenter la vie de la future mère. On lui offre les plus beaux poissons, les marnilles à la savoureuse chair rose, les plus grands homards gris, enveloppés dans des algues, les huîtres géantes dont on casse les coquilles nacrées avec de gros galets. On décore sa grotte, une excavation basse et voûtée, de fleurs de mer, des astérides à sept branches dont Soji récupère le venin pour confectionner de mystérieux élixirs. Une bulle-lumière a été laissée à l'entière disposition d'Oniki : il ne s'agirait pas qu'elle se heurte aux excroissances des parois rocheuses, qu'elle trébuche sur les innombrables saillies du sol, qu'elle se perde dans le labyrinthe des galeries communicantes. On ne la questionne jamais au sujet du père (tous les hommes de l'île ont d'ores et déjà endossé cette paternité), on ne s'occupe que de son ventre qui gonfle, qui gonfle comme une voile tendue par le vent de l'espoir.

Quelques simples d'esprit aux visages grimaçants et aux rires stupides forment sa garde personnelle, l'accompagnent dans tous ses déplacements, se relaient pour surveiller l'entrée de sa grotte. Ceux-là n'ont fait l'objet d'aucune condamnation officielle. Ce sont leurs familles qui se sont chargées de les stériliser et de les expédier sur l'île. Sur Ephren, les fous incarnent le malheur, le déshonneur, on les dit envoûtés par les harpies des abîmes sidéraux et on les considère comme des portes ouvertes sur les enfers. La plupart du temps, les pères s'en débarrassent discrètement en leur attachant une pierre autour du cou et en les jetant dans l'océan. L'Eglise kreuzienne a officiellement interdit cette pratique (le Kreuz, dans son infinie bonté, aime tous ses enfants et seuls les infidèles, les incroyants, sont bannis de son cœur...) mais de nombreux Ephréniens continuent d'offrir leurs enfants possédés à l'eau noire du Gijen. Les autres (soubresaut d'amour ou peur des représailles ?) les bannissent pour l'éternité sur l'île de Pzalion.

Jamais les simples d'esprit n'importunent Oniki. Ils la suivent à distance, respectent ses longues méditations, ramassent sur le sentier les cailloux qui pourraient blesser ses pieds nus, veillent à ce qu'elle soit la mieux assise lors des veillées, à ce qu'elle soit la mieux servie au moment des partages, à ce qu'elle soit la mieux éclairée lorsqu'elle se retire dans sa grotte. Un sourire, un regard, un geste de la main d'Oniki suffisent à les payer de leur dévouement.

Elle ne sait pas comment exprimer sa gratitude aux villageois, aux adorateurs de son ventre, à ces proscrits hirsutes, sales et vêtus d'algues puantes. Elle ne leur est d'aucune utilité. On lui interdit de participer aux travaux de nettoyage, de pêcher, d'entrelacer les algues, de filer les lichens corallins, de préparer les poissons, d'ouvrir les huîtres, de décortiquer les crustacés... Elle n'a rien d'autre à faire que de descendre jusqu'à la grève, de s'installer sur un rocher et de s'abandonner à l'obscurité, au vent du large, au grondement de l'océan. Sa garde de fous s'assoit sur le sable, à ses pieds. Leurs visages blêmes, lisses, et leurs bras nus se découpent sur le rideau de ténèbres. Tout près se dresse un pilier de soutènement, battu par les vagues. Oniki s'abîme dans ses souvenirs. Les mains et les lèvres caressantes de son prince se substituent aux effleurements de l'air, elle hume son odeur, elle ploie sous son poids, elle boit sa sueur et son sang... Bien qu'il soit magicien (les hommes masqués de blanc, les mercenaires de Pritiv lancés à sa poursuite, l'ont traité de sorcier), qu'il ait la faculté d'apparaître et de disparaître à volonté, et bien qu'elle soit désormais libre d'aimer, il n'est jamais venu la voir sur l'île de Pzalion. Il lui a dit de garder l'espoir et c'est ce qu'elle s'efforce de faire. Elle ne l'a connu que l'espace de quelques heures mais elle pressent qu'ils sont liés pour l'éternité, qu'ils se sont épousés depuis la nuit des temps. Parfois, elle ne peut endiguer le flot de ses larmes et elle s'aperçoit que les fous pleurent avec elle.

Il ne fait ni chaud ni froid sur Pzalion. D'une marée à l'autre, la température ne varie que de quelques degrés. Comme il n'y a aucune forme de végétation, aucune lumière naturelle, l'oxygène, colporté par les courants d'air depuis les grandes orgues, s'y fait rare et peut-être est-ce une autre explication de l'étrange sérénité des proscrits. Ici, les gestes brusques, l'énervement, les disputes ne réussiraient qu'à dilapider les précieuses molécules. Souvent un étau comprime la poitrine d'Oniki.

Elle passe de plus en plus de temps à dormir dans sa grotte. Son prince la visite dans ses rêves, soulève sa couverture d'algues séchées, sa robe grise, et contemple son ventre rond. Un tel amour irradie de ses yeux sombres qu'elle se réveille en sursaut, qu'elle se redresse, les bras tendus. Mais elle n'étreint que le vide, retombe sur sa couche et le sentiment de solitude qui la suffoque l'empêche de retrouver le sommeil. Le temps se fige, se suspend.

Il lui fallait attendre qu'Oniki fût endormie pour aller lui rendre visite dans sa grotte. Il avait élu domicile sur un continent noir, une terre désolée située à trois mille kilomètres de Pzalion et que les Ephréniens n'avaient jamais explorée.

Relié à la fréquence vibratoire de la jeune femme, il était instantanément averti des changements de son métabolisme. Il évitait d'apparaître lorsqu'elle était en état de veille, car il détectait dans son cerveau les ondes froides d'un inquisiteur, installé dans une aquasphère de pêche à quelques lieues de l'île. Il faisait en sorte que le Scaythe interprète ses visites comme des rêves, comme de simples leurres télépathiques nés de l'inconscient de la jeune femme.

Dès qu'elle avait atteint l'état de sommeil profond, il se transportait par la pensée dans la grotte. Aux lueurs de la bulle-lumière, il veillait sur elle pendant des heures, soulevait délicatement sa couverture d'algues séchées, observait, ému, son ventre qui grossissait de jour en jour. Elle était désormais sa force et sa faiblesse : sa force parce qu'il puisait en elle un nouveau désir de vivre, sa faiblesse parce qu'il se sentait responsable d'elle, de l'enfant qu'elle portait, et que cela créait d'indéfectibles liens, des devoirs, des contraintes. Il disparaissait dès que se manifestaient en elle les premiers signes d'éveil, encore plus malheureux qu'elle de ne pouvoir l'étreindre, la réconforter, l'étouffer sous les baisers, les caresses et les mots tendres.

Cette incessante partie de cache-cache avec l'inquisiteur avait quelque chose d'intolérable, d'absurde, mais c'était la seule manière de les préserver, elle et l'enfant, des atteintes des Scaythes d'Hyponéros. Ils se servaient d'elle comme d'un appât. Ils avaient bien failli parvenir à leurs fins six mois plus tôt : l'échec de leur intervention n'avait tenu qu'à quelques minutes. Si les mercenaires de Pritiv s'étaient introduits dans la cellule au moment précis où Oniki et lui s'abîmaient dans le plaisir, il n'aurait pas capté leur approche, ils l'auraient tué, cryogénisé ou endormi, ils auraient définitivement brisé la chaîne des maîtres de l'Indda.

Il avait l'impression d'être un banni de l'amour, un voleur d'intimité. A cause de lui on avait traité Oniki comme une criminelle, on l'avait ignominieusement chassée du Thutâ, on lui avait interdit de grimper dans les tuyaux des grandes orgues... N'était-il donc destiné qu'à semer le malheur autour de lui ? Etait-il donc condamné à rater tout ce qu'il entreprenait ?

Le fou des montagnes, son maître, était parti trop tôt, sans doute pressé de se rendre à l'appel envoûtant de l'autre monde. Rien n'avait laissé prévoir son départ. Le crépuscule était paisible, les senteurs capiteuses des fleurs printanières vagabondaient dans l'air tiède, la brise jouait délicatement dans les frondaisons, les trilles des oiseaux saluaient le soleil couchant. L'ombre dentelée du massif des Hymlyas se découpait sur le ciel empourpré. Une colonne de lumière blanche était soudain tombée des cieux.

« Et maintenant, à toi de déterminer si les humains sont dignes de vivre... », avait déclaré le fou avant de prendre place au centre de la colonne.

Shari, âgé de douze ans, avait subitement pris conscience que l'heure de la séparation avait sonné alors qu'il n'avait pas encore entamé sa formation de guerrier du silence, alors qu'Aphykit et Tixu, ses parents d'adoption, avaient disparu depuis de longs mois, selon eux pour explorer Terra Mater, le berceau des humanités, selon le fou pour explorer leur amour en toute tranquillité.

« Mais comment le saurai-je ? avait balbutié Shari, les yeux brouillés de larmes.

– La réponse est en toi.

– Tu ne m'as rien appris ! Reste encore un peu...

– Tu n'avais pas envie d'apprendre et mon temps s'achève, Shari Rampouline. On m'appelle à d'autres tâches... On ne peut pas remplir une cruche fêlée... »

Une immense tristesse imprégnait sa voix, et Shari s'était tout à coup souvenu qu'il avait préféré se promener sur le dos de sa pierre volante, se baigner dans les torrents, se sécher au soleil et jouer avec les aïoules plutôt que de suivre l'enseignement du fou des montagnes. Son insouciance et probablement la peur inconsciente d'être confronté à son destin lui avaient même fait manquer la cérémonie d'initiation au son de vie, à l'antra.

« Reste ! Je te promets de rattraper le temps perdu !

– Tu le rattraperas sans moi, avait murmuré le fou. Mon rôle était de te préparer à subir ton épreuve ultime, mais je me devais de respecter ton libre arbitre. Tu es le dernier maillon de la chaîne de l'Indda. Tu as le choix entre rester le simple reflet de la conscience collective humaine et devenir son nouveau souffle, sa nouvelle étincelle. Moi, je ne suis qu'un témoin, un dépositaire du Verbe de l'Indda. Je n'ai pas le pouvoir d'infléchir la destinée humaine. Pendant plus de cent cinquante siècles, j'ai vu l'homme s'identifier à ses limites, perdre peu à peu la mémoire, se couper de son éternité. J'étais le gardien de la connaissance, de l'arche de lumière, des annales inddiques, et nombreux sont ceux qui se sont lancés à ma recherche. La plupart ont échoué, mais quelques-uns ont reçu des bribes de connaissance, des révélations partielles, et ceux-là ont essayé d'apporter les fragments du Verbe à leurs frères humains. Et leurs frères humains les ont tués, les ont torturés, ou bien ont fondé des religions fanatiques en leur nom...

– Moi, je trouverai l'arche tout entière ! » s'était écrié Shari.

Un sourire las s'était esquissé sous la barbe du fou. La lumière qui l'enveloppait transperçait peu à peu ses yeux noirs, sa longue chevelure de jais, sa robe grise.

« Je ne serai plus là pour te guider, mais si tu en ressens le désir sincère et si tu fais preuve de persévérance, peut-être pourras-tu défricher le sentier et permettre aux humanités de contacter la source... leur source... Dans le cas contraire, ce sera la fin des hommes et l'avènement d'une nouvelle ère... l'ère de l'Hyponéros...

– Donne-moi au moins une indication ! Une seule ! »

Du corps du fou, il ne reste plus qu'une forme étincelante au centre de la colonne blanche.

« Concentre-toi sur le son, Shari Rampouline, fils de Naïona... Ecoute le son fondamental... le son de la création... l'antra... »

Sa voix se transforme peu à peu en un murmure musical, en un subtil bruissement de source. Puis un lourd silence retombe sur les montagnes des Hymlyas et Shari s'effondre sur le sol. Secoué de lourds sanglots, la face dans l'herbe, il ne voit pas son compagnon se métamorphoser en être de lumière et prendre son envol, il ne voit pas la colonne blanche se rétracter, se dissoudre peu à peu dans la nuit qui cerne les reliefs.

Il éprouve un cruel sentiment d'abandon et d'échec, un désespoir identique à celui qui l'avait submergé devant la pierre du champ amphanique quelques années plus tôt. Le fou des montagnes, cet être mystérieux que les amphanes du peuple ameuryne surnommaient le « serpent des enfers », le démon, le rejeton de la sorcière nucléaire et des atomes de fission, l'avait alors éclairé de ses conseils. Puis il l'avait recueilli lorsque sa mère avait été surprise en flagrant délit d'adultère et soumise aux chants de mort, il lui avait appris à maîtriser le vol de la pierre. A sa manière, il l'avait aimé comme un fils... Qui lui viendra en aide, à présent ? Il est seul dans la nuit froide, seul avec ses regrets, seul avec sa détresse. Les paroles du fou résonnent en lui comme de terribles accusations : *Tu n'avais pas envie d'apprendre... On ne peut pas remplir une cruche fêlée... Ce sera la fin des hommes, l'ère de l'Hyponéros...* Il a côtoyé un être d'exception, il n'a pas su reconnaître la valeur de sa parole, il est passé à côté d'une chance unique. Le gardien de l'arche, des annales inddiques, le témoin vigilant de la longue histoire des hommes, s'est à jamais retiré, emportant ses secrets avec lui.

C'est dans ce cruel mépris de lui-même que Shari s'endort, recroquevillé sur l'herbe imprégnée de rosée. Il se débat toute la nuit dans d'horribles cauchemars. Cueilli par les rayons blafards de l'aube, il découvre, à l'emplacement où se tenait le fou, un massif épineux couvert de fleurs aux pétales scintillants, diamantins. Trois jours durant, désemparé, hébété, il reste assis devant ce buisson, il espère, sans trop y croire, que sa persévérance tardive fera revenir son ancien compagnon sur sa décision, il lutte contre les pensées morbides qui l'assaillent. Les oiseaux, attirés par les fleurs brillantes, effleurent le massif sans oser se poser sur les branches hérissées d'épines.

« Shari ? Qu'est-ce que tu fais là ? »

La voix mélodieuse a retenti dans son dos. Il se retourne et aperçoit les silhouettes d'Aphykit et de Tixu qui se découpent sur le fond de clarté. Ils sont vêtus de somptueuses étoffes aux motifs changeants qui ne rendent qu'un pâle hommage à leur beauté.

Shari se lève – avec difficulté car il n'a pas une seule fois changé de position en trois jours – et se jette dans les bras d'Aphykit. La douceur et la tiédeur de la jeune femme l'apaisent. Entre deux crises de larmes, il s'efforce de relater le départ inopiné du fou des montagnes, de rapporter aussi fidèlement que possible ses ultimes paroles.

Aphykit et Tixu prennent alors conscience que le temps des hommes est compté. Ils décident d'initier Shari au son de vie, improvisent une cérémonie devant le buisson aux fleurs brillantes. C'est elle qui lui transmet l'antra, une vibration prolongée semblable au bruissement qui a précédé l'ascension du fou. Le son déroule ses anneaux de feu à l'intérieur de Shari, une telle chaleur se diffuse en lui qu'il a l'impression d'être dévasté, incendié, anéanti. Puis l'antra trouve sa place, se niche dans un recoin de son esprit et n'émet plus qu'un chuchotement étouffé, paisible. Aphykit l'embrasse : il est désormais un shanyan, un initié, un héritier de la longue tradition de la science inddique.

Il ne lui faut que deux jours pour maîtriser le voyage instantané. Le son, aussitôt invoqué, expulse les pensées superflues, interrompt le bavardage intempestif du mental et le remorque jusqu'à la citadelle du silence, là où l'esprit et la matière ne font plus qu'un, là où les intentions s'habillent d'ondes et de formes. L'antra est un soliste du chœur de la création, du Verbe, un lien sonore entre l'énergie fondamentale et les hommes. Pendant des mois, Shari s'abandonne à l'ivresse de la découverte, apprend à s'orienter dans les couloirs infinis de l'éther, explore, en compagnie d'Aphykit et de Tixu, les continents de Terra Mater, l'Afrisie, l'Europ, l'Ameuryne... Malgré les secousses sismiques, les inondations, les éruptions et les guerres qui ont ravagé la planète, subsistent çà et là des ruines historiques, des vestiges de grandes cités aux noms oubliés, des témoins antiques et muets de la rage avec laquelle les hommes se sont aimés et haïs.

Shari passe maintenant des semaines entières devant le buisson du fou, sans bouger, sans dormir, sans manger, sans boire, parcourant une à une les routes passées, présentes ou futures qui s'ouvrent à lui et qui mènent, le plus souvent, à des impasses. Inlassablement, il cherche le sentier de l'arche de lumière, de l'endroit secret où sont archivées les annales inddiques, où gît la mémoire des hommes...

Aphykit et Tixu veillent sur lui. Comme lui, ils ont le sentiment d'avoir fait preuve d'une désinvolture coupable vis-à-vis du fou des montagnes. Leur amour les absorbait à tel point qu'ils n'ont pas pris conscience de l'urgence de la situation. Pendant qu'ils s'affairaient à se découvrir l'un l'autre, qu'ils s'empressaient de reconnaître le territoire de leurs émotions et de leurs sens, qu'ils abritaient leur intimité sur des mondes déserts, les Scaythes d'Hyponéros resserraient leur emprise sur les humanités des étoiles. Alors, comme Shari, ils tentent de rattraper le temps perdu. Assis l'un en face de l'autre à quelques pas du buisson, les mains jointes, ils voguent sur la vibration de l'antra, en quête d'indices, de signes qui pourraient guider leur jeune protégé sur la voie. Pendant plus de deux ans, ils ne s'interrompent que pour manger des fruits, des graines ou des racines, dormir dans des grottes, enroulés dans des couvertures, se baigner dans l'eau claire d'un torrent proche. Parfois, Shari les surprend nus et enlacés sur la grève d'herbe du cours d'eau, il perçoit leurs rires, leurs soupirs, leurs gémissements, et il se dit que l'amour, cet amour dont on l'a brutalement sevré à l'âge de sept ans, est la plus belle invention des hommes. Bien que ravi de voir ses parents d'adoption se nourrir ainsi l'un de l'autre, il ne peut s'empêcher d'éprouver un petit pincement au cœur : il craint que son destin ne le condamne à rester seul jusqu'à la fin des temps. Comme le fou des montagnes, cet homme – était-ce vraiment un homme ? – qui a vécu pendant plus de quinze mille ans dans la solitude glacée des montagnes des Hymlyas...

Les premiers pèlerins se matérialisent sur le continent ameuryne, à plusieurs milliers de kilomètres de la chaîne des Hymlyas, lorsque Shari atteint l'âge de quinze ans. Aphykit et Tixu, vigilants, détectent instantanément leur présence : leurs ondes grossières, bruyantes, offensent le silence des champs antriques. Une rapide inspection de leurs esprits – Aphykit et Tixu répugnent à utiliser les méthodes des Scaythes inquisiteurs, mais ils se doivent de prendre toutes les précautions – les informe de la pureté des intentions des visiteurs. Ils sont quatre, trois garçons et une fille, qui viennent de Spain et qui ont travaillé durement pour payer leur transfert clandestin. On leur a raconté la légende de Naïa Phykit et de Sri Lumpa, ils y ont cru et ont décidé d'aller au bout de leur rêve.

Aphykit et Tixu se transportent sur le continent ameuryne et apparaissent aux quatre Spainish, au beau milieu d'un océan d'herbe qui ondule sous les attaques virulentes d'un vent chaud et sec. L'émotion étrangle les voyageurs, incapables de prononcer une phrase cohérente, agenouillés, en larmes.

Aphykit et Tixu les initient dès le lendemain au son de vie : plus ils seront nombreux à entourer Shari, et plus ses chances augmenteront de retrouver le sentier de l'arche et de sauver les humanités de l'effacement. Après la cérémonie, Tixu reste sur place pour apprendre le voyage mental aux quatre nouveaux shanyans tandis qu'Aphykit retourne auprès de Shari.

Les semaines suivantes, d'autres pèlerins s'échouent sur Terra Mater : les uns sont débarqués par un vaisseau de contrebande sur le continent d'Europ, d'autres ont utilisé les services des réseaux de passeurs et se rematérialisent, comme les Spainish, en Ameuryne, d'autres ont investi en force une agence de la C.I.L.T. et ont reprogrammé le déremat de la Compagnie (ceux-là, Tixu doit les repêcher dans l'océan Passific), d'autres enfin ont fait le voyage à bord d'une antique nef à voiles captrices dérobée dans un musée et se posent sur un minuscule îlot d'un atoll de l'hémisphère Sud. Ils proviennent de tous les mondes de l'Ang'empire, Marquinat, Issigor, Franzia, Alemane, Dalomip, Nouhenneland, les Nasses Giganthropes... tous mus par la même volonté de s'enrôler dans l'armée mythique des guerriers du silence. Tous sauf un : un garçon de dix ans originaire du Sixième Anneau de Sbarao, Mikl Manura, transféré par erreur sur Terra Mater par l'employé d'une agence de la C.I.L.T. Mais le petit Mikl, s'il n'a pas eu envie de venir, n'a pas eu non plus envie de repartir...

C'est dans une atmosphère recueillie mais joyeuse que les pèlerins reçoivent leur initiation et se lancent dans leur nouvelle existence. On construit des maisons de pierre et de branchages au pied du massif des Hymlyas, on cultive des légumes et des céréales sur un petit lopin de terre, on se serre les uns contre les autres les nuits froides où le vent transperce les vêtements et les couvertures, et souvent, autour du buisson aux fleurs coruscantes, on prie Tixu de raconter l'histoire qui lui a valu son nom de Sri Lumpa. Il s'exécute de mauvaise grâce, lâche quelques mots au sujet des lézards des fleuves et de Kacho Marum, un ima sadumba de Deux-Saisons, et c'est Aphykit qui prend le relais, qui enjolive, qui ajoute des détails, qui finit par se moquer de son mari dans un grand éclat de rire. On se répartit les tâches selon les envies, selon les aptitudes : les uns, les vigiles, établissent un infranchissable rempart de silence autour des Hymlyas et s'entraînent à détecter toute présence, amicale ou hostile, sur la planète. D'autres, les satryas (mot inddique qui signifie « guerrier »), se regroupent et envoient sans relâche des vibrations de lumière vers les mondes colonisés par les humains. Les derniers, les vasyas (les serviteurs), effectuent les menues tâches quotidiennes, se consacrent au bien-être de Naïa Phykit, de Sri Lumpa et de Shari, immergé corps et âme dans des périodes de silence et de continence de plus en plus longues, qui parfois durent des mois.

Des changements spectaculaires s'opèrent dans la physiologie de Shari. Ses yeux s'assombrissent, se renfoncent profondément sous les arcades proéminentes. Ses cheveux noirs, bouclés, encadrent un visage maintenant émacié. Il semble avoir vieilli prématurément. Il a atteint sa taille d'adulte alors qu'il n'est pas encore âgé de seize ans. Les os saillent sous sa peau brune, rétractée, parcheminée.

Lorsqu'il sort de ses longues périodes de silence, il descend de la haute montagne, s'assoit près du « buisson du fou » autour duquel s'est établi le village des pèlerins et prend la parole. Il parle pendant des heures de la chaîne vibratoire, de la source lumineuse, de la souveraineté créatrice et de la divinité humaine. Les mots qui jaillissent spontanément de sa bouche se fichent avec une puissance inouïe dans le cœur des pèlerins qui, les jours suivants, s'efforcent de mettre en pratique ses conseils. C'est ainsi qu'il acquiert le statut de mahdi. *Le maître vient quand les disciples sont prêts,* disait souvent le fou des montagnes. Pourtant, Shari n'a pas encore trouvé l'entrée du sentier secret et il lui manque l'élément qui lui permettrait de jeter un pont entre l'homme et la création. Il a tantôt l'impression que la matière et l'homme sont indissociablement liés, comme façonnés dans le même creuset d'amour et de chaleur, et tantôt il lui semble qu'ils sont étrangers l'un à l'autre, que l'un n'est qu'un accident de l'autre et que l'une ne cherche qu'à précipiter le malheur de l'autre. L'arche de lumière recèle probablement la clé de cet apparent paradoxe.

De temps en temps, il rejoint Aphykit et Tixu dans la maison de pierre que leur ont construite les pèlerins, et ils passent la nuit à discuter. De ses parents d'adoption, d'Aphykit surtout, coule ce flot de tendresse qui le relie à sa propre humanité et au sein duquel il lui est indispensable de se plonger. Sans eux, sans leur amour, il ne serait pas certain de revenir parmi les hommes, il resterait peut-être dans les sphères de l'esprit, il s'installerait dans les champs subtils où n'existent ni espace ni temps, ni désirs qui créent l'espace et le temps, il deviendrait un être immatériel, un souffle, une étincelle, un son, une onde. Sans eux, il n'aurait peut-être plus le courage de réintégrer le monde des formes, de réinvestir son corps. Ses immersions dans le silence lui procurent un tel sentiment de liberté et de légèreté que les retours dans la prison de chair s'accompagnent d'une douleur effroyable, d'une odieuse sensation de déchirement. Et seuls les bras et la poitrine d'Aphykit ont le pouvoir d'apaiser sa souffrance, de le renforcer dans sa détermination.

Il ressent une joie immense lorsqu'elle lui annonce qu'elle est enceinte : lui, le fils unique, il pourra enfin cajoler un petit frère ou une petite sœur.

C'est par hasard qu'il découvre l'entrée du sentier. Il s'est assis, comme d'habitude, sur le versant d'un mont blanchi par les neiges éternelles. Un aïoule noir s'est posé à quelques mètres de lui. La douce chaleur du soleil de printemps berce chacune de ses cellules. Depuis quelques heures, quelques jours ou quelques mois (la notion de temps n'existe pas dans cet état), il dérive sans but sur des courants d'énergie intérieure. Par lassitude, il a lâché toutes les prises. Une porte de lumière blanche se découpe soudain sur le fond infini de son âme. Elle l'attire, elle l'appelle. Il en franchit le seuil et s'engage sur une route éblouissante, étroite, bordée de ténèbres tellement denses, tellement concentrées qu'elles dressent d'infranchissables murailles sur les côtés. Au fur et à mesure de sa progression, le passage s'étrangle et le vide se resserre autour de lui. Des lames glaciales le transpercent, le dépècent, le déstructurent, s'attaquent à l'essence même de son être. Il n'est pas confronté à la mort, à ce doux abandon de la dépouille corporelle usée, mais à quelque chose de terrifiant qui s'apparente à la non-vie, au vide absolu. Il lutte contre la peur, contre la tentation de rebrousser chemin.

Le néant pensait avoir accompli le plus difficile : ses féaux œuvrent sur toutes les planètes habitées, effacent la mémoire des humanités, le fou des montagnes s'est envolé vers un autre univers après plus de quinze mille ans d'une surveillance jamais prise en défaut... Tout est prêt pour l'avènement de l'informe, et voilà que se présente un humain sur le sentier de l'arche de lumière, un humain qui, s'il persiste dans son entreprise, pourrait fort bien reconnecter les siens à leur souveraineté. Cela fait des millénaires et des millénaires que l'incréé combat l'humanité, qu'il détourne la parole des vrais prophètes, qu'il sème la mort et la désolation, qu'il éloigne l'homme de sa source, qu'il l'identifie à ses sens, qu'il le sépare, qu'il le divise, qu'il le fragmente... Depuis le commencement, depuis que les premières étincelles ont jeté leurs insupportables lueurs, depuis que la chaleur convulsive a enfanté les ondes puis les formes, depuis que les dieux ont décidé d'expérimenter leur création, l'incréé a sans cesse reculé, vaincu par le chœur des ondes vibrantes et par la densité de l'être. L'incréé a assisté, impuissant, au déploiement flamboyant de l'univers. Et c'est au moment où il a inversé la tendance, où il est sur le point d'obtenir les dividendes de son patient travail de déstructuration, que surgit cet importun en quête de ses origines.

Shari entrevoit, dans le lointain, une magnifique construction de lumière, un temple à sept colonnes et aux parois ornées de vitraux à l'incomparable éclat. L'arche, l'endroit secret qui renferme les annales inddiques, la mémoire humaine, les lois immuables de la création... Une émotion intense l'étreint. Il presse maintenant l'allure car les attaques de l'incréé se font de plus en plus virulentes, de plus en plus effrayantes, et le froid qui le traverse, qui l'engourdit, est d'une intensité insoutenable. Il a l'étrange impression que l'arche se recule au fur et à mesure qu'il s'en approche.

L'informe, s'il ne peut pas lutter à armes égales avec les humains-source, exploite instantanément les failles des humains séparés. Il s'engouffre avec voracité dans l'esprit de Shari, déterre des souvenirs enfouis, exploite les carences affectives, stimule les doutes, ravive les peurs. La cohérence de Shari, morcelé, fractionné, se désagrège subitement et toutes les parties de lui-même, isolées, cernées par le vide, entrent en conflit. Des torrents de haine et d'épouvante le submergent, l'emportent. Les contours et le chemin de l'arche s'estompent, s'évanouissent. Il est happé par les bords d'une spirale infiniment noire et froide au cœur de laquelle il perd connaissance...

Il s'était réveillé sur la banquise d'une planète nocturne et déserte. Anéanti par son échec, il n'avait pas cherché à regagner Terra Mater. Ses disciples l'avaient élevé au rang de mahdi, il ne s'estimait pas le droit de leur offrir le visage de la défaite. Il n'accepterait de se représenter devant eux que lorsqu'il aurait réussi son épreuve. De toute façon, il aurait voulu retourner près d'eux qu'il en aurait été dans l'incapacité. La vibration de l'antra l'avait déserté, provisoirement il voulait l'espérer, et il avait dû marcher pendant des jours et des jours sur l'étendue glacée, affamé, transi, suçant des morceaux de glace pour étancher sa soif. Il avait trouvé refuge dans une galerie souterraine réchauffée par une source sulfureuse et chaude. Il s'était nourri d'une substance ambrée et sucrée qui suintait des parois vivantes, mouvantes, bruissantes, de son abri. Il avait passé beaucoup de temps à dormir, comme si son corps éprouvait le besoin de compenser les nombreuses nuits de veille qu'il avait consacrées à la recherche du sentier. Le reste du temps, il avait pensé à la cruelle désillusion de ses disciples, de ces chercheurs de vérité qui avaient traversé l'espace, parfois au péril de leur vie, pour le révérer comme un maître.

L'idée de se donner la mort l'avait effleuré à plusieurs reprises, mais l'image d'Aphykit et de Tixu, la pensée du petit frère ou de la petite sœur lui avaient chaque fois traversé l'esprit et l'avaient dissuadé de commettre l'irréparable. Envahi d'un sombre pressentiment, il s'était dit qu'il ne les reverrait jamais, qu'il ne tiendrait jamais le petit frère ou la petite sœur dans ses bras. Quel souvenir garderaient-ils de lui ? La déception qu'il leur avait causée s'effacerait-elle avec le temps ? Oui, sans doute, car ils étaient généreux, enclins au pardon... Lui, en revanche, ne pourrait se pardonner tant qu'il n'aurait pas pénétré dans l'arche et pris connaissance des annales inddiques.

L'antra avait résonné lorsque le corps de Shari, reconstitué par des bains prolongés dans le lac chaud et soufré, avait été apte à le recevoir. A l'issue d'une immersion de plus de sept ans dans le silence, il avait de nouveau aperçu la bouche de lumière, s'était aventuré sur le sentier, avait entrevu l'arche. La peur, atroce, insoutenable, s'était emparée de lui au moment où il franchissait la porte du temple. Il avait oublié ses résolutions, s'était laissé dépecer par les lames du néant, avait été aspiré par les bords de la puissante spirale de vide... L'informe avait eu raison de lui pour la deuxième fois.

Il avait repris connaissance à l'intérieur d'une petite pièce aux murs blancs. Il s'était vaguement souvenu qu'une jeune femme l'avait transporté sur ses épaules et l'avait allongé sur un lit. Il s'était rendu compte que l'antra, contrairement à ce qui s'était passé après sa première tentative, continuait de vibrer en sourdine dans un recoin de son être. C'était peut-être un progrès, le signe que son métabolisme commençait à tolérer les atteintes de l'incréé. Il avait donc décidé de se remettre immédiatement au travail. *Contacter la source,* avait dit le fou des montagnes, *ou ce sera la fin des hommes...* Il avait soudain perçu des bruits de pas, puis le cliquetis d'une serrure. Pris de court, encore faible, il n'avait pas cherché à capter les intentions de la personne qui s'introduisait dans la pièce. Il s'était instantanément transporté dans les zones les plus fines de l'éther, des couches subtiles inaccessibles à un esprit non entraîné. Il avait soustrait son corps à la perception visuelle ordinaire.

Elle n'avait pas détecté sa présence, mais lui l'avait vue et sa beauté l'avait saisi. Elle portait la magnificence de son âme sur son visage. Ne voulant rien perdre de ses gestes, il l'avait suivie dans la salle d'eau. Elle s'était déshabillée, avait écarté le rideau de la douche et s'était abandonnée aux caresses de l'eau chaude. Bouleversé, il n'avait pu détacher son regard de sa longue chevelure noire et lisse, de sa peau ruisselante et cuivrée, des aréoles brunes qui ponctuaient les collines émouvantes de ses seins. Avant elle, Shari ne s'était jamais préoccupé des femmes. La tendresse maternelle d'Aphykit avait été sa seule référence en la matière. Il ne s'était même pas posé la question de savoir si le statut de mahdi était compatible avec la vie de couple pour la bonne et simple raison qu'il n'avait jamais perçu le chant de l'amour, qu'il n'avait jamais ressenti l'appel tyrannique de la chair. Le corps d'Oniki l'avait brusquement relié à ses racines primitives, animales, il s'était tout à coup senti masculin, des frémissements avaient parcouru son bas-ventre et un désir violent s'était emparé de lui. Il avait aussitôt abaissé ses vibrations et s'était rematérialisé devant la jeune femme.

Le premier moment d'effroi passé, elle avait dénoué son drap de bain et s'était offerte à lui comme si leur union avait de tout temps relevé de l'évidence. Aussi inexpérimentés l'un que l'autre, ils avaient spontanément trouvé les attitudes et les mots justes, la douceur et l'impétuosité justes. Aucune fausse note n'était venue briser l'harmonie de leurs corps enchaînés. La chaleur du ventre, de la bouche, des mains et des lèvres d'Oniki, la rage de ses ongles et de ses dents, la saveur sucrée de sa salive, le goût âcre de sa sueur et l'odeur épicée de sa peau avaient accompli le miracle de le réconcilier avec lui-même, avaient effacé les remords, la culpabilité, les doutes, avaient rassemblé les débris de son humanité éparse. Oniki la thutâle avait été le champ fertile où Shari, le fils de Naïona Rampouline, le mahdi des Hymlyas, le dernier maillon de la chaîne de l'Indda, avait enfin signé le traité de paix avec lui-même.

Ce n'est que lorsque les mercenaires de Pritiv avaient surgi dans la cellule qu'il avait pris conscience du sacrifice qu'il avait exigé d'elle. Elle était devenue une pécheresse, une réprouvée. Elle avait dû s'enfuir comme une criminelle pour ressentir une dernière fois la joie de l'escalade dans les tuyaux des grandes orgues.

Ses sœurs l'avaient condamnée à vivre dans la nuit perpétuelle de l'île de Pzalion. Les quelques renseignements que les Scaythes avaient captés dans son esprit sans défense avaient éveillé leur curiosité et ils avaient dépêché un inquisiteur pour surveiller ses pensées.

Oniki et Shari se languissaient l'un de l'autre mais il ne voulait pas faire courir le moindre danger à la jeune femme et à l'enfant qu'elle portait. Elle n'était pas protégée par l'antra. Il aurait fallu qu'il se matérialise devant elle pour l'initier, et l'inquisiteur, immédiatement informé, aurait alerté les mercenaires de Pritiv qui se tenaient près d'un déremat programmé aux coordonnées de Pzalion. Il était donc condamné à la visiter pendant son sommeil, à la toucher seulement des yeux.

La beauté d'Oniki, effleurée par les lueurs mourantes de la bulle-lumière, l'émouvait toujours autant. Il percevait les respirations bruyantes des fous, assis ou allongés près de l'entrée. Il remonta la couverture d'algues séchées sur le corps déformé de la jeune femme. La décision qu'il venait de prendre lui arrachait le cœur et des larmes brûlantes roulaient sur ses joues. Ses visites, même déguisées en rêves, faisaient planer un danger incessant au-dessus d'Oniki et les proscrits d'Ephren s'occuperaient très bien d'elle et de son enfant. Il avait déjà trop attendu. Le temps s'égrenait et les humanités s'effaçaient peu à peu de l'univers. Il lui fallait maintenant affronter et vaincre l'incréé, le terrible gardien de l'arche de lumière.

Il déposa un baiser furtif sur les lèvres d'Oniki, dont il arrosa les paupières et les joues de ses larmes, de ces quelques gouttes du sang de son âme.

« Mon prince ? » murmura-t-elle d'une voix ensommeillée.

Il respira son haleine, son odeur, sa chaleur, puisa dans ses ultimes réserves de volonté pour ne pas s'allonger à ses côtés et la serrer dans ses bras. Elle ne savait rien de lui, pas même son nom. Il reviendrait un jour, il les couvrirait d'amour, elle et l'enfant... Il saurait forcer le destin... Il se fondit dans un couloir du silence au moment où elle ouvrait les yeux.

Oniki est entrée dans l'océan jusqu'à la taille. Elle examine attentivement le pilier de soutènement. Les fous, qui ont peur de l'eau, sont restés sur la grève de sable noir. Ils roulent des yeux effarés et poussent des gémissements assourdis. Ils se demandent quelle mouche pique la future mère, celle qui porte tous les espoirs du village. Pourquoi ne s'est-elle pas contentée de s'asseoir sur un rocher, comme d'habitude ?

Oniki ne peut leur expliquer qu'elle doit impérativement s'occuper, combattre la tristesse poignante qui la submerge. Dans son rêve, elle a vu des larmes de sang couler des yeux de son prince. Elle s'est réveillée, a senti des gouttes tièdes sur ses paupières et ses joues, les a recueillies sur la pulpe de ses doigts, les a goûtées : elle en a immédiatement reconnu la saveur. Elle a alors pris conscience qu'elle n'a pas rêvé, qu'il est apparu en chair et en os dans la grotte, qu'il l'a baignée de ses pleurs, que son immense détresse est liée à la perspective d'une longue séparation, et un noir oiseau de proie a planté ses serres dans ses propres entrailles.

Il est possible de grimper sur ce pilier de soutènement, au moins sur sa partie basse. L'obscurité empêche Oniki de repérer d'éventuelles prises plus haut, mais cela ne coûte pas grand-chose d'aller vérifier. Puisque son prince est parti – elle pressent qu'il est gouverné par un destin hors du commun et, quoi qu'il fasse, où qu'il aille, elle le soutiendra de son amour –, elle a décidé de prendre sa vie en main. Elle refuse de mettre au monde son enfant dans un environnement de ténèbres. Peut-être y a-t-il, au-dessus de Pzalion, des tuyaux non explorés ? Et puis elle manque d'exercice, l'escalade lui fera du bien. Son ventre ne devrait pas représenter une gêne, elle est habituée à porter des charges beaucoup plus lourdes.

Les fous la voient avec stupeur passer sa robe par-dessus sa tête. Elle accroche son vêtement à une aspérité du pilier et se hisse à la force des bras hors de l'eau. Sa peau, qui a blanchi depuis qu'elle ne reçoit plus les rayons de Tau Xir et de Xati Mu, crève la nuit éternelle. Dès qu'elle entre en contact avec le corail, elle retrouve ses réflexes et son allégresse de thutâle. Elle lève la tête : elle ne distingue pas le bouclier, mais elle sait qu'il se perche à plus de huit cents mètres au-dessus d'elle. Elle se demande si elle aura la force de grimper jusqu'au sommet du pilier. C'est alors qu'une grêle de coups de pied lui martèle le ventre. L'enfant l'encourage, l'enfant aspire à la lumière.

Les glapissements aigus des fous donnent l'alerte aux villageois. Les proscrits d'Ephren, hommes et femmes, prennent peur qu'il ne soit arrivé malheur à la future mère, interrompent leurs travaux, sortent des grottes, dévalent le sentier et se rassemblent sur la grève. La vieille Soji, en ancienne thutâle, a immédiatement compris que sa jeune sœur enceinte souffre du mal des grandes orgues.

Le corps nu, blanc et rond d'Oniki, cerné par une nuée de mouettes noires aux yeux scintillants, se promène à présent une cinquantaine de mètres au-dessus de l'océan Gijen.

CHAPITRE XIII

La tête et le cœur des gocks sont comme le trou du cul d'un phice des mondes Skoj : pleins de merde.

Maxime attribuée aux Jersalémines

La tête des missionnaires kreuziens est comme le trou du cul d'un phice : pleine de merde.

Version skoj, probablement antérieure
à la précédente

Le cœur des femmes est comme le...

Variante skoj du continent oriental

Les phices sont comme des trous du cul : pleins de merde.

Maxime des quartiers usuriers de Pradoz, capitale des mondes Skoj. Sans doute la plus ancienne, et donc à l'origine de toutes les autres.

*Dictionnaire universel des mots
et expressions pittoresques,*
Académie des langues vivantes

Dès qu'elle avait entendu le hurlement et les bruits de pas, Iema-Ta avait retroussé sa robe, avait sauté sur son bureau et tendu les doigts en direction de la porte. L'énergie qui se dégageait de ses yeux sombres était terrifiante. Le shelam s'était tapi derrière une tenture murale et avait extirpé son long couteau de son pantalon. Une tension extrême, presque palpable, était tombée sur la pièce.

L'autre, le démon, ne maîtrisait plus la situation, et dans l'incertitude il avait choisi de se retirer dans les zones profondes du cerveau de Marti. Le Syracusain, brusquement restitué à lui-même, avait l'impression d'émerger d'un rêve. Il se souvenait que cette étrange femme, une complanétaire nanifiée par les microstases, était un passeur clandestin, mais il avait oublié les clauses de leur pacte. Il se demandait pourquoi Jek, livide, recroquevillé sur le fauteuil à suspension d'air, avait l'air terrorisé, pourquoi la femme, la robe remontée jusqu'à la taille, s'était accroupie sur le bureau comme une petite fille saisie d'un besoin pressant d'uriner, pourquoi le shelam s'était dissimulé derrière une tenture... Il avait perçu un cri, des bruits confus, mais il n'y avait pas prêté attention, il lui avait semblé qu'ils n'étaient que des éclats de la rumeur de la cité.

La porte s'ouvrit dans un fracas de tonnerre. Quatre silhouettes vêtues de blanc s'engouffrèrent dans la pièce. Leurs armes, de longues épées aux fines lames d'acier, accrochèrent des reflets de lumière.

Un sourire vénéneux fleurit sur les lèvres craquelées de Iema-Ta. Quatre ongles se détachèrent de ses doigts et fusèrent vers les intrus.

« Attention ! Ils sont empoisonnés ! » hurla une voix.

Trois d'entre eux eurent le réflexe de plonger sur le côté et de rouler sur le parquet, mais un ongle se ficha sous la pomme d'Adam du dernier, surpris, et s'enfonça profondément dans sa chair. Les yeux de l'homme, lequel, comme ses trois compagnons, avait des caractéristiques physiques identiques à celles de San Frisco (peau cuivrée, cheveux noirs et lisses, nez aquilin), se révulsèrent. Un filet de bave s'échappa des commissures de ses lèvres et sa respiration se fit de plus en plus sifflante. Il lâcha son épée, porta les mains à son cou, bascula vers l'arrière et s'effondra lourdement sur le plancher.

Les autres ongles se plantèrent en vibrant dans le panneau de la porte. Sans se départir de sa position accroupie, Iema-Ta pivota sur elle-même d'un quart de tour, tendit le bras droit et balaya la pièce exactement comme si elle tenait un ondemort. Jek et Marti, rencognés dans les fauteuils-air, baissèrent instinctivement la tête.

Le ricanement incessant de la petite femme s'étrangla dans sa gorge et ses yeux sombres s'agrandirent de surprise. Les trois hommes vêtus de blanc avaient disparu. Le cadavre de leur compagnon était l'unique preuve de leur passage. Iema-Ta sauta de son bureau et s'avança lentement entre les fauteuils. Sa robe retroussée se détendit, retomba comme un rideau empesé sur ses cuisses brunes, ses jambes et ses chevilles. Elle posa la main gauche sur l'accoudoir du fauteuil de Jek. Du coin de l'œil, le petit Anjorien remarqua qu'à l'extrémité de ses doigts, de nouveaux ongles poussaient à vue d'œil, comme des griffes rétractiles surgissant des coussinets de la patte d'un fauve.

« Prends garde, Iema ! hurla le shelam depuis sa cachette. Ce sont des Jersalémines ! Ils utilisent des sortilèges d'invisibilité !

– Nous n'avons jamais eu de problème avec ces crétins du peuple élu, cracha Iema-Ta. Qu'est-ce qu'il leur prend ? »

A peine avait-elle prononcé ces mots que deux hommes, surgis de nulle part, apparurent derrière elle. Elle décela instantanément leur présence, poussa un glapissement suraigu, pivota sur elle-même, allongea le bras. Quatre ongles fusèrent de ses doigts écartés. Mais, l'effet de surprise ne jouant plus, ils les esquivèrent d'une rapide rotation du torse et armèrent leurs épées. Les lames souples sifflèrent vers la tête de la petite femme. Une épée la frappa de haut en bas et lui fendit l'os frontal, l'autre décrivit une courbe horizontale et lui trancha le cou. La tête de Iema-Ta alla se fracasser contre la plinthe d'une cloison. Un panache de sang jaillit de son corps décapité, agité de soubresauts. Il oscilla un long moment sur lui-même avant de s'affaisser comme une outre vide sur le parquet. L'odeur de sang qui envahit la pièce se conjuguait avec des senteurs de soufre et de minéraux broyés.

Fou de rage, le shelam se rua hors de sa cachette et fondit en hurlant sur les deux hommes, dont les combinaisons blanches s'ornaient de larges corolles pourpres. Dans sa précipitation, il avait oublié la présence du troisième comparse. Une négligence coupable : une lame surgit du néant, s'enfonça dans ses reins et ressortit au niveau de son abdomen. Ses yeux horrifiés contemplèrent la pointe métallique. Il hoqueta, vomit un flot de sang, fit quelques pas vacillants et bascula sur le dossier d'un fauteuil à suspension d'air.

Les trois hommes s'avancèrent vers Jek et Marti. Le petit Anjorien ferma les yeux, persuadé que le fil affûté d'une lame allait s'abattre sur lui. En cet instant, il pensa curieusement à Baisemort, le sorcier des rats du désert, au buisson d'épines qui lui mangeait les deux tiers du visage, puis les images défilèrent en accéléré, tourbillonnèrent, s'effilochèrent, et il s'avéra incapable de mettre un peu d'ordre dans sa tête avant de mourir.

« Eh, ce n'est pas le moment de dormir, prince des hyènes ! dit l'un des trois hommes. On t'attend...

– Qui, on ? » demanda Marti, qui recouvrait peu à peu ses esprits.

Le combat n'avait duré que deux minutes, mais ces deux minutes-là lui avaient paru durer une éternité.

« La tête des gocks veut toujours tout savoir ! s'exclama l'homme en esquissant une moue de mépris. Ecoute ton cœur et suis-nous ! Dans quelques secondes, les séides de cette sorcière grouilleront autour de nous comme des lucioles des neiges autour d'une charogne... Moscou, ouvre-nous la route ! »

Le dénommé Moscou, celui qui avait neutralisé le shelam, sortit de la pièce et s'engagea dans le couloir.

« Un moment ! insista Marti. Qui êtes-vous et où voulez-vous nous conduire ?

– Lui, c'est Montréal, et moi, c'est Changaii. Nous avons reçu l'ordre de convoyer le prince des hyènes jusqu'à l'aire de stationnement du vaisseau du Globe. Et maintenant que ta tête est satisfaite, gock, tu as le choix suivant : ou tu restes ici, et les hommes de Iema-Ta t'arracheront le cœur, ou tu viens avec nous... »

Montréal rengaina son épée, saisit le petit Anjorien par les aisselles et le jucha sur ses épaules. Puis les deux Jersalémines se dirigèrent vers la porte.

Marti n'hésita pas longtemps avant de leur emboîter le pas. L'autre, le démon, comprenait que s'il restait seul dans cette pièce, il perdrait rapidement son véhicule humain. Au moment même où il était sur le point de parvenir à ses fins, l'intervention inopportune des Jersalémines avait tout flanqué par terre. En contrepartie, et en attendant mieux, ils lui proposaient leur protection, augmentaient donc ses probabilités de survie et lui laissaient la possibilité de remettre son projet à plus tard. Et puis il était préférable de ne pas perdre le petit Anjorien en cours de route. L'autre avait pris la précaution d'implanter un programme de transfert dans le cerveau de Marti. Au cas où les choses ne tourneraient pas comme il le souhaitait, il aurait toujours la possibilité de changer de véhicule, d'émigrer dans l'esprit de Jek. Il suffirait pour cela que Marti pose la bouche sur celle du garçon, pendant son sommeil par exemple. Bien sûr, le corps d'un enfant était plus fragile que celui d'un adulte, mais il présentait d'autres avantages. Personne ne se méfie d'une créature pure et innocente de huit ou neuf ans...

Le petit groupe déboucha dans la venelle sombre. Moscou, l'éclaireur, marchait une vingtaine de pas devant eux. Le fourreau de son épée lui battait les bottes. Les étoiles de l'amas formaient une spirale éclatante dans le ciel de Franzia. Le disque blanc de Jer Salem déposait une clarté céruse sur les toits d'écorce peinte de Néa-Marsile.

« Comment allons-nous nous rendre au vaisseau ? demanda Marti.

– Ta tête est comme le ventre d'un oursigre des neiges : insatiable ! soupira Changaï. Nous prendrons un ovalibus du réseau de transport en commun. La meilleure manière de ne pas attirer l'attention...

– Même avec les taches de sang sur vos combinaisons ? »

Le Jersalémine jeta un bref coup d'œil sur son vêtement.

« Quelles taches ? »

Marti et Jek se rendirent alors compte qu'elles avaient disparu, comme les Jersalémines quelques minutes plus tôt dans le bureau de Iema-Ta. Changaï se tourna vers Jek, perché sur les épaules de Montréal.

« Je parie que la tête du prince des hyènes se demande comment nous faisons pour devenir invisibles. »

En réalité, ce n'était pas ce mystère qui turlupinait le petit Anjorien depuis qu'ils étaient sortis du bâtiment, mais le comportement déroutant de Marti, de celui qu'il considérait comme son grand frère. Le visage du jeune Syracusain s'était transformé en un masque hideux, démoniaque, lorsque Iema-Ta lui avait proposé de troquer son petit compagnon contre un transfert cellulaire. L'espace de quelques secondes, Jek n'avait plus reconnu Marti de Kervaleur et l'angoissante sensation de côtoyer un monstre l'avait envahi. Il avait pris conscience que deux Marti cohabitaient dans le même corps, et que l'un, le monstre caché, n'hésitait pas à sacrifier les valeurs de l'autre, le compagnon enjoué, pour atteindre un but connu de lui seul. Et de ce Marti-là, il convenait dorénavant de se méfier comme de la peste nucléaire.

« Le shelam l'a dit : vous utilisez des sortilèges », intervint le Syracusain.

Les deux Jersalémines éclatèrent de rire. Jek sentit sous ses fesses et ses jambes les tremblements de la poitrine et des épaules de Montréal.

« Des idées de gock... », lâcha Changaï avec une moue de mépris.

Le vaisseau du Globe était minuscule : à peine trente mètres de long sur quatre mètres de haut. Il aurait pu entrer aisément dans la soute des dériveurs de secours du *Papiduc*. Compact, ovoïde, posé sur cinq pieds rectilignes, d'une teinte bronze uniforme, il était totalement dépourvu de hublots. La baie vitrée de la cabine de pilotage, renflement arrondi situé à la proue, et le sas d'embarquement étaient les seules ouvertures apparentes sur la coque luisante, ornée à la poupe d'un globe holographique bleu.

L'indéchiffrable clair-obscur de la nuit franzienne estompait les formes. Les rayons crus de projecteurs flottants éclairaient l'entrée du hangar, une construction de bois brut et de tôle ondulée. Des hommes, vêtus des mêmes uniformes blancs que Moscou, Changaï et Montréal, s'affairaient au pied de l'appareil. Les uns chargeaient des caisses métalliques sur le pont roulant de la passerelle flottante, d'autres vérifiaient les joints d'étanchéité du sas, d'autres encore enfonçaient les embouts des pompes de ravitaillement dans les cavités des réservoirs, d'autres enfin, armés de fusils à propagation lumineuse, patrouillaient autour du hangar et surveillaient les opérations d'embarquement. Des relents de carburant superfluide empuantissaient l'air humide et tiède. La perspective d'être à nouveau emprisonné dans une boîte en fer n'enchantait guère Jek, toujours perché sur les robustes épaules de Montréal.

Les trois Jersalémines et leurs deux protégés n'avaient rencontré aucune difficulté pendant le trajet entre le cœur de la vieille cité et le quartier excentré où était stationné le vaisseau du Globe. Les ovalibus de Néa-Marsile étaient pratiquement déserts à la tombée de la nuit, et de surcroît les membres du peuple élu, aisément identifiables à leurs particularités physiques et aux longs fourreaux de cuir tressé de leurs épées, inspiraient une crainte irrationnelle aux Franziens. Les natifs de la planète, y compris les shelams et les détrousseurs, évitaient soigneusement de les importuner, et si d'aventure un touriste imbibé de vin s'avisait de les provoquer, un regard noir, appuyé, suffisait en général à le calmer. Quant aux inconscients qui passaient outre à cet avertissement visuel, ils se retrouvaient rapidement avec une bonne lame d'acier au travers de la gorge ou du ventre.

Montréal reposa Jek sur le sol de béton. Ils pénétrèrent dans le hangar, contournèrent des montagnes de caisses, un pied du vaisseau, et se dirigèrent vers un escalier tournant qui montait vers une pièce suspendue, sur les cloisons de laquelle se découpaient deux silhouettes mouvantes. Ils gravirent les marches étroites et accédèrent à un palier métallique ceint d'un garde-fou. De là-haut, ils avaient une vue d'ensemble de l'intérieur du hangar. Le flanc convexe du vaisseau ressemblait à une colline rocheuse polie par les eaux. Ils s'introduisirent dans la pièce exiguë qu'une bulle flottante inondait de lumière agressive. Elle n'était meublée que de tabourets à trois pieds et d'une grande table de bois où trônait un globe bleu, vert et ocre.

« Bienvenue, prince des hyènes ! »

San Frisco, souriant, vêtu d'une combinaison blanche à parements argentés, chaussé de hautes bottes noires, s'avança vers Jek et le souleva du sol.

« Je vois que tu as réussi à t'évader du cœur du viduc ! »

Un large sourire s'épanouissait sur la face du second, ce qui était chez lui l'expression d'une joie intense. Robin de Phart se leva mais n'osa pas faire ce que lui suggérait son cœur, étreindre chaleureusement Marti. Il se sentait pourtant dans la peau du père qui accueille son fils prodigue, mais ses élans affectifs, spontanés, se brisaient sur l'écueil de sa raison. Il comprenait maintenant pourquoi les Jersalémines avaient intégré, dans leur langage et dans leur comportement, l'éternelle opposition entre la tête et le cœur, entre l'intellect et les émotions.

Marti frappa la table du poing. Le globe oscilla sur son large socle.

« J'aurais dû me douter que vous étiez l'instigateur de cet enlèvement, sieur de Phart ! Nous étions sur le point de conclure un accord avec le passeur clandestin !

– La colère emplit le cœur et la tête de notre jeune ami, déclara calmement San Frisco, tenant toujours Jek à bout de bras. Les promesses de Iema-Ta sont comme les jambes d'un moribond : elles ne tiennent pas plus de quelques secondes. C'est moi qui ai pris la décision d'envoyer mes hommes. Le prince des hyènes est cher à mon cœur et je ne pouvais pas intervenir à l'intérieur du *Papiduc* sans déclarer la guerre aux hommes de Papironda. Or nous n'avions rien à gagner, ni le prince des hyènes ni moi, dans un affrontement avec le viduc.

– C'est toi qui as tué les deux gardiens postés devant ma cabine ? qui as ouvert ma porte ? demanda Jek.

– Disons que ces deux gocks sont tombés par inadvertance sur la lame de ma dague et que j'ai appris à ouvrir toutes les serrures du *Papiduc*, quel que soit leur code...

– Et ce sont tes hommes qui nous ont suivis dans les rues de Néa-Marsile ? »

San Frisco reposa Jek sur le plancher métallique.

« Je vois que le prince des hyènes a le sens de l'observation...

– Pourquoi n'étaient-ils pas invisibles ?

– Le don de l'invisibilité vient d'un mot sacré qui a été donné à nos ancêtres par l'abyn Elian, répondit San Frisco. Mais il a perdu de sa magie au fur et à mesure que se sont écoulés les siècles : autrefois, les membres du peuple élu restaient invisibles aussi longtemps qu'ils le souhaitaient. Et c'est dans cet état qu'ils se promenaient d'un monde à l'autre... Aujourd'hui, nous ne pouvons nous maintenir en invisibilité que l'espace de quelques secondes. Et encore, au prix d'une considérable dépense d'énergie... » Il se tourna vers Changaï : « Vous n'avez pas eu de problèmes ?

– Francfort ne verra jamais les xaxas, murmura le Jersalémine. Les ongles empoisonnés de Iema-Ta ne lui ont laissé aucune chance...

– Et maintenant, que proposez-vous ? » coupa Marti, hargneux.

Jek se dit que le monstre réfugié dans le Syracusain avait une tendance de plus en plus marquée à s'aventurer hors de sa tanière.

« Nous partons pour Jer Salem dans deux heures, dit San Frisco d'une voix sourde, visiblement rembruni par l'annonce de la mort de Francfort.

– Je n'ai pas le projet d'aller sur Jer Salem, mais sur Terra Mater ! Et c'est la même chose pour Jek !

– Moi, je vais avec San Frisco », dit précipitamment le petit Anjorien.

Son intuition lui disait que là-bas, sur Jer Salem, sur le caillou glacé du peuple élu, se présenterait une occasion de poursuivre le voyage. Et même si ce n'était pas le cas, il aurait fait n'importe quoi pour ne pas rester seul avec Marti.

« Ce garçon parle le langage de la raison, Marti, intervint Robin de Phart. Seul, sans ressources, vous n'aurez aucune chance de vous en sortir sur Franzia. Puisque le prince San Frisco a eu la bonté de nous inviter, nous qui ne sommes que des gocks, venez avec nous. Vous aurez l'opportunité d'assister au spectacle le plus extraordinaire que puissent contempler les yeux d'un être humain : le passage des xaxas, des migrateurs célestes. Un événement qui ne se produit que tous les huit mille ans... Ce détour sur Jer Salem ne nous retardera que d'une petite trentaine de jours. »

Le revirement d'attitude de Marti fut aussi spectaculaire qu'inattendu. L'autre, le démon, ne mettait pas longtemps à comprendre où se situaient ses intérêts.

« En ce cas, prince San Frisco, j'accepte votre invitation avec joie. Et je vous prie d'excuser mon agressivité. Je me sens un peu responsable de Jek et j'ai toujours peur qu'il ne lui arrive quelque chose... »

Malgré l'envie qui l'en démangeait, Jek s'abstint de lui demander pourquoi il avait failli le vendre à Iema-Ta une heure plus tôt. Bien qu'il fût environné d'adultes, il avait trop peur de donner l'éveil au monstre caché. Il s'ouvrirait de la double personnalité de Marti à San Frisco ou à Robin de Phart dès qu'il aurait la possibilité de converser en tête à tête avec l'un des deux hommes. Les yeux clairs du vieux Syracusain lui inspiraient confiance.

« Alors c'est vrai que tu es un prince de Jer Salem », dit le petit Anjorien.

Malgré la tristesse qui imprégnait ses traits, San Frisco s'efforça de sourire.

« Un prince en exil... Mais l'heure est venue de retrouver mon peuple et de défier les abyns... »

Des hululements prolongés retentirent soudain dans le hangar, transpercèrent le plancher et les cloisons de la pièce. Changaï, Montréal et Moscou dégainèrent aussitôt leurs épées et se ruèrent sur le palier.

A la lueur des projecteurs flottants, ils distinguèrent des ombres furtives qui affluaient vers l'entrée du hangar et les corps allongés des sentinelles, dont l'une avait réussi à ramper jusqu'au portail et à tirer la poignée du système d'alarme encastré dans un montant métallique. Pris au dépourvu, les Jersalémines n'avaient pas eu le temps d'organiser leur défense. Certains avaient eu le mauvais réflexe d'invoquer le mot sacré de l'abyn Elian et s'étaient soustraits aux regards des assaillants. Une erreur, car leur translation d'invisibilité, outre qu'elle n'allait durer que quelques secondes, les aurait épuisés au moment où ils réapparaîtraient et devraient reprendre le combat. Si cette tactique avait parfaitement fonctionné contre Iema-Ta et ses ongles diaboliques, elle risquait fort de s'avérer suicidaire contre des adversaires en nombre et qui, à en juger par leur organisation, leur sang-froid, leur discipline, leurs impeccables uniformes bleu nuit, étaient des combattants de métier. De furieux corps à corps s'engagèrent entre les caisses métalliques, entre les pompes de carburant et sous la carène du vaisseau. Le cliquetis des armes blanches ponctua bientôt les hurlements ininterrompus des sirènes. Des flots saccadés de carburant superfluide s'échappèrent des extrémités des tuyaux, éjectés des étroites cavités de réception de la coque, et se répandirent en langues visqueuses et luisantes sur le béton du hangar. Les hommes d'équipage chargés du remplissage des réservoirs n'avaient pas eu le loisir de pousser les verrous des valves de sécurité.

« N'utilisez pas les ondemorts ! hurla une voix. Qu'une onde touche une seule goutte de carburant et nous serons réduits en cendres ! »

Les Jersalémines, qui réapparaissaient comme des spectres en divers points du hangar, ne bénéficiaient pas longtemps de l'effet de surprise. Les assaillants, alertés par les cris de leurs comparses, réussissaient le plus souvent à parer leurs attaques et mettaient immédiatement à profit l'asthénie qu'avait engendrée leur translation d'invisibilité.

San Frisco extirpa sa dague d'une poche intérieure de sa combinaison.

« Ne bougez pas d'ici ! » ordonna-t-il à Jek et aux deux Syracusains.

Il rejoignit Changaï, Moscou et Montréal sur le palier. Il ne lui fallut qu'une seconde pour identifier les agresseurs. Il y avait encore quelques heures, il portait le même uniforme qu'eux...

« Les hommes du viduc... Il nous a retrouvés...

– Qu'est-ce qu'il veut, ce maudit gock ? grommela Changaï.

– Deux choses : le prince des hyènes et le sang de la vengeance. Sa tête et son cœur n'ont pas apprécié que je le quitte sans prévenir.

– Propose-lui un marché, prince San Francisco, suggéra Moscou. L'enfant gock contre un traité de paix... »

San Frisco lui décocha un regard incendiaire.

« Je ne suis plus le second du *Papiduc,* mais un prince de Jer Salem, un des quarante seigneurs du peuple élu. En tant que tel, je ne m'abaisserai pas à négocier avec le viduc Papironda ! »

Et, pour couper court à toute conversation, il brandit bien haut sa dague et se rua dans l'escalier tournant. Changaï, Montréal et Moscou se lancèrent sur ses traces.

Lorsqu'ils prirent pied sur le béton du hangar, la situation des Jersalémines n'était guère brillante. Les hommes du viduc n'avaient pas seulement l'avantage du nombre, ils étaient également mieux armés, mieux organisés, et ils acculaient peu à peu les défenseurs dispersés vers le fond du hangar. Les tuyaux souples des pompes serpentaient sur le sol et continuaient de vomir leurs jets saccadés de carburant.

San Frisco considéra ces débordements intempestifs de superfluide comme une grande chance : ils interdisaient l'emploi des brûlentrailles, fusils à propagation lumineuse et autres ondemorts. Or les membres du peuple élu avaient l'habitude d'utiliser des armes blanches – c'était, davantage qu'une habitude, une coutume sacrée, un commandement de la Nouvelle Bible de Jer Salem –, et ils faisaient généralement preuve d'une grande efficacité dans les combats au corps à corps. Il fallait seulement qu'ils reprennent leurs esprits, qu'ils cessent de s'affoler devant la supériorité numérique de leurs adversaires.

San Frisco estima que la meilleure manière d'aider les siens à recouvrer la bravoure légendaire de leurs ancêtres, c'était de payer de sa personne. Il fondit comme un rapace sur les deux assaillants les plus proches, enfonça sa dague dans le cœur de l'un, esquiva le poignard à courte lame de l'autre et, d'un geste fulgurant, lui trancha la gorge. Galvanisés par l'exemple de leur prince, Changaï, Montréal et Moscou rameutèrent les leurs, réorganisèrent la défense, regagnèrent peu à peu du terrain, repoussèrent les hommes du viduc vers l'entrée du hangar.

Jek, Robin et Marti, sortis à leur tour sur le palier, virent que la bataille faisait rage en contrebas. De nombreux cadavres jonchaient le béton lisse et des rigoles de sang se diluaient dans les mares visqueuses de carburant. Le petit Anjorien fut à la fois stupéfait et consterné de reconnaître quelques-uns des hommes d'équipage du *Papiduc. Il est plus difficile de sortir de son cœur que d'une boîte en fer.* Il comprit que c'était pour lui qu'ils s'entretuaient.

Les Jersalémines, poussant des rugissements, s'encourageant les uns les autres, effectuant d'incessants moulinets avec leurs épées, obligèrent les hommes du viduc à battre en retraite. Mais, alors que les membres du peuple élu pensaient avoir rétabli la situation, une deuxième vague d'assaillants surgit de l'obscurité et déferla vers le bâtiment. Plus de cent hommes d'équipage en uniforme bleu nuit et rabatteurs de compagnies cynégétiques, armés de machettes à lames évasées. Les yeux brillants et les rictus de ces derniers indiquaient qu'ils étaient sous l'emprise fanatisante de l'halluvin, un vin franzien additionné de plantes hallucinogènes. Les sirènes d'alarme se turent et un silence oppressant retomba sur le hangar, seulement troublé par le clapotis du carburant qui s'écoulait des tuyaux.

Un ordre bref et guttural retentit dans le lointain. Les premiers rangs de la milice du viduc s'immobilisèrent à une vingtaine de mètres des Jersalémines regroupés derrière le prince San Frisco, impassibles, campés fièrement sur leurs jambes. Les deux troupes se défièrent du regard. Les rabatteurs, dont la plupart avaient retiré leur gilet sans manches pour exhiber leur torse nu et leurs tatouages guerriers, bouillaient d'impatience d'en découdre avec leurs adversaires. Ce règlement de comptes entre le viduc et son ancien second leur offrait une excellente occasion de se venger du mépris dans lequel les tenait le peuple élu. Pour une fois, ils se sentaient en position de force, et les ricanements stupides qui s'échappaient de leurs bouches entrouvertes résonnaient comme des clameurs de triomphe. Cette nuit, ils pourraient se vanter d'avoir fait couler le sang des démons de Jer Salem et le prestige qu'ils en retireraient leur assurerait l'admiration des hommes et les faveurs des femmes.

Une silhouette se détacha de la milice et s'avança dans les faisceaux croisés des projecteurs mobiles. De son poste d'observation, et bien que l'entrée du hangar fût en grande partie occultée par la masse du vaisseau, Jek identifia instantanément le petit homme au crâne chauve, sanglé dans une élégante veste noire, qui se dirigeait d'un pas tranquille vers San Frisco.

« Que me veux-tu, viduc ? demanda le prince de Jer Salem après que le viduc Papironda se fut arrêté à quelques pas de lui et eut écarté les bras pour montrer qu'il était désarmé.

– Tu le sais bien, San Frisco. Je viens récupérer mon fils Jek. »

La voix acérée du maître du *Papiduc* transperçait le silence.

« Ni sa tête ni son cœur ne t'appartiennent, dit le Jersalémine.

– Ce n'est pas à toi d'en décider. Tu as profité de la fête traditionnelle de l'atterrissage pour tuer deux de mes hommes et ouvrir la porte de sa cabine. Remets-moi l'enfant et je passe l'éponge sur ta désertion. Refuse et aucun des tiens n'en réchappera. Je dépècerai moi-même vos cadavres et les renverrai morceau par morceau sur Jer Salem.

– Tu ne t'adresses plus à ton second, viduc, mais à l'un des quarante princes du peuple élu. Je n'ai aucun ordre à recevoir d'un pirate de l'espace. »

Un sourire froid affleura les lèvres minces du viduc.

« Eclaire-moi au moins sur les raisons qui te poussent à vouloir m'enlever Jek.

– Contrairement à ce que tu penses, je ne cherche pas à te le voler ni à l'enfermer dans la cage de mon cœur. Je crois de mon devoir d'éliminer les obstacles qui l'empêchent d'accomplir son destin.

– Vous autres, les Jersalémines, vous avez la détestable manie de tout savoir sur tout ! cracha le viduc d'une voix gonflée d'impatience. Vos têtes et vos cœurs sont autant remplis de merde que le trou du cul d'un phice des mondes Skoj ! Que sais-tu du destin de Jek ? Tu te prends pour un dieu tout-puissant ?

– J'agis seulement selon mon cœur, viduc.

– C'est ta dernière parole ? »

San Frisco hocha la tête.

« Eh bien, il ne me reste plus qu'à prendre par la force ce que je n'ai pu obtenir par la négociation. Il y a derrière moi des Franziens qui meurent d'envie de vous égorger, toi et les tiens. De vraies bêtes féroces... »

Le viduc enfonça ses yeux dans ceux de son ancien second, puis, sans cesser de le fixer, s'éloigna à reculons, sortit peu à peu des feux des projecteurs mobiles et se fondit dans la nuit. Sa milice se déploya silencieusement sur toute la largeur de l'entrée du hangar.

Jek vit les deux troupes s'avancer l'une vers l'autre, il distingua les faces déformées par la haine, les scintillements des lames d'acier. Le cœur du petit Anjorien se serra. Ils n'étaient que trente Jersalémines, épuisés par le premier assaut, contre plus de cent hommes frais et, pour certains, surexcités par l'halluvin. Malgré la bravoure des membres du peuple élu, aucun doute ne subsistait sur l'issue de la bataille. Le viduc l'avait affirmé : il récupérerait par la force ce qu'il n'avait pu obtenir par la négociation. Il avait décidé de faire de Jek son fils, son héritier, et rien ni personne ne l'empêcherait de réaliser son dessein. Il ne se souciait pas des désirs du petit Anjorien. Il avait l'habitude de soumettre les hommes et les événements à sa volonté, et il aurait, au besoin, déclenché une guerre interplanétaire pour faire valoir ce qu'il estimait être son droit.

Les hommes du viduc entrèrent en contact avec les Jersalémines. Le fracas des armes, les ahanements, les rugissements, les cris de souffrance se répercutèrent sur les cloisons convexes et le toit de tôle ondulée du hangar.

San Frisco, Changaï, Moscou, Montréal et les autres furent rapidement ensevelis sous des grappes humaines. Le prince de Jer Salem opérait un véritable carnage parmi ses adversaires. Il repoussait de l'épaule ou du genou les nombreux cadavres qui s'affaissaient sur lui. Sa dague, prise de démence, dansait un ballet endiablé et le tissu de sa combinaison s'imbibait de sang. Cependant, quels que fussent son courage et son adresse, il ne pourrait contenir longtemps les attaques méthodiques des hommes du viduc. Un essaim de rabatteurs aux torses luisants submergeait progressivement Changaï et Moscou.

Brusquement, tout ce sang, toute cette violence furent intolérables à Jek. Le sacrifice des Jersalémines lui parut d'autant plus odieux qu'il était vain. Il n'avait pas le droit de laisser San Frisco et les siens braver la colère du viduc Papironda, c'était à lui d'écarter les obstacles qui se dressaient sur sa route, à lui de régler ce problème. Alors la même détermination l'habita que lorsqu'il avait affronté les hyènes du désert d'Ut-Gen. Il eut le sentiment d'être protégé par une armure d'invincibilité et sa frayeur le déserta.

Sous les regards éberlués de Robin de Phart et de Marti, il grimpa sur la barre inférieure du garde-corps du palier, prit une longue inspiration et libéra un hurlement aigu. Aussitôt, comme tétanisés par ce cri surgi des hauteurs, les combattants, y compris les rabatteurs des compagnies cynégétiques, suspendirent leurs gestes. Personne ne songea à enfoncer les épées, les dagues ou les machettes dans les chairs offertes. Dégouttants de sang, de sueur et de carburant, ils relevèrent la tête et aperçurent le petit Anjorien penché par-dessus la balustrade du palier. Exactement comme cela s'était passé avec les hyènes, ils semblaient avoir subitement perdu toute agressivité, toute envie de se battre.

Jek descendit du garde-corps et se dirigea vers la cage de l'escalier. Marti lui agrippa le bras.

« Tu as perdu la tête ? Ils vont te transformer en charpie ! »

Ce n'était pas Marti qui s'exprimait, mais l'autre, le démon. Il se rendait subitement compte que Jek n'était pas un enfant innocent comme il l'avait cru dans un premier temps, mais un humain que traversaient des réminiscences de l'état originel, un humain qui percevait le bruissement de sa source. Des graines de science inddique germaient spontanément dans le terreau de son âme. Il n'avait pas encore pris conscience de son pouvoir, qui ne se manifestait pour l'instant que par bribes, par saccades, mais c'était une individualité dangereuse, à effacer en priorité, comme les guerriers du silence, comme la fille Alexu, comme Tixu Oty l'Orangien...

Marti relâcha sa prise et Jek dévala l'escalier quatre à quatre. Une fois parvenu en bas, il se faufila entre les cadavres, entre les caisses renversées, entre les tuyaux des pompes, entre les pieds du vaisseau, entre les hommes, qui le regardèrent passer sans esquisser le moindre geste. San Frisco repoussa du bras les assaillants qui l'encerclaient et lui emboîta le pas.

Jek sortit du hangar et se plaça résolument dans les faisceaux des projecteurs mobiles.

« Viduc Papironda ! déclara-t-il d'une voix étonnamment puissante. Puisque c'est moi que vous venez chercher, me voici ! »

San Frisco demeura à l'écart, dans une poche de ténèbres, comme s'il avait admis la nécessité de laisser le petit Anjorien se débrouiller seul. Une minute plus tard, le viduc émergea de l'obscurité. Ses traits fins, aristocratiques, étaient imprégnés de gravité.

« Epargnez les Jersalémines, dit Jek. Ordonnez à vos hommes de se replier.

– A condition que tu repartes avec moi, déclara le viduc.

– Je viendrai avec vous... Mais il y a d'autres façons de traiter son fils. »

Au moment même où il prononçait ces paroles, Jek ressentit l'immense détresse cachée de son interlocuteur. C'était comme si toutes les informations et émotions contenues dans le cerveau et le cœur du viduc se déversaient d'un seul coup dans son propre cerveau, dans son propre cœur. La bombe à propagation lumineuse qui l'avait blessé sur Spain n'avait pas seulement endommagé ses poumons et ses entrailles, elle avait également déchiqueté ses organes sexuels. Et Artrarak, s'il était parvenu à soigner ses blessures, n'avait pas pu lui rendre sa virilité... Le viduc avait rêvé de fonder une famille, d'avoir des enfants, mais son accident l'avait condamné à la solitude et l'avait empêché de concrétiser son projet. Il avait consulté les spécialistes les plus célèbres des mondes connus mais son corps avait systématiquement rejeté les organes naturels ou artificiels qu'on lui avait greffés. Au cours du voyage entre Ut-Gen et la Libre Cité de l'Espace, l'idée d'adopter Jek s'était peu à peu enracinée dans son esprit. Davantage qu'à un aveugle besoin de possession, c'était à un appel profond de ses fibres qu'avait obéi le viduc. Non seulement le petit Anjorien comprenait son acharnement à le récupérer, mais il l'en aima comme il n'avait jamais aimé son propre père biologique. P'a At-Skin n'aurait pas mis la moitié de l'univers à feu et à sang pour remettre le grappin sur son fils disparu. Avait-il seulement parcouru les quelques mètres qui séparaient la maison familiale d'Anjor du poste d'interlice le plus proche ? Le viduc avait enfin trouvé une raison de vivre et il s'y accrochait comme un naufragé de l'espace à sa planche autonome de survie. Sa violence relevait d'un instinct animal, primitif, fondamental, de ce même instinct qui poussait les hyènes à défier les tribus du désert nucléaire d'Ut-Gen pour assurer la survie de leur espèce.

Les larmes vinrent aux yeux de Jek. Ainsi que son cœur le lui conseillait, il s'avança vers le viduc, posa la tête sur son abdomen et lui entoura la taille de ses bras. Il sentit très nettement les muscles contractés du maître du *Papiduc* se détendre, se dénouer, les battements de son cœur s'accélérer, les mouvements de sa poitrine s'amplifier. Il huma l'odeur de renfermé – l'odeur caractéristique du vaisseau – et les effluves du parfum qui imprégnaient ses vêtements. Les mains douces et tièdes du viduc vinrent se poser sur sa nuque. Ils restèrent ainsi enlacés durant de longues minutes. Le viduc était une terre asséchée, assoiffée, qui absorbait avidement les flots de tendresse et d'émotion qui s'écoulaient de leur étreinte.

Il écarta les mains et se recula, les yeux tendus d'un ineffable voile de tristesse.

« Tu seras mon père pour toujours, murmura Jek. Il n'est pas besoin de se voir pour s'aimer. »

Un pâle sourire se dessina sur le visage émacié du viduc. Des larmes jaillirent de ses yeux et roulèrent sur ses joues creuses. Puis il leva lentement le bras et fit signe à ses hommes de se replier. Les rabatteurs, frustrés d'un triomphe facile, traînèrent des pieds mais finirent par s'exécuter. L'halluvin avait beau les métamorphoser en fauves, il ne les privait pas pour autant de toute forme d'intelligence. Ils ne tenaient pas à se retrouver isolés contre les Jersalémines. Et puis ils n'avaient pas encore perçu les primes substantielles que leur employeur d'un soir leur avait promises.

D'un geste empreint d'une douceur infinie, le viduc ébouriffa les cheveux de Jek puis, sans un mot, il pivota sur lui-même et s'enfonça dans la nuit sur les talons de ses hommes.

Marti sortit de sa cabine et s'engagea dans la coursive déserte. Depuis que le vaisseau du Globe était passé en pilotage automatique, les appliques ne diffusaient plus qu'une lumière diffuse, maladive. Le miaulement aigu des moteurs incisait délicatement le silence de l'espace.

La remise en état des pompes, le ravitaillement en carburant et le chargement des caisses avaient pris environ cinq heures, auxquelles s'étaient rajoutées deux heures pour la cérémonie des morts. On avait aligné les cadavres jersalémines (les autres, on les avait laissés pourrir sur place) sous la carène, et le prince San Francisco – c'était son véritable nom, mais les gocks, par commodité, l'avaient surnommé San Frisco – avait lu d'interminables versets de la Nouvelle Bible de Jer Salem. La perte de Changaï, un fidèle de la première heure, un homme qui l'avait loyalement servi depuis le début de son exil, l'avait profondément affecté, mais il s'était efforcé de conserver sa fermeté à sa voix jusqu'à la fin de la cérémonie. Puis on avait hissé les corps dans le vaisseau, on les avait enfournés dans l'incinérateur de bord et on avait recueilli leurs cendres dans une urne métallique. Elles seraient dispersées au-dessus du glacier des Ancêtres de Jer Salem.

La passerelle s'était enroulée sur elle-même, avait réintégré la soute d'embarquement et le sas s'était refermé dans un chuintement étouffé. Les vantaux du toit du hangar, commandés par un système automatique, s'étaient ouverts sur le ciel étoilé. Le vaisseau avait décollé dans un vrombissement rageur.

Le prince San Francisco avait convié ses invités gocks et quelques Jersalémines à partager son repas dans la salle commune, attenante à la cabine de pilotage. Ils n'avaient pas reparlé de la bataille contre les hommes du viduc, mais les fréquents coups d'œil que Robin de Phart et les Jersalémines avaient jetés sur Jek témoignaient de la très forte impression qu'avait produite sur eux la manière miraculeuse dont le petit Anjorien avait mis fin au carnage.

Marti n'avait pratiquement pas touché à la nourriture qui garnissait son assiette. L'énoncé de la composition des mets – chenilles des neiges farcies, cervelle de phoque argenté, intestins d'oursigre blanc – ne l'avait guère incité à se familiariser avec la gastronomie jersalémine.

« Un peu d'ouverture d'esprit, Marti ! l'avait exhorté Robin de Phart. C'est absolument délicieux... »

Robin... pourquoi se croyait-il toujours obligé de s'intéresser à ses moindres faits et gestes ?

S'il avait boudé le repas, Marti avait en revanche apprécié le fait que chaque passager disposait d'une cabine individuelle.

« D'habitude, nous sommes deux par cabine, avait précisé Montréal d'une voix morne. Mais comme plus de la moitié des nôtres sont rassemblés dans l'urne... »

Chacun s'était donc retiré dans ses appartements. Robin de Phart avait bien tenté de nouer une conversation avec son complanétaire, mais il s'était heurté à un véritable mur et n'avait pas insisté. Marti avait pris une douche brûlante et avait passé la combinaison blanche et propre que Montréal avait distribuée à chaque invité.

« Sinon, les nôtres s'apercevront immédiatement que vous êtes des gocks et ils ne vous laisseront même pas le temps de poser le pied sur Jer Salem...

– Et qu'est-ce qu'ils nous feront ?

– Ça dépendra de l'humeur des abyns... Soit ils vous déshabilleront, vous jetteront dans le grand cirque des Pleurs et vous offriront en pâture aux oursigres sauvages, soit ils vous trancheront le membre viril, vous ouvriront le ventre et vous enfermeront dans les chenillères d'élevage...

– Il y a d'autres possibilités ?

– Quelques-unes, mais ces deux-là sont les plus courantes... »

Marti s'était allongé sur la couchette, mais l'autre,

le démon, n'avait pas voulu le laisser goûter le repos que réclamait son corps rompu. L'autre avait changé ses projets. Il n'était plus question d'émigrer dans le corps de Jek, car les réminiscences de l'état originel du petit Anjorien risquaient de détruire ses données. L'autre était une simple greffe mentale, il n'était pas relié aux données basiques de la cuve. Il n'avait pas d'autonomie et nécessitait un véhicule humain pour ses déplacements. Il ne pouvait pas introduire des implants d'effacement dans l'esprit des humains, hormis dans celui qu'il occupait. Il avait été programmé pour accomplir une mission bien précise et il optait toujours pour les aiguillages qui le rapprochaient de son but. Or Jek était désormais un grain de sable dans les rouages de son mécanisme, un obstacle en devenir. Il fallait donc l'éliminer au plus vite, avant qu'il ne devienne un humain-source, un être-soleil qui le capturerait dans son champ de gravité et le neutraliserait. De par leur rayonnement, leur chaleur, leur souveraineté créatrice, les humains-source constituaient les ennemis ultimes de l'Hyponéros. A défaut d'effacer la mémoire de Jek, l'autre pouvait ordonner à son véhicule humain d'agir à sa place.

Il devait parer au plus pressé.

Tuer Jek.

Il ne dissoudrait pas l'âme du petit Anjorien. Elle chercherait probablement à revenir d'une manière ou d'une autre dans les champs de matière, mais à ce moment-là, la création aurait disparu (les dernières probabilités fournies par l'Hyponéros s'élevaient à plus de 78,07 %) et les âmes des humains n'auraient plus aucun point d'ancrage, elles seraient condamnées à errer dans le vide glorieux jusqu'à la fin des temps.

Marti emprunta la coursive qui menait à la cabine de Jek. En dehors des deux hommes de quart, consignés dans la cabine de pilotage, tout le monde dormait. Le besoin de sommeil, qui était l'une des caractéristiques principales des humains, arrangeait bien les affaires de l'autre. Etrange état de conscience que le sommeil : il permettait aux dieux oublieux de déterrer les clés enfouies de leur royaume, d'ouvrir une porte sur leur inconscient, mais il les entraînait à baisser leur garde, à relâcher leur vigilance. Un abandon qui témoignait d'une confiance aveugle en leur pérennité.

Marti longea une série de portes en enfilade. Une voix grave retentit dans son dos, le fit tressaillir. L'autre se terra instantanément dans les couches profondes de son esprit.

« Qu'est-ce que tu fais là ? »

Montréal surgit de la bouche d'une coursive adjacente et s'avança vers le Syracusain. Des braises de méfiance luisaient dans ses petits yeux fendus. Des rais de lumière transperçaient ses cheveux mi-longs et lisses.

Marti eut beau s'interroger sur les raisons de sa présence dans cette coursive, il ne trouva aucune explication cohérente à fournir au Jersalémine.

« Ta cabine n'est pourtant pas dans ce quartier », reprit Montréal d'un ton tranchant.

Depuis son refuge, l'autre, le démon, souffla une réponse à Marti.

« Je me suis perdu... Je n'ai pas encore l'habitude du vaisseau...

– Il fallait rester bien sagement allongé sur ta couchette !

– J'avais besoin de me dégourdir les jambes... Vous avez également du mal à trouver le sommeil ?

– Le prince San Francisco m'a demandé de garder la cabine du prince des hyènes.

– Il ne risque pourtant pas grand-chose à l'intérieur du vaisseau.

– D'où qu'il vienne, la tête et le cœur d'un prince sont très précieux... Suis-moi, je vais te raccompagner. »

Montréal tourna les talons et se dirigea d'un pas décidé vers l'intersection de deux coursives. Les semelles de ses bottes blanches claquèrent en cadence sur le plancher métallique. Marti lui emboîta le pas. Il avisa le pommeau rond de sa longue épée qui émergeait du fourreau de cuir tressé. Comme la plupart des Jersalémines, Montréal portait son arme sur le côté, la pointe vers l'avant et la poignée vers l'arrière.

Des ordres concis affluèrent tout à coup dans le cerveau du Syracusain. Il se rapprocha discrètement de Montréal et mit à profit le mouvement de balancier de son bras pour saisir le pommeau entre le pouce et l'index. En un geste précis, fulgurant, il extirpa l'épée de son fourreau. Le Jersalémine perçut le subtil frottement de l'acier sur le cuir, se jeta contre la cloison et se retourna. Marti, qui avait anticipé son déplacement, pourtant vif et soudain, lui enfonça brutalement la pointe de l'épée dans la cage thoracique. La lame crissa sur ses côtes, lui perfora le cœur. Tué net, il s'affaissa sans bruit le long de la cloison.

Marti ne perdit pas de temps. Il laissa l'épée au travers du corps du Jersalémine, pour éviter une trop grande profusion de sang, le chargea sur ses épaules et franchit à grandes enjambées les quelques mètres qui le séparaient de sa cabine. Il s'y engouffra, referma la porte, s'accroupit, posa le cadavre sur le plancher, le poussa dans l'espace vide sous sa couchette et le recouvrit d'une couverture. Puis il déchira un morceau de drap, ressortit, modifia le code de la serrure sur le clavier extérieur, enclencha le système automatique de verrouillage, nettoya, à l'aide de son chiffon, les quelques éclaboussures de sang sur les cloisons et le plancher de la coursive, et se dirigea vers la cabine de Jek.

La poignée ronde de la porte refusa obstinément de pivoter sur son axe.

Le petit Anjorien avait pris la précaution de pousser le verrou intérieur de sécurité. Marti ne se heurtait pas seulement à une porte fermée. L'autre avait beaucoup perdu dans le bureau de Iema-Ta : le transfert pour Terra Mater et la confiance de l'enfant. Tuer ce dernier s'avérerait peut-être plus ardu qu'il ne l'avait d'abord supposé.

L'autre comprit qu'il était inutile d'insister. Il risquait au mieux de passer toute la nuit dans la coursive, au pire de donner l'alerte à tout l'équipage. Or il avait encore besoin de son véhicule humain. Il lui fallait maintenant choisir un autre aiguillage.

La mort de Montréal n'aurait servi à rien.

CHAPITRE XIV

Sibrit de Ma-Jahi, épouse de Menati Imperator : de nombreuses interrogations subsistent au sujet de celle qui fut la première dame de l'Ang'empire de l'an 1 à l'an 16. Elle avait épousé le seigneur Ranti Ang en premières noces, mariage qui servit principalement à apaiser les populations de la province de Ma-Jahi, enclines à la rébellion. Puis, à la mort du seigneur Ranti Ang (à l'issue d'un complot qu'elle est soupçonnée d'avoir fomenté), elle devint l'épouse de Menati Imperator auquel, malgré l'insistance des douairières du palais impérial, elle ne donna aucun héritier. Le mystère de la disparition de dame Sibrit n'a jamais été élucidé. Elle cessa de paraître à la cour à la suite d'un scandale qu'elle avait elle-même orchestré : elle obligea dame Veronit de Motohor, une courtisane de haute noblesse, à déambuler entièrement nue dans les couloirs du palais (an 16). L'impératrice fut-elle victime de la vengeance des Motohor, comme le soutiennent certains historiens ? A l'opposé de cette hypothèse, certains éléments permettent de penser qu'elle fut traduite devant un tribunal sacré pour faits de sorcellerie et que la sentence – le supplice de la croix-de-feu à combustion lente – fut appliquée sur une place publique de Romantigua, le cœur historique de la cité impériale. Anatul Hujiak, le grand érudit néoropéen, prétend quant à lui qu'elle tomba dans un piège tendu par le sénéchal Harkot : elle prit un effacé pour amant, un homme dans l'esprit duquel les Scaythes avaient implanté un programme mental d'assassinat.

Lorsque la deuxième épouse de Menati Imperator, dame Annyt Passit-Païr (an 16-an 23), décida de refaire la décoration de ses appartements, les ouvriers exhumèrent de multiples cadavres ou squelettes des murs et sous-sols des quartiers de l'impératrice. On comprit alors que les rumeurs les plus folles qui avaient couru sur le compte de dame Sibrit n'étaient que l'expression de la terrible vérité et que ses nombreux surnoms (l'Impératrice Rouge, la Provinciale Sanguinaire, la Putain Démoniaque, la Gourgandine Infernale, etc.) étaient justifiés : elle se baignait bel et bien dans le sang frais des hommes qu'elle attirait dans sa chambre. Elle les étranglait à l'aide d'un filin magnétique au moment précis où ils s'abîmaient dans l'extase, et les égorgeait ensuite avec ses ongles et ses dents. On sut à ce moment-là quel monstre avait abrité le palais impérial, et on plaignit Menati Imperator...

« L'histoire du grand Ang'empire »,
Encyclopédie unimentale

Escortée de ses quatre protecteurs de pensées et de dame Alakaït de Phlel, sa fidèle dame de compagnie, dame Sibrit s'engagea résolument dans le large couloir habillé d'un turcomarbre bleu veiné d'optalium gris.

Disposés à intervalles réguliers, les gardes de faction en uniforme de grand apparat – colancor et manteau pourpres, bicorne noir surmonté d'un panache blanc, hautes bottes dorées, large sabre au pommeau incrusté de gemmes – claquaient des talons et se fendaient de profondes révérences sur son passage.

« C'est de la folie, ma dame ! De la folie ! Retournons dans vos appartements, je vous en conjure... », ne cessait de geindre dame Alakaït.

Dame Sibrit avait passé une large cape de tissu-vie directement sur son colancor de nuit. Elle en avait remonté le col évasé et l'avait maintenu fermé avec une broche d'optalium rose. Elle n'avait même pas pris la plus élémentaire coquetterie de ceindre sa tête d'une couronne-eau lumineuse, de se poudrer le visage et de tirer deux réglementaires mèches de cheveux hors de son cache-tête. Dame Alakaït, quant à elle, s'était changée et maquillée à la hâte, mais pas davantage que d'habitude elle n'était parvenue à donner un semblant de grâce à sa personne.

Des nuées de bulles-lumière flottaient sous le plafond orné de moulures et de gigantesques fresques qui représentaient des scènes des guerres artibaniques. Çà et là, derrière les colonnes de style Ang (base large, tore ventru, fût droit et chapiteau annelé), s'agitaient les silhouettes furtives de serviteurs en livrée blanche et de grands courtisans. Ces derniers hantaient le palais impérial jusqu'à la première aube, comme si, non contents de vivre aux crochets de l'Ang'empire via les prébendes, ils poussaient la perversité jusqu'à se nourrir du sommeil et des rêves de Menati Imperator.

Dame Sibrit ne leur accorda pas un regard, ni de complicité ni de mépris. Elle avait pris un certain plaisir à jouer de leurs intrigues, à les dresser les uns contre les autres, mais ils ne la divertissaient plus désormais, ils ne réussissaient même plus à s'en faire détester. Ils n'étaient que des ectoplasmes, des images holographiques intégrées dans le décor, des spectres perdus dans le labyrinthe du palais et dans les méandres de leur langage et de leurs gestes à triple, quadruple ou quintuple sens. Ils pensaient faire partie de l'élite de l'empire, ils s'imaginaient vivre des moments historiques, ils se tenaient le plus près possible de la source impériale pour s'abreuver de la grandeur de Syracusa, ils croyaient être les parangons des modes, des mœurs et des convenances, et ils vivaient à l'extérieur d'eux-mêmes comme des témoins suffisants de leur propre vide. Les couloirs qu'ils arpentaient étaient principalement ceux de leur vanité. Ils étaient tellement affairés à paraître qu'ils oubliaient d'être, et ils passaient à côté de l'histoire, ils ne devinaient rien de ce qui se tramait dans les sous-sols du palais impérial et de l'ancien palais seigneurial Ferkti-Ang.

Un rêve hideux avait jeté dame Sibrit hors du sommeil et l'avait décidée à rendre une visite impromptue et nocturne à son auguste époux. Ce rêve, elle le savait, n'était que l'expression de la réalité. D'une terrible réalité.

Depuis plus de douze ans, un personnage des contes de Ma-Jahi avait surgi de sa lointaine enfance et l'avait régulièrement visitée pendant son sommeil : Wal-Hua, le petit oursigre à la fourrure d'optalium rose, aux yeux d'émeraude et aux griffes de diamant, était devenu le guide omniprésent de son inconscient. Il s'y promenait en toute liberté et ouvrait les portes des pièces cachées qu'il lui plaisait de visiter. Et ces portes donnaient le plus souvent sur une femme, un homme et une fillette qui vivaient sur une petite planète bleue des confins, près d'un immense massif montagneux. Ils résidaient dans un village érigé autour d'un buisson aux fleurs brillantes. En dehors de leur maison, les autres constructions de pierre et de bois étaient abandonnées. Wal-Hua s'intéressait visiblement à leur histoire. Dame Sibrit ignorait qui étaient ces trois personnages aux allures de héros mythiques du grand livre-lumière du Chevalier des Etoiles, mais quelque chose lui disait qu'ils étaient bien réels, qu'ils évoluaient dans le même espace-temps qu'elle. Ils paraissaient attendre le retour de quelqu'un, d'un fils disparu peut-être. La petite fille avait un regard étrange, un regard qui englobait l'univers. Elle s'agenouillait devant le buisson aux fleurs lumineuses et recensait les millions d'étoiles qui, jour après jour, s'abîmaient dans le vide infini et glacial. L'homme et la femme grimpaient sur la montagne, s'asseyaient sur les rochers et se plongeaient dans de longues périodes de silence pendant lesquelles ils restaient totalement immobiles... Que faisaient-ils ? Que cherchaient-ils ? Wal-Hua, curieux, avait tenté de s'introduire dans leur esprit pour le savoir, mais un son brûlant, une insupportable vibration, l'avait obligé à battre en retraite.

Depuis quelques mois, le petit oursigre ne se manifestait que de manière épisodique et les rêves de l'impératrice avaient repris leur cours antérieur. Privés de guide, ils partaient de nouveau dans tous les sens. Elle avait ainsi vu le jeune Syracusain Marti de Kervaleur – elle avait pourtant essayé de mettre en garde les Kervaleur, l'un des rares couples de courtisans qu'elle appréciait, contre les coupables agissements de leur fils – ramper dans des conduits noirs et sales, saboter le système d'oxygénation d'une ville de l'espace, elle avait vu un petit garçon de huit ou neuf ans apaiser miraculeusement une horde d'animaux féroces, elle avait vu une émeute dans les rues d'une cité de toile, une réunion secrète entre un jeune cardinal kreuzien et des vicaires dans un sombre caveau... Autant d'événements qu'elle ne parvenait pas, pour l'instant, à relier les uns aux autres mais dont elle restait persuadée qu'ils avaient un rapport entre eux.

Et puis, cette nuit, Wal-Hua était revenu et elle avait vu l'horreur.

Dame Sibrit et dame Alakaït approchaient des appartements de l'empereur. Les gardes, les agents civils de la sécurité et les Scaythes assistants ou protecteurs se faisaient de plus en plus nombreux.

« Par pitié, ma dame... gémissait la dame de compagnie. Retournons dans vos appartements... Vous allez me faire mourir... »

Chère Alakaït, dont la frayeur permanente n'avait d'égale que la loyauté...

Elles croisèrent un groupe de douairières en grande conversation devant une fontaine parfumée. Ces punaises décaties complotaient à toute heure du jour et de la nuit. C'était leur unique raison de vivre : nul mari, nul amant, nul enfant ne les attendait et, plutôt que de se retirer dans la solitude glacée de leur chambre, elles préféraient se réchauffer en mots inutiles et en projets insensés. Dame Sibrit se demandait parfois où elles trouvaient le temps de dormir. Elles ne se couchaient pas peut-être parce qu'elles craignaient de ne pas se réveiller, empoisonnées par leur propre fiel.

Contrôle A.P.D. oblige, elles s'efforcèrent de diluer le venin des regards qu'elles décochèrent à l'impératrice dans des sourires figés et des révérences onctueuses. Elles ne lui pardonnaient pas son refus du prélèvement de ses ovules, elles ne lui pardonnaient pas d'être belle, hautaine, intelligente, rebelle... Elles ne lui pardonnaient rien parce qu'elles étaient incapables de pardonner, incapables de ressentir autre chose que de la rancœur et du mépris. A force de manœuvres, elles avaient obtenu l'exil de Xaphit, la fille de dame Sibrit et du seigneur Ranti. Elles faisaient à présent le siège méthodique du muffi Barrofill le Vingt-quatrième pour qu'il consente à annuler le mariage de Menati Imperator et de la provinciale, considéré par toute la cour comme une erreur tragique. Dame Sibrit, qui ne détestait pas les provoquer, passa devant elles sans même feindre d'avoir remarqué leur présence. Petite démonstration de dédain qui, conjuguée à l'audace de sa tenue et de sa démarche, suffirait à les occuper pendant un bon mois.

A l'extrémité du couloir se dressait la porte monumentale des appartements de l'empereur, surmontée d'un linteau de marbre blanc sur lequel était gravée, en lettres diamantines, la devise de la famille Ang : *Pour le Beau et pour le Bien.* Ici, le carrelage de turcomarbre était tellement poli qu'il réfléchissait, comme un miroir géant, les moindres reliefs et sculptures de la porte de bois de raïental. A proximité des quartiers privés de Menati Imperator régnait une agitation intense, désordonnée, bruissante. Serviteurs, cardinaux, Scaythes de la sainte Inquisition, courtisans, officiers supérieurs de l'interlice, historiographes officiels, artistes de renom se bousculaient devant l'identificateur cellulaire serti dans le linteau de marbre.

L'intrusion inopinée de dame Sibrit et de sa dame de compagnie glaça tout ce beau monde. Un silence épais tomba soudain sur le couloir et des dizaines de regards incrédules, choqués – sauf, bien entendu, les regards neutres des maîtres de l'auto-psykè-défense – se posèrent sur les deux femmes et leurs protecteurs de pensées. Les familiers du palais impérial n'étaient guère habitués à ce genre d'insolence : ce n'était pas à l'impératrice de rendre d'officieuses et impromptues visites au seigneur absolu de l'univers, mais à celui-ci de la convoquer par voie officielle lorsque tel était son souverain plaisir. Ainsi le voulait l'étiquette. Dame Sibrit était certes réputée pour son caractère imprévisible (chez elle, la paritole se confondait avec la provinciale...) et ses frasques, mais elle n'avait encore jamais eu l'audace de se présenter nuitamment chez son auguste époux sans avoir au préalable sollicité l'autorisation des maîtres du protocole.

Toutefois, les réprobateurs se gardèrent bien de dévoiler le fond de leur pensée. Ils s'inclinèrent respectueusement comme le conseillait la condition noble et grassement rémunérée de grand courtisan. Il ne s'agissait pas de déplaire, d'une manière ou d'une autre, à la provinciale et d'aller grossir le lot des familles frappées de disgrâce impériale. On n'aimait pas dame Sibrit mais ce n'était pas une raison pour scier la branche sur laquelle on était confortablement assis. S'il prenait l'absurde fantaisie à la première dame de l'Ang'empire de vous haïr, cela pouvait signifier le commencement d'un interminable exil (un grand courtisan se considérait en exil dès qu'il se sentait indésirable dans l'enceinte du palais, dans le saint des saints, dans le paradis impérial...).

C'est donc sans encombre que dame Sibrit et son escorte franchirent le seuil de la porte principale des quartiers privés de Menati Imperator. Aucun garde ne s'avisa de la prier de passer sous l'identificateur cellulaire, ce qui eût constitué une forme déguisée de suicide. Elle pénétra dans le premier vestibule, où se pressait une foule de serviteurs, de courtisans ou de Scaythes, qui, comme ceux qui étaient restés dans le couloir, se figèrent lorsqu'ils l'aperçurent. Elle picora quelques visages des yeux, reconnut des représentants des grandes maisons véniciennes – parmi eux, Burphi de Kervaleur et Jokiri Passit-Païr, deux hommes dont les familles avaient été éclaboussées par l'énorme scandale du Mashama. Elle entrevit également des femmes outrageusement fardées, des amies ou des rivales déclarées dont le seul but était de se faufiler, au moins une fois dans leur vie, dans le lit de Menati Imperator. Celles-là ne purent s'empêcher de faire grise mine malgré le déploiement instantané de leur contrôle A.P.D. Ce n'était pas cette nuit qu'elles auraient l'honneur d'être couvertes par le maître absolu de l'univers. Elles devraient se contenter de ranimer les ardeurs défaillantes ou fuyantes de leurs époux légitimes, ou encore d'assouvir le désir frénétique de quelque jeune prédateur guettant une proie esseulée et facile.

Le vestibule s'était tout à coup peuplé de statues. Des murmures s'insinuèrent dans le silence glacial.

« Rebroussons chemin, ma dame ! » chuchota Alakaït

de Phlel, alarmée par les regards assassins qui prenaient sa maîtresse pour cible.

La dame de compagnie savait pertinemment que ses exhortations resteraient lettre morte. Cette escapade nocturne n'était qu'une épreuve à ajouter à la longue liste des frayeurs que lui avaient occasionnées les lubies de l'impératrice.

Les deux femmes et leurs protecteurs contournèrent la fontaine centrale du vestibule dont les jets alternés composaient une symphonie mélodieuse et nostalgique. Une dizaine de portes, moins grandes que la porte principale mais tout aussi surchargées de motifs sculptés, se découpaient sur les murs habillés de tentures-eau aux motifs changeants. Les rayons des bulles-lumière, soufflées par d'imperceptibles courants d'air, se superposaient et formaient des figures géométriques entrelacées et fugaces. Les statues reprenaient vie, s'inclinaient et se reculaient d'un pas lorsque dame Sibrit sollicitait le passage. Elle se dirigea vers une porte située sur la droite de la fontaine, celle qui donnait sur le conversoir de la chambre de l'empereur et que protégeait une imposante escouade de la garde pourpre.

D'un geste précis, elle glissa la main dans une niche ogivale et pressa le bouton d'ouverture. Dans l'incertitude, les gardes recouvrèrent leurs réflexes militaires et se raidirent en un impeccable garde-à-vous. Toujours suivie de dame Alakaït de Phlel et de ses protecteurs, l'impératrice s'engouffra dans le conversoir, une pièce exiguë, baignée de lumière bleue et meublée de confortables fauteuils à suspension d'air. Des écrans-bulles de l'H.O., l'Holovision officielle, posés sur des étagères autosuspendues, diffusaient en boucle un reportage sur les hauts faits de Menati Imperator. Comme toujours, dame Sibrit fut amusée de se reconnaître dans l'un des minuscules personnages qui s'animaient à l'intérieur des bulles.

Un maître du protocole, un homme au visage et aux vêtements sévères, jaillit comme un diable komodien d'un recoin sombre du conversoir et se précipita vers elle. Tant était grande sa surprise que sa révérence se transforma en une courbette fort peu protocolaire, indigne de sa fonction.

« Ma dame ! Pourquoi ne m'avez-vous pas prévenu de votre visite ? L'empereur m'a expressément recommandé de ne laisser entrer personne !

– Monsieur, il ne parlait probablement pas de son épouse ! » répliqua-t-elle d'une voix cassante.

Le maître du protocole se redressa. Ses yeux fuyants et la moue qui étirait ses lèvres fardées de nacrelle noire trahissaient son embarras. La stupeur avait fait voler en éclats les principes de base de son contrôle mental. Il lui était relativement facile de filtrer les courtisans, hommes et femmes, qui sollicitaient une entrevue particulière avec Menati Imperator, mais l'apparition soudaine de l'impératrice lui procurait la désagréable sensation d'être coincé entre un marteau et une enclume. Désobéir à l'empereur, c'était perdre sa confiance et être banni dans une aile mineure du palais, voire dans un autre palais, résister à l'impératrice, c'était s'attirer ses foudres et être précipité dans les affres de la déchéance. Dans un cas comme dans l'autre, il risquait fort de perdre ses privilèges, acquis au prix de manœuvres aussi savantes que sournoises.

« Partons, ma dame, souffla Alakaït de Phlel. Nous mettons cet homme dans l'embarras... »

Chère Alakaït, toujours prête à compatir aux malheurs d'autrui...

« Vous m'attendrez ici en compagnie de mes protecteurs, dit dame Sibrit. Menati Imperator est mon époux légitime, et je n'ai aucun ordre à recevoir de sa valetaille ! Veuillez saisir le code d'ouverture du sas, monsieur !

– Ma dame ! Je vous en conjure...

– Exécutez-vous, monsieur, ou, dès la première aube, je m'occupe personnellement de votre avancement ! »

Une pâleur mortelle se déposa sur le visage du maître du protocole. A pas lents, lourds, le dos voûté comme s'il portait toute la misère de l'univers sur les épaules, il se rendit à proximité du sas blindé, une ouverture arrondie et recouverte d'une feuille d'optalium doré, et extirpa un boîtier de commande de la poche de sa cape. Ses doigts effleurèrent une succession de touches à reconnaissance cellulaire. Un double claquement brisa le silence feutré du conversoir, le sas s'entrebâilla et, sans tenir compte de la détresse du maître du protocole ni du regard suppliant de dame Alakaït de Phlel, dame Sibrit pénétra dans la chambre de l'empereur.

Menati Imperator ne vit ni n'entendit entrer l'impératrice.

Il ne fallut que quelques secondes à dame Sibrit pour identifier la jeune femme nue qui, vautrée sur lui, accaparait tous ses sens. C'était la cadette des Motohor, Veronit, une redoutable intrigante, une vipère aux crochets venimeux. Elle était mariée à Jokiri Passit-Païr, que l'impératrice avait aperçu dans le vestibule et dont la jeune sœur, Annyt, avait été prise dans la rafle de l'arc de Bella Syracusa. Jokiri Passit-Païr avait probablement poussé sa femme dans les bras de l'empereur pour négocier la grâce de sa jeune sœur. Et il avait apparemment obtenu satisfaction, puisque Annyt avait été libérée et que les cérémonies de son mariage avec le jeune Emmar Saint-Gal allaient se tenir dans trois ou quatre mois. Jokiri Passit-Païr n'avait sans doute pas prévu que dame Veronit pousserait la conscience professionnelle jusqu'à payer de sa personne pour rendre grâce à la mansuétude de l'empereur.

Dame Sibrit observa distraitement les corps enlacés de Menati et de Veronit. Leur blancheur immaculée tranchait sur le violet soutenu des draps de soie. Leurs soupirs ponctuaient les frottements de leurs peaux moites et le bruissement des multiples fontaines excavées dans les murs de marbre blanc. Les colonnes torsadées du baldaquin oscillaient légèrement aux mouvements amples et synchronisés des amants.

Dame Sibrit n'éprouvait aucune jalousie devant ce spectacle. Il y avait bien longtemps qu'elle ne ressentait plus que de l'indifférence vis-à-vis de son auguste époux. Leur amour s'était consumé comme un feu de brindilles sèches, s'était très rapidement transformé en un monceau de cendres froides dispersées par les mornes vents de l'ennui.

Les fesses de dame Veronit, parcourues de vagues adipeuses, étaient plus volumineuses que ne le laissaient supposer ses tenues, étudiées pour mettre en valeur sa sveltesse. En revanche, pour une femme dont les admirateurs vantaient la « poitrine d'airain », ses seins se révélaient étrangement menus et flasques. Et lorsqu'on avait le privilège d'entrevoir sa toison pubienne, on se rendait compte que la cascade flamboyante de sa chevelure rousse n'était peut-être pas aussi naturelle qu'elle le prétendait.

Quant à Menati Imperator, il s'empâtait à vue d'œil. Le corps délié, musclé, que dame Sibrit avait autrefois tenu dans ses bras s'ornait à présent de bourrelets peu seyants. Les contorsions savantes et les ondulations du bassin de dame Veronit – le tout puisé dans l'ouvrage de référence en la matière : *Des sept règles majeures de la pratique amoureuse,* de l'illustre Gérehard de Vangouw – n'arrachaient pas la moindre grimace d'extase à l'empereur.

Dame Sibrit estima que la comédie avait assez duré.

« Mon seigneur... »

Dame Veronit tressaillit, se retourna. Lorsqu'elle aperçut l'impératrice, elle poussa un cri et ses yeux noisette s'agrandirent d'effroi. Son contrôle mental, il est vrai mis à mal par les assauts de Menati, s'effilocha comme un nuage déchiré par le vent. Elle roula sur elle-même, s'immobilisa sur le côté opposé du grand lit et rabattit un pan de drap sur son corps. Tremblante, glacée, elle demeura immobile, espérant sans doute se réveiller dans sa chambre et constater que tout cela n'était qu'un mauvais rêve.

Menati ne chercha pas à couvrir sa propre nudité (nudité animale, sacrilège, qui, en théorie, pouvait conduire tout droit devant un tribunal sacré et à l'intérieur d'une croix-de-feu). Son sceptre impérial, sceptre dont la taille et la vigueur étaient l'objet secret de bon nombre de conversations féminines, perdit rapidement de sa superbe. Il tourna simplement la tête vers son épouse et la fixa d'un air las.

« On ne peut dire que votre visite tombe au meilleur moment, ma dame, dit-il d'un ton morne. Voyez, vous avez terrorisé cette jeune personne...

– Cette jeune personne, comme vous dites, est une catin ! répliqua froidement dame Sibrit. Elle a un cul de chigalin, des petits seins, et de plus, elle se teint les cheveux... »

Menati Imperator se redressa sur un coude et fronça les sourcils.

« Je ne vous connaissais pas ce langage ordurier, ma dame ! Est-ce votre naturel provincial qui revient au grand galop ?

– Je ne vous connaissais pas ce goût déplorable dans le choix de vos putains, mon seigneur. Vous avez conservé vos habitudes de soudard !

– Il suffit, ma dame ! Vous n'étiez pas invitée à vous introduire chez moi, et si vous ne voulez pas que je vous fasse chasser séance tenante, veuillez rester dans les limites de la décence ! »

Dame Sibrit contourna le pied du lit, saisit un coin du drap et, d'un geste brusque, découvrit le corps de dame Veronit.

« Le sieur Jokiri Passit-Païr vous attend dans le grand vestibule, dame Veronit. A l'avenir, épargnez votre peine : sa jeune sœur Annyt a déjà reçu le pardon de l'Eglise. Nous, première dame de l'univers, avons à nous entretenir en privé avec notre impérial époux... »

Dame Veronit se leva et se rua vers le couloir d'accès à la salle des ondes lavantes et délassantes où l'attendaient ses vêtements.

« Non, non, ma dame ! dit dame Sibrit d'une voix forte. Sortez telle que vous êtes. Il est temps que vos chantres puissent juger de la réalité de vos charmes. »

Epouvantée, dame Veronit lança un regard implorant à Menati Imperator, mais il n'intervint pas. D'une part parce qu'il ne se sentait ni l'envie ni la force de contrarier son épouse, d'autre part parce que l'idée de lâcher une courtisane entièrement nue dans les couloirs du palais le séduisait. Le scandale qui en résulterait le dédommagerait des piètres performances amoureuses de dame Veronit. Elle ne s'était pas montrée à la hauteur des espérances qu'avaient suscitées ses mines enjôleuses et ses promesses verbales. La seule créature qui ait jamais réussi à réjouir les secondes nuits de Menati Imperator, c'était sa propre femme, dame Sibrit.

La tête basse, les larmes aux yeux, dame Veronit sortit par le sas d'un couloir qui donnait directement dans le vestibule et dont Menati déclencha l'ouverture automatique par l'intermédiaire du boîtier de commande posé sur sa table de nuit.

« N'est-ce pas vrai qu'elle a un cul de chigalin ? fit dame Sibrit avec un petit sourire.

– L'image est un tantinet osée, mais je dois admettre que vous avez raison, ma dame... La pauvre risque de se laisser mourir dans ce couloir plutôt que d'affronter les regards de la cour.

– Rassurez-vous, mon seigneur : même chez les Motohor, la faim et la soif sont plus fortes que la honte... »

Dame Sibrit s'assit sur le rebord du lit et laissa errer son regard sur les murs de marbre blanc, sur les tapis d'Orange, sur les fontaines d'optalium, sur la baie ogivale et vitrée qui donnait dans le jardin privé. Elle songea avec nostalgie que cette pièce avait autrefois abrité leurs étreintes, leurs baisers, leurs tendres serments.

« Je suppose que vous n'avez pas bafoué la moitié des règles de l'étiquette impériale pour m'entretenir du fessier de dame de Motohor, reprit l'empereur.

– Je suis venue vous parler d'un rêve, mon seigneur.

– Un rêve ? Vous avez traversé tout le palais, défié les maîtres du protocole et cruellement privé l'empereur de son plaisir pour me raconter un rêve ? Vous moquez-vous de moi, ma dame ? »

Dame Sibrit se leva et s'approcha de la baie vitrée.

« J'avais fini par oublier la magnificence de ce jardin », murmura-t-elle rêveusement.

La lumière tamisée des innombrables projecteurs de sol jouait dans les pétales évasés et translucides des fliottes de nuit, se réfléchissait à l'infini sur les gemmes des allées, ruisselait dans les cascades babillantes de la grande fontaine de pierre noire. Elle se remémora les longues secondes nuits passées dans les senteurs capiteuses et les bruits ensorcelants du jardin privé de l'empereur. Ils avaient fait l'amour sur l'herbe fuchsia, comme des animaux, comme des primitifs. Les effleurements du vent coriolis, conjugués aux caresses enfiévrées de Menati et au délicieux frisson de l'interdit, lui avaient procuré des sensations d'une intensité rare.

Elle avait attiré des hommes dans ses quartiers pour tenter de renouer avec ces merveilleux instants de plaisir et d'abandon, mais elle n'avait retiré d'eux que déception et dégoût. Ils se montraient mollassons dans tous les sens du terme, comme s'ils avaient dû renoncer à leur virilité, à leur vitalité, pour endosser l'habit de courtisan. Elle avait besoin de violence, elle aimait goûter la saveur âpre de la sueur et du sang, elle voulait être prise avec fureur, avec douleur, et eux s'égaraient en attouchements délicats, en frôlements recherchés, en interminables jeux de langue et de mains, en préliminaires inutiles et fastidieux. La prose affectée de Gérehard de Vangouw, le grand érudit, avait fait un tort considérable à la profession d'amant.

« Eh bien, ma dame ! J'attends vos explications ! » fit Menati Imperator d'un ton impatient.

Dame Sibrit se retourna avec vivacité. Des lueurs farouches dansaient dans ses splendides yeux turquoise.

« Je dois au préalable vous faire l'aveu de l'un de mes secrets...

– Si vous songez à vos innombrables amants, ma dame, je crains que votre confession ne soit parfaitement inutile. Il y a bien longtemps que je suis informé des jeux intimes et secrets que vous organisez dans vos appartements. Je les ai tolérés parce que j'ai une tendance coupable à vous témoigner de l'indulgence... Souvenirs nostalgiques, peut-être, de nos ébats sur l'herbe de ce jardin... En revanche, je n'ai pu avoir confirmation des folles rumeurs qui courent sur votre compte : on prétend que vous faites égorger les hommes qui ne vous donnent pas satisfaction et que vous vous baignez dans leur sang. Mes informateurs ne sont pas parvenus à démêler le faux du vrai dans ces bruits, mais ils ont eu la confirmation que des hommes de cour, des fils de famille, des officiers supérieurs et même de simples serviteurs ou gardes ont disparu dans des circonstances mystérieuses, sans laisser de traces...

– L'univers est vaste, mon seigneur, soupira dame Sibrit en haussant les épaules. Et les hommes sont parfois saisis d'envies subites de l'explorer... »

Menati Imperator se leva à son tour et, toujours nu, vint rejoindre son épouse devant la baie. Ses yeux noirs et luisants s'immergèrent dans les lacs d'eau claire de son interlocutrice.

« Prenez garde, ma dame ! lança-t-il d'une voix sourde. Le titre d'impératrice ne donne pas tous les droits.

– Certes, mon seigneur, mais le titre d'empereur, lui, donne tous les devoirs.

– Précisez votre pensée !

– Mon secret concerne mes rêves, et non mes amants. Que vous me fassiez surveiller, soit, mais vous devriez changer d'informateurs : ils manquent terriblement de discrétion. Et sur l'oreiller, ils ne résistent pas au plaisir de se raconter... Mes songes, disais-je, sont prémonitoires.

– Diantre ! Vous commencez vraiment à m'effrayer, ma dame !

– Si je vous l'ai caché jusqu'alors, c'est que je craignais le jugement de l'Eglise du Kreuz. Les inquisiteurs considèrent les prémonitions comme des reliquats de sorcellerie. Je voulais éviter le scandale que n'aurait pas manqué de provoquer le procès en sorcellerie de la première dame de l'Ang'empire. Mais en cette seconde nuit, je ne puis plus me taire... » Elle jeta un bref regard autour d'elle. « Vos appartements sont-ils sûrs, mon seigneur ? »

De la main, Menati Imperator lui fit signe de l'attendre et s'éclipsa dans la salle des ondes lavantes. Il en revint une minute plus tard enveloppé dans une ample cape de nuit blanche.

« Allons dans le jardin, puisque vous semblez tant l'apprécier...

– Vous sortez sans colancor, mon seigneur ?

– Ce n'est pas la première fois, que je sache ! Vous ne me posiez pas ce genre de question lorsque vous m'entraîniez impatiemment sur l'herbe fuchsia... »

Le jardin attenant à la chambre de Menati Imperator était clos de murs et en principe inaccessible aux regards indiscrets. Toutefois, les grands courtisans et les cardinaux de l'Eglise faisaient preuve d'une telle curiosité qu'il s'en trouvait probablement d'aucuns qui, au prix de quelque ingénieux stratagème, épiaient en ce moment même les faits et gestes de leur souverain.

Dame Sibrit et Menati Imperator se dirigèrent vers la fontaine de pierre noire et s'assirent sur la margelle du bassin. Le bruissement incessant de l'eau présentait l'avantage de rendre impossible toute tentative d'interception de leur conversation.

« Des rêves prémonitoires, disiez-vous...

– J'avais prévu la fin du seigneur Ranti et j'avais tenté de l'en prévenir. J'avais prévu que vous seriez le meurtrier de votre propre frère et des deux fils que je lui avais donnés. J'avais prévu la mort de Tist d'Argolon et des grands courtisans de la fronde... J'ai récemment vu l'assassinat de Barrofill le Vingt-quatrième... Ce ne sont, bien sûr, que quelques exemples...

– Le muffi se porte comme un charme ! »

Une moue méprisante déforma la bouche de dame Sibrit.

« Vous êtes un comédien médiocre, mon seigneur. Le sénéchal Harkot vous a conseillé de vous débarrasser de Barrofill. Mon rêve m'a même désigné son successeur : un jeune prélat manipulé par le haut vicariat... Me trompé-je ? »

Menati Imperator en appela à toutes les ressources de son contrôle mental pour ne pas dévoiler le trouble dans lequel l'avaient plongé les révélations de son épouse.

« Vos visions ne peuvent-elles pas vous abuser, ma dame ?

– Elles se sont toujours révélées exactes... Toujours. »

Trois des cinq satellites de la seconde nuit s'étaient déjà abîmés à l'horizon, signe que l'aube ne tarderait plus à lancer son offensive. Une lueur indécise ourlait les reliefs lointains et sombres de Vénicia, parsemés à intervalles réguliers des bulles de vigie des miradors à pensées.

« Le rêve de cette nuit concerne le sénéchal Harkot, reprit dame Sibrit.

– Un être remarquable ! coupa aussitôt Menati Imperator. Dévoué, clairvoyant, discret... Je n'ai qu'à me louer de son travail.

– Un être abject, terrifiant ! corrigea dame Sibrit. Et dont le dessein n'est pas de vous servir, pas davantage qu'il n'est de servir les humanités... »

L'empereur se redressa avec vivacité et fit quelques pas sur l'allée centrale du jardin. Ses pieds crissèrent sur les gemmes scintillantes et les pans de sa cape s'enroulèrent autour de ses jambes nues.

« Mesurez vos propos, ma dame ! Vous ne vous adressez pas à vos palefreniers de Ma-Jahi ! Vous encourez un terrible danger à vous mêler des affaires de l'Etat. Vous n'êtes pas la mieux placée pour juger des intérêts de l'Ang'empire...

– Un bon souverain, mon seigneur, est celui qui recueille les avis, quels qu'ils soient, et qui arrête ses décisions en toute connaissance de cause. »

Il s'immobilisa et libéra un rire sardonique. La brise nocturne soulevait quelques boucles de ses cheveux noirs et courts. Dans l'intimité, il avait pour habitude de détacher les longues mèches torsadées et artificielles qui ornementaient le cache-tête du colancor. Au naturel, sans fond de teint, sans fard, sans nacrelle, son visage était déjà celui d'un vieillard.

« Que sais-tu des souverains, toi, la petite provinciale ? Toi qui aurais dû passer toute ta vie dans le purin des chigalins de ton père ?

– Les chigalins ont un avantage sur les hommes, répondit dame Sibrit sans relever le tutoiement insultant qu'il avait expulsé de sa bouche comme un crachat. Ils révèlent impitoyablement la valeur du cavalier qui les monte. Vous, vous n'avez plus aucune idée de votre valeur : les soi-disant conseillers dont vous vous entourez ne sont que des flagorneurs, des individus passés maîtres dans l'art de vous brosser dans le sens du poil et dont le seul but est l'augmentation régulière de leur prébende. Ils sont prêts à tout pour conserver leurs privilèges, à pousser, au besoin, leur femme dans votre lit. Ils ne prononcent que les mots qu'il vous plaît d'écouter, et ils médisent de vous dans l'ombre des couloirs... Moi, je viens vous instruire d'une vérité qui n'est pas bonne à entendre. Acceptez-la, et vous pourrez modifier le cours des choses, vous serez celui qui aura sauvé l'humanité de son plus grand naufrage, votre nom sera béni et honoré pendant des siècles...

– Instruisez-moi d'abord de vos intérêts en cette affaire, ma dame ! Car je suppose que vous ne me proposez pas d'être le sauveur de l'humanité sans escompter retirer quelque bénéfice personnel de votre démarche.

– Vous vous méprenez sur mon compte comme vous vous méprenez sur le compte du sénéchal.

– Eh bien, crache ta prétendue vérité et finissons-en ! Je me sens las et je souhaite me reposer un peu avant la première aube.

– Cela fait seize ans que vous dormez, mon seigneur ! que nous dormons tous ! Seize ans que vous avez remis les clés de votre empire au sénéchal Harkot... Pendant que vous vous prélassez avec vos putains, le sénéchal œuvre dans le secret de son laboratoire. Il a récemment rencontré quelqu'un dans les sous-sols murés du palais Ferkti-Ang... Savez-vous qui ? »

Menati Imperator haussa les épaules et secoua la tête.

« Pamynx, l'ex-connétable du seigneur Ranti », déclara dame Sibrit.

Le rire tonitruant de l'empereur troua le silence du jardin.

« J'ai failli un instant te prendre au sérieux, mais voilà une précision qui prouve une tendance certaine au délire schizophrénique ! J'ai moi-même installé Pamynx à bord du déremat destiné à le rapatrier sur Hyponéros.

– Disons que vous avez installé un Scaythe d'Hyponéros dans ce déremat, mais, d'une part, rien ne ressemble davantage à un Scaythe qu'un autre Scaythe, et, d'autre part, il a fort bien pu revenir sur Syracusa par ses propres moyens...

– Ça suffit ! glapit Menati. Tu vas maintenant prendre le même chemin que dame Veronit. Avec un peu de chance, tu la croiseras dans le couloir et tu pourras ratiociner à loisir sur la grosseur de son cul ! »

Dame Sibrit prit subitement conscience de la vanité de sa démarche. L'attitude de l'empereur n'était que la résultante logique de l'action souterraine des Scaythes effaceurs. Dans son rêve, elle avait vu Harkot et Pamynx se livrer à une hideuse caricature de baiser, elle avait vu les Scaythes protecteurs, attirés par une silencieuse impulsion, emprunter des souterrains qui menaient près des cuves excavées à même le sol meuble des fondations du palais Ferkti-Ang. Là, ils retiraient leur acaba blanche et se laissaient couler dans une cuve emplie d'un liquide épais et bouillant. Leurs corps se dissolvaient comme les cristaux que les joailliers impériaux trempaient dans des solutions acides pour les remodeler. Harkot, enfoui dans son acaba bleue, supervisait les opérations. Il paraissait recueillir les ondes d'énergie qui émanaient du gigantesque récipient. Puis il se tournait vers d'autres Scaythes, brun-vert, ruisselants, qui sortaient d'une deuxième cuve et s'approchaient de lui d'une allure hésitante, cahotante, une allure qui rappelait à dame Sibrit les premiers pas vacillants des chigalins nouveau-nés. Il posait ensuite sa bouche sur leur bouche et ils s'abîmaient dans un long échange de données. C'était un rituel silencieux, étrange, barbare, effrayant, quelque chose qui ressemblait à une abominable genèse. Les Scaythes reconditionnés récupéraient la première acaba à leur portée, s'en allaient reprendre leur place près des humains qu'ils étaient censés protéger et entamaient sans attendre leur patient travail de déstructuration. Ils effaçaient d'abord toute pensée négative à leur encontre, renforçaient la nécessité de leur présence, puis ils s'attaquaient aux souvenirs les plus anciens, les plus cachés. Ils procédaient par petites touches, pour ne pas donner l'éveil, ils grignotaient la mémoire comme de minuscules rongeurs installés dans les greniers des esprits.

Accablée, elle se rendait compte que Menati Imperator, le maître absolu de l'univers, n'était pas disposé à l'écouter parce qu'il était tout simplement lui-même un effacé, un abdicataire. Il négligeait les devoirs et les fonctions de sa charge parce qu'il avait renié son humanité, sa souveraineté. Il renonçait au trône de l'Ang'empire comme il avait déjà renoncé à son statut d'homme.

Subitement, un voile se déchira dans l'esprit de dame Sibrit. Un tableau vivant lui fut révélé dont elle était le personnage central. Le sénéchal Harkot lui était apparu sous la forme de Wal-Hua, le petit oursigre des légendes de Ma-Jahi, et s'était servi du pouvoir de ses rêves pour localiser les trois personnages qui résidaient sur la planète bleue des confins. Cette femme, cet homme et cette fillette représentaient le dernier espoir des humanités, et non pas, comme elle avait tenté de s'en persuader, l'empereur de l'univers... Etaient-ils les fameux guerriers du silence dont lui avait parlé l'un de ses amants d'une nuit, un jeune et fougueux serviteur ? Si tel était le cas, elle avait remis sans le vouloir l'Hypnéros sur leur piste.

Maintenant que le sénéchal avait obtenu ce qu'il désirait, elle était en danger. Elle ne lui était plus d'aucune utilité et il avait le choix entre l'éliminer et l'effacer, ce qu'il n'avait pas fait jusqu'à présent parce qu'il avait eu besoin de l'intégralité des fonctions de son esprit.

« Tu traites les courtisanes de putains, mais elles ne font que suivre l'exemple qui leur vient d'en haut ! siffla l'empereur dont la face bouffie s'était brusquement recouverte d'un effrayant masque de haine. Tu es la pire de toutes, Sibrit de Ma-Jahi, tu es la catin suprême ! Et pour ma part, je crois que les rumeurs qui circulent sur ton compte sont vraies ! Je crois que tu es un monstre, une créature maudite, une femelle démoniaque qui se gorge du sperme et du sang de ses victimes ! »

Elle leva des yeux emplis de larmes sur Menati Imperator.

« Pardonnez-moi de vous avoir dérangé, mon seigneur...

– A partir de cet instant, petite traînée provinciale, ta vie va devenir un véritable enfer ! La cour ne te pardonnera pas l'outrage que tu as fait subir à dame Veronit. Tu n'es plus protégée par mon amour, tu n'es plus protégée par rien ! Dorénavant, évite de te frotter aux hommes ! Leur dard et leur sang pourraient bien être empoisonnés... Fiche le camp ! Je ne t'ai que trop vue, que trop tolérée ! »

Dame Sibrit se leva. Ses jambes flageolantes se dérobèrent sous elle et elle dut se retenir à la margelle du bassin pour ne pas s'affaisser sur les gemmes scintillantes de l'allée. Les éclaireurs de l'aube se répandaient dans la plaine céleste, débusquaient les ténèbres. Les étoiles s'éteignaient l'une après l'autre, comme soufflées par une invisible bouche.

« Ayez une bonne fin de seconde nuit, mon seigneur », bredouilla-t-elle.

Titubante, elle traversa le jardin privé, puis la chambre. Le même sas s'ouvrit devant elle que celui par lequel avait disparu dame Veronit, nue et désespérée.

Dame Sibrit, gouvernée par ses rêves, avait eu le tort d'être trop clairvoyante. Elle était désormais l'insupportable miroir de liberté et de lucidité dans lequel les hommes refusaient de se contempler.

Elle était seule.

En s'engageant dans l'étroit couloir, elle eut l'impression d'être une proie sans défense convoitée par une horde de prédateurs.

CHAPITRE XV

Mon cœur ne cesse de chanter ton nom,
Et je pleure
Mon corps ne cesse de désirer ton corps,
Et je pleure
Mes seins ne cessent d'implorer tes mains,
Et je pleure
Mon ventre ne cesse de réclamer ton poids,
Et je pleure
Ma bouche ne cesse d'exiger ta langue,
Et je pleure
Mes yeux ne cessent de pleurer ton absence,
Et je chante

Poème attribué à Phœnix, Jersalémine, femme supposée du prince San Francisco des Américains.

Depuis quelques mois régnait une grande effervescence sur Jer Salem. Le moment approchait du passage des xaxas, que les quarante tribus du peuple élu attendaient depuis huit mille ans. L'Ancien, l'exégète de la Nouvelle Bible, s'appuyant sur les versets du Livre des Xaxas, avait déterminé la date probable où les migrateurs célestes couvriraient le ciel de Néorop et se poseraient sur le satellite glacé de la planète Franzia. Dans moins d'une semaine, selon ses calculs, commencerait le voyage vers la nouvelle Jer Salem, la Jer Salem de gloire et de lumière.

Les trois mille cinq cents membres de la tribu du Brésil, gouvernée par le prince Rio de Janeiro, chargés du ravitaillement en produits de première nécessité et donc dispersés sur les mondes recensés, avaient été rapatriés. Les préparatifs s'achevaient dans une atmosphère à la fois recueillie et festive. Les tribus renonçaient aux sempiternelles et futiles querelles de préséance ou de territoire édénique qui les avaient jusqu'alors opposées. Elles recouvraient le même esprit de fraternité que lorsque, huit mille ans plus tôt, l'abyn Elian avait rassemblé le grand peuple de Phraël dans un gigantesque vaisseau de fer et l'avait guidé jusqu'à sa nouvelle terre de glace et de neige.

Les quatre grands abyns, en vêtements d'apparat, multipliaient les cérémonies dans le temple de Salmon, où trônaient les deux immenses globes sacrés, posés sur des socles de plus de vingt mètres de diamètre. L'un représentait le point de départ, la Terre des origines. Il était tellement usé que les taches ocre, brunes ou vertes qui marquaient l'emplacement des continents se diluaient dans le bleu passé des océans. Le second, qui symbolisait la Jer Salem céleste, le but ultime de la migration des xaxas, était en revanche parfaitement conservé. Comme la Terre des origines, la planète mythique se composait de quatre cinquièmes d'eau et d'un cinquième de terres, réparties en trois continents principaux, en îles de plus ou moins grande importance et en deux pôles entièrement recouverts de banquises.

Sur les conseils éclairés de l'abyn Elian, les premiers Jersalémines avaient conçu une cartographie approximative de la Jer Salem de lumière. Des lignes noires, repeintes tous les ans, divisaient les trois continents et la plus grande des îles australes en quarante pays, destinés à recevoir chacun une tribu. A côté des multiples points sombres dont était criblé le globe, étaient apposés des noms sacrés qui, au fil des siècles, étaient devenus les patronymes des quarante tribus de Phraël et des enfants du peuple élu.

Ainsi, bien avant le grand voyage, chacun savait où s'installerait sa tribu : les Australiens du prince Melbourne occuperaient la moitié de la grande île de l'hémisphère Sud, les Japonais du prince Kyoto investiraient une île étroite du Levant, les Français du prince Paris et les Espagnols du prince Grenade recevraient les territoires occidentaux de l'immense continent Europasie, les Indiens du prince N-Delhi éliraient domicile dans le pays qui bordait une chaîne montagneuse et s'enfonçait comme un fer de lance dans l'océan, les Nordiques du prince Oslo résideraient sur les terres proches de l'océan Arctique... Une seule tribu n'était pas fixée sur son sort : les Américains du prince San Francisco, condamné au bannissement pour avoir contesté publiquement les interprétations abyniennes de la Nouvelle Bible de Jer Salem. Les Américains demeuraient dans l'attente d'une décision finale des quatre grands abyns et des trente-neuf princes régnants. Le territoire de la tribu serait-il annexé par le prince Vancouver et ses Canadiens ou par le prince

Acapulco et ses Mexicains ? Les abyns désigneraient-ils un nouveau prince en remplacement de l'exilé ? En aucun cas il n'était question d'absoudre San Francisco comme l'avaient réclamé les trois mille cinq cents membres de sa tribu et quelques membres isolés d'autres tribus. Des rebelles de toutes appartenances – Canadiens, Chinois, Russes, Anglais... – avaient même dérobé un vaisseau du Globe et déserté Jer Salem pour se mettre au service du banni. Des rumeurs insistantes annonçaient leur retour, mais à ceux-là il serait dorénavant plus difficile d'entrer dans le ventre d'un xaxas qu'à un gock d'être admis dans la Jer Salem de lumière.

Pendant que les trente-neuf princes et les quatre grands abyns débattaient de ce point essentiel dans le Thorial, la salle des assemblées, les Jersalémines se livraient à une dernière répétition du rituel du départ. Lors du dernier passage des xaxas, quatre-vingts siècles plus tôt, trois migrateurs célestes égarés avaient été ensevelis par une subite coulée de glace et figés dans la muraille abrupte du cirque du Golan, situé à cent trente kilomètres d'Elian, la capitale de Jer Salem.

Les chefs spirituels et temporels du peuple élu avaient jugé préférable d'attendre le dernier moment pour dévoiler la présence sur leur monde de ces trois spécimens congelés et parfaitement conservés. Ils avaient craint que ces preuves concrètes de la mythologie jersalémine n'aient un effet pernicieux sur les âmes de leurs ouailles. La foi et l'obéissance aveugles étaient les fondations sur lesquelles s'élevait le fragile édifice bâti par l'abyn Elian, et si les membres du peuple élu avaient eu plus tôt la possibilité d'admirer les trois xaxas de la zone taboue du cirque du Golan, ils se seraient peut-être détournés de la parole sacrée pour adorer ces carcasses brunes qui flottaient dans les glaces pour l'éternité. Les abyns avaient tiré les leçons de l'épisode du veau d'or relaté par l'antique Bible terrienne. Le peuple originel de Phraël avait déjà fait la démonstration de sa propension à négliger les saints commandements et à se prosterner devant des idoles.

Cependant, à quelques semaines du grand départ, les abyns et les princes avaient estimé le moment venu de lever l'interdit et de permettre aux leurs de se familiariser avec l'aspect extérieur de leurs futurs véhicules spatiaux.

Tour à tour, les cent quarante mille Jersalémines, emmitouflés dans de chaudes peaux d'oursigre des neiges, remontaient de la ville souterraine d'Elian, s'entassaient dans les glacieurs de chasse, des navettes à voile solaire montées sur d'immenses patins d'acier, et venaient observer les migrateurs célestes figés dans le glacier. Le plus grand mesurait environ quinze mètres de la tête, ogivale et surmontée de trois bosses annelées, à la queue, une sorte de membrane cartilagineuse déployée en éventail. D'une longueur comprise entre six et sept mètres, les deux autres présentaient, hormis leur taille, les mêmes caractéristiques que leur grand congénère : corps profilé aux flancs légèrement rebondis, carapace extérieure rugueuse, cabossée, d'un brun sale qui, à cause des échauffements atmosphériques, tirait sur le rouille ou le noir. Bien que l'épaisseur de la glace dressât un écran opaque entre les visiteurs et les xaxas, on pouvait distinguer les nombreux cristaux bleu-vert enchâssés dans les carapaces. Les savants jersalémines, pris de court, n'étaient pas parvenus à déterminer l'origine et la composition de ces minéraux – étaient-ce vraiment des minéraux ? – et les avaient appelés, par défaut, des cristaux. Ils présumaient que ces excroissances translucides captaient les courants interstellaires, les transformaient en énergie motrice, voire supraconductrice, et permettaient aux migrateurs célestes d'atteindre un seuil de vitesse où ils basculaient dans un autre espace-temps. Leur origine, leur mode d'existence, leur système de reproduction, les raisons de leur migration, leur faculté de résister à la pression du vide, la manière dont ils métabolisaient l'oxygène et l'eau, tout cela restait un mystère. Un groupe de chercheurs avait demandé l'autorisation aux abyns d'extraire un xaxas du glacier et de le disséquer : ils souhaitaient étudier ses mécanismes internes pour fabriquer des xaxas artificiels dans le cas, improbable, où les prédictions de la Nouvelle Bible s'avéreraient infondées. Non seulement le conseil des abyns n'avait pas accédé à leur requête, mais il avait condamné ces impudents à être jetés en pâture aux oursigres sauvages du cirque des Pleurs (on ne joue pas impunément avec les commandements de la sainte Bible). Les abyns avaient surtout redouté que l'on ne découvrît un corps humain à l'intérieur du xaxas, le corps de l'abyn Elian par exemple, ce qui eût renversé l'édifice des croyances jersalémines comme un vulgaire château de cartes.

Les membres du peuple élu, hommes, femmes et enfants, tentaient de repérer l'orifice sacré des migrateurs, en théorie placé sous le ventre, non loin de la queue. Mais la membrane de leurs ailes repliées, ajoutée à la compacité de la glace, empêchait de distinguer quoi que ce fût sous les replis inférieurs de la carapace. Tout reposait pourtant sur cet orifice, qu'on évitait soigneusement d'appeler anus, car d'une part on ne savait pas si les xaxas possédaient un quelconque système digestif et l'évacuation s'y afférant, et d'autre part il n'était pas très glorieux de devoir le paradis au trou du cul d'un animal, même mythique. Selon la Nouvelle Bible de Jer Salem, les migrateurs célestes ne se posaient qu'une poignée de minutes sur le glacier, le temps que leurs premières occupantes, les chrysalides divines, évacuent leur grand corps et se métamorphosent en papillons de lumière. Il fallait ensuite agir très vite : se déshabiller, localiser l'orifice sous le ventre, s'y introduire en commençant par la tête et remonter doucement l'étroit boyau jusqu'au compartiment central. Là, on devait s'allonger sur le plancher de chair et attendre que le xaxas adapte son métabolisme à son nouveau parasite. Il emmagasinait l'oxygène et l'eau nécessaires aux quarante jours que, toujours selon la Bible, durait la traversée spatiale. Il offrait le gîte et la boisson à son hôte, mais pas le couvert. Dès leur plus jeune âge, les Jersalémines s'étaient donc entraînés à pratiquer un jeûne annuel de quarante jours, appelé le « Radan ». C'était devenu une seconde nature chez eux.

Les Brésiliens du prince Rio de Janeiro, qui vivaient sur les mondes extérieurs depuis plus de vingt ans, n'avaient par exemple jamais omis d'observer le Radan, et bien leur en avait pris car ils étaient sur le point de toucher les dividendes de leur persévérance.

La plupart des familles jersalémines n'avaient droit qu'à deux enfants, et encore, uniquement lorsqu'il s'agissait de remplacer des anciens décédés, des hommes victimes de règlements de comptes entre tribus, des rebelles condamnés à finir dans le ventre d'un oursigre ou des femmes pécheresses coulées dans des piliers de glace. Cette régulation des décès et des naissances, supervisée par un groupe de femmes célibataires surnommées les filles d'Ession, avait une double fonction : préserver le nombre sacré des cent quarante mille élus d'origine et éviter une surpopulation catastrophique sur un monde aussi pauvre en ressources que l'était Jer Salem. En l'an 6400, de nombreux couples avaient refusé de se soumettre au contrôle des naissances et avaient engendré jusqu'à quatre ou cinq enfants. La population était brutalement passée à deux cent vingt mille âmes et la tribu en charge du ravitaillement – c'étaient alors les Allemands du prince Hambourg – s'était avérée incapable de fournir les vivres en quantité suffisante. Les grands abyns avaient décidé de rétablir le cours normal de la démographie jersalémine : les gardes des quarante princes avaient rassemblé les familles fautives sur le haut glacier de Phraël et les avaient passées par le fil de l'épée. Le glacier avait bu le sang des sacrifiés, avait conservé une teinte uniformément pourpre, et depuis lors avait été classé zone taboue. Cet épisode, resté dans la mémoire collective comme le « jour maudit des Quatre-vingt mille », était une plaie ouverte et saignante sur la conscience collective du peuple élu.

Les parents enseignaient les gestes essentiels du rituel de l'exode à leurs enfants. On leur apprenait à ne pas donner de coups de pied dans le ventre du xaxas, à réduire leurs mouvements au strict minimum pour économiser l'oxygène, lequel provenait de poches internes légèrement poreuses et se renouvelait dès que le besoin s'en faisait ressentir, à recueillir sur la pulpe des doigts les gouttes d'eau qui perlaient des parois de chair et à s'en humecter les lèvres. Pour peaufiner leur entraînement, de nombreuses familles, pour ne pas dire toutes, avaient installé des orifices, des conduits et des compartiments factices dans leur appartement.

La ville souterraine d'Elian résonnait d'une activité fébrile, bruissante. L'imminence de l'exode glorieux électrisait les Jersalémines, peuple ordinairement austère, à un point tel qu'ils ne parvenaient plus à trouver le sommeil. Ils déambulaient toute la nuit dans les rues, des galeries voûtées creusées dans le cœur du glacier et enluminées par des bulles-lumière flottantes, se lançaient dans des discussions enfiévrées sur le pas des portes, sur les places, sur les marches des escaliers qui montaient vers les tubes de surface. Jamais on n'avait semé autant de rires, autant de fleurs sonores dans la cité. En ces heures fabuleuses, ils n'avaient pas envie de rester confinés à l'intérieur des murs lisses et froids de leurs appartements, ils désiraient partager leur bonheur et leur fierté avec leurs amis, leurs voisins, et même avec des inconnus appartenant à des tribus traditionnellement ennemies de la leur. La vision morbide des hommes et des femmes nus figés – depuis plus de cinquante siècles pour certains – dans les piliers de condamnation ne parvenait pas à ternir leur allégresse. Ils abandonneraient bientôt derrière eux ces témoins muets et horrifiés de la cruauté de leur peuple, ils seraient lavés de toutes leurs fautes sur la Jer Salem céleste, ils vivraient en compagnie des dieux et des anciens prophètes, ils se gorgeraient de chaleur et d'amour, ils se rouleraient, nus et libres, dans une herbe grasse et parfumée, ils humeraient les senteurs enivrantes des fleurs, ils ne connaîtraient plus la maladie, la mort, ils seraient servis pour l'éternité par les anges radieux de l'Eden...

Une seule tribu ne partageait pas l'allégresse générale. Rassemblés devant la porte monumentale du Thorial, plus de mille Américains attendaient l'issue des débats qui engageaient leur avenir. Des colonnes droites ornaient les quatre murs du gigantesque bloc de glace central dans lequel avait été excavée la salle des assemblées. Les faisceaux puissants des projecteurs tournants, fixés sur des rampes métalliques insérées dans la haute langue glaciaire, se brisaient sur les parois lisses où se découpaient les bouches sombres des avenues principales de la cité. A côté du Thorial se dressait la dentelle de glace du dôme et des flèches du temple de Salmon. La nef qui renfermait les globes sacrés était la construction la plus imposante d'Elian. Lors des grandes cérémonies des éclipses, ses gradins circulaires pouvaient accueillir plus de trente mille personnes. Les mouvements lents de la langue glaciaire ou des névés l'avaient endommagée à plusieurs reprises au cours des quatre-vingts siècles de la présence du peuple élu sur Jer Salem, et les quarante tribus de Phraël avaient dû la consolider ou en refaire entièrement certaines parties. Avec l'entretien de leur ville, soumise elle-même aux déplacements incessants des calottes, la conservation et l'embellissement du temple de Salmon constituaient deux des activités majeures des hommes jersalémines. Peu à peu, au fil des siècles, étaient venues s'ajouter des voussures annelées autour du portail d'entrée, des sculptures introduisant aux mystères sacrés de la Nouvelle Bible, des pièces annexes hérissées de piliers biseautés, des voûtes de renforcement en berceau, des mosaïques de morceaux de glace de différentes épaisseurs qui, par l'entremise des projecteurs tournants, se transformaient en de somptueux vitraux...

Phœnix, une jeune femme de la tribu des Américains, remonta le col de son manteau d'oursigre blanc. Cela faisait des heures qu'elle piétinait sur le sol de glace de la place du Thorial et, en dépit de ses bottes fourrées, ses pieds commençaient à se refroidir. Elle contemplait distraitement les corps inertes des hommes et des femmes suspendus à l'intérieur des piliers du bâtiment. Les femmes avaient été ensevelies intactes dans la glace, et n'eussent été la teinte légèrement bleutée de leur corps et l'expression d'épouvante qui se lisait encore dans leurs yeux grands ouverts, on aurait pu les prendre pour des statues. Les hommes, quant à eux, avaient eu le membre viril tranché avant d'être coulés dans les piliers, et le sang qui avait jailli de leur blessure s'était gelé en un nuage pourpre autour de leur bassin.

Avant son exil, le prince San Francisco avait expliqué à Phœnix les motifs de leur condamnation :

« Les premières victimes de la religion du Globe... Soixante-treize siècles que ces pauvres gens contemplent la place du Thorial. Tout ça parce qu'ils ont eu des relations sexuelles avec des gocks au cours d'une escapade touristique sur Franzia... J'ai lu leur histoire sur le registre de l'Ancien... »

San Francisco n'en avait pas dit davantage, sans doute pour ne pas compromettre la jeune femme, mais Phœnix avait compris que ni la tête ni le cœur du prince des Américains n'étaient en accord avec la vision abynienne de la Nouvelle Bible. Elle n'avait en revanche pas imaginé que cette dissension irait jusqu'à provoquer le bannissement perpétuel de San Francisco. Bien qu'il fût parti depuis maintenant plus de vingt ans, elle n'avait jamais cessé de l'aimer et elle voulait encore croire qu'il partageait ses sentiments. Elle regrettait de ne pas l'avoir suivi sur le chemin de l'exil, mais elle n'avait pas atteint ses seize ans lorsque avait été prononcée publiquement la sentence, et ses parents, son père Dallas et sa mère Cheyenne, avaient refusé de la laisser s'enfuir avec les rebelles des différentes tribus. Agée maintenant de trente-six ans, de plus en plus belle dans sa maturité de femme, elle avait catégoriquement repoussé les demandes en mariage des multiples soupirants, américains ou autres, qui s'étaient présentés dans les appartements de ses parents. Elle n'avait reçu aucune nouvelle, directe ou indirecte, de San Francisco, et, si son cœur lui murmurait avec insistance qu'il ne l'avait pas oubliée, qu'il allait bientôt revenir la chercher, sa tête voyait avec inquiétude se rapprocher le jour du passage des xaxas. Elle ne savait pas encore quelle serait sa décision dans le cas où les migrateurs célestes se poseraient avant que le prince en exil n'ait eu le temps de se manifester. Elle doutait fort que la Jer Salem de lumière eût le goût suave de l'Eden si elle s'y rendait sans l'élu de son cœur.

« Que crois-tu qu'ils vont faire de nous ? » demanda Denver, une femme d'une soixantaine d'années qui sautillait sur place à côté de Phœnix.

De petits nuages de condensation naissaient et mouraient devant ses lèvres brunes. Ses longs cheveux gris volaient autour de son visage cuivré qu'aucune ride ne sillonnait. Elle était, comme Phœnix, comme la plupart des Jersalémines, vêtue d'un manteau d'oursigre, d'un pantalon et de bottes fourrées.

« Ce serait une malédiction pour nos cœurs et pour nos têtes que d'être annexés aux Canadiens ou aux Mexicains ! reprit Denver. Ce serait une malédiction pour tout le peuple élu ! Nous aurions brisé l'unité originelle des quarante... Pourquoi a-t-il fallu que le prince San Francisco s'oppose ouvertement aux grands abyns et à l'Ancien ? A cause de lui, le Créateur et ses dieux nous ont peut-être chassés de leur tête et exclus de la Jer Salem céleste...

– San Francisco a agi selon son cœur ! » répliqua vivement Phœnix.

Denver cessa de sautiller et jeta un regard en biais à la jeune femme. Des braises vives luisaient dans les minces fentes de ses yeux. Tout autour d'elles, des hommes et femmes de tous âges arboraient des mines lugubres, fixaient obstinément le portail à double battant du Thorial.

« J'avais oublié que l'amour et la clairvoyance ne font pas souvent bon ménage... », murmura Denver.

Elle estima sans doute qu'elle faisait preuve d'encore trop d'indulgence vis-à-vis de la fille de Dallas et de Cheyenne, dont tout le monde, sur Jer Salem, avait entendu parler de l'amour désespéré qu'elle portait au prince banni. Denver était tellement excédée d'attendre, de contenir sa vessie et la rage froide qui lui cisaillait les entrailles, qu'elle ressentait le besoin pressant de se défouler sur quelqu'un.

« Il ne viendra plus, ton prince ! siffla-t-elle. Même sur la Jer Salem céleste, tu resteras une vieille fille au cœur desséché, un ventre inutile... Et tu ne connaîtras plus jamais le plaisir d'être labourée par le soc d'un homme... »

Phœnix eut l'impression que les mots de Denver étaient des pics de glace qui lui perforaient le cœur. Elle fut traversée par une envie violente d'extirper son poignard de la poche intérieure de son manteau et de l'enfoncer jusqu'à la garde dans la gorge de la railleuse.

Intimidée par les lueurs farouches qui embrasaient les yeux noirs de son interlocutrice, Denver se recula et se fondit dans la multitude environnante. Phœnix se rendit alors compte que sa réaction emportée ne faisait que traduire son propre désarroi, sa propre sensation d'être passée à côté de sa jeunesse, à côté de sa vie.

Elle traversa la place du Thorial et s'engagea dans une étroite veine urbaine. Fendant les innombrables groupes épars qui devisaient gaiement sur le pas des portes, elle parcourut les trois kilomètres de la rue pentue et se dirigea vers le tube vertical de surface, taillé directement dans la langue glaciaire. Elle se faufila par l'étroite ouverture de la paroi et prit pied sur une plateforme individuelle, qui entama aussitôt sa lente ascension.

Il fallut dix minutes à la petite surface circulaire et métallique pour franchir les quelque trois cents mètres qui séparaient la cité d'Elian de la surface de Jer Salem, puis trois autres pour s'abouter au ponton de surface. Avant même de s'engouffrer dans l'escalier de sécurité, un accès que les hommes d'entretien étaient obligés de dégager tous les jours, Phœnix sentit sur son visage et sur son cou les morsures de la bise nocturne. Elle sortit une paire de gants de peau de la poche de son manteau, les enfila, remonta son col de fourrure sur ses joues et gravit les marches de glace en s'agrippant fermement à la rampe métallique.

Dehors, les semelles antiglisse de ses bottes crissèrent sur la mince couche de neige qui recouvrait le glacier. En dépit de son manteau et de ses gants, et bien qu'elle fût, comme tous les Jersalémines, accoutumée à la température polaire du satellite de Franzia, un froid intense s'infiltra dans ses mains, dans ses bras, dans ses jambes, dans son bassin, dans son ventre, dans sa poitrine. Et dire que les membres du peuple élu devraient retirer leurs vêtements pour entrer dans le ventre des xaxas... La nuit tendait son velours paisible sur la blancheur immaculée de la banquise. Tout en marchant pour éviter de geler sur place, elle contempla le splendide bouquet stellaire de Néorop, spirale diamantine ornée en son centre du flamboyant rubis de Bêtaphipsi, la reine pourpre. Puis elle observa le gigantesque luminaire vert de Franzia, qui occupait plus du quart de la plaine céleste.

San Francisco était peut-être là-bas, à la fois si proche et si loin d'elle. Qu'attendait-il pour venir la chercher, pour venir l'aimer ?

Ses yeux larmoyèrent mais elle se retint de pleurer. Par moins cinquante-cinq degrés, il ne faut que quelques secondes pour que les larmes se transforment en douloureuses stalactites de glace.

Elle perçut soudain des bruits de pas derrière elle. Elle se retourna et entrevit deux éclats jaunes qui crucifiaient l'obscurité. Un oursigre sauvage. Il était rarissime que les grands fauves à la fourrure blanche s'aventurent si près de la cité souterraine. La gueule entrouverte, les babines retroussées sur ses longs crocs aiguisés, fléchi sur ses puissantes pattes arrière, il se tenait désormais à une dizaine de mètres de Phœnix, dont le rythme cardiaque s'accéléra brutalement. Elle s'évertua à recouvrer son calme. Elle s'immobilisa, invoqua le mot sacré de l'abyn Elian, puis, dès que son corps eut accompli la translation d'invisibilité, elle se rua vers l'escalier d'accès de la cité.

La subite disparition de sa proie désorienta l'oursigre pendant un court laps de temps. Il ne la distinguait plus, mais il continuait de flairer son odeur, il percevait ses déplacements d'air, il voyait les traces de ses pas s'imprimer sur la neige... Lorsqu'il comprit qu'elle ne s'était pas envolée mais seulement soustraite à son regard, il poussa un terrible feulement et bondit dans la direction que lui indiquait son odorat.

Ses griffes se refermèrent sur le vide. Sa proie était parvenue à se glisser dans l'orifice qui s'ouvrait sur la cité des hommes, un endroit qui pouvait très rapidement se transformer en un piège mortel.

Il n'insista pas et s'éloigna au trot vers des contrées moins giboyeuses mais plus rassurantes.

Les rugissements des moteurs du vaisseau du Globe déchirèrent le silence de l'aube. Les rayons rasants de Farfadet 1, qui n'avait pas encore fait son apparition à l'horizon, paraient le ciel et la banquise d'un subtil voile rose.

L'appareil ne se dirigea pas vers l'aire de stationnement, située à vingt kilomètres de la cité d'Elian et reliée à cette dernière par des glacieurs à voile solaire, mais, après que ses cinq pieds rectilignes se furent déployés hors de la coque rougeoyante et ruisselante de particules enflammées, il atterrit à quelques centaines de mètres des accès de surface.

Son atterrissage provoqua une véritable tempête de neige sur un rayon de deux kilomètres et d'épaisses volutes de fumée montèrent de la croûte glaciaire surchauffée. C'était typiquement le genre de manœuvre qui pouvait activer les mouvements de la banquise et provoquer de redoutables plissements souterrains, mais le capitaine de ce vaisseau était apparemment un homme pressé, et donc peu respectueux de la fragilité écologique de Jer Salem.

Dès que la fumée et la neige se furent dispersées, les guetteurs de jour, armés de fusils à propagation lumineuse, surgirent des accès et se disposèrent en cercle autour de l'appareil, dont les pieds s'étaient enfoncés dans la glace sur les deux tiers de leur hauteur.

Une ouverture ronde se découpa sur la carène. La tête d'une passerelle flottante vint se poser lourdement sur le sol en soulevant une gerbe de neige.

Le prince San Francisco des Américains, paré de l'ample cape de laine blanche officielle de son rang, émergea le premier de l'ombre du vaisseau. Le suivaient un enfant gock de huit ou neuf ans, enveloppé dans un manteau d'oursigre blanc beaucoup trop grand pour lui, deux autres gocks, un jeune et un ancien, sanglés dans des manteaux de cuir en principe réservés aux navigants des navettes marchandes, et une vingtaine de Jersalémines, vêtus d'épaisses combinaisons de guerre.

Les guetteurs ne savaient pas quelle attitude adopter. Ils avaient entendu dire, comme tout le monde, que les rebelles étaient indésirables sur le sol de Jer Salem, mais ils n'avaient reçu aucune consigne précise à leur sujet et, même si San Francisco était un proscrit, ils hésitaient à ouvrir le feu sur l'un des quarante princes du Peuple élu.

« Que l'un d'entre vous aille annoncer ma venue aux grands abyns ! dit San Francisco d'une voix forte en posant le pied sur la banquise.

– Impossible, prince ! Ils célèbrent l'office du matin ! rétorqua un guetteur.

– En ce cas, conduisez-nous au temple de Salmon !

– Mais, prince... »

Le guetteur se tut, conscient de l'inutilité de ses protestations. Les vingt gardes du corps s'étaient déployés autour du prince des Américains et avaient posé la main sur la poignée de leur épée. L'enfant et les deux adultes gocks se tenaient en retrait, près du socle de la passerelle. Bien qu'avec l'avènement du jour la température fût remontée d'une vingtaine de degrés, leurs lèvres avaient pris une vilaine teinte bleuâtre, ils claquaient des dents et tremblaient de tous leurs membres.

Les guetteurs avaient l'avantage du nombre et de

l'armement, mais aucun d'eux n'était prêt à se sacrifier à quelques jours du passage des xaxas, à renoncer à ses chances de gagner la Jer Salem de lumière.

« Tu connais le chemin, prince. Tu n'as pas besoin de nous pour te rendre au temple de Salmon, hasarda l'un d'eux.

– De quoi êtes-vous à l'affût ? demanda San Francisco. Des premiers xaxas ?

– Le jour approche et nous guettons les signes avant-coureurs du passage des migrateurs célestes... »

San Francisco hocha la tête.

« Les chants de l'espace, les vents de clarté, la danse des comètes...

– Je vois que tu n'as pas oublié les versets de la Nouvelle Bible, prince... »

Les guetteurs s'écartèrent pour laisser passer la petite troupe. On ne pourrait pas leur reprocher d'avoir refusé de faire couler le sang en ces jours bénis de gloire et de pardon. Aucun d'eux ne songea à établir la relation entre la présence de l'enfant gock et un verset prophétique mineur du grand Livre des Xaxas : *Les chants de l'espace, les vents de clarté et la danse des comètes seront précédés par l'innocence de l'enfant venu des lointaines contrées, l'enfant qui vainquit par la seule force de son amour les féroces animaux du grand désert...*

Les tunnels de glace, percés à intervalles réguliers de lourdes portes de bois massif – les rues de la cité d'Elian et les portes des habitations, avait précisé Moscou – étaient déserts et silencieux. Jek, Marti et Robin de Phart, dont les bottes n'étaient pas pourvues de semelles antiglisse, marchaient à petits pas prudents. Ils consacraient l'essentiel de leur énergie à conserver leur équilibre car les tunnels déclives pouvaient à tout moment se transformer en sournois et périlleux toboggans. De temps à autre, ils passaient devant des piliers carrés et, aux lueurs diffuses des bulles-lumière, entrevoyaient à l'intérieur des visages épouvantés, des yeux grands ouverts, des corps qui semblaient s'être brusquement arrêtés de vivre.

Jek avait demandé à Moscou pourquoi ces gens avaient été emprisonnés dans la glace, mais les traits du Jersalémine s'étaient durcis et il n'avait pas daigné répondre. Le silence cotonneux qui régnait sur la galerie absorbait le bruit de leurs pas et le son de leurs voix. Au bout d'une heure de marche, ils débouchèrent sur une place au centre de laquelle se dressait un bâtiment carré, entouré de colonnes éclairées par les faisceaux de projecteurs tournants et habitées, elles aussi, par des cadavres intacts de femmes et des corps mutilés d'hommes. Jek éprouva un sentiment de malaise devant ces statues mortuaires et, pour certaines, voilées d'un nuage pourpre en suspension.

« Le Thorial, murmura San Francisco. La salle des assemblées... »

Il s'efforçait de ne pas le montrer, mais son retour sur Jer Salem et dans la cité d'Elian le remplissait d'émotion. A bord du *Papiduc,* il avait erré de monde en monde pendant plus de vingt ans, mais jamais il n'avait oublié sa planète natale, le pays de glaces et de neiges où il avait grandi, où il avait joué, où il s'était battu, où il avait aimé. Devant la façade et le portail monumental du Thorial, à l'intérieur duquel il avait si souvent débattu avec l'Ancien et les trente-neuf autres princes du peuple élu, il se rendait compte que le Créateur Unique et ses serviteurs les dieux l'avaient exilé dans le seul but d'aider un autre prince, le prince des hyènes, à accomplir sa destinée. Il ne s'était pas posé de questions, avait agi selon son cœur, mais sa tête comprenait maintenant que la mission primordiale de son existence, son devoir, consistait à conduire Jek dans le cirque de l'Envol avant le passage des xaxas. Il lui fallait à tout prix convaincre les abyns de laisser le petit Anjorien prendre place à l'intérieur d'un migrateur céleste. Il ne demandait pas grand-chose pour lui-même, simplement que lui fût rendue Phœnix, qu'il avait quittée alors qu'elle n'avait pas encore atteint ses seize ans. Son cœur lui soufflait qu'elle ne l'avait pas oublié.

Ils contournèrent le bloc du Thorial, s'engagèrent dans un large passage et se dirigèrent vers le temple de Salmon, sur l'immense parvis duquel se pressaient plusieurs milliers de Jersalémines.

« Tous ceux qui n'ont pas trouvé de place à l'intérieur du temple », précisa Moscou.

Le bâtiment des assemblées n'était pas dépourvu d'une certaine grâce mais, comparé au temple de Salmon, il paraissait tout à coup inesthétique, lourd, grossier.

« Quelle merveille ! s'exclama Robin de Phart. Qu'en dites-vous, Marti ? Je vous avais bien dit que Jer Salem valait le détour... »

Marti s'en moquait. L'insupportable froid qui se répandait dans ses pieds, dans ses mains, dans ses membres, l'engourdissait, l'anesthésiait. Il ne songeait qu'aux baisers tièdes du vent coriolis dans la seconde nuit syracusaine, aux caresses délicates de Rose Rubis et de Soleil Saphyr, aux senteurs parfumées qui flânaient dans les rues de Vénicia. Il se demandait quelles raisons poussaient des êtres humains à vivre comme des animaux à l'intérieur d'un glacier. Du coin de l'œil, il épiait Jek, qui, à en juger par la pâleur de ses joues et le violet de ses lèvres, était aussi frigorifié que lui. L'autre, le démon, guettait inlassablement le moment où le petit Anjorien se retrouverait isolé. Pour l'instant, l'opportunité de l'éliminer ne s'était jamais présentée. Jek s'était toujours débrouillé pour être accompagné d'un ou de plusieurs adultes. L'inexplicable disparition de Montréal n'avait rien arrangé. Par l'intermédiaire de Marti, l'autre, le démon, avait tenté de laisser croire à une fausse manœuvre en déclenchant l'ouverture d'une trappe de la soute inférieure. Les Jersalémines n'avaient pas été convaincus de la coupable négligence de Montréal, un navigant confirmé de la tribu des Canadiens, mais l'essentiel était qu'aucun d'entre eux n'ait eu l'idée de fouiller la cabine de Marti. Heureusement que la traversée n'avait duré que deux jours, car la puanteur, dans cet espace exigu et confiné, était rapidement devenue intenable...

« Comment trouves-tu le temple de nos amis de Jer Salem, Jek ? » insista Robin de Phart.

Il ressentait l'irrépressible besoin de partager son enthousiasme avec quelqu'un, et, comme Marti ne semblait guère disposé à s'enflammer, il s'était rabattu sur Jek, dont la tête émergeait à peine du col relevé du manteau de fourrure.

« C'est beau », dit le petit Anjorien.

C'était un avis bref mais sincère. La majesté harmonieuse de la construction de glace l'émerveillait, le bouleversait même. Les murs élancés, étayés par de nombreuses voûtes en berceau ou arcades mineures, culminaient à plus de deux cents mètres de hauteur et il avait l'impression que le sommet arrondi du dôme central et les flèches latérales, dont il apercevait les écoinçons dentelés, traversaient l'épaisse langue glacière supérieure. Outre les sculptures et voussures qui ornementaient le chambranle du portail monumental, de nombreuses niches hexagonales abritaient des scènes de la Nouvelle Bible, dont les personnages miniatures étaient aussi finement ciselés que les œuvres de cristal des artisans d'Anjor. La lumière vive des projecteurs tournants, tombant de la voûte, dessinaient d'admirables figures géométriques dans les mosaïques de glace qui remplaçaient avantageusement les vitraux des traditionnels édifices religieux.

« Un véritable chef-d'œuvre ! » s'extasia Robin de Phart, les larmes aux yeux.

Le vieux Syracusain regrettait que San Francisco lui ait interdit de se servir de son petit enregistreur holographique, le seul objet qu'il ait sauvé de tout l'attirail scientifique et livresque qu'il s'était résolu à lâcher dans la cabine du *Papiduc*. Les Jersalémines n'avaient pas le droit de priver les humanités de ce témoignage unique de leur histoire et de leur savoir-faire.

Les yeux de Jek, fatigués par le gigantisme du temple, revinrent se poser sur Robin. Dans le vaisseau du Globe, il avait tenté de s'ouvrir de l'étrange comportement de Marti au vieil homme, mais celui-ci avait immédiatement changé de sujet, comme s'il se refusait catégoriquement à entendre la moindre parole négative à l'encontre de son complanétaire. Jek avait pris conscience que Robin souffrait du même manque affectif que le viduc Papironda, qu'il évitait soigneusement de ternir la tendresse paternelle et tardive qu'il éprouvait pour Marti. Les hommes étaient prêts à toutes les folies pour exprimer leur rage d'aimer. Jek avait alors cherché à se confier à San Francisco, mais il lui avait été impossible d'obtenir une entrevue en tête à tête avec l'ancien second du viduc, sans cesse sollicité et entouré par ses hommes. Il en avait donc pris son parti et faisait en sorte de ne jamais se retrouver seul face au monstre caché de Marti.

« Le prince San Francisco ! Le prince banni ! » hurla une voix.

Les têtes des Jersalémines restés à l'extérieur du temple se tournèrent à l'unisson vers la petite troupe qui gravissait les quelques marches du parvis.

« Des gocks ! Le prince San Francisco a ramené des gocks ! »

Des milliers de regards incrédules, hostiles, haineux, se posèrent sur Jek et les deux Syracusains. Ce n'était pas le retour inopiné du prince déchu qui stupéfiait ou offusquait les membres du peuple élu, mais le fait qu'il était accompagné d'individus des humanités maudites, reniées par le Globe, des rejetons de femelles au ventre putride et de mâles à la semence infectée.

Plusieurs hommes et femmes s'extirpèrent de la multitude, vinrent s'agenouiller devant San Francisco et baisèrent respectueusement les pans de sa cape de laine.

« Béni sois-tu, quarantième prince de Jer Salem ! Tu viens à temps pour empêcher tes fils américains d'être annexés par les princes Vancouver et Acapulco ! »

San Francisco les releva avec douceur.

« L'heure est venue de l'épreuve de vérité... Tenez-vous prêts... »

Ses gardes du corps dégainèrent leur épée, formèrent un infranchissable cordon autour de lui et des trois gocks, et se frayèrent un passage dans la foule agglutinée sur le parvis. Nul ne s'avisa de les molester, de les insulter, et tous s'écartèrent sans opposer la moindre résistance. Du portail grand ouvert s'échappaient les chants sacrés du peuple élu, les chants qui évoquaient l'odyssée de l'abyn Elian et des cent quarante mille Phraélites, le passage des migrateurs célestes et l'exode vers la Jer Salem de lumière.

Les gradins circulaires sur lesquels se pressaient plus de trente mille Jersalémines – une affluence exceptionnelle pour un prime office de l'aube – surplombaient le cœur de la nef, un espace rond pavé de morceaux de fuselage du vaisseau des origines, entouré de luxueux fauteuils où avaient pris place l'Ancien et les princes et dont un seul restait vide. Au centre de la nef se dressaient les énormes globes sacrés, l'ancien et le nouveau monde, la Terre des origines et la Terre promise, l'un qui s'était déjà effacé et l'autre dont les traits, les points et les noms, fraîchement repeints, symbolisaient les héritages territoriaux des tribus.

Les chants se turent peu à peu et firent place à une rumeur qui alla s'amplifiant. Les regards convergèrent vers l'allée principale où un groupe d'hommes en uniforme de guerre écartaient sans ménagement les fidèles qui obstruaient le passage.

Le prince San Francisco, escorté des trois gocks et de ses hommes, s'avança jusqu'à la nef. Les quatre grands abyns, debout derrière les pupitres où étaient ouverts les quatre bibles-lumière des origines, suspendirent leurs gestes. Leurs longues chasubles blanches et incrustées de minuscules éclats de fer tombaient sur leurs bottes blanches. Des mèches torsadées s'échappaient de leurs couvre-chefs coniques et noirs et se répandaient sur leurs épaules comme des ruisseaux sombres et furieux. Elles rappelèrent à Jek les deux mèches décoratives que p'a At-Skin croyait bon de tirer hors du cache-tête de son colancor. Le petit Anjorien compara spontanément les abyns aux missionnaires kreuziens : même peau cireuse, même regard sévère, même allure d'oiseau de proie... Moscou lui avait d'ailleurs raconté que les rares missionnaires kreuziens qui avaient eu l'inconscience de mettre le pied sur Jer Salem s'en étaient retournés sur leur monde d'origine dans de petits sacs étanches. On leur avait, entre autres, enfourné le pénis dans la bouche et une bourse dans chaque orbite oculaire.

« Le message était le suivant : Votre verbe et votre vision du monde sont aussi infectés que votre semence... avait ajouté Moscou dans un grand éclat de rire. Mais l'Eglise du Kreuz ne s'est pas totalement désintéressée de nous. Un jour, elle nous fera gazer comme les quarantains du Terrarium Nord d'Anjor. Ce sera trop tard : les migrateurs nous auront emportés vers la Jer Salem de lumière... »

Les fumées qui montaient de petits récipients posés sur des trépieds répandaient une forte mais agréable odeur d'encens. Les deux immenses globes à dominante bleue, posés sur leurs larges socles, ressemblaient à des planètes jumelles dont l'une aurait prématurément vieilli.

Ou ils maîtrisaient parfaitement leurs sentiments ou ils avaient anticipé cette rencontre, toujours est-il que les grands abyns ne parurent ni surpris ni contrariés par le retour de San Francisco. Ils s'alignèrent calmement à l'entrée de la nef, croisèrent les bras et toisèrent le banni. Quant aux trente-neuf princes, ils restèrent assis et évitèrent de croiser le regard de braise de leur pair : il ne s'en était pas trouvé un pour prendre sa défense vingt ans plus tôt, lors du procès en hétérodoxie que lui avaient intenté les gardiens de la Nouvelle Bible. Un silence pesant retomba sur le temple. Les trente mille assistants, pétrifiés sur les gradins, retinrent leur souffle.

« Tu n'as rien à faire sur Jer Salem, San Francisco, déclara un abyn. Tu as été banni pour l'éternité de nos têtes et de nos cœurs ! »

Sa voix puissante, tranchante, s'envola vers le sommet de la nef.

« Tu as non seulement eu l'effronterie de te représenter devant nous sans y être convié, tu as également eu l'audace inouïe d'introduire des gocks, des traîtres à l'humanité dans ce lieu saint ! Jusqu'alors, nulle engeance maudite, nul fils ou fille d'une semence infectée et d'un ventre putride n'avait profané le temple de Salmon ! »

Jek, figé derrière la cape de San Francisco, se rendit compte que l'abyn parlait de lui et cela lui fit tout drôle de savoir que p'a et m'an At-Skin avaient été d'aussi piètres concepteurs.

« Abyns, je bénis le jour où vous m'avez condamné à l'exil, répondit San Francisco d'une voix forte. Grâce à vous, j'ai pu visiter le vaste univers, j'ai rencontré d'innombrables gocks, et je me suis aperçu que mes frères des humanités dispersées avaient autant de qualités de tête et de cœur que les élus...

– Ne parle pas au nom des élus ! coupa l'abyn. Tu ne fais plus partie du grand peuple de Phraël. Tu es devenu un gock parmi les gocks, un traître parmi les traîtres, un maudit parmi les maudits !

– Abyns, vous condamnez sans savoir ! Vous, les gardiens vigilants de la Nouvelle Bible de Jer Salem, vous avez suivi le chemin de votre tête et vous avez laissé la friche envahir le sentier de votre cœur. Or les versets de la Nouvelle Bible s'adressent au cœur de l'homme. Ce sont les voies secrètes qui mènent au temple intérieur. Abyns, les soleils brillent-ils pour un seul peuple ? Le Créateur a-t-il promulgué les lois fondamentales de l'univers pour une misérable poignée de ses créatures ? L'air, la terre, l'eau, le feu sont-ils réservés à une élite ?

– Ton discours est celui du serpent du premier Eden ! glapit un abyn. Comme il y a vingt ans, tu tends la pomme de discorde, mais, comme il y a vingt ans, nous refusons de la croquer ! Tu cherches à emplir les têtes et les cœurs de confusion, mais aucun élu ne se laissera emporter par le flot amer de ton langage... Les humanités dispersées ont-elles observé les préceptes de la sainte Bible ? Ont-elles jeûné tous les ans pendant quarante jours ? Ont-elles rendu grâce au

Créateur et à ses dieux ? Seront-elles présentes sur Jer Salem le jour glorieux du passage des xaxas ?... »

San Francisco fit quelques pas dans l'allée centrale, entre les haies de ses gardes du corps qui, dès qu'ils avaient pénétré dans le temple, avaient rengainé leurs épées. Le proscrit laissa errer son regard sur l'océan de têtes qui l'environnait et dont les vagues sombres léchaient les claveaux des hautes voûtes. Bien qu'il y eût une chance sur des milliers de repérer une personne précise au sein de cette multitude, il fut déçu de ne pas entrevoir le visage de Phœnix.

« Il y a de multiples façons de rendre hommage au Père Créateur et aux dieux », reprit San Francisco.

Dans le silence absolu du temple de glace, sa voix douce et triste prenait des intonations tragiques.

« Vous, abyns, avez confisqué le verbe de la Bible pour assouvir votre soif de pouvoir et de domination. Vous avez contraint le peuple élu à se terrer pendant des siècles sous le glacier pour être certains qu'il n'échapperait pas à votre contrôle... Dès lors, comment les humanités dispersées auraient-elles pris connaissance des enseignements sacrés ? Vous avez agi comme un savant qui refuserait de mettre ses découvertes à la disposition des hommes. Ses découvertes, pourtant, ne lui appartiennent pas. Il n'est qu'un instrument dans les mains du Père. Vous êtes également les instruments du Père, mais vous avez refusé de jouer sa céleste partition. Votre interprétation des textes sacrés n'est qu'une mélodie pauvre et sans joie... »

Jek jeta un bref coup d'œil sur les gradins des premiers rangs, sur la rangée des fauteuils princiers et sur les quatre abyns, statufiés devant les globes. Il vit que le langage de San Francisco suscitait de l'intérêt chez les Jersalémines, de l'admiration chez certains princes et de la colère chez les prêtres.

« Il suffit ! cria un abyn. Tu as été condamné à l'exil par le conseil abynien et par tes pairs il y a vingt ans de cela ! Nous aurions dû alors réclamer ta tête ! »

Le prince Vancouver des Canadiens se leva, traversa la nef à grandes enjambées et vint se placer devant San

Francisco. Plus petit que son vis-à-vis, plus massif également, il portait une cape de la même couleur que sa peau, d'un ocre qui tirait sur le brun. Ses pommettes hautes et rondes occultaient ses petits yeux renfoncés, sur lesquels ses paupières lourdes tiraient un rideau hermétique. Des fils argentés couraient dans ses cheveux lisses.

« Ta démarche est aussi vaine qu'affligeante ! gronda le prince Vancouver d'une curieuse petite voix aigrelette. Ta compassion pour les gocks t'égare, San Francisco. A quoi servent les discours égalitaires à quelques jours du passage des xaxas ? Au nom des princes de Jer Salem et de l'Ancien, je te donne le choix suivant : évacuer immédiatement ce lieu sacré et t'en retourner sur les mondes puants d'où tu n'aurais jamais dû revenir, ou bien recevoir, toi, tes gocks et tes hommes, le châtiment réservé à ceux qui ont violé les lois de la sainte Bible ! »

Jek fixait le pommeau ciselé et scintillant de l'épée du prince Vancouver. Il s'attendait à tout moment à ce qu'il extirpe son arme de son fourreau tressé et en abatte la lame sur son cou. Les frissons qui parcouraient son échine n'étaient pas seulement dus au froid persistant qui ensevelissait le temple. Robin de Phart scrutait attentivement le globe de la Jer Salem céleste : certains noms inscrits sur les taches jaunes, vertes et brunes des continents lui rappelaient vaguement quelque chose. Il était persuadé qu'ils avaient un rapport avec un livre antique qu'il avait feuilleté sur l'un des multiples mondes qu'il avait visités, mais il avait beau fouiller dans ses souvenirs, il n'avait pour l'instant pas accès au compartiment de sa mémoire où gisaient ces informations.

San Francisco s'approcha de Vancouver et le dévisagea avec dédain.

« Mon cœur n'en attendait pas moins de toi, prince des Canadiens ! Et ma tête déduit de ton intervention que tu as reçu ma tribu en héritage...

– Pas entièrement ! Le conseil des abyns a décidé, dans sa grande sagesse, de répartir équitablement ton territoire et tes sujets entre le prince Acapulco et moi. Et maintenant, pour quelle solution optes-tu ? Le repli immédiat ou la mort ? »

San Francisco se détourna de lui, s'avança vers les abyns et désigna Jek d'un geste du bras.

« Abyns, la faveur que je viens vous demander n'est pas pour moi mais pour un autre prince, le prince des hyènes d'Ut-Gen. Accédez à ma requête et je repartirai dans l'instant... Je vous supplie d'autoriser cet enfant à entrer dans le ventre d'un xaxas... »

Des murmures indignés se répandirent comme des ondes lumineuses dans les gradins, se transformèrent en clameurs, en vociférations. Un vacarme assourdissant submergea entièrement le temple et le parvis. Jek n'osa pas regarder autour de lui mais il sentit le souffle de la haine sur sa nuque et son visage, et il se fit encore plus petit dans son manteau de fourrure. Robin craignit que les huées des trente mille Jersalémines ne provoquent de subites trépidations et fissures dans les murs et les voûtes de glace.

Les abyns écartèrent les bras pour rétablir le calme.

« Cette adjuration était en trop ! rugit l'un d'eux lorsque le silence, encore approximatif, fut retombé sur la nef. En ces jours de pardon, nous étions disposés à te laisser repartir en vie, San Francisco, mais tu nous fournis toi-même le motif de ta condamnation ! En nous sommant de permettre à un gock d'entrer dans le ventre du xaxas, tu nous ordonnes de violer les saints commandements de la Nouvelle Bible. Vos faux frères humains sont maudits pour l'éternité, dit le verset du Livre premier des Xaxas, et le Globe les a reniés jusqu'à la fin des temps... Voilà la preuve éclatante de ta félonie. Ton but n'est pas d'aider les humanités dispersées mais de souiller la Jer Salem céleste, d'introduire un impur, un serpent, dans le nouvel Eden. »

San Francisco se drapa dans sa cape et se dressa, fier et droit, face à ses accusateurs.

« La Nouvelle Bible ne désigne pas les peuples dispersés lorsqu'elle évoque les faux frères humains, mais tous les individus, quelle que soit leur origine, dont le sentier du cœur est obscurci par les ronces du mépris et de la haine ! Comme vous, abyns ! Et il ne suffit pas d'être un descendant des cent quarante mille Phraélites et d'être né sur Jer Salem pour faire partie des élus ! Le peuple du Père céleste se compose de tous les hommes qui ont entrepris la quête de la vérité... de leur vérité...

– Nous connaissons déjà tes arguments ! l'interrompit le prince Vancouver. Ce sont les mêmes qu'il y a vingt ans. Etre un élu, cela se mérite à la fois par la naissance et l'observation des préceptes de la sainte Bible. Tu as renié tes origines, renié le verbe de Phraël. En réalité, en plaidant la cause de ce petit gock, tu plaides ta propre cause ! Finissons-en, abyns ! Ce débat est clos depuis plus de vingt ans, et nous devons encore nous préparer à accueillir les migrateurs célestes... »

Les deux princes s'affrontèrent du regard avec une telle intensité, une telle violence, que Jek les crut sur le point de s'entretuer.

« Tu commets une erreur, Vancouver, lâcha San Francisco entre ses dents serrées. Une tragique erreur ! Les xaxas sont bien autre chose que de simples véhicules spatiaux : ils sont les révélateurs de l'âme, et tellement noire est la tienne que tu risques de te retrouver en enfer ! »

Le prince des Canadiens éclata d'un rire étranglé qui vrilla les tympans de Jek.

« Et toi, tu finiras dans le trou du cul d'un oursigre sauvage ! »

Robin de Phart n'avait pas retenu grand-chose de leur conversation. Il avait cru comprendre qu'ils achoppaient sur un point d'interprétation des textes de la Bible. S'il ne leur avait pas accordé son attention, c'était d'une part parce que ce genre de conflit était monnaie courante sur les mondes colonisés par les hommes (sur quelque planète que ce fût, chacun tentait de s'approprier les écritures sacrées et était prêt à torturer, à tuer pour imposer sa vision des choses...) et d'autre part parce que l'exploration des arcanes profonds de sa mémoire mobilisait l'essentiel de son énergie. Il avait à présent fait le rapprochement entre les noms inscrits sur le globe et les patronymes des compagnons de San Francisco. Il avait repéré les mots Changaï et Moscou sur un grand continent appelé Europasie, l'un situé à l'orient et l'autre au nord-ouest, mais, bien que persuadé de posséder la clé de l'énigme dans un recoin de son esprit, la genèse de ces noms lui échappait sans cesse, et ces constantes dérobades commençaient à l'exaspérer. Il maudissait la vieillesse et l'altération des fonctions intellectuelles qu'elle induisait.

Marti, lui, n'avait qu'une envie : déguerpir au plus vite de Jer Salem. Il devinait qu'il n'y avait rien à attendre de bon de la confrontation entre San Francisco et les abyns. L'autre, le démon, ne se manifestait pas pour l'instant, mais le jeune Kervaleur n'était déjà plus tout à fait lui-même. L'enveloppe de son corps se vidait lentement de son individualité, de son essence.

La bouche déformée par un rictus, le prince Vancouver retourna s'asseoir sur son fauteuil et se pencha sur son voisin pour lui glisser quelques mots à l'oreille. Les quatre abyns se concertèrent et leurs chuchotements égratignèrent l'irrespirable silence. Les membres de la tribu des Américains, disséminés dans la foule, n'avaient plus le désir ni la volonté d'accorder leur soutien à leur prince banni, à ce protecteur déclaré des gocks, à ce traître, à ce faux frère, à cet être aussi abject que les engeances des semences infectées et des ventres putrides.

« Tu as franchi le seuil où tes prérogatives de prince ne te protègent plus, déclara un abyn. Dans la journée de demain, tu seras dévêtu et jeté en pâture aux oursigres sauvages du cirque des Pleurs. T'accompagneront les trois gocks et tous les volontaires qui exprimeront le désir de partager ton sort... »

Un voile blême glissa sur le visage de San Francisco, dont les traits demeurèrent impassibles.

« Que les princes de Jer Salem qui n'approuvent pas cette sentence se lèvent et fassent entendre leur voix... »

Quelques princes baissèrent la tête et s'abîmèrent

dans la contemplation du sol de glace pavé de morceaux de fer, mais aucun d'eux ne bougea de son fauteuil.

« Quant à vous, hommes qui avez quitté vos tribus pour servir le prince maudit, vous pouvez dès maintenant recevoir le pardon de vos pères et de vos dieux. Vos têtes et vos cœurs doivent prendre une décision sur l'instant : ou rester en compagnie de San Francisco et des gocks, ou remettre immédiatement vos épées à vos princes et vous écarter des condamnés... »

Du regard, San Francisco encouragea ses hommes à se rendre à la sommation des abyns. Certains le servaient depuis vingt ans. Ils avaient volé un vaisseau du Globe, s'étaient exilés sur Franzia pour l'accueillir selon les honneurs dus à son rang lors des courtes escales du *Papiduc*. En retour, il leur avait donné l'intégralité de sa solde afin de les aider à subvenir à leurs besoins. Ils lui vouaient une affection sincère, profonde, car c'était un seigneur, un prince généreux et juste qui, contrairement à leurs souverains légitimes, ne les avait jamais déçus. Ils étaient prêts à donner leur vie pour lui, mais son regard attristé les implorait de ne pas répandre le sang dans le temple de Salmon, de le lâcher, de le trahir. C'était un ordre muet, impératif, douloureux, qu'il leur fallait exécuter comme n'importe quel ordre. La mort dans l'âme, les larmes aux yeux, ils déposèrent un à un leur épée au pied des abyns et désertèrent lentement l'allée centrale.

« Que ceux d'entre vous, membres du peuple élu, qui souhaitent partager le sort de San Francisco et des trois gocks, se joignent à eux maintenant ou jamais ! reprit l'abyn d'une voix puissante.

– Moi ! »

San Francisco reconnut cette voix, même si elle était devenue plus grave avec le temps, et son cœur bondit dans sa poitrine. Il aperçut une silhouette familière qui se frayait un difficile passage le long d'une travée supérieure. Elle dévala l'étroit escalier d'accès aux gradins, déboucha sur l'allée centrale, courut vers lui et se jeta dans ses bras.

« Phœnix ! »

Il l'étreignit un long moment, se rassasia de son odeur, de sa tiédeur, de son souffle. Puis il la saisit par les épaules, la repoussa et la maintint au bout de ses bras tendus. L'adolescente encore noyée dans les rondeurs de l'enfance s'était métamorphosée en une femme splendide. Son visage s'était légèrement creusé, son cou allongé, ses yeux agrandis, ses lèvres étirées. Par l'échancrure lâche de son manteau d'oursigre, il entrevoyait les mouvements amples de son orgueilleuse poitrine qui, lorsqu'il l'avait quittée, n'en était qu'au stade des promesses. Ses cheveux noirs, lisses et brillants lui descendaient jusqu'à la taille. Ainsi qu'elle lui en avait fait le serment, elle ne les avait jamais coupés.

« Tu ne dois pas rester avec moi, Phœnix, souffla San Francisco. Ou tu ne gagneras jamais la Jer Salem de lumière...

– Je m'en moque ! dit Phœnix. L'Eden n'aurait aucun intérêt sans toi. Je veux brûler en toi les dernières heures qu'il me reste à vivre...

– Tu m'oublieras...

– Mon cœur t'a attendu pendant vingt ans. Il n'attendra pas davantage.

– Pense à tes parents.

– J'ai trente-six ans, prince. Il est grand temps que je sorte de leur tête et de leur cœur. Inutile de chercher à me convaincre. Ma décision est irrévocable. Pendant ces quelques heures, je te couvrirai d'un amour si fort qu'il fera fondre la glace et traversera le pays de la mort... »

San Francisco sourit à la jeune femme et l'attira à lui. Leurs lèvres et leurs mains s'épousèrent. Jek repensa à ses parents provisoires qui s'étaient embrassés avec une incroyable voracité dans le tube souterrain d'Anjor. Les baisers avaient ce curieux pouvoir d'isoler les couples de leur environnement, même le plus hostile. L'énoncé de la sentence avait d'abord pétrifié d'effroi le petit Anjorien, mais la chaleur qui se dégageait de l'amour de Phœnix pour San Francisco, si elle n'avait pas encore liquéfié la glace, avait dissipé sa peur comme par enchantement.

« Que les gardes enferment les condamnés dans une salle du cachot du Thorial ! ordonna un abyn.

– Je n'ai rien à voir avec tout ça ! hurla tout à coup Marti. Je ne voulais pas venir sur Jer Salem !

– N'avez-vous donc aucune dignité, Marti ? » le réprimanda Robin de Phart.

Ce n'était pas le jeune Kervaleur qui avait parlé, mais l'autre, le démon, qui prenait conscience que son véhicule corporel était en danger de mort.

« Taisez-vous, gocks, ou je vous fais exécuter sur-le-champ ! gronda l'abyn. Le son de votre voix est une offense au Créateur ! »

L'autre changea aussitôt d'aiguillage. Il lui faudrait mettre à profit ces quelques heures de sursis pour réfléchir à un moyen de changer le cours des choses.

Escortés par les gardes princiers, les condamnés sortirent du temple de Salmon sous les lazzis de la foule. Au moment où ils franchissaient le seuil du portail monumental, Robin de Phart se remémora enfin la page brune et sale de l'antique livre qu'il avait ouvert par hasard dans la bibliothèque d'un village de la planète N-le Mars : c'était une mappemonde aux couleurs passées et aux noms à demi effacés.

CHAPITRE XVI

Ainsi est le blouf, le mal qui mange. Insatiable est son appétit, incommensurable est sa force, implacable est sa volonté. Il n'est ni divin ni diabolique, ni créateur ni créature, ni humain ni inhumain, il n'est rien d'autre que celui qui est l'envers, qui est le noir où est le blanc, qui est l'obscurité où est la lumière, qui est la mort où est la vie, qui est le vide où est la matière. Il dévore l'être qui renonce à son principe unique, qui renie son essence, il en fait un non-reflet de lui-même...

Ainsi est le blouf, tapi dans les ténèbres de nos insuffisances, guettant nos faux pas, insufflant le rien dans nos têtes et dans nos cœurs. Il lui suffit de n'être pas pour que l'être soit en danger. Il s'infiltre dans les haines et dans les peurs, il se rue dans les moindres failles, il est le prédateur vigilant et inlassable des non-désirs, du non-amour, de la non-chaleur...

Ainsi est le blouf, enfoui dans les pensées et les paroles, dissimulé dans la bouche des faux prophètes et des prêtres à l'âme noire, caché dans les rêves des tyrans. Il infiltre la mort pour semer le néant, il se glisse dans l'épée du soldat, dans les mains de l'étrangleur, dans le sexe tranchant du violeur, dans le ventre de la mère qui tue son enfant, dans la folie de l'homme qui violente la femme, dans l'orgueil du père qui déshérite son fils...

Ainsi est le blouf, qui obscurcit le chemin du temple intérieur, qui coupe l'humain de ses racines, qui efface sa mémoire, qui tarit sa source, qui dérobe ses pouvoirs, qui éteint sa lumière. Où que l'homme aille, il le suit, il l'entoure, il l'étouffe, il l'assiège... Que l'homme devienne un soleil, un être-source, et il battra en retraite, vaincu par la lumière...

Ainsi est le blouf...

Yelle M'At-Skin

« Yelle ! »

Le crépitement de la pluie absorba le cri de Tixu.

Yelle avait disparu depuis trois jours. Lorsqu'ils étaient redescendus de la montagne, Aphykit et Tixu ne l'avaient pas retrouvée devant le buisson du fou, où elle avait coutume de s'asseoir pendant qu'ils s'abîmaient dans le silence, qu'ils cherchaient inlassablement des pistes qui les ramèneraient à Shari.

Elle était pourtant habituée à la solitude, se débrouillait pour manger, se laver, se déshabiller et se coucher lorsqu'ils arrivaient en retard. Le reste du temps, elle restait obstinément assise ou agenouillée à côté du massif épineux aux fleurs lumineuses.

« Yelle ! »

La pluie violente qui tombait sans discontinuer depuis trois jours ne facilitait guère les recherches. Un épais manteau de nuages noirs, poussés par un vent rageur, recouvrait le ciel et les pics enneigés. Des rigoles tumultueuses dévalaient les pentes abruptes des contreforts rocheux. Les branches des arbres et les lanières souples des buissons leur cinglaient le visage, le cou et les mains. Trempés de la tête aux pieds, couverts de boue, ils battaient inlassablement le massif des Hymlyas.

Aphykit se reprochait amèrement d'avoir négligé sa fille. Yelle s'était renfrognée ces derniers temps. Elle ne s'exprimait que rarement avec les mots, mais ses émotions, ses sentiments se devinaient sur son visage et dans ses yeux, et sa mère avait remarqué qu'elle traversait une phase difficile. S'était-elle enfuie pour dire à ses parents qu'ils ne prenaient pas suffisamment garde à elle ? Elle n'était encore qu'une enfant de sept ans, un être qui, en dépit de son apparente maturité, requérait leur présence, leur chaleur, leur tendresse, leur attention. Elle ouvrait la bouche surtout pour évoquer le blouf, le mal qui mange.

« Le blouf gagne du terrain... Des millions d'étoiles ont disparu cette nuit... L'univers se rétrécit... Le blouf essaie de nous manger... »

Elle en parlait comme d'une entité palpable, de la même manière que les enfants parlent des monstres, des sorcières, des fées ou des lutins qui hantent leur monde. Il lui arrivait parfois de se relever la nuit, d'entrer discrètement dans la chambre de ses parents et de se glisser dans leur lit comme si un rêve effrayant l'avait brutalement tirée du sommeil. Ce n'étaient pas ses mouvements furtifs, discrets, qui les réveillaient, mais le froid glacial de sa peau.

« J'ai peur... Il y a de moins en moins de lumière... », murmurait-elle d'une voix ensommeillée et tremblante.

Sa disparition soudaine leur faisait prendre conscience de la place qu'elle occupait dans leur vie, du vide énorme que générait son absence. Parce qu'elle ne réclamait jamais leur affection, ils avaient jugé qu'elle allait bien, qu'elle n'avait pas besoin d'eux.

« Yelle ! »

Ils se rendaient maintenant compte qu'ils avaient commis une erreur. Ils avaient été tellement absorbés par leur quête qu'ils s'étaient empressés d'interpréter ses silences comme un signe d'autonomie, comme un consentement muet.

Trois jours et trois nuits qu'ils ne dormaient pas, qu'ils fendaient l'épais rideau de pluie, qu'ils affrontaient une montagne subitement hostile, sournoise, dangereuse, qu'ils pataugeaient dans la boue, qu'ils écartaient les branches des buissons et des arbustes, qu'ils exploraient les grottes, les failles, les surplombs, les rochers, les forêts, les taillis... Tourmentés par les remords, inquiets, ils n'avaient pas remis les pieds dans leur maison. Conscients que leurs investigations n'avaient que très peu de chances d'aboutir, ils s'acharnaient autant pour se donner l'impression d'agir que pour éviter de se morfondre au village, dont la plupart des habitations, qui avaient souffert de la rudesse de l'hiver, tombaient maintenant en ruine.

« Yelle ! »

Depuis le départ des derniers pèlerins, la situation n'avait pas évolué. Shari ne s'était toujours pas manifesté, comme s'il s'était définitivement perdu dans les couloirs du silence, et l'antra n'avait pas ouvert de nouvelle voie. Tout paraissait suspendu, figé, bouché. Selon les propres mots de Yelle, l'univers se refermait sur lui-même, comme aspiré par le blouf.

Le blouf...

Le blouf était peut-être responsable de la disparition de leur fille.

« Yelle ! »

Le blouf, le mal qui mange, l'avait peut-être dévorée. Elle seule le connaissait, elle seule le percevait, et il avait peut-être décidé de l'éliminer. Le cœur d'Aphykit se serra et des larmes jaillirent de ses yeux, se mêlèrent aux gouttes de pluie qui lui giflaient le front et les joues. Pourquoi n'avaient-ils pas pris au sérieux les déclarations de Yelle ? Ils avaient réagi comme tous ces parents qui prêtent une oreille distraite ou condescendante au langage naïf et imagé de leur enfant, comme tous ces adultes qui ne croient qu'en leur propre importance. Le blouf n'était pas seulement une expression puérile, un monstre enfanté par l'esprit de Yelle, mais une réalité, aussi concrète et terrifiante que l'Hyponéros, une réalité qu'elle avait tenté de leur expliquer en se faufilant dans leur lit et en frottant sur leurs jambes le froid de sa peur et de sa peau.

« Yelle ! »

Comme sa peur et sa peau leur manquaient à présent ! Pourquoi n'avaient-ils pas fait tout ce qui était en leur pouvoir pour préserver la bulle de tendresse dans laquelle elle se mouvait ? Pourquoi ne lui avaient-ils pas murmuré à chaque seconde qu'ils l'aimaient, qu'elle était la chair de leur chair, les yeux de leurs yeux, la vie de leur vie ? Pourquoi n'avaient-ils pas partagé ses repas, ses jeux, ses joies, ses peines ?

Muni d'un bâton, Tixu fouillait les buissons, débusquait de temps à autre des animaux apeurés, poules sauvages, serpents, mangoustes, tatous... Parfois, les mouvements convulsifs des feuilles et des branches soulevaient un fol espoir de voir apparaître la chevelure dorée et le visage mutin de la fillette, mais une gazelle des monts détalait devant eux, martelait le sol détrempé, s'évanouissait dans la pluie, et l'inquiétude revenait, chaque fois plus virulente, plus oppressante.

Ils débouchèrent sur un immense plateau, fermé d'un côté par une haute muraille, bordé de l'autre par un gigantesque cirque hérissé de pointes effilées. Le jour, lassé par la tourmente, déclinait rapidement. Des cascades surgies de nulle part se fracassaient sur le sol, où elles éclataient en myriades de ruisseaux qui serpentaient vers les bords de l'abîme ou gonflaient les mares stagnant sur les méplats. Le vent se fit de plus en plus irascible, et de puissants tourbillons balayèrent le plateau sur toute sa largeur.

Tixu agrippa la branche basse d'un sapin nain.

« Il faut nous mettre à l'abri ! »

Il avait été obligé de hurler pour couvrir les mugissements du vent et le crépitement de la pluie. Sa barbe se hérissait et ses cheveux, bien que détrempés, ondulaient comme des serpents ivres de fureur.

« Pas question ! » cria Aphykit, accroupie au pied d'un gros rocher.

La flamme dorée de sa chevelure dansait autour de sa tête. Sa veste de laine, imbibée, pesait des tonnes, l'eau s'insinuait sous sa tunique et son pantalon, furetait dans son dos, s'infiltrait entre ses seins, sur son ventre, entre ses cuisses.

« Nous devons continuer ! continuer !

– Au moins le temps que la tempête se calme ! »

La mort dans l'âme, frigorifiée, démoralisée, épuisée, Aphykit acquiesça d'un bref mouvement de tête. Tixu avait raison : ce n'était pas de s'exposer inutilement aux éléments hostiles qui ferait revenir Yelle. Cela équivaudrait seulement à s'infliger un châtiment qui ne chasserait ni l'anxiété ni les regrets.

« Attends-moi ici ! »

Tixu s'avança prudemment le long de la muraille rocheuse, à la recherche de n'importe quelle excavation, même peu profonde, qui les isolerait provisoirement de la tourmente. Les bourrasques le projetaient sur la roche, et il devait s'arc-bouter sur ses jambes, s'accrocher de toutes ses forces aux aspérités pour ne pas être emporté comme une feuille. Une cinquantaine de mètres plus loin, il découvrit une faille, dissimulée derrière un repli de la muraille. Malgré son étroitesse, il parvint à s'y glisser et se retrouva dans une veine dont les parois et la voûte allaient en s'élargissant. La lumière déclinante ne pénétrait que parcimonieusement à l'intérieur de l'abri, mais suffisamment pour qu'il puisse distinguer une paillasse rudimentaire, des couvertures pliées, une table basse et quelques ustensiles de cuisine. Elle n'avait visiblement pas été habitée depuis longtemps, mais il n'y régnait pas l'odeur de renfermé ou de moisissure caractéristique des demeures laissées à l'abandon. Elle semblait seulement être hors du temps, en veilleuse, en attente, un peu comme ces princesses endormies des légendes orangiennes.

Tixu retourna chercher Aphykit, qui s'écorcha la joue sur une arête saillante. Des coups de tonnerre ébranlèrent la montagne, des éclairs bleutés, nerfs à vif d'un ciel courroucé, jetèrent leurs lueurs livides sur le plateau.

Tixu dénicha, sous la table basse de la grotte, un antique autolume, une sphère transparente à énergie magnétique qui servait à la fois d'éclairage et de chauffage. Il en pressa le bouton d'allumage, et les filaments intérieurs et torsadés du petit appareil chatoyèrent, s'emplirent peu à peu d'un éclat jaune orangé. La lumière ambrée qui se diffusa de la petite bulle se transforma peu à peu en une douce chaleur. Ils se déshabillèrent entièrement, étalèrent leurs vêtements sur la table basse ou directement sur le sol, et déplièrent des couvertures dans lesquelles ils s'enroulèrent.

Les rayons diffus et vacillants de l'autolume sculptaient le visage creusé et anxieux d'Aphykit, assise sur la paillasse. Tixu se rapprocha d'elle, l'attira contre lui et lécha le sang qui avait coulé de la plaie superficielle de sa joue.

« Yelle... gémit-elle en laissant couler des larmes.

– Nous la retrouverons... », affirma Tixu.

En cette grotte coulait un puissant fleuve de paix qui emportait son angoisse et son chagrin comme des alluvions de l'âme. Il se sentait serein, relié à lui-même, rétabli dans son être. Il avait éprouvé le même genre de quiétude dans la forêt profonde de Deux-Saisons, dans la maison de Stanislav Nolustrist, le berger de Marquinat, ou sur l'île des monagres de Selp Dik, dans tous ces endroits baignés de mystère et de magie où l'avaient porté ses pas.

« Où est-elle ? Que fait-elle ? Pourquoi s'est-elle enfuie ? soupira Aphykit.

– Peut-être est-elle partie rejoindre Shari...

– Peut-être aussi que... qu'elle a été mangée par le blouf... »

Elle éclata en sanglots, et ses larmes tracèrent des sillons tièdes sur le torse de Tixu. Il lui caressa tendrement le front et les joues.

« Le blouf n'est qu'une expression... un symbole. On ne peut pas être mangé par les symboles...

– Je ne sais pas... Je ne sais plus. Elle en parle comme d'un être vivant, comme d'un monstre féroce.

– Nous ne comprenons pas toujours ce qu'elle veut dire...

– Parce que nous ne prenons pas le temps de l'écouter, de nous intéresser à elle. Nous passons à côté de notre fille, Tixu. A côté de l'essentiel.

– Dieu sait si je l'aime, mais j'ai parfois l'impression qu'elle vient d'un autre univers. Elle parle un autre langage, elle voit et entend des choses que nous ne voyons et n'entendons pas...

– C'est aussi une petite fille qui est sortie de mon ventre... Une enfant qui chaque jour voit mourir des millions d'étoiles a encore plus besoin d'être rassurée qu'un enfant ordinaire... »

Le fracas du tonnerre faisait trembler la roche et les éclairs se faufilaient de temps à autre dans la grotte comme des voleurs blêmes et furtifs.

Aphykit et Tixu observèrent un long moment de silence. Puis ils ressentirent simultanément l'envie pressante de se toucher, de se caresser, de s'embrasser. Une irrésistible impulsion les poussait l'un vers l'autre, une supplique venue du fond de l'âme, une sommation de leurs corps.

Ils firent l'amour sur les couvertures étalées, avec une lenteur suave et désespérée. Ils pressentaient que c'était la dernière fois qu'ils s'épousaient, qu'ils s'exploraient. Leur peau, leur sueur, leurs lèvres, leurs mains leur racontaient déjà la douleur de la séparation, la malédiction de l'absence. Aphykit s'ouvrit à lui comme elle ne s'était jamais ouverte, comme si elle voulait l'absorber tout entier et le retenir dans son ventre. Tixu s'immergea corps et âme dans les yeux bleu, vert et or d'Aphykit, butina sa bouche jusqu'à l'ivresse, lui mordit les lèvres jusqu'au sang, escalada les collines de ses seins jusqu'au vertige, fendit sa chair tendre et moite jusqu'à ce qu'elle le supplie de mourir en elle.

Terrassée par la fatigue et la détresse qui, après l'éblouissement des sens, étaient revenues la visiter, enroulée dans une couverture, Aphykit s'était endormie sur la paillasse. Assis à ses côtés, Tixu la contempla pendant plus de deux heures : elle était d'une beauté surnaturelle, dans l'abandon du sommeil. Dehors, la tempête faisait rage. Les coups de cymbales du tonnerre, le crépitement sourd de la pluie et les hurlements du vent composaient une symphonie majestueuse, grandiose. Les feux agonisants de l'autolume, dont la réserve d'énergie était pratiquement épuisée, capitulaient devant les ténèbres.

Tixu enveloppa Aphykit d'un regard lourd de regrets, et un goût amer de désespoir lui envahit la gorge.

Aurait-il un jour la possibilité de la remercier de tout le bonheur qu'elle lui avait donné ? Leurs seize années de vie commune avaient été un enchantement de tous les instants, une suspension du temps, une parenthèse de vie dans un univers en extinction. Il résista tant bien que mal à la tentation de la réveiller, de la presser sur sa poitrine, de la couvrir de mots tendres et de baisers.

Il ferma les yeux et invoqua l'antra. La vibration du son de vie le remorqua jusqu'à la citadelle du silence, jusqu'à la nef intérieure d'où partaient toutes les routes, passées, présentes, futures. Contrairement à ce qui s'était produit ces sept dernières années, où aucune route particulière ne l'avait attiré et où il avait dû en parcourir des milliers pour s'apercevoir qu'elles ne menaient nulle part, une bouche obscure le héla. Il la franchit et s'engagea sur un étroit sentier tortueux, bordé de failles insondables. Un froid intense, intolérable, le transperça, le déchira, mais, malgré l'indicible souffrance qui se diffusait dans chacune des parcelles de son être, il refusa de rebrousser chemin.

A l'extrémité du sentier se dressait une créature gigantesque, monstrueuse, constituée pour moitié de vide et pour moitié de matière. Elle possédait une carapace extérieure, sombre et apparemment velue, douze longs tentacules disposés en étoile, de nombreux orifices d'un noir tellement intense, tellement dense, qu'ils en apparaissaient presque brillants. Le reste de son grand corps se diluait – ou se constituait – dans le vide, comme si elle ne se décidait pas tout à fait à basculer dans le monde des ondes et des formes. Le cœur de Tixu se glaça, mais il prit conscience que l'heure avait sonné de l'affronter, de franchir le seuil du monde terrifiant dont elle était la gardienne. Il comprit que Yelle, sa chère petite Yelle, l'avait préparé de tout temps à cette rencontre. Avec son langage d'enfant, elle lui avait désigné l'adversaire ultime, le monstre à l'haleine glaciale tapi de l'autre côté de la porte. Elle avait disparu pour contraindre son père à se réfugier dans le cœur des Hymlyas, à entrer dans cette grotte où avait jadis vécu le fou des montagnes, à renouer avec son destin... Le temps était venu d'aller défier le blouf sur son propre terrain, de porter le fer de l'humanité et de la création dans l'Hyponéros, de transpercer le cœur de Brouhaer, le nom que Stanislav Nolustrist, le berger de Marquinat, avait donné au démon du néant.

Les paroles de Kacho Marum, l'ima sadumba de Deux-Saisons, s'élevèrent dans la nef de son silence intérieur. « Si tu n'accomplis pas ton destin, aucun être à deux jambes ne méritera bientôt de garder le cadeau de la vie... » Si Tixu Oty l'Orangien était devenu Sri Lumpa, le seigneur Lézard, ce n'était pas pour le vain plaisir de porter un titre flatteur, mais parce qu'il avait été choisi pour occuper la pointe de l'armée des hommes contre l'ennemi le plus implacable, le plus terrifiant que l'humanité ait jamais eu à combattre. Il s'était hâté de déléguer cette responsabilité à Shari pour jouir sans entrave de l'amour d'Aphykit, et ce renoncement avait probablement placé son fils adoptif en situation d'échec, de la même manière qu'il avait entraîné la désertion des pèlerins.

Chère petite Yelle, chair de ma chair, yeux de mes yeux, vie de ma vie, tu peux dormir tranquille à présent, pour toi j'affronterai le blouf, le mal qui mange, pour toi je ressusciterai ces millions d'étoiles disparues, pour toi je disperserai mon humanité aux vents du néant... Chère petite Yelle, t'ai-je déjà raconté le Tixu d'autrefois ? T'ai-je déjà parlé de ce petit employé de la Compagnie intergalactique de longs transferts, un homme noyé dans l'humidité de Deux-Saisons, dans l'alcool et dans ses peurs, un homme déjà grignoté par le blouf... Un pauvre mortel qui ne t'avait pas encore engendrée, pas encore rencontrée... Chère petite Yelle, t'ai-je déjà dit que tu étais ma réalisation la plus accomplie, ma fierté, mon chef-d'œuvre ?

« Tixu ? »

Il ouvrit les yeux. La lumière du jour entrait à flots dans la grotte, saupoudrait d'or clair les parois et le sol rugueux, la table basse, les ustensiles de cuisine, les couvertures. Aphykit, dressée sur un coude, le dévisageait avec ardeur. Des cernes profonds soulignaient ses merveilleux yeux pers.

« Tu as prononcé le mot "blouf", et tu as à la fois ri et pleuré... »

Il s'aperçut qu'il avait encore envie de rire et de pleurer. Rire parce que la voir émerger du sommeil le mettait en joie, pleurer parce qu'il était sur le point de la quitter, elle qui était son soleil, sa chaleur, sa lumière, elle dont la beauté, la douceur et la grâce étaient d'incomparables présents des dieux.

« Yelle ! » cria-t-elle comme si elle se remémorait brusquement la disparition de sa fille.

Elle repoussa sa couverture et se leva précipitamment.

« Inutile de nous affoler, murmura Tixu, qui laissa errer un regard admiratif, ému, douloureux, sur le corps de sa femme. Elle nous attend au village, près du buisson du fou, comme d'habitude... »

Aphykit sut intuitivement qu'il disait la vérité. Rassérénée mais impatiente de serrer sa fille dans ses bras, elle déposa un baiser sur les lèvres de Tixu.

« T'ai-je déjà dit combien je t'aimais ? » fredonna-t-elle en enfilant son pantalon.

Tixu regretta qu'elle se dérobât aussi rapidement à son regard, mais la maîtresse de la nuit s'effaçait devant la mère, et il ne l'en aima que davantage.

Main dans la main, ils reprirent le chemin du village. Le bleu du ciel était pâle, comme délavé par les pluies de ces trois derniers jours. Les grands aïoules planaient entre les pics enneigés. Des bruissements, des craquements, des grognements, des sifflements s'élevaient des arbres encore courbés, des taillis emmêlés, des herbes ployées. Une belle journée de printemps s'annonçait.

Yelle était assise près du buisson aux fleurs lumineuses. Contrairement à ses habitudes, elle se redressa en apercevant, dans la lumière radieuse du matin, les silhouettes de ses parents qui dévalaient la pente d'une colline. Elle traversa la rue principale du village en courant. La tempête avait achevé l'entreprise de démolition entamée par le gel : des habitations construites par les pèlerins, il ne restait rien d'autre que des pans de murs à demi éventrés. Seule avait résisté la maison de Naïa Phykit et de Sri Lumpa, dont Tixu avait eu la bonne idée de consolider la toiture et de calfeutrer les ouvertures avant l'arrivée de l'hiver.

« Yelle ! »

Aphykit se précipita vers sa fille, la souleva de terre et, entre rires et larmes, la pressa sur sa poitrine à l'étouffer.

« Yelle ! Où étais-tu ? J'ai eu tellement peur, tellement peur... »

Par-dessus l'épaule de sa mère, Yelle regardait fixement son père, légèrement en retrait. Les yeux gris-bleu de la fillette paraissaient immenses dans son visage amaigri par les privations. Des traînées de boue, des brindilles, des feuilles maculaient sa chevelure et ses vêtements.

« Est-ce que tu vas partir dans le pays du blouf, papa ? »

Tixu hocha lentement la tête.

« Jamais plus je ne pleurerai, reprit Yelle. J'ai pleuré les larmes de toute ma vie en trois jours et le ciel a pleuré avec moi... Nous avions un gros chagrin de ton départ... Mais c'est ainsi que doivent s'accomplir les choses... Hier soir encore, des millions d'étoiles ont disparu... »

Aphykit reposa sa fille sur l'herbe, s'accroupit face à elle, scruta ses traits hâves et ses grands yeux clairs, purs, aussi profonds et lumineux que les lacs des Hymlyas.

« De quoi parles-tu, Yelle ? »

Ce fut Tixu qui répondit.

« Les humanités ne peuvent plus attendre. Et je pars pour un endroit dont je ne suis pas sûr de revenir. Je défendrai l'humanité auprès du blouf, de l'Hyponéros... Shari viendra m'aider...

– Il ne t'aidera pas, dit Yelle d'une voix tranchante. Il t'aime pour toujours mais il te combattra.

– Pourquoi lutterait-il contre moi ? C'est un humain, comme moi, comme nous... C'est notre fils adoptif, ton grand frère.

– Mais toi, papa, resteras-tu toujours un humain, comme lui, comme nous ? »

Après avoir prononcé ces terribles paroles, Yelle s'approcha de son père et posa délicatement la tête sur son ventre. Ce geste de tendresse, exceptionnel chez elle, bouleversa Aphykit. Davantage que les mots, il lui faisait prendre conscience de la réalité et de l'imminence du départ de Tixu. L'homme qu'elle avait jadis méprisé dans l'agence de Deux-Saisons, l'homme qui n'avait pas hésité à braver le robot-limier de la C.I.L.T. pour se lancer à sa recherche, l'homme qui l'avait tirée des griffes des trafiquants de Point-Rouge, l'homme qui l'avait sauvée des Scaythes d'Hyponéros sur Selp Dik, l'homme qu'elle avait haï, découvert et aimé sur l'île des monagres, l'homme qui avait fait d'elle une maîtresse et une mère comblées, Tixu, son aimé, lui était retiré. Sa peau, ses lèvres et son ventre l'avaient pourtant prévenue dans la grotte, mais l'anxiété, la fatigue et la fulgurance du plaisir s'étaient conjuguées pour éloigner le spectre de la séparation. C'était son âme qu'on lui arrachait. Elle n'avait ni l'envie ni la force de pleurer. Comme Yelle, elle avait vidé son réservoir de larmes durant ces trois jours, et de toute façon, les larmes étaient des gouttes bien dérisoires en regard de l'océan de souffrance dans lequel elle se noyait. Elle ne tenta pourtant pas de le dissuader de partir, parce que, selon l'expression de Yelle, c'était ainsi que les choses devaient s'accomplir. Les pèlerins l'avaient appelée Naïa Phykit, la mère universelle, et elle ne s'estimait pas le droit de priver les humanités de leur dernière chance. La guerre totale qui opposait les hommes au blouf, à l'Hyponéros, balayait les destins individuels comme les feuilles soufflées par les grands vents de l'automne.

« Quand comptes-tu partir ? demanda-t-elle d'une voix blanche.

– Maintenant... »

Elle puisa dans ce qui lui restait d'énergie pour ne pas défaillir. Comme elle regrettait de s'être endormie dans la grotte, de ne pas l'avoir veillé toute la nuit, de s'être rhabillée à la hâte, de ne pas l'avoir sollicité pour une ultime étreinte, de ne pas avoir suspendu le temps !

« Reste un jour... une heure... une minute...

– Papa ne peut pas rester, intervint Yelle. Moins il y aura d'étoiles et plus ce sera difficile de vaincre le blouf... »

Aphykit acquiesça d'un mouvement de tête, puis elle glissa les bras autour de la taille de Tixu, enfouit la tête au creux de son épaule et s'imprégna de sa tiédeur, de son odeur.

« T'ai-je déjà dit que je t'aimais ? fit-elle dans un souffle.

– Dis-le-moi encore...

– Je t'aime. »

Il la repoussa avec une extrême douceur.

« Nous nous retrouverons bientôt... N'oublie pas : je suis tien pour l'éternité. Prends soin de notre petite merveille. »

Il embrassa longuement sa fille.

« Si le blouf te mange, papa, pense à moi et il te recrachera. Il a plus peur de moi que je n'ai peur de lui... »

Il lui sourit, lui ébouriffa les cheveux et prit le chemin de la haute montagne. Elles virent disparaître sa silhouette dans les ors rutilants du soleil. Il ne se retourna pas une seule fois.

« Il va me manquer, soupira Yelle.

– Il me manque déjà, murmura Aphykit.

– Nous aurons bientôt de la visite. De nouveaux pèlerins. Si le blouf ne les a pas mangés avant... »

Elles ne mirent pas longtemps à combler leur réservoir de larmes et elles pleurèrent toutes les deux en début d'après-midi. Incapable de rester en place, Yelle sortit de la maison sans avoir touché au repas. Elle ne se rendit pas près du buisson du fou, mais, munie d'un des bâtons de son père – comme ça, elle avait l'impression de tenir un morceau de lui et d'empêcher le blouf de le manger tout entier –, elle alla se promener dans la montagne. Il faisait tellement bon qu'elle retira ses vêtements et se baigna dans un torrent dont l'eau glacée lui arracha un gloussement. Elle se laissa un moment emporter par le courant, assez violent en raison de la fonte des neiges, puis, jugeant qu'elle s'était déjà trop éloignée de ses vêtements et de son bâton, elle s'accrocha à la branche basse d'un saule et se hissa sur la berge opposée. Elle s'allongea sur un rocher et s'abandonna à la tiédeur émolliente du soleil.

Au moment où elle bougeait la tête, un éclat de lumière lui frappa le coin de l'œil. Elle se redressa, sauta de son rocher et écarta les ramilles basses du buisson d'où provenait le scintillement.

Elle aperçut une petite boîte en fer, d'une longueur de trente centimètres sur une hauteur de quinze. Son enveloppe métallique était noire par endroits, comme si on l'avait laissée tomber dans des braises vives, mais elle ne présentait aucune trace de rouille et d'usure caractéristique des étranges objets préhistoriques que Yelle avait exhumés et amenés à ses parents.

« Ne touche pas à ces choses-là ! avait grondé Tixu. Avant de quitter ce monde, les hommes l'avaient truffé de charges explosives, de mines à résonance magnétique...

– Il y a plus de mille ans, avait argumenté la fillette. Elles ne risquent plus d'exploser, maintenant.

– Les hommes ont consacré beaucoup d'énergie et d'intelligence à inventer des moyens de s'entretuer. Leurs armes sont peut-être capables de détruire des milliers d'années après leur départ... »

Yelle se demanda ce que papa aurait dit de cet objet-ci. Il n'était ni rouillé ni ancien, mais, tapi dans le buisson comme un animal malfaisant, il semblait aussi dangereux qu'une mine préhistorique. Elle tendit les bras pour s'en saisir, mais au dernier moment quelque chose, une intuition, une peur, l'en dissuada. De toute façon, elle ne serait pas parvenue à l'ouvrir : il était hermétiquement fermé par une serrure à code, un minuscule clavier enclavé dans la large poignée et pourvu d'une vingtaine de touches. De même il n'était guère envisageable de le fracturer avec une grosse pierre. Son métal rappelait à Yelle le matériau de la coque du vaisseau antique qu'elle avait découvert non loin d'un grand volcan aux versants et au cratère calcinés.

Plus elle fixait cette boîte et plus s'ancrait en elle la certitude qu'elle n'était pas arrivée dans cet endroit par hasard. Elle semblait avoir été placée là à l'intention de quelqu'un. Mais qui ? Il n'y avait personne d'autre que maman et elle sur ce monde.

Une brise se leva qui couvrit son corps de frissons. Il fallait qu'elle traverse à nouveau le torrent pour récupérer ses vêtements. Le disque rougeoyant du soleil s'abîmait à l'horizon et décochait des flèches écarlates sur la plaine céleste assombrie. Le crépuscule empourprait les reliefs, et elle devait à présent retourner à la maison pour s'occuper de maman, effondrée par le départ de papa. Yelle était habituée à dormir seule, mais pas Aphykit, et c'est probablement au cours de la nuit qu'elle ressentirait tout le poids de l'absence de Tixu.

La fillette se promit de parler de la boîte en fer à sa mère.

Elle eut du mal à pénétrer dans l'eau froide. Le courant la happa et la projeta quelques centaines de mètres plus loin sur un gros rocher à fleur d'eau. Etourdie, suffoquant, égratignée, elle parvint à prendre pied sur la rive, puis fut obligée de parcourir un bon kilomètre pour rejoindre le petit tas de ses vêtements.

La nuit était tombée lorsqu'elle regagna la maison. Aphykit ne l'entendit même pas rentrer. Ce n'est que lorsque sa fille passa la tête dans l'entrebâillement de la porte de la chambre qu'elle prit conscience de sa présence.

« Où étais-tu passée ?

– Tu as encore beaucoup de peine, maman ? »

Aphykit ne répondit pas mais fit signe à Yelle de

venir s'allonger près d'elle. Elles restèrent enlacées pendant plus d'une heure, jusqu'à ce que Yelle, n'y tenant plus, déclare :

« J'ai faim, maman... »

Aphykit leva sur la fillette des yeux rougis par le chagrin. Tixu avait raison : Yelle était leur petite merveille et elle devait prendre soin d'elle.

« Viens. Je vais te préparer le meilleur repas que tu aies jamais mangé... »

Main dans la main, elles se rendirent dans la pièce qui faisait office de cuisine et de salle à manger.

La boîte en fer sortit complètement de la tête de Yelle.

CHAPITRE XVII

Ourate première

Il advint que celui que l'on appelait l'Afrisien fut fort courroucé par les intolérables souffrances que les hommes infligèrent à leur mère la Terre. Pendant quarante jours, il se retira dans un désert, transforma la pierre en métal, puisa le feu dans le sol et fabriqua un grand vaisseau. Pendant quarante ans, il recensa les justes.

Ourate deuxième

Il advint que l'Afrisien rassembla les justes dans le grand vaisseau de fer et décida de les guider à travers l'espace. Ainsi quittèrent-ils leur mère la Terre et ce fut pour eux une grande source de chagrin. Et l'Afrisien leur dit que de nouveaux mondes les attendaient, vierges et purs, beaux et riants. Ils lui en furent reconnaissants et séchèrent leurs larmes.

Ourate troisième

Il advint que le voyage dura plus longtemps que ne l'avait prédit l'Afrisien et que les justes en conçurent de la colère et du dépit. Et de nouveau les envahit la tristesse d'avoir quitté leur mère la Terre. L'Afrisien les exhorta à la patience et leur promit qu'ils recevraient bientôt une nouvelle mère en récompense. Ainsi il apaisa leur courroux et leur redonna l'espoir.

Ourate quatrième

Il advint que les justes se querellèrent au sujet des livres saints qu'ils avaient emportés avec eux et que se formèrent trois clans : les clans de Rom, de Mecq et de Cion. Un temps domina le clan de Rom, un temps domina le clan de Mecq, un temps domina le clan de Cion.

Ourate cinquième

Il advint que l'Afrisien fut pris à partie par le clan dominant de Cion et contraint de porter le titre de prêtre. Et l'Afrisien feignit d'accepter les exigences du clan de Cion pour éviter que les justes ne meurent en trop grand nombre. Mais la folie s'empara des justes de Cion et ils profitèrent du sommeil de l'Afrisien pour se livrer aux pires abominations. Ils égorgèrent les hommes des clans de Rom et de Mecq, ils violèrent les femmes, ils décapitèrent les enfants.

Ourate sixième

Il advint que le clan dominant de Cion éjecta dans le vide les corps des justes de Rom et de Mecq qu'ils avaient assassinés, et que l'Afrisien, s'apercevant de cela, se résolut à le punir de sa méchanceté. Ainsi il endormit les justes de Cion avec un gaz qui provoque le sommeil et les entassa dans une dérive de secours. Il leur fit don d'une image holographique de leur mère la Terre pour qu'ils se souviennent à chaque seconde de leur bassesse...

> Extraits des *Contes et Légendes de notre mère la Terre,* livre-papier daté de 1002 (calendrier de Naflin), trouvé dans une bibliothèque de N-le Athena, capitale de la planète N-le Mars.

A l'intérieur du cachot de glace du Thorial, à l'abri des courants d'air qui provenaient des accès de surface, la température était relativement agréable et constante.

Les gardes princiers avaient enfermé les condamnés dans une vaste cellule, séparée en deux parties par une cloison translucide. L'éclairage se limitait à une seule bulle-lumière fatiguée dont les rayons ne parvenaient pas à débusquer les ténèbres tapies sous les plafonds et dans les angles des murs. Un paravent sommaire isolait – très mal, c'est pourquoi Jek, extrêmement pudique, préférait garder pour lui le contenu de sa vessie et de ses entrailles – un espace qu'un garde avait pompeusement appelé les « toilettes de ces messieurs-dame » et qui n'était en fait qu'un trou aux bords inclinés pratiqué directement dans le plancher de glace.

San Francisco et Phœnix s'étaient retirés dans la pièce du fond. Le petit Anjorien, assis sur l'une des couchettes de bois brut, dépourvues de matelas, percevait leurs soupirs étouffés et se demandait ce qu'ils étaient en train de fabriquer. Sa curiosité était d'autant plus vive que les longs gémissements qui s'exhalaient de la bouche de Phœnix s'apparentaient aux plaintes d'une suppliciée. De temps à autre, il tournait ses regards vers la cloison et apercevait, au travers de la mince épaisseur de glace, les taches brunes et noires de leurs corps et de leurs chevelures emmêlés. Un moment, n'y tenant plus, il s'était levé de sa couchette et s'était dirigé vers l'étroite ouverture qui reliait les deux pièces, mais Robin de Phart lui avait saisi le poignet et lui avait ordonné de ne pas déranger les deux Jersalémines.

« Ils ne se sont pas vus depuis plus de vingt ans, avait chuchoté le vieux Syracusain. Et... euh... une femme et un homme, lorsqu'ils s'aiment et qu'ils se retrouvent après une aussi longue absence, ils ont envie de... eh bien, d'être seuls... Il ne leur reste que très peu de temps pour exprimer leur amour. Ces quelques heures leur appartiennent... »

Bien que Jek n'eût pas compris grand-chose dans le discours confus de Robin, il lui avait obéi, au nom de la sagesse que l'on prête généralement aux anciens. Il y avait une certaine soif de connaissance dans le désir qui poussait Jek à se rendre dans l'autre pièce et à observer un homme en train de faire du mal à une femme au nom de l'amour – il avait déjà surpris ce genre de lamentations en passant devant la porte de la chambre de p'a et m'an At-Skin, mais jamais il n'avait osé entrer, de peur de découvrir sa mère mutilée, ensanglantée –, il y avait également et surtout la peur du monstre caché de Marti, dont les yeux luisants, des yeux immobiles et attentifs de prédateur, ne cessaient de le dévisager.

Jek refusait catégoriquement de se laisser envahir par le sommeil. Il tentait de prolonger l'état de veille en se raccrochant à des pensées, à des souvenirs, secouait de temps en temps ses épaules et ses membres las, s'efforçait de maintenir ouvertes ses paupières de plus en plus lourdes. En revanche, il voyait avec effroi Robin de Phart dodeliner de la tête, et il craignait de se retrouver subitement seul face à Marti.

Alors il décida de faire parler le vieux Syracusain.

« Robin, tout à l'heure, tu as dit à San Frisco que tu avais lu un livre antique... C'est quoi, ce livre ? »

La question tira de sa torpeur Robin, surpris (et flatté) de l'intérêt de Jek pour ses divagations d'érudit.

« Il contenait une mappemonde et un texte qui donne un éclairage insolite sur la Jer Salem céleste et sur les planètes de l'univers connu, mais cela reste une simple théorie, Jek...

– C'est quoi, une théorie ?

– Une hypothèse, un montage intellectuel, quelque chose qu'on ne peut pas vraiment vérifier... J'avais entendu parler d'une bibliothèque extraordinaire sur N-le Mars, l'une des premières planètes colonisées...

– Une quoi ?

– Une bibliothèque, une pièce où sont entreposés d'antiques livres-papier... Je me suis donc rendu à N-le Athena, la capitale du continent N-le Afrisie, où j'ai été reçu par un conservateur. Il m'a expliqué que ses lointains prédécesseurs avaient mis au point une technique de conservation du papier, si bien que la bibliothèque recense des livres vieux de plus de six mille ans... Six mille ans, tu te rends compte, Jek ? De précieux témoignages de l'histoire de l'humanité ! Le conservateur m'a autorisé à passer trois jours à l'intérieur de la salle des livres. Trois jours, un laps de temps dérisoire pour prendre connaissance de milliers et de milliers d'ouvrages, rédigés pour certains dans les langues terriennes mortes, pour d'autres dans des versions primitives du nafle interplanétaire, pour d'autres enfin, dans des dialectes parlés par une poignée de peuplades dispersées... »

La voix de Robin prenait de l'ampleur au fur et à mesure qu'il progressait dans son discours, comme s'il puisait une flamme nouvelle dans chacun des mots qui sortaient de sa bouche. Tout en l'écoutant d'une oreille distraite, Jek jetait de fréquents coups d'œil sur Marti, assis sur une couchette opposée à la sienne et dont l'étrange fixité le faisait ressembler à un robotomate déprogrammé. Les soupirs et les gémissements de Phœnix et San Francisco avaient cédé la place à des chuchotements et des rires étouffés. La jeune femme semblait plutôt heureuse d'avoir été malmenée par le prince des Américains, et cette constatation rassura Jek sur la santé mentale des adultes qui se livraient au jeu de l'amour. M'an At-Skin pouffait probablement de la même manière que Phœnix après que p'a lui avait fait du mal. Etait-ce vraiment du mal ? La différence principale entre les amoureux et les suppliciés, c'était que les suppliciés, eux, n'avaient jamais envie de rire. P'a... m'an... Jek avait l'impression qu'ils n'avaient jamais existé, qu'ils n'étaient que des personnages issus de son inconscient. Il doutait même de la réalité d'une planète nommée Ut-Gen, d'une ville nommée Anjor, d'un ghetto souterrain nommé le Terrarium Nord, d'un vieux quarantain nommé Artrarak...

« Pendant deux jours et demi, j'ai feuilleté des livres en me fiant uniquement à leur titre, du moins à ceux que j'étais en mesure de traduire. La plupart d'entre eux n'offraient aucun intérêt pour l'ethnosociologue que je... que j'étais. Ils racontaient pratiquement tous la même histoire, à quelques variantes près : la légende n-le-martienne du Chevalier des Etoiles et de la princesse Azaphée, la vingt-neuvième fille du roi Kaminos. Et puis, au crépuscule du troisième jour, j'ai été attiré par un gros livre couvert de poussière et que je n'avais pas remarqué jusqu'alors. Le titre en était : *Contes et Légendes de notre mère la Terre*...

– Encore et toujours des légendes ! soupira Jek.

– C'est également ce que je pensais lorsque j'ai vu ce livre : encore et toujours des légendes ! Cependant, peut-être parce que c'était l'ouvrage le plus ancien de la bibliothèque, je l'ai consulté jusqu'au bout. Il avait été imprimé en l'an 1002 de notre ère, alors que les vagues de colons déferlaient encore sur les planètes de l'univers connu. Certains contes se déroulaient sur la Terre des origines et racontaient de manière imagée la terrible Guerre des Pensées qui mit fin à la civilisation de l'*Homo sapiens*...

– C'est quoi, une omosapiense ? »

Robin libéra un rire frais comme une eau de roche.

« L'*Homo sapiens,* en deux mots... Cela signifie l'homme sage, qui d'ailleurs n'était pas aussi sage qu'il se prétendait puisqu'il s'est ingénié à détruire sa planète. Çà et là, je devinais des coïncidences troublantes entre la mappemonde, les ourates – les paragraphes – du texte et certaines thèses historiques. La naïveté de ces légendes me confortait dans l'idée, combattue par beaucoup d'historiens modernes, que les humanités étaient originaires d'un seul monde et qu'à la suite d'une catastrophe – la Guerre des Pensées – elles avaient essaimé dans l'univers à bord d'immenses vaisseaux de fer... »

A cet instant, San Francisco et à Phœnix sortirent de la pièce du fond et vinrent s'asseoir sur une couchette libre. Il avait passé sa cape, et elle son manteau d'oursigre, mais, à en juger par leurs jambes nues et par les bandes de peau cuivrée que dévoilaient les échancrures de leurs vêtements, ils ne portaient rien en dessous. Des cernes profonds soulignaient les yeux de la jeune femme, agrandis par la fièvre, et un ineffable voile de langueur s'était posé sur ses traits délicats. Comme la femme vaincue par les baisers de son compagnon dans le tube souterrain d'Anjor, elle était particulièrement belle dans la défaite. Du coin de l'œil, Jek entrevit les courbes adorables de sa poitrine qu'épousaient des mèches de ses longs cheveux, et il en fut à la fois troublé et définitivement réconcilié avec la nécessité du mal d'amour.

« J'espère que nous ne vous dérangeons pas, dit San Francisco à l'adresse de Robin. Mon cœur n'a pas laissé le temps à ma tête d'en apprendre davantage sur le livre dont vous m'avez parlé tout à l'heure...

– Vous êtes ici chez vous, prince ! s'exclama le vieux Syracusain, intérieurement ravi.

– Ni mon cœur ni ma tête ne reconnaissent comme miens ceux qui ont condamné mes invités, dont un enfant, à mort ! lâcha le Jersalémine d'une voix sourde.

– Votre civilisation est peut-être fondée sur une imposture, reprit Robin après un petit moment de silence. Vos prétendus territoires de la Jer Salem céleste ne sont en réalité que les anciens pays de la Terre d'origine, de Terra Mater. Ainsi, Phœnix et San Francisco sont des noms de villes qui ont existé, si j'en crois la mappemonde détaillée du livre de la bibliothèque de N-le Athena, il y a plus de huit mille ans de cela. L'une se situait à l'ouest d'un pays nommé Etats-Unis d'Amérique, et l'autre au sud-ouest de ce même pays. J'avais fini par oublier le livre de N-le Athena, la mappemonde et la légende s'y référant, mais devant le globe sacré, et bien que la mémoire des vieillards connaisse, hélas ! quelques défaillances, tout m'est peu à peu revenu...

– Vous avez dit que ce livre avait été imprimé en 1002, or, selon le registre des exégètes, nos ancêtres se sont installés sur Jer Salem en l'an 9 de notre ère, dit San Francisco. Il y a donc de fortes probabilités que le cartographe de ce livre se soit inspiré du globe sacré...

– J'ai pris cette éventualité en compte, prince, mais plusieurs arguments m'ont amené à l'éliminer : d'une part, on retrouve certains des mots inscrits sur le globe sacré dans le langage, dans les chants traditionnels et dans la mythologie des peuplades aussi anciennes que le peuple élu et qui n'ont pas eu de contact avec quelque civilisation extérieure que ce soit avant l'an 5000. Ce sont des souches qui ont vécu en totale autarcie pendant plus de cinquante siècles, ce qui revient à dire qu'elles n'ont pu s'inspirer ni de la Bible ni du Globe. Des tribus à peau noire de Platonia invoquent par exemple Africa, l'Afrique, le pays de leurs origines, lequel est l'un des trois continents de la Jer Salem céleste. Pour les Ja-Hokyoïstes des mondes du Levantin, le paradis *post mortem* porte le nom d'empire du Soleil-Levant, l'autre dénomination du Japon, l'île la plus orientale du globe sacré... Et je pourrais citer de nombreux exemples. D'autre part, je crois que l'abyn Elian, l'homme qui guida le peuple de Phraël sur Jer Salem, et Bertelin Naflin, l'homme qui fonda la Confédération de Naflin, ne forment qu'une seule et même personne... »

Phœnix se redressa et fixa Robin de Phart d'un air presque farouche. Jek fut traversé par une envie violente d'aller se glisser dans l'échancrure du manteau de fourrure de la jeune femme et de se pelotonner dans la chaleur de sa poitrine.

« Sur quoi vous basez-vous pour affirmer cela ? demanda-t-elle.

– Sur rien de très concret, je dois l'avouer... Bertelin

Naflin fut celui qui rassembla des milliers de Terriens à l'intérieur d'un vaisseau et qui, le premier, tenta l'aventure spatiale. Il est fort possible que le nom d'Elian et le titre d'abyn lui aient été donnés au cours du voyage par la faction religieuse dominante, celle qui se référait à l'ancienne Bible de Terra Mater et qui se proclamait le peuple élu. Quelques paragraphes des légendes du livre de N-le Mars évoquent cet épisode : *Il advint que l'Afrisien, le pionnier de l'espace, le fondateur des humanités des étoiles, fut pris à partie par le clan dominant de Cion* – autre nom de Phraël, n'y a-t-il pas des filles d'Ession sur Jer Salem ? – *et contraint de porter le titre de prêtre. Il advint que le clan dominant de Cion éjecta dans le vide les hommes qui refusèrent d'adorer leur livre saint* – la Bible de Terra Mater – *et que l'Afrisien se résolut à le punir de sa méchanceté. Ainsi il endormit les justes de Cion avec des gaz qui provoquent le sommeil et les entassa dans une dérive de secours. Il leur fit don d'une image holographique de la Terre pour qu'à chaque seconde de leur existence ils se souviennent de leur bassesse et programma la dérive pour une petite planète couverte de glaces* – Jer Salem. *Puis l'Afrisien poursuivit son voyage vers les mondes du centre où il apporta la magie du verbe des Inddivedas...* J'ai cité de mémoire... L'Afrisien en question, c'est sûrement Bertelin Naflin, le descendant du fondateur de l'Afrisie, et les Inddivedas la science inddique dont Aphykit, la fille de mon ami Sri Alexu, est la dernière dépositaire... Ce raisonnement ne prétend pas à la perfection, mais il a le mérite ou l'excuse de présenter une certaine cohérence. Les Jersalémines des premiers temps ont dressé un globe et des cartes d'après les données de l'image holographique dont parle la légende, une image qui s'est peut-être détériorée pendant le voyage, ce qui expliquerait pourquoi vos ancêtres n'ont pris en compte que quarante pays des plus de cent cinquante d'origine. De tout cela, je conclus que la Jer Salem céleste n'est rien d'autre qu'une reproduction tronquée de Terra Mater, la Terre des origines... Veuillez m'excuser, un besoin pressant... Les fonctions de la vessie des vieillards sont inversement proportionnelles à leur activité cérébrale : elles ont tendance à s'accélérer avec le temps... »

Il se leva et se glissa derrière le paravent de bois.

Pendant qu'il se soulageait, San Francisco et Phœnix, troublés par sa démonstration, demeurèrent silencieux, songeurs. Jek craignit qu'ils ne s'en retournent immédiatement dans leur pièce pour un nouvel affrontement d'amour et ne le laissent seul avec Marti, toujours immobile sur sa couchette, mais la jeune femme relança Robin aussitôt qu'il revint s'installer sur son lit de bois, situé à côté de la porte blindée de la cellule.

« Votre hypothèse ne nous éclaire guère sur le rôle des migrateurs célestes...

– Les xaxas... soupira Robin. Avant de découvrir le Globe, je n'avais pas remis leur existence en cause. Mais à présent, j'avoue que j'ai des doutes. Sont-ils réels ? S'agit-il de simples croyances issues de l'inconscient collectif ?

– Ils sont aussi réels que vous et moi ! affirma la jeune femme. Mes yeux ont vu trois d'entre eux congelés dans la muraille du cirque du Golan. Comme je vous vois. Or vous n'êtes pas un produit de l'inconscient collectif !

– Même en tant que prince gouvernant de la tribu des Américains, je n'ai jamais été informé de la présence de ces trois migrateurs célestes dans la paroi d'un glacier ! s'étonna San Francisco.

– L'Ancien a bien voulu me raconter leur histoire. Ce sont trois chasseurs de la tribu des Espagnols qui, en l'an 6700, les ont découverts à la suite d'un brusque mouvement de la croûte planétaire. Les abyns ont immédiatement mis à mort les trois Espagnols et déclaré le cirque du Golan zone taboue.

– Pour quelle raison ? intervint Robin. Ces xaxas prisonniers des glaces constituaient une preuve formelle des promesses de la Nouvelle Bible...

– Ils risquaient justement de devenir les rivaux des abyns, souligna San Francisco. Le peuple élu se serait rapidement débarrassé du joug abynien et aurait fondé un nouveau culte sur les migrateurs célestes... »

Robin se releva une seconde fois, mais il ne se dirigea pas vers le paravent, il marcha de long en large entre la porte blindée de la cellule, les couchettes de bois et l'ouverture de la cloison. Il n'avait plus du tout envie de dormir.

« C'est comment, un xaxas ? » demanda Jek à Phœnix.

La jeune femme sourit au petit Anjorien, qui dut se retenir pour ne pas aller se jeter dans ses bras. Il aurait tant aimé avoir une mère comme elle, même pour quelques minutes.

« Long, brun, et tellement replié sur lui-même qu'on ne distingue pas grand-chose : une carapace épaisse et brune, des cristaux, une tête en forme d'obus, une queue en éventail, les membranes repliées des ailes...

– Reste maintenant à savoir s'ils sont vraiment équipés pour transporter des humains, murmura Robin. Et si oui, sur quel monde ils les déposeront... Une expérience que j'aurais volontiers tentée, mais les abyns en ont décidé autrement. Je ne serai qu'une victime de plus de l'éternelle opposition entre la religion et l'esprit scientifique, entre le dogme et l'expérience. Pour ce qui me concerne, il n'y a rien de bien tragique dans cette condamnation : l'aile de la mort s'est déjà posée sur moi, et personne ne m'attend. Mais pour vous, pour eux... »

Il désigna Jek et Marti d'un mouvement de menton.

San Francisco repoussa Phœnix, se laissa tomber de la couchette et vint s'agenouiller devant Jek.

« Mon cœur saigne et me supplie de te demander pardon, prince des hyènes, souffla le Jersalémine. Je maudis le fol orgueil qui m'a poussé à vouloir interférer dans ton destin. Sans moi, tu serais resté avec le viduc Papironda, tu aurais sûrement trouvé le moyen de lui échapper et de poursuivre ta route... Je croyais être le serviteur des dieux, je n'ai été que l'instrument de l'esprit du mal...

– Les oursigres des neiges ne nous ont pas encore

mangés, bredouilla Jek, gêné par l'attitude de San Francisco, un homme droit, généreux, qui ne méritait nullement les reproches dont il s'accablait.

– Je ne parle pas des oursigres. Tu peux sûrement les vaincre comme tu as vaincu les hyènes du désert nucléaire d'Ut-Gen... Je parle du froid : ils nous dévêtiront entièrement avant de nous jeter dans le cirque des Pleurs. Phœnix et moi te couvrirons de nos corps, mais ils se transformeront très rapidement en blocs de glace... J'ai assisté à plusieurs exécutions en tant que prince régnant.

– Combien de temps peut-on résister au froid ? demanda Robin.

– Cinq minutes pour les plus vigoureux. J'ai vu des hommes et des femmes courir ou sautiller sur place pour retarder l'échéance, mais tôt ou tard le froid finissait par les agripper, remontait le long de leurs jambes, leur paralysait le bassin, les poumons, le cœur, les bras, le cou, la tête, et ils s'effondraient comme des pierres sur la banquise...

– Et qu'advient-il des corps ?

– Les oursigres s'en chargent. Ils les poussent d'abord avec leurs pattes antérieures jusqu'à leur repaire, les décongèlent en se couchant dessus et les dévorent... »

Une pâleur extrême glissa sur le visage du petit Anjorien, qui se mit à claquer des dents et à grelotter comme si l'évocation du supplice du cirque des Pleurs l'avait d'ores et déjà gelé. Il eut beau se recroqueviller dans son manteau de fourrure, il ne parvint pas à se réchauffer.

« M'accordes-tu ton pardon, prince des hyènes ? » insista San Francisco, levant un regard implorant sur Jek.

Phœnix vint s'asseoir à côté du petit Anjorien. Sans dire un mot, elle ouvrit largement son manteau, lui saisit la nuque puis, d'un geste doux mais ferme, l'amena vers sa poitrine et rabattit les pans de son vêtement sur ses épaules. Il put enfin reprendre vie sur les coussins tendres et brûlants de ses seins.

La respiration sifflante et régulière de Robin de Phart lacérait méthodiquement le silence. San Francisco et Phœnix s'étaient de nouveau retirés dans la pièce du fond. A l'issue d'une nouvelle salve de soupirs, de gémissements, de rires et de chuchotements, ils semblaient s'être endormis. Jek avait eu l'impression d'être brutalement chassé hors du paradis terrestre lorsque Phœnix s'était écartée de lui. Il aurait bien voulu rester plus longtemps, toute la nuit même, dans sa tiédeur, dans sa douceur, dans son ensorcelante odeur corporelle, mais elle avait choisi de partager les dernières heures de la nuit avec San Francisco. Jek n'en avait conçu aucune jalousie – il ne pouvait pas éprouver de la jalousie à l'encontre de quelqu'un comme San Francisco – mais il avait ressenti une immense frustration.

Il flottait entre veille et sommeil, écrasé de solitude et de tristesse. Les yeux grands ouverts et luisants de Marti étaient des taches claires aux contours de plus en plus flous. La vigilance du monstre caché ne se relâchait à aucun moment. Il guettait le premier assoupissement du petit Anjorien pour agir en toute tranquillité, en toute impunité. A quoi bon lutter ? se disait Jek lorsque le sommeil se faisait particulièrement insistant. Mourir de la main du monstre ou du froid du cirque des Pleurs, est-ce que cela faisait une différence ? Son menton retombait alors sur sa poitrine et il se laissait happer par une puissante spirale qui l'emmenait vers le pays où les pensées se transforment en rêves, où plus rien n'a vraiment d'importance. Puis, au moment où il s'apprêtait à couper toutes les cordes le reliant au monde réel, son instinct de survie prenait le relais : un sursaut brutal secouait tout son corps et sa tête se projetait vers l'avant. Il ouvrait précipitamment les paupières, se demandait pendant cinq secondes ce qu'il fabriquait dans cette pièce froide et mal éclairée, rencontrait deux éclats blancs et menaçants dans son champ de vision, se souvenait qu'il était enfermé dans une cellule du cachot du Thorial, plusieurs centaines de mètres sous la surface d'un monde de glaces, que des prêtres à la mine sévère l'avaient condamné, lui et ses compagnons de captivité, à être offerts en pâture à des animaux sauvages, que le monstre caché de Marti avait l'intention d'abréger les quelques heures qu'il lui restait à vivre... Il se rendait compte qu'il n'atteindrait jamais Terra Mater, la Terre des origines, qu'il ne deviendrait jamais un guerrier du silence, un être qui voyageait sur les pensées, qu'il avait trahi la mémoire d'Artrarak, le vieux quarantain du Terrarium Nord... Jek At-Skin l'aventurier avait présumé de ses forces, n'était pas taillé pour affronter l'univers et ses dangers. Et lui revenaient en mémoire les paroles de p'a At-Skin, ce spectre persifleur si riche en proverbes, maximes et dictons de toutes sortes : « *Les enfants croient que tout est possible, les jeunes pensent qu'il leur est possible de tout faire, les adultes font de leur possible, les vieux ont l'impression d'avoir couru après l'impossible toute leur vie...* »

Jek se sentait très vieux. Non seulement il avait couru après l'impossible, mais sa vessie le torturait, comme Robin de Phart. Il n'osait pas se rendre derrière le paravent de peur d'être suivi et étranglé par Marti. Les quatre petits mètres qui le séparaient des « toilettes de ces messieurs-dame » lui apparaissaient comme un trajet interminable et semé d'embûches. Et puis la pression à la fois agaçante et délicieuse de sa vessie gonflée sur son bas-ventre l'empêchait de sombrer définitivement dans le sommeil...

Voilà qu'il n'y tient plus, qu'une brusque impulsion le pousse à se lever, qu'il se dirige vers le paravent. Le regard intense de Marti lui lèche la nuque. Il contourne la petite muraille de bois. Le trou est beaucoup plus large qu'il ne l'avait imaginé. Il se bat avec son pantalon récalcitrant, les premières gouttes s'échappent avant qu'il n'ait eu le temps de déboutonner sa braguette, et son urine tiède se répand sur ses jambes. A cet instant, avant qu'il n'ait eu le temps de sortir son « petit robinet » – ainsi m'an At-Skin avait-elle rebaptisé, depuis qu'elle s'était convertie au kreuzianisme, ce que les petits Utigéniens appelaient entre eux le « garou » ou encore le « petit dur » –, un bras s'enroule comme une lanière autour de son cou et commence à lui comprimer la trachée-artère. Ses bras giflent l'air tandis qu'un flot puissant et continu jaillit de son petit robinet. Il perçoit le souffle de Marti dont l'avant-bras se resserre comme un filin d'acier et lui coupe la respiration. Il manque d'air, il étouffe, il veut pousser un cri, donner l'alerte à San Francisco et Phœnix, mais rien d'autre ne sort de sa gorge qu'un gargouillement pitoyable. Le genou de Marti s'enfonce brutalement dans ses reins et le pousse vers le trou. Les pieds du petit Anjorien dérapent sur les bords incurvés et glissants, perdent contact avec le sol, s'agitent dans le vide. Un voile pourpre lui tombe sur les yeux. Ainsi s'achève la pièce de sa vie. Il n'a pas le temps de saluer comme les chanteurs de l'Utigénire après leur récital, il tombe dans une fosse noire où règne une suffocante odeur d'excréments...

« Jek, mon Dieu ! » hurla Phœnix.

Poussée par une envie pressante, elle avait jeté son manteau sur ses épaules, s'était engouffrée dans l'étroite ouverture et s'était dirigée à grands pas vers le paravent. Elle avait soudain remarqué quelque chose d'anormal, s'était arrêtée et avait rebroussé chemin. Son cri réveilla San Francisco qui glissa instinctivement la main dans la poche intérieure de sa cape, étalée sur lui comme une couverture. Il poussa un juron lorsqu'il se rendit compte qu'elle était vide. Il se souvint alors que les gardes lui avaient retiré sa dague. Il sauta de la couchette sans prendre le temps de s'habiller et se rua entièrement nu dans l'autre pièce.

La jeune femme était penchée sur la couchette de Jek.

« Il est trempé de la tête aux pieds, murmura Phœnix.

– Tu m'as fait peur ! soupira San Francisco. J'ai cru qu'il lui était arrivé quelque chose de grave.

– On ne peut pas le laisser dans cet état. Il risque de mourir d'hypothermie avant même de sortir de la cité...

– Donnez-lui mes vêtements », fit une voix morne.

Marti sortit d'un recoin sombre de la pièce et s'avança vers eux.

« Je ne crains pas le froid », ajouta-t-il en esquissant un sourire.

Bien que dissocié des implants basiques de la cuve, l'autre avait intégré les données historiques fournies par ses compagnons de captivité et s'était livré à un rapide calcul des chances de survie de son véhicule corporel. La femme jersalémine prétendait avoir vu des xaxas congelés et il n'y avait aucune raison objective de mettre son témoignage en doute. Il estimait donc à 98,25 % les probabilités d'existence des migrateurs célestes. En revanche, pour ce qui concernait la date de leur passage et leur aptitude à fournir de l'oxygène et de l'eau à leur parasite humain, deux éléments qui ne reposaient que sur une exégèse d'un livre sacré, le pourcentage tombait instantanément à 14 %. Ensuite, si la Jer Salem de lumière n'était rien d'autre que la reproduction de Terra Mater (la démonstration de Robin de Phart avait été assez convaincante à ce sujet), il y avait une mince mais réelle possibilité que l'un des buts de leur migration ne soit rien d'autre que la Terre des origines, et par conséquent l'objectif final de sa propre mission : probabilités évaluées entre 1,5 % et 1,9 %. Pour résister au froid, il lui suffirait d'implanter un programme d'insensibilité dans le cerveau de Marti (100 %). Enfin, il ne voyait qu'une arme à opposer aux oursigres sauvages du cirque des Pleurs : les pouvoirs d'humain-source de Jek, qui avaient déjà fait leurs preuves face aux hyènes du désert nucléaire d'Ut-Gen. Il avait donc immédiatement opté pour un nouvel aiguillage. Non seulement il devait épargner la vie du petit Anjorien, mais encore faire tout ce qui était en son pouvoir pour l'aider à survivre. Bien sûr, hormis les plus de 90 % de probabilités d'erreur sur la date du passage, le métabolisme et la destination des xaxas, il restait une inconnue : le degré de résistance de Jek au froid. Pas plus de cinq minutes pour les plus vigoureux, avait dit San Francisco, donc entre deux et trois minutes pour un enfant de huit ou neuf ans. Dès lors, il faudrait un concours de circonstances extraordinaire pour que les migrateurs célestes se posent sur le cirque des Pleurs (éloigné de plusieurs dizaines de kilomètres de leur aire supposée d'atterrissage) pendant ces deux à trois minutes-là : 0,012 %... 0,058 % si l'on incluait d'une part la faculté qu'avait un humain-source comme Jek de satelliser les éléments extérieurs comme les soleils capturent leurs planètes, d'autre part la fraction d'inconnu, d'impondérable, qui régissait les hommes (ce qu'ils appelaient de manière courante « intervention divine », miracle ou encore roue du destin). Quoi qu'il en fût, ce 0,012 % était supérieur au 0,004 % que lui proposait l'élimination immédiate du petit Anjorien. Il aurait été irrationnel de sa part de ne pas jouer cette infime chance à fond : au cas (très probable) où ils échoueraient, le froid se chargerait de tuer Jek à sa place. Le troisième conglomérat Harkot choisirait un nouveau véhicule humain, lui implanterait une greffe mentale autonome et le lancerait sur les traces des ennemis ultimes de l'Hyponéros.

Phœnix entreprit de déshabiller Jek. Il se réveilla, surpris de se retrouver ailleurs que dans une fosse excrémentielle. Les visages souriants de Phœnix et de San Francisco étaient penchés sur lui. Il aperçut, au second plan, Marti en train de retirer son épaisse combinaison. Il prit alors conscience qu'il avait fait un cauchemar, puis, lorsqu'il sentit l'humidité poisseuse de ses vêtements, il s'aperçut qu'il s'était oublié dans son pantalon et une vague de honte le submergea.

Les gardes princiers, vêtus de leurs épaisses combinaisons de surface et armés de fusils à propagation lumineuse, vinrent les chercher une heure plus tard, leur entravèrent les chevilles avec de courtes chaînes métalliques, les entraînèrent dans une succession de couloirs et d'escaliers, et les escortèrent jusqu'à la place du Thorial, où s'était assemblée une foule immense malgré l'heure matinale. L'accoutrement du jeune gock, habillé de ses seuls sous-vêtements de coton léger, et de l'enfant, emmailloté dans un manteau de cuir resserré par des bouts de tissu effiloché, souleva une nuée de clameurs et de rires dans les rangs de l'assistance.

Les abyns, parés des toges et des coiffures pourpres du deuil, et quelques princes, dont le prince Vancouver des Canadiens, sortirent d'une porte dérobée du bâtiment des assemblées et s'alignèrent devant les condamnés. Ils marmonnèrent entre leurs dents une incompréhensible suite de sons plus ou moins chantés qui évoquèrent à Jek les prières kreuziennes qu'expédiaient rapidement p'a et m'an At-Skin au début et à la fin des repas. Les corps figés dans les piliers du Thorial les contemplaient d'un air à la fois étonné et horrifié.

« Abyns, je vous en conjure, prenez ma vie mais épargnez celle de ces trois gocks ! dit San Francisco d'une voix forte lorsqu'ils eurent cessé de psalmodier. Ils sont venus sur Jer Salem en toute confiance et ne sont en rien responsables des fautes que vous me reprochez.

– Qui es-tu pour nous donner des ordres ? rétorqua un abyn.

– Ceci n'est pas un ordre mais une prière... *L'Eden n'est qu'enfer sans le pardon,* dit un verset du Livre des Xaxas.

– Le pardon n'est que faiblesse lorsqu'il s'adresse aux gocks, rétorqua le prince Vancouver avec un détestable petit sourire... Emmenez-les ! »

La remontée de l'artère principale d'Elian, qui s'étirait sur cinq kilomètres, prit plus de trois heures. La plupart des Jersalémines s'étaient massés dans ce boyau qui, bien que nettement plus large que les autres rues, paraissait encore trop étroit pour canaliser toute cette multitude. Les gardes princiers avançaient en rangs serrés, se frayaient le passage à coups d'épaules et de crosses de fusils, mais ils ne pouvaient – ni ne voulaient – empêcher les grêles de coups de poing de s'abattre sur San Francisco et sur les gocks, les mains des femmes d'agripper la longue chevelure de Phœnix, leurs ongles de creuser des sillons empourprés sur ses joues et son cou. Les condamnés affrontaient une hydre à mille têtes, à mille bras, à mille bouches, une bête féroce aux yeux étincelants de haine qui déversait sa fureur et sa frustration sur le couple maudit, sur les gocks qui avaient eu l'audace de fouler le sol sacré de Jer Salem et de profaner le temple huit fois millénaire de Salmon.

« Gocks... Gocks... Gocks... Faux frères humains... Impurs... Nés d'une semence infecte et d'un ventre putride... Reniés par le Globe... Prince félon... Putain... Puits souillé... »

Comme l'aigreur et la colère n'auraient pas cours sur la Jer Salem de lumière, où ne régneraient qu'amour, douceur et compassion, les membres du peuple élu exploitaient la dernière occasion qui leur était offerte d'exprimer des ressentiments auxquels ils étaient attachés comme à des vêtements usés, confortables, portés si longtemps qu'ils auraient eu l'impression, en les jetant prématurément, de s'amputer d'une partie d'eux-mêmes. San Francisco et Phœnix s'étaient placés de chaque côté de Jek pour le protéger des atteintes de la foule. Les courtes chaînes, dont les anneaux leur comprimaient douloureusement les chevilles, les contraignaient à progresser à petits pas. La pente de la rue allait s'accentuant et le petit Anjorien s'accrochait à la cape de San Francisco et au manteau de Phœnix pour ne pas déraper sur la glace, lisse à force d'avoir été piétinée.

Ils longèrent l'immense portail métallique et noir du Soukto, l'entrepôt où les filles d'Ession procédaient au partage des vivres et des produits de première nécessité livrés par la tribu chargée du ravitaillement. Bien qu'il fût fermé en cette heure matinale, les courants d'air colportaient des senteurs d'épices, d'herbes aromatiques, de viande séchée, de savons parfumés de Franzia... Si le temple de Salmon et le Thorial étaient le cœur et la tête de la cité d'Elian, le Soukto en était le sein nourricier, le lieu privilégié où les femmes passaient des heures à discuter et rire devant les comptoirs, où les enfants profitaient de ces instants de liberté pour courir et jouer entre les interminables rayonnages. Des images d'un lointain passé défilèrent dans l'esprit de San Francisco. Il se revit, à l'âge de six ans, grimper subrepticement sur les étagères et soulever des couvercles pour découvrir les trésors enfouis dans les caisses : des sachets de nourriture lyophilisée, des légumes congelés, des flacons de parfum, des sous-vêtements de laine, des chaussons d'intérieur, des bulles-lumière, des microsphères atomiques de chauffage, des tubes de graisse protectrice et, merveilles des merveilles, des jouets, mécaniques, électroniques, magnétiques, en attente de distribution lors des grandes fêtes annuelles de la Christ-Native. C'était le temps de l'innocence, le temps où la Jer Salem de lumière n'était encore qu'un rêve, le temps où son père, le prince Seattle, lui racontait la fabuleuse histoire des xaxas et lui inculquait les premières notions de la responsabilité princière, le temps où sa mère, Memphis, lui fredonnait les douces comptines du grand vaisseau de fer pour le rassurer et l'endormir... Le visage ensanglanté de Phœnix et les grands yeux effrayés de Jek étaient les récifs sur lesquels se brisaient ses dernières illusions. Il reconnaissait certains visages dans la mer houleuse qui l'environnait, d'anciens sujets américains, plus vindicatifs et violents que les membres des autres tribus. Il avait cru qu'il pourrait changer le cours des choses, mais au fil de ses quatre-vingts siècles d'histoire, le peuple élu s'était profondément enraciné dans la glace de Jer Salem et dans ses certitudes. La parole des abyns, les versets de la Nouvelle Bible, l'autoproclamation de sa propre supériorité sur les humanités dispersées, la perspective de l'Eden et la distribution régulière de nourriture suffisaient largement à son bonheur. Le discours égalitaire de San Francisco, prince des

Américains, n'avait convaincu qu'une poignée de contestataires, ceux-là mêmes qui s'étaient mis à son service durant son exil.

Phœnix essuya d'un revers de manche les crachats et le sang qui lui ruisselaient sur les joues et, en vain, chercha des yeux ses parents. Malgré la douleur cuisante de ses plaies, malgré le sentiment d'humiliation que lui procurait cette procession publique, elle s'évertuait à ne pas pleurer, elle fixait ses bourreaux dans les yeux, droite et fière, elle refusait de leur jeter sa faiblesse en pâture. Le bonheur bref mais intense de cette nuit valait bien toutes les promesses de l'Eden et constituait son bouclier, son armure.

Saoulés de coups et de cris, ils débouchèrent enfin sur l'aire des glacieurs de chasse, alignés au pied d'un gigantesque tube de montée à ciel ouvert.

« Je ne pensais pas que les oursigres sauvages avaient élu domicile dans la cité d'Elian ! » s'exclama Robin de Phart.

De multiples griffures sillonnaient la face blême et ridée du vieux Syracusain, ornée d'un pâle sourire.

Les deux glacieurs s'immobilisèrent à quelques mètres du bord du cirque des Pleurs, une gigantesque dépression blanche et cernée par de hautes murailles de glace. Le trajet entre la cité d'Elian et le cirque avait duré environ deux heures, et trois des quatre Farfadets s'étaient déjà déployés dans le ciel, d'un bleu clair et uniforme. Jek commençait à souffrir du froid. Il ne sentait pratiquement plus ses pieds, ses mains, ses oreilles. Les dents du vent s'infiltraient par tous les interstices du manteau de cuir mal isolé par les sangles de tissu, lui mordaient cruellement la peau.

« Il doit faire moins vingt-cinq ! avait lancé Robin quelques minutes plus tôt.

– Entre moins trente-cinq et moins quarante », avait corrigé un garde.

Ils s'étaient fréquemment retournés vers Marti, penché sur le bastingage de la poupe du glacieur, qu'ils s'étaient à tout moment attendus à voir s'effondrer sur le pont. Mais le jeune Syracusain, la tête, les pieds et les bras nus, le reste du corps protégé par une mince épaisseur de coton, n'avait paru nullement incommodé par la température polaire et les rafales de bise. Ses traits étaient restés parfaitement détendus, sereins, sa peau avait conservé sa carnation délicate et son aspect lisse, ses lèvres ne s'étaient pas couvertes de cette teinte bleuâtre qui était le lot de ses compagnons, des gardes princiers et des hommes d'équipage.

« Je ne vous connaissais pas cette insensibilité au froid ! avait hurlé Robin, dont la voix s'était envolée dans les courants d'air générés par le déplacement du glacieur.

– Que connaissez-vous de moi ? » avait simplement répondu Marti.

Seules les congères, dont certaines culminaient à plus de trois cents mètres de hauteur, brisaient la monotonie de l'immensité blanche. De temps à autre, ils avaient aperçu dans le lointain les formes mouvantes d'une horde d'oursigres sauvages, le grouillement brillant d'un troupeau de phoques argentés...

Les ancres automatiques des glacieurs, munies de crochets, s'enfoncèrent dans la langue glaciaire. Le crissement du métal sur la glace dure prenait une résonance funèbre dans le silence feutré qui planait sur la banquise. Les bourrasques d'un vent sournois soulevaient des gerbes de neige qui accrochaient des éclats de lumière avant de se disperser et d'aller s'agglutiner sur les versants des congères en formation. Les gardes descendirent par un court escalier taillé directement dans la coque des glacieurs, se disposèrent en cercle autour des appareils et braquèrent leurs fusils à propagation lumineuse sur les condamnés, toujours entravés.

« Descendez ! » ordonna l'un d'eux.

San Francisco sauta le premier sur le sol, puis aida ses compagnons à dévaler sans encombre les marches étroites de l'escalier.

« Alignez-vous devant le cirque des Pleurs !

– Rien ne vous oblige à exécuter les ordres des abyns ! plaida San Francisco avec force. J'en appelle à votre générosité, à votre humanité. Laissez repartir les trois gocks et Phœnix, et faites de moi ce que bon vous semblera !

– Une autre parole de ce genre, protecteur des gocks, et je te troue le cœur d'une onde lumineuse ! Aligne-toi avec les autres ! »

Jek jeta un bref coup d'œil derrière lui. Il y avait une dénivellation de plus de trente mètres entre la surface de la banquise et le fond du cirque des Pleurs. Il ne repéra aucun sentier, aucun passage apparent, aucune bouche de tunnel. Il en déduisit qu'ils seraient poussés – ou contraints à sauter, ce qui revenait au même – dans le vide et qu'ils se briseraient les os en contrebas. Cette sinistre perspective ne l'empêchait pas d'être étonnamment calme, comme étranger à lui-même. Il ne se sentait pas concerné par la pièce qui se jouait sur cette étendue blanche et dont il était pourtant l'un des acteurs principaux. Ressentait-on toujours le même détachement devant sa propre mort ? Il demanda au spectre de p'a At-Skin s'il avait en réserve un dicton approprié à ce genre de circonstances, mais le spectre se contenta de le regarder d'un air à la fois désolé et moqueur. Des lueurs de regrets se promenaient dans les yeux tristes du spectre de m'an. Il prit alors conscience qu'il leur avait fait beaucoup de peine et leur demanda intérieurement pardon.

Un garde sortit un trousseau de clés de sa combinaison, se détacha du cordon de sécurité et vint les désentraver. Le froid (et peut-être la peur que les condamnés, embrasés par une ultime colère, ne le saisissent par le cou et ne le précipitent dans le cirque des Pleurs) rendait ses gestes imprécis, maladroits. Il ne prit pas le temps de ramasser les chaînes lorsqu'il eut desserré le dernier anneau. Il se hâta de regagner son poste et de récupérer son fusil.

« Déshabillez-vous ! »

San Francisco lança un regard désespéré à Jek et à Phœnix. D'un geste rageur, il dégrafa le fermoir de sa cape qui glissa sur la glace dans un subtil froissement d'étoffe.

« Autorisez au moins l'enfant à conserver sa combinaison et son manteau ! » lança Marti, qui s'était déjà débarrassé de ses sous-vêtements de coton.

Le revirement d'attitude du jeune Syracusain déconcertait Jek : il semblait tout à coup décidé à lui vouloir du bien. Non seulement il n'avait pas mis à profit le sommeil du petit Anjorien pour l'étrangler, mais il lui avait donné ses vêtements dans le cachot du Thorial et voilà qu'il plaidait sa cause devant les gardes jersalémines. Marti avait-il expulsé le monstre qui se terrait au fond de lui ? Jek avait-il imaginé toute cette histoire ?

« Enfant ou pas, c'est une engeance infectée !

– Quelle importance ? insista Marti. Dans quelques semaines, vous aurez atteint la Jer Salem céleste et les races infectées n'auront plus la possibilité de vous nuire...

– Au lieu de faire le malin, maudit gock, aide l'enfant à se dévêtir ! S'il n'est pas nu dans les trente secondes qui suivent, je vous perfore à tous deux la tête et le cœur ! »

Probabilités de survie : 0,00001 %. Nouvel aiguillage. Marti se rapprocha de Jek, dénoua rapidement les bouts de tissu qui maintenaient fermé son manteau de cuir, lui retira ses bottes, dégrafa les boutons de sa combinaison, la fit passer par-dessus sa tête.

Instantanément, un froid intense, tellement intense qu'il en devenait brûlant, saisit le petit Anjorien. Il eut l'impression d'être dépecé par des milliers de petites lames chauffées à blanc, d'être écartelé des milliers de fois. Cela montait le long de ses jambes, se nichait dans son bas-ventre, lui investissait les poumons, les épaules, les bras... Une pieuvre invisible mais terriblement efficace, qui divisait pour régner, qui séparait l'être en des milliers de parcelles inutiles, qui isolait chacune de ses cellules et les emprisonnait dans d'infranchissables gangues de glace. Jek n'osait plus esquisser un mouvement, de peur que ses bras ou ses jambes ne se brisent comme du bois sec, il n'osait plus respirer de peur que l'air ne gèle instantanément et ne lui obstrue la trachée-artère.

Une bouffée de chaleur lui envahit les épaules et le dos. Phœnix s'était collée à lui et l'avait entouré de ses bras. Les tentacules de la pieuvre se rétractaient devant la tiédeur bienfaisante, vivante, qui se diffusait des seins et du ventre de la jeune femme. L'issue du combat ne faisait cependant pas l'ombre d'un doute, car le temps jouait pour le froid, qui se faufilait partout où il dénichait des failles, par les pieds, par les mains, par les moindres lambeaux de peau offerts à sa convoitise.

« Dans le cirque ! » cria le garde.

Des rafales d'ondes lumineuses crépitèrent sur la glace à quelques pas des condamnés entièrement nus. San Francisco et Phœnix saisirent Jek par la main – quelle affreuse sensation de déchirement lorsqu'elle décolla sa peau de la sienne ! – et s'avancèrent vers le bord de la dépression. Ils ne sautèrent pas dans le vide comme l'avait cru le petit Anjorien, mais San Francisco prit Jek sur ses genoux et se laissa glisser le long de la paroi, moins abrupte qu'elle n'y paraissait au premier abord.

L'ancien second du *Papiduc* prit soudain de la vitesse et ne put se maintenir plus longtemps en position assise. La glace rugueuse lui écorcha les fesses, le dos, les épaules et la nuque. Une saillie le fit subitement dévier de sa trajectoire. Jek lui échappa, roula sur lui-même et entama une folle glissade à l'issue de laquelle, quinze mètres plus bas, il percuta violemment le sol. Une épaisse couche de neige amortit sa chute mais, le souffle coupé par le choc, engourdi par le froid, il fut incapable de se relever.

« Ne reste pas immobile, Jek ! » glapit San Francisco.

Le Jersalémine s'était rétabli en souplesse à une vingtaine de mètres du petit Anjorien. Les gouttes de sang qui s'écoulaient de ses écorchures gelaient en quelques secondes. Phœnix, Robin et Marti atterrirent à tour de rôle sur le sol du cirque des Pleurs.

« Bougez ! Bougez ! dit-elle en aidant à se relever le vieux Syracusain, étourdi par sa chute.

– A quoi bon ? soupira Robin. Nous ne retarderons l'échéance que de quelques secondes...

– Un verset de la Nouvelle Bible dit : *Vis, vis encore un jour, vis encore quelques minutes, vis encore quelques secondes : elles peuvent à tout moment se transformer en éternité...* Alors bougez ! »

Robin sautilla sur place, davantage pour ne pas la froisser que par conviction personnelle. Ses pieds foulèrent la neige en cadence, mais ils ne lui appartenaient déjà plus, ils n'étaient que de lointaines et insensibles extrémités d'un corps décharné, d'un squelette enveloppé d'une peau flétrie, cassante.

Jek avait perçu la voix de San Francisco comme dans un songe, mais il n'avait ni la volonté ni la force de remuer ses membres. La neige épaisse constituait un matelas paisible, confortable et brûlant sous ses jambes, ses fesses et son dos. Cet état s'apparentait à un profond sommeil, à cette différence près que le petit Anjorien restait parfaitement lucide, parfaitement conscient qu'il ne reviendrait jamais de ce voyage. Une autre voix, intérieure celle-là, le suppliait de rassembler toute son énergie, de refuser le froid, de se relever. Il ne s'agissait pas de son instinct de survie, cette sirène d'alarme qui se mettait automatiquement à hurler dès que la mort s'approchait de trop près, c'était quelque chose d'indéfinissable, un bruissement de source, un murmure à peine perceptible et d'une puissance inouïe, un chant majestueux qui provenait des profondeurs de l'espace... *Relève-toi et contemple le ciel, Jek...*

Quelque chose le souleva de terre, lui effleura la joue, le dos, les épaules, le torse...

Contemple le ciel, Jek...

Il distingua des chuchotements, des gémissements, des cris qui semblaient traverser un mur d'eau.

Contemple le ciel...

Sa tête bascula sur le côté, et un feu timide lui lécha la tempe et la joue.

Le ciel...

Des ondes de chaleur lui transpercèrent le crâne et se diffusèrent dans son corps. C'est alors qu'il commença à éprouver vraiment le froid, l'insoutenable tiraillement de sa peau, l'atroce douleur qui gangrenait ses os, ses organes, ses muscles, qui se déposait dans ses doigts gourds, sous ses ongles. Tant qu'aucun adversaire ne lui était opposé, le froid se déployait comme une ombre silencieuse et ne se croyait pas obligé de tourmenter ses proies avant de les emporter. Mais il mordait, griffait, déchiquetait dès qu'il était confronté à la chaleur, son ennemie intime, qu'il devait abandonner un territoire qu'il croyait définitivement conquis.

La souffrance ranima Jek. Il ouvrit les yeux. Il aperçut d'abord des taches brunes, grises et noires qui s'agitaient au-dessus de lui. Les formes se précisèrent peu à peu. Pendant quelques secondes, il crut qu'il était agressé par une bête à trois têtes et six bras. Puis il reconnut San Francisco, Phœnix et Robin, affairés à lui gifler la tête et le torse. La sensation était curieuse de la différence entre la puissance manifeste des coups qu'ils lui assenaient et les infimes picotements qu'ils abandonnaient sur sa peau engourdie. Quelqu'un remua sous lui, et il se rendit compte qu'il était allongé sur Marti, lui-même étendu sur la neige.

« Il ouvre les yeux ! dit Phœnix.

– Ne vous arrêtez pas ! rugit San Francisco.

– A quoi bon ? A quoi bon ? » grommela Robin.

La poitrine de Phœnix tressautait à chacun des coups qu'elle portait. Un voile blafard se tendait sur sa peau cuivrée, hérissée, faisait ressortir le noir mat de sa toison pubienne et des rivières ondulantes de sa chevelure. Des écharpes de buée s'évadaient de ses lèvres violacées, gonflaient l'épais nuage de brume qui l'environnait. Ses gestes se ralentirent peu à peu.

« J'ai froid... Je n'en peux plus... gémit-elle.

– Résiste ! l'exhorta San Francisco. Nous nous occuperons de toi dès que nous en aurons fini avec Jek ! »

Bien que son dos et son bassin fussent en contact permanent avec la neige, Marti restait imperméable au froid. L'autre avait simplement implanté une suggestion mentale de chaleur constante dans l'esprit de son véhicule corporel. Les humains n'avaient pas conscience des fantastiques potentialités de leur cerveau. Dispersés par les sens, ces fenêtres qui les invitaient sans cesse à visiter le monde extérieur, ils omettaient d'explorer et de maîtriser la machinerie complexe qui régissait leur intérieur. C'était dans cet oubli que s'étaient glissés les envoyés de l'Hyponéros, dans cette faille qui s'était élargie avec le temps et qui métamorphosait les hommes en créatures ordinaires, vulnérables. A force de l'occuper, l'autre ressentait – ressentir n'étant qu'un concept approchant – une certaine attirance pour son véhicule corporel. Ses données de pure logique avaient probablement été altérées par les émotions, les pulsions, les pensées de l'humain qu'il habitait. Il était victime de la fascination qu'exerçait le monde créé, la matière, les formes, les ondes, sur le vide. La peau de son véhicule touchait la peau de Jek, un humain-source, et ceci expliquait peut-être cela.

Ankylosée, épuisée, démoralisée, Phœnix se laissa tomber dans la neige.

« Relève-toi ! » hurla San Francisco.

Il avait beau puiser dans ses ultimes réserves de volonté, il ne percevait plus ses jambes et il comprenait que la fin était proche.

« A quoi bon ? » murmura une dernière fois Robin.

Le vieux Syracusain s'effondra à son tour. Ses grosses veines bleutées saillaient sous sa peau presque aussi blanche que la neige.

« Adieu et pardon, prince des hyènes... »

San Francisco se détourna de Jek et s'allongea de tout son long sur Phœnix. Il ne parvint pas à écarter les doigts raides de la jeune femme pour y enserrer ses propres doigts. Elle ouvrait encore les yeux et une amorce de sourire se figeait sur ses lèvres bleu pâle. Il emporterait avec lui l'image de son visage serein, égratigné, bouleversant de beauté... *Un amour si fort qu'il traversera le pays de la mort...* Un silence paisible recouvrait le cirque des Pleurs. Les lances mordorées de

Farfadet 4, le plus grand des quatre soleils des mondes néoropéens, embrasaient l'horizon.

Contemple le ciel, Jek...

Revigoré par la chaleur de Marti, le petit Anjorien leva les yeux sur l'azur éblouissant. Il vit alors la plaine céleste se couvrir de comètes aux somptueux panaches de feu.

Les gardes princiers n'en croyaient pas leurs yeux. Massés au bord de la faille, ils avaient assisté à la lente agonie des condamnés dont le vain combat contre le froid les avait franchement divertis. Ils avaient repéré les formes blanches des grands oursigres sauvages, qui émergeaient l'un après l'autre des replis des parois et se dirigeaient au trot vers les hommes offerts à leur insatiable appétit. Tout s'était déroulé comme prévu jusqu'au moment où les comètes étaient apparues en grand nombre, surgissant de nulle part, traçant des arabesques enflammées sur le ciel.

Ils percevaient maintenant des bruissements étranges, envoûtants, qui provenaient du vide insondable.

Les chants de l'espace, la danse des comètes...

Des dizaines de colonnes de lumière bleue descendirent lentement des nues et se posèrent sur le sol du cirque des Pleurs, qu'elles criblèrent de cercles scintillants.

Les vents de clarté...

« Bordel de merde ! souffla un garde. Les signes avant-coureurs !

– Les xaxas devaient atterrir au cirque de l'Envol ! murmura un autre.

– Il faut prévenir les abyns ! Turin, Amsterdam, Montevideo, prenez un glacieur et foncez jusqu'à Elian !

– Je ne suis pas de ta tribu et je n'ai aucun ordre à recevoir de toi ! protesta le dénommé Amsterdam.

– Je reste ici ! ajouta Turin. Je veux être là quand se poseront les xaxas...

– Et tes parents ? Ta femme ? Ta fille ?

– De toute façon, nous n'aurons pas le temps de faire un aller-retour jusqu'à Elian. Selon la Nouvelle Bible, la halte des migrateurs célestes ne dure que quelques secondes... »

Un nuage sombre obscurcit soudain le ciel.

Turin jeta son fusil sur le sol, retira ses bottes, sa combinaison, ses sous-vêtements de laine et entama immédiatement sa glissade le long de la paroi du cirque. Une dizaine de gardes l'imitèrent. Les autres, la mort dans l'âme, renoncèrent à leurs chances d'accéder à la Jer Salem de lumière et choisirent de rester en compagnie des leurs sur la Jer Salem de glace. Le peuple élu devrait patienter huit mille ans de plus...

Une formidable nuée de formes noires, bruissantes, se rassembla au-dessus de la dépression, occultant les rayons des Farfadets. L'éclat des colonnes de lumière bleue se fit merveilleux dans la nuit subite.

Les oursigres sauvages, comme affolés par l'obscurité, se lancèrent au grand galop sur la glace du cirque des Pleurs. Leurs pattes puissantes et griffues soulevèrent des gerbes de neige.

CHAPITRE XVIII

Tau Phraïm accomplit son premier miracle à l'âge de cinq ans. Il se cacha dans l'aquasphère de liaison qui ravitaillait l'île de Pzalion en produits de première nécessité, resta sept jours et sept nuits à fond de cale sans manger ni boire, puis débarqua clandestinement sur le quai du port de Koralion. Là, il se rendit au temple kreuzien et se glissa parmi la foule qui assistait à l'office hebdomadaire d'effacement. Il prit conscience de l'océan de tourments dans lequel les envoyés de l'Hyponéros plongeaient ses frères humains. Il décida donc d'effacer l'effacement. Il entra dans chaque esprit et le rétablit dans sa souveraineté. Ainsi remit-il ses frères humains sur le chemin de leur source. Alors ils ouvrirent les yeux et virent les Scaythes et les kreuziens tels qu'ils étaient en réalité : des êtres démoniaques, monstrueux, dont le seul but était d'anéantir les races humaines et le champ de la création. Ils pleurèrent amèrement sur eux-mêmes et le feu de la colère les embrasa.

Tau Phraïm vola l'aquasphère de liaison et retourna sur l'île de Pzalion. L'attendaient sa mère et les proscrits, que sa disparition avait attristés et inquiétés. Il les rassura par des paroles apaisantes, puis escalada le pilier de soutènement et s'en alla jouer avec ses amis les serpents de corail.

Les Neuf Evangiles d'Ephren,
« Faits et merveilles de Tau Phraïm »

Les proscrits de l'île de Pzalion n'ont plus le cœur à l'ouvrage. Les fosses excrémentielles s'engorgent, les filets en attente de réparation s'entassent sur les rochers qui surplombent les criques, les poissons et les crustacés frais commencent à manquer, les déchets envahissent les grottes à l'abandon... On ne se rassemble plus sur la place du village pour chanter les complaintes des pionniers de Manul Ephren.

Chaque jour, ils se regroupent sur la grève de sable noir la plus proche du pilier de soutènement. Chaque jour, l'angoisse chevillée au corps, ils accompagnent du regard Oniki dans son escalade et voient son corps de plus en plus déformé s'évanouir lentement dans les ténèbres.

Soji, la vieille thutâle, a bien essayé de dissuader Oniki de grimper dans le bouclier de corail.

« Attends au moins d'avoir accouché...

– L'exercice me fait le plus grand bien, rétorque la jeune femme avec un large sourire.

– Et si tu tombes...

– Pourquoi tomberais-je ? Je me suis entraînée durement pendant mon apprentissage.

– Et si les serpents de corail te mangent...

– Les serpents sont devenus mes amis.

– Et s'il n'y a pas de tuyau...

– J'en ai découvert un. Un tuyau majeur. Je suis en train de le nettoyer... »

Soji ne met peut-être pas tout le poids de sa conviction dans ses arguments, dans ses suppliques, dans ses menaces, car en son for intérieur elle ne peut s'empêcher d'approuver le comportement d'Oniki. Au fond d'elle, elle est restée une thutâle, une femme qui, avant sa condamnation, consacrait toute son existence aux grandes orgues, et qui ressent de temps à autre de virulentes pointes de nostalgie des cimes coralliennes. Elle observe avec envie le corps blanc et rond d'Oniki qui se balance le long du pilier de soutènement. Lorsqu'elle est arrivée sur l'île, vingt ans plus tôt, elle n'était âgée que de quarante-cinq ans et ses muscles, ses articulations, ses os étaient en parfait état. Mais, accablée de honte et de chagrin par sa condamnation, par son exposition dans une cage sur la place de Koralion, par les insultes et les crachats de ses complanétaires, elle n'a eu ni la force ni l'envie de relever la tête, elle a abdiqué, elle est résignée à sa nouvelle condition de proscrite, de rampante. A présent, lorsque la petite tache pâle et floue du corps d'Oniki se dissout dans l'obscurité, elle maudit sa vieillesse, elle maudit ses rhumatismes, elle maudit sa mauvaise vue, elle se reproche amèrement d'avoir dilapidé le trésor de sa jeunesse...

Comme les proscrits ne savent pas quoi faire d'autre, ils attendent des heures durant au pied du pilier. Pour se rassurer, ils regardent tomber les lichens, qui voguent un long moment sur l'océan Gijen avant de se gorger d'eau et de couler. Tant que dégringolent les végétaux coralliens, on sait au moins que la future mère est vivante. Des fous de la garde personnelle d'Oniki tentent de la suivre dans son ascension, mais très vite ils jettent des regards sous eux, prennent peur et se hâtent de redescendre. Ils restent alors dans l'eau noire jusqu'à la taille, la tête levée vers la masse sombre du bouclier, cherchant à repérer la minuscule silhouette claire de la jeune femme qui se promène un kilomètre au-dessus d'eux.

La vie de l'île se suspend aux escapades d'Oniki dans le corail. On pousse de longs soupirs de soulagement lorsqu'elle réapparaît, ruisselante de sueur, les cheveux, la poitrine et les épaules couverts de poussières de lichens. Arrivée à une dizaine de mètres de la surface de l'océan, elle s'arrête et, rivée aux saillies du pilier, elle contemple ses compagnons d'exil. Bien qu'elle soit nue, offerte, elle ne décèle aucune lueur de concupiscence dans leurs regards, seulement de l'anxiété et de l'admiration mêlées. Elle leur sourit et c'est à ce moment-là, et à ce moment-là seulement, qu'ils condescendent à baisser la tête, à se diriger à pas lents vers le sentier et à reprendre leurs activités. Ils ne parviennent pas à combler leur retard et, jour après jour, s'accumulent les filets de pêche non ravaudés, les monceaux de déchets à l'entrée des grottes, les cadavres pourrissants de poissons et les carapaces vides des homards et des crabes.

Oniki dévale les derniers mètres du pilier avec une agilité surprenante pour une femme dont le ventre ressemble de plus en plus à un énorme et lourd sac de peau. Elle se baigne dans l'océan. Le sel picore les menues égratignures qui parsèment ses jambes et son dos, mais elle savoure la caresse de l'eau froide sur ses muscles endoloris, un moment qui lui rappelle la douche bienfaisante dans l'intimité de sa cellule du Thutâ, au retour des quarts.

Puis, escortée des simples d'esprit dont les cris et les rires s'envolent dans la nuit perpétuelle, elle regagne la grève de sable noir, s'essuie dans l'un des innombrables pans de tissu que les villageois ont laissés à sa disposition, se revêt de sa robe grise de proscrite – un peu trop étroite désormais – que des anonymes ont au préalable nettoyée, séchée et soigneusement pliée.

Soji l'a attendue au pied des rochers. Les yeux de la vieille femme luisent comme des braises sous le front ridé, sous les arcades proéminentes. Les courants d'air folâtrent dans ses cheveux gris et dans sa robe d'algues tramées.

« Où en es-tu ?

– J'avance bien, répond Oniki.

– Comment est le tuyau ?

– De plus en plus large... Aussi large qu'Opus Dei, le tuyau central du tamis de Koralion...

– Tu vois la lumière ?

– Pas encore... »

Soji laisse errer son regard sur les lichens ballottés par les vagues de l'océan Gijen, tellement denses qu'ils forment un épais tapis ondulant.

« Et les serpents ? reprend Soji.

– J'en ai vu quelques-uns... Ils sont beaucoup plus grands que ceux des orgues de Koralion...

– Vu ? Est-ce à dire que tu ne t'immobilises pas quand tu ressens leur présence ? »

Oniki ne répond pas à cette question. Non, elle ne s'immobilise pas, elle continue d'arracher les lichens sédimentés qui obstruent le tuyau, mais elle ne veut pas alarmer inutilement sa vieille sœur. Des têtes triangulaires aux yeux verts et brillants surgissent régulièrement à quelques centimètres d'elle, mais les reptiles géants se faufilent tranquillement dans l'entrelacs de corail. Les queues étranglées et blêmes dessinent des arabesques furtives dans l'obscurité opaque. Aux multiples chuintements des anneaux écailleux sur les polypes fossilisés, elle se rend compte qu'ils grouillent autour d'elle.

« Tu devrais maintenant t'arrêter de grimper jusqu'à la naissance de l'enfant, avance Soji.

– Il naîtra dans la lumière », affirme Oniki.

La vieille thutâle hoche la tête.

« D'après moi, il devrait pousser la porte dans moins d'une semaine... Viens te reposer dans ta grotte. »

En dépit de son immense fatigue (ses incursions dans le bouclier de corail durent nettement plus longtemps qu'un quart ordinaire du Thutâ), Oniki n'aime pas rester confinée dans sa grotte, à l'entrée de laquelle veille sa garde de fous. Autant elle se sent libre et heureuse lorsqu'elle tutoie les cimes coralliennes, autant les idées noires l'assaillent lorsqu'elle reste allongée sur son matelas d'algues séchées. Elle ne dort pratiquement plus. D'une part l'enfant manifeste sa présence avec de plus en plus de force, lui grêle l'intérieur du ventre de coups de pied, proteste avec vigueur contre l'exiguïté de sa prison de chair, d'autre part un sombre pressentiment l'envahit qui l'empêche de se livrer au sommeil.

Quelque part très loin d'ici, son prince inconnu est en danger. Dès qu'elle se glisse sous les couvertures, un froid glacial, d'une insoutenable intensité, se diffuse dans ses membres. Ce n'est pas une froidure ordinaire qui mordille la peau, mais un froid innommable, indescriptible, maléfique, qui provient d'un autre monde, qui s'attaque à l'être, qui déstructure, qui écartèle, qui dévore l'âme.

Elle éprouve une part infime de la souffrance intolérable de son prince, comme s'il était plongé dans le cœur d'une effrayante tourmente dont elle ne percevrait que l'haleine fétide et glacée. Ainsi qu'elle l'a deviné, il ne l'a pas abandonnée, il l'a quittée provisoirement pour s'en aller affronter un adversaire terrifiant, un adversaire qui s'en prend à l'essence même de l'humanité. Et de ce combat, qui engage l'avenir des hommes, il n'est pas certain de sortir vainqueur. Parce que leurs corps se sont épousés, parce qu'ils n'ont formé qu'un au cours de leur union, elle ressent sa peur et sa souffrance dans sa propre chair, et elle s'évertue à en prendre une partie sur elle pour le soulager de son lourd fardeau. Son intuition lui souffle que l'issue de la bataille est liée à sa propre tentative d'apporter les lumières de Tau Xir et Xati Mu sur l'île de Pzalion. Une idée folle, absurde : ne compare-t-elle pas ce qui, justement, est incomparable ? D'un côté se joue la pérennité des humanités dispersées dans les étoiles, de l'autre l'amélioration des conditions d'existence d'une poignée de proscrits. Cependant, elle ne peut s'empêcher de penser que son prince a besoin de cette lumière-là, même si elle ne représente qu'une goutte d'eau dans un océan, même si elle n'est destinée à briller que pour quelques malades mentaux et réprouvés de la planète Ephren. Allongée sur sa couche d'algues séchées, elle tremble, transpire d'angoisse, libère des larmes qui sillonnent ses joues, escaladent son menton, se répandent sur son cou... Elle pose alors les mains sur son ventre comme pour rassurer le petit être qui se nourrit d'elle.

Cette nuit-là, elle essuya une attaque particulièrement virulente du froid destructeur. Le vide hideux qui emplit son âme lui infligea une douleur indicible, et elle eut l'impression que son corps se dissolvait dans le néant. Elle se tourna et se retourna sur son lit, mais elle ne trouva aucune position qui fût en mesure de la soulager, même provisoirement. Surexcité, l'enfant s'agitait sans cesse, martelait son ventre de coups de poing et de coups de pied.

Elle eut une première contraction, un violent resserrement des muscles de son ventre et de son bassin, des échardes cuisantes qui la clouèrent sur le matelas. L'enfant ne voulait pas surseoir davantage, l'enfant exprimait son désir impérieux d'entrer dans la vie. Une vague de panique la submergea : elle n'avait pas fini de dégager le grand tuyau, et, contrairement à la promesse formelle qu'elle s'était faite, le nouveau-né n'ouvrirait pas les yeux sur les rayons rouges et bleus des étoiles d'Ut-Gen, sa première vision du monde se circonscrirait aux ténèbres omniprésentes qui recouvraient l'île et les environs comme un linceul.

Deuxième contraction, plus forte encore que la première. Elle crut que son ventre tendu s'ouvrait en deux, que des serres intérieures lui déchiraient la chair, lui écartaient le bas-ventre pour l'élargir et faciliter le passage de l'enfant. Elle serra les dents, puis, dès que les serres relâchèrent leur pression, elle repoussa les couvertures, se leva et se campa sur ses jambes flageolantes. Elle ne prit pas le temps de se revêtir de sa robe grise, pliée sur une pierre plate qui servait de siège. Il lui fallait désormais parer au plus pressé, finir de nettoyer le tuyau avant l'accouchement.

Elle sortit de sa grotte en veillant à ne pas déranger les fous qui dormaient à poings fermés, allongés à même le sol, entassés les uns sur les autres. Elle parcourut le long tunnel qui servait de couloir d'accès aux grottes et déboucha sur la place du village. Là, une nouvelle contraction la saisit, et elle dut s'appuyer des deux mains sur la paroi de la montagne pour ne pas défaillir. Dès que l'alerte fut passée, elle se faufila entre les monticules de déchets et les larges filets enchevêtrés les uns dans les autres. Les courants d'air colportaient de lourdes odeurs d'excréments et de putréfaction. Elle emprunta l'étroit sentier qui serpentait entre les rochers et plongeait vers l'océan. Elle allongea la foulée, consciente d'engager une impossible course de vitesse contre le temps. Contre la nuit, contre le froid, contre le néant, contre l'adversaire implacable qui s'acharnait sur son prince...

Ses pieds s'enfoncèrent dans le sable noir de la grève. Seuls les grondements assourdis des vagues léchant les rochers et le pilier de soutènement troublaient le silence inhabituel qui régnait sur l'île. Les mouettes noires semblaient avoir totalement déserté les environs. Elle pénétra dans l'océan Gijen, dont les premières vaguelettes moussues et grésillantes lui couvrirent la peau de frissons. L'enfant se mouvait dans son utérus, se positionnait pour donner des coups de tête et forcer le passage.

L'eau fraîche provoqua une autre contraction, longue, puissante. Ses jambes se dérobèrent sous elle, elle perdit l'équilibre et s'affala dans les vagues. Affolée, elle avala autant d'eau que d'air, suffoqua, toussa, cracha, puis s'efforça de recouvrer son calme et parvint à sortir la tête des vagues. Elle entendit alors une voix chevrotante dans son dos.

« Attends-moi ! »

Elle aperçut la vieille Soji sur la grève.

« Je viens avec toi ! »

Elle retira sa robe d'algues tressées et entra à son tour dans l'océan. Oniki contempla le corps de sa sœur du Thutâ, flétri, décharné, usé, les rides, les replis de peau sur son ventre, les outres vides de ses seins qui battaient ses côtes saillantes.

« C'est très dangereux, là-haut ! murmura Oniki, dans l'eau jusqu'au cou. Et il y a bien longtemps que tu n'as pas grimpé dans le corail...

– Quelque chose me dit que le petit pousse la porte ! répliqua Soji. Je sais également qu'il ne sert à rien de chercher à te convaincre et, vu ton état, je ne vais tout de même pas te laisser aller toute seule là-haut ! »

Soji rejoignit sa jeune sœur, esquissa une grimace en forme de sourire et agrippa les excroissances basses du pilier de soutènement. Oniki la vit s'extirper avec grâce de l'eau noire et, ruisselante, entamer l'escalade.

Les deux thutâles, l'ancienne en tête, gravirent les huit cents mètres du pilier. Les mains et les pieds de Soji n'étaient plus aussi fermes et sûrs que vingt années plus tôt, mais elle compensait son manque de force et d'agilité par un rééquilibrage constant du centre de gravité de son corps. Elle avait l'intelligence ou la sagesse de grimper à son rythme, de choisir des voies détournées qui requéraient moins de puissance. De temps à autre, lorsque l'abondance des prises facilitait son ascension, elle retrouvait les sensations grisantes des nettoyeuses du ciel et fredonnait un chant très ancien du Thutâ. En revanche, dès que se présentaient les difficultés, les saillies fragiles ou trop distantes les unes des autres, elle accusait le poids des ans et les longs gémissements qu'elle poussait trahissaient son impuissance, son désarroi. Oniki, plus leste, plus rapide, plus tonique, se portait alors à sa hauteur, l'encourageait, la poussait, lui ouvrait le chemin.

Les contractions de la jeune femme s'étaient espacées, mais ces longs instants de répit se révélaient encore plus dangereux que la douleur elle-même : elle perdait de sa vigilance, et les spasmes brutaux de ses muscles internes la prenaient désormais par surprise. A plusieurs reprises, elle faillit relâcher les saillies et basculer dans le vide. Elle eut chaque fois le réflexe de transférer le poids de son corps sur sa hanche, collée comme une ventouse contre le corail.

Quatre heures leur furent nécessaires pour parvenir au sommet du pilier. Une fois là-haut, elles s'assirent sur le rebord d'une profonde niche qu'avait découverte Oniki et reprirent leur souffle. La sueur leur collait les cheveux sur les tempes, sur les joues, sur le cou. Des gouttes de sang perlaient des éraflures qui leur striaient les bras, les épaules, le dos, les cuisses, les mollets.

« Alors, il est où, ce tuyau ? souffla Soji, visiblement éreintée.

– A une trentaine de mètres d'ici...

– Comment y accède-t-on ? Nous n'avons pas de plate-forme de liaison...

– En se suspendant au bouclier et en avançant à la seule force des bras...

– Et si les prises s'effritent...

– Elles ont résisté pour l'instant. Il suffit de passer l'une après... »

Oniki n'eut pas le temps d'achever sa phrase. Elle se recroquevilla sur elle-même, terrassée par une contraction. Elle eut l'impression que les os de son bassin se dilataient, éclataient, que des esquilles acérées s'enfonçaient dans ses entrailles.

« C'est de la folie ! grommela Soji. Retournons au village avant qu'il ne soit trop tard ! »

La souffrance déformait les traits d'Oniki. Des plaintes s'épanouissaient dans le sillon de son souffle précipité. Ses cheveux noirs entraient par poignées dans sa bouche. Puis, comme cela s'était passé les fois précédentes, la douleur s'estompa peu à peu.

« Je ne t'ai jamais demandé pourquoi tu as été condamnée à l'exil perpétuel sur Pzalion...

– Tu crois vraiment que c'est le moment ? s'étonna Soji. Nous sommes perchées à huit cents mètres de hauteur et tu es sur le point d'accoucher...

– J'ai envie que quelqu'un me parle... »

Soji tendit le bras et caressa tendrement les cheveux de sa jeune sœur.

« Tu es courageuse, petite Oniki. Je ne connais pas le salaud qui s'est enfui après t'avoir mise enceinte, mais quel qu'il soit, il ne te mérite pas !

– Ne dis pas de mal de lui ! protesta vivement Oniki. Il n'est pas courageux, il est au-delà du courage !

– C'est exactement ce que je pensais de l'homme que je croyais aimer... L'amour nous rend aveugles et stupides, petite sœur. Je le prenais pour un être exceptionnel, et lui n'avait en tête que de briser mes vœux de chasteté pour me posséder. Il m'avait promis de m'emmener sur un autre monde... J'étais déjà âgée de plus de quarante ans, censée donc avoir passé l'âge des folies. Et puis, lorsqu'il a obtenu ce qu'il désirait, il m'a dénoncée au cénacle des matrions et s'est sauvé comme un voleur. La suite est facile à deviner : les matrions m'ont soumise à la vérification, m'ont condamnée à l'exil perpétuel sur Pzalion, m'ont exposée sur la place de Koralion... Trois jours et trois nuits dans une cage, c'est long. Ils défilaient devant moi, m'insultaient, me crachaient dessus, me tiraient les cheveux, m'arrachaient des lambeaux de robe... C'était pire que tout lorsque je pissais sur moi... Je crois bien me souvenir que j'ai chié dans un coin de la cage, qu'ils contemplaient ma merde comme si c'était la pire horreur qu'ils aient jamais vue... »

Les yeux de la vieille femme s'emplissaient de larmes. Bien que vingt ans se fussent écoulés depuis ces événements, la blessure ne s'était jamais refermée, l'humiliation et la détresse étaient toujours aussi vives.

« Tu regrettes d'avoir rompu tes vœux de chasteté ? » demanda Oniki.

Un sourire triste s'afficha sur la face décrépite de Soji.

« Je ne regrette qu'une chose : avoir jeté mon dévolu sur cet homme-là. Non seulement il n'avait aucun scrupule, mais en plus, il baisait comme un pied ! A côté de lui, les fous de l'île sont d'incomparables amants !

– Est-ce que tu veux dire que...

– Ces pauvres bougres ont des besoins, comme tous les hommes... Peut-être même plus pressants que les autres hommes. Ils m'ont donné et me donnent encore du plaisir et de la tendresse. Ils n'ont aucun sens de l'esthétique, mais un toucher et une vigueur remarquables... Ça te choque ?

– Ce qui me choque, c'est que tu mettes tous les hommes dans le même sac !

– Je sais, celui qu'on aime est toujours différent des autres... », soupira Soji.

Cette conversation exaspéra tout à coup Oniki. Elle se pencha, empoigna une saillie sous le bouclier et se laissa pendre dans le vide. Elle mit à profit son élan pour lancer son bras libre à la recherche d'une autre prise, puis avança en balançant son corps de l'arrière vers l'avant, les jambes écartées, comme un acrobate de foire.

Soji hésita un moment avant de se décider à se lancer sur les traces de sa jeune sœur. A son tour, elle se suspendit huit cents mètres au-dessus de l'océan. Ses mains moites ripèrent sur les excroissances de corail. Elle jeta un coup d'œil sous son aisselle : d'ici, on ne distinguait plus l'île mais seulement un gouffre noir et sans fond.

Oniki avait déjà franchi les deux tiers du parcours quand une saillie s'effrita comme de la terre sèche entre ses doigts.

« *Le Scaythe surveillant Phass sollicite un entretien télépathique d'urgence avec le Scaythe Xaphox, des échelons supérieurs...* »

Xaphox attendit quelques minutes avant de répondre à son subordonné, détaché depuis près de neuf mois à la surveillance exclusive de l'esprit d'Oniki Kay, la thutâle condamnée au bannissement sur l'île de Pzalion.

« Et quand le sénéchal Harkot et le muffi Barrofill comptent-ils mettre ce vaste projet à exécution ? demanda le cardinal d'Esgouve, confortablement installé dans un fauteuil de ses appartements du temple kreuzien de Koralion.

– Dans moins d'un mois, Votre Eminence, répondit Xaphox, debout devant le volumineux bureau de bois. Lorsque le sénéchal aura réglé les derniers détails...

– Qui sont ?

– La création d'un corps d'effaceurs sacrés et la normalisation des relations entre l'Eglise du Kreuz et l'Ang'empire. »

Les doigts effilés du cardinal se glissèrent dans le liséré du cache-tête de son colancor et jouèrent distraitement avec des mèches de ses cheveux comprimés. A la demande de Xaphox, le grand inquisiteur, il avait renvoyé tous ses serviteurs, les missionnaires qui lui servaient d'assistants et son secrétaire particulier, le vicaire Grok Auman. Malgré la présence discrète de ses deux protecteurs de pensées – bien qu'il eût rendu d'inavouables services aux prélats chargés des affectations, il n'avait pas réussi à obtenir deux protecteurs supplémentaires – il ne se sentait pas très à son aise en face de Xaphox. Après la crainte irrationnelle de l'effondrement du bouclier de corail et celle plus vraisemblable mais pas davantage souhaitable d'une décision de la hiérarchie épiscopale le reconduisant dans ses fonctions de gouverneur de la planète Ephren, c'était même la situation qu'il redoutait le plus au monde. Devant le grand inquisiteur, il avait la détestable impression d'être un enfant perpétuellement pris en faute.

« *Le Scaythe surveillant Phass sollicite un entretien d'urgence avec le Scaythe Xaphox des échelons supérieurs...*

– *Patientez encore quelques secondes, germe Phass,* répondit mentalement Xaphox.

– *J'insiste sur le caractère urgent de cette communication...*

– *De quoi s'agit-il ?*

– *Oniki Kay est sur le point de mettre son enfant au monde. Elle est remontée dans le corail...* »

« Par normalisation, vous entendez probablement destitution de l'actuel muffi Barrofill le Vingt-quatrième, sieur Xaphox, avança le cardinal avec cette moue affectée qu'il se croyait obligé d'esquisser pour se donner un air intelligent.

– Disons une solution à l'épineux problème que pose sa réticence à collaborer avec le pouvoir temporel de l'Ang'empire... »

Le cardinal d'Esgouve contempla la bulle-lumière qui dérivait sous le plafond au gré des souffles d'air. Il avait songé à faire acte de candidature à l'élection muffiale, mais les nombreux pairs, plus ou moins amis, qu'il avait consultés – à l'abri d'une bonne vingtaine de protecteurs, cela va de soi – l'avaient découragé de persister dans cette voie. Il avait cru comprendre, dans les méandres de leur langage à triple ou quadruple sens, qu'il n'avait pas l'étoffe d'un pasteur infaillible. En revanche, s'il votait pour eux, il se verrait proposer une charge digne de ses immenses qualités, le gouvernement d'une planète majeure ou un poste permanent au palais épiscopal de Vénicia, par exemple. Bien que Barrofill le Vingt-quatrième, enraciné dans les pieds de son trône, ne semblât guère décidé à passer la main, la guerre de succession était d'ores et déjà déclarée.

« *Comment savez-vous que l'enfant est sur le point de naître ?* »

Une question stupide pour un Scaythe des échelons supérieurs, relié en permanence aux données basiques de la cuve...

« *Par les sensations que je capte dans l'esprit de sa mère.*

– Vous ne captez rien dans l'esprit de l'enfant ?

– Les enfants ont-ils un esprit dans le ventre de leur génitrice ?

– Question stupide pour un germe... D'après les implants historiques de la cuve, les humains reçoivent ce qu'ils appellent leur âme bien avant leur conception.

– Simples interprétations religieuses... Les humains conçoivent comme les mammifères, et les embryons mammifères ne reçoivent que des implants d'instinct. Un nouveau-né humain recueilli par les animaux devient lui-même un animal régi par les lois de son espèce d'adoption.

– Erreur, germe Phass : les données fournies par les conglomérats ne laissent planer aucun doute sur la différence fondamentale qui existe entre les hommes et les animaux... »

Le cardinal se leva et se dirigea vers la baie vitrée de son bureau, qui donnait à la fois sur une colline de quartz noir et sur le port de Koralion. Des colonnes de lumière rouge tombaient du bouclier de corail et empourpraient l'océan Gijen, les aquasphères de pêche, les élégantes maisons à colonnades, les ruelles sinueuses... Le vent des hauteurs mugissait dans les tuyaux des grandes orgues. L'atmosphère d'Ephren était celle d'un crépuscule perpétuel et nostalgique.

« Il reste un détail à régler, et non le moindre, murmura-t-il d'une voix songeuse, le sort du muffi Barrofill le Vingt-quatrième...

– Le sénéchal y pourvoit, Votre Eminence. »

La voix du grand inquisiteur qui, sortant d'un échange télépathique, en avait mal contrôlé le volume, vrilla les tympans du cardinal.

« Je ne suis pas sourd ! Ne vous croyez donc pas obligé de crier si fort, monsieur l'inquisiteur.

– Veuillez me pardonner, Votre Eminence... »

« *Quelle décision devons-nous prendre ?* demanda le germe Phass. *Le guerrier du silence qui a fécondé Oniki Kay ne s'est plus manifesté. Pourtant, d'après ce que nous savons des humains, le facteur paternité aurait dû le pousser à reprendre contact avec cette femme.*

– Les humains sont difficiles à enfermer dans les probabilités. Ils ne sont pas gouvernés par la pure logique.

– Certes. J'estime à moins de cinq pour cent de chances de revoir cet homme. Il y a aussi une réelle possibilité – cinquante pour cent – que cet enfant soit un humain-source, un ennemi ultime de l'Hyponéros.

– En ce cas, la solution est simple. Je vais de ce pas expédier dix mercenaires de Pritiv aux coordonnées que vous m'indiquerez. Leur ordre de mission sera de tuer la mère après son accouchement et de prendre l'enfant vivant. Il servira à la fois d'appât et de cobaye. Nous jouerons ainsi sur les deux tableaux. Nouvelle communication dans cinq minutes. »

Le cardinal se retourna et s'efforça de soutenir le regard de Xaphox, dont les yeux globuleux et uniformément jaunes brillaient dans la pénombre de l'ample capuchon.

« Ce projet du sénéchal et du muffi Bar... du futur muffi de l'Eglise du Kreuz ne comporte-t-il pas certains... dangers ?

– Des dangers, Votre Eminence ?

– Eh bien... des textes sacrés attribués au Kreuz soutiennent que la foi n'a de véritable prix que si elle s'accompagne du libre arbitre, répondit le cardinal.

– Il n'est pas question d'attenter au libre arbitre des croyants, Votre Eminence, mais seulement d'éliminer les mauvaises influences qui les empêchent de recevoir la révélation du Verbe Vrai. Là se limitera le rôle des effaceurs sacrés.

– Bien sûr, bien sûr... »

Le cardinal se posta de nouveau devant la fenêtre et contempla les colonnes pourpres qui éclaboussaient la cité de Koralion. Bien qu'il ne fût âgé que de cinquante-sept ans, il se sentait lui-même au crépuscule de sa vie.

Les deux femmes progressaient avec une lenteur exaspérante le long de l'immense tuyau. Les lichens coralliens, accumulés depuis des siècles, sédimentés, formaient un bouchon compact, dur, nettement plus résistant que le végétal fibreux des grandes orgues de Koralion. Parfois, il s'en allait par plaques entières et découvrait tout un pan de la paroi convexe. La difficulté résidait dans le fait qu'elles ne pouvaient utiliser qu'une seule main, l'autre restant fermement rivée aux saillies ou aux excavations du bouclier. Elles ne voyaient pratiquement rien, elles étaient obligées de grimper à tâtons, d'assurer leurs prises avant de désagréger le magma corallien.

Oniki avait déblayé le tuyau sur une hauteur de plus de deux cent cinquante mètres, et comme le bouchon supérieur bloquait le passage des lichens venus de l'espace, il ne s'était pas engorgé. Couvertes de sueur et de fibres végétales, elles manquaient d'air, elles suffoquaient, elles avaient l'impression d'étouffer. Une âpre odeur de décomposition leur agressait les narines. Elles évitaient d'ouvrir la bouche pour ne pas avaler les poussières ou les brindilles sèches qui voletaient autour d'elles.

Oniki s'était rattrapée de justesse quelques minutes plus tôt sous le bouclier. Le vide l'avait happée lorsque l'excroissance s'était effritée, mais elle avait eu le réflexe de jeter son bras libre vers l'avant et sa main avait saisi le bord coupant d'une cavité. Elle avait à peine eu le temps de se rééquilibrer qu'elle avait subi une nouvelle et terrible contraction. Suspendue au-dessus de l'abîme par la seule force de ses doigts, elle avait puisé dans d'insoupçonnables réserves d'énergie et de volonté pour tenir le temps que les muscles de son ventre et de son bassin se décontractent et que la douleur s'apaise.

L'enfant ne bougeait plus à présent, comme s'il avait admis la nécessité de ne pas importuner sa mère. Les contractions revenaient à intervalles réguliers, mais Oniki, attentive, les prévenait et se calait contre la paroi dès que les serres acérées commençaient à s'enfoncer dans sa chair. Bien que Soji se montrât moins rapide que sa jeune sœur, son aide s'avérait précieuse. Elle s'occupait d'un bon tiers de la circonférence du tuyau. De temps à autre, par-dessus son épaule, Oniki jetait un coup d'œil sur la forme grise du corps de la vieille thutâle, sur ses jambes et ses bras écartés qui lui conféraient l'allure d'une araignée. Elle l'entendait fredonner la même chanson que lors de l'ascension du pilier, ponctuée de jurons, de soupirs, de plaintes, de gémissements.

Soji chantait pour oublier la fatigue, pour oublier la peur, pour oublier les glissements, les craquements, les chuintements qu'elle percevait tout autour d'elle et dont elle ne connaissait que trop bien l'origine. Autrefois, elle avait vu l'une de ses sœurs dévorée par un grand serpent de corail, et l'image de cette bouche hideuse et distendue se refermant sur les jambes gesticulantes hantait ses souvenirs. Elle chantait également pour se concentrer sur ses gestes, pour retrouver le goût de l'ivresse corallienne, pour exprimer son bonheur d'être redevenue une fille du ciel. Ses muscles, incendiés par l'effort, tremblaient de plus en plus et elle rencontrait des difficultés grandissantes à maintenir ses positions, en particulier lorsqu'elle ne trouvait aucune prise sur laquelle poser les pieds, qu'elle ne pouvait compter que sur l'appui d'une seule main, d'un seul bras. Des lames chauffées à blanc lui incisaient les doigts, les poignets, les épaules.

Le bouchon de lichen semblait s'épaissir au fur et à mesure qu'elles montaient. Il avait maintenant la consistance d'une terre durcie par la sécheresse, et c'était à coups d'ongles qu'elles devaient le désagréger. Elles ne discernaient aucune lueur, aucun rayon, même infime, des étoiles d'Ephren.

Le découragement gagna Soji. Elle n'avait plus envie de lutter contre cette pénible impression de s'enfoncer dans une nuit sans fin.

« Jamais nous n'y arriverons ! »

Epuisée, Oniki s'immobilisa contre la paroi et reprit son souffle. Elle sentit subitement un liquide tiède lui couler entre les cuisses.

« Je perds les eaux ! »

Ce cri eut pour effet de ranimer les ardeurs défaillantes de Soji. Galvanisée, la vieille thutâle se rattela instantanément à la tâche, attaqua le lichen sédimenté à coups d'ongles puissants et rageurs. Le tuyau fut brusquement noyé sous une pluie de poussières et de brindilles en suspension.

Oniki sentit nettement se dilater le col de son utérus. Pas maintenant... pas maintenant... attends encore un peu... Elle ne pouvait plus revenir en arrière, elle n'aurait ni les moyens ni la force d'empêcher son enfant de tomber dans le vide. Avec l'énergie du désespoir, elle repoussa la souffrance qui la crucifiait sur la paroi de corail et se remit à son tour au travail. Elle entendit de nouveau le fredonnement de Soji, chanta en chœur avec sa vieille sœur. A quelques centimètres de sa bouche brillèrent fugitivement deux yeux ronds et verts.

Soji glissa la main dans une faille sinueuse du bouchon de lichen, probablement creusée par un serpent. Elle sentit une résistance souple et visqueuse sur la pulpe de ses doigts, crut pendant quelques secondes qu'elle touchait un grand reptile. Elle refoula sa peur, résista à la tentation de retirer sa main. Ses doigts transpercèrent la matière molle et débouchèrent à l'air libre. Une langue de chaleur intense lui lécha la peau. Des rayons rougeâtres, obliques, jaillirent par la mince ouverture.

« Il ne reste plus que vingt centimètres d'épaisseur ! » hurla-t-elle.

Ce furent ses dernières paroles. Toute à sa joie, elle ne prit pas garde à l'oscillation soudaine de la saillie à laquelle elle s'agrippait. Surprise, fatiguée, elle commit une erreur de débutante. Au lieu de chercher immédiatement une autre prise, elle se cramponna à l'excroissance dont la base se détachait de la paroi.

« Soji ! Non ! » cria Oniki.

Le bras et l'épaule de la vieille thutâle basculèrent soudain vers l'arrière, ses pieds se dérobèrent sous elle. En dernier ressort, elle tenta de se pendre au bouchon de lichen, le temps d'évaluer la situation et de repérer de nouvelles prises. Ses jambes gigotèrent dans le vide. Son poids et ses mouvements désordonnés ébranlèrent la couche supérieure de lichen, parcourue de lézardes.

« Soji ! Colle-toi à la paroi ! »

Le bouchon tout entier s'affaissa dans un craquement sinistre. Un flot de lumière pourpre, vive, inonda le tuyau. Eblouie, Oniki ne vit pas tomber sa vieille sœur, elle perçut seulement son interminable hurlement qu'absorba peu à peu le silence des cimes coralliennes.

Elle n'eut pas le temps de libérer ses larmes. Elle crut qu'elle s'était empalée sur une monstrueuse écharde. L'enfant passait la tête dans le col de l'utérus et poussait pour sortir, pour prendre sa première respiration. Cette fois, elle en était certaine, ses os allaient éclater, sa chair se déchirer. Elle fut traversée par la tentation de renoncer, de se laisser tomber dans le vide, de rejoindre Soji dans l'apaisement de la mort. Puis elle repensa à la souffrance de son prince qui luttait, là-bas, contre l'implacable ennemi des hommes, et elle trouva encore en elle des ressources pour franchir les deux mètres qui la séparaient du toit du bouclier. Dans un état second, bien que gênée par ses seins et par son ventre distendus, elle parvint à se hisser sur la surface plane du corail, baignée de la lumière rouge de Tau Xir. Des milliers d'étoiles criblaient le velours sombre de l'espace.

Hors d'haleine, elle s'allongea, replia les jambes de chaque côté de son ventre et les maintint écartées à l'aide de ses mains. Elle prit conscience de mouvements confus autour d'elle mais, refermée sur sa douleur, elle n'eut pas le courage de soulever ses paupières. Sa respiration s'accéléra, de longues plaintes s'échappèrent de sa gorge. Elle aurait donné n'importe quoi pour que cesse, ne serait-ce que quelques secondes, son effroyable supplice. L'enfant forçait la porte étroite de sa prison de chair, et sa rage de naître dévastait tout sur son passage. Elle n'avait plus la force de pousser pour l'aider à se dégager, elle n'était plus qu'une créature égarée par la souffrance, une plaie faite femme. Bien que rafraîchissant, le vent de hautain ne parvenait pas à l'apaiser.

Dans un dernier effort, l'enfant passa la tête dehors, puis les épaules. Un réflexe spontané entraîna Oniki à se redresser, à saisir le petit être par les aisselles et à l'expulser entièrement hors d'elle. Puis elle le pressa contre sa poitrine et, exténuée, s'effondra sur le dos. Elle perçut les palpitations du cœur de son bébé, les reptations maladroites de ses jambes et de ses bras, empoissés de liquide amniotique et de sang, sur ses seins, sur son ventre. Il n'avait pas poussé de cri comme le voulait l'usage – Soji lui avait certifié que le hurlement d'un nouveau-né était le signe d'une excellente santé – mais il était bel et bien vivant, pelotonné contre elle, tiède, fragile. Ils étaient tous les deux, la mère et l'enfant, enveloppés d'un grand calme. Peau contre peau, cœur contre cœur, souffle contre souffle. Goûtant la nostalgie de la séparation et la joie de la réunion...

L'enfant... Elle se rendit soudain compte qu'elle ne s'était pas préoccupée de savoir si c'était un garçon ou une fille. Elle ouvrit les yeux, releva la tête, regarda entre les petites cuisses et distingua, sous le cordon ombilical, le minuscule bout de chair flaccide qui reposait sur le coussin des bourses.

Un garçon... Un prince pour son prince.

Elle vit aussi qu'il avait les yeux grands ouverts et qu'il la contemplait d'un air à la fois grave et tendre. La profondeur de ce regard l'étonna : elle avait entendu dire que les nouveau-nés ne distinguaient pas les formes avant plusieurs semaines. Or elle avait l'impression de faire face à un regard d'adulte, à un regard intelligent, pénétrant.

Au second plan, elle aperçut des silhouettes mouvantes, auréolées de lumière rouge. Des hommes vêtus d'uniformes gris frappés de triangles entrecroisés sur la poitrine, aux visages dissimulés sous des masques blancs et rigides. Comment étaient-ils arrivés jusqu'ici ? Seules les thutâles savaient grimper dans les orgues de corail...

« Le Scaythe veut le gosse vivant ! Tuez seulement la femme ! N'utilisez pas les lance-disques ! fit une voix nasillarde, déformée par la fente buccale du masque.

– Il a encore son cordon, ovate ! lança quelqu'un.

– Et alors ? Tranchez d'abord la gorge de la femme, et ensuite le cordon !

– Dommage de supprimer cette beauté !

– Tu n'es pas difficile : elle est couverte de saloperies, et son ventre, on dirait un sac vide ! De toute façon, tu connais la consigne. »

Ils étaient une dizaine à converger vers elle. La croûte de corail vibrait à chacun de leurs pas. Les semelles de leurs bottes crissaient sur les polypes fossilisés. Certains d'entre eux avaient dégainé leur poignard à lame courbe.

« Comment a-t-elle fait pour venir jusque-là ?
– C'est une thutâle bannie. Une spécialiste.
– J'espère que l'ovalibus du Scaythe ne va pas traîner en route. Le bouclier ne me paraît pas très solide !
– Il va moins vite qu'un déremat, mais il sera là dans deux ou trois heures. Il n'y aura qu'à l'attendre tranquillement, sans bouger... »

Oniki tenta de se relever, mais ses jambes tremblantes refusèrent de la porter. Les griffes de la peur se fichèrent dans ses entrailles. Elle serra convulsivement son fils contre elle. Ils n'auraient pas le temps de faire plus ample connaissance. Elle eut un goût de désespoir dans la gorge.

Un mercenaire lui empoigna les cheveux puis, d'un geste brutal, lui tira la tête en arrière et lui dégagea la gorge.

« Bordel ! Qu'est-ce que c'est que ça ? » glapit une voix.

Le mercenaire suspendit son mouvement et jeta un coup d'œil par-dessus son épaule. Il crut d'abord que des vagues houleuses agitaient l'océan figé de corail.

« Nom de Dieu ! Des serpents géants ! »

D'innombrables reptiles rampaient dans leur direction, la tête dressée un mètre au-dessus du bouclier, la gueule ouverte sur de longs crochets recourbés. Leurs corps annelés, dont certains atteignaient une longueur de trente mètres, traçaient des éclairs sinueux et furtifs. Leurs yeux ronds et verts étincelaient sur le fond sanguin de la voûte céleste.

Les mercenaires de Pritiv retroussèrent une manche de leur uniforme. Des disques métalliques coulissèrent sur les rails de leur lance-disques, greffés dans la peau de leur avant-bras.

« Ne touchez pas le gosse ! » rugit l'un d'eux.

Les premiers disques sifflèrent dans les airs, décapitèrent simultanément plusieurs serpents, dont les corps secoués de spasmes parcoururent une dizaine de mètres avant de s'immobiliser. Mais il en arrivait d'autres, lancés à pleine vitesse, surexcités par l'odeur du sang.

Les mercenaires furent peu à peu submergés par leurs adversaires affluant de toutes parts. Leurs courts poignards se révélèrent totalement inefficaces dans le combat rapproché contre les reptiles, dont la vitesse d'exécution et la souplesse ne leur laissèrent pas l'ombre d'une chance. Les anneaux écailleux se resserrèrent sur leur torse, sur leur gorge, les crochets se plantèrent dans leur cou, et, l'un après l'autre, ils furent engloutis par les gueules tellement distendues que les mâchoires donnaient l'impression de se disloquer.

Le calme se rétablit progressivement sur le toit du bouclier de corail. Les dix serpents qui avaient avalé les mercenaires restaient totalement immobiles, comme paralysés par les bosses qui déformaient leur abdomen blanchâtre. La digestion leur prendrait plus de quinze jours. Les autres s'étaient enroulés sur eux-mêmes autour d'Oniki.

La jeune femme récupéra un poignard qui gisait sur le corail et, précautionneusement, trancha le cordon desséché, noirci, qui la reliait encore à l'enfant. Quelques instants plus tard, de nouvelles contractions la saisirent, moins violentes qu'avant la naissance, et elle expulsa le placenta, qu'un reptile happa d'un preste coup de gueule. Puis elle présenta le sein à son fils. Une vague de joie l'inonda lorsque les petites lèvres se refermèrent sur le téton et commencèrent à aspirer le colostrum. Ses seins se dilatèrent, s'alourdirent jusqu'à la douleur.

Elle décida d'appeler son fils Tau Phraïm. Tau parce qu'il était né sous l'étoile rouge, Phraïm parce que c'était le nom du serpent de corail en langue ancienne ephrénienne.

Les hommes masqués de blanc avaient dit qu'un ovalibus allait se poser sur le bouclier dans une ou deux heures. Elle présuma que les Scaythes d'Hyponéros surveillaient ses pensées et que la présence de ces hommes avait un lien avec son prince. Tant qu'elle serait protégée par les serpents, elle ne risquerait rien. Il lui fallait éviter de descendre, mais trouver un moyen de prévenir les proscrits de l'île de Pzalion pour qu'ils lui procurent de quoi subvenir à ses besoins. Le petit Tau Phraïm montrait déjà un appétit féroce, et elle devait d'urgence reconstituer ses forces pour continuer de le nourrir.

CHAPITRE XIX

Je suis ton serviteur, ton transporteur,
Jouis de ton séjour en moi.
Je suis le fils de la gardienne de la porte,
Un semeur de vie.
Je vole à des allures vertigineuses
A travers l'immensité,
Une vitesse dix, vingt, trente, cent, mille fois
Supérieure à celle de la lumière.
Je ne vois pas, je n'entends pas, je ne sens pas,
Je ne touche pas, je ne goûte pas,
Mais je chante et resplendis de clarté,
Et mes concentrés de lumière, mes cristaux,
Brillent d'un éclat supérieur
A l'éclat des plus grandes étoiles.
Jouis de ton séjour en moi,
J'ai été conçu pour servir...

Chant du Xaxas,
Bible américaine de Cheyenne-2

Les migrateurs célestes affluaient de tous les points cardinaux et convergeaient par milliers vers le cirque des Pleurs. Les innombrables colonnes à l'incomparable éclat bleu-vert qui tombaient des nues étaient les piliers d'un temple majestueux et infini. La température avait brusquement grimpé de plusieurs dizaines de degrés et, par endroits, des flaques d'eau parsemaient la croûte glaciaire. Dominant les bruissements d'ailes, retentissaient des sons étranges, des cris, des vibrations prolongées qui produisaient d'envoûtantes harmoniques.

Les xaxas avaient déployé leurs ailes à la phénoménale envergure, des membranes souples et translucides reliées à de longues et fines excroissances qui ressemblaient à des mâts de navire à voile. Ils dérivaient paresseusement au-dessus des colonnes de lumière. Certains étaient immenses, plus de trente mètres de longueur, les autres mesuraient entre quatre et quinze mètres, de la tête en forme d'obus à la queue en éventail. Les cristaux incrustés dans leur carapace brun rouille, sillonnée de traînées rougeoyantes, criblée de particules enflammées, jetaient d'éblouissantes lueurs bleues ou vertes.

Marti s'était relevé et contemplait, ébahi, l'incroyable ballet des migrateurs célestes. Il avait abandonné Jek dans la neige. L'autre n'avait plus besoin des pouvoirs d'humain-source du petit Anjorien et pouvait donc, sans regrets (« regrets » était un terme impropre : il s'agissait plutôt d'une certitude d'avoir négligé une probabilité), le laisser mourir de froid sur son matelas blanc. San Francisco, Phœnix, l'un allongé sur l'autre, et Robin, étendu les bras en croix sur la glace, ne bougeaient pas davantage que Jek. La peau naturellement brune des deux Jersalémines virait à présent au blanc cassé et contrastait de plus en plus avec le noir mat de leur chevelure. Les mouvements ralentis, à peine perceptibles, de leur poitrine indiquaient qu'ils respiraient encore mais qu'ils n'avaient plus pour longtemps à vivre.

Marti jeta un coup d'œil aux oursigres sauvages regroupés au pied de la paroi. Ils achevaient de déchiqueter à coups de dents et de griffes les gardes jersalémines qui avaient eu l'imprudence de jeter leur fusil à propagation lumineuse, de se dévêtir et de descendre au fond du cirque. Les fauves à la blanche fourrure avaient subitement infléchi leur course et s'étaient dirigés au grand galop vers les nouveaux arrivants, comme si ces proies vivantes et chaudes les avaient détournés de leur dessein initial.

Marti observa pendant quelques secondes les pattes griffues et les crocs marbrés de sang qui arrachaient des quartiers entiers de viande, qui se disputaient les têtes, les viscères, les organes. L'autre avait décelé autre chose qu'un simple instinct animal dans le fait que les oursigres avaient totalement négligé les condamnés, les premières proies offertes à leur convoitise, et s'étaient jetés sur les Jersalémines : il y avait vu une manifestation des pouvoirs d'humain-source de Jek (probabilités : 85 %). Vingt mètres plus haut, il aperçut les silhouettes grises des gardes princiers restés sur le bord de la dépression. Ils avaient épaulé leur fusil mais n'avaient pas osé tirer, de peur de toucher leurs compagnons. Ils contemplaient, horrifiés, les corps dépecés, les mufles barbouillés, la neige et la glace maculées de sang, puis leurs regards extasiés se portaient sur la forêt de colonnes scintillantes, sur les arabesques aériennes, gracieuses et chantantes des xaxas, les animaux fabuleux annoncés par les versets prophétiques de la Nouvelle Bible de Jer Salem. Ils pourraient raconter à leurs parents, à leur femme, à leurs enfants, qu'ils avaient assisté au passage des migrateurs célestes, et leurs paroles entretiendraient la légende et l'espoir pendant quatre-vingts nouveaux siècles.

Les plus grands des xaxas s'introduisirent à l'intérieur des colonnes de lumière et, avec une lenteur et une légèreté surprenantes pour des créatures de ce gabarit, se posèrent sur la glace du cirque. Dès qu'ils atterrissaient, ils redevenaient les animaux pataudes et maladroits que laissait supposer leur apparence. Leurs cristaux cessaient de briller et leurs ailes se repliaient le long de leurs flancs. Ils rampaient avec difficulté sur la croûte glaciaire, sortaient du cercle bleuté avant de s'immobiliser, couchés sur le ventre, comme si, êtres d'essence céleste, ils étaient épuisés par le moindre mouvement sur les mondes régis par la gravité. Dès qu'ils s'étaient extraits des colonnes, d'autres de leurs congénères s'y engouffraient, descendaient au ralenti, comme soutenus par une invisible plate-forme à l'intérieur d'un tube transparent.

Peu à peu, le cirque des Pleurs se couvrit entièrement de grandes masses brunes. Ils n'atterrirent pas tous : des milliers restèrent suspendus dans les airs, occultant les rayons des Farfadets, et le bruissement de leurs ailes composait un fond sonore lancinant, ponctué de notes graves ou aiguës.

Marti s'avança prudemment vers le xaxas le plus proche de lui, un animal d'une taille moyenne dont la carapace, légèrement fumante, s'ornait de traces noires comparables à des taches de suie. L'autre avait enregistré toutes les données qui concernaient l'introduction dans le corps des migrateurs : il fallait d'abord localiser l'orifice situé sous le ventre, près de la queue, quelque chose qui ressemblait de près ou de loin à l'anus des humains ou des animaux terrestres. Lorsqu'en seraient sortis les premiers parasites, les chrysalides venues d'un autre monde, Marti ne disposerait que de quelques secondes pour se faufiler dans le conduit et atteindre le compartiment intérieur, l'endroit où le xaxas, adaptant instantanément son métabolisme à son nouveau passager, offrirait eau et oxygène en quantité suffisante jusqu'à la prochaine escale (serait-ce Terra Mater ? les probabilités, bien qu'ayant légèrement progressé, ne donnaient encore qu'un faible 18 %). Pour l'instant, Marti n'entrevoyait aucune possibilité de pénétrer dans le migrateur, mollement vautré sur la glace et dont le poids interdisait toute tentative de se glisser sous sa carapace. Il fit le tour du monstre – dénomination qui venait spontanément à l'esprit du Marti encore humain – mais ne décela pas davantage d'orifice ou de passage de l'autre côté. Il examina alors plusieurs de ses congénères, figés, comme en attente de quelque mystérieux signal. Peut-être s'étaient-ils tout simplement posés sur Jer Salem pour y mourir ? N'était-ce pas l'explication des trois migrateurs congelés dans la muraille du cirque du Golan dont avait parlé Phœnix ? L'autre n'avait pas pris cette éventualité en compte, mais à présent, devant l'inertie totale des masses brunes échouées sur le cirque des Pleurs comme un troupeau décimé, il devait inclure ces données dans ses calculs de probabilités. Aucune palpitation, même ténue, n'agitait les carapaces. Etait-ce une suspension, définitive ou provisoire, de leurs fonctions respiratoires, ou bien, même pendant leur séjour sur les mondes habités, restaient-ils gouvernés par d'autres lois physiologiques ? Marti, obéissant aux injonctions de l'autre, traversa une colonne de lumière brûlante, contourna le corps d'un xaxas et détailla sa tête – « proue » aurait été un terme plus approprié. Sous les replis annelés, il ne distingua aucun œil, aucune oreille, aucune narine, aucune bouche, aucune ébauche de museau, aucune de ces multiples cavités dont sont naturellement pourvus les animaux planétaires. Ils avaient une allure générale d'oiseau, de pachyderme volant plus précisément, mais ne présentaient aucune conformation extérieure qui trahît une quelconque activité sensorielle. De guerre lasse, l'autre choisit de maintenir l'aiguillage initial et opta pour un véhicule spatial d'une longueur de vingt mètres dont la carapace, plus propre et lisse que celle de ses congénères, lui inspira confiance (un commencement de fonctionnement irrationnel ?). Il s'accroupit à proximité de la queue et attendit.

Des traînées incendiaires se diffusèrent dans les veines, dans les muscles, dans les organes de Jek. Sortir d'un engourdissement était nettement plus douloureux que d'y entrer. La vie semblait tellement impatiente de réinvestir son territoire qu'elle s'y répandait en conquérante barbare, certaine de sa victoire. De nouveau, le petit Anjorien sentit les morsures du froid qui, contraint de reculer, se montrait particulièrement féroce. Des sons à l'étrange beauté résonnaient au-dessus de lui.

La douleur se fit tant cuisante qu'il entrouvrit les yeux. Il se rendit d'abord compte qu'il n'était allongé ni sur Marti ni sur la neige, mais qu'il baignait dans une flaque d'eau froide. Puis il crut que la nuit était tombée sur le cirque des Pleurs. Une illusion qui ne dura que quelques secondes, le temps que son regard embrasse les somptueuses colonnes de lumière bleue, les formes sombres et bruissantes qui couvraient le ciel, les masses imposantes allongées à quelques pas de lui, les fourrures maculées de sang des oursigres, les silhouettes grises alignées sur le bord de la dépression...

Il ne sentait pas encore ses extrémités gelées, mais son cerveau, jusqu'alors prisonnier du froid, se remit à fonctionner à plein. Il prit conscience que les migrateurs avaient atterri pendant son engourdissement. Une chaleur intense régnait désormais sur le cirque. Elle provenait probablement des colonnes de lumière et des carapaces fumantes des xaxas.

Jek se redressa, mouvement qui provoqua un afflux brutal de sang dans ses veines, une recrudescence de la douleur, vive, insupportable. A côté de lui gisaient San Francisco et Phœnix, enlacés, et, au second plan, Robin, dont les cheveux gris étaient recouverts d'un givre luisant. Marti avait disparu. Il n'y avait plus de temps à perdre. Lorsque les xaxas auraient libéré les chrysalides, ils décolleraient immédiatement et s'envoleraient vers leur nouvelle destination. Ce serait peut-être un monde inconnu, hostile, mais de toute façon préférable au froid mortel du cirque des Pleurs.

Il se releva. Le sang ne lui parvenait pas encore jusqu'aux pieds, et il eut l'impression de se percher sur du vide, ou sur des extrémités qui ne lui appartenaient pas, ce qui revenait quasiment au même. Il s'effondra comme un animal nouveau-né aux membres fragiles et fuyants. Cinq bonnes minutes lui furent nécessaires pour maîtriser la station debout. Les plus petits des xaxas mesuraient facilement deux mètres de haut. Il douta quelques secondes de la réalité de leur existence. Leur immobilité avait quelque chose d'illusoire, d'onirique. Ils évoquaient les chienlions en matière synthétique, figés pour l'éternité, qui ornaient les allées du parc cynégétique d'Anjor. Le clair-obscur, les colonnes à l'éclat bleu-vert et le mystérieux chœur homophonique qui provenait de l'espace renforçaient l'impression de Jek d'évoluer dans un rêve. Seuls les milliers de migrateurs qui continuaient de planer quelques dizaines de mètres au-dessus du cirque paraissaient réels, vivants.

Le petit Anjorien tenta d'abord de ranimer San Francisco. Il employa la même méthode qu'ils avaient utilisée sur lui quelques minutes plus tôt : il lui gifla, du plus fort qu'il put, la nuque, les épaules et le dos.

« San Frisco ! »

Les coups qu'il donnait lui faisaient davantage de mal à lui-même qu'ils n'avaient d'effet véritable sur la peau durcie du prince des Américains. Chaque fois que sa main s'abattait sur le corps du Jersalémine, une lance cuisante lui perforait tout le flanc.

« San Frisco ! »

Il le frappa encore pendant dix minutes, ahanant, ponctuant ses gestes de cris, surveillant les xaxas du coin de l'œil. San Francisco ne remuait toujours pas, mais il sembla à Jek que sa poitrine se soulevait de manière plus ample et plus rapide. Alors, malgré la douleur, malgré la fatigue, il continua de cingler le large dos, sur lequel ses petites mains produisaient des stries rosâtres.

« San Frisco ! »

Un long et puissant mugissement tomba tout à coup des cieux. Un son qui tenait à la fois du signal d'alarme et du gémissement nostalgique d'une violine traditionnelle d'Ut-Gen. Les migrateurs qui planaient au-dessus du cirque battirent frénétiquement des ailes, s'agitèrent dans tous les sens, poussèrent des hurlements stridents comme pour prévenir leurs congénères posés sur le sol de l'imminence du départ.

« San Frisco ! Réveille-toi ! Réveille-toi ! »

Jek ne pouvait se résoudre à abandonner au froid de Jer Salem San Francisco, Phœnix et Robin, les seuls adultes qui lui avaient apporté leur aide sans exiger de contrepartie. Paniqué, ne sachant plus que faire, il empoigna San Francisco par les cheveux et tira vers lui de toutes ses forces. La tête du Jersalémine se décolla de l'épaule de Phœnix dans un froissement d'étoffe déchirée. Des lambeaux de sa joue et de sa pommette restèrent collés sur la peau de la jeune femme, dont les traits détendus donnaient à penser qu'elle dormait d'un sommeil paisible.

Les xaxas environnants commencèrent à remuer, à se coucher sur le flanc pour dégager leur abdomen, légèrement plus clair que le reste de leur corps. Ils se mouvaient avec une extrême lenteur, comme à l'intérieur d'une masse liquide.

Le regard affolé de Jek papillonna sur les larges ventres brun clair dressés presque à la verticale, puis revint se poser sur la nuque de San Francisco.

« Réveille-toi ! Je t'en supplie ! Réveille-toi ! »

Il lui tira la tête en arrière par à-coups, au risque de lui briser les vertèbres cervicales.

« Réveille-toi ! »

Des sanglots s'étranglaient dans sa voix. Il repéra des taches sombres à l'extrémité des abdomens des migrateurs, juste à la naissance de la queue. Saisi d'un accès de rage, dans un état second, il grêla de coups de poing la nuque et les omoplates de San Francisco, lui arracha des lambeaux de peau avec ses ongles. La chaleur ambiante et sa propre agitation le couvraient d'une pellicule de sueur. Il pataugeait dans une neige molle, pratiquement liquide, sentait sous la plante de ses pieds la couche supérieure lisse de la croûte glaciaire

L'éclat des colonnes de lumière se fit aveuglant. Jek distingua nettement les bords froncés des orifices ventraux des xaxas. Ils achevaient de se dilater et atteignaient désormais un diamètre de cinquante à soixante centimètres. Des vagues ondulantes, convulsives, parcouraient les abdomens sur toute leur largeur.

« San Frisco ! San Frisco ! »

Des tremblements agitèrent les membres du Jersalémine. Galvanisé, le petit Anjorien refoula le désespoir qui s'emparait de lui, continua de labourer la peau blême à coups d'ongles furieux. Des gouttes de sang, épaisses, visqueuses, perlèrent des multiples égratignures qui sillonnaient le dos et les épaules du prince des Américains.

San Francisco se retourna comme s'il émergeait d'un long sommeil et qu'il cherchait à se débarrasser de l'invisible intrus qui le harcelait. Ses paupières se soulevèrent et ses yeux vitreux glissèrent sur Jek sans le voir.

« Les xaxas ! Ils sont là ! hurla le petit Anjorien en secouant énergiquement l'épaule du Jersalémine. Ils vont repartir ! »

Des pointes blanches apparurent au centre des orifices, puis des formes oblongues, luisantes, fumantes, glissèrent silencieusement sur la glace. De nombreuses fissures parcouraient les enveloppes rigides, ovoïdes, des chrysalides.

« Les xaxas ! »

San Francisco ne réagissait toujours pas. Poussé par une subite impulsion, Jek plongea la main entre les cuisses du Jersalémine Ses doigts lui agrippèrent et lui pressèrent violemment la base du scrotum et du pénis. La consistance à la fois molle et résistante des organes sexuels de San Francisco ne provoqua aucune répulsion en lui. Il comprenait d'instinct qu'ils dispensaient la vie, qu'ils étaient donc des centres majeurs d'énergie. « Tu verras qu'un jour, ton petit robinet te servira à me fabriquer des petits-enfants », avait déclaré p'a At-Skin, l'œil coquin. Jek n'en avait pas encore le mode d'emploi, mais il pressentait que le robinet entrait pour un bonne part dans les affrontements d'amour entre les hommes et les femmes. Il ne relâcha pas sa pression. La peau et la chair se gorgeaient de sang, se comprimaient, se durcissaient sous ses doigts.

Une lueur s'alluma dans les yeux de San Francisco. Il redressa la tête et contempla le cirque des Pleurs, les xaxas couchés sur le flanc, les chrysalides ébranlées par de fortes trépidations.

« Jek ? »

Le petit Anjorien retira sa main du bas-ventre du Jersalémine.

« Les xaxas ! Vite ! dit-il précipitamment. Ils ont expulsé les parasites ! Il ne reste que quelques secondes ! »

Un voile se déchira dans l'esprit embrumé de San Francisco. Il recouvra en partie la mémoire et prit conscience de l'urgence de la situation. Il secoua ses jambes et ses bras pour rétablir la circulation sanguine, puis, sans tenir compte des épines enflammées qui grimpaient à l'assaut de son corps, se pencha sur Phœnix, qu'il gifla à toute volée.

Les cocons cédèrent sous les poussées désordonnées de leurs occupants. Des éclats aux bords acérés se fichèrent dans la glace.

« Phœnix ! Phœnix ! »

Jek se précipita vers Robin et, puisque la méthode avait parfaitement fonctionné avec San Francisco, procéda de la même manière avec le vieux Syracusain.

Les papillons émergèrent peu à peu des cocons brisés. Des milliers de lueurs vives embrasèrent soudain le clair-obscur qui ensevelissait le cirque des Pleurs, des milliers de flammes dansantes qui n'étaient rien d'autre que les ailes de feu, déployées et vibrantes, des grands lépidoptères perchés au sommet des cocons.

Leurs corps étaient eux-mêmes composés d'une matière crépitante qui ressemblait à de la lave en fusion et qui, à chacun de leurs mouvements, semait des panaches d'étincelles tout autour d'eux. Leurs deux antennes, transparentes et flexibles, ondulaient au gré des souffles d'air.

Emerveillé par ce fabuleux spectacle, Jek éprouva les pires difficultés à s'arracher à sa contemplation et à se concentrer sur ce qu'il était en train de faire, à savoir étrangler le petit robinet et les « petits réservoirs tout ronds et tout mous » (autre expression kreuzienne de m'an At-Skin) d'un vieil homme gelé, étendu dans la neige semi-fondue. Il ne décelait aucune palpitation sur la peau de Robin, d'une teinte légèrement bleutée.

Les papillons de feu prirent simultanément leur envol, formèrent une spirale ascendante dont le bord supérieur alla sans cesse s'élargissant. La nuée de migrateurs célestes s'écarta pour les laisser passer. Les papillons se divisèrent alors en quatre groupes, en quatre spirales plus petites, qui se dirigèrent chacune vers un Farfadet, vers l'un des quatre astres solaires dont ils semblaient être les fils naturels

Phœnix reprit progressivement conscience. Comme cela s'était passé pour San Francisco, des tremblements convulsifs secouèrent d'abord ses membres, puis, après une nouvelle série de gifles appuyées, elle releva la tête et entrouvrit les yeux.

« Les xaxas sont là ! hurla San Francisco. Ils vont se refermer dans une poignée de secondes ! »

Encore trop faible pour parler, elle hocha la tête pour montrer qu'elle avait compris. Une mince couche de givre collait ses longs cheveux noirs sur ses épaules, sur ses omoplates, sur ses seins, sur ses hanches. Les becs grouillants et chauffés à blanc qui lui picoraient l'intérieur du corps lui soutirèrent des grimaces, des larmes. Elle se secoua pour se débarrasser des ultimes lambeaux de léthargie qui entravaient ses mouvements. Elle tenta ensuite de se relever, mais, de la même manière que Jek quelques minutes plus tôt, ses jambes insensibilisées se dérobèrent sous elle et elle s'effondra dans la neige molle. Cette fois-ci, elle refusa de céder à l'appel doucereux du froid. Elle se redressa immédiatement et sautilla sur place pour réactiver la circulation sanguine.

Jek vit avec effroi osciller les masses brunes des xaxas. Il fut tiraillé entre le désir de sauver Robin et l'envie pressante, instinctive, de foncer vers un migrateur et de plonger dans son orifice ventral. Sans même qu'il s'en rende compte, ses doigts se desserrèrent, relâchèrent leur pression. Les papillons n'étaient plus que de minuscules taches brillantes à l'horizon, des nuages enflammés qui s'étiolaient dans l'azur du ciel.

San Francisco vint mettre un terme au dilemme du petit Anjorien.

« Je m'occupe de Robin, prince des hyènes... »

Jek hésita, conscient du sacrifice du Jersalémine – encore un qui se sacrifiait pour lui ! – mais Phœnix, désormais tout à fait lucide, lui saisit le poignet et l'entraîna de force vers le xaxas le plus proche, un animal de dix mètres de long dont la carapace fuligineuse s'affaissait au ralenti sur le ventre. Le cocon qu'il avait expulsé était nettement moins volumineux que ceux qui gisaient à côté de ses congénères. On aurait dit qu'il avait accouché d'un être chétif, malingre.

Phœnix poussa Jek vers l'orifice ventral.

« Rampe... Une fois dans le compartiment... reste immobile... »

Pour la jeune femme, le simple fait de parler représentait une véritable torture. Des gouttes de sang perlèrent de ses lèvres déchirées. Une peur soudaine étreignit Jek devant l'orifice aux bords distendus et froncés, devant cette bouche hideuse qui devait le gober... Il ne pourrait pas respirer à l'intérieur du xaxas, il n'y avait aucune fenêtre, aucun hublot, aucun tuyau d'aération comme dans le *Papiduc*...

« Vite ! dit Phœnix. Par la tête ! »

Jek se rendit compte que la masse du migrateur était sur le point de s'abattre sur lui, mais ses jambes tétanisées refusèrent d'avancer. S'enfoncer comme un suppositoire dans le trou du cul de ce monstre, c'était aller vers une mort certaine, une horrible mort par étouffement.

« Je ne veux pas... Je ne peux pas... », balbutia-t-il.

Phœnix s'aperçut que la peur paralysait le petit gock, qui ne s'était jamais préparé à affronter ce genre de situation.

« Calme-toi, Jek, tout se passera bien, dit-elle d'une voix posée, rassurante, négligeant les épingles qui lui perforaient les lèvres. Il te fournira tout l'air dont tu as besoin. Il te suffira de t'allonger, de recueillir de temps en temps des gouttes d'eau au bout de tes doigts et de t'en humecter la langue.. Tu ne risques rien. C'est un ami... ton ami... »

Tout en parlant, elle l'avait pris par les épaules et poussé vers l'orifice. Rasséréné par la douceur de sa voix et par la chaleur qui se dégageait de ses paumes, le petit Anjorien introduisit la tête dans la sombre cavité. Il fut instantanément plongé dans une obscurité opaque, odorante, suffocante. Lorsqu'il sentit le conduit de chair molle et tiède lui enserrer le crâne, le front, les joues, le menton, le cou, il fut submergé par une nouvelle vague de panique, remua frénétiquement les bras et les jambes, encore libres, pour tenter de ressortir. Mais Phœnix lui agrippa les fesses et l'en empêcha jusqu'à ce qu'un liquide visqueux lubrifie le conduit et qu'une puissante contraction interne du xaxas le happe tout entier. Si les migrateurs célestes utilisaient leur conduit et leur orifice pour expulser leur passager, ils s'en servaient également pour attirer et capturer de nouveaux parasites. Leurs organes étaient conçus en fonction de leur rôle, qui était de transporter des êtres vivants d'une étape à l'autre, d'un monde à l'autre.

Le corps de Jek fut englouti dans le boyau obscur, humide et chaud. Une odeur fétide, une odeur d'insecte écrasé, lui agressa les narines, et un goût de fiel lui inonda le palais. L'air commença à lui manquer mais, au lieu de tempérer sa respiration, il la précipita, il haleta, il s'asphyxia. Affolé, terrorisé, incapable de réfléchir, il voulut repartir en arrière, planta ses ongles dans la gangue de chair malléable, mais en pure perte. Les contractions rapprochées le halaient inexorablement vers l'intérieur du xaxas. Un tourbillon d'images se leva dans l'esprit du petit Anjorien. Il entrevit fugitivement les spectres de p'a et de m'an At-Skin... P'a, m'an, votre fils unique va mourir dans le ventre d'un monstre de l'espace... Il discerna le corps déformé et agonisant du vieil Artrarak... Artrarak, tu m'as expédié dans un endroit bien pire que l'enfer des kreuziens... La barbe blessante du sorcier Baisemort, le visage à la fois doux et sévère du viduc Papironda, son père de l'espace, la face ratatinée de Iema-Ta, la naine aux ongles meurtriers... Ses poumons et sa peau réclamaient de l'air, son cœur lui martelait douloureusement la cage thoracique.

Un dernier spasme, plus violent que les précédents, le projeta brutalement vers l'avant. Il roula sur lui-même et se retrouva allongé sur un plancher moite et palpitant. Il tendit les bras au-dessus de sa tête. Ses mains ne rencontrèrent que le vide. Il ne voyait absolument rien, mais il était libéré de la pression désagréable et étouffante du conduit. Ce nouvel endroit proposait un minimum d'espace vital. Peut-être était-ce le compartiment intérieur dont avait parlé Phœnix ? L'étau qui lui comprimait la poitrine desserra progressivement ses mâchoires, et il respira à peu près normalement. La puanteur était toujours aussi répugnante, mais il commençait à s'y faire. Il lança de nouveau ses mains à l'aventure. Il palpa, sur les côtés, des sortes de membranes poreuses et souples qui se gonflaient comme les joues de p'a At-Skin lorsqu'il présentait son jardin à ses invités. De subtils courants d'air frais lui caressèrent la pulpe des doigts. Le plancher palpitant lui épousait étroitement la nuque, le dos, les fesses et les jambes.

Apaisé, il se demanda si San Francisco, Phœnix et Robin avaient eu le temps de pénétrer dans leur véhicule spatial avant qu'il ne se soit complètement rabattu sur le ventre. Il ne tenait pas à se retrouver seul sur la Jer Salem de lumière ou sur tout autre monde où l'expulserait le migrateur céleste. Et puis, et c'était sans conteste la principale raison de son anxiété, il ne voulait pas que ses amis meurent de froid sur ce minuscule satellite gelé. Les deux Jersalémines et le vieux Syracusain méritaient autant que lui de vivre. Curieusement, il n'était pas inquiet au sujet de Marti, ce grand frère qui l'avait renié dans le bureau de Iema-Ta. Il pressentait que le monstre caché du jeune Syracusain recelait d'insoupçonnables ressources.

Une douce euphorie pénétrait par les pores de sa peau, se déposait dans chacune de ses cellules. Il flottait entre rêve et réalité, aussi léger que l'air. Il lui sembla percevoir un mouvement, un chuintement non loin de sa tête. Il écarta le bras mais ne heurta rien d'autre que les sacs d'oxygène, tendus à rompre, et les parois souples du compartiment sur lesquelles perlaient des gouttes d'eau fraîche. Le métabolisme de son véhicule spatial avait fini de s'adapter aux besoins de son passager humain.

Jek se sentit légèrement ballotté, comme à l'intérieur d'une nacelle de foire. Il entendit des sons mélodieux, à la fois proches et lointains, à la fois étranges et familiers, qui lui ravirent l'âme.

Les gardes jersalémines auraient tellement de choses à raconter aux quatre grands abyns, aux trente-neuf princes, à leurs frères de tribu, à leur famille, qu'ils ne sauraient pas par quoi commencer. Le spectacle qui s'était joué vingt mètres sous eux avait été extravagant, incroyable, inouï. D'immenses papillons aux ailes et aux corps de feu avaient brisé les cocons expulsés par les xaxas et s'étaient envolés vers les quatre Farfadets, comme pressés d'aller se jeter dans la lumière brûlante des astres solaires. Les condamnés, dont quatre avaient paru définitivement gelés, avaient repris connaissance l'un après l'autre. L'enfant gock, en théorie le moins résistant, s'était relevé le premier et avait ranimé le prince des Américains en lui tordant les bourses. San Francisco avait fait revenir Phœnix à elle et, pendant qu'il s'occupait du vieux gock, la jeune femme avait poussé l'enfant vers l'orifice sacré d'un xaxas. Puis, sur l'ordre de San Francisco, elle s'était glissée à son tour dans le ventre d'un migrateur céleste. Le prince des Américains avait ensuite chargé le vieux gock, toujours inerte, sur ses épaules, l'avait enfourné d'autorité dans un orifice sacré et avait tout juste eu le temps de plonger sous une carapace avant qu'elle ne se soit complètement abaissée. Les gardes avaient vu disparaître les jambes de San Francisco, écrasées par la masse brune, et ils avaient entendu ses os craquer.

Les cristaux sertis dans les carapaces s'étaient remis à étinceler, à jeter leurs chatoyants éclats, les colonnes de lumière s'étaient dissoutes, les xaxas avaient déployé leurs ailes membraneuses et s'étaient élevés avec une lenteur majestueuse au-dessus de la glace, abandonnant des mares d'eau dans les lits qu'avait creusés leur poids. Ils avaient poussé de longs cris empreints de tristesse, de nostalgie. Savaient-ils qu'ils ne reverraient pas cette terre avant huit mille ans ?

Vivraient-ils encore huit mille ans ? Etaient-ils régis par les lois du temps ? A vigoureux coups d'ailes, ils s'étaient fondus dans la nuée de leurs congénères qui les attendaient, puis, progressivement, étaient devenus de simples points noirs à l'horizon.

Un voile bleu pâle et uniforme s'était de nouveau tendu sur la voûte céleste. La température avait chuté tout à coup de plusieurs dizaines de degrés. Les mares d'eau laissées par les migrateurs s'étaient gelées. Des milliers de cocons brisés et des fragments de cadavres éparpillés jonchaient la glace du cirque des Pleurs. Les oursigres, repus, avaient regagné leur tanière.

Pendant plus de deux heures, les gardes pétrifiés s'avérèrent incapables de bouger, d'articuler le moindre son. Ils tremblaient de froid, de désespoir également, en dépit de leur chaude combinaison de laine et de leurs bottes fourrées. Ils avaient conscience d'être passés à côté du grand rêve du peuple élu.

Ce fut Casablanca, de la tribu des Maghrébins, qui prit l'initiative de rompre le silence.

« Retournons à Elian. Nous n'avons plus rien à faire ici !

– Que dirons-nous aux abyns, à l'Ancien et aux princes ? demanda Bruxelles, de la tribu des Benelux.

– Ce sera à eux de nous dire quelque chose ! fit Casablanca d'une voix dure. De nous expliquer pour quelles raisons les seuls qui aient pu entrer dans le ventre sacré des xaxas sont ceux-là mêmes qu'ils ont publiquement maudits : les non-élus, gocks ou félons... »

Robin de Phart reprend peu à peu conscience. Il ne sent plus ses membres et comprend instantanément qu'il n'en récupérera jamais l'usage. Ce sont désormais des branches pourries, rattachées à un tronc qui ne vaut guère mieux. Quelle importance ? Il est vieux, il est seul, il est mort. Ses épaules, son dos et son bassin reposent sur un matelas chaud et vivant. Se pourrait-il que... Bien que les cils collés les uns aux autres ne facilitent guère les mouvements de ses paupières, il parvient à entrouvrir les yeux. Il est environné d'une obscurité opaque, hermétique, et il se demande s'il n'est pas également devenu aveugle. Puisque le sens de la vue ne lui sert à rien, un réflexe le pousse à utiliser le sens du toucher. Mais ses bras inertes refusent catégoriquement de lui obéir. Il entend alors des murmures enchanteurs, des vibrations à l'ineffable beauté. Il est probablement passé de l'autre côté, sur les mondes de l'au-delà. Il hume une odeur écœurante de viande crue et d'insecte broyé, se dit que les mondes célestes ne sont probablement pas empestés par semblable puanteur.

Des gouttes froides s'écrasent sur son visage, sur son torse, sur son ventre, sur ses cuisses. Il entrebâille la bouche, et certaines éclatent sur ses lèvres, sur sa langue. L'eau, délicieusement fraîche, coule dans sa gorge... L'eau... Le métabolisme des xaxas... Il devine alors qu'il se trouve dans le compartiment intérieur d'un migrateur céleste, se demande par quel miracle il a pu échouer là.

Lorsqu'il a perdu connaissance, quelques minutes ou quelques heures plus tôt, il mourait de froid dans le cirque des Pleurs. Il avait tenté, en compagnie de San Francisco et de Phœnix, d'insuffler de la vie dans le corps bleu de Jek, mais leurs efforts n'avaient pas été couronnés de succès. De guerre lasse, il s'est laissé tomber dans la neige et a sombré dans une nuit noire où ne luisait aucune étoile. Marti l'a-t-il aidé à se glisser dans l'orifice sacré d'un xaxas ? Cela ne ressemble guère au fils que le destin a placé sur sa route et qui, peu à peu, révèle sa véritable nature. Un monstre d'abjection, d'égoïsme et d'indifférence. N'est-ce pas ce qu'a tenté de lui dire Jek dans le vaisseau du Globe ? Aveuglé par ses sentiments paternels, Robin n'a pas voulu écouter le petit Anjorien... Il le regrette à présent.

Les gouttes d'eau tombent régulièrement dans la bouche du vieux Syracusain, comme si le migrateur céleste avait compris que son parasite n'a plus la possibilité de bouger et qu'il avait instantanément intégré cette donnée.

Une gangue de bien-être enveloppe Robin, dont l'esprit est éveillé comme jamais. La vie chassée de ses membres s'est réfugiée dans son cerveau. Les sons enchanteurs se transforment tout à coup en une voix grave, parfaitement audible. Le véhicule spatial ne se contente pas de fournir les indispensables éléments à la survie de son passager, il lui délivre également, dans son langage, les messages, les informations qu'il a envie ou besoin d'entendre...

« Je te transporte vers ton ultime demeure, car tel est ton désir. Je viens d'un monde au bord de l'univers, si lointain qu'il me faut plusieurs milliers d'années pour parcourir la distance qui le sépare de tes mondes... Et pourtant, je me déplace à une vitesse tellement supérieure à celle de la lumière... Je vole à des allures que tu ne peux concevoir... J'utilise des énergies qui te sont inconnues... Je suis un semeur de vie... Je transporte d'un monde à l'autre des créatures pour favoriser les échanges, comme les vents et les insectes mêlent les pollens pour les nouvelles fécondations... Il y a huit mille de tes années, j'ai transporté un humain dans mon compartiment... Il désirait revoir son monde d'origine, une petite planète bleue d'un bras de cette galaxie, troisième planète d'un système à une étoile... Ses pensées l'ont trahi et il est mort pendant le voyage... Je sais que la mort t'attend aussi... Je n'aime pas transporter les morts, car je suis un semeur de vie... Il y a très longtemps, j'ai transporté des dieux qui souhaitaient explorer leur création... Quand je t'aurai déposé, je repartirai pour un nouveau périple... J'irai là où je trouverai un autre passager, un autre parasite. Et je planterai une nouvelle graine où la vie ne s'est pas déployée. Je suis un semeur de vie, mais je t'emmène vers la mort, puisque la mort est la vie que tu as choisie... Je suis d'un âge dont tu ne peux pas avoir idée... Je suis ce que tu appelles un immortel... Tes membres sont morts parce que tu es las de la vie, parce que tu as marché trop longtemps, parce que tu n'as pas de fils, parce qu'est venu pour toi le temps du repos... Jouis de ton séjour en moi... Je suis ton transporteur, ton serviteur... Mes frères et moi sommes passés sur le satellite glacé d'une planète d'un système à quatre soleils parce que nous pensions que des milliers de parasites voulaient émigrer vers un monde bleu... Combien étiez-vous ? Quatre ? Peut-être cinq ?... Nous avons perdu du temps... Il y a des milliers de vies à planter... Nous sommes des semeurs de vie... Avant toi, j'ai transporté une chenille de feu... Je l'ai capturée sur une planète entièrement composée de magma liquide et chaud... Elles sont redoutables, féroces... Elles cherchent à nous grignoter de l'intérieur et nous devons les enfermer dans des cocons... Mais voilà justement pourquoi elles nous grignotent, pour nous obliger à créer leur cocon de métamorphose... Elles sont plus intelligentes que nous... Repose-toi... Jouis de ton séjour en moi... »

Et Robin fait ce que lui conseille le xaxas. Il referme les yeux, se laisse flotter dans l'euphorie qui le gagne.

Il entend alors un chant apaisant : le migrateur prend la voix de sa mère pour lui fredonner un vieil air syracusain.

« Je suis un semeur de vie, dit le xaxas à Phœnix. Je te transporte là où se rend l'homme de tes pensées... Car tu vis pour lui, et tu vas où il va... Tu as besoin de lui pour te sentir femme, et il a besoin de toi pour se sentir homme... Et votre fusion est aussi porteuse de vie... J'ai autrefois transporté une femme... Elle fuyait un homme qui voulait la tuer, et elle avait la haine dans le cœur... Je l'ai déposée sur un monde qui pouvait subvenir à ses besoins... Je suis repassé récemment sur ce monde, et j'ai su qu'elle avait engendré une forme de vie avec des principes masculins, qu'elle avait donné naissance à des créatures à la peau rugueuse et aux yeux globuleux... Je l'ai su parce que j'ai transporté l'une de ces créatures sur un monde habité par les hommes... Elle avait l'âme vide et noire, et j'ai compris qu'au lieu de semer la vie, j'avais porté la mort... Tu penses à ceux que tu as abandonnés et tu souffres... Ne souffre pas, jouis de ton séjour en moi... Je suis ton transporteur, ton serviteur... Nous pensions trouver des milliers de passagers sur ton monde, le satellite de glace... Pourquoi n'étiez-vous que cinq ? Je vois en toi des prêtres à l'âme noire et vide, des semeurs de mort identiques à la créature que j'ai transportée... Je vois des cœurs emplis de haine, des mains qui te griffent le visage, qui t'arrachent les tissus de la peau... Nous ne repasserons plus jamais sur ton monde... Cinq, c'est trop peu... Nous préférons semer des milliers de fois... Peut-être seront-ils cent quarante mille dans quatre-vingts de tes siècles... Peut-être, mais nous ne prendrons pas le risque... Notre monde est une porte, et notre mère la gardienne de la porte... Au-delà commence le non-univers, l'incréé... Notre mère nous envoie pour favoriser les échanges de vie entre les mondes... Mais si tel est le désir de nos passagers, nous favorisons les échanges de mort... Ce n'est pas à nous d'en décider, nous ne sommes que des miroirs de l'âme, des transporteurs, des serviteurs... Nos capteurs d'énergie nous permettent d'atteindre des vitesses que l'esprit humain ne peut imaginer... Ce ne sont pas des cristaux, mais des concentrés de lumière, des parcelles de puissance créatrice dérobées aux dieux... Je ne ressens pas la nécessité de respirer ni celles de boire ou de manger, mais je comprends ta nécessité de respirer, de boire et de manger... La chenille de feu que j'ai transportée avant toi avait besoin de manger, mais non respirer... Je lui ai fabriqué un cocon pour l'empêcher de me dévorer de l'intérieur... A toi, je fournirai l'eau et l'oxygène jusqu'à la fin du voyage... Ainsi sont les êtres vivants de l'univers : parfois semblables, parfois différents, parfois morts, parfois vivants, parfois mâles, parfois femelles, parfois mâles et femelles, parfois ni mâles ni femelles... Si tel est ton désir, je serai l'homme que tu aimes... Jouis de ton séjour en moi... »

Et des ondes d'un plaisir indescriptible se diffusent dans le corps de Phœnix. Elles prennent naissance entre ses cuisses, dans ses nymphes, se répandent avec une lenteur suave dans son bas-ventre, escaladent les tendres collines de sa poitrine, meurent sur les pointes dressées, délicieusement douloureuses de ses seins, puis les ondes renaissent et le cycle se renouvelle sans interruption, précipitant Phœnix dans des gouffres d'extase où elle se dissout corps et âme dans le souvenir de San Francisco.

« Les os de tes jambes se sont brisés sous mon poids, dit le xaxas à San Francisco. Ta souffrance est aussi vive qu'est grande ta générosité... Je suis ton transporteur, ton serviteur... Je suis un semeur de vie, l'enfant de la gardienne de la porte de l'univers... Les tiens t'ont banni parce qu'ils ne supportaient pas de se contempler dans le miroir que tu leur tendais... Les tiens n'avaient pas l'envie réelle de quitter leur monde de glace, leur livre sacré n'était qu'un prétexte... Tu étais dans le vrai et ils ne l'ont pas toléré... Ceux que tu appelles abyns ne désirent qu'exercer leur pouvoir sur leurs fidèles... Voilà pourquoi vous n'étiez que cinq à nous attendre... Ainsi me l'ont précisé mes semblables... Nous ne parlons pas, mais contrairement à ce que croient les humains il n'est point besoin de parler pour communiquer... Voici de cela plus de huit mille de tes années, j'ai transporté un homme banni, rejeté par son peuple, comme toi... Je l'ai déposé sur une planète d'une autre galaxie, là où ses idées étaient susceptibles de favoriser la vie... Tel est le destin des visionnaires, de ceux qui ont eu trop tôt raison... Ceux qui ne veulent pas entendre exilent, brisent ou exploitent ceux qui connaissent les lois fondamentales de la création... Notre mère nous a engendrés pour servir, pour semer la vie... Notre mère la gardienne de la porte est écartelée entre l'incréé et le créé, entre le vide et le plein, entre le froid et la chaleur... Ne souffre plus de tes jambes, jouis de ton séjour en moi... Pense à cette femme que tu aimes, la femme qui t'a attendu pendant vingt années, la femme avec laquelle tu as tant souhaité t'unir... Je te déposerai là où elle sera déposée, afin que vous puissiez respirer le même air, afin que vous puissiez fusionner et semer la vie... Elle est ton autre toi-même, la part qui te manque... Moi, je suis un principe neutre, un simple transporteur, un serviteur... Sais-tu que tes pensées maintiennent l'univers en ce moment même ? Sais-tu que tes pensées sont des étincelles d'intelligence créatrice qui empêchent l'incréé de se déployer ? Tant que tu es, l'univers est... Ton amour pour cette femme crée des milliers d'étoiles... Tel est le pouvoir extraordinaire des hommes... L'amour est l'énergie ultime... Je ressoude maintenant les os de tes jambes, car je veux que tu jouisses sans entrave de ton séjour en moi... Je vogue à travers l'immensité sidérale au maximum de ma vitesse... Une vitesse dix, vingt, trente, cent, mille fois supérieure à celle de la lumière... L'énergie est abondante au cœur de l'espace... Mes fragments de lumière concentrée, que tu appelles des cristaux, brillent d'une énergie supérieure à celle des plus grandes étoiles... Je ne vois pas, je n'entends pas, je ne sens pas, je ne touche pas, je ne goûte pas, mais je chante et resplendis de lumière... Tes os sont maintenant ressoudés... Jouis de ton séjour en moi... Pense à la femme que tu aimes, et je serai cette femme jusqu'à la fin de ton voyage... »

Et San Francisco s'enfonce corps et âme dans un océan de délices. Non seulement le migrateur céleste lui offre l'eau et l'air, mais il parle ou, plus précisément, il module les sons mystérieux, homophoniques, de manière qu'ils forment des mots, des phrases, des chants, des pensées sonores. Toute douleur a déserté les jambes du Jersalémine. Quelques heures plus tôt – s'agit-il bien d'heures ? la notion de temps a-t-elle cours dans le ventre du xaxas ? – il s'est évanoui de souffrance dans le conduit. Il a repris conscience dans le compartiment et il a cru un moment qu'il avait perdu ses jambes, broyées par le poids de son véhicule spatial au moment de l'introduction.

La puanteur qui règne à l'intérieur du xaxas se transforme tout à coup en une délicieuse senteur poivrée, musquée : l'odeur intime de Phœnix.

« Tu es mon parasite comme l'autre est ton parasite, dit le xaxas à Marti. Je suis ton véhicule spatial comme tu es le véhicule corporel de l'autre... J'ai été engendré pour être un transporteur, un serviteur, mais toi, tu es un être-source, un créateur, un dieu oublieux... Si l'autre t'a choisi pour accomplir son œuvre, c'est que tu as renoncé à ton statut, que tu t'es renié... La chenille que je renfermais avant toi a voulu me dévorer, mais je l'ai emprisonnée dans un cocon, où elle a pu achever sa métamorphose... L'autre t'a dévoré l'esprit, et tu n'as pas cherché à te défendre, tu n'as pas su t'adapter... Je te déposerai sur le monde que l'autre a choisi pour toi, car tes désirs sont ceux de l'autre... L'autre est un envoyé de l'incréé, le non-univers tapi derrière la porte dont ma mère est la gardienne... Le dessein de l'autre est de semer le néant, la non-vie... Or je suis un semeur de vie... Tu ne peux jouir de ton séjour en moi car l'autre ne t'accorde pas le droit à la jouissance... Toutefois je t'offre l'air et l'eau car je me dois de préserver ton corps... Ainsi suis-je conçu... Ce faisant, j'ai conscience de servir les intérêts de ton parasite, mais je ne juge pas, je ne suis qu'un instrument du destin... Sache pourtant que tu es un humain, un être qui peut infléchir le cours des choses à tout moment... A chaque seconde de ta vie, tu as le choix... L'autre n'est rien puisqu'il est le fils du néant, une non-créature... Il veut neutraliser ceux que tu appelles guerriers du silence, les êtres-source qui luttent contre l'avènement de l'incréé... En lui je lis comme en toi, car je suis un miroir fidèle, un révélateur neutre, un amplificateur des pensées... Les pensées de l'autre n'ont pas un millième du pouvoir de tes pensées... N'as-tu donc personne à chérir ? Ne te souviens-tu pas de la jeune fille que tu aurais pu aimer ? Ne l'as-tu pas regrettée lorsque tu t'es glissé dans la machine de transport instantané ? que tu t'es retrouvé dans la grande cité de métal ?... Ne te souviens-tu pas de ton père, de ta mère, de tes amis ? Pense à eux... Pense au petit garçon que tu as réchauffé de ton corps sur la glace du satellite... Tes émotions, tes sentiments te reconnecteront peut-être à ta véritable nature... Si ton désir est plus fort que la volonté de l'autre, alors je te servirai... Que ton potentiel d'amour se montre supérieur au potentiel de haine de l'autre, et je te servirai... Ton parasite s'est retiré dans les profondeurs de ton esprit... Il a peur de moi, il a peur de toi, il a peur de toutes les ondes, de toutes les formes, des infimes pulsions de chaleur qui créent la vie... Profites-en... Que décides-tu ? Il n'est pas trop tard... Là où je vous déposerai, ton parasite et toi, vous attend une petite boîte en fer... L'autre en connaît les coordonnées exactes, la combinaison chiffrée du code d'ouverture... Cette boîte renferme une arme double... Une pour ceux que tu appelles guerriers du silence, une pour toi... Car l'autre, lorsqu'il aura rempli la mission pour laquelle il a été conçu, scellera définitivement ton sort... Tu ne lui serviras plus à rien... Il finira de t'effacer et ton âme sera à jamais dispersée aux vents du néant... »

Les mots (ou les pensées sonores) du xaxas glissent sur Marti comme des songes. Il ne parvient pas à appréhender la réalité de ces sons murmurés, chuchotés, fredonnés, qui semblent provenir à la fois des parois du compartiment intérieur du migrateur céleste et des profondeurs de son esprit. Il croit deviner que quelqu'un le met en demeure de choisir. Mais choisir quoi ? De quelle jeune femme parle-t-on ? De quel père, de quelle mère, de quels amis, de quel petit garçon ? De quelle boîte ? Tout cela a-t-il un sens ? L'âme du jeune Syracusain est un gouffre déjà battu par les vents du néant.

La chenille de feu s'approche avec circonspection de l'autre parasite, dont le métabolisme s'est ralenti, signe qu'il est entré dans une nouvelle et longue phase de repos. Ses antennes frémissent d'allégresse.

Elle s'est introduite dans le corps du migrateur céleste en même temps que sa sœur jumelle. Comme elles étaient toutes les deux de petite taille – elles sont issues du même œuf – et qu'elles se sont entrelacées pour se faufiler dans l'orifice, le transporteur n'a pas remarqué la différence. Une fois dans le compartiment central, elles ont attendu qu'il décolle, qu'il s'envole vers d'autres mondes. Puis la sœur s'est montrée la plus autoritaire, la plus virulente. Elle a commencé à grignoter la chair molle, gorgée d'un liquide visqueux, odorant, et, à coups d'antennes, a interdit à sa jumelle d'en faire autant. Les chenilles de feu dévorent à peu près tout ce qui leur passe devant la bouche, une ouverture horizontale aux bords tranchants comme des lames, y compris les minéraux qu'elles broient avant de les ingurgiter. Le migrateur s'est immédiatement défendu de l'agression en sécrétant des filaments de bave gluante, résistante, puis en tissant un cocon autour de l'affamée. L'instinct de la deuxième chenille lui a soufflé qu'il n'accepterait probablement pas de fabriquer un deuxième cocon, qu'il l'éliminerait s'il s'apercevait de sa présence. Elle est donc restée sagement immobile, clandestine, et elle a programmé son corps en ralentissement prolongé de ses fonctions vitales, ce qui, sur d'autres mondes, pourrait se traduire par le mot « hibernation ».

Le conduit du compartiment s'est subitement ouvert et un flot de lumière aveuglante l'a réveillée. Toujours immobile, elle a vu les contractions musculaires du transporteur expulser le cocon de sa sœur. Elle a planté ses innombrables pattes dans le plancher de chair pour ne pas être emportée dans la tourmente.

Puis un autre parasite, recouvert d'une peau soyeuse, lisse, et d'une touffe de poils à l'une de ses extrémités, s'est introduit dans le compartiment. Elle n'a pas bougé, l'a laissé s'installer. Elle ne voulait pas trahir sa présence, être éjectée avant sa métamorphose. Elle reste avant tout une fille du feu, une créature qui doit recevoir ses ailes pour s'envoler vers un astre chaud et brillant. Elle a donc fait preuve de patience, a réfréné son envie de se jeter sur le nouveau venu pour le grignoter. Il ne représente pas vraiment un danger, ils peuvent très bien cohabiter car il n'a pas les mêmes besoins qu'elle, mais au sortir de son ralentissement elle est affamée et, avant de s'attaquer à la chair du transporteur et de se retrouver prisonnière d'un cocon de bave solidifiée, elle veut absolument reconstituer ses forces. L'odeur qui s'exhale de ce corps aux quatre membres allongés, eux-mêmes terminés par cinq membres plus petits, lui aiguise l'appétit.

Au début, lorsque s'est refermé le conduit et que s'est envolé le migrateur, le nouveau parasite a bougé, a émis des sons criards qui l'ont effrayée. Elle est restée tapie dans l'ombre, en phase de camouflage. Elle a occulté la brillance de son enveloppe extérieure en fermant ses volets, des pans de carapace opaque qui se nichent dans les multiples replis de ses anneaux et s'emboîtent parfaitement les uns dans les autres. C'est de cette manière que les chenilles de feu échappent à leurs principaux prédateurs, les scarabées géants des couronnes stellaires. Faites d'un mélange de lave en fusion et de tissu cellulaire, elles cessent soudain de luire, et les grands coléoptères ne parviennent plus à les localiser.

De l'autre parasite, elle ne connaît rien. Elle n'en a jamais vu de semblable sur son monde d'origine. Elle s'est donc méfiée et a pris le temps de l'observer. Elle a fini par constater qu'il perd lentement de son volume et qu'il ralentit son métabolisme à intervalles réguliers. Pendant ces instants-là, il ne bouge plus, hormis de brusques sursauts qui le jettent d'un côté sur l'autre, il n'émet plus aucun son, son odeur subtile change, devient plus âpre, plus musquée. De temps à autre, des jets d'un liquide parfumé, acide, jaillissent d'une petite excroissance flasque située au bas d'une large plaine de peau, entre deux membres cylindriques et articulés qui ressemblent à des pattes géantes. Elle a eu l'audace de goûter à cette mixture et lui a trouvé un goût agréable, presque aussi agréable que la saveur des fleurs de magma, sa nourriture favorite.

L'autre parasite a ralenti son métabolisme depuis un bon moment. Elle a donc décidé de passer à l'offensive. Elle doit impérativement l'empêcher de réagir, de se défendre, et pour cela interrompre immédiatement ses fonctions vitales primordiales. A force de l'observer, elle a compris que pour survivre il lui faut inhaler le gaz filtré par les sacs poreux accrochés sur les parois du compartiment. Voilà pourquoi le transporteur les a gonflés avant son décollage. Son nouveau passager ne peut pas s'en passer. Elle a repéré les deux petits trous, situés sous un renflement oblong, par lesquels le gaz entre et sort de son corps. Parfois également, il transite par un orifice plus large, ordinairement fermé mais qui s'ouvre de temps à autre pour libérer d'horribles sons. Elle n'aura donc qu'à boucher ces trous, et l'autre, privé de son précieux gaz, ne pourra plus se défendre, son métabolisme atteindra le degré zéro, le moment où il entamera son refroidissement. Les chenilles de feu, quand elles atteignent le degré zéro, se transforment rapidement en cendres froides. Elle le grignotera avec l'avidité caractéristique de celles de sa race. A-t-elle tout prévu ? Le meilleur moyen de le savoir, c'est d'essayer, elle n'a que trop patienté, les bords aiguisés de sa bouche la démangent, l'élancent. Elle commande le retrait de ses volets de camouflage. Ses anneaux luisent d'allégresse, jettent des éclats flamboyants sur le capiton de chair brune, sur la peau claire du parasite engourdi. Elle s'ébranle, se glisse hors de sa niche. Lentement, avec toute la légèreté dont elle est capable, elle pose les premières de ses innombrables pattes sur le flanc de peau soyeuse, escalade les reliefs. Elle est pratiquement aussi longue et aussi large que lui. Elle se dirige vers le sommet rond, surmonté de la touffe de poils, là où elle a localisé les orifices d'inhalation. Tout va bien : sa proie n'a rien senti, n'a pas bougé.

Une fois qu'elle est arrivée sur le sommet rond, elle s'enroule sur elle-même et se colle comme une ventouse sur les reliefs.

Le gaz ne peut maintenant plus passer.

Une sensation d'étouffement réveille Jek en sursaut.

« Je suis ton serviteur, ton transporteur, dit le xaxas... Si tu veux jouir de ton séjour en moi, défends ta vie... »

CHAPITRE XX

Ami, je vais maintenant te révéler comment protéger ta fragile fleur, comment mettre ton trésor le plus précieux à l'abri de ceux qui le convoitent... comment préserver la liberté de ton âme...

Ami, as-tu remarqué que toute chose ici-bas se compose de vibrations, d'ondes, de lumière ? As-tu entendu le chant subtil de l'univers ?

Voici le secret. Il est tellement simple qu'il te paraîtra puéril : ouvre ton âme, ouvre ton cœur et laisse-toi bercer par le son...

Extrait du sermon du Kreuz sur les dunes du grand désert d'Osgor. Petit livre-film découvert dans la bibliothèque interdite du palais épiscopal de l'Eglise du Kreuz.

Cette nuit... », avaient dit les vicaires masqués à l'issue de la dernière réunion dans le Caveau des Châtrés.

Cette nuit... Par ces deux mots, ils avaient signé la condamnation à mort du muffi Barrofill le Vingt-quatrième.

Cette nuit... Le cardinal Fracist Bogh, nouveau secrétaire général de l'Eglise du Kreuz, ne voyait pas très bien comment ils pourraient mettre leur projet à exécution. Le muffi s'entourait d'un tel luxe de précautions qu'il paraissait impossible d'attenter à la vie de son auguste personne. Lorsqu'il recevait des personnalités extérieures au palais épiscopal, il était entouré, plus ou moins discrètement, d'innombrables gardes du corps, d'anciens mercenaires de Pritiv rompus à tous les arts de combat. Lorsqu'il ne recevait pas, il se retirait dans ses appartements de la tour muffiale, une forteresse truffée de passages secrets, de labyrinthes, de pièges, de pièces blindées, isolées.

Comment les vicaires s'y prendraient-ils pour atteindre Barrofill le Vingt-quatrième ? Il ne mangeait que des mets préparés par son cuisinier personnel, un Julien, un ex-adepte de l'hérésie goudourayam qu'il avait sauvé de la croix-de-feu et qui lui était dévoué corps et âme, ce qui n'empêchait pas le muffi de faire goûter chaque plat à des singes domestiques et d'observer longuement leurs réactions avant de porter la nourriture à sa propre bouche. Il avait cessé toute relation sexuelle avec les enfants que lui fournissaient ses anciennes âmes damnées, dont le cardinal Frajius

Molanaliphul, l'ancien secrétaire général. Fracist Bogh avait été outré d'apprendre que le Pasteur Infaillible, le chef suprême de l'Eglise du Kreuz, se livrait à d'abominables pratiques pédophiles, et cette information, que des âmes bien intentionnées s'étaient empressées de lui divulguer, l'avait renforcé dans sa détermination. Les vicaires étaient dans le vrai : il était urgent de se débarrasser d'un tel monstre de perversité. Un homme qui régnait sur des centaines de milliards d'âmes se devait de montrer l'exemple, d'être un modèle de vertu et de piété. On ne pourrait donc pas barder de poisons les orifices naturels des innocentes victimes de sa convoitise, ou encore de micro-bombes à fraction qui auraient déchiqueté le muffi au moment où... Que Kreuz le prenne en pitié... Et c'était probablement beaucoup mieux ainsi : assassiner le Pasteur Infaillible par l'entremise de ces enfants aurait eu quelque chose d'amoral, d'exécrable.

Les vicaires ne pouvaient pas non plus utiliser les services de tueurs professionnels, car ceux-ci étaient immédiatement détectés par les infrarayons et par les morphopsychologues qui, sur des écrans-bulles géants, examinaient et filtraient les visiteurs.

Restait bien sûr la solution de l'effacement ou de la mort mentale. Le sénéchal Harkot, que Fracist Bogh soupçonnait d'être partie prenante dans la conjuration, avait certainement la possibilité de remplacer un protecteur ou un inquisiteur par un effaceur ou par un tueur mental. Ce genre de substitution était une pratique courante à la cour impériale.

L'ancien gouverneur d'Ut-Gen qui, de par sa fonction, avait souvent l'occasion de rencontrer le sénéchal (il était désormais le principal agent de liaison entre les pouvoirs spirituel et temporel de l'Ang'empire) avait tenté de sonder son mystérieux interlocuteur. Il se sentait mal à l'aise devant Harkot, mais, si les vicaires parvenaient à déposer Barrofill le Vingt-quatrième et à le hisser sur le trône pontifical, il devrait apprendre à surmonter cette aversion.

« Les protecteurs et inquisiteurs du muffi ressortissent-ils à votre autorité, Excellence ? » avait-il négligemment demandé au cours d'une soirée où le sénéchal et le secrétaire général s'étaient retrouvés en tête à tête.

Les impénétrables yeux noirs de son vis-à-vis s'étaient posés sur lui et l'avaient fixé un long moment.

« Bien entendu, Votre Eminence, avait-il enfin répondu de cette voix métallique, impersonnelle, qui vrillait les tympans de ses interlocuteurs humains. Pourquoi cette question ?

– Eh bien... je ne suis pas syracusain, comme vous ne l'ignorez pas et, en tant que nouveau secrétaire général, je m'informe des usages de la cour et de l'Eglise... Je pensais que la responsabilité des Scaythes affectés au service du muffi ne vous incombait pas, étant donné la primauté du pouvoir spirituel sur le pouvoir temporel...

– Avant d'être les serviteurs des hommes, les Scaythes sont mes complanétaires, régis par des lois différentes de celles des mondes humains. Seul un Scaythe des échelons supérieurs est apte à transmettre des ordres à ses subordonnés. Il ne s'agirait pas qu'ils fassent n'importe quoi sous de vains prétextes de primauté spirituelle. »

Fracist Bogh avait cru déceler des menaces dans les paroles du sénéchal : il lui avait clairement fait comprendre que rien de ce qui concernait l'Ang'empire, aussi bien sur le plan temporel que sur le plan spirituel, ne lui était étranger. Cet avertissement prouvait également qu'Harkot le considérait d'ores et déjà comme un interlocuteur recevable, et cette reconnaissance implicite l'avait flatté.

Harkot ne lui avait pas dévoilé que ses complanétaires et lui-même étaient désormais inopérants sur le cerveau de Barrofill le Vingt-quatrième. C'était la raison pour laquelle le troisième conglomérat avait décidé d'éliminer physiquement le souverain pontife. Après avoir été pendant plus de vingt ans le plus efficace des alliés, l'actuel muffi, totalement imperméable à l'effacement et à la mort mentale, était devenu un opposant, un ennemi, un obstacle. Il ne s'était pas reconnecté à ses pouvoirs d'humain-source, comme la fille Alexu ou Tixu Oty l'Orangien, mais il avait développé son contrôle mental à un point tel qu'il repoussait toutes les intentions de dissolution ou de mort des effaceurs et des tueurs mentaux qu'Harkot avait placés dans son entourage proche. La méfiance de ce vieillard retors protégeait son esprit comme une carapace épaisse et rigide. Le chef spirituel de l'univers était tellement ancré dans la matière qu'il en arrivait à cristalliser ses pensées.

Harkot avait dû confesser son impuissance aux vicaires.

« Nous devrons employer une autre méthode, frères du vicariat. Les tueurs mentaux et les effaceurs n'obtiennent aucun résultat tangible sur l'esprit du muffi. »

Cet aveu avait plongé les conjurés dans un abîme de perplexité.

« N'en sera-t-il pas de même avec certains hérétiques, Excellence ? Ne résisteront-ils pas à l'effacement ?

– Les probabilités sont infimes, pour ne pas dire nulles. Le muffi est l'exception qui confirme la règle : il s'accroche avec une telle force à la vie, à la matière, que son inconscient repousse toute idée, toute pensée de réduction ou de mort. Et puis, pour ceux que la manière douce ne réussirait pas à convertir, il nous resterait la manière forte : les croix-de-feu.

– Vous ne nous facilitez guère le travail, Excellence ! » avait grommelé une voix filtrée par le masque.

Les masques, des objets dérisoires pour qui sait sonder un esprit...

« A vous de trouver une solution, frères du vicariat. Après tout, le remplacement de l'actuel muffi est le fruit de votre désir, de votre volonté. »

Désir et volonté implantés par des effaceurs... Donnez aux humains l'impression qu'ils décident tout par eux-mêmes, flattez leur minuscule ego, et ils foncent tête baissée dans tous les pièges, y compris les plus grossiers, qui leur sont tendus...

« Nous prenons note, Excellence ! Nous nous débrouillerons par nous-mêmes, mais nous nous souviendrons de votre manque de coopération ! »

Les humains... Plus ils se séparent d'eux-mêmes et plus ils se croient obligés de se rengorger, de se gonfler d'importance ! Pourtant, il ne leur reste pratiquement rien de leur extravagant pouvoir... Ils se sont déjà identifiés aux formes, aux ondes, aux apparences, et l'Hyponéros, niché dans leurs failles, les ronge insidieusement. Bientôt, ils ne seront plus que des portes ouvertes sur le néant, des trous noirs, des enfants de l'increé. Puisque les effaceurs et les tueurs mentaux ne peuvent venir à bout de Barrofill le Vingt-quatrième, laissons-les se débrouiller entre eux. De tout temps ils ont su faire preuve d'intelligence pour s'entretuer, de tout temps ils ont préparé l'avènement de l'Hyponéros...

Les vicaires s'étaient drapés avec une fierté grotesque dans les pans de leur surplis noir.

« Nous utiliserons nous-mêmes les services d'un effaceur, Excellence ! » avait lancé l'un d'eux avant de s'engouffrer dans un des passages souterrains du Caveau des Châtrés.

Vicaires... vous êtes déjà noirs, vous êtes déjà les fils de l'Hyponéros. Vous vous érigez en ultimes défenseurs de la foi, en parangons de vertu, et vous n'êtes que les premiers fossoyeurs de l'humanité. Barrofill n'est pas pur au sens où vous concevez la pureté – et d'ailleurs, si vous avez sacrifié vos organes sexuels, c'est que vous aviez peur de votre propre impureté – mais il a le mérite d'exister en tant qu'ego souverain, en tant que centre, en tant que royaume aux frontières consolidées... Qu'est-ce qui est préférable, vicaires ? Vivre dans la frustration et la négation de soi, ou vivre dans le stupre et l'exaltation de soi ? Bienvenue dans le non-univers, frères du vicariat...

Un serviteur avait reconduit Harkot dans le labyrinthe des couloirs du palais épiscopal.

La guerre de succession faisait rage dans les rangs des cinq mille cardinaux de l'Eglise. Elle avait au moins le mérite de les empêcher de se focaliser sur la nomination de Fracist Bogh au poste de secrétaire général, le deuxième par ordre d'importance dans la hiérarchie ecclésiastique. Les féaux de la pourpre avaient pourtant tous les motifs de se montrer mécontents : pour la première fois dans la longue histoire du kreuzianisme, cette prestigieuse fonction avait été confiée à un non-Syracusain, à un paritole, à un homme âgé de moins de trente ans... Fracist avait senti, çà et là, quelques oppositions, avait essuyé quelques attaques, quelques rebuffades, quelques perfidies, mais il n'avait pas été soumis à l'infernale pression qu'avait évoquée Barrofill le Vingt-quatrième lors de leur dernière conversation. Ce manque de réaction tenait sans doute au fait que les cardinaux avaient d'autres chats à fouetter. La nouvelle élection muffiale accaparait toute leur attention, et le poste de secrétaire général n'était pour l'instant qu'un objet de tractations. On considérait la nomination du jeune Marquinatin comme une erreur de plus à créditer au compte de Barrofill le Vingt-quatrième, une erreur que le nouveau muffi s'empresserait de corriger. Les rumeurs les plus folles se répandaient comme des ondes lumineuses dans les couloirs du palais épiscopal de Vénicia : les uns prétendaient avoir aperçu le cadavre du souverain pontife, les autres soutenaient qu'il agonisait dans d'atroces souffrances, d'autres affirmaient qu'il avait encore fauté avec des enfants la seconde nuit dernière, d'autres enfin qu'il avait définitivement perdu la raison et qu'il errait entièrement nu, comme dame Veronit de Motohor, dans les multiples pièces de ses appartements... Il avait suffi de fuites savamment orchestrées par les vicaires et d'une brutale recrudescence d'attentats dirigés contre le souverain pontife pour que s'exacerbe la volonté de chacun d'occuper le trône suprême, d'ores et déjà considéré comme vacant.

D'après les renseignements qu'avait recueillis Fracist Bogh, ils étaient encore une centaine dans la course. Chacun des cent avait ses chauds partisans (chaleur proportionnelle à l'importance des promesses), ses pires détracteurs (hostilité proportionnelle à l'importance des promesses du rival), chacun se targuait de relations privilégiées avec les plus grandes familles syracusaines, chacun vantait ses richesses, son sens politique, et, puisque chacun était un serviteur du Kreuz en ces mondes de l'en-bas, chacun se prévalait de sa piété, de sa dévotion, de sa stricte observance des commandements de l'Eglise. Calomnies et panégyriques se multipliaient sous les chasubles mauves.

Fracist Bogh n'avait pas fait acte de candidature, conformément aux instructions des vicaires.

« Ils seraient capables de vous assassiner ! Nous devons les cueillir par surprise... »

Nombreux étaient les candidats plus ou moins déclarés qui s'étaient engouffrés dans son immense bureau – quel luxe en regard de ses appartements délabrés d'Anjor ! – pour lui soutirer une promesse de vote, mais il s'était désempêtré des encombrants visiteurs en prétextant l'impartialité de ses fonctions et de son ministère. Ils l'avaient fusillé du regard, avaient haussé les épaules d'un air méprisant (les paritoles ne comprenaient décidément rien aux subtilités véniciennes...) et avaient tourné les talons. Les huissiers en livrée et colancor blancs qui veillaient dans l'antichambre les avaient dissuadés, davantage que leur contrôle A.P.D., de claquer violemment la porte.

L'ancien gouverneur d'Ut-Gen disposait désormais de six protecteurs de pensées. Chaque mois du calendrier syracusain, il touchait une prébende de vingt mille unités standard, somme qui, malgré la cherté de la vie vénicienne, suffisait largement à couvrir ses besoins. D'autant qu'il n'était sous l'emprise d'aucun de ces vices au coût exorbitant – pédophilie, nécrophilie, microstasie, gourmandise... – qui étaient le pain quotidien de ses pairs. Les grands courtisans venaient souvent le solliciter pour de menus détails d'étiquette – l'attribution d'un siège permanent au grand temple, les grâces préférentielles, les prières nominatives –, détails qui recouvraient le plus souvent des menaces voilées ou des renseignements d'importance. Il apprenait peu à peu à décoder le langage courtisan, ou l'art d'insinuer les plus grandes perfidies, les dénonciations, les chantages dans des phrases d'apparence badine.

« Ces gens sont charmants, Votre Eminence... Leur place au temple est, comment dire, peu représentative de leur qualité... La vieillesse du père, le sieur de Fondell, a été marquée du sceau de la piété et de la générosité... » (Traduction : Ces gens-là n'ont rien à faire dans les travées d'honneur du temple, car le sieur de Fondell, cet impie, ne s'est acquitté que très tardivement du denier du culte.)

A ce petit jeu-là, les femmes se montraient plus subtiles, plus redoutables que les hommes. Depuis que dame Sibrit, la première dame de l'Ang'empire, avait mystérieusement disparu, les courtisanes prenaient d'assaut le palais épiscopal. Elles employaient tous les moyens, jouaient de leurs charmes pour obtenir une entrevue particulière avec le muffi et plaider leur cause : chacune était la mieux placée, la mieux née, la mieux faite, la mieux fertile, la mieux pieuse, la mieux amante, pour faire oublier à l'empereur la gourgandine provinciale, la catin qui avait eu l'audace de lui refuser un héritier. L'énorme scandale qui avait résulté de l'apparition de dame Veronit de Motohor nue et tremblante de honte dans les couloirs du palais impérial avait fini de discréditer dame Sibrit (ainsi d'ailleurs que dame Veronit, qui avait prétendu, l'imprudente, que sa poitrine et ses fesses d'airain étaient dignes des sculptures de l'Age classican...). Comme le muffi refusait catégoriquement de recevoir les prétendantes, c'est le secrétaire général qui essuyait leurs minauderies, leurs simagrées, leurs battements de cils, leurs jeux de lèvres et de mains, parfois même leurs inavouables propositions... Les plus acharnées restaient les douairières, les gardiennes de l'étiquette : elles œuvraient depuis des mois pour l'annulation du mariage, et maintenant que la brèche était ouverte, elles s'y engouffraient comme des punaises carnivores et surexcitées.

L'important dispositif de recherches qui avait été mis en place pour remettre le grappin sur Sibrit de Ma-Jahi n'avait donné aucun résultat concret : l'impératrice était demeurée introuvable.

Au bout d'un mois, les huissiers avaient introduit deux maîtres du protocole dans le bureau du cardinal Bogh. Ces derniers lui avaient annoncé que Menati Imperator souhaitait traduire par contumace dame Sibrit, son épouse disparue, devant un tribunal sacré.

« Pour quel motif ?

– Faits de sorcellerie. »

L'organisation de ce procès avait incombé au secrétaire général. Il lui avait fallu d'abord trouver une date qui contentât tout le monde, tâche qui s'était révélée particulièrement ardue compte tenu de la position sociale de tous les intervenants et témoins spontanés (plus de trois cents grands courtisans...). Puis il avait dû nommer les dix cardinaux du jury au cours d'un conclave spécial. Ne sachant trop comment s'en tirer, il avait tout simplement désigné les dix plus anciens. Au dire des exarques et des vicaires, il s'en était très bien tiré : sa décision n'avait mécontenté qu'une centaine de jeunes prélats, pour qui l'aspect exceptionnel du procès de l'impératrice de l'univers représentait une belle opportunité de s'attirer les grâces des grandes familles.

Fracist Bogh s'était souvenu de sa conversation avec Harkot et l'avait prié de choisir lui-même les trois inquisiteurs spéciaux. Il avait enfin rencontré Menati Imperator pour lui soumettre la première ébauche de son projet, et l'empereur avait approuvé le tout d'un mouvement de menton. Le secrétaire général avait ainsi fait d'une pierre trois coups : il avait satisfait le maître temporel de l'univers, le sénéchal, et n'avait pas trop froissé la susceptibilité de ses pairs. Le procès, solennel conformément aux vœux de Menati Imperator, débuterait dans quelques semaines, le 6 de cembrius, l'avant-dernier mois de l'année syracusaine. Il commencerait en l'an 16 et s'achèverait probablement en l'an 17. L'issue n'en faisait aucun doute, étant donné le nombre de témoins à charge. La seule personne qui se fût portée volontaire pour assurer la défense de l'accusée était dame Alakaït de Phlel, l'ancienne dame de compagnie de dame Sibrit. Admirable d'abnégation, de dévotion, ce petit bout de femme, aussi laide que sa maîtresse avait été belle, risquait tout simplement d'être accusée de complicité et condamnée au supplice de la croix-de-feu à combustion lente. Comme on ne tenait pas la fautive, on risquait fort de se venger sur la comparse, et Fracist Bogh ressentait de la compassion pour dame de Phlel.

Le Tout-Vénicia était en ébullition. Les couloirs et les rues bruissaient d'une activité fébrile, bourdonnante. Syracusa, le centre de l'univers, la planète des arts et du goût, se préparait à accueillir un nouveau souverain pontife et une nouvelle impératrice...

Cette nuit...

Cette nuit, justement, le cardinal Bogh se rendait chez Barrofill le Vingt-quatrième pour mettre à jour son agenda et éplucher la liste de tous les importuns qui avaient sollicité un entretien particulier avec le souverain pontife. Comme il n'avait reçu aucune consigne particulière des vicaires, il n'envisageait pas de renoncer à cette visite de routine.

Cette nuit...

Debout devant la baie vitrée qui donnait sur Romantigua, le cœur historique de la capitale vénicienne, le secrétaire général contemplait le second crépuscule. Soleil Saphyr se couchait à l'horizon, parant la voûte céleste de somptueuses teintes mauves, indigo, turquoise. Les larges avenues comme les étroites ruelles de l'agglomération étaient des fleuves de lumière bleue. Les Véniciens goûtaient la fraîcheur caressante du vent coriolis, se répandaient sur les trottoirs, se rassemblaient sur les places, autour des fontaines d'optalium, dans tous les endroits où se donnaient des spectacles de mime tridimensionnel, de jonglage déremat, d'illusion holographique. Les galiotes enluminées glissaient silencieusement sur l'eau paisible et lapis-lazuli du fleuve Tiber Augustus. Il y avait autant de différence entre Vénicia et Anjor, la capitale d'Ut-Gen, qu'entre un impur habillé de soie précieuse et un pur vêtu de hardes crasseuses. Les Utigéniens étaient des gens frustes, simples et francs, les Syracusains se révélaient aussi tortueux et calculateurs que leur plumage était chatoyant. Fracist Bogh ressentait de temps à autre de virulentes pointes de nostalgie de la planète Ut-Gen et de son ciel éternellement maussade. Là-bas, il avait exercé un sacerdoce, ici, il faisait comme tout le monde : il négociait, il complotait, il intriguait.

Des coups ébranlèrent le silence. Il s'approcha de son bureau de bois de raïental et, du pied, pressa le mécanisme d'ouverture de la porte codée, encastré dans le carrelage de marbre gris.

Un novice en colancor et surplis blancs s'introduisit dans la pièce et s'inclina.

« Le muffi vous attend, Votre Eminence...

– Déjà ? Nous ne devions nous rencontrer que dans deux heures...

– Un changement de programme, Votre Eminence.

– Qu'est-ce qui me prouve votre bonne foi ? »

L'ancien gouverneur d'Ut-Gen avait déjà appris la méfiance, il était déjà gangrené par l'ambiance paranoïaque qui régnait sur le palais épiscopal. Cette constatation abandonna une écume d'amertume dans sa gorge.

« *Pax kreuziana...* », dit le novice.

Fracist Bogh hocha la tête. Ces deux mots étaient un code entre le souverain pontife et le secrétaire général.

« Je viens. Le temps de prendre mon mémodisque... »

Installé dans une profonde banquette à suspension d'air, Barrofill le Vingt-quatrième l'attendait dans une pièce sobrement meublée de ses appartements. Comme chaque fois qu'il pénétrait dans la tour des muffis, le cardinal Bogh avait dû laisser ses six protecteurs de pensées dans le vestibule et subir un nombre incalculable de fouilles corporelles humiliantes, sans compter les détours pour passer sous les détecteurs infra ou devant les objectifs des caméras-bulles reliées aux écrans des morphopsychologues.

Le muffi ne s'était pas apprêté, et sa peau usée, ridée, parcheminée, contrastait fortement avec le blanc lisse du cache-tête de son colancor, orné d'un liséré d'optalium rose. Sa chasuble, également blanche, s'ornait de motifs spiraux changeants. A l'annulaire de sa main droite brillait l'anneau pontifical, l'énorme corindon julien à plus de deux cents facettes que les pasteurs infaillibles s'étaient transmis de génération en génération depuis plus de cinquante siècles. Ses petits yeux noirs et renfoncés, soulignés de cernes brun foncé, se posèrent sur le secrétaire général.

« Bonsoir, cardinal Bogh, murmura-t-il d'une voix lasse. Veuillez vous asseoir... »

Il tapota de la main le dossier de la banquette. Fracist Bogh déposa un baiser furtif sur le corindon de l'anneau et prit place aux côtés du muffi.

« Bonsoir, Votre Sainteté. »

Barrofill le Vingt-quatrième s'éclaircit la gorge. Sa pomme d'Adam, aussi saillante qu'une lame de couteau, oscilla sous la peau de son cou, barrée de profondes stries verticales. Le cardinal perçut le subtil grésillement des filtreurs d'air encastrés dans les moulures des linteaux des portes. Les vicaires ne gazeraient pas l'endroit aussi facilement qu'il avait lui-même gazé le Terrarium Nord d'Anjor. Il arrivait parfois à l'ancien gouverneur d'Ut-Gen de regretter l'extermination massive des quarantains. N'étaient-ils pas, bêtazoomorphes ou non, des créatures du Kreuz ? N'avaient-ils pas reçu une âme comme les humains sains ? Les mères contaminées n'aimaient-elles pas leurs enfants comme n'importe quelle mère humaine ?

« Vous vous demandez probablement pourquoi nous avons avancé l'heure de notre entretien, reprit le muffi.

– Je suis intrigué, je vous l'avoue... »

Barrofill libéra un petit rire enroué. Ses mains osseuses retombèrent de chaque côté de son corps.

« Cher cardinal Bogh, comme vous voilà empêtré dans votre contrôle mental ! Un Syracusain aurait répondu une banalité du genre : Il n'y a pas d'heure pour vous servir... Ou encore : Vous pouvez compter sur ma dévotion à toute heure du jour et de la nuit... Les Syracusains ont élevé l'hypocrisie au rang d'un art. Ils se sont empressés de la renommer contrôle autopsykè-défense, concept qui revêt tout de même un aspect plus présentable, plus noble, que le mot hypocrisie. Où en êtes-vous du procès de dame Sibrit ?

– Tout est prêt, Votre Sainteté. Il débutera comme prévu le 6 de cembrius.

– Et elle sera condamnée comme prévu... »

Fracist Bogh fixa son auguste interlocuteur avec une ardeur indigne du contrôle des émotions.

« Osé-je comprendre que nous n'approuvez pas ce procès, Votre Sainteté ?

– Osez, cardinal Bogh... Dame Sibrit de Ma-Jahi était – est encore peut-être – la personne la plus clairvoyante de Vénicia. Le procès qu'on lui a intenté n'est qu'un prétexte pour l'éliminer et tramer son souvenir dans la boue. Cependant, et nous vous en félicitons, vous vous êtes sorti de ce buisson d'épines que représente la mise en place du tribunal d'exception avec les honneurs. Vous avez réussi ce tour de force de n'égratigner personne.

– Pourquoi n'êtes-vous pas intervenu publiquement si vous désapprouvez ce procès en sorcellerie ?

– Parce que notre intime conviction nous a poussé à voir au-delà de l'événement proprement dit, à progresser avec une extrême prudence... »

Le muffi se leva et, de son allure dandinante, se dirigea vers la baie blindée qui donnait sur le patio extérieur.

« Je ne suis qu'un vieillard fatigué, un cadavre en sursis... Dame Sibrit était un symbole, et il aurait fallu un homme dans la force de l'âge pour s'élever contre ce procès... Un homme comme vous...

– Veuillez pardonner mon ignorance, Votre Sainteté, mais je ne comprends pas de quelle symbolique vous voulez parler... Si j'en juge par les rumeurs qui circulaient au sujet de l'impératrice, elle était surtout un symbole de vice et de cruauté !

– Elle était – elle est peut-être encore – comme tout un chacun. Ni pire ni meilleure. Vicieuse et cruelle, certes, mais pas davantage que vous et nous. Pas davantage que l'empereur. Elle a eu de nombreux amants, en a probablement assassiné quelques-uns, mais Menati Imperator a de nombreuses maîtresses et s'est hissé sur le trône impérial en faisant assassiner son propre frère, le seigneur Ranti, et ses deux neveux, Jonati et Bernelphi. Nous sommes d'autant mieux placé pour vous l'affirmer, monsieur le secrétaire général, que nous étions nous-même à l'origine de ce complot. Dans ce palais comme dans le palais impérial, il n'est pas de pouvoir sans taches de sang sur les mains, il nous semble vous l'avoir déjà dit... »

Fracist Bogh rejoignit le souverain pontife devant la baie vitrée. Il dominait d'une bonne tête l'auguste vieillard, qui semblait se tasser, se voûter, se rétrécir au fur et à mesure que s'égrenaient les jours. Abusait-il des solutions microstasiques ? La consommation régulière de cette drogue chimique, interdite depuis plus de trente ans sur le sol de Syracusa et de ses satellites, largement répandue chez les cardinaux, exarques et grands courtisans, expliquait peut-être son exceptionnelle longévité, la vivacité préservée de son esprit malgré les signes extérieurs de sénescence.

« Je ne crois pas avoir de sang sur les mains... », avança le secrétaire général.

Le muffi leva ses yeux ironiques sur son subordonné.

« C'est faire bien peu de cas des hérétiques que vous avez expédiés sur les croix-de-feu... Peu de cas des millions de quarantains d'Ut-Gen dont vous avez ordonné le gazage...

– Ces gens-là étaient les ennemis de la Foi ! protesta Fracist Bogh avec virulence. C'était mon devoir d'homme d'Eglise de les combattre !

– Le sang d'un hérétique ou d'un croyant reste le

sang d'un être humain, quelle que soit la justification que l'on apporte à son élimination...

– Vous semez le trouble dans mon esprit, Votre Sainteté... Les écoles de propagande sacrée n'éduquent-elles pas les hauts dignitaires kreuziens dans l'idée obsessionnelle de châtier impitoyablement les infidèles, les païens, les adversaires de la Foi ? Ces écoles ne relèvent-elles pas de votre responsabilité, vous qui êtes le chef suprême de l'Eglise ? »

Les yeux de Barrofill le Vingt-quatrième devinrent des puits incandescents. Il posa la main sur l'avant-bras du cardinal, qui eut la désagréable impression d'être happé par un envoyé de la mort.

« Vous mesurerez vite, nous voulons l'espérer, toute la largeur du fossé qui sépare la hiérarchie de la base. Vous comprendrez que les lois qui s'appliquent au troupeau ne s'appliquent pas au berger. Vous vous débattrez dans d'insolubles problèmes de conscience, dans les contradictions qui sont le lot des gouvernants, spirituels ou temporels. Au cours des siècles, l'Eglise s'est métamorphosée en un monstre affamé, de plus en plus difficile à contrôler. C'est la principale raison de son exceptionnelle croissance : ses besoins de nourriture vont grandissant, et nous lui jetons des âmes en pâture, les milliers d'âmes des prélats et des vicaires, les millions d'âmes des missionnaires, les milliards d'âmes des fidèles. Nous avons engendré une bête féroce qui, pour survivre, dévore les membres de son immense corps, et chaque jour que nous donne Kreuz en sa bonté, nous offrons de nouvelles âmes à son insatiable appétit. Le Verbe du Kreuz était un verbe simple, un hymne à la liberté humaine, l'Eglise du Kreuz est un ensemble complexe, une aveugle machine à broyer les individus. Voici ce que nous sommes devenus, cardinal Bogh : des robots, des clones... »

Le muffi s'abîma dans la contemplation du second crépuscule, dont les bleus chatoyants se diluaient dans une encre indigo. Le croissant mordoré du premier des cinq satellites nocturnes de Syracusa coiffait la troisième tour du palais épiscopal.

« Si vous me le permettez, j'ai deux questions, ou plutôt trois, à vous poser », dit Fracist Bogh.

Barrofill le Vingt-quatrième l'encouragea à poursuivre d'un signe de tête.

« Pourquoi ne vous êtes-vous pas exprimé plus tôt à ce sujet ? Pourquoi m'en parlez-vous à moi ? Et enfin, quel rapport ce discours a-t-il avec dame Sibrit ? »

Les lèvres rainurées du muffi esquissèrent une moue, un sourire peut-être...

« Un Syracusain maître de l'auto-psykè-défense aurait dit : Votre Sainteté, votre analyse de la situation, tout à fait remarquable, rejoint mes propres préoccupations dans ce domaine... Ce qui ne veut strictement rien dire mais laisse planer un *a priori* favorable sur l'intelligence du flagorneur... Evoquons d'abord le cas de dame Sibrit : elle seule a été capable de percer, en partie seulement, le mystère des Scaythes d'Hyponéros – nous parlons ici du connétable Pamynx et de son successeur, le sénéchal Harkot. L'impératrice a eu la sagesse de venir s'en entretenir avec nous. Elle jouit d'une faculté que d'aucuns jugent démoniaque et que nous préférons croire providentielle : ses rêves sont prémonitoires, elle capture des scènes fragmentées de l'avenir durant ses périodes de sommeil. Nous avions jusqu'alors accordé notre entière confiance aux Scaythes d'Hyponéros et nous restions persuadé qu'ils agissaient pour le bien des humanités. Dame Sibrit nous a dessillé les yeux, et nous avons appris qu'elle avait effectué une démarche similaire auprès de son impérial époux, mais que ce dernier n'a pas souhaité l'entendre... Elle est en cela le symbole de la liberté humaine, et c'est ce symbole que le sénéchal Harkot et les siens s'acharnent à briser... Ils se fichent comme de leur première acaba qu'elle ait répandu le sang des quelques hommes qu'elle a attirés dans ses quartiers !

– Et quelles seraient, selon les rêves de dame Sibrit, les intentions réelles du sénéchal ?

– Ah, cardinal Bogh, c'est un véritable plaisir que de discuter avec vous... »

Le secrétaire général crut un instant que le muffi,

secoué par une quinte de toux – un rire ? –, allait se disloquer, s'effondrer sur le plancher de bois précieux.

« Nous ignorons les intentions précises du Scaythe Harkot, reprit le souverain pontife. Nous devinons seulement qu'il est l'agent en chef de l'anéantissement de l'humanité. Ce sera à vous, si vous en avez la force, de soulever tout le voile...

– Pourquoi moi, Votre Sainteté ? bredouilla le cardinal.

– Votre contrôle mental, monsieur le secrétaire ! Vous êtes décidément un piètre comédien ! Ne faites pas l'innocent, vous ne réussissez qu'à souligner votre air coupable... Pendant que les candidats déclarés à notre succession se déchirent, le haut vicariat avance tranquillement son pion : votre jeune et modeste personne ! »

D'un geste péremptoire du bras, Barrofill le Vingt-quatrième intima au secrétaire général, qui avait entrouvert la bouche pour protester, l'ordre de se taire.

« Laissez-nous finir, cardinal Bogh ! Notre temps est compté. Les vicaires n'auraient pas eu les moyens de vous pousser sur le trône pontifical si nous ne leur avions pas suggéré votre candidature. Nous sommes au courant depuis le début de tout ce qui se trame dans les sous-sols du palais épiscopal, dans le Caveau des Châtrés plus précisément, et nous avons discrètement encouragé cette initiative... »

Un rictus barrait le visage chafouin du muffi. Un étau aux mâchoires puissantes comprima la poitrine du cardinal, qui puisa dans ses réserves de volonté pour ne pas défaillir.

« Pourquoi vous, me demandiez-vous ? continua Barrofill le Vingt-quatrième. Nous connaissons et apprécions votre caractère, monsieur le fils d'une lingère de la Ronde Maison aux neuf tours de Duptinat. Nous sommes convaincu que vous êtes l'homme de la situation, la porte entrebâillée par laquelle soufflera le vent du renouveau de l'Eglise. De par vos origines modestes et votre fougue, vous êtes celui qui peut restituer le Verbe du Kreuz à sa simplicité originelle. Vous êtes une lame tranchante et vous aurez de nombreuses têtes à couper. La première que vous ferez rouler sera celle du sénéchal Harkot, la deuxième celle de Menati Imperator, les suivantes celles des hauts vicaires, des cardinaux et des grands courtisans... Telle est, en substance, la teneur de notre testament.

– Votre testament ? Est-ce à dire que... que vous envisagez de nous quitter ?

– Monsieur le secrétaire général ! Tout à l'heure, dans le Caveau des Châtrés, ne vous a-t-on pas soufflé ces deux terribles mots : *Cette nuit* ?... »

Une griffe d'effroi laboura les entrailles de Fracist Bogh. Il prenait tout à coup conscience qu'il n'avait été qu'une marionnette dans les mains osseuses du muffi.

« Vous apprendrez vous aussi à vous servir de vos ennemis, murmura Barrofill le Vingt-quatrième. Parfaitement canalisés, ils deviendront les plus sûrs de vos alliés... Pour compléter les réponses à vos deux autres questions, nous ne nous sommes pas exprimé plus tôt au sujet de l'Eglise parce que nous voulions mener notre dernière tâche à bien, qui était celle de vous guider jusqu'à la fonction suprême. Nous avons consacré l'essentiel de notre énergie à aiguiller nos ennemis sur de fausses pistes. Il aurait probablement été fatal pour vous que nos ennemis deviennent prématurément les vôtres. Jusqu'au bout, nous avons agi dans la perspective de préserver l'effet de surprise, de prendre nos prédateurs de court... Nous sommes conscient d'avoir été un berger médiocre, empêtré dans les bas instincts qui gouvernent le troupeau. Avant de partir vers les mondes infernaux – nous ne croyons certes pas à l'enfer mais, par paresse, nous employons les formules pratiques que nous servons aux esprits simples –, nous avons tenu à accomplir notre dernière œuvre, celle de nous choisir un digne successeur. Et si nous nous confions à vous ce soir, c'est que le moment est venu de vous révéler l'envergure de votre rôle... Ne nous sommes-nous pas trompé ? Aurez-vous les épaules assez solides, cardinal Bogh, pour porter cet immense fardeau ? L'enjeu est de taille : la pérennité de la race humaine. Au même titre que dame Sibrit, au même titre que les guerriers du silence dont vous avez certainement entendu...

– Les guerriers du silence ? l'interrompit Fracist Bogh. Ce ne sont que de simples légendes !

– N'oubliez jamais la dichotomie entre le troupeau et le berger. Le troupeau transforme en légende ce qu'il ne comprend pas, le berger cherche à comprendre et, ensuite mais ensuite seulement, il transforme la réalité en légende s'il le juge nécessaire pour le bien de son troupeau. Nous avons toujours considéré l'existence des guerriers du silence comme une réalité, et les rêves de dame Sibrit nous ont conforté dans cette certitude. Ils œuvrent dans l'ombre contre l'Hyponéros, ils possèdent ces pouvoirs providentiels que leur prêtent les légendes... Cette Naïa Phykit n'est autre qu'Aphykit Alexu, la fille de Sri Alexu, un maître de la science inddique assassiné par les bons soins du connétable Pamynx. Ce Sri Lumpa n'est autre que Tixu Oty d'Orange, un petit employé de la C.I.L.T. qui a échappé par miracle à l'inspobot de la Compagnie lancé à ses trousses... Au même titre que les guerriers du silence, disais-je, et bien que sur un autre plan, vous êtes l'ultime espoir des humanités... »

Visiblement fatigué, le muffi retourna s'asseoir sur la banquette. La nuit se déployait maintenant sur Vénicia, estompait les reliefs. Les bulles qui flottaient sous les moulures du plafond s'emplirent lentement de lumière blanche.

« Vous estimez-vous capable de résister à l'effacement, monsieur le secrétaire général ? »

La question déconcerta Fracist Bogh, pétrifié devant la baie. Il n'avait jamais envisagé d'être la cible des effaceurs, sacrés ou profanes.

« Je n'en ai aucune idée, Votre Sainteté...

– Votre franchise vous honore, cardinal Bogh... Nous affirmons que vous êtes un effacé ! Sans que vous le soupçonniez, on vous a implanté un programme mental spécifique dans le cerveau ! »

Fracist Bogh se retourna avec vivacité et darda un regard à la fois incrédule et vipérin sur le vieillard aux allures de gargouille recroquevillé sur la banquette.

« Comment osez-vous affirmer semblable stupidité, Votre Sainteté ? lâcha-t-il d'une voix sourde, oubliant qu'il s'adressait au Pasteur Infaillible, au chef suprême de l'Eglise du Kreuz, à l'un des individus les plus redoutés – après le sénéchal, mais avant Menati Imperator – de l'Ang'empire.

– Nous vous avons déjà expliqué que rien de ce qui se trame dans ce palais ne nous est étranger, répliqua calmement le muffi. On vous a implanté un programme mental d'assassinat ! Vous êtes ici pour me tuer, cardinal Bogh ! Il n'est pas de pouvoir sans taches de sang sur les doigts...

– Absurde ! Vous avez certainement été induit en erreur ! glapit le secrétaire général, hors de lui.

– Votre contrôle, cardinal Bogh ! Ce programme ne se déclenchera que dans... » Il consulta du regard la pendule holographique enchâssée dans une cloison. « Hum, le temps passe si vite... Dans quinze minutes... Et vous ne vous rendrez compte de rien, ni avant, ni pendant, ni après ! Vos amis les vicaires se sont montrés habiles pour une fois : non seulement ils vous chargent de la sale besogne, mais ils exploiteront ce meurtre à leur avantage. Ils exerceront sur vous un chantage permanent. Ils ont d'ores et déjà accumulé les preuves qui établissent votre culpabilité. Ils pensent ainsi prendre le contrôle total de l'appareil de l'Eglise... Je me laisserai tuer sans résistance, monsieur mon assassin. Il est plus que temps pour moi de me présenter devant mes juges célestes. Mes gardes, mes morphopsychologues et mes serviteurs proches sont prévenus de l'imminence de ma mort. Ils ont reçu l'ordre formel de se mettre sans réserve à votre service lorsque vous serez élu muffi... Que diriez-vous de Barrofill le Vingt-cinquième comme patronyme pontifical ? »

Les yeux de Fracist Bogh s'embuèrent. Il ne parvint pas à déterminer s'il pleurait sur le vieillard pathétique qui lui faisait face ou sur lui-même.

« Ce sont toutes ces raisons qui m'ont amené à avancer l'heure de notre rencontre. Je voulais avoir le temps de vous divulguer mon testament de vive voix. L'écrit ou l'holo abandonnent des traces, les paroles s'envolent... Ah oui, on vous a également greffé un programme d'oubli total, ce qui signifie que vous ne vous souviendrez ni de cet entretien ni du fait que vous m'avez retiré la vie. Il ne s'agissait pas qu'un inquisiteur ou quelque manipulateur mental à la solde de vos ennemis apprenne que le muffi Barrofill le Vingt-cinquième a étranglé son prédécesseur pour s'asseoir sur le trône pontifical. Cette information reste l'apanage des vicaires, et ils sauront vous la rappeler si vous ne leur donnez pas satisfaction. Dans un sens, tout cela nous arrange : les inquisiteurs ne devineront rien de notre conversation et vous aurez les coudées franches...

– Mais alors, à quoi aura servi cette rencontre ? »

Le muffi extirpa une plaque ronde, lisse et noire, d'un diamètre de cinq centimètres, de la poche intérieure de sa chasuble.

« Déshabillez-vous, cardinal Bogh !

– Qu'est-ce qui vous prend, Votre...

– Taisez-vous et obéissez ! Il ne nous reste plus que sept minutes ! Votre corps ne m'intéresse pas : comme vous le savez, je n'étais attiré que par les enfants, et de cela, je répondrai devant le Kreuz... Vous n'êtes pas obligé de retirer votre colancor dans son entier : il me suffira que vous me présentiez le torse nu. Je vous expliquerai ensuite le fonctionnement de cet appareil... »

Subjugué par la voix puissante de son interlocuteur, Fracist Bogh s'exécuta. Après que sa chasuble mauve eut glissé sur le parquet, il dégrafa les attaches latérales de son colancor pourpre. Il dégagea d'abord la tête, le cou, les bras, les épaules, et se dénuda jusqu'à la taille. Des souffles d'air lui léchèrent la peau et lui couvrirent le dos de frissons.

Le muffi lui fit signe d'approcher puis, d'un geste précis, lui apposa la petite plaque ronde sous le sternum. Une douleur fulgurante transperça la poitrine et le ventre du cardinal, qui poussa un hurlement et fit un bond en arrière. La plaque lui incendiait la peau. Il avait l'impression qu'une plaie béante, purulente, s'était ouverte du bas de son cou jusqu'à son pubis.

« La douleur va bientôt s'estomper, murmura Barrofill le Vingt-quatrième. C'est une plaque électromagnétique munie d'une autogreffe cutanée. Elle présente deux avantages : d'une part, aucun système de détection, pas même les instruments d'investigation des médecins de la C.S.S. attachés au palais épiscopal, n'est capable de déceler sa présence. Elle fait désormais partie intégrante de votre corps, au même titre qu'un organe. D'autre part, elle émettra à intervalles réguliers des suggestions subliminales qui vous inciteront à renouer avec vos souvenirs, qui vous aiguilleront sur les pistes que vous aurez besoin d'explorer... Comment vous sentez-vous ? »

Fracist Bogh jeta un coup d'œil sur son abdomen et vit que la plaque s'était enfoncée dans son épiderme sans laisser la moindre trace, la moindre cicatrice. Sa peau présentait son aspect habituel lisse et soyeux. Seul le léger frémissement qui parcourait son plexus solaire trahissait la présence d'un corps étranger dans son organisme.

« Je ne ressens plus aucune douleur, Votre Sainteté.

– Je dois parler vite car il ne nous reste que quatre minutes... Cette plaque vous conduira, entre autres, vers une bibliothèque secrète du palais dont elle vous donnera le code d'accès. Vous y trouverez un petit livre-film où le Kreuz expose une méthode efficace pour protéger l'esprit humain des ondes mentales étrangères. Le Kreuz était un maître de la science inddique, lui aussi. Cette précision vous éclaire sur les raisons qui ont poussé le sénéchal Harkot à se débarrasser de moi. Il s'est servi des vicaires, comme moi, mais j'avais l'avantage sur lui d'avancer en terrain connu... Eh bien, mon très cher fils, te voilà prêt à coiffer la tiare muffiale, à passer au doigt le corindon julien, le sceau, l'objet de toutes les convoitises... Dernière précision : l'éminent spécialiste qui a fabriqué cette plaque autogreffe, une petite merveille de technique et d'intelligence, a malencontreusement trouvé la mort lors d'un accident de personnair. J'ai tellement de sang sur les mains... Un peu plus un peu moins, qu'est-ce que cela changera à la sentence ? Tu es dorénavant la seule personne dans l'univers à connaître l'existence de cet appareil. Il reconstituera peu à peu, je l'espère de tout mon cœur, l'intégrité de ton esprit. Il te suggérera des actions qui te paraîtront parfois farfelues, incongrues : il te conseillera, par exemple, de rédiger des mémoires mentales conformes à ce qu'attendent le sénéchal et les vicaires de la part d'un souverain pontife. Il t'entraînera dans des combats obscurs, dans des affres de violence et de sang...

– Et si, au dernier moment, le haut vicariat renonçait à soutenir ma candidature ? argumenta Fracist Bogh en se rhabillant. Si l'un de mes concurrents parvenait à le convaincre de trafiquer en sa faveur le mémodisque du dépouillement du scrutin ?

– N'aie aucune crainte à ce sujet, mon cher Fracist ! Les châtrés n'ont plus de couilles, mais ils ont de la suite dans les idées... Il ne nous reste que quelques secondes... Adieu et fasse le Kreuz que tu réussisses là où j'ai échoué... Ne fléchis pas au moment de me donner le dernier baiser : jamais victime n'aura été aussi consentante, aussi heureuse de mourir de la main de son assassin... Une mort réussie rattrape peut-être les errances d'une vie gâchée... »

Le muffi ferma les yeux et renversa la tête en arrière, comme pour s'offrir à son bourreau. Interdit, Fracist Bogh pressa machinalement les deux cliquets de la broche qui maintenait sa chasuble fermée. Les bulles flottantes inondaient la pièce de lumière blanche. Il se demanda s'il n'avait pas rêvé toute cette histoire, s'il n'allait pas se réveiller en sursaut dans ses appartements du palais épiscopal.

Le programme spécifique se déclencha au moment prévu. Des ordres concis affluèrent dans l'esprit de Fracist Bogh. Tendu vers l'efficacité, il se transforma tout à coup en une implacable machine à tuer.

Il se pencha sur le vieillard inconnu et vêtu de blanc que la voix intérieure lui commandait d'éliminer. Du pouce et de l'index, il lui comprima la carotide. Il sentit nettement, sur la pulpe de ses doigts, la palpitation de la veine jugulaire, l'écrasement de la chair, le resserrement de la carotide, dont les bords se rejoignirent et empêchèrent le passage de l'oxygène.

Le vieillard ne se défendit pas, comme s'il s'était préparé à sa mort, mais des spasmes violents secouèrent son tronc décharné, ses bras et ses jambes battirent l'air avec frénésie. La vie semblait s'être enracinée avec une telle force dans ce corps usé qu'elle faisait les pires difficultés pour le quitter. Un sinistre gargouillis s'échappait de sa bouche entrouverte.

Il serra encore, jusqu'à ce que le vieillard s'affaisse comme une chiffe molle sur la banquette, puis s'effondre sur le parquet, entraîné par son propre poids. Après avoir vérifié que le cœur de sa victime s'était bien arrêté, il relâcha son étreinte. Ses doigts puissants, des serres de rapace, abandonnèrent des marques bleues sur le cou de sa victime. Il souleva le cadavre et le réinstalla sur la banquette. Il lui referma délicatement les paupières, occultant les petits yeux tendus d'un horrible voile vitreux. Puis il se dirigea d'un pas tranquille vers la porte.

Au cœur de la seconde nuit, une effervescence inhabituelle agita les couloirs du palais épiscopal de Vénicia. Un huissier entra sans frapper dans la chambre du secrétaire général et lui annonça, d'une voix brisée par les sanglots, la mort du muffi Barrofill le Vingt-quatrième.

Cette nouvelle ne surprit pas vraiment Fracist Bogh. Les vicaires ne lui avaient-ils pas confié, à l'issue de leur dernière entrevue secrète, que le tyran de l'Eglise mourrait au cours de la nuit ? Il avait eu tort de douter de leur efficacité : ils avaient trouvé le moyen de concrétiser leur projet.

« C'est un grand malheur, dit-il au novice. Je m'habille et je vous rejoins dans le patio de la tour des muffis... »

Il se leva et passa une chasuble sur son colancor de nuit. Il prit tout à coup conscience que le dernier souvenir qui lui restait de la veille, c'était lorsqu'il était sorti du Caveau des Châtrés, escorté par un vicaire et ses six protecteurs de pensées. Il y avait ensuite un grand trou noir dans son emploi du temps. Il haussa les épaules : ses nouvelles fonctions lui accaparaient le corps et l'esprit à un point tel qu'il était surmené, qu'il avait été probablement victime d'un malaise passager, qu'il s'était couché sans même s'en rendre compte.

Suivi de ses protecteurs, il se rendit dans le patio de la tour des muffis, où se pressaient déjà la plupart des occupants du palais épiscopal.

« Votre Eminence ! Monsieur le secrétaire général ! Le muffi est mort ! » crièrent des novices surexcités.

De nombreux cardinaux se trouvaient là, et sous le paravent de leur contrôle mental se devinait la férocité des guerres de succession, entamées bien avant l'annonce officielle du décès de Barrofill le Vingt-quatrième. Les faisceaux de projecteurs mobiles éclaboussaient les massifs fleuris et la margelle de la fontaine, dont on avait, par respect pour le muffi défunt, coupé l'alimentation d'eau.

Quelqu'un poussa le secrétaire général du coude. Fracist Bogh se retourna. Un large sourire illuminait le visage bistre du vicaire Jaweo Mutewa, son ancien secrétaire particulier de la planète Ut-Gen.

« Votre Eminence, c'est pour moi un grand plaisir et un grand honneur que de vous rencontrer ! déclara le frère Jaweo en s'inclinant respectueusement.

– Un plaisir partagé, frère Jaweo, répondit le cardinal Bogh. Mais nous sommes réunis en de bien pénibles circonstances... »

Il ressentit alors une insupportable démangeaison au niveau du plexus solaire. Il eut l'impression qu'un insecte, ou un quelconque parasite, s'était faufilé sous sa peau et se gorgeait de sa chair. Plus étonnant, plus inquiétant également pour sa santé mentale, il lui sembla que ce parasite lui chuchotait d'imperceptibles mots. Il se dit qu'il avait un besoin urgent de repos.

Le chant sacré des morts, repris en chœur par les novices, s'éleva dans la seconde nuit syracusaine.

CHAPITRE XXI

Nous allons maintenant aborder le chapitre des xaxas, les migrateurs célestes dont certains transportèrent plusieurs disciples du mahdi Shari des Hymlyas sur Terra Mater. Un peu de silence, je vous prie, vous aurez tout le loisir de contester cette version des faits lorsque j'en aurai terminé avec mon exposé... Certes, me direz-vous, l'existence de ces animaux de légende n'a jamais été prouvée. Et cela d'autant moins que le peuple élu de Jer Salem, qui avait basé toute sa liturgie sur le passage des xaxas, a été exterminé dans les circonstances tragiques que vous savez. J'ai retrouvé une Nouvelle Bible de Jer Salem et j'ai étudié les nombreux versets du Livre des Xaxas, grâce auxquels j'ai pu tirer certaines conclusions, sinon scientifiques, du moins significatives. Il existe par exemple des corrélations troublantes entre la description des migrateurs célestes dans la Bible de Jer Salem et les dessins exhumés dans des grottes souterraines des planètes sur lesquelles ils auraient – je dis bien ils auraient – fait étape. Je dispose également du témoignage holo d'un ancien chasseur de Franzia qui prétend que des scientifiques avaient monté des expéditions de chasse pour capturer et disséquer des spécimens de cette espèce animale venue d'un très lointain espace... S'il vous plaît, laissez-moi terminer ! Si vous huez chaque fois que j'ouvre la bouche, nous y serons encore dans plus d'une semaine, et je vous rappelle que le congrès se termine dans deux jours. D'autres témoignages m'amènent à penser que les xaxas se sont posés sur le satellite de Franzia à la fin de l'an 16. S'y trouvaient les futurs disciples du mahdi Shari des Hymlyas, dont certains étaient, dois-je vous rafraîchir la mémoire, jersalémines. A ceux qui m'objecteraient qu'aucun étranger, aucun gock, n'était admis sur le sol de Jer Salem, je leur répondrai qu'aucun esprit irrationnel n'est admis dans ce congrès et que pourtant ils y pullulent comme des mouches sur une charogne ! S'il vous plaît... D'après les versets du Livre des Xaxas, on pouvait vivre à l'intérieur du ventre d'un migrateur céleste. La Nouvelle Bible dit qu'ils fournissaient l'eau et l'air à leur hôte pendant quarante jours. En fait, je crois que leur métabolisme s'adaptait aux besoins du parasite qu'ils transportaient, un peu comme cer-

tains animaux terrestres offrent gîte et nourriture aux larves parasitaires qui se développent dans les couches sous-cutanées de leur épiderme...

Cependant, malgré la bonne volonté de leurs véhicules spatiaux, tous les disciples n'arrivèrent pas vivants sur Terra Mater...

Conférence publique et houleuse d'Anatul Hujiak, historien et érudit néoropéen, auteur d'une biographie contestée de Sri Lumpa.

Les poumons oppressés de Jek réclament de l'air. Ses doigts affolés labourent les parois et le plafond du compartiment, les sacs poreux dont certains se déchirent et libèrent tout leur oxygène dans un long borborygme. La chair molle et brûlante de la chose qui s'est installée sur son visage et son cou lui obstrue entièrement les narines et la bouche.

« Je suis le serviteur de celui qui vit », murmure le xaxas.

La chose palpite. Son épiderme a la consistance d'une limace, mais en beaucoup plus chaud, comme s'il avait été trempé dans un brasier. Il brille en tout cas. Bien qu'il occulte les yeux de Jek, la luminosité qui s'en dégage lui parvient aux rétines. Le petit Anjorien a l'impression de se retrouver à l'intérieur d'un soleil.

« Car ma mère la gardienne de la porte m'a engendré pour semer la vie... »

La chose possède également des pattes, comme en témoignent les excroissances dures, coupantes, griffues qui s'enfoncent profondément dans la peau de Jek.

« Et si tel est le désir de la chenille de feu, elle me grignotera, je lui tisserai un cocon de bave, elle se métamorphosera, je la déposerai et elle s'envolera vers une lointaine étoile... »

Une chenille de feu...

Elles avaient donc été deux à se faufiler dans le compartiment lors de l'étape précédente. Jek se souvient alors que le cocon gisant à côté du migrateur sur la glace du cirque des Pleurs était beaucoup moins volumineux que les autres. Il prend tout à coup conscience que la clandestine cherche à l'éliminer. Il l'empêche d'accomplir sa métamorphose... Elle veut peut-être se nourrir de lui.

« Si tel est le désir de l'humain, je lui fournirai de l'oxygène jusqu'à la prochaine étape, je le déposerai et il verra les amis pour lesquels il a entrepris son long voyage... »

La panique déserte l'esprit du petit Anjorien, soudain calme, lucide, résolu. Bien que son cerveau sous-oxygéné fonctionne maintenant au ralenti, il rassemble le troupeau de ses pensées éparses. Il lance ses mains à l'assaut de la chenille, lui agrippe l'échine et tente de la renverser d'une violente poussée. Mais elle s'est solidement rivée à lui. Son enveloppe extérieure se colle à son visage comme une ventouse, elle lui plante les griffes de ses innombrables pattes dans la peau.

Couvert de sueur, suffocant, il s'arc-boute, essaie encore... Son sang bout dans ses veines, des lames ébréchées lui perforent le crâne, la cage thoracique, le ventre. Elle ne bouge pas d'un millimètre, renforce même son emprise. Chacun des gestes de Jek lui coûte une débauche d'énergie folle. Il prend subitement conscience de sa faiblesse : il n'est qu'un enfant de huit ou neuf ans, un être chétif, sans force... La voix du viduc Papironda s'élève dans la confusion de son esprit... *L 'univers est plein de dangers pour un enfant de huit ans... Je t'offre un avenir peut-être moins glorieux, mais concret et par bien des côtés enviable... Reste avec moi...* Ô mon Dieu, pourquoi n'a-t-il pas écouté le viduc ? Pourquoi n'a-t-il pas écouté p'a et m'an At-Skin ?... Les adultes ont presque toujours raison mais il n'en fait qu'à sa tête... Ut-Gen, Anjor, le Terrarium... Tout cela est si loin... Des milliers de becs le dépècent... Les corbonucles du désert nucléaire... Que fabriquent-ils à l'intérieur du ventre du xaxas ?

Un sursaut de conscience ranime Jek. Il se rend compte que ce ne sont pas les becs des corbonucles qui le picorent, mais les pores de sa peau qui se rétractent comme s'ils allaient directement puiser les ultimes molécules d'oxygène dans son sang.

Une longue vibration parcourt les anneaux de la chenille de feu, dont l'enveloppe extérieure glisse imperceptiblement sur les lèvres du petit Anjorien. Il n'a plus la force de bouger. Elle sait déjà qu'elle a gagné la partie. Dans quelques secondes, le métabolisme de sa proie aura atteint le degré zéro et elle le dévorera tout entier, organes, muscles et os, puis entamera la chair interne du xaxas pour recevoir son cocon. Elle frémit d'allégresse.

Cette horrible chenille va manger Jek... Le manger... Une pensée ténue trace son difficile sillon et vient mourir à la surface de son esprit. *Sers-toi de ta bouche... Mange-la avant qu'elle ne te mange...* Il repousse d'abord cette idée, qui éveille en lui des répulsions inconscientes. Son corps n'est plus qu'un désert aride où ne chuchote pas le moindre souffle de vent. Son instinct de survie le pousse à desserrer machinalement les lèvres. La chair molle et chaude de la chenille lui emplit la bouche, un goût de cendres et de pierre brûlée lui inonde le palais. Il referme les mâchoires, timidement au début, puis, autant par réflexe que par lassitude, de plus en plus fort.

L'épiderme épais et souple de la chenille cède dans un crissement, libérant un flot saccadé d'une substance visqueuse, amère. Des spasmes convulsifs la secouent de la tête à la queue.

« C'est aujourd'hui qu'ils arrivent ! » s'écria Yelle en s'engouffrant dans la maison.

Munie du bâton de promenade de son père, vêtue d'une robe courte et droite, elle revenait de l'une de ses excursions quotidiennes dans le cœur du massif des Hymlyas. Elle avait maintenant de bonnes joues rondes, et ses grands yeux gris-bleu resplendissaient. L'or clair de sa chevelure se déversait sur le miel de son visage, de ses épaules nues et de son cou. Elle se recueillait au moins une heure par jour devant le buisson aux fleurs lumineuses, parlait de temps à autre des étoiles qui disparaissaient, de son père parti affronter le blouf, de son grand frère Shari qui devait bientôt rentrer, mais la tristesse semblait l'avoir définitivement désertée. Elle était redevenue la petite fille espiègle, enjouée, qu'elle avait cessé d'être avant le départ de Tixu.

« Qui ? » demanda Aphykit.

Elle se leva du fauteuil d'osier qui faisait face à la cheminée. Elle avait pour l'instant suspendu ses immersions dans le silence, ses explorations intérieures sur le véhicule de l'antra. Elle avait décidé de se consacrer entièrement à sa fille, dont la beauté et la joie de vivre étaient ses plus belles récompenses. Elle s'occupait également du jardin et du verger qu'avaient entretenus les pèlerins avant leur départ et qui fournissaient les légumes, les céréales et les fruits dont elles avaient besoin. Elle en faisait sécher une grande partie en prévision de l'hiver. Les caissons de déshydratation fabriqués par les pèlerins jonchaient par dizaines la cour pavée de la maison et diffusaient d'entêtantes odeurs sucrées. De temps à autre, devant le buisson du fou, elle se laissait dériver sur une mer de nostalgie dont les courants la ramenaient toujours vers Tixu. Cela faisait plus de quarante jours qu'il était parti. Quarante jours qui s'étaient écoulés comme quarante siècles...

« Les nouveaux pèlerins ! répondit Yelle.

– Qui te l'a dit ?

– Les pierres, la terre, le vent... Ils m'ont annoncé la venue des grands migrateurs de l'espace. Ils se sont déjà posés sur Terra Mater il y a plus de cinq millions d'années... Ils transportaient déjà des hommes... Enfin pas tout à fait... Des hommes-dieux...

– Des migrateurs de l'espace ?

– Leur travail, c'est de semer la vie où elle n'existe pas... Viens, maman : nous devons nous mettre en route tout de suite si nous voulons arriver à temps ! »

Au ton de Yelle, Aphykit comprit qu'il ne s'agissait pas d'une lubie enfantine mais d'une réalité que sa fille avait captée dans l'environnement comme elle avait capté le blouf, la mort des étoiles, la rétraction de l'univers.

« Où doivent-ils atterrir ?

– Dans le grand volcan éteint... A dix kilomètres d'ici...

– Si tu veux, Yelle, tu peux rester : je m'y transporterai par la pensée... »

Yelle dévisagea ardemment sa mère.

« Moi aussi, je sais voyager sur les pensées... »

Aphykit sourit et caressa tendrement les cheveux de sa fille.

« Comment as-tu appris ?

– Je n'ai pas appris, je sais. Mais ce serait dommage de ne pas profiter du soleil, du ciel, des arbres... Et puis on pourra se baigner dans un torrent... »

Chère Yelle, tes mots résonnent toujours comme des notes justes...

« Tu as raison... On devient paresseux avec l'âge ! »

Elles se mirent en chemin au moment où le soleil atteignait son zénith. Une chaleur lourde régnait sur les Hymlyas. Les fourrés, les bosquets et les herbes folles bruissaient de craquements, de stridulations, de craquètements, de sifflements, de grondements, de roucoulements.

Un sentiment de malaise étreignait Aphykit. Il lui semblait déceler une sourde menace au cœur de la symphonie végétale et animale. Yelle courait après les papillons multicolores en poussant de grands éclats de rire, dévalait les rochers et les versants abrupts des collines avec la grâce, la légèreté et la sûreté d'une gazelle des monts.

Prends soin de notre petite merveille... Aphykit entendait la voix de son aimé dans le friselis des frondaisons, dans les murmures de la brise, dans les bourdonnements des insectes. Son cœur se serra et les larmes lui vinrent aux yeux. Elle se détourna pour échapper au regard inquisiteur de Yelle.

« Pas la peine de te cacher, maman ! cria la fillette. Je le sais bien que tu as de la peine... A moi aussi, papa me manque... »

Elles traversaient une forêt de pins aux troncs élancés. Les rayons du soleil traçaient des cercles clairs sur le vert sombre de la mousse. Yelle s'approcha de sa mère, lui entoura la taille de ses bras, posa doucement le front sur son ventre comme elle l'avait fait pour Tixu au moment de son départ. Elles restèrent enlacées pendant quelques minutes. Apaisée, Aphykit s'autorisa alors à laisser couler ses larmes.

Elles se déshabillèrent sur la grève du torrent où Yelle avait l'habitude de se baigner, plongèrent dans l'eau scintillante et fraîche qui se fracassait allégrement sur les rochers. Elles s'allongèrent sur l'herbe grasse et parfumée, s'abandonnèrent aux chauds effleurements du soleil, dévorèrent les fruits qu'elles avaient glissés dans les poches de leur robe.

Tout en goûtant la douce quiétude de l'instant, Aphykit ne pouvait se défaire du sombre pressentiment qui l'accablait. Son intuition lui soufflait avec insistance que ces heures paisibles, radieuses, ces heures qui lui rappelaient la sérénité de l'île des monagres de Selp Dik, lui étaient désormais comptées.

Yelle se lava la bouche et les mains dans l'eau du torrent, déposa un baiser sonore sur la joue de sa mère, se rhabilla et ramassa son grand bâton.

« Allons-y, maman. Ils vont bientôt arriver... »

Main dans la main, elles suivirent le sentier tortueux qui menait au grand volcan.

La chenille de feu se vide lentement par l'incision que sa proie a pratiquée sur son abdomen. Elle a montré une extrême prudence, a passé beaucoup de temps à observer l'autre parasite, mais elle ne s'est pas méfiée de la cavité aux bords mobiles d'où jaillissent les sons, et elle s'aperçoit, un peu tard, que ce piège renferme des instruments durs et coupants. Elle se débat furieusement, tout en veillant à ne pas dégager les trois orifices d'alimentation du gaz. Et ce n'est pas facile, car les mâchoires du piège se sont solidement refermées sur son enveloppe externe. Il faut impérativement qu'elle rebouche la fissure ou elle continuera de se vider et atteindra à son tour le degré zéro de son métabolisme. Là est l'urgence. Il sera toujours temps de s'occuper de l'autre parasite quand elle aura colmaté la plaie avec un repli de son enveloppe. Elle se trémousse, se ramasse sur elle-même comme un ressort, rétracte les griffes, se détache de quelques millimètres de la peau lisse et soyeuse. Ses terminaisons nerveuses captent les infimes courants d'air qui se faufilent dans les orifices dégagés de sa proie.

Jek revient à lui. Plusieurs minutes lui sont nécessaires pour appréhender la situation, pour permettre à ses souvenirs d'échouer sur la grève de son esprit. Ses mâchoires crispées l'élancent douloureusement. Il avale une substance écœurante qui se répand dans sa gorge, qui s'évade des commissures de ses lèvres, qui lui dégouline sur le menton. Des rayons vacillants lui frappent les yeux. De furieuses convulsions ballottent le corps annelé de la chenille de feu. Elle se tord dans tous les sens pour échapper à la traction de ses dents.

L'enveloppe externe de la larve de l'espace cède brusquement. Emportée par ses propres contorsions, elle est projetée avec violence contre la paroi du compartiment. Des filaments blanchâtres et gluants jaillissent aussitôt des minuscules cavités qui criblent la chair brune du xaxas.

Jek recrache le lambeau de l'épiderme et les restes de substance visqueuse au goût de fiel et de cendres. Des fourmillements lui irritent le visage et le cou. Il respire goulûment, et son cerveau, brutalement suroxygéné, flotte dans une douce euphorie. Les filaments de bave continuent d'emberlificoter la chenille, dont le corps frétillant, phosphorescent, jette des lueurs intermittentes sur le compartiment. Pour la première fois, Jek contemple l'intérieur de son véhicule spatial, le capiton épais, brun et palpitant, les cordons clairs qui pendent un peu partout comme des fils électriques dénudés, les sacs poreux suspendus aux parois, presque entièrement dégonflés, la faille aux bords resserrés et froncés qui donne probablement sur le conduit.

« Je suis un serviteur, un transporteur, dit le xaxas. Nous sommes bientôt arrivés au terme du voyage et il me faut maintenant choisir. Je ne puis semer deux vies antinomiques, deux vies qui se combattent, sur un même monde... »

Machinalement, Jek cherche à découvrir l'endroit d'où vient la voix du migrateur céleste – ce n'est pas vraiment une voix, mais un flux musical dont les notes seraient des mots et les harmoniques des phrases. Elle provient de nulle part et de partout à la fois, et c'est certainement pour cette raison qu'il l'entend surtout au-dedans de lui-même.

Le cocon de bave recouvre entièrement la chenille, qui a cessé de se débattre. Une obscurité profonde, impénétrable, ensevelit de nouveau le compartiment.

« Une seule vie à la fois... », répète le xaxas.

Couvertes de sueur et de poussière, Aphykit et Yelle arrivèrent en vue du grand volcan au milieu de l'après-midi. Lorsqu'elle aperçut l'escalier taillé dans la pierre et la grande ouverture pratiquée à mi-hauteur du versant, Aphykit fit immédiatement le rapprochement entre ce pic noir qui se dressait au milieu d'un plateau aride et l'histoire du peuple ameuryne que lui avait racontée Shari.

Après avoir exterminé les Ameurynes, les Scaythes d'Hyponéros et les mercenaires de Pritiv avaient bombardé de rayons momifiants le volcan qui abritait la ville d'Exod. C'est sans doute ce qui expliquait qu'aucune végétation n'avait pu prendre sur ce mont pelé, calciné, et qu'une telle impression de désolation planait sur les environs.

Elles gravirent l'escalier de pierre qui grimpait en louvoyant à l'assaut du cratère. Yelle, fatiguée, exigea de faire plusieurs pauses au cours de l'ascension. Le tissu de leur robe et leurs cheveux leur collaient à la peau. Quelques aïoules planaient dans l'azur étincelant du ciel en poussant des trompettements rauques. La fillette regretta amèrement d'avoir oublié de se munir d'une gourde d'eau.

Elles prirent enfin pied sur le large palier qui précédait l'immense bouche d'accès. Elles en franchirent le seuil et se retrouvèrent sur un surplomb qui dominait l'ensemble du cratère. Elles aperçurent, quelques centaines de mètres en contrebas, un terre-plein de deux kilomètres de diamètre qui s'élevait au centre de l'excavation, plongée dans un silence sépulcral, glacial. Le soleil pénétrait à flots par l'immense ouverture du sommet, éclairait les parois lisses sur lesquelles se découpaient des orbites noires et vides, ainsi que des allées circulaires reliées par des escaliers en spirale.

« Tu es sûre qu'ils vont se poser ici ? demanda Aphykit dont la voix mélodieuse se désagrégea dans le silence.

– Pas tous, répondit la fillette, essoufflée. Ils sont trop nombreux. Seulement ceux qui transportent les pèlerins... On dirait que le blouf a mangé toute vie à l'intérieur de ce volcan...

– C'est un peu ça ! Shari y a vécu, autrefois. Dans une ville qui s'appelait Exod. »

Yelle se concentra, écarquilla les yeux, tendit l'oreille, comme si elle cherchait à capter des images, des sons, des pensées, des souvenirs de ce grand frère qu'elle n'avait encore jamais rencontré.

« Attention à la descente, prévint Aphykit. Les escaliers intérieurs me paraissent encore plus raides que l'autre... »

Ils n'étaient pas seulement raides : il leur manquait également une marche sur deux, et elles durent redoubler de prudence pour ne pas perdre l'équilibre et être précipitées dans le vide. En passant devant les galeries transversales, elles se rendirent compte que les orbites vides étaient les accès d'anciennes habitations troglodytiques.

« C'était ça, la ville de Shari ? demanda Yelle avec une légère pointe de dépit dans la voix.

– D'après Shari, les grottes étaient seulement des

habitations d'appoint. L'agglomération proprement dite s'élevait sur le terre-plein central.

– Il n'y a plus rien en bas !

– Les Scaythes d'Hyponéros et les mercenaires de Pritiv ont anéanti Exod avec des rayons momifiants.

– Pourquoi ?

– Ils étaient venus chercher un élément qui leur manquait pour développer les pensées de mort : le son. Les prêtres de la religion ameuryne, les amphanes, possédaient quelques rudiments de la science inddique, mais ils s'en servaient uniquement pour tuer les hommes et les femmes coupables d'adultère. C'est de cette manière qu'est morte la mère de Shari. Lorsqu'ils eurent obtenu ce qu'ils voulaient, les Scaythes ont exterminé les Ameurynes pour ne pas laisser de trace de leur passage...

– C'est quoi, l'adultère ?

– Des hommes ou des femmes qui aiment d'autres hommes ou femmes que les leurs...

– Moi, je n'aime qu'un seul homme ! »

Aphykit éclata de rire. Elle s'arrêta, s'appuya sur une rampe d'escalier directement taillée dans la roche et fixa Yelle, qui s'aidait de son bâton pour dévaler les marches.

« Quel homme ?

– Celui que j'attends. Un pèlerin. »

Aphykit scruta le visage de sa fille mais n'y décela aucune trace de forfanterie ou de moquerie. Elle n'avait pas prononcé ces paroles à la légère.

« Tu es trop jeune pour choisir celui qui...

– Je suis bien plus vieille que tu ne le crois, maman ! coupa Yelle. Bien plus vieille que toi ! »

En bas, la sensation de désolation était plus oppressante, plus palpable qu'à mi-pente. Aucun bruit ne troublait le silence. Le cratère semblait s'être refermé à jamais sur sa douleur, sur son secret. Il ressemblait à un tombeau géant, à un mausolée érigé à la mémoire du peuple ameuryne.

Elles traversèrent la grande allée circulaire et empruntèrent un sentier tournant qui les conduisit sur le terre-plein. Sur le sol noir se devinaient les reliefs et les linéaments de rues, de places, d'habitations... Une boursouflure rocheuse barrait l'espace nu sur une grande partie de sa largeur.

« La cheminée, expliqua Aphykit. La fissure de l'écorce terrestre par laquelle jaillissait le magma. Elle s'est refermée depuis bien longtemps...

– Je n'aurais pas aimé vivre à l'intérieur d'un volcan ! lâcha Yelle. J'aurais eu bien trop peur d'étouffer. »

Elles s'assirent sur des pierres rondes et plates qui jonchaient le terre-plein et grignotèrent les derniers fruits qui leur restaient.

« Cet homme... est-ce que tu sais au moins comment il est ? »

Yelle recracha son noyau et haussa les épaules.

« Je ne l'ai jamais vu. Je ne suis même pas certaine qu'il est encore vivant. Mais, même s'il est mort, je ne changerai pas d'avis ! »

La résolution de Yelle déconcerta Aphykit, qui n'insista pas. Elle devait se faire à l'idée que sa fille ne raisonnait pas comme tout le monde.

Les premiers signes se manifestèrent en fin d'aprèsmidi. Elles perçurent d'abord des sons étranges et mélodieux qui provenaient d'un endroit impossible à déterminer. Elles avaient parfois l'impression qu'ils surgissaient de l'espace et parfois qu'ils jaillissaient des profondeurs de la terre. Ils résonnaient davantage en elles-mêmes qu'à l'extérieur d'elles-mêmes. C'étaient tantôt des cris animaux, tantôt des bruissements de cascade, tantôt des notes prolongées, graves ou aiguës, mais tous ils exprimaient une nostalgie poignante, déchirante, qui leur tira des larmes.

Puis, alors que s'amplifiaient les sons, tombèrent des cieux des colonnes de lumière qui jetèrent d'incomparables éclats bleus ou verts sur les parois lisses du cratère. A peine eurent-elles effleuré le sol du terre-plein qu'une formidable clameur retentit et qu'un nuage sombre occulta les rayons du soleil et recouvrit le volcan.

« Les voilà ! Les voilà ! » s'exclama Yelle.

Elle se releva et courut sur le terre-plein comme si elle prenait son élan pour décoller et s'élever vers les grands migrateurs de l'espace. La flamme dorée de sa chevelure dansait sur ses épaules nues.

La luminosité des colonnes de lumière éblouit Aphykit. Elle posa la main sur le front et leva la tête en direction des gigantesques masses sombres qui convergeaient vers le volcan. Elle distingua leurs ailes membraneuses à la phénoménale envergure et les éclats scintillants qui parsemaient leur corps fuselé. La cuvette du volcan amplifiait le grondement produit par les vigoureux battements d'ailes des milliers d'individus que comportait la nuée.

Seulement quatre d'entre eux se disposèrent à l'intérieur de colonnes de lumière et descendirent dans le cratère. Ils pesaient visiblement plusieurs dizaines de tonnes mais paraissaient aussi légers que des plumes. L'un après l'autre, ils se posèrent sur le terre-plein à une centaine de mètres d'Aphykit et de Yelle. Les cristaux sertis dans leur carapace rougeoyante cessèrent de briller. Ils replièrent leurs ailes et rampèrent avec lourdeur, avec maladresse, pour sortir des cercles de lumière. Tandis qu'un kilomètre plus haut leurs congénères continuaient de planer et d'émettre leurs cris déchirants, les quatre migrateurs échoués demeurèrent totalement immobiles, comme terrassés par le terrible effort qu'ils venaient de fournir. Deux étaient immenses, entre vingt et trente mètres de long, deux plus petits, entre cinq et dix mètres. Des braises vives saupoudraient leur carapace maculée de taches noires.

Yelle s'approcha de l'un d'eux et examina ce qui lui semblait être la tête mais qui ne présentait aucune des caractéristiques des animaux qu'elle connaissait. Pas d'yeux, pas de mufle, pas de bouche, pas d'oreilles. Comment faisaient-ils pour se diriger dans l'espace ? Comment sentaient-ils, comment mangeaient-ils ?

Ils commencèrent à se tourner sur eux-mêmes et se

couchèrent sur le flanc de manière à dégager leur abdomen brun clair, parfaitement lisse et propre.

Yelle contourna le migrateur et discerna, à proximité de sa queue, un orifice dont les bords froncés se dilatèrent démesurément. Des ondulations violentes, rapprochées, parcoururent le ventre clair, semblables aux contractions précédant la mise bas des gazelles des monts. Une tête humaine glissa lentement hors de l'orifice, puis des épaules, des bras, un tronc, des jambes. C'était une femme aux interminables cheveux noirs et lisses, à la peau cuivrée, à la poitrine opulente, aux côtes saillantes, à la toison pubienne fournie. Recouverte d'un liquide épais, luisant, fumant qui rappelait à Yelle la substance dont étaient enveloppées les gazelles nouveau-nées, elle remuait faiblement les jambes et les bras.

Yelle courut vers le plus grand des migrateurs. Elle découvrit, allongé sur le sol, un homme aux cheveux noirs et lisses, de la même race que la femme, et dont les muscles saillaient sous la peau brune. Il tourna la tête vers elle et lui lança un regard hébété.

Près du troisième migrateur, elle aperçut un vieillard aux cheveux blancs, auquel il ne restait plus que la peau sur les os. Sa respiration était rauque, sifflante, et il se tordait sur le sol comme un ver de terre. Elle comprit, à ses contorsions désespérées, qu'il ne pouvait plus se servir de ses membres et qu'il n'en avait plus pour longtemps à vivre.

Elle se dirigea enfin vers le quatrième migrateur, à la carapace particulièrement noire. Celui-ci n'avait pas expulsé un être humain mais une forme oblongue et blanche qui ressemblait à un cocon.

Yelle poussa un cri de désespoir et ses yeux s'embuèrent de larmes.

« Qu'y a-t-il, Yelle ? »

Aphykit, qui s'était approchée d'elle, lui posa les mains sur les épaules.

« Il n'est pas là...

– Qui ?

– Le garçon que j'attends... »

C'était donc ça, pensa Aphykit, tu n'attendais pas un homme mais un enfant...

A quelques pas d'elles, l'homme et la femme se relevèrent, s'avancèrent l'un vers l'autre d'une démarche hésitante, malhabile, et s'étreignirent longuement. Aphykit était partagée entre sa joie de recevoir des visiteurs, des gens avec qui parler, enfin, et la tristesse de Yelle.

Les quatre migrateurs de l'espace s'affaissèrent sur le ventre avec la même lenteur qu'ils s'étaient tournés sur le flanc.

« Prince des hyènes ! » cria soudain l'homme par-dessus l'épaule de la femme.

Yelle ferma les yeux et, comme devant le buisson aux fleurs lumineuses, s'agenouilla devant le migrateur dont les congénères, là-haut, menaient grand tapage, poussaient des cris stridents, agitaient frénétiquement les ailes.

« Prince des hyènes ! » répéta l'homme.

Il se détacha de la femme et s'avança vers Aphykit. Il était grand, mince – maigre même –, brun et avait une allure de seigneur. Il était tellement anxieux qu'il ne prêta pas attention au fait qu'il se présentait entièrement nu devant une femme qu'il ne connaissait pas. Et d'ailleurs, il ne la regardait pas comme une femme, mais comme une déesse ou un ange.

« Vous n'avez pas vu un garçon de huit ou neuf ans ? demanda-t-il d'une voix mal assurée.

– Seulement trois adultes et un objet qui ressemble à une chrysalide », répondit Aphykit.

Il lança un coup d'œil désespéré sur le cocon.

« Il y avait une deuxième chenille de feu à l'intérieur du xaxas, murmura-t-il. Un verset de la Nouvelle Bible dit : *Prends garde, ô âme qui souhaite gagner la Jer Salem de lumière, à ne pas entrer dans le ventre du xaxas qui a transporté deux chrysalides célestes, car féroce est la chenille dont la sœur a empêché la métamorphose...* »

Les quatre migrateurs avaient désormais réintégré leur position initiale. Les larmes qui coulaient silencieusement des yeux de Yelle, statufiée, étaient les seuls signes de vie, les seuls mouvements de son corps. Les contours des colonnes de lumière s'estompèrent peu à peu, s'évanouirent dans la semi-obscurité qui envahit le cratère.

« Saleté de chenille ! » hurla l'homme.

Il ramassa une pierre plate et, saisi d'une rage incoercible, fracassa le cocon. Il ne découvrit rien d'autre à l'intérieur qu'une enveloppe vide, repliée sur elle-même, et un amas de matière grise comparable à de la cendre froide.

« Que ta tête et ton cœur gardent patience, San Francisco, dit la femme. Le xaxas de Jek s'est peut-être posé à un autre endroit... Il manque également celui de Marti... »

L'homme se releva et secoua la tête. Une immense détresse imprégnait ses yeux noirs et fendus.

Trois migrateurs battirent des ailes et s'arrachèrent du sol avec autant de grâce et de légèreté que des papillons. En dépit de leur énorme masse, ils triomphaient de la pesanteur avec une aisance confondante. Leurs cristaux se remirent à étinceler dès qu'ils se furent élevés à une dizaine de mètres de hauteur.

Le quatrième, le plus noir, resta vautré sur le terre-plein. Il se coucha sur le flanc et, de nouveau, dégagea son abdomen clair et palpitant. Les fronces de l'orifice de son conduit se distendirent et, après une série de brèves et violentes contractions, un petit garçon fut éjecté de son ventre. Il remuait, respirait, il était apparemment en bonne santé malgré les filaments blancs qui lui empoissaient les cheveux, malgré les multiples écorchures et points rouges qui lui parsemaient le visage, les épaules et le cou, malgré sa maigreur.

Yelle ouvrit les yeux.

Il était là, devant elle, son compagnon, l'homme qu'elle avait choisi d'aimer pour la vie entière. Bien qu'il fût squelettique, sale, écorché, et qu'il eût la face toute rouge comme s'il s'était ébouillanté, elle le trouva beau. Et il la trouvait belle, sans doute, puisqu'il ne parvenait pas à détacher son regard d'elle.

Jek se rendit soudain compte qu'il était tout nu et il

plaqua ses mains sur son petit robinet. Il croyait être arrivé au paradis des kreuziens, là où vivent des anges aux cheveux d'or, à l'indescriptible beauté et à l'ineffable douceur, mais, même au paradis, il gardait les réflexes pudibonds d'un petit garçon de huit ou neuf ans.

San Francisco le saisit par les aisselles, le souleva de terre et le pressa contre sa poitrine.

« Bienvenue sur la Jer Salem de lumière, prince des hyènes ! Tu es arrivé au terme de ta longue errance... »

Avant de faire plus ample connaissance avec le grand et le petit ange aux cheveux d'or, on s'occupa de Robin, ou plus exactement on l'assista dans ses derniers instants. Le vieux Syracusain demanda d'abord à parler à son fils Marti.

« Son migrateur s'est certainement posé hors du volcan, avança San Francisco, penché sur le mourant.

– Il se peut aussi qu'il ait trouvé la mort... articula faiblement Robin. C'est peut-être mieux ainsi... Je l'aimais comme un père, mais j'ai compris quel... quel monstre il était... Il ne vous aurait créé que des ennuis... »

D'un mouvement de tête, il fit signe à Aphykit de s'approcher. La jeune femme s'accroupit à la place de San Francisco et souleva délicatement la nuque du vieillard.

« Nous sommes sur... Terra Mater, et vous êtes Aphykit Alexu, n'est-ce pas ? »

Elle acquiesça d'un battement de cils.

« Je suis Robin de Phart, de Vénicia... Je suis désolé de me présenter devant vous dans ce... cette absence de tenue... J'étais un ami de votre père, Sri Alexu... »

Sa voix n'était plus qu'un mince filet sonore qui pouvait se tarir à tout moment. Un voile terne tombait sur ses yeux clairs.

« Je me sentais si bien dans le ventre du xaxas que j'aurais pu partir en paix... Mais je voulais vous saluer avant de... »

Un violent soubresaut agita son corps, puis sa tête bascula vers l'arrière et il se figea définitivement dans la mort.

San Francisco chargea le cadavre de Robin sur ses épaules et le transporta hors du cratère. Il l'enfouit sous un monticule de pierres à l'orée d'une forêt qui bordait le plateau. Jek pleura à chaudes larmes la mort de son vieil ami syracusain.

Puis Aphykit et Yelle entraînèrent les visiteurs sur le sentier du village. Pendant tout le trajet, Jek garda ses mains en paravent devant son robinet.

« Tu peux te mettre à l'aise ! lui lança Yelle. Je sais comment c'est fait, un garçon ! Ton ami San Francisco est moins bête que toi, et pourtant c'est un grand ! »

Elle l'intimidait. Elle était plus petite que lui, et probablement plus jeune, mais ses immenses yeux gris-bleu étaient des lacs profonds dans lesquels il n'osait pas se plonger. En comparaison, Naïa Phykit, sa mère, la déesse des légendes, la femme extraordinaire dont Artrarak parlait avec des étoiles dans les yeux, paraissait nettement plus abordable, plus humaine.

Exténué par son combat avec la chenille de feu, il s'était assoupi dans le ventre du xaxas. Un murmure, un appel subtil, un rêve l'avait tiré du sommeil. Il avait vu se refermer l'orifice du conduit. Un rayon de lumière bleue se rétrécissait, capitulait devant les ténèbres. La chenille de feu avait disparu et il avait alors compris que le migrateur l'avait expulsée du compartiment. *Une seule vie à la fois*, avait dit le xaxas. Paniqué, épouvanté, Jek avait hurlé, avait tapé des pieds et des poings sur le capiton de chair, sur les cordons blanchâtres, sur les sacs d'oxygène vides et flasques. L'orifice s'était rouvert et un spasme l'avait projeté la tête la première dans le conduit.

« Le raisonnement de Robin était juste : nous pensions partir pour la Jer Salem de lumière et nous nous sommes échoués sur Terra Mater, sur la Terre des origines, dit San Francisco. Mais nos cœurs et nos têtes se réjouissent de vous rencontrer, Naïa Phykit. Le prince des hyènes, lui, vous cherche depuis longtemps, depuis son départ du Terrarium Nord d'Anjor. Que grâces lui soient rendues : c'est la puissance de sa pensée qui nous a guidés jusqu'à vous.

– Ce n'est pas maman qu'il cherchait, mais moi ! » intervint Yelle, péremptoire.

Devant l'air effaré de Jek, dont les mains se crispaient sur le bas-ventre, ils éclatèrent de rire.

Le jour suivant, après une bonne nuit de repos et un petit déjeuner consistant – Jek avait été légèrement agacé que Yelle lui eût imposé de dormir dans la même pièce qu'elle – la fillette, munie du bâton de promenade de son père, l'invita à venir se baigner dans le torrent.

« Tu sens mauvais ! Si tu veux continuer de dormir avec moi, il faut que tu te laves...

– Attends, se rebiffa le petit Anjorien. Je veux d'abord demander quelque chose à Naïa Phykit.

– Tu peux me le demander. J'en sais autant que ma mère. Peut-être même davantage... »

Mais Jek ne céda pas. C'était pour Naïa Phykit qu'il avait entrepris ce long voyage, pas pour une petite peste du nom de Yelle. Il sortit donc dans le jardin, s'approcha de Naïa Phykit, affairée à disposer des fruits et des légumes frais dans les caissons de déshydratation, et lui demanda timidement comment on faisait pour voyager sur les pensées.

« Je vous l'apprendrai bientôt à tous les trois », répondit-elle avec un large sourire.

Elle posa sur lui ses magnifiques yeux bleu, vert et or, et, bien qu'il fût affublé d'une chemise de Sri Lumpa – quel honneur ! – qui lui tombait sur les genoux, il rougit jusqu'à la racine des cheveux.

« Pourquoi es-tu parti à notre recherche, Jek ?

– Pour devenir un guerrier du silence...

– Qui t'a parlé des guerriers du silence ?

– Artrarak, un vieux quarantain du ghetto d'Anjor...

– Et tes parents ?

– P'a, m'an... ils voulaient tous les deux m'expédier dans une école de propagande sacrée et je n'avais pas envie de faire le missionnaire kreuzien... Et Sri Lumpa ? Où il est parti ? »

Le visage de Naïa Phykit se rembrunit, et il distingua les sombres étincelles de désespoir qui dansaient dans ses yeux. Il en fut étonné : il n'aurait jamais imaginé qu'une déesse de légende pût être en proie au chagrin, à la détresse. Il avait présumé que ce genre de sentiment ne s'appliquait qu'aux simples mortels comme lui.

« Il est parti affronter l'ennemi des hommes, murmura-t-elle d'une voix imprégnée de tristesse. J'espère qu'il reviendra un jour... »

Yelle retira sa robe et plongea dans l'eau claire du torrent. Jek resta immobile sur la berge.

« Qu'est-ce que tu attends ? Tu ne vas pas te baigner avec ta chemise ! »

Voyant qu'il n'était pas décidé à bouger, elle chercha un argument convaincant, le trouva sous la forme d'un souvenir qui lui était jusqu'alors sorti de la tête.

« Viens et je te montrerai quelque chose !

– Quoi ?

– Viens d'abord ! »

Jek se débarrassa de la chemise de Sri Lumpa et, pour ne pas laisser le temps au regard moqueur de Yelle de capturer son corps, se glissa rapidement dans l'eau, dont la fraîcheur lui arracha des cris.

« Alors, c'est quoi ? » demanda-t-il entre ses lèvres tremblantes.

Elle ne répondit pas, traversa le torrent dont le puissant courant l'entraîna sur une cinquantaine de mètres, puis, à l'aide de branches basses de saules, se hissa sur la berge opposée. C'était une petite peste, mais elle était jolie, troublante, avec ses longs cheveux qui enluminaient ses épaules et les diamants d'eau qui scintillaient sur sa peau dorée. Elle courut vers le buisson où elle avait découvert la boîte métallique après le départ de son père. Elle écarta les lanières souples des branches basses, mais, à la place de la boîte, il n'y avait plus qu'un trou dans la terre humide et des vers qui grouillaient entre les feuilles mortes.

Elle se redressa et jeta un bref coup d'œil sur les environs.

« Quelqu'un l'a prise... souffla-t-elle.

– Mais quoi ? demanda Jek qui se hissait à son tour sur la berge.

– La boîte grise... Je l'avais oubliée... La boîte du malheur, la boîte du blouf...

– Le blouf ?

– Le mal qui mange les étoiles... »

Jek ne comprenait pas grand-chose à ce que racontait la fillette, mais une telle gravité assombrissait ses grands yeux qu'il prit peur et que de longs frissons coururent sur sa peau humide. Subitement, le clapotis de l'eau sur les rochers, le froissement délicat des feuilles dans les arbres et le chuchotement de la brise dans les herbes lui semblèrent menaçants, hostiles. Le ciel lui-même parut se tendre d'un voile gris.

« Il faut tout de suite retourner au village ! Prévenir maman ! »

Ils traversèrent le torrent, enfilèrent leurs vêtements sans prendre le temps de se sécher, ramassèrent leurs bâtons et coururent à perdre haleine en direction du village.

Une heure plus tard, essoufflés, transpirants, ils s'engouffrèrent dans la rue principale inondée de soleil et envahie d'herbes folles. Un silence funèbre s'était posé comme un linceul sur les maisons éventrées, sur les allées transversales, sur les jardins à l'abandon, sur la place centrale du buisson du fou.

« Il faudra un jour que tu m'expliques pourquoi les fleurs de ce buisson... », commença Jek.

Yelle lui ordonna de se taire en lui posant la main sur la bouche. Avant même d'arriver à la maison, elle eut la certitude qu'un malheur était arrivé. Elle s'en voulait terriblement d'avoir oublié de mentionner l'existence de cette maudite boîte à sa mère.

Ils se faufilèrent dans la cour intérieure de la maison par le portail de bois entrouvert.

Le corps de San Francisco, vêtu d'une combinaison ayant appartenu à Tixu, reposait au milieu des fruits et des légumes, entre deux caissons de déshydratation. De loin, il semblait être plongé dans un sommeil paisible, mais de près on distinguait une marque sombre au milieu de son front, comme s'il avait reçu un choc violent. Une vilaine teinte verdâtre délayait le cuivre de sa peau. Il ne respirait plus. Pétrifié, Jek fut traversé par un double sentiment de révolte et d'abattement devant le corps inerte de son ami jersalémine. Quel monstre de cruauté avait bien pu s'acharner sur le plus droit et le plus généreux des hommes, sur ce prince qui avait défié le viduc Papironda et les prêtres fanatiques de son peuple pour protéger un petit gock du nom de Jek At-Skin ?

Quelques mètres plus loin, ils découvrirent le corps de Phœnix, étendu sur les herbes sauvages qui obstruaient les allées de la cour. Comme San Francisco, elle avait une marque sombre sur le front.

« Maman ! » gémit Yelle.

Elle se précipita vers la porte ouverte de la maison mais une silhouette, que Jek identifia au premier coup d'œil, surgit de la pénombre et lui interdit le passage.

Marti de Kervaleur, nu, égratigné, le visage barré d'un rictus, braqua le canon d'une arme métallique sur la fillette.

« Marti ! Non ! » hurla le petit Anjorien.

La gueule ronde du canon vomit un rayon verdâtre qui percuta de plein fouet le visage de Yelle. Arrachée du sol par la violence de l'impact, elle retomba durement sur les dalles de pierre qui ceinturaient la construction. Jek voulut se précipiter vers elle, mais la voix métallique de Marti le cloua sur place.

« Ne bouge pas, Jek At-Skin ! »

Le petit Anjorien leva vers le jeune Syracusain son visage baigné de larmes.

« Pourquoi est-ce que tu l'as tuée ? Pourquoi est-ce que tu as tué San Francisco, Phœnix... Naïa Phykit ? »

Sa voix se brisa en sanglots. La robe de Yelle, inerte,

s'était retroussée dans sa chute et l'avait dénudée jusqu'à la taille.

« Pas tués... cryogénisés, précisa le monstre caché de Marti. Congelés, si tu préfères... En revanche, pour ce qui te concerne, je m'en tiendrai à mon aiguillage initial. Vous vous croyiez débarrassés de moi, n'est-ce pas ? Mon véhicule spatial a eu la bonté de me déposer aux coordonnées que je lui ai indiquées... Les xaxas sont des serviteurs, des transporteurs... »

Le monstre se rapprocha de Jek.

« Cette arme possède un réservoir d'un composé d'azote et un générateur d'ondes haute densité pour un double usage : cryogénisation et mort. C'est cette dernière solution que j'ai choisie pour toi. Il me suffit de commuter... Ici, tu vois ? »

L'index de Marti pressa un bouton situé sous la crosse.

« Il y avait également un transmetteur ondulatoire dans le conteneur. Dans cinq minutes, des mercenaires de Pritiv se rematérialiseront dans le village. Ils auront avec eux des déremats, des machines qui transporteront les corps de tes amis jusqu'à Vénicia, la capitale de l'Ang'empire. Dans cinq minutes, il ne restera rien des guerriers du silence... Mon pauvre Jek, tout ce voyage pour rien...

– Tu n'as pas encore capturé Sri Lumpa ! lui lança le petit Anjorien avec un air de défi. Ni le mahdi Shari des Hymlyas !

– Ta naïveté est touchante, petit homme. Sri Lumpa s'est lui-même jeté dans la gueule du loup. Quant au mahdi Shari des Hymlyas, son existence n'a jamais été prouvée, et il y a 89,02 % de probabilités qu'il ne soit qu'un pur produit de la conscience collective humaine... Mais assez bavardé. Adieu, Jek At-Skin d'Ut-Gen, et merci de ta collaboration ! »

Le monstre colle le canon de son arme sur le front de Jek.

L'enfant ne tente pas de fuir, ne ferme pas les yeux. Il s'approche du Syracusain, lui pose le front sur le ventre. Il perçoit la palpitation ténue de sa peau humide. Une odeur de transpiration, imprégnée du lourd parfum du compartiment intérieur du xaxas, lui emplit les narines. Ses larmes dévalent le bas-ventre de Marti, s'engouffrent dans le buisson touffu de son pubis, se faufilent dans les plis de ses aines.

« Tu resteras mon grand frère pour l'éternité, Marti, chuchote Jek. Même si tu me tues, je t'aimerai d'un amour si fort qu'il traversera le pays de la mort. Je te pardonne parce que tu fais toujours partie des hommes. Le monstre t'a rendu méchant, mais je sais qu'au fond de toi, tu n'approuves pas ce qu'il t'a obligé à faire... »

Le doigt de Marti se crispe sur la détente. L'autre ordonne à son véhicule corporel d'en finir, d'appuyer sur la fine excroissance métallique, mais les paroles de Jek, qui résonnent dans le silence comme une complainte déchirante, déclenchent une violente tempête sous le crâne du Syracusain. Elles exhument des pensées enfouies, des images d'un lointain passé, des bribes d'une autre existence.

L'autre, la greffe mentale, comprend que les pouvoirs d'humain-source de Jek reconnectent Marti à ses racines humaines (probabilités : plus de 80 %). Il lance des impulsions douloureuses dans le cerveau de son véhicule corporel pour qu'il interrompe le contact physique avec le petit Anjorien. Mais, bien que traversé par d'horribles pointes de douleur, le Syracusain ne se détache pas de l'enfant. Du front de Jek coule un puissant flot de chaleur et d'amour qui lui irradie tout le corps, qui l'apaise et l'enchante. Il se remémore tout à coup le Marti d'autrefois, l'enfant qui courait dans les allées du parc de la maison Kervaleur, il se rappelle les senteurs des fliottes, ses fleurs préférées, les caresses du vent coriolis, les effleurements des rayons de Rose Rubis et de Soleil Saphyr, la fraîcheur des ombrages, les yeux de sa mère, le sourire de son père, il se souvient combien, en ce temps-là, il faisait bon être un humain. L'autre, le démon, la greffe mentale, rue dans son esprit comme un fauve en cage. Et c'est ce qu'il est, un monstre piégé dans un cerveau... Des rivières de larmes s'écoulent des lacs débordants de ses yeux, dévalent les reliefs de son torse pour aller se jeter dans les larmes de Jek. Il était un homme et il est devenu un agent de l'Hyponéros, il a combattu ceux de sa propre espèce, il s'est anéanti lui-même...

Il repousse Jek avec beaucoup de douceur et glisse le canon de son arme entre ses lèvres entrouvertes. Probabilités de destruction : 100 %, proteste l'autre.

« Marti ! Non... »

Marti adresse un sourire triste au petit Anjorien puis, sans hésiter, appuie sur la détente. L'onde lui pulvérise le crâne.

Jek, effondré à côté de Yelle, secoué de lourds sanglots, entendit des éclats de rires et de voix. Il se redressa et, par-dessus le muret, jeta un coup d'œil dans la rue principale. Il aperçut des hommes vêtus de combinaisons grises frappées sur la poitrine de triangles argentés entrecroisés. Des masques blancs et rigides dissimulaient leur visage. Derrière eux se dressaient trois machines composées d'un pied cylindrique de deux mètres de hauteur et d'un large chapeau criblé de lumières et de hublots.

La tête rentrée dans les épaules, le petit Anjorien courut se cacher dans une remise du fond de la cour. Il s'accroupit derrière un tas de bois. Il eut la sensation que les battements accélérés de son cœur étaient des coups de cymbales. Le temps s'écoula avec une lenteur désespérante.

« Quatre cryos et un mort ! fit une voix nasillarde.

– C'est beaucoup moins qu'on ne croyait, dit quelqu'un d'autre.

– Le mort, ça doit être l'effacé : son programme mental était bouclé en suicide.

– On envoie des sondes de reconnaissance dans les environs ?

– Inutile : l'effacé ne devait se donner la mort qu'après avoir cryogénisé tous les habitants de ce patelin. Les programmes mentaux sont fiables à cent pour cent. On lance les dérematérialisations jusqu'au premier relais... »

Jek discerna des claquements, des bourdonnements, des chuintements qui se renouvelèrent à plusieurs reprises, puis le silence retomba peu à peu sur le village désert.

Transi de peur, de désespoir et de froid, il n'osa pas s'aventurer hors de son abri pendant deux jours et deux nuits.

Terra Mater était désormais une planète morte.

CHAPITRE XXII

La première grande affaire du muffi Barrofill le Vingt-cinquième, ce fut... son élection. Aucun des cinq mille cardinaux de l'Eglise du Kreuz n'avait songé au cardinal Fracist Bogh pour prendre la succession du muffi Barrofill le Vingt-quatrième, surnommé, après sa mort, le « tyran de Vénicia ». Et pourtant, à la surprise générale, l'ancien gouverneur d'Ut-Gen fut élu par 2 602 voix contre 2 398 au septième tour de scrutin. Le drapeau blanc fut alors hissé sur la plus haute des tours du palais épiscopal pour annoncer aux fidèles que les cardinaux s'étaient choisi un nouveau souverain pontife. Personne ne soupçonna le haut vicariat d'avoir falsifié le dépouillement du scrutin. Les Syracusains furent horrifiés d'apprendre que le chef suprême de l'Eglise n'était pas un des leurs, mais un Marquinatin, un paritole, et ils exprimèrent leur désapprobation en se regroupant silencieusement dans les avenues de la cité impériale. Fracist Bogh prit le nom de Barrofill le Vingt-cinquième en hommage à son illustre prédécesseur. Il n'y eut pas de fête pour célébrer son avènement, car Menati Imperator exigea que débute immédiatement le procès de dame Sibrit, son épouse disparue depuis plus de trois mois syracusains. L'empereur avait en effet jeté son dévolu sur dame Annyt Passit-Païr, une jeune courtisane, l'une des égéries du mouvement clandestin Mashama qui s'était depuis publiquement repentie. Menati Imperator brisa les fiançailles de dame Annyt avec Emmar Saint-Gal, le responsable de la maintenance technique du palais épiscopal. Le jeune Saint-Gal s'inclina devant la volonté de son souverain d'autant plus volontiers qu'un implant d'effacement lui fit oublier jusqu'au souvenir de la jeune femme. Cependant, les cardinaux battus se regroupèrent entre eux et complotèrent contre le nouveau muffi. Mais ils ne parvinrent pas à l'assassiner, car il bénéficia sans réserve des services mis en place par son prédécesseur – gardes du corps, systèmes de détection, morphopsychologues, cuisinier et serviteurs dévoués...

La deuxième grande affaire du muffi Barrofill le Vingt-cinquième fut donc le procès de dame Sibrit, qu'il présida lui-même en gage d'une collaboration sans faille entre les pouvoirs spirituel et temporel de l'Ang'empire. Au quatrième jour du procès, il se passa un événement peu banal : dame Sibrit parut en personne devant ses juges. J'étais installé dans l'une des travées qui dominaient l'allée centrale, et je la vis s'avancer, altière, la tête et les pieds nus, les cheveux dénoués. Sa beauté m'émerveilla. Son apparition déclencha un irrespirable silence. Elle fit face à ses détracteurs et réfuta, une à une, les accusations d'abomination qu'ils portèrent contre elle. Les témoins à charge, des grands courtisans pour la plupart, se contredirent à de nombreuses reprises et de manière flagrante. La seule qui prit sa défense fut son ancienne dame de compagnie, dame Alakaït de Phlel. Je devinai que Barrofill le Vingt-cinquième éprouvait de la sympathie pour l'impératrice, cette femme fière et libre, mais il ne put – ou ne voulut – intervenir pour infléchir la sentence qu'on lut à la coupable sans qu'une ombre de peur ou de remords glisse sur son magnifique visage. Elle fut condamnée au supplice de la croix-de-feu à combustion lente. Elle fut exposée, nue, sur la place principale de Romantigua. Elle agonisa pendant dix jours dans d'atroces souffrances. Le muffi gracia à titre personnel dame Alakaït de Phlel, qui fut exilée sur le satellite Julius et dont nul n'entendit plus jamais parler.

La troisième grande affaire du muffi Barrofill le Vingt-cinquième fut le mariage de Menati Imperator et de dame Annyt Passit-Païr. Dix jours pleins de fête furent décrétés sur tous les mondes de l'Ang'empire, qui purent suivre la cérémonie sur les écrans-bulles publics de l'H.O., l'Holovision officielle. Le souverain pontife ne laissa à personne d'autre le soin de conduire l'office religieux, qui dura plus de cinq heures. En dépit du passé sulfureux de la nouvelle impératrice, ce mariage combla les grandes familles syracusaines, les douairières, les maîtres du protocole et la population vénicienne. Ils avaient éliminé la provinciale, la gourgandine, et ils se retrouvaient enfin entre eux, entre gens de bonne compagnie, entre maîtres du contrôle des émotions. Dame Annyt accepta spontanément qu'on prélevât ses ovules, lesquels, fécondés par les spermatozoïdes sélectionnés de l'empereur, donneraient un ou plusieurs héritiers à l'Ang'empire. Personnellement, je trouvais la nouvelle première dame de l'univers moins belle et moins intéressante que l'ancienne, mais je n'étais qu'un jeune exarque au service du souverain pontife et mon avis n'était qu'un pet de mouche dans la puanteur d'une fosse excrémentielle.

La quatrième grande affaire de Barrofill le Vingt-cinquième fut l'anéantissement de Jer Salem, le satellite glacé de la pla-

nète Franzia. Certains cardinaux, voyant qu'ils rencontreraient les pires difficultés à attenter à la vie du muffi, le défièrent sur un autre terrain : ils réclamèrent à cor et à cri l'extermination du peuple élu, coupable à leurs yeux d'hérésie. Le muffi autorisa donc la destruction de Jer Salem par désintégration lumineuse. Cette explosion provoqua de terribles catastrophes sur les mondes environnants. Bien plus tard, je compris que le muffi avait sacrifié ces cent quarante mille vies dans l'idée d'en épargner des milliards d'autres.

C'est à cette époque-là qu'il entreprit de rédiger ses mémoires mentales, mémoires qu'il soumit à l'approbation du sénéchal Harkot, du haut vicariat et de Menati Imperator. Je me doutais que cet ouvrage ne correspondait pas au fond de sa pensée, mais j'ignorais comment il préservait son esprit des inquisitions mentales qui se multipliaient autour de lui. Il semblait être guidé par une voix intérieure, voix dont l'origine me fut révélée des années plus tard.

Il obtint du sénéchal Harkot que les corps congelés d'Aphykit Alexu, que les gens du peuple surnommaient Naïa Phykit, de sa fille Yelle, d'un homme et d'une femme jersalémines fussent exposés dans une salle secrète du palais épiscopal. Il allait souvent se recueillir devant les sarcophages transparents qui renfermaient ces femmes, cette fillette et cet homme, tous aussi beaux que des anges – la beauté du diable ? Il prétendait qu'il désirait avoir en permanence sous les yeux ces ennemis ultimes de la foi pour ne point succomber à la tentation de la mansuétude. Je savais qu'il n'en était rien, qu'il cherchait à percer leur mystère et que sa « voix » intérieure le poussait dans ce sens.

La cinquième grande affaire de Barrofill le Vingt-cinquième fut la mise en place des offices généraux d'effacement, au début de l'an 17. A cette occasion, il collabora étroitement avec le sénéchal Harkot, mais je crois qu'il prépara surtout la venue de ceux qui allaient bouleverser le monde.

Adaman Mourall, exarque au palais épiscopal de Vénicia. *Chroniques secrètes du règne du muffi Barrofill le Vingt-cinquième.*

Assis en tailleur devant le buisson aux fleurs lumineuses, Jek percevait l'horrible bruit du blouf, qui, seconde après seconde, dévorait les étoiles par milliers.

Il ressentait dans sa chair même l'agonie de l'univers.

Naïa Phykit n'avait pas eu le temps de lui apprendre à voyager sur ses pensées. Il n'était pas un guerrier du silence, et devant la catastrophe il se sentait terriblement impuissant. Artrarak n'avait pas prévu que le blouf réussirait à neutraliser les êtres de légende qui portaient les derniers espoirs des humanités.

Il n'avait pas eu le temps de faire connaissance avec Yelle.

C'était une petite peste, mais il était amoureux d'elle. Pourquoi le monstre l'avait-il cryogénisée ? Que voulaient-ils faire de son petit corps gelé, là-bas, sur Syracusa ? Il aurait tant voulu voler à son secours, comme un chevalier de l'espace, mais il ne disposait d'aucun moyen de transport. Pas même de ses pensées...

L'aube se levait et la nuit battait en retraite, semant des traînes d'obscurité dans son sillage. Bientôt, il n'y aurait ni jour ni nuit. Rien d'autre que le vide. Le fruit sec qu'il grignotait du bout des dents avait un goût amer.

Soudain, un rayon d'une clarté aveuglante se détacha de la voûte céleste et se posa sur le buisson. Le soleil, pourtant, n'avait pas encore paru. Jek leva la tête et aperçut une silhouette auréolée de lumière qui marchait sur le rayon. Lorsque ses yeux se furent accoutumés à la luminosité, il distingua un homme aux cheveux bruns et ondulés, vêtu d'une tunique brillante à demi déchirée, d'un pantalon bouffant noir et de sandales. Le petit Anjorien crut d'abord qu'un dieu en haillons descendait du ciel pour lui rendre visite.

Le dieu s'immobilisa deux mètres au-dessus du sol. Il semblait s'être perché sur le buisson. La lumière n'était pas extérieure à lui, mais jaillissait de lui.

« Bonjour. Je suis Shari Rampouline. »

Le cœur de Jek s'emballa.

« Le mahdi des Hymlyas ?

– Tu es seul ici ? Où est ma mère Aphykit ? Où est son enfant que je ne connais pas ? Où sont les pèlerins ? »

Le petit Anjorien se releva et, à coup de phrases heurtées et de mots hésitants, lui raconta ce qu'il était advenu d'Aphykit, de Yelle et de ses deux amis jersalémines.

« Et Sri Lumpa est parti affronter le blouf... », conclut-il.

Shari descendit jusqu'au sol, sortit du rayon lumineux, s'avança vers lui et lui posa la main sur le crâne. Une chaleur intense se diffusa dans tout son corps.

« Ils ne sont pas morts, c'est l'essentiel. Je vais t'apprendre à voyager sur les pensées et nous irons les délivrer... Mais avant, je t'emmènerai voir ma douce Oniki et mon enfant sur la planète Ephren. Je n'ai pas encore eu l'occasion de les embrasser... Leur aide m'a été précieuse pour entrer dans le temple de lumière. L'Hyponéros, celui que tu appelles le blouf, est encore plus terrible que tu ne crois. Il ne mange pas seulement les étoiles, il ronge la conscience même des hommes qui les créent. Quant à Sri Lumpa, mon père Tixu, je sais quel terrible sacrifice les humanités ont exigé de lui. Je l'ai lu dans les annales inddiques... Elles sont d'une incroyable beauté. Je t'emmènerai un jour les contempler... Comment t'appelles-tu ?

– Jek... Jek At-Skin...

– Eh bien, Jek At-Skin, que dirais-tu de commencer ton apprentissage tout de suite ? »

Les larmes qui coulaient des yeux de Jek étaient maintenant des larmes de joie.

4963

Photocomposition Assistance 44-Bouguenais
Achevé d'imprimer en Europe (France)
par Brodard et Taupin à La Flèche (Sarthe)
le 11 août 1998. 6293U-5
Dépôt légal août 1998. ISBN 2-290-04963-8

Éditions J'ai lu
84, rue de Grenelle, 75007 Paris
Diffusion France et étranger : Flammarion